宋詩選註

송시선주

전종서(錢鍾書) 저
이홍진(李鴻鎭) 역

역락

송시선주(宋詩選註)

초판 인쇄 2010년 4월 30일 | 초판 발행 2010년 5월 10일

저　　자 전종서(錢鍾書)

역　　자 이홍진(李鴻鎭)

펴낸이 이대현 | **편집** 추다영

펴낸곳 도서출판 역락 | **등록** 제303-2002-000014호(등록일 1999년 4월 19일)

주　　소 서울시 서초구 반포 4동 577-25 문창빌딩 2층

전　　화 02-3409-2058(영업부), 2060(편집부) | **팩시밀리** 02-3409-2059

전자우편 youkrack@hanmail.net

ISBN 978-89-5556-786-1 93820

정가 42,000원

■ 잘못된 책은 교환해 드립니다.

제자(題字) : 양강(楊絳, 1911~현), 전종서의 부인, 소설가·극작가 겸 번역가

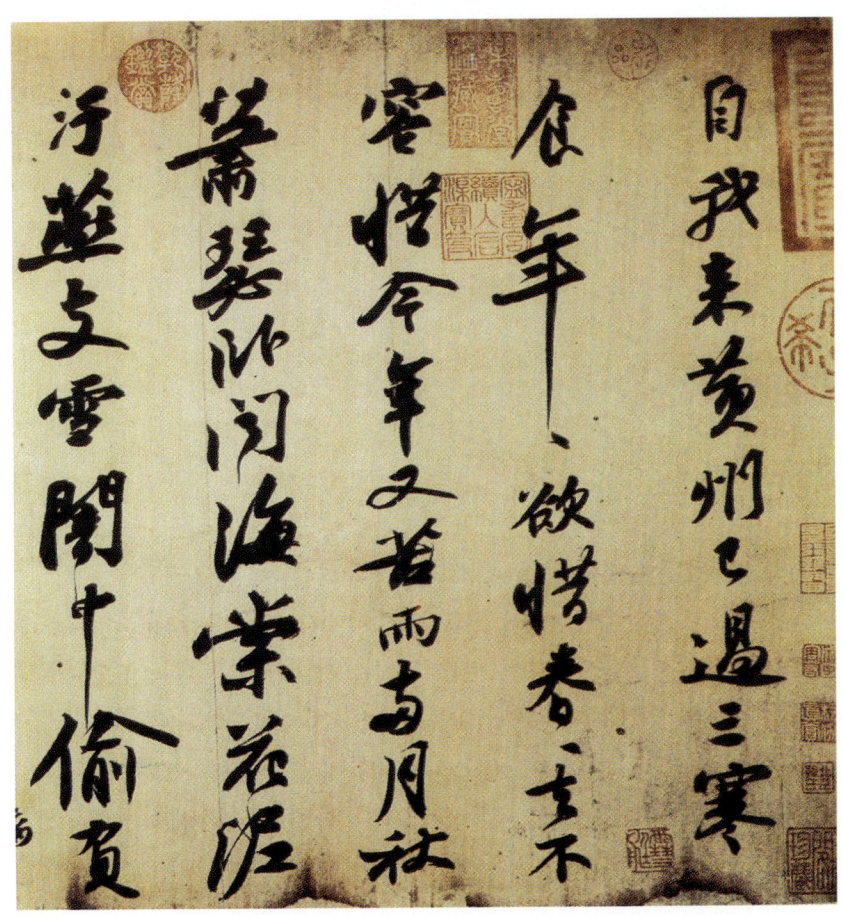

소식(蘇軾, 1036~1101) 황주(黃州) 한식시권(寒食詩卷)

송(宋) 장택단(張擇端), 「청명상하도(淸明上河圖)」, 청(淸) 화원(畵院), 대북(臺北) 고궁박물원(故宮博物院) 소장

구양수(歐陽脩, 1007~1072) 상(像)

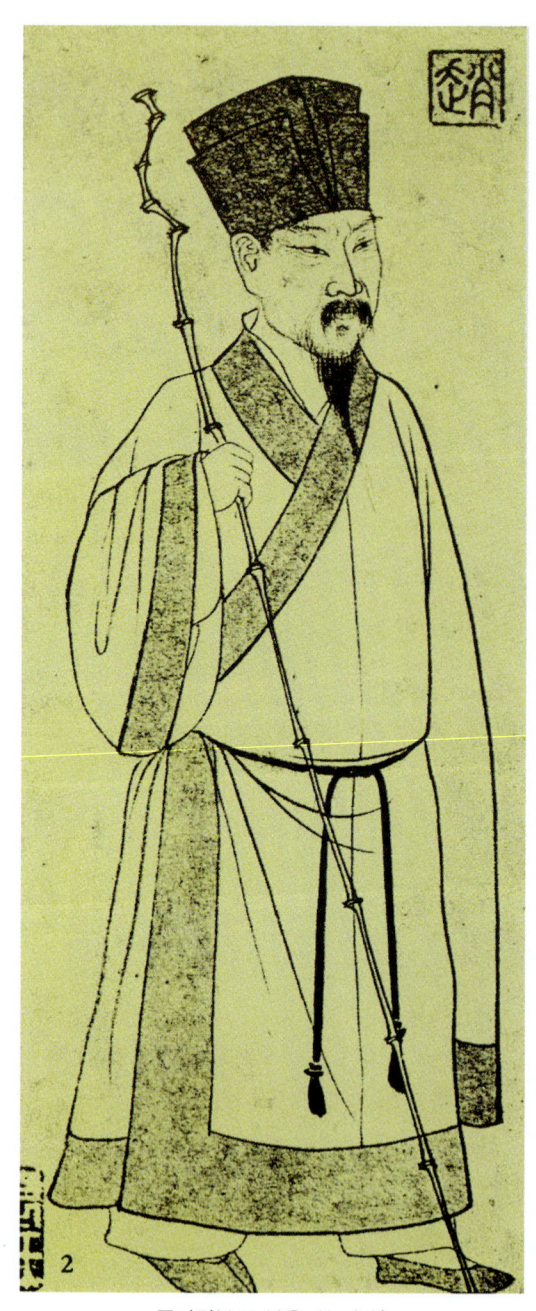

동파건(東坡巾)을 쓴 소식

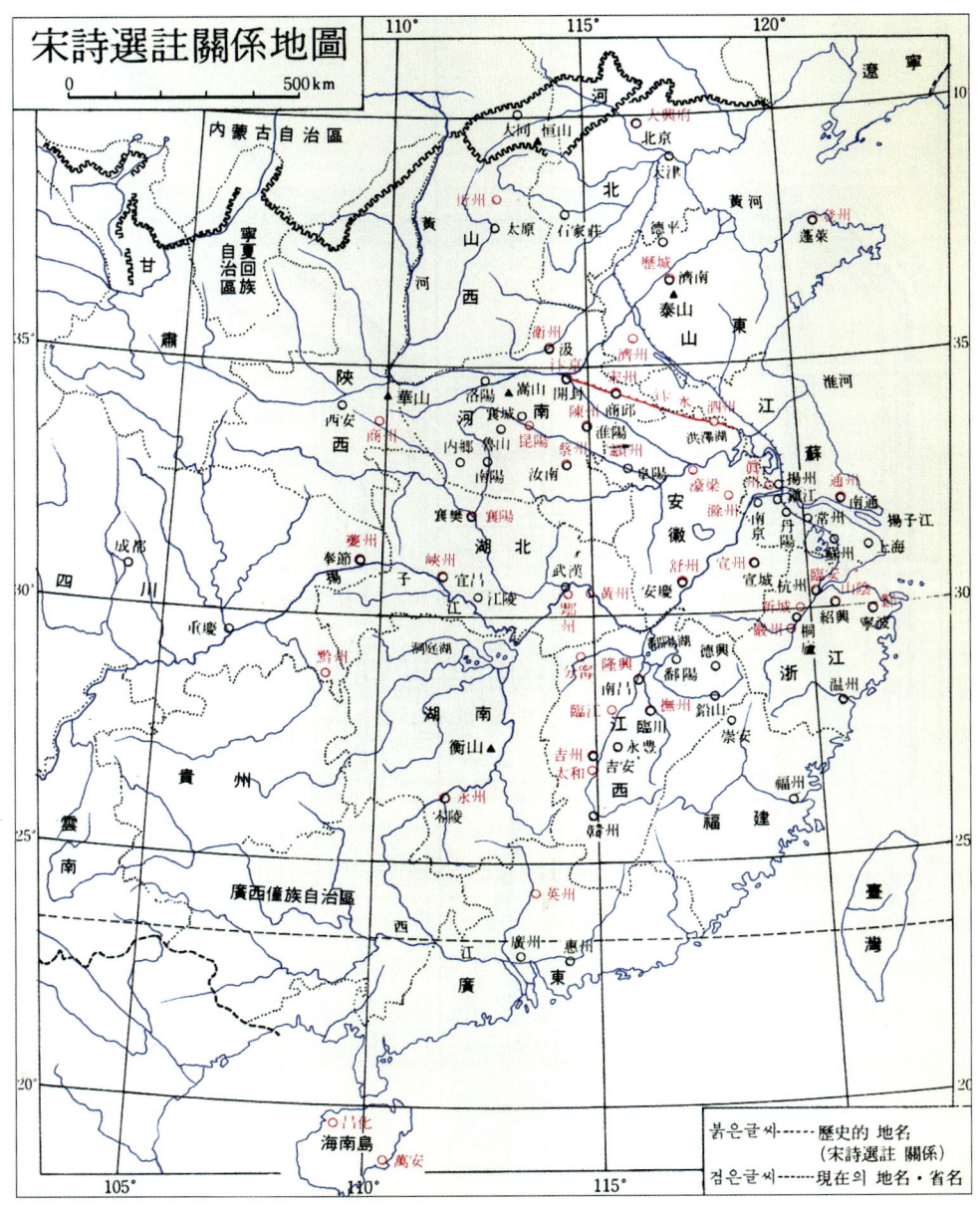

宋詩選註關係地圖

붉은글씨------歷史的 地名
　　　　　　　(宋詩選註 關係)
검은글씨------現在의 地名·省名

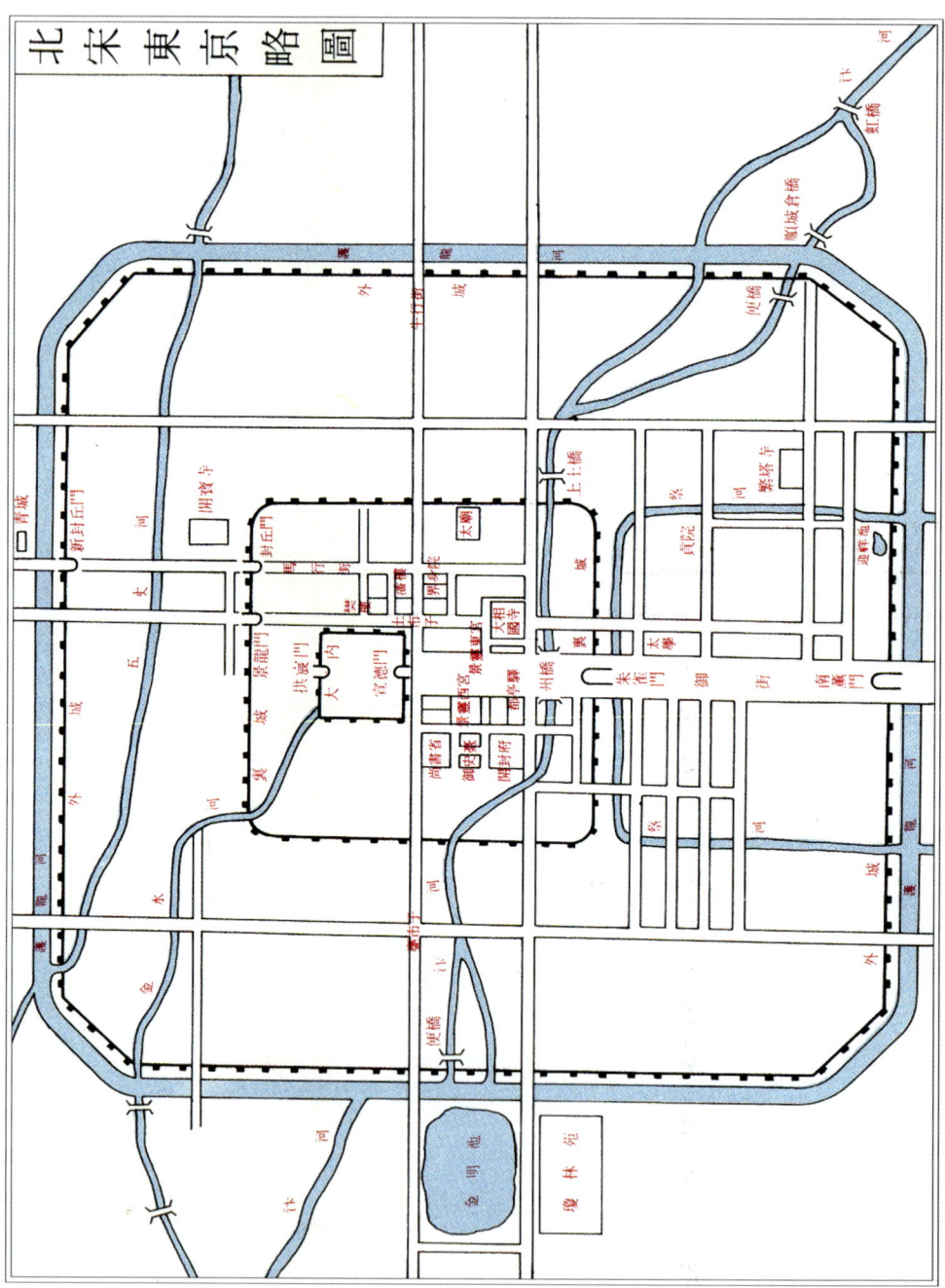

北宋東京略圖

서(序)

전종서(錢鍾書)

1

송대(宋代) 시의 주된 변화와 유파에 관해서는 이 책에 뽑은 각 시인의 간단한 평가에서 약간 언급하였다. 시에 반영된 역사적 상황에 관해서는 작품의 주석에서 또한 약간 언급하였다. 여기서는 다시 중복하지 않고 단지 몇 가지만 보충한다.

송조(宋朝)는 만당(晚唐)·오대(五代)의 어지러운 할거(割據) 국면을 수습하고 상당히 오랜 동안의 통일과 평온을 유지할 수 있었기 때문에 원대(元代)에는 "한(漢)·당(唐)·송(宋)"은 "후삼대(後三代)"라는 말이 있었다.1) 그러나 송의 국세는 전혀 한·당처럼 강대하지 못하였다. 이는 육유(陸游, 1125~1210)의 「5월 11일 밤이 또 반쯤 되려는데 꿈에 대가(大駕)의 친정(親征)을 따라 한(漢)·당(唐)의 옛 땅을 다 수복하는 것을 보았다(五月十一日夜且半, 夢從大駕親征, 盡復漢唐故地)」라는 시의 제목만 보아도 알 수 있다.2) 송태조(宋太祖)는

---

1) 원(元) 학경(郝經, 1223~1275)의 『능천문집(陵川文集)』 권10 「온공화상(溫公畵像)」, 명(明) 조방(趙汸)의 『동산선생존고(東山先生存稿)』 권1 「관여도유감(觀輿圖有感)」 제4수의 자주(自註).

"침상 곁에서 남이 코를 골며 자는 것을 어떻게 허용할 수 있겠는가?(臥榻之側, 豈容他人鼾睡?)"라는 사실을 알고 남당(南唐)을 삼킬 수는 있었지만, 또한 단지 그의 침상에서 육유의 이러한 한 여름 밤의 꿈만을 꿀 수 있었을 뿐이다. 남송(南宋)에 이르자 그 침상은 또 8자[尺]의 네모난 침대에서 행군할 때의 피륙 침상으로 줄어들었다.[3] 이외에도 관대하고도 남발되던 과거(科擧) 제도는 벼슬길을 개방하여 번잡하고도 중복된 행정 기구는 벼슬자리가 늘어나서 송대의 관료 계급은 한·당의 그것보다 방대하여 이른바 "주현(州縣)의 땅은 전보다 넓지 않았으나 …… 관직은 지난날보다 5배나 늘었고(州縣之地不廣於前而 …… 官五倍於舊)"[4] 북송의 "불필요한 벼슬아치와 불필요한 비용(冗官冗費)"이 이미 다 기록할 수 없을 정도였다.[5] 송대 초기에 어떤 사람은 시에서 깊이 개탄하여 농사가 아무리 풍년이 들더라도 대다수의 사람들은 또 빈궁과 굶주림을 면치 못한다고 하였다. "봄·가을의 수확은 1백 배가 되지만, 천하의 3분의 2가 가난하네(春秋生成一百倍, 天下三分二分貧!)"[6] 최고로 100배까지 증가한 수확은 단지 환상일 뿐이었지만, 적어도 5배 증가한 불필요한 관리는 도리어 사실이었으니, 백성들의 부담의 가중과 고통의 깊이를 또한 상상하여 알 수 있다. 예컨대, 이 책에 뽑은 당경(唐庚, 1071~1121)의 「신수(訊囚)」 시는 대소 관리들은 모두 백성의 "기름과 피(膏血)"를 훔치는 도둑이라고 가차 없이 말하고 있다. 국내 통치 계급과 민중의 모순은 국제적인 모순으로 말미암아 더욱 심해졌다. 송인은 금인(金人) 및 요인(遼人)과의 전쟁에서 항상 패전하였고, 전쟁은 군비를 필

---

2) 육유(陸游)의 『검남시고(劍南詩稿)』 권12.

3) 서몽신(徐夢莘)의 『삼조북맹회편(三朝北盟會編)』 「염흥하질(炎興下帙)」 권54에 실린 오신(吳伸)의 「만언서(萬言書)」 안에는 또 송 태조(太祖)의 그러한 말을 인용하여 송 고종(高宗)에게 "동진이 남쪽을 차지함과 같은 데 그쳐서는(止如東晉之南據)" 안 된다고 권고하였다.

4) 북송 송기(宋祁)의 『경문집(景文集)』 권26 「상삼용삼비소(上三冗三費疏)」.

5) 청 조익(趙翼)의 『이십이사차기(二十二史箚記)』 권25 「송용관용비(宋冗官冗費)」 조(條).

6) 북송 장영(張詠, 946~1015)의 『괴애선생문집(乖崖先生文集)』 권2 「민농(憫農)」.

요로 하고 패전하면 배상금으로 강화(講和)해야만 했으므로 조정은 오직 백성으로부터 이러한 비용을 착취할 뿐이었다. 예컨대, 이 책에 뽑은 왕안석(王安石, 1021~1086)의 「하북민(河北民)」 시는 이 점을 폭로하고 있으며, 이구(李覯, 1009~1050)의 「감사(感事)」와 「촌행(村行)」의 2수의 시는 더욱 분명하게 "태평할 때 군비가 없으니, 한번 일어나면 편안할 수 가 없네. …… 부역이 빈번하니 농부들의 힘은 다하였고, 조세가 무거우니 여인들의 일이 춥네(太平無武備, 一動未能安 …… 役頻農力耗, 賦重女工寒)" · "생업은 집집마다 무너지고, 가렴주구(苛斂誅求)는 해마다 새롭구나. 평안할 때 대비하지 않으니, 일을 맡은 자 그 누구인가?(生業家家壞, 誅求歲歲新. 平時不爲備, 執事彼何人)"라고 말하고 있다.7) 북송(北宋) 중엽 이후 내우외환(內憂外患) 및 도탄(塗炭) 속에서 허덕이는 상황은 갈수록 심해졌는데, 이것들도 또한 시인들의 작품 속에 잘 반영되어 있다. 시인들은 고대 그리스 비극(悲劇)의 합창대, 특히 참가하여 동작도 했던 합창대와 같이 연극 줄거리의 발전에 따라 그들의 느낌과 생각을 노래하였고, 곧장 비참한 폐막 곧 남송의 멸망에 이르러서는 그들의 최후의 장가(長歌)를 불러 곡(哭)하여 "세상사란 장주(莊周)의 나비 꿈이요, 봄의 시름은 두보(杜甫)의 접동새 시라네(世事莊周胡蝶夢, 春愁臣甫杜鵑詩!)"라고 하였다.8)

작품은 작가가 처한 역사적 환경 속에서 탄생되고 그가 생활한 현실 속에 뿌리를 박고 있지만, 작품이 이러한 상황을 반영하고 이러한 배경을 나타내는 방식은 각양각색일 수가 있다. 단지 이 책에 뽑은 작품만을 가지고 말하더라도 역시 몇 가지의 서로 다른 방식을 볼 수 있다.

---

7) 송 이구(李覯)의 『이직강선생문집(李直講先生文集)』 권36.
8) 남송 마정란(馬廷鸞, 1222~1289)의 『벽오완방집(碧梧玩芳集)』 권24 「제여방주시집(題黎芳洲詩集)」에 이 두 구를 인용하고 또한 "이른바 긴 노래의 애절함이 아니겠는가?(所謂長歌之哀非耶?)"라고 하였다.

이 책에 매요신(梅堯臣, 1002~1060)의 「전가어(田家語)」와 「여분빈녀(汝憤貧女)」를 뽑고 주석에서는 사마광(司馬光, 1019~1086)의 「논의용육차자(論義勇六箭子)」를 인용하여 시에 묘사된 당시의 궁수(弓手)를 선발하던 참상을 증명하였다. 이것은 일종의 반영 방식의 예이다. 우리는 많은 역사 자료를 참고하여 이러한 시의 진실성을 증명할 수 있다. 그러나 그 기록들이 아무리 이러한 시와 내용상 서로 부합한다고 하더라도 결국은 단지 문건(文件)에 불과할 뿐 문학은 아니며, 단지 시의 국부적인 설명에 불과할 뿐이고 시의 유일한 척도가 될 수는 없다. 아마 사료는 하나의 사건을 비교적 상세하게 서술하지만, 시는 단련과 마름질을 통하여 더욱 집중적이고 더욱 선명하게 그것을 표현하여 강렬하고도 깊이 있는 효과를 일으킬 것이다. 반대로 말한다면, 만약 시에 이러한 예술적 특성이 결여되어 있다면 단지 무미건조하고 조잡한 직서(直敍)가 될 뿐이다. 그러면 비록 그것이 내용상에 사실적(史實的)인 근거가 있어서 어쩌면 뜻밖에도 역사 기록의 결함을 보충할 수 있다고 하더라도, 그것도 또한 압운된 문건일 뿐이다. 예컨대, 왕우칭(王禹偁, 954~1001)의 「대설(對雪)」의 주석에 인용한 이복(李復)의 「병궤행(兵饋行)」이 있다. "시사(詩史)"라는 관점은 하나의 편견이다. 시는 피도 있고 살도 있는 살아있는 것이며 역사는 진실로 그 뼈대이다. 그러나 가령 오직 내용이 역사서에 믿을 만한 증거가 있는가 없는가라는 관점만으로 시의 가치를 판단한다면, 그것은 바로 X광선의 투시로 화가와 조각가가 선택한 인체미를 감정하려는 것과 같다.

이 책에 범성대(范成大, 1126~1193)의 「주교(州橋)」를 뽑고 주석에서는 범성대 자신 및 누약(樓鑰, 1137~1213)과 한원길(韓元吉, 1118~1187)의 기록을 인용하여 시에 묘사된 사건이 당시에 결코 발생하지 않았고 게다가 아마도 발생했을 리가 없다는 것을 설명하였다. 이것은 또 다른 하나의 반영 방식의 예로써, 우리로 하여금 문학 창작의 진실은 역사 고증의 사실과 다르다는 것을 더욱 알게 해준다. 이 때문에 기계적으로 고증을 가지고 문학 작품의 진실을 잴 수는 없다. 그것은 천진하게 문학 작품에 의하여 역사적인 사실을 제공할 수 없는 것과 꼭 같은 것이다. 역사적 고증은 단지 표면적인 자취만을 잡아두는 것으로, 이것은 바로 그 자신의 극기(克己)의 미덕이다. 만약 그렇지 않다면 그것은 근엄함을 상실하여 고증이라 할 수 없거나 혹은 본분에 충실하지 않고 기회가 있을 때마다 시비를 일으키는 고증 곧 이른바 천착부회(穿鑿附會)가 될 것이다. 그러나 문학 창작은 사물의 숨겨져 있는 본질을 깊이 파고들어 인물의 아직 드러나지 않은 심리를 구석구석 전할 수 있는데, 그렇지 않다면 그 예술적 책임을 다하지 못하고 그 창조적 직권을 포기하는 것이 된다. 고증은 다만 "이미 그러한 것(已然)"을 단정하지만, 예술은 "마땅히 그래야 하는 것(當然)"을 상상하고 "그렇게 되는 까닭(所以然)"을 추측할 수도 있다. 이러한 의미에서 우리는 시·소설·희극이 역사서보다 뛰어나다고 말해도 무방할 것이다.9) 남송의 애국지사들이 가장 걱정한 것은 만약 잃어버린 땅을 일찍 회복하지 못한다면 적지에 빠진 백성들은 금인(金人)과 동화되어 조국을 잊어버리게 된다는 것이었다.10) 그러나, 조국에 대한 추억과 염원은 정감과 영혼 속

---

9) 아리스토텔레스(Aristotle, 전384∼전322)의 『시학(詩學)』제1451 을(乙)·제1460 을(乙)을 참조.
　　『좌전(左傳)』선공(宣公) 2년 조에는 서예(鉏麑)가 자살하기 이전의 독백(獨白)이 기록되어 있는데, 예부터 많은 독자들의 모두 기이하여 믿기 어렵다고 여겼고 적어도 역사를 지은 사람의 말이 분명하지 않다고 혐의하였다. 왜냐하면 이미 독백인 바에야 "또 누가 듣고 누가 기록하였는가?(又誰聞而誰述之耶?)"(이원도(李元度)의 『천악산방문초(天岳山房文鈔)』권1 「서예론(鉏麑論)」)이기 때문이다. 그러나 「장한가(長恨歌)」고사의 "한밤 중에 사람이 없는데 몰래 이야기하는(夜半無人私語)" 이야기에 대해서는 아직 고지식하게 "또 누가 듣고 누가 기록하였는가?(又誰聞而誰述之耶?)"라고 묻거나 아니면 살풍경하게 "임공도사(臨邛道士)"가 거짓말을 꾸며낸 것이라고 지적한 사람은 없는 것 같다.
10) 예컨대 『삼조북맹회편(三朝北盟會編)』「염흥하질(炎興下帙)」권68에 실린 양조(楊造)의 「걸파화의소(乞罷和議疏)」에는 함락된 백성들을 언급하여 "세월이 오래되면 사람들의 마음이 게을러질까 몰래 두려워한다(竊恐歲月之久, 人心懈怠)"라고 하였다.

에 남아 있으므로, 모르는 글자·숫자·사실을 기억하는 등등의 이지(理智)에 치우친 기억과는 비교할 수가 없다. 후자는 죽은 기억으로, 돌에 새긴 글자와 마찬가지로 나무는 자랄수록 점점 커지고 나무의 글자의 자취도 또한 자랄수록 견고해지는 것이다. 한원길(韓元吉)의 기록에서 북방이 비록 50년 가까이 실함(失陷)되었지만 그곳의 백성들은 여전히 조국을 그리워하고 있었음을 볼 수 있다.[11] 범성대(范成大)의 시는 바로 이와 같이 오래도록 변하지 않고 감춰져 드러나지 않는 그들의 애국심을 강하게 표현함으로써 집안사람들의 애국적 행동을 불러일으키고 있기 때문에 그처럼 진지하고 감동적인 것이다.

이 책에 소립지(蕭立之)의 「송인지상덕(送人之常德)」을 뽑고 주석에서는 방회(方回, 1227~1307)의 일시(逸詩)를 참고로 인용하여 송말(宋末) 원초(元初)의 어떤 사람들의 심리를 설명하였다. 만약 몽고인의 침략에 저항할 수 없다면 도화원(桃花源)을 찾아 은거하는 이민족의 통치를 받지 않기를 바란다는 것이다. 이것은 또 하나의 반영 방식의 예이다. 옛 사적을 읊는 시는 비록 직접적으로 시사(時事)를 개탄한 시와는 다르지만, 시 속의 사상·감정에는 그래도 작가의 신세(身世)의 표지가 박혀 있고 하나의 영물시(詠物詩)에도 또한 시 속의 사람이 있기 때문에 독자들의 지인논세(知人論世)에 도움이 되는 것과 같다. 예컨대, 왕조(汪藻, 1079~1154)의 「도원행(桃源行)」에는 "어떻게 알겠는가 평지에 푸른 구름이 있어, 다만 보통의 세상을 피해 사는 사람에 속할 뿐이라는 것을. …… 무슨 일로 구구한 한(漢) 천자는, 복숭아를 심어 고생스럽게 영원한 생명을 추구하는가?(那知平地有靑雲, 只屬尋常避世人. …… 何事區區漢天子, 種桃辛苦求長年!)"라고 하였다.[12] 이 시는 "교주도

---

11) 신계태(辛啓泰)가 엮은 『가헌집초존(稼軒集鈔存)』 권1 「건도을유, 진"미근십론"(乾道乙酉, 進"美芹十論")」 중의 "관흔(觀釁)" 제3을 참조.
12) 송 왕조(汪藻)의 『"부계집"습유("浮溪集"拾遺)』 권3.

군황제(敎主道君皇帝)" 송휘종(宋徽宗)이 도교를 숭상하고 신선을 추구하던 무렵에 지어진 것으로서13) 도화원에 부치고 있는 풍유(諷諭)는 소립지(蕭立之)의 시가 도화원에 부치고 있는 비애와 원망과는 다르다. 송대의 해외기담류(海外奇談類)의 장시(長詩)인 추호(鄒浩, 1060~1111)의 「도진생(悼陳生)」은14) 시는 매우 졸렬하지만 서술되어 있는 것은 송판(宋板) 도화원이라고 할 수 있다.15) 영파(寧派) 사람 진생(陳生)이 바다 배를 타고 남통(南通)·태현(泰縣) 일대로 가다가 폭풍으로 봉래봉(蓬萊峯)에 이르렀는데 산 속에서 신선 수업을 하는 "처사(處士)"를 만났다. 그는 당말(唐末)에 난을 피하여 온 사람으로, "중원(中原)"과는 소식이 통하지 않아 "지금의 천자는 과연 누구입니까? 장님과 귀머거리처럼 침묵을 지키네(于今天子果誰氏? 語罷默默如盲聾)" 이 진생(陳生)은 한동안 살다가 또 과거에 응시하여 관리가 되고 싶었다. ─ "서생의 명리(名利)는 뼛속까지 사무쳐, 속세에 대한 생각이 날이 갈수록 마음속에 생겨났네(書生名利浹肌骨, 塵念日久生心胸)" ─ 이 때문에 그 처사는 축지법(縮地法)을 써서 그를 되돌려 보냈는데, 누가 알았겠는가? "집에 돌아오니 아내와 자식은 오래 전에 죽었고, 외로운 몸은 도리어 바빠졌다네(還家妻子久黃壤, 單形隻影反匆匆)" 진생은 미치광이가 되어 버렸다. 추호는 그의 친구인 장잠(章潛)에게 이 신기한 이야기를 듣고, 진시황(秦始皇)·한무제(漢武帝)는 신선을 찾았지만 신선은 만날 수 없었고 진생은 신선은 만났지만 신선

---

13) 송 황진(黃震, 1213~1280)의 『황씨일초(黃氏日抄)』 권66.

14) 송 추호(鄒浩)의 『도향집(道鄕集)』 권2.

15) 이러한 기문(奇聞)은 당시 상당히 퍼져 있었다. 예컨대 장방기(張邦基)의 『묵장만록(墨莊漫錄)』 권3에는 상세한 서술이 있고 또 "또 서신도(舒信道, 이름은 단(亶), 1041~1103)가 일찍이 그것을 매우 상세하게 기록하였다는 것을 듣고 그 책을 구했으나 얻지 못하였다(又聞舒信道嘗記之甚詳, 求其本不獲)"라고 하였다. 남송 초기 강여지(康與之)의 『작몽록(昨夢錄)』에는 양가시(楊可試) 형제가 노인에 끌려 "서경(西京)의 산 속의 큰 굴(西京山中大穴)"로 들어가니 그 안에 "큰 취락(大聚落)"이 있어 은거할 수 있었다고 하는 사실을 기록하였는데 이것도 또한 도화원(桃花源)의 변형이다.

을 찾지는 못했다는 것을 느꼈다. "찾고 찾지 못하여 두 사람이 이루지 못했으니, 내 비록 마음속에 잊었지만 또한 흐느끼네. 공자(孔子)의 문하에선 의론할 바 아니지만, 급히 시를 지어 그 일을 기록하네(求不求兮兩莫逮, 我雖忘情亦欷歔. 仲尼之門非所議, 率然作詩記其事)" 추호가 이 시를 지었을 때는 송 휘종이 아직 즉위하지 않았다. 만약 그가 이러한 새로운 도화원의 고사를 들었고 또 마침 황제가 도교를 숭상하고 신선을 찾으며 불교를 배척하는 것을 만났다면, 부처를 인용하여 유교에 집어넣은 그와 같은 도학(道學) 선생으로서는 느낌이 틀림없이 달랐을 것이고 아마도 기회를 빌려 자신의 의사를 표명했을 것이며 "의론할 바가 아니다(非所議)"라고 말하지 만은 않았을 것이다. 추호는 정강(靖康)의 변 이전에 죽었는데 만약 그가 몇 년 더 살아서 "국파가망(國破家亡)"의 고통을 맛보고 또 이러한 새로운 도화원의 고사를 들었다고 가상한다면, 기개가 자못 굳세었던 그로서는 느낌이 더 절실했을 것이다. 육유(陸游)만 보더라도, 그는 남송의 부분적인 안정 국면에 처하여 수많은 사람들이 기꺼이 적국을 신하의 예로 섬기거나 혹은 권세를 지닌 간신배에 붙는 것을 귀로 듣고 눈으로 보고 자연히 도화원과 기개를 결합시킬 수 있었다.16) 하물며 나라가 망하여 발붙일 땅조차 모두 빼앗겨 버린 소립지(蕭立之)는 말할 나위도 없다.

송대의 5·7언 시는 비록 역사와 사회를 진실하게 반영하고 있지만 전부를 다 반영하고 있지는 않다. 송시가 묘사하지 못한 수많은 상황들은 송대의 기타의 문체(文體)가 참된 모습을 남겨 전하고 있다. 예컨대, 후세 항간(巷間)에 전해졌던 송강(宋江)의 "취의(聚義)" 사건은 당시의 5·7언 시

---

16) 『검남시고(劍南詩稿)』 권23 「서도정절도원시후(書陶靖節桃源詩後)」에는 "기노(寄奴, 송무제(宋武帝) 유유(劉裕)의 소자(小字))가 담소하며 진(秦)과 연(燕)을 취하니, 어리석은 자나 어진 자나 모두 진(晉)의 솥이 옮겨간 것을 알았네. 홀로 도원(桃源) 사람을 위하여 전을 지었으니, 본디 의희(義熙) 연간에 벼슬살이를 하지 않은 것은 마땅하네!(寄奴談笑取秦燕, 愚智皆知晉鼎遷. 獨爲桃源人作傳, 固應不仕義熙年!)"라고 하였다.

에는 전혀 채택·기록되지 않았고, 단지 통속 소설의 제재로서『선화유사(宣和遺事)』전집(前集)의 몇 절에 남았으며 이른바 "거리에 떠도는 말에 보인다(見於街談巷語)"17) 이 시인들은 십중팔구(十中八九) 크고 작은 관료 지주 가정 출신으로 과거(科擧)와 추천을 통하여 크고 작은 관료 지주가 되었다. 민족 모순의 문제에 있어서 그들은 가혹한 정치를 반대하고 곤궁한 백성들을 동정하여 그들의 생활 개선을 바랄 수 있었다. 그러나 만일 백성들이 통치자의 착취와 억압을 견디지 못하고 창과 칼로 대항하면 문인(文人)·학사(學士)들은 또 대세가 좋지 않다고 느끼고 황급히 조정과 관부(官府) 편에 섰다. 후세의 사대부들은 양산박(梁山泊) 사건을 읊은 시에서 관리도 옳지 못했고 백성도 옳지 못했으니 각자 50대씩 맞아야 한다고 말할 수 있었지만18) 북송 사대부들은 몸으로 계급 이익이 위협받는다고 느끼고 이와 같은 사소한 "공평한 말"조차도 전혀 말하려고 하지 않았던 것으로 보인다. 남송이 멸망하여 공개(龔開, 1222~?) 같은 유로(遺老)가 난신적자(亂臣賊子)의 "재앙이 천하에 두루 미치는(禍流四海)" 것을 통탄함에 이르러서야 비로소 송강 같은 "도둑의 성인(盜賊之聖)"을 생각하기 시작하였고, 후세 이지(李贄, 1527~1602) 등의『충의수호전(忠義水滸傳)』을 보는 관점을 위하여 앞길을 열었다고 할 수 있다. 북송의 시에 나타나는 양산박은 단지 송강이 "하늘을 대신하여 도를 실행하기(替天行道)" 이전의 양산박으로 경치가 빼어난 지역이었으며19) 원(元)·명(明) 이래의 시에 "호한(好漢)"들이 한때 구름같

---

17) 남송 주밀(周密, 1232~1298)의『계신잡지(癸辛雜識)』속집(續集) 권상(卷上)에는 공개(龔開)의「송강삼십육찬(宋江三十六贊)」이 실려 있다.

18) 청 위희(魏禧, 1624~1680)의『위숙자시집(魏叔子詩集)』권1「독"수호"(讀"水滸")」제2수에는 "임금은 신하를 가리지 못하고, 재상은 선비에게 겸손하지 못하며, 선비는 벗을 구하지 못한 것이 여기에 있다(君不擇臣, 相不下士, 士不求友, 乃在於此)"라고 하였다.

19) 예컨대, 북송 송상(宋庠, 996~1066)의『원헌집(元憲集)』권10「좌구주정상작, 정하시양산박, 수수백리(坐舊州亭上作, 亭下是梁山泊, 水數百里)」에는 "긴 하늘과 들의 물결은 서로 푸른빛을 의지하고, 지는 해와 남은 구름은 함께 붉은 빛을 내네. 고기 담는 그릇 빙

이 모여들었던 지반(地盤)과는 달랐다.20)

송시에는 또 결함이 있으니 이치(理致)를 이야기하고 의론을 말하기 좋아한 것이다. 이치는 왕왕 조잡하고 천박하였으며 의론도 역시 자주 진부하였지만 필묵(筆墨)으로 무진 애를 써서 의견을 거듭 표명하였다. 이러한 기풍은 한유(韓愈, 768~824)·백거이(白居易, 772~846) 이래의 당시(唐詩)에 이미 있었으며, 송대 "이학(理學)" 혹은 "도학(道學)"의 흥성이 보편적으로 전파하게 하였다. 원초(元初)에 유훈(劉壎)이 증공(曾鞏, 1019~1083)의 시를 변호하여 일찍이 "송인의 시는 대부분 부(賦)를 숭상하고 비흥(比興)은 드물었는데 선생의 시도 또한 그렇다. 그래서 다만 마땅히 부의 체재로 본다면 유감은 없을 것이다(宋人詩體多尙賦而比興寡, 先生之詩亦然, 故惟當以賦觀之, 卽無憾矣!)"라고 말하였다.21) 모택동(毛澤東, 1893~1976)의 「진의(陳毅) 동지에게 주어 시를 말한 편지(給陳毅同志談詩的一封信)」에는 근대 문예 이론의 용어로써 명확하게 판단을 내려 "또 시는 형상(形象) 사유의 방법을 사용해야 하며, 산문처럼 직설(直說)할 수 없다. 그러므로 비흥(比興)의 두 가지 수법을 사용하지 않을 수가 없다. …… 송인들 다수는 시는 형상 사유의 수법을

글빙글 돌아가니 천 척의 거룻배 모여들고, 골목의 부들에 등불이 깜박이니 백 척의 돛 단배 드나드네(長天野浪相依碧, 落日殘雲共作紅. 魚缶回環千艇合, 巷蒲明滅百帆通)"라고 하였다.

북송 한기(韓琦, 1008~1075)의 『안양집(安陽集)』 권5 「과양산박(過梁山泊)」·소철(蘇轍, 1039~1112)의 『난성집(欒城集)』 권6 「양산박(梁山泊)」, 또 「양산박견하화, 억오흥오절(梁山泊見荷花, 億吳興五絶)」 제5수에는 "줄풀과 부들이 바람과 물결 사이에 출몰하고, 기러기와 오리는 안개비 속에서 울며 날아가네. 마땅히 고결한 사람이 오월(吳越)을 사랑하기 때문에, 일부러 제(齊)·로(魯)에 남풍을 일으켰으리(菰蒲出沒風波際, 雁鴨飛鳴霧雨中. 應爲高人愛吳越, 故於齊魯作南風)"라고 하였다.

20) 예컨대, 청 고사립(顧嗣立, 1669~1722)의 『원시선(元詩選)』 삼집(三集) 경(庚) 육유(陸友)의 『기국헌고(杞菊軒稿)』「제송강삼십육인화찬(題宋江三十六人畫贊)」, 명 유기(劉基, 1311~1375)의 『성의백문집(誠意伯文集)』 권17 「분장대(分臟臺)」(명 이지(李贄)의 『분서(焚書)』 권5 「이섭"증도"(李涉"贈盜)」, 조(條) 참조), 청 왕사진(王士禛)의 『고부우정잡록(古夫于亭雜錄)』 권5에 실린 구해석(丘海石)의 「과양산박(過梁山泊)」 등이 있다.

21) 원(元) 유훈(劉壎)의 『은거통의(隱居通議)』 권7.

사용해야 함을 이해하지 못하였고, 한결같이 당인들의 규율에 반대하였기 때문에 시의 맛이 밀랍을 씹는 것과 같다(又詩要用形象思維, 不能如散文那樣直說, 所以比興兩法是不能不用的. …… 宋人多數不懂詩是要用形象思維的, 一反唐人規律, 所以味同嚼蠟)"라고 하였다. 동시에, 송대 5·7언 시에는 "성리(性理)" 혹은 "도학"을 이야기한 것이 싫증날 만큼 많지만 애정을 묘사한 것은 가련할 정도로 적다. 송인은 연애 생활 속에서의 슬픔·기쁨·이별·만남은 그들의 시에 반영하지 않았고 흔히 그들의 사(詞)에 나타내었다. 예컨대, 범중엄(范仲淹, 989~1052)의 시에는 아녀자들의 사사로운 감정을 이야기한 것은 한 글자도 없으나, 그의 「어가행(御街行)」 사(詞)에는 "쇠잔한 등불이 깜박이는데 베갯머리에 기대니, 외로이 잠드는 맛을 다 알겠네. 이 일은, 미간에 가슴속에, 피할 도리가 없네(殘燈明滅枕頭欹, 諳盡孤眠滋味·都來此事, 眉間心上, 無計相廻避)"라고 하였다. 이와 같이 애달프고 끊이지 않는 정조(情調)는 조사(措辭)가 완약(婉約)하여 이청조(李淸照, 1084~1151경)의 「일전매(一剪梅)」에 "이 정은 씻어 없앨 도리가 없으니, 겨우 이마를 내려갔다가 또 가슴에 올라오네(此情無計可消除, 才下眉頭, 又上心頭)"라고 한 것보다 뛰어나다. 당·송 양대의 시사(詩詞)에 의하여 본다면, 아마 애정 특히 봉건 예교(禮敎)의 끊임없는 감시하에서 공공연히 행해진 애정은 고체시(古體詩)에서 거의 전부가 근체시(近體詩)로 물러났으며 또 근체시에서 대부분 사로 옮겨졌다고 말할 수 있을 것이다. 육유(陸游)의 시 몇 수를 제외하면 송대의 수가 많지 않은 애정시들은 모두 담박하고 졸렬하며 상투적이다. 예컨대 주숙진(朱淑眞, 1131년 전후)의 『단장시집(斷腸詩集)』의 작품도 사실 매우 부화(浮華)·천박하여 당 어현기(魚玄機, 844~871년경)의 풍격에 또 궁색함과 진부함을 약간 더하고 있을 뿐이다. 유극장(劉克莊, 1187~1269)은 이벽(李壁)의 「도망(悼亡)」 시를 "다시 더 보탤 수 없다!(不可以復加矣!)"라고 칭찬하였지만[22] 또한 시의 가장 깊이 있고 진지한 두 구절이 원진(元稹, 779~831)의 시와 "암암리에 일치하고 있다(暗合)”는 것을 시인하지 않을 수 없을 것이다.23) 염체시(艶體詩)로 이름을 떨친 사마유(司馬攸)도 그의 전해지는 2수의 시에 근거하여 논한다면,24) 이상은(李商隱, 813~858)을 배웠으나 필력(筆力)이 부족하여 빈혈증과 연골병(軟骨病)을 앓고 있는 서곤체(西崑體)처럼 보인다. 어떤 사람은 사에 흔히 보이는 정사(情事)를 시에 구체적으로 그려내고자 하였으나, 왕왕 이원응(李元膺, 1096 전후 생존)의 「십억시(十憶詩)」와 같이25) 진부한 것이 아니면 조충지(晁沖之)의 「도하추감왕석, 인성이수(都下追感往昔, 因成二首)」와 같이 피상적이어서26) 모두 당 한악(韓偓, 842~923?)의 『향렴집(香奩集)』의 작품들과는 비교할 수가 없다.

2

　남송 때 금(金)의 작가들은 송시가 “지난날보다 쇠퇴했으며 …… 마침내 천박하다고 하여 말하지 않았다(衰於前古 …… 遂鄙薄而不道)”라고 하여 불만스럽게 생각했는데, 그들 중에도 어떤 사람은 “너무 심하지 않는가!(不已甚乎!)”27)라고까지 생각하였다. 그 이후로 송시도 또한 상당히 세태(世態)의

---

22) 남송 유극장(劉克莊)의 『후촌대전집(後村大全集)』 권175.
23) 『후촌대전집(後村大全集)』 권174.
24) 남송 진기(陳起, ?~1256)의 『“전현소집”습유(“前賢小集”拾遺)』 권5 「규원(閨怨)」.
25) 『묵장만록(墨莊漫錄)』 권5에 보인다.
26) 송 조충지(晁沖之)의 『구자선생시집(具茨先生詩集)』 권13.
27) 금(金) 왕약허(王若虛, 1174~1243)의 『호남유로집(滹南遺老集)』 권40.
　왕약허는 백거이(白居易)를 스승으로 본받았기 때문에 그는 송시가 “역시 스스로 설 수 있었고 반드시 다 그 뒷자리에 있는 것은 아니다(亦有以自立, 不必盡居其後)”라고 하였는데, 이는 공평한 의론이라고 할 수 있다. 바로 명 구우(瞿佑, 1341~1427)의 『귀전시화(歸田詩話)』 권상(卷上)에는 “온 세상이 모두 당시를 숭상함은 아마 공평하지 않을 것이다(擧世宗唐恐未公)”라고 논하였고, 청 섭섭(葉燮, 1627~1703)의 『기휴문집(己畦文集)』 권8 「황엽촌장시서(黃葉村莊詩序)」와 『원시(原詩)』 권1에서 “시대에 따라 잘 변한다(因時善變)”는 것을 논하였으며, 혹은 청 반덕여(潘德輿, 1785~1839)의 『양일재시화(養一齋詩話)』

염량(炎涼) 혹은 시가(市價)의 오르내림을 맛보았다. 명대에 소평(蘇平)은 송인의 근체시 중 단지 1수만이 취할 만하고 그 1수도 또한 결점이 있다고 보았다.[28] 이반룡(李攀龍, 1514~1570)은 심지어 상(商)·주(周)에서 명대에 이르는 한 시의 선본에서 명시를 당시(唐詩)에 바로 접속시키고 송시는 한 글자도 수록하지 않았다.[29] 만청(晩淸) 때 "동광체(同光體)"는 송시를 제창

권4에서 도목(都穆)의 『남호시화(南濠詩話)』 중 몇 구절을 확대하여 의론하고 있는 것과 마찬가지이다. 왜냐하면 그들도 또한 모두 송시를 배우지 않은 사람들이기 때문이다.

28) 섭성(葉盛, 1420~1474)의 『수동일기(水東日記)』 권10에 기록된 소평(蘇平, 1435경)의 말. 그 시는 왕규(王珪, 1019~1085)의 「공화어제상원관등(恭和御製上元觀燈)」으로 『화양집(華陽集)』 권4에 보인다.

29) 『고금시산(古今詩刪)』 권22는 당(唐) 이건훈(李建勳)과 영일(靈一)로 끝나고, 권23은 명(明) 유기(劉基)로 시작된다.
   명 도륭(屠隆)의 『홍포집(鴻苞集)』 권17에는 "송시는 은하수 같아서(수준이 멀리 떨어진다는 뜻) 품평과 마름질에 넣지 않았다(宋詩河漢, 不入品裁)"라고 하였고, 또 명 진자룡(陳子龍, 1608~1647)의 『진충유전집(陳忠裕全集)』 권25 「황명시선서(皇明詩選序)」에 송시는 명시 등과 "동류(同類)"가 아니라 "이물(異物)"이라고 한 것을 참조
   하경명(何景明)·이몽양(李夢陽)·왕세정(王世貞)·이반룡(李攀龍) 등의 전후(前後) "칠자(七子)"의 "복고(復古)"를 싫어하였기 때문에 명대 중엽 이후의 작가들은 또 송시를 들고 나왔다. 예컨대 "공안파(公安派)"는 송시가 성당시(盛唐詩)보다 뛰어나고, 소식(蘇軾)이 두보(杜甫)보다 뛰어나다고 받들었다. 이 점에 관해서는 명 원굉도(袁宏道, 1568~1610)의 『병화재집(瓶花齋集)』 권9 「답도석궤(答陶石簣)」·명 도망령(陶望齡)의 『헐암집(歇庵集)』 권15 「여원육휴서(與袁六休書)」 가운데 제3, 또 명 담원춘(譚元春, 1586~1637)의 『동파시선(東坡詩選)』에 실린 원굉도의 발(跋), 권1 「진흥사각(眞興寺閣)」·「석창서취묵당(石蒼舒醉墨堂)」, 권5 「증안의왕언약(贈眼醫王彦若)」에 부록된 원굉도의 평어를 참조
   청 황종희(黃宗羲, 1610~1695)의 『명문수독(明文授讀)』 권36에 실린 섭향고(葉向高)의 「왕역천시서(王亦泉詩序)」, 권37에 실린 하교원(何喬遠)의 「정도규시서(鄭道圭詩序)」 및 「오가관시초서(吳可觀詩草序)」와 증이찬(曾異撰)의 「서숙형산거차운시서(徐叔亨山居次韻詩序)」도 또한 전적으로 "칠자"의 "복고"에 자극을 받아 송시를 표방하였으며, 동시에 우리에게 청초(淸初)의 황종희(黃宗羲)·여유량(呂留良)·오지진(吳之振)·진우(陳訏) 등이 송시를 제창한 연원을 보게 해준다.
   흥미로운 것은 수많은 송인의 시구가 명대의 통속 작품에 의해 널리 알려지게 되었다는 것이지만, 다만 당시의 독자들이 그것이 송시임을 반드시 알고 있었다고는 할 수 없다. 세 가지 뚜렷한 예를 들어 본다. 『하화탕(荷花蕩)』 제3절(折) 중의 옥황상제(玉皇上帝)가 말한 "맑은 달·성긴 별이 건장궁(建章宮)을 에워싸고, 신선 바람은 어로(御爐)의 향에 불어내리네. 시신(侍臣)들은 통명전(通明殿)에 백조처럼 서 있고, 한 송이 붉은 구름이 옥황상제를 받들고 있네(淡月疏星繞建章, 仙風吹下御爐香. 侍臣鵠立通明殿, 一朵紅雲

하고 특히 강서파(江西派)를 추존(推尊)하였다. 송대의 시인은 이를 기회로 몸값이 10배로 뛰어 황정견(黃庭堅, 1045~1105)의 시집은 한 부에 은자(銀子) 열 냥의 엄청난 가격으로 팔렸다.30) 이러한 옛 일들은 굳이 더 이상 말할 필요는 없지만, 그것은 하나의 교훈을 포함하고 있으니 우리들에게 "비평은 마땅히 척도가 있어야 하고, 합당한 비례감(比例感)을 잃어서는 안 된다"는 것을 알게 해 준다. 만일 송시가 좋지 않다면 그것을 뽑을 필요도 없다. 그러나 송시를 뽑는 것은 의무 혹은 권리가 있어서 그것을 매우 좋고 아주 좋으며 비할 데 없는 첫째라고 말하며, 구사회의 상점에서 광고를 내는 방법을 모방하여 문학 비평 중 분명하게 셀 수 있는 몇 개의 칭찬하는 글자들을 혹사하여 과외 근무와 겸직을 시키고 힘이 다 빠져 목이 쉴 정도로 임무를 다하도록 하는 것을 의미하지는 않는다. 전체적으로 말한다면 송시의 성취는 원시(元詩)·명시(明詩)의 윗자리에 있으며 또한 청시(淸詩)를 뛰어 넘는다. 우리는 이러한 성취를 칭찬할 수는 있지만 그것을 과장하고 과대할 필요는 없다.

전하는 바에 의하면 고대 희랍의 알렉산더(Alexander, 전356~전323) 대왕은 세자로 있을 때, 매번 그의 부왕(父王)이 외국에서 전쟁에 승리했다는

捧玉皇"라고 한 것은 소식(蘇軾)의 「상원시음루상, 정동렬(上元侍飮樓上, 呈同列)」 제3수로 『소문충공시집(蘇文忠公詩集)』 권36에 보이고, 『앵무주(鸚鵡洲)』 제3절(折) 중의 여자 무당이 말한 "따뜻한 해에 버들은 향기롭고, 짙은 봄에 해당화에 취하네. 마음대로 게으름을 피우는 것은 참으로 맛이 있고, 속인과 응답하는 것은 심히 서로 방해가 된다네(暖日薰楊柳, 濃春醉海棠. 放慵眞有味, 應俗苦相妨)"라는 것은 진여의(陳與義)의 「방용(放慵)」 전반부 4구로 『간재시집(簡齋詩集)』 권10에 보이며, 『금병매(金甁梅)』 제18회의 "바로 '사람이 교우함은 풍월이요, 하늘이 그림을 열면 곧 강산이다.'라는 것이다(正是 "人得交游是風月, 天開圖畫卽江山")"라고 한 것은 황정견(黃庭堅)의 「왕후송(王厚頌)」 제2수의 후반 2구로 『예장황선생문집(豫章黃先生文集)』 권15에 보인다.
선통(宣統) 2년(1910) 『소설시보(小說時報)』 제6기 「식루담여(息樓談餘)」에 실린 감주(贛州)의 「청음반(淸音班)」 창본(唱本) 안에 사용된 황정견의 각 연(聯)의 시구를 참조.
30) 청 시산(施山)의 『강로암잡기(薑露菴雜記)』 권6.

소식을 들을 때마다 전 세계가 그의 아버지에 의해 정복되어 자신과 같은 영웅이 장래에 힘을 쓸 땅이 없어질까 걱정하였다고 한다. 위대한 시의 창작 시대를 바로 뒤쫓아 나타난 시인들은 틀림없이 이와 유사한 느낌과 생각을 갖고 있었을 것이다. 물론, 시의 세계는 무한하다. 그러나 앞 사람들이 점령한 경계가 더욱 넓을수록, 계승자가 판도를 개척하려면 더욱 큰 인력과 물자를 준비하여 더욱 더 멀리 출정해야 한다. 그렇지 않으면, 그는 기껏해야 수성(守成)하는 임금일 뿐 앞 사람의 업적을 빛내고 넓힌 임금이라고 할 수는 없다. 그러므로 전대 시의 조예는 후세 사람들에게 전해진 산업(産業)일 뿐 아니라, 어떤 의미에서는 또한 후세 사람들에게 낸 도전이라고 할 수 있다. 그들에게 도전하여 경기하게 함으로써 그들이 늦게 왔지만 앞 사람을 능가할 수 있는지 기록을 깨뜨릴 수 있는지 아니면 곡조는 다르지만 솜씨는 같아서 새로운 국면을 따로 열 수 있는지를 시험하려고 하는 것이다. 만일 후세 사람들이 장래성이 없어서 이러한 도전을 받아들일 수 없다면, 이러한 유산은 아주 쉽게 자손들에게 화를 끼쳐 탐욕스럽고 게으르고 호의호식(豪衣豪食)하는 귀족의 자제로 기를 것이다, 당시를 본보기로 한 것은 송인의 큰 행운이자 또한 큰 불행이었다. 이러한 좋은 본보기를 보고 송대 시인들은 영리하게 배워 기교와 언어 면에서 더 정밀할 수 있었고, 동시에 이러한 좋은 본보기가 있었기 때문에 그들은 또한 게으름을 피워 모방과 의뢰의 타성에 젖어버렸다. 송시를 업신여긴 명대 사람들은 그들이 당시를 배웠지만 당시 같지가 않다고 말하였다.[31] 이 말은 결코 틀림없지만 그들은 당시 같지 않은 이 점이 바로 송시의 창조성과 가치가 있는 것임을 이해하지 못하였다. 명대 사람들은 당시를 배

---

31) 예컨대, 명 하경명(何景明)의 『하씨집(何氏集)』 권26 「독"정화록"(讀"精華錄")」에는 "산곡(山谷)의 시는 송 이래 논자들은 모두 두보(杜甫)를 닮았다고 하지만, 정말 나도 모를 일이다(山谷詩自宋以來論者皆謂似杜子美, 固余所未喩也)"라고 하였다.

운 것이 닮았지만 교묘하지 못하였고 당시 같지만 또한 당시는 아니어서 개성이 결핍되고 새로운 뜻이 없었으며 이 때문에 "성당시에 눈이 멀었다든가(瞎盛唐詩)"·"가짜 골동(贗古)"·"광대의 의관(優孟衣冠)" 등의 별명을 얻었다.[32] 송인들은 당인들이 건설한 길을 연장시키고 파놓은 강물을 더욱 깊게 하였지만, 일찍이 위험을 무릅쓰고 황무지를 개척하지도 못하였고 신천지를 발견하지도 못하였다. 송대 문학 비평의 용어로 말한다면, 송대 작가들은 당시에 의지하여 시의 "작은 매듭(小結褒)"의 측면에서는 매우 많은 발명과 성공적인 시도가 있었다. 비유한다면, 어떤 뜻은 묘사가 당인들보다 투철하고 어떤 자안(字眼)이나 혹은 구법(句法)은 당인에게서 나와서 그들보다 더욱 정교하고 온당하지만, 그러나 "큰 판단(大判斷)" 혹은 예술의 전 방향에서는 어떠한 두드러진 전환이나 변화도 없고, 풍격과 의경(意境)이 비록 두보(杜甫, 712~770)·한유(韓愈)·백거이(白居易) 혹은 가도(賈島)·요합(姚合) 등의 몸에 기생(寄生)하지는 않았지만 결국은 많든 적든 그들의 세력권 안에 머물러 있었다.[33] 이 점에 관해서는 이 책의 평술(評述)과 주석 부분에서 살펴볼 수 있을 것이다. 송시를 박대(薄待)한 명대 작가들은 낡은 것을 밀어버리고 새 것을 창조한 이 점에 대해서 모두 눈살을 찌푸리고 고개를 가로 저었고, 마치 산학(算學)을 하는 것처럼 그들은 따로 공식을 열거하는 것을 허락하지 않았을 뿐 아니라 또 앞 사람들이 다 나

---

32) 명 우신행(于愼行, 1545~1607)의 『곡성산관문집(穀城山館文集)』 권11 「풍종백시서(馮宗伯詩序)」에 "마치 화가가 초상을 그리는 것과 같아서 …… 하나도 닮지 않음이 없지만 …… 전혀 생기가 없으며 …… 닮았으나 그 참을 잃었다(如畫師寫照 …… 無一不似 ……, …… 了無生意 …… 似之而失其眞矣!)"라고 하였고, 또 「주광록집서(朱光祿集序)」에 "크게는 편장을 흉내 내고 작게는 자구를 표절하여 …… 몸은 살쪘으나 정신은 삭막하다(大者摹擬篇章, 小者剽剝字句, …… 形腴神索)"라고 한 것을 참조. 이것은 일찍이 "칠자(七子)"의 영향을 받았던 경험자의 말이다.

33) 이 두 가지 용어는 원(元) 방회(方回)의 『영규율수(瀛奎律髓)』 10 요합(姚合)의 「유춘(遊春)」의 비어(批語)에 보인다. 권15 진자앙(陳子昂)의 「만차낙향현(晚次樂鄕縣)」의 비어를 참조.

눌 수 없었던 수에 대해서도 소수점 뒤에서 몇 자리를 더 나누려고도 하지 않았다. 우리는 세 사람의 말을 빌려 이러한 차별을 설명해도 괜찮을 것이다. "옛것으로 돌아가는 것을 '복(復)'이라고 하고 정체하지 않는 것을 '변(變)'이라고 한다. 만약 다만 돌아가기만 하고 변하지 않는다면 서로 비슷한 격조에 빠져서, 그 형상이 둔마와 준마가 마구간을 함께 하는데 조부(造父)가 아니면 분간할 수가 없고 …… 돌아감은 너무 지나침을 꺼리고 …… 변함이 만약 미묘함에 이르면 너무 지나침을 꺼리지는 않으며 …… 만약 천기(天機)가 결핍되면 억지로 복고를 흉내 내어, 도리어 생각은 어지럽고 신기는 저상하게 한다(反古曰復, 不滯曰變. 若惟復不變, 則陷於相似之格, 其狀如駑驥同廐, 非造父不能辨 …… 復忌太過 …… 變若造微, 不忌太過 …… 若乏天機, 強效復古, 反令思擾神沮)"[34] — 이것은 당인의 말로서 여기서는 "통변(通變)"이 "복고(復古)"보다 중요하고 또한 비교적 온당하다고 보았다. "옛 사람과 합치하기를 추구하지 않아도 합치하지 않을 수가 없고, 옛 사람과 다르기를 추구하지 않아도 다르지 않을 수가 없게 된다(不求與古人合而不能不合, 不求與古人異而不能不異)"[35] — 이것은 송인의 말로서 이미 옛 사람으로 하여금 주인이 되도록 하였지만 아직은 노력하여 "같음(合)" 가운데서 "다름(異)"을 추구하려고 하였다. "컴퍼스와 자는 모난 것과 둥근 것이 나오는 곳이다. 설사 그것을 버리고 싶어도 어떻게 버릴 수가 있겠는가? …… 그것을 사용하면 모와 원에 맞지 않음이 거의 없는데, 왜 그런가? 반드시 같은 것이 있기 때문이다(規矩者方圓之自也, 卽欲舍之, 烏乎舍? …… 乃其爲之也, 鮮不中方圓也, 何也? 有必同者也)"라고 하였고, "조식(曹植, 192~232)·유정(劉楨, ?~217)·완적(阮籍, 210~262)·육기(陸機, 261~303)·이백(李白, 701~762)·두보(杜甫)는 그것을 쓸 수 있었으나 다를 수가 없었고, 다를 수는 있었으나 같지 않을

---

34) 당 교연(皎然)의 『시식(詩式)』 권5 "복고통변체(復古通變體)" 조(條).

35) 송 강기(姜夔)의 『백석도인시집(白石道人詩集)』 자서(自序) 제2.

수가 없었다(曹·劉·阮·陸·李·杜能用之而不能異, 能異之而不能不同)"36) — 이것
은 송시를 박대한 명대 사람의 말로서 단지 기존의 규범을 고지식하게 지
켜서 옛 사람과 서로 "같은(同)" 것만 알고 있을 뿐 "다른(異)" 것을 내세우
고 새로운 것을 표방하는 데는 마음을 쏟지 않았다.

　모택동은 「연안 문예좌담회상의 강화(在延安文藝座談會上的講話)」에서 일찍
이 "백성의 생활 중에는 본래 문학예술의 원료의 광맥이 존재하고 있으며
이것은 자연 형태의 것이고 조잡한 것이다. 그러나 이것은 또한 가장 생
동하고 가장 풍부하며 가장 기본적인 것이다. 이 점에서 말한다면 그것들
은 모든 문학예술로 하여금 서로 비교하여 모자람이 나타나게 하고 그것
들은 모든 문학예술이 아무리 가져도 없어지지 않고 아무리 사용해도 다
하지 않는 유일한 원천이다. 이것이 유일한 원천인 까닭은 단지 이와 같
은 원천만 있을 수 있을 뿐이고 그 밖에 제2의 원천은 있을 수 없기 때문
이다. …… 실제로 과거의 문예 작품은 근원[源]이 아니라 지류[流]이며 옛
사람과 외국 사람이 그들이 살던 그 때 그곳에서 얻은 백성 생활 중의 문
학예술의 원료에 근거하여 창조해 낸 것이다. 우리들은 반드시 모든 우수
한 문학예술 유산을 계승하고, 그중의 모든 유익한 것을 비판적으로 흡수
하여 우리들이 이때 이 땅의 백성 생활 중의 문학예술의 원료로부터 작품
을 창조할 때의 거울로 삼아야만 한다. 이러한 거울이 있는 것과 없는 것
은 다르며, 이 안에는 꾸밈과 거칠음의 차이·굵음과 가늘음의 차이·높
음과 낮음의 차이·빠름과 느림의 차이가 있다. …… 그러나 '계승'과
'거울로 삼는다'라는 것은 결코 자신의 창조를 대체하는 것으로 될 수 없

36) 명 이몽양(李夢陽)의 『공동자집(空同子集)』 권62 「박하씨논문서(駁何氏論文書)」·「재여하
　　씨서(再與何氏書)」; 하양준(何良俊)의 『사우재총설(四友齋叢說)』 권26에 기록된 이몽양이
　　두보(杜甫)의 시를 마치 "지극히 둥글어서 그림쇠를 더할 필요가 없고 지극히 모나서 자
　　로 잴 필요가 없는"(至圓不能加規, 至方不能加矩) 것 같다고 칭찬한 것에 대한 고린(顧璘)
　　의 반박을 참조.

으며, 이는 결코 대체할 수 없는 것이다"37)라고 지적하였다. 송시는 이 한 구절에서 말하고 있는 불변의 진리가 사실임을 증명할 수 있는데, 시의 창작에서 "지류(流)"를 "원천(源)"으로 잘못 볼 위험을 나타내고 있다. 이러한 위험한 경향은 송 이전에 일찍이 자취가 있었지만, 송시에서 비로소 대규모로 발전하고 명확한 이론을 갖추어 보편적인 공기의 압력으로 변하였으며, 이후의 원(元)·명(明)·청(淸)의 시를 뒤덮는 데까지 이르렀다. 우리는 단지 육조(六朝) 종영(鍾嶸, 565경~618)의 "거의 베끼는 것과 같다(殆同書抄)"라고 한 비평,38) 당대(唐代) 교연(皎然, 720?~798?)의 "비록 경(經)·사(史)를 쓰고 싶더라도 서생은 벗어나야 한다(雖欲經史, 而離書生)"라고 한 요구,39) 청대 원매(袁枚, 1716~1797)의 "하늘가의 나그네 너무 어리석음을 자랑하여, 잘못하여 책을 베끼는 것을 시를 짓는다고 하네(天涯有客太詅癡, 誤把抄書當作詩)"라고 한 비웃음40)을 보기만 해도, 송시의 그러한 악습이 얼마나

---

37) 『모택동선집(毛澤東選集)』 제3권 882쪽(인민출판사 판), "人民生活中本來存在着文學藝術原料的礦藏, 這是自然形態的東西, 是粗糙的東西., 但也是最生動·最豐富·最基本的東西; 在這點上說, 它們使一切文學藝術相形見絀, 它們是一切文學藝術的取之不盡·用之不竭的唯一的源泉. 這是唯一的源泉, 因爲只能有這樣的源泉, 此外不能有第二個源泉, …… 實際上, 過去的文藝作品不是源而是流, 是古人和外國人根據他們彼時彼地所得到的人民生活中的文學藝術原料創造出來的東西. 我們必須繼承一切優秀的文學藝術遺産, 批判地吸收其中一切有益的東西, 作爲我們從此時此地的人民生活中的文學藝術原料創造作品時候的借鑒. 有這個借鑒和沒有這個借鑒是不同的, 這裏有文野之分·粗細之分·高低之分·快慢之分. …… 但是繼承和借鑒決不可以變成替代自己的創造, 這是決不能替代的"

38) 양(梁) 종영(鍾嶸)의 『시품(詩品)』 권중(卷中).

39) 『시식(詩式)』 권1 "시유사리(詩有四離)" 조.

40) 청 원매(袁枚)의 『소창산방시집(小倉山房詩集)』 권27 「방원유산"논시"(仿元遺山"論詩")」 제38수. 전하는 바에 의하면, 그가 비웃은 "무기씨(無己氏)"는 옹방강(翁方綱)을 가리킨 것이라고 한다. 이 시는 제5수의 사신행(査愼行, 1651~1728)을 칭찬한 시에 "타산(他山, 사신행의 호)의 책과 역사는 배가 불룩하지만, 매번 시를 읊을 때마다 다 던져 버리네(他山書史腹便便, 每到吟詩盡棄捐)"라고 한 것과 마땅히 대조해야 할 것이다. 『수원시화(隨園詩話)』 권1에 영고(詠古)·영물(詠物) 시를 논하여 "반드시 이러한 제목의 책을 수집하지 않은 것이 없어야 하지만, 그것이 이루어지면 또 하나의 전고도 사용하지 않는다(必將此題之書籍無所不搜, 及其成仍不用一典)"라고 한 것을 참조.

오랜 기원과 얼마나 장구한 후예를 가지고 있는지 알 수가 있을 것이다.

이 책의 평술과 주석에서도 또한 말류(末流)를 본원(本源)으로 여기는 기풍이 송대 시인들의 유행성 감기인 듯하다는 것을 발견할 수 있을 것이다. 맹호연(孟浩然, 689~740)을 "재료가 없다(無材料)"고 싫어한 소식(蘇軾)이 이러한 경향이 있고, "옛 사람들의 뛰어난 대우(對偶)를 다 사용했다(古人好對偶用盡)"는 육유(陸游)는 더욱 이러한 경향을 지니고 있다. 서곤체(西崑體)가 이러한 병에 걸렸고 강서파(江西派)도 마찬가지로 이러한 병에 걸렸을 뿐 아니라 또 강서파를 반대한 "사령(四靈)"도 결국 똑같은 병에 전염되었다. 그들은 이러한 악습을 "책을 재료로 시를 짓는다(資書以爲詩)"[41]라고 정의하였으며, 후인들의 솔직한 해석은 "책을 빼버리면 더 이상 시가 없다(除却書本子, 則更無詩)"[42]라는 것이었다. 송대 시인의 현실감은 비록 완전히 문자에 빠져버리지는 않았지만, 그러나 때로는 또한 이미 이규(李逵)가 헤엄칠 줄 아는 체하면서 물 위에 고개를 내밀려고 허우적거리는 것처럼 보인다.

옛 사람들의 각종 저작에서 자신의 시의 재료와 사구(詞句)를 수집하고 옛 사람들의 시로부터 자신의 시를 번식시키며 책장과 책상자로 하나의 상아탑을 쌓아놓고 이따금 인생·현실에 대해서 높은 곳에서 먼 곳을 내려다보듯 난간에 기대어 한 번 바라다본다. 내용은 갈수록 빈약·천박해지고 형식도 또한 변할수록 엄밀해진다. 형식에 치우친 고전주의가 발달하여 극단에 이르면, 작가로 하여금 구체적인 사물에 대한 감수성을 상실

---

41) 유극장(劉克莊)의 『후촌대전집(後村大全集)』 권96 「한은군시서(韓隱君詩序)」는 한유(韓愈)의 「등봉현위노은묘지(登封縣尉盧殷墓誌)」의 말을 사용하였다. 한유의 이 말은 송대에 매우 애송되었다. 예컨대, 강유안(强幼安)의 『당자서문록(唐子西文錄)』의 "범작시, 평거 수수습시재이비용(凡作詩, 平居須收拾詩材以備用)" 조와 문형(文珦)의 『잠산집(潛山集)』 권3 「곡이설림(哭李雪林)」, 권5 「주초창음고, 호"납극", 위부고시(周草窗吟稿號"蠟屐", 爲賦古詩)」 등이 있다.

42) 청 왕부지(王夫之, 1619~1692)의 『선산유서(船山遺書)』 권64 「석당영일서론(夕堂永日緖論)」 내편(內編)에서 소식(蘇軾)·황정견(黃庭堅)을 평한 말이다.

하게 하여 외부세계에 대해서 보아도 보이지 않게 하니, 마치 유리 어항 속의 금붕어가 투명한 격리 상태에서 살고 있는 것과 같다. 전하는 바에 의하면 문예 부흥 시대에는 인문주의 작가들이 고전 문학에 빠져서 한결같이 풍격과 사조(詞藻)만을 강구하여, 비록 사물을 접촉하더라도 마음속에는 결코 사물의 인상은 없고 단지 고대 로마의 위대한 시인들의 좋은 말과 아름다운 구절만 떠돌았다고 한다.[43] 중국의 고대 비평가도 또한 같은 현상을 지적하여 "사람의 순경과 역경에서 움직이는 감정과 사상은 모두 시의 재료가 되는데, 두보(杜甫)의 시는 여기에서 얻은 것이 많다. 사람들은 그렇게 할 수가 없어서 좋은 시를 잃어버린다. 시를 짓게 되어도, 전혀 뜻이 없고 오직 옛 사람의 구만 흉내 낼 따름이다(人於順逆境遇所動情思, 皆是詩材, 子美之詩多得於此. 人不能然, 失却好詩; 乃至作詩, 了無意思, 惟學古人句樣而已)"[44] 라고 하였다. 이것은 명대의 "칠자(七子)"를 두고 한 말로서, 송시의 병세는 그래도 훨씬 그렇게 위중(危重)한 데에 이르지는 않았지만 그 병색은 이미 드러나고 있다. 예컨대, 도잠(陶潛)을 스승으로 본받은 남송의 진연(陳淵, ?~1145)[45]은 그의 여행시에서 "도연명은 이미 황천에 묻혔지만, 시어는 기이한 흥취가 남아 있네. 내가 밭과 들 사이를 갈 때, 눈만 들면 문득 서로 만나네. 누가 옛 사람이 멀다고 했는가? 바로 오고감이 없는 것을(淵明已黃壤, 詩語餘奇趣; 我行田野間, 擧目輒相遇. 誰云古人遠? 正是無來去!)"[46]이라고 하였다. 도잠은 물론 위대한 시인이지만, 만약 진연이 한 눈으로 바라본 것이 모두 6~7백 년 전에 도잠이 읊는 정경이라고 느꼈다면 도잠의 의경(意

---

43) 데·상크티스(F. De Sanctis, 1817~1883)의 『이탈리아 문학사(Storia della Letteratura Italiana)』, 1962년판 제1책 342쪽.
44) 청 오교(吳喬)의 『위로시화(圍爐詩話)』 권1.
45) 『묵당선생문집(默堂先生文集)』 권4 「소헌한제(小軒閒題)」 제2수에는 "도연명은 나의 스승이라네(淵明吾之師)"라고 하였고, 권5 「차운령덕답천계(次韻令德答天啓)」에는 "나는 도연명을 스승으로 하네(我師陶靖節)"라고 하였다.
46) 『묵당선생문집(默堂先生文集)』 권5 「월주도중잡시(越州道中雜詩)」 제8수.

境)이 포괄하고 있는 것이 매우 광활했음을 반드시 증명하지는 못하고 아마도 단지 자신의 심안(心眼)이 도잠에 의해서 매우 편협하게 제한을 받았다는 것을 나타낸 것일 뿐이다. 이러한 문예 작품에 대한 민감함은 다만 현실 사물에 대한 맹점을 조성할 뿐이고, 동시에 또한 문예 작품에 대한 환각으로 변할 수도 있다. 왜냐하면 그것은 한편으로는 눈도 깜짝하지 않고 단지 도잠만을 주시하여 도잠의 시경(詩境) 이외의 것에 대해서는 전혀 깨달을 수 없고, 다른 한편으로는 환한 대낮에 귀신을 보듯 견강부회(牽強附會)하여 도잠의 시에서 도잠 본인도 꿈꾸지 못한 것을 찾아낼 수 있기 때문이다.

다시 경치를 그린 송대의 소시(小詩)를 예로 들어보자. 양(梁) 심약(沈約, 441~513)은 옛 사람의 경치를 그린 "뛰어난 작품(茂製)"은 "모두 곧장 속마음을 들었고 시사(詩史)를 모방하지 않았다(並直擧胸情, 非傍詩史)"라고 하였고, 종영(鍾嶸)도 또한 옛 사람의 경치를 그린 "뛰어난 구(勝句)"는 "대부분 깁거나 빌린 것이 아니라, 모두 곧장 찾아낸 것을 따랐다(多非補假, 皆由直尋)"라고 하였는데, 우리는 잠깐 어떤 시가 그러한 것인지 살펴보고자 한다. 사천(四川)의 사요필(史堯弼, 1118~1157년경)이란 시인은 『사고전서총목제요(四庫全書總目提要)』에서 그가 "천품이 뛰어나(天姿踔絶)" 동향 선배인 소식(蘇軾)의 "유풍(遺風)"이 있다고 칭찬하였다. 그는 7언 절구 「호상(湖上)」을 지어 "물결은 흉흉히 뒤집히고 홀연히 아물아물한데, 갑자기 바람이 자니 평평하고 넓은 것이 보이네. 이 사이에 구가 있으나 얻은 사람이 없으니, 맨손으로 긴 뱀을 잡아보리라(浪洶濤翻忽渺漫, 須臾風定見平寬. 此間有句無人得, 赤手長蛇試捕看)"라고 하였다.[47] 이 시는 자못 기백이 있으며 제3·4의 두 구절은 다른 사람이 그리지 못한 광경을 그려내려고 하였음을 나타내고 있

---

47) 『연봉집(蓮峰集)』 권2.

다. 뜻도 매우 뛰어나고 사용한 비유가 특히 신선하고 기이하여 사람들로 하여금 "형상을 포착하는 사냥꾼"이라는 유명한 칭호를 연상하게 한다.[48] 그러나, 자세하게 연구해 보면 우리는 사요필은 단지 듣기 좋도록 말하고 있을 뿐임을 발견한다. 그는 자신이 빈손이라고 말하였지만 사실은 두 손에 모두 옛 사람에게서 빌려온 무기를 들고 있고, 그 긴 뱀도 또한 옛 사람들이 익숙하게 부리고 식구들을 먹여 살리던 썩은 새끼줄과도 같은 파충류일 뿐이다. 소식(蘇軾)의 「곽희"추산평원"(郭熙:"秋山平遠")」 제1수에는 "이 사이에 구가 있으나 아는 사람이 없으니, 양양(襄陽) 맹호연(孟浩然)에 보내려고 하네(此間有句無人識, 送與襄陽孟浩然)"라고 하였고[49] 손초(孫樵, 880 전후 생존)의 「여왕림수재서(與王霖秀才書)」에는 노동(盧仝, 785?~835)·한유(韓愈) 등의 풍격을 형용하여 또한 "이를 읽으면 맨손으로 긴 뱀을 잡고, 고삐를 매지 않고 야생마를 탈 때, 급해서 틈을 얻을 수 없어서 움켜잡지 않을 수 없는 것과 같다(讀之如赤手捕長蛇, 不施控騎生馬, 急不得暇, 莫不捉搦)"라고 하였다.[50] 다시 계속 연구하면 우리는 또 원래 손초도 또한 손쉽게 한유와 유종원(柳宗元, 773~819)에게 밑천을 빌렸음을 발견하게 된다. 한유의 「송무본사귀범양(送無本師歸范陽)」에는 "교룡이 뿔과 어금니를 놀리고 있는데, 황급히 손으로 움키려는 듯하네(蛟龍弄角牙, 造次欲手攬)"라고 말하지 않았던가?[51] 유종원의 「독한유소저"모영전"후제(讀韓愈所著"毛穎傳"後題)」에는 "찾아서 읽어보니, 용과 뱀을 잡고 범과 표범을 칠 때 급히 그들과 다투지만 힘이 틈을 얻지 못하는 것과 같다(索而讀之, 若捕龍蛇·搏虎豹, 急與之角, 而力不

48) 『빨강 머리(Poil de Carotte)』(1893)의 작자 쥘·르나르(Jules Renard, 1864~1910)가 『박물지(Histoires Naturelles)』(1896)에서 자칭한 말로 베르누와르(F. Bernouard) 판본 3쪽에 보인다.

49) 『소문충공시집(蘇文忠公詩集)』 권29.

50) 『손초집(孫樵集)』 권2.

51) 『창려선생집(昌黎先生集)』 권5.

得暇)"라고 말하지 않았던가?52) 바꾸어 말하면, 손초와 사요필은 모두 그 곳에서 낡은 상품을 새것으로 만들었고 교묘한 마름질과 짜깁기로 어렵고 괴로운 창조를 대신하였으며, 전혀 "자연 상태의 것"에서 원료를 발굴한 것이 아니었다.

일찍이 남송 말년에 엄우(嚴羽)는 송대의 시에 대해서 이미 공평한 결론을 내려 "근래의 여러 사람들은 기이하고 독특한 해석을 해서 마침내 문자로 시를 짓고 재학(才學)으로 시를 짓고 의론으로 시를 지었으며, 또 그들의 작품은 대부분 전고를 사용하는 데 힘쓰고 흥치(興致)는 묻지 않았으며, 글자를 쓰는 데는 반드시 내력이 있고 운(韻)을 밟는 데는 반드시 출처가 있다(近代諸公乃作奇特解會, 遂以文字爲詩, 以才學爲詩, 以議論爲詩, 且其作多務使事, 不問興致, 用字必有來歷, 押韻必有出處)"라고 하였으며53) 이 때문에 그는 "골동을 가장 꺼리고 깁고 덧붙이는 것을 가장 꺼린다(最忌骨董, 最忌襯貼)"라고 하였다.54) 명인의 송시에 대한 비평도 또한 이 몇 마디의 말을 벗어나지 않았다. 예컨대, "송인의 시는 더욱 내가 이해하지 못한다. …… 송인은 대부분 시로 의론하기를 좋아한다. 시로 의론하려면 왜 글을 짓지 않고 시를 짓는가? …… 송인은 또 전고를 써서 시를 짓기 좋아하였는데 …… 전고를 써서 시를 지으려면 왜 글을 짓지 않고 시를 짓는가?(宋人之詩尤愚之所未解. …… 宋人多好以詩議論, 夫以詩議論, 卽奚不爲文而爲詩哉? …… 宋人又好用故實組織成詩, …… 用故實組織成詩, 卽奚不爲文而爲詩哉?)"라고 하였다.55) 엄우는 병의 조짐만 보고 도리어 병의 근원은 진단하지 못했기 때문에 근본적으로 치료할 줄 몰랐고, "유일한 원천"을 좀 더 마시지 못하였고 단지 물만 바꾸고 약은 바꾸지 않은 채 "한(漢)·위(魏) 이래 기원을 미루어 보니 단연코

---

52) 『당유선생집(唐柳先生集)』 권21.
53) 남송 엄우(嚴羽)의 『창랑시화(滄浪詩話)』 「시변(詩辨)」 절.
54) 『창랑시화(滄浪詩話)』 「시법(詩法)」 절.
55) 명 도륭(屠隆)의 『유권집(由拳集)』 권23 「문론(文論)」.

성당(盛唐)을 모범으로 해야 한다고 생각한다(推源漢魏以來而絕然謂當以盛唐爲 法)"56)라고 했을 뿐이다. 바꾸어 말하면, 그는 여전히 "지류(流)"를 "근원 (源)"으로 생각하여 결코 모방과 의탁의 태도를 고치지 못하였고, 단지 다른 하나의 본보기를 모방하고 다른 한 사람의 문호(門戶)에 의탁하였을 뿐 이다. 송시가 사람들에게 버림받고 거론되지 않을 때는, 그의 이러한 노선 은 칡덩굴과 거친 개암나무가 자라나지 않았을 뿐만 아니라 도리어 교통 이 분주한 큰 길로 변하였다. 명대의 "복고(復古)"파는 당(唐) 이후의 책을 읽지 않고 송시를 반대하였지만 모두 자기도 모르는 사이에 그들의 길을 갔다. 더욱 주목할 만한 것은 그들도 또한 자기도 모르는 사이에 그들이 천시하여 내버렸던 송인의 방법을 응용하였고 게다가 응용한 것이 송인 보다도 더욱 기계적이었다는 것이다. 서곤체(西崑體)는 이상은(李商隱)을 "따 고 찢어와서(搤搔)", "옷이 해졌고(衣服敗敝)",57) 강서파(江西派)는 "여기저기 에서 뜯고 기워 치마로 띠를 만든다(拆東補西裳作帶)"58)라고 말하였으며, 명 대의 우스운 이야기에는 어떤 사람이 이몽양(李夢陽, 1472~1529)의 율시(律 詩) 1수를 보고 갑자기 "눈살을 찌푸리며 기분이 나빠지자(攢眉不樂)", 옆 사람이 그에게 그 까닭을 물었는데 그는 "보시오! 두보(杜甫)가 도리어 이 몽양(李夢陽) 무리에게 거의 다 찢겨진 것을(你看老杜卻被獻吉輩搤剝殆盡!)"59)이 라고 대답하였다. "따고 찢어오고(搤搔)", "뜯고 기우며(拆補)", "찢고 벗기는 (搤剝)" 것도 일이 아니겠는가? 또 어떤 사람은 명대의 "복고"파를 비웃어 "이몽양(李夢陽)・하경명(何景明, 1483~1522)・왕세정(王世貞, 1526~1590)・이 반룡(李攀龍) 문하의 하인이 되려면, 다만 『운부군옥(韻府群玉)』・『시학대성

56) 『창랑시화(滄浪詩話)』「시변(詩辨)」절.
57) 북송 유반(劉攽)의 『중산시화(中山詩話)』.
58) 북송 임연(任淵)의 『후산시주(後山詩註)』 권3 「차운"서호사어"(次韻"西湖徙魚")」.
59) 이연하(李延昰)의 『남오구화록(南吳舊話錄)』 권18에 기록된 담전(談田)의 말이다. 헌길(獻 吉)은 이몽양(李夢陽)의 자이다.

(詩學大成)』・『만성통종(萬姓統宗)』・『광여기(廣興記)』 4책을 사서 책상머리에 두고 제목을 만나면 찾아서 모아서 맞춘다(欲作李・何・王・李門下厮養, 但買得『韻府群玉』・『詩學大成』・『萬姓統宗』・『廣興記』四書置案頭, 遇題查湊)"[60]라고 하였다. 이것이 "책을 재료로 시를 짓는(資書以爲詩)" 것이 아니고 무엇이겠는가? 단지 의존할 책의 수가 적기도 하고 질도 저속할 뿐이다. 송시가 배척을 받았지만 송시의 악습은 여전히 존재하였고 단지 표현 방식만 바뀌었을 뿐이다. 콧물이 변하여 가래가 된 것과 마찬가지로 요컨대 감기는 결코 낫지 않았던 것이다. 청대의 "절파(浙派)" 시는 "독서에서 얻지 않은 것은 한 글자 한 구절도 없다(無一字一句不自讀書創獲)"라고 하였고,[61] 혹은 동광체(同光體) 시는 "학자의 시와 시인의 시는 둘이지만 하나로 만들었다(學人詩人之詩二而一之)"라고 하였는데[62] 이것은 이해할 수 있다. 왜냐하면 그들 자신이 송시의 전통을 계승하였다고 분명히 말하고 있기 때문이다. 그러나 송시를 통렬하게 꾸짖은 주이준(朱彝尊, 1629~1709)도 작품에서 마찬가지로 "많은 것을 탐하여(貪多)" 박식을 자랑하였고, 털끝만큼도 송시를 배웠다는 혐의가 없는 오위업(吳偉業, 1609~1671)도 백거이(白居易)를 스승으로 본받은 가행(歌行)에서 또한 마찬가지로 "수달이 제사지내듯(獺祭魚)" 전고를 사용하였는데, 이것들은 또한 방증이 아니겠는가?

한유(韓愈)는 비록 "오직 진부한 말을 힘써 없앴다(惟陳言之務去)"라고 하

---

60) 청 왕부지(王夫之)의 『선산유서(船山遺書)』 권64 「석당영일서론(夕堂永日緒論)」 내편(內編). 이양년(李良年, 1635~1694)의 『추금산방집(秋錦山房集)』 권22 「제주력원시후(題周櫟園詩後)」, 또 『송시철리집(宋詩嚓醨集)』의 반문기(潘問奇, 1632~1695)의 자서(自序)에서 명대의 칠자(七子)를 논한 부분을 참조.

61) 청 오건(吳騫, 1733~1813)의 『배경루시회(拜經樓詩話)』 권4에 실린 왕사한(汪師韓, 1707~?)의 「발여번사시(跋厲樊榭詩)」. 이것은 왕사한의 『상호분류문편(上湖分類文編)』과 『보초(補鈔)』에는 수록되어 있지 않다.

62) 민국(民國) 진연(陳衍, 1856~1937)의 『근대시초(近代詩鈔)』 제1책의 기준조(祁雋藻, 1793~1866)를 평한 말.

였고, 또 "다만 옛날에는 말에 있어서 반드시 자신이 만들어 내었으나, 그후에는 그렇게 할 수 없어서 표절하였다(惟古於詞必己出, 降而不能乃剽賊)"[63]라고 하였지만 그도 또한 자신은 "낡은 책을 엿보고 훔쳤다(窺陳編以盜竊)"[64]라고 말하였다. 교연(皎然)은 비록 "말을 훔치는 것은 가장 둔한 도둑이므로(偸語最爲鈍賊)", "벌을 면할 수 없고(無處逃刑)", "뜻을 훔치는 것(偸意)"도 또한 "심정상 용서할 수 없다(情不可原)"라고 말하였지만, 그도 또한 "기세를 훔치는 것은 재주가 교묘하고 뜻이 정묘하여(偸勢才巧意精)", "새는 그물을 따른다(從其漏網)"라고 하였다.[65] 송대 시인들 가운데 훔치는 것은 스승과 제자가 공개적으로 전수한 전문 과목이 되었다. 왕약허(王若虛, 1174~1243)는 황정견(黃庭堅)이 말한 "점철성금(點鐵成金)"・"탈태환골(脫胎換骨)" 등의 방법이 "다만 표절이 간교한 것일 뿐이다(特剽竊之黠耳)"[66]라고 하였고, 풍반(馮班, 1614~1681)도 또한 이것은 "송인의 잘못된 설로, 단지 옛 사람의 시집 중에서 도둑질을 하는 것일 뿐이다(宋人謬說, 只是向古人集中作賊耳)"[67]라고 하였다. 송시를 반대한 명대 시인들을 보면, 이들도 마찬가지로 깨끗하지 못한 짓을 하였으니 "맨손으로 시장에 들어가서 온갖 물건을 내 소유로 하려면, 도둑질을 할 수밖에 없으니 성당(盛唐)에 눈이 먼 것을 말하는 것이다(徒手入市而欲百物爲我有, 不得不出於竊, 瞎盛唐之謂也)"[68] 문예 부흥 시대의 이론

63) 『창려선생집(昌黎先生集)』 권16 「답이익서(答李翊書)」, 권34 「남양번소술묘지명(南陽樊紹述墓誌銘)」. 이한(李漢)의 「창려선생집서(昌黎先生集序)」와 이고(李翶)의 『이문공집(李文公集)』 권6 「답주재언서(答朱載言書)」는 모두 "표략잠절(剽掠潛竊)"을 반대하고 "진부한 말을 애써 버릴(陳言務去)" 것을 주장하고 있음을 참조.

64) 『창려선생집(昌黎先生集)』 권12 「진학해(進學解)」. 이야(李冶)의 『"경재고금주"보유("敬齋古今黈"補遺)』 권1에 한유(韓愈)・유종원(柳宗元)・구양수(歐陽脩)는 모두 재능이 뛰어난 큰 도둑이라고 칭찬한 것을 참조.

65) 『시식(詩式)』 권1 "삼부동 : 어・의・세(三不同 : 語・意・勢)" 조.

66) 『호남유로집(滹南遺老集)』 권40.

67) 청 풍반(馮班)의 『둔음잡록(鈍吟雜錄)』 권4.

68) 『위로시화(圍爐詩話)』 권6.

가들도 또한 노골적으로 시인들이 고전 작품에서 표절할 것을 권하여 "자세히 훔쳐라!"·"환한 대낮에 도둑질을 하라"·"옛 사람의 물건을 훔쳐서 여러 사람이 장물을 나누어라"라고 하였으며, 또 "나는 물건을 훔쳐 손에 들어오면 매우 만족하고 조금도 부끄럽지 않다"[69]라고 하였다. "유일한 원천"을 제쳐두고 "계승"과 "거울로 삼는 것"을 "자신의 창조로 대신한다면" 이렇게 막을 내리지 않으면 안 될 것이다. 형식에 치우친 고전주의는 폐단이 있다. 시인을 학위 논문을 쓰는 미래의 석사·박사로 만들어 "책을 베끼는 것을 시를 짓는 것으로 생각하게(抄書當作詩)" 하며 자신의 작품이 도서관의 책 속에 소장·진열될 수 있게 하려면 먼저 도서관의 책들을 자신의 작품 속에 넣어 두지 않으면 안 되는 것이다. 형식에 치우친 고전주의의 또 다른 폐단은 시인을 영업 허가증을 가진 도둑으로 만들어 교묘하게 취하든 혹은 큰소리치며 빼앗든 바다를 주름잡는 대도둑이든 닭을 훔치는 좀도둑이든 상관없이 서곤체(西崑體)와 같이 한 사람의 집을 정확하게 노려 겁탈을 하거나 아니면 강서파(江西派)와 같이 집집마다 크고 작은 사람들을 모두 찾아가는 것이다. 이것은 송시(또 송사(宋詞)를 더해도 무방함)

명 초횡(焦竑, 1541~1620)의 『담원집(澹園集)』 권12 「답우인논문(答友人論文)」에 "옛날에는 도둑이라고 하였는데 지금은 법이라고 합니다(夫古以爲賊, 今以爲程)"라고 한 것을 참조.

69) 비다(Marco Girolamo Vida, 1480~1566)의 『시학(De Arte Poetica)』 권3, 피트(Christopher Pitt)의 영역본에 따랐는데, 찰머즈(A. Chalmers)가 엮은 『영국의 시인들(English Poets)』 제19책, 647쪽에 보인다.
이것은 16·17세기에 매우 보편적으로 유행된 이론으로, 마리노(Marino, Giambattista B., 1569~1625)는 시를 짓는 세 가지 방법을 제시하였는데 곧 번역·모방·표절이었다(페레로(G. G. Ferrero)가 엮은 『마리노 및 같은 파의 시인들(Marino ei Marinisti)』, 26~30쪽).
후세의 고전주의 작가들도 또한 유사한 견해를 가졌다. 예컨대, 포우프(Alexander Pope, 1688~1744)의 「월쉬(W. Walsh)에게 주는 글」(셔번(G. Sherburn)이 엮은 『서간집(Correspondence)』 제1책, 19~20쪽). 아나톨·프랑스(Anatole France, 1844~1924)의 「표절을 위한 변명(Apologie pour le plagiat)」(『문학 생활(La Vie litteraire)』 제4책, 158~160쪽) 등이 있다.

가 우리에게 주는 큰 교훈이라 할 수 있고 또한 모든 옛 시사(詩詞)의 변천
에 포함되어 있는 큰 교훈이라고 할 수도 있다.

3

　앞서 한 말은 또한 우리들의 취사선택(取捨選擇)의 기준을 설명한다. 압
운된 문건(文件)은 뽑지 않았고 학문의 과시와 전고(典故)・성어(成語)의 장
난도 또한 뽑지 않았다. 대대적으로 앞 사람을 그대로 모방한 가짜 골동
품은 뽑지 않았고, 앞 사람의 사의(詞意)를 겉모양만 바꾸고 전혀 나아진
것이 없이 낡은 상품을 새로운 것으로 만든 것도 또한 뽑지 않았다. 전자
는 "광대의 의관(優孟衣冠)"이라고 부르는 것으로 한 번 보고도 알 수 있지
만, 후자는 혼동하기가 쉽지만 사실은 단지 다른 의미의 "광대의 의관"일
뿐이다. 이른바 "이원(梨園)의 연극처럼 옷과 화장은 날마다 다르지만 자세
히 보면 대부분 묵은 사람들이다(如梨園演劇, 裝抹日異, 細看多是舊人)"[70] 좋은
구가 있으나 전체의 시편이 지나치게 어울리지 않는 것은 뽑지 않았는데
이것은 참으로 할애한 것이다. 당시 애송되었으나 현재 좋은 점을 볼 수
없는 것도 뽑지 않았는데, 이러한 작품들은 마치 다 닳아버린 전지(電池)와
같아서 독자의 마음의 전기줄이 그것들과 접촉되더라도 옛날의 빛을 내
도록 할 수는 없는 것이다. 우리는 또한 자신이 약간의 발굴을 했다는 것
을 보이기 위하여 억지로 흔히 보이지 않는 것을 뽑아 넣어 문학 골동품
을 고전 문학 속에 섞어 놓지 않았다. 만약 흔히 보이지 않는 것이 이미
차갑게 굳어서 털끝만큼의 숨도 통하지 않는다면 그것이 편안하고 고요
하게 영원히 잠들어 쉬도록 하는 것이 가장 좋을 것이다. 첫째 문학 연구

---

70) 융관이(隆觀易)의 『녕령소식록(甯靈銷食錄)』 권4의 육유(陸游)의 시를 평한 말. 이 말은
　　육유에 대해서 지나치게 가혹하지만 옛 시사(詩詞)의 그러한 현상을 지적하고 있다.

가들은 사실상 단지 인공호흡법만 응용할 줄 알고 결코 혼을 도로 불러 목숨을 잇는 단약(丹藥)은 없기 때문이고, 둘째 문학 연구가들이 반드시 미이라를 만들고 심혈을 기울여 많은 작가들을 "죽은 뒤에도 썩지 않는(死且不朽)" 상태로 유지시켜야 하는 것은 아닌 듯하기 때문이다.

우리는 선택의 과정에서 때로는 마음이 여려지고 때로는 눈이 아물거려, 이러한 기준을 어기고 반드시 혹은 빠뜨리거나 혹은 넘치는 잘못을 범하는 데 이르렀다. 특히 대가에 대해서 틀림없이 공정하지 못한 부분이 있을 것이다. 모든 시의 선집에는 언제나 작은 작가가 이익을 보게 되고 모두 해야 단지 몇 수만이 남아있는 작은 작가들이 더욱 이익을 보게 된다. 왜냐하면 그들의 약간의 좋은 시들은 통째로 진열장에 진열될 수 있고 독자들이 보면 한없이 마음이 이끌려 그들의 견본이 곧 그들의 전 재산임을 모르기 때문이다. 대가들은 그렇지 않다. 총집(總集) 성질의 선집에서 우리는 대시인들에 대해서는 "한 방울의 물을 맛보고 큰 바다의 맛을 아는(嘗一滴水知大海味)" 정도를 뽑을 수 있기를 바라며, 다만 선택이 합당하지 않아서 독자에게 한 개의 벽돌에서 만리장성(萬里長城)의 형세를 보기를 요구하는 것처럼 될까 우려할 따름이다.

『전당시(全唐詩)』는 비록 잘못과 누락이 있지만[71] 한 시대의 시의 총집

---

71) 아마도 송인의 저작과 관련된 두 가지의 예를 들 수 있을 것이다.
　　『태평광기(太平廣記)』권495 "가서한(哥舒翰)" 조에 인용된 『건손자(乾馔子)』, 또 전이(錢易, 1017년경)의 『남부신서(南部新書)』권경(卷庚)에 실린 「북두칠성고(北斗七星高)」라는 절구는 홍매(洪邁, 1123∼1202)의 『당인만수절구(唐人萬首絶句)』5언 권20에 실린 「서비가서가(西鄙哥舒歌)」와 절반이 완전히 다른데, 『전당시(全唐詩)』에는 다만 홍매가 수집한 시만 수록하였다.
　　정구(程俱, 1078∼1144)의 『북산소집(北山小集)』권9「구일사회(九日寫懷)」는 분명히 고적(高適)의 시 한 구절만을 빌려 쓴 것으로, 『금수만화곡(錦繡萬花谷)』전집(前集) 권4 "중양문(重陽門)"에는 절반을 인용하고 또한 정구의 작품이라고 주를 달았는데, 『후촌천가서가(後村千家詩)』권4에는 잘못하여 고적의 시라고 하였고 명대 이래 곧장 『전당시』에 이르기까지 이러한 잘못을 답습하였다.

의 가치를 잃지 않고 있으므로 당시를 뽑는 사람들에게 지극히 큰 편의를 준다. 송시를 뽑는 사람들은 이러한 편의가 없는 만큼 힘껏 송시의 총집과 별집(別集)에서 유서(類書)·필기(筆記)·방지(方志)까지 찾아보아야 한다. 게다가 송인의 별집의 형편은 당인의 별집의 그것보다 문란하여 "장씨 모자를 이씨가 쓰듯(張冠李戴)", 이것은 걸어 놓고 저것은 빠뜨린다든가 하는 일이 거의 다반사(茶飯事)이다. 이 책에도 약간의 예가 나타나는데 그때그때 지적하려고 한다. 여기에서 대가의 시집에서 하나의 예를 드는 것도 괜찮을 것이다. 이벽(李壁, 1159~1222)의 『왕형문공시전주(王荊文公詩箋注)』 권41 「죽리(竹裏)」 절구에는 "대숲 속 바위 뿌리에 기대어 초가를 엮어 놓으니, 대줄기 성긴 사이로 앞마을이 보이네. 하루 종일 한가로이 자는데 찾아오는 이 없고, 저절로 봄바람이 일어 대문 앞을 쓸어주네(竹裏編茅倚石根, 竹莖疎處見前村. 閒眠盡日無人到, 自有春風爲掃門)"라고 하였다. 이벽은 주에서 하주(賀鑄, 1063~1120)의 「제정림사(題定林寺)」 시 "얼음을 깨니 샘물 줄기는 울타리 밑을 씻어내고, 해진 가사(袈裟)는 오히려 나무에 걸린 원숭이인가 의심하네. 밀랍을 칠한 나막신의 옛 흔적은 찾아도 보이지 않고, 동풍이 먼저 나를 위해 문을 열어주네(破冰泉脈漱籬根, 壞衲猶疑掛樹猿, 蠟履舊痕尋不見, 東風先爲我開門)"를 인용하고, 또 왕안석이 "이 시를 보고 대단히 칭찬하였기(見之大稱賞)" 때문에 하주가 "이름이 알려졌는데(知名)" 「죽리」 시가 "상당히 또한 그것과 닮았다(頗亦似之)"고 하였다. 이 주석본을 평점(評點)한 유신옹(劉辰翁, 1234~1297)과 보정(補正)한 요범(姚範, 1702~1771)·심흠한(沈欽韓, 1775~1831) 등은 모두 아무 것도 말하지 않았고 모두 이벽이 다른 사람의 속임수에 넘어갔음을 알지 못하였다.[72] 이 「죽리」 시는 왕안석의 작품이 아니라 승(僧) 현충(顯忠)의 시로 왕안석이 벽에 써놓은 것이다.[73] 그 다음

---

72) 이벽(李壁)의 말은 완전히 『왕직방시화(王直方詩話)』에서 나온 것이다. 호자(胡子)의 『초계어은총화(苕溪漁隱叢話)』 전집(前集) 권37에 왕직방의 이 구절이 인용되어 있다.

하주가 「제정림사」 시를 지을 때는 왕안석은 이미 죽었고 하주 또한 일찍이 3년 전에 그를 애도한 적이 있었다.[74] 왕안석의 시집은 많은 사람들이 힘을 기울였는데도 아직 이와 같은 것을 면할 수 없으니 기타는 미루어 짐작할 수 있다. 청대의 세심하였지만 단명했던 학자 노격(勞格)은 일찍이 몇 가지 송인의 별집에 대해서 틀린 곳은 깎아내고 빠진 곳은 보충하였다.[75] 그가 비록 산문 방면에 편중하였음에도 불구하고 또한 결국 이같이 힘들고 치밀한 교정 작업을 위해서 매우 신중하게 처음으로 달렸으니, 지금은 다만 어떤 사람이 그의 뒤를 이어 달리기만 하면 될 것이다.

두 가지의 비교적 유행하는 책을 여기에서 언급하지 않으면 안 될 것 같다. 오지진(吳之振, 1640~1717) 등의 『송시초(宋詩鈔)』와 여악(厲鶚, 1692~1752) 등의 『송시기사(宋詩紀事)』가 그것이다. 이 두 책은 규모가 매우 크고 쓸모도 또한 적지 않으나, 우리가 그것을 사용할 때는 마음속에 어느 정도의 유보를 해야만 한다. 왕안석의 『당백가시선(唐百家詩選)』은 전하는 바에 의하면 베끼는 사람이 게으름을 피운 손해를 입었다고 한다. 그는 "좋은 작품을 가려서 그 제목 위에 쪽지를 붙여놓고 아전에게 그것을 베끼게 하였다 아전은 책에 글자가 많은 것을 싫어하여, 번번이 형공(荊公)이 뽑아놓은

---

73) 남송 호자(胡仔)의 『초계어은총화(苕溪漁隱叢話)』 전집 권57, 또 하계문(何谿汶)의 『죽장시화(竹莊詩話)』 권21에 인용된 『홍구보시화(洪駒父詩話)』 및 『금수만화곡(錦繡萬花谷)』 전집(前集) 권25 "은일문(隱逸門)"에 보인다.
    왕안석(王安石)은 단지 이러한 뜻을 「어가오(漁家傲)」 사(詞)에 그려넣어 "초가집 몇 간에 창은 그윽하고, 티끌은 이르지도 않는데, 때때로 스스로 봄바람이 일어 쓸어 주네(茅屋數間窗窈窕, 塵不到, 時時自有春風掃)"(『임천문집(臨川文集)』 권37)라고 하였다. 『전당시』에는 「죽리(竹裏)」 시를 잘못하여 이섭(李涉)의 시에 넣고 있음을 덧붙여 언급해 둔다.
74) 송 하주(賀鑄)의 『경호유로집(慶湖遺老集)』 권6 「우박금릉, 심왕형공진적(寓泊金陵, 尋王荊公陳迹)」(자주(自註) : "무진삼월부(戊辰三月賦)") : "한 통의 술 평생의 약속을 기다릴 수 있겠는가? 길이 서주(西州)를 바라보니 눈물이 수건에 가득하네(可須樽酒平生約, 長望西州淚滿巾)" ; "『경호유로집』 습유("慶湖遺老集"拾遺)」 「중유종산정림사(重游鍾山定林寺)」(자주 : "신미정월, 금릉부(辛未正月, 金陵賦)").
75) 청 왕념손(王念孫, 1744~1832)의 『독서잡지(讀書雜識)』 권12.

긴 시의 쪽지를 옮겨 뽑지 않은 짧은 시에다 붙여놓았는데 형공의 성격이 간략하여 더 이상 다시 보지 않았다(擇善者籤帖其上, 令事鈔之; 吏壓書字多, 輒移荊公所取長詩籤, 置所不取小詩上, 荊公性忽略, 不復更視)"라고 하였다.76) 전겸익(錢謙益, 1582~1664)의『열조시집(列朝詩集)』은 전하는 바에 의하면 베끼는 사람이 지나치게 힘을 들인 손해를 입었다고 한다. 다른 사람에게 책을 빌려서 뽑은 것인데, 왜냐하면 이것들은 자신의 책이 아니므로 "붓은 대지 않고 또 쪽지를 그 이에 붙이지도 않았으며 다만 손톱으로 뽑고 싶은 것을 할퀴고 젊은 아전에게 베끼게 하였다. 아전은 할퀸 자국이 다른 곳에 나 있는 데 대하여도 역시 함께 베꼈지만 목옹(牧翁)은 다시 살펴보지 않았다 (不着筆, 又不用籤帖其上, 但以指甲掐其欲選者, 令小胥鈔, 胥於掐痕侵他幅, 亦並鈔, 牧翁不復省視)"라고 하였다.77)『송시초』를 베껴 쓰는 과정에서 이러한 일이 발생했는지의 여부는 우리는 모르지만 그러나 우리는 한 가지 점을 주목한다. 권질(卷帙)이 많은 별집에 대해서 그것은 일반적으로 모두 앞부분에서 많이 베끼고 뒷부분에서는 건성으로 베꼈다는 것이다. 예컨대, 유극장의『후촌거사시집(後村居士詩集)』은 권1에서 권16의 작품만을 베꼈을 뿐 권17에서 권48까지는 한 글자도 베끼지 않았다. 재능이 후퇴하는 것은 사실 문학사상의 보편적인 현상이며, 처음에는 작가가 이름이 나는 것은 전적으로 작품의 역량에 달려 있지만 후에는 흔히 작품의 명성이 완전히 작가의 간판과 어긋난다. 그러나『송시초』는 "범례(凡例)"에서 "너그럽게 그대로 두었다(寬以存之)"라고 밝히고 한 사람의 초기작품에 대해서도 또한 매우 많이

---

76) 송 소박(邵博)의『소씨문견후록(邵氏聞見後錄)』권19. 주휘(周輝)의『청파잡지(清波雜志)』권8 참조.

77) 청 염약거(閻若璩)의『잠구차기(潛邱箚記)』권4 상(上). 책에 손톱 자국을 내고 그렇게 하면 자국(痕)은 있지만 자취(跡)는 없을 것이라고 생각하는 것은 명대에 유행한 습관이었던 것으로 보이는데, 유약우(劉若愚)의『작중지 (酌中志)』권13에도 이에 대해서 말한 적이 있다.

수록하였기 때문에 앞부분은 상세하고 뒷부분은 간략하게 뽑은 것은 어떠한 비판도 포함될 수가 없다. 그 다음에『송시초』의 수많은 "소서(小序)"도 또한 사람들의 오해를 불러 일으켰다. 예컨대, 첫머리 제1편에서 왕우칭(王禹偁)이 서곤체(西崑體)가 유행하기 이전에 일찍이 일가를 이룬 것이 아닌 것처럼 이야기하고 있다. 뽑은 시에도 우연히 혼동을 일으켰다. 예컨대, 장뢰(張耒, 1054~1114)의『가산집(柯山集)』권10「유감(有感)」제3수를 소순흠(蘇舜欽, 1008~1048)의 이름 아래 뽑고 제목을「전가사(田家詞)」라고 고쳤다. 관정분(管庭芬)의『송시초보(宋詩鈔補)』는 직접 약간의 별집들에서 작품을 채택하였지만, 그러나 항상 암암리에『송시기사』와 조정동(曹庭棟, 1699~1785)의『송백가시존(宋百家詩存)』을 가지고 숫자를 채웠다. 예컨대,『"남양집"보초(南陽輯補鈔)』는 완전히『송백기사』권17에서 나왔고,『"옥저집"초("玉楮集"鈔)』는 완전히『송백가시존』권12를 근거로 하였다.『송시기사』로 말하자면 해박하고 위대한 저작임은 말할 것도 없다. 어떤 책들은 그가 채용하지 않았고, 어떤 책들은 그가 채용한 것이 철저하지 못하며, 어떤 책들은 그가 채용했다고 말하고 있지만 사실은 믿을 수 없는 전재(轉載)와 인용일 뿐이므로 수많은 이러한 예들은 모두 말할 필요가 없다. 마땅히 말해 두어야 할 두 가지 점이 있다. 첫째, 책 이름을 잘못 썼다. 예컨대, 권47에서 우무(尤袤, 1127~94)의 시구를 인용한『성재시화(誠齋詩話)』를『후촌시화(後村詩話)』라고 잘못하였고,『상주선철유서(常州先哲遺書)』의『"양계집"보유("梁谿集"補遺)』는 잘못을 가지고 잘못을 전하였다. 둘째, 원래의 시를 깎아내고 고쳤다. 예컨대, 권7과 권33은 각각『송문감(宋文鑑)』에서 손근(孫僅)의「감서(勘書)」시와 반대림(潘大臨)의「춘일서회(春日書懷)」시를 인용하였는데, 우리가『송문감』권22와 권23의 이 두 시를 찾아내어 대조하니『송시기사』에 실린 것은 각각 두 연(聯)이 모자람을 발견하였다. 육심원(陸心源)의『"송시기사"보유("宋詩紀事"補遺)』는 오류가 매우 많은 책으

로, 당대(唐代의 왕적(王績), 왕전(王闐)으로 이름을 고침)과 장벽(張碧)의 시를 권43
과 권88에 보충하였고, 금(金) 마혁(麻革)의 시를 권39에 보충하였으며, 권2
왕사종(王嗣宗)의 「사귀(思歸)」는 바로 『송시기사』 권2의 왕사종의 「제관우
사벽(題關右寺壁)」이고, 권31 장원신(張袁臣)의 시는 바로 『송시기사』 권46
장표신(張表臣)의 시이며, 권56 위정(危正)의 시는 바로 『송시기사』 권56 위
진(危縝)의 시이다. 이러한 것들은 대체로 모두 작자가 스스로 자랑스럽게
빠진 것을 보충했다는 백여 가에 속하는 것이다.[78] 비록 그렇다고 하더라
도 그것은 결국 또한 약간의 얻기 힘든 재료를 제공해 준다. 한 편의 고대
시인의 사적고(事跡考) 안에서 어떤 위대한 비평가는 자신이 수많은 쓸모없
는 책을 읽었지만 도리어 또한 하나의 유용한 일을 하였으니 다른 사람들
의 감사를 받을 만하다고 말하였다. 왜냐하면 그가 이러한 책들을 읽고 난
후에 다른 사람들이 다시 애써 읽지 않아도 되기 때문이었다.[79] 우리는 반
드시 경솔하고 대범하게 오지진·여악 등의 정확함과 주밀함을 완전히 믿
고 일률적으로 그들이 보았던 책을 다시는 보지 않아도 괜찮다고 할 수는
없다. 그러나 그들의 저작이 없었다면 우리의 연구는 훨씬 곤란했을 것이
다. 다른 것은 말할 것도 없이 그들은 적어도 송대 시인들의 상세한 명단
을 만들어 무수한 탐구와 토론의 실마리를 제시하였으며, 이것은 우리의
적지 않은 노력을 덜어주었으므로 우리가 깊이 감사할 만하다.

　나도 또한 기쁘게 몇 분의 스승·친구에게 감사드린다. 만약 정진탁(鄭振
鐸, 1899~1958) 선생의 지시가 없었다면 나는 이러한 작업을 맡을 수 없었
을 것이다. 만약 하기방(何其方, 1912~77) 선생과 여관영(余冠英, 1906~2005)

---

78) 청 육심원(陸心源)의 『의고당제발(儀顧堂題跋)』 권13 「"송시기사"발("宋詩紀事"跋)」.
79) 렛싱(Lessing)의 『소포클레스(Sophokles)』, 페테르젠(J. Petersen)과 올스하우젠(W. V.
　　Olshausen) 공편.
　　『렛싱집』 제13책 396쪽에 보인다. 칼·프란틀(Carl Prantl)의 고전적인 저작 『논리학사
　　(Geschichte der Logik)』 제4책 「서문」 3쪽 참조.

선생의 제시와 왕백상(王伯祥, 1890~1975) 선생의 심정(審定)이 없었다면 나는 작품의 선택과 주석에서 또 잘못이 좀 더 많았을 것이다. 만약 북경대학 도서관과 중국과학원 문학연구소 도서자료실 여러 분들의 귀찮은 것을 마다 않는 도움이 없었다면 나는 문헌 참고에서 더욱 더 소루했을 것이다. 그분들이 나의 말은 가볍지만 뜻은 무거운 감사를 받아들여 주기를 바란다.

1957년 6월

중인(重印) 부기(附記)

이번 중인의 기회에 몇 군데 문자상의 약간의 수정을 하였고 약간의 주해(註解)를 보태었다.

1978년 4월

제6차 중인 부기

1985년 중인한 후에 저자는 또 약간을 보태고 개정하였는데 주로 주석에 있다. 이 책을 또 중인하려고 하여 지형(紙型)이 손상되고 낡아 전부 다시 조판해야 하였는데 출판사는 나에게 수정된 곳을 모두 책 속에 넣을 수 있도록 허용하여 주었으므로 매우 다행으로 생각한다. 두 번의 중인 과정 중에 미송이(彌松頤) 동지는 나에게 세밀한 도움을 주었으므로 특히 이에 감사를 드린다.

제7차 중인 부기

제6차 중인 후 대홍삼(戴鴻森) 동지의 인쇄의 잘못을 정밀하게 교정하고 주해를 보정하였다. 조판의 편의를 위하여 저자는 증정한 주해를 책의 마지막에 넣었고 본서의 홍콩-대만판의 서문도 다시 뒤에 부록으로 수록하여 당시 편선의 경과를 해명할 수 있을 것이다. 이번의 중인은 또 미송이(彌松頤) 동지가 큰 힘을 썼으므로 다시 이에 감사를 드린다.

최근 저자는 한국(韓國)의 이홍진(李鴻鎭) 교수와 일본의 내산정야(內山精也) 선생이 본서의 한국어와 일본어 번역본을 기증하여 보내준 것을 받아보고 놀랍고 기쁜 나머지 또 깊이 부끄러움을 느꼈다. 시가의 역문은 왕왕 우리를 인도하여 원작에 대하여 문제를 이해하고 발견하는 것을 증진한다. 저자가 한국어와 일본어에 대하여 무지하여 두 분이 정심(精心)으로 번역한 것을 이용하여 약간의 주석을 수정할 수 없다는 것은 하나의 한스러운 일이다.

1992년 4월

차 례

1. 유개(柳開)

　유개(柳開, 946~999)의 자는 중도(仲塗), 스스로 동교야부(東郊野夫)·보망선생(補亡先生)이라고 불렀으며, 대명(大名) 사람이다. 『하동집(河東集)』이 있다. 그는 한유(韓愈)와 유종원(柳宗元)의 산문을 제창하여 자신의 이름과 자까지도 문예 운동의 구호처럼 고쳐서 "견유(肩愈)"·"소원(紹先)"이라고 하였다.1) 이 방면에서 그는 왕우칭(王禹偁)·구양수(歐陽脩) 등의 선구자였다.2)

　『하동집』에는 단지 3수의 시가 있을 뿐이고, 또한 모두 한유의 풍격을 배웠는데, 다음에 나오는 그의 명작 1수는 공교롭게도 빠져 있다.

---

1) 『하동집(河東集)』 권2 「동교야부가(東郊野夫歌)」, 권5 「답양습유개명서(答梁拾遺改名書)」.
　【보주(補註) 1】: 『하동집』 권14 「송고유선생묘지명(宋故柳先生墓誌銘)」에는 그가 지은 조카 유영(柳瀛)에게 주는 7률 중 4구가 실려 있는데 "출중한 문장은 유자후(柳子厚, 종원(宗元))이고, 무리에서 뛰어난 서찰(書札)은 홀로 (유(柳)) 공권(公權)이라네. 본조(本朝)의 일은 가버려 재와 같지만, 성대(聖代)에 나는 조상을 잇기를 생각하네(出衆文章柳子厚(宗元), 不群書札獨公權. 本朝事去同灰燼, 聖代吾思紹祖先)"라고 하여 말의 뜻이 더욱 상쾌하고 분명하다. 유개는 고문(古文)과 서법(書法)의 두 방면에서 모두 "조상(祖先)"의 유풍(遺風)을 "이어받고(紹)" 싶어 하였으니 "조상을 잇는다(紹先)"는 것은 두 가지를 겸하여 포함하고 있는 것이다. "유종원을 잇는다(紹元)"는 것과 "한유와 비견한다(肩愈)"는 것은 비록 안성맞춤인 짝짓기이지만 단지 고문에 국한되어 있고 게다가 또한 조상의 명휘(名諱)를 범(犯)하고 있다.
2) 홍매(洪邁)의 『용재속필(容齋續筆)』 권9.

> # 塞上[1]
>
> 鳴骹[2]直上一[3]千尺, 天靜無風聲更乾.[4]
> 碧眼胡兒三百騎, 盡提金勒[5]向雲看.

1 강소우(江少虞)의 『황조류원(皇朝類苑)』 권35에 인용된 『권유잡록(倦遊雜錄)』에 보인다. 당시 이 시는 매우 애송되었고 또 어떤 사람은 시의(詩意)를 그림으로 그리기도 하였다. 양신(楊愼)의 『승암외집(升庵外集)』 권78 "번마 호아(蕃馬胡兒)" 조에 따르면 명대까지도 "아직 이 그림의 초고가 있었다(猶有此圖稿本)"고 한다.

2 원래는 "골(鶻)"로 되어 있으나, 완열(阮閱)의 『시화총귀(詩話總龜)』 전집(前集) 권4 "칭상문(稱賞門)"에는 장사정(張師正)의 『권유록(倦遊錄)』을 인용하여 "산(骹)"이라고 하였고, 권10 "아십문(雅什門)"에는 채거후(蔡居厚)의 『시사(詩史)』를 인용하여 "효(骹)"라고 하였는데 곧 "교(骹)"로 "효(嚆)"와 통한다. 효시(嚆矢)는 우는 화살이다.

3 『시사』에는 "기(幾)"로 되어 있다. 청 원매(袁枚)의 『수원시화(隨園詩話)』 권11 에는 송인의 필기 가운데 뛰어난 절구를 뽑아 놓고 성명과 제목은 기록하지 않았는데, 제15편이 바로 이 시이다. "일(一)"은 "삼(三)"으로 되어 있다.

4 『수원시화(隨園詩話)』에는 "풍긴추고설정건(風緊秋高雪正乾)"으로 되어 있다. 아마 원매의 개필(改筆)일 것이다.

5 "륵(勒)"은 굴레이다. 대오(隊伍)를 이룬 호인(胡人)들이 공중에서 우는 화살 소리를 듣고 모두 말고삐를 꽉 잡아 당겨 타고 있는 말을 조인다는 뜻이다. 3, 4 두 구의 구조는 당 이익(李益, 엄유(嚴維)로 되어 있는 것도 있음)의 「종군북정(從軍北征)」에 "사막에는 정벌의 군사들이 300만인데, 일시에 고개를 돌려 달빛 속에서 바라보네(磧裏征人三百萬, 一時回首月中看)"라고 한 것을 참조할 만하다.

2. 정문보(鄭文寶)

정문보(鄭文寶, 952~1012)의 자는 중현(仲賢), 영화(寧化) 사람이다. 그는 매우 다재다예(多才多藝)하고, 군사에 대해서도 상당히 익숙하여 "방략(方略)을 이야기하기를 좋아하였다(好談方略)" 송대에 그의 작품을 가장 많이 수집한 사람은 그의 문집 20편이 있었다고 하였지만,[1] 현재는 이미 전해지지 않고 다만 송인들이 엮거나 혹은 저작한 총집·필기·시화, 예컨대『황조문감(皇朝文鑑)』·『주사(塵史)』·『온공시화(溫公詩話)』등에 아직 약간의 시문과 몇몇 시구가 보존되어 있다. 사마광(司馬光)과 구양수(歐陽脩)의 그에 대한 칭찬에 따르면, 그는 송대 초기에 큰 명성을 누렸던 시인으로, 풍격은 경쾌하고 유연(柔軟)하여 만당(晩唐)·오대(五代)의 전통을 계승하였다.

---

[1] 석(釋) 문영(文瑩)의『속상산야록(續湘山野錄)』,『송사(宋史)』권277의 기록은 이 1절을 근거로 한 것이다.

柳枝詞[1]

亭亭畵舸繫春[2]潭, 直到[3]行人酒半酣.
不管烟波與風雨, 載將離恨過江南.[4]

1 호자(胡仔)의 『초계어은총화(苕溪漁隱叢話)』 전집(前集) 권24, 후집 권35,
하계문(何谿汶)의 『죽장시화(竹莊詩話)』(방회(方回)의 『동강집(桐江集)』 권7
을 근거로 하여 마땅히 하문(何汶)의 『죽장비전시화(竹莊備全詩話)』로 고쳐
야 함) 권17, 축목(祝穆)의 『사문류취(事文類聚)』 별집(別集) 권25 등에 보
인다. 주자지(周紫芝)의 『태창제미집(太倉稊米集)』 권67 「서창해유주후(書滄
海遺珠後)」에는 이를 인용하여 "헤어질 때 다만 술기운으로 처음 거나해
지려는데, 그림배는 우뚝 푸른 연못에 매어 있네, 파도와 비바람은 상관하
지도 않고(臨分只待酒初酣, 畵舸亭亭繫碧潭, 不管波濤與風雨)"라고 하였다.
또 어떤 사람은 손면(孫冕) 혹은 장뢰(張耒)가 지은 것이지 정문보의 작품
이 아니라고 하였다.
제목은 『죽장시화』에서 온 것이다. "계(繫)"자의 뜻에는 버들이 포함되어
있다. 고대에는 버들을 꺾어 떠나는 사람에게 주는 풍속이 있었기 때문에
유우석(劉禹錫)의 「유지사(柳枝詞)」에는 "서울 한길 가의 무궁한 나무에,
단지 수양버들이 있어 이별을 매었네(長安陌上無窮樹, 只有垂楊綰別離)"라
고 하였다. 시 속에서 말한 울긋불긋하게 색칠한 배가 바로 강가의 버드
나무에 매어 있다는 뜻이다.

2 "한(寒)"으로 되어 있는 것도 있다.

3 "지향(只向)"으로 되어 있는 것도 있다.

4 이 시는 당 위장(韋莊)의 「고이별(古離別)」에 "개인 내는 아득하고 버들은
길게 늘어져 있는데, 이별의 정을 견디지 못하여 술은 반쯤 취하였네. 다
시 옥 채찍을 잡고 구름 너머를 가리키니, 애끊는 봄빛이 강남에 있네(晴煙
漠漠柳毿毿, 不那離情酒半酣. 更把玉鞭雲外指, 斷腸春色是江南)"라고 한 것과

매우 닮았다. 그러나 제3·제5구의 묘사 방법은 위장의 후반부보다 훨씬 신선하고 깊고 미묘하여 후세의 많은 작가들이 모두 이것을 모방하였다. 주방언(周邦彦)은 심지어 이 시 전체를 「울지배(尉遲杯)」사(詞)로 고쳐 썼는데, "무정한 그림배는, 전혀 상관도 하지 않네, 내낀 물결이 앞 나루를 격해 있는 것을. 나그네가 술 취해서 겹이불을 껴안기를 기다려, 이별의 한을 싣고서 돌아가네(無情畵舸·都不管·煙波隔前浦. 等行人醉擁重衾, 載得離恨歸去)"(『청진사(淸眞詞)』권하(卷下))라고 하였다. 석효우(石孝友)의 「옥루춘(玉樓春)」사에는 배를 말로 바꾸어, "봄의 시름과 이별의 한은 산보다도 무거워, 말에 맡겨 움직일 수도 없네(春愁離恨重於山, 不信馬兒馱得動)"라고 하였고, 왕실보(王實甫)의 『서상기(西廂記)』에는 배를 수레로 바꾸어 제4본 제1절에는 "저 사천대(司天臺)로 하여금 반년 동안의 시름을 계산하게 한다면, 바로 태평차(太平車)로 10여 대는 될 것이네(試着那司天臺打算半年愁, 端的是太平車兒約有十餘載)"라고 하였고, 제3절에는 "온 세상의 번뇌가 가슴을 가득 메우고 있으니, 이 조그만 수레들로 어떻게 다 실을 수가 있겠는가?(遍人間煩惱塡胸臆, 量這些大小車兒如何載得起!)"라고 하였으며, 육연(陸娟)의 「송인환신안(送人還新安)」에는 또 시름과 한을 "춘색(春色)"으로 바꾸어 "만 점의 낙화·배 한 잎, 봄빛을 싣고서 강남으로 가네(萬點落花舟一葉, 載將春色到江南)"(전겸익(錢謙益)의 『열조시집(列朝詩集)』윤(閏) 사(四), 진전(陳田)의 『명시기사(明詩紀事)』을첨(乙籤) 권13에는 오진(吳鎭)의 시라고 함)라고 하였다.

3. 왕우칭(王禹偁)

왕우칭(王禹偁, 954~1001)의 자는 원지(元之), 거야(鉅野) 사람이다. 『소축집 (小畜集)』이 있다. 북송 초기의 시는 대부분 경조(輕佻)·부화(浮華)하여 인민 성이 결여되어 있었는데, 왕우칭은 이러한 기풍을 극력 만회하려고 하였 다. 그는 두보(杜甫)와 백거이(白居易)의 시를 제창하였으며, 백거이를 스승 으로 본받은 유명한 북송의 시인 가운데(기타 두 사람은 소식(蘇軾)과 장뢰(張 耒)) 그는 최초이고 또한 영향을 가장 깊이 받았다. 그의 두보에 대한 평가 도 또한 매우 주목할 만하다. 이전에 두보를 추앙한 사람들은 모두 그가 "집대성(集大成)"하여 과거의 작가들의 갖가지의 장점을 종합할 수 있었다 고 말하였다. 예컨대, 원진(元稹)의 「고공부원외랑두군묘계명(故工部員外郞杜 君墓係銘)」에는 "크고 작은 것을 모아 놓은 바가 있다(小大之有所總萃)", "고금 의 체세(體勢)를 다 터득하였다(盡得古今之體勢)"[1]라고 하였는데, 왕우칭은 두 보의 "낡은 것을 밀어내고 새것을 만들어낸(推陳出新)" 점을 주목하고 중시 하였다. 「일장, 간중함(日長, 簡仲咸)」 시에서 당시로서는 매우 독창적인 말 로 두보가 시의 영역을 개척한 것을 칭송하여 "두보의 시집은 시의 세계 를 열었네(子美集開詩世界)"라고 하였다.[2]

---

1) 『원씨장경집(元氏長慶集)』 권56.
2) 『소축집(小畜集)』 권9.

對雪

帝鄉[1]歲云暮, 衡門[2]晝長閉. 五日免常參,[3] 三館[4]無公事.

讀書夜臥遲, 多成日高睡. 睡起毛骨寒, 窓牖瓊花墜.

披衣出戶看, 飄飄滿天地. 豈敢患貧居, 聊將賀豊歲.

月俸雖無餘, 晨炊且相繼. 薪芻未缺供, 酒肴亦能備.

數杯奉親老, 一酌均兄弟. 妻子不飢寒, 相聚歌時瑞.[5]

因思河朔民, 輸挽供邊鄙:[6] 車重數十斛, 路遙數百里.

羸蹄凍不行, 死轍水難曳. 夜來何處宿? 闃寂荒陂裏.

又思邊塞兵, 荷戈禦胡騎: 城上卓旌旗, 樓中望烽燧.

弓勁添氣力, 甲寒侵骨髓. 今日何處行? 牢落窮沙際.

自念亦何人? 儻安得如是! 深爲蒼生蠹, 仍尸諫官位.[7]

謇諤[8]無一言, 豈得爲直士? 褒貶無一詞, 豈得爲良史?

不耕一畝田, 不持一隻矢; 多慚富人[9]術, 且乏安邊議.

空作對雪吟, 勤勤謝知己.[10]

---

1 북송(北宋)의 서울 변량(汴梁, 지금의 하남성(河南省) 개봉시(開封市))을 가리킨다.

---

2 "나무를 가로질러 문을 만든(橫木爲門)" 것으로 누추한 집이라는 뜻이다.

---

3 황제가 닷새에 한 번 조회(朝會)를 하면 신하들은 조정에 나아가서 절하고 뵙는다. 이것은 한대(漢代)로부터 전해져 온 법이다. "보통의 참예(參預)를 면한다(免常參)"는 것은 닷새에 한 번 조정에 나아가는 정해진 예절을 면제한다는 뜻이다.

4 소문관(昭文舘) · 국사관(國史舘) · 집현관(集賢舘)의 3관(舘)을 가리킨다. 이
시는 대략 송 태종(太宗) 조광의(趙光義) 단공(端拱) 1년(988)에 지어졌는데,
그때 왕우칭의 관직은 "우습유(右拾遺) · 직사관(直史舘)"이었다.
"우습유"는 황제를 비판하고 권고하는 책임이 있었으므로 이 시의 뒷부분에
서는 "여전히 간관(諫官)의 자리를 차지하고 있네(仍尸諫官位)"라고 하였다.
"직사관"은 "사관(史官)"으로, 마땅히 황제의 언행과 국가의 일에 대하여
진실하고 털끝만큼의 가식도 없는 기록을 해야만 하므로 이 시의 뒷부분
에서는 "어떻게 훌륭한 사관이라고 하겠는가(豈得爲良史)"라고 한 것이다.

5 옛 사람들은 겨울에 오는 눈을 "상서로운 눈(瑞雪)"이라고 불렀다.

6 "하삭(河朔)"은 황하 이북이다. 그때 송은 거란(契丹, 1066년부터는 또 요
(遼)라고 고침)과 한창 전쟁 중이었고, 왕우칭도 또한 송 태종에게 「어융
십책(禦戎十策)」을 바쳤다.
북송 때 백성들을 뽑아 군량(軍糧)을 운수하던 상황은 이복(李復)의 「병궤
행(兵餽行)」에 가장 상세하게 묘사되어 있어 참고할 만하다 : "사람마다
다섯 말을 등에 지고 아울러 도롱이와 삿갓을 썼고, 쌀은 두 군사에게 제
공되고 또 스스로 지어 먹네. 높건 낮건 하루에 똑같이 두 되가 지급되니,
여섯 되가 있어야 겨우 열흘 동안 댈 수 있다네. …… 군량을 나르는데
모자라면 군사들이 일어날까 두려워하여, 다시 부절(符節)을 맞추고 보내
어 점검하고 군사들을 먹이는 것을 재촉하네. 집집마다 추궁하고 수색하
여 장정도 끊어졌건만, 현 관리들은 감히 사람이 없다고 말을 못하네. 다
아낙네와 아내들을 가지고 남자로 만들지만, 숫자가 적으니 또 늙고 야윈
몸까지 미친다네(人負五斗兼簑笠, 米供兩兵更自食. 高卑日槪給二升, 六斗纔可
供十日. …… 運糧恐懼乏軍興, 再符差點催餽軍. 比戶追索丁口絶, 縣官不敢言無
人; 盡將婦妻作男子, 數少更及羸老身)"(『휼수집(潏水集)』 권11)라고 하였다.

7 "간관(諫官)"의 직위에 있으면서 "간관"의 책임을 다하지 못하다.

8 인정사정도 보지 않고 곧장 말하다.

9 "부민(富民)"과 같다. 나라와 백성들을 부유하게 한다는 뜻이다.

10 "사지기근근(謝知己勤勤)"과 같다. 좋은 친구들이 열렬하고 진지하게 바라는 것을 마주할 면목이 없다는 뜻이다. 왕우칭은 비록 이와 같이 자신을 비판하고 있지만, 당시의 각종 기록과 그 자신의 작품을 근거로 하여 살펴보면 그는 말할 만한 배포가 있었던 사람이었다.

寒食[1]

今年寒食在商山,[2] 山裏風光亦可憐.[3]

稚子就花拈蛺蝶, 人家依樹繫鞦韆;

郊原曉綠初經雨, 巷陌春陰乍禁烟.

副使官閑莫惆悵, 酒錢猶有撰碑錢.[4]

1 청명(淸明) 이틀 전이다. 고대의 풍속은 이 며칠 동안 불을 피우지 않고 다만 찬 것만을 먹었는데, 이 시 제6구의 이른바 "연기를 금한다(禁烟)"는 것이다.

2 섬서(陝西) 상현(商縣)이다. 순화(淳化) 2년(991) 왕우칭은 송 태종에게 죄를 지어 상주(商州) 단련부사(團練副使)로 벼슬이 깎였는데, 이로부터 늘 서울 변량을 추억하는 시를 지었다. 이 시는 대략 순화 3년의 작품일 것이다. "올해 한식날엔 상산에 있네(今年寒食在商山)"라는 것은 그가 지난해의 한식날에는 아직 변량에 있었음을 나타내는 것이다.

당에서 송까지 한식과 청명은 돌아다니며 놀고 잔치하는 큰 명절이었다. 송대의 사상가 소옹(邵雍)의 「춘유(春遊)」시의 제1구에는 "세상의 아름다운 절기는 오직 한식뿐이네(人間佳節唯寒食)"(『이천격양집(伊川擊壤集)』권2)라고 하였다. 북송 때, 변량의 이 며칠 동안의 번화한 정경은 우리는 단지 유영(柳永)의 『악장집(樂章集)』에 청명(淸明)을 읊은 2수의 「목란화만(木蘭花慢)」 사와 맹원로(孟元老)의 『동경몽화록(東京夢華錄)』 권7의 기록을 보기만 해도 상상할 수 있다.

중국 예술사상 가장 큰 장면으로 인물화인 장택단(張擇端)의 「청명상하도(淸明上河圖)」에는 1,643명의 사람과 208두의 동물(일본 재등겸(齋藤謙)의 『졸당문화(拙堂文話)』 권8에 인용되어 있는 통계에 따름)이 있는데, 바로 북송 변량의 이와 같은 상황을 묘사한 것이다. 왕우칭의 시에 "올해" 상주에서 한식날을 보내는 고요함을 묘사한 것은 지난해에는 변량에서 그렇지 않았다는 뜻이다.

3 사랑스럽다는 뜻이지 불쌍하다는 뜻이 아니다. 왕사한(汪師韓)의 『시학찬문(詩學纂聞)』 "가련유이의(可憐有二義)" 조.

왕우칭의 시로 『소축집』에는 수록되어 있지 않지만 당인의 옛 시를 겉모양만 바꾸어 그가 벼슬이 깎여 외지에 있던 심정을 묘사한 것이 있는데, "옛날 서도(西都)에서 모란을 구경할 때를 추억하니, 좀 안색은 없지만 마음은 한창이었다네. 그러나 이제는 쓸쓸한 산성 속에, 메꽃이 피어도 또한 기쁘다네(憶昔西都看牡丹, 稍無顏色便心闌; 而今寂寞山城裏, 鼓子花開亦喜歡)"(오증(吳曾)의 『능개재만록(能改齋漫錄)』 권11)라고 하였다. "역가련(亦可憐)"은 "역희환(亦喜歡)"이다.

4 남을 위하여 비기(碑記)·묘지명(墓誌銘) 등을 지어준 원고료로 당시의 이른바 "윤필(潤筆)"이다.

村行

馬穿山徑菊初黃, 信馬悠悠野興長.
萬壑有聲含晚籟, 數峰無語立斜陽.[1]

棠梨葉落胭脂色, 蕎麥花開白雪香.
何事吟餘忽惆悵? 村橋原樹似吾鄉!

1 논리적으로 말하면 "반(反)"은 먼저 "정(正)"이 있음을 포함하고 있고 부정 명제는 결국 먼저 긍정 명제를 가정하고 있다. 왕부지(王夫之)의 『사문록(思問錄)·내편(內篇)』의 이른바 "'무(無)'라고 말한 것은 '유(有)'를 말한 것에 격동되어 깨뜨려 없앤 것이다(言'無'者, 激於言'有'而破除之也)"라는 것으로, 시인들은 자주 이와 같은 이치를 활용한다.

산봉우리는 본래 말할 수가 없으므로 "말이 없는(無語)" 것이다. 왕우칭은 그들이 "말이 없다(無語)"고 한 것은 혹은 공자진(龔自珍)이 「기해잡시(己亥雜詩)」에서 "내가 채찍을 흔들고 끝내 동쪽으로 가는 것을 배웅하여, 이 산은 말하지 않고 중원을 바라보네(送我搖鞭竟東去, 此山不語看中原)"라고 말한 바와 같이 결코 사실에 위배되고 있지는 않지만, 동시에 또한 그들이 원래 말할 수도 있고 말이 있으며 말하고 싶은데 이 시점에서는 갑자기 "말이 없다(無語)"는 것을 나타내고 있는 것으로 보인다. 이와 같이 "몇 봉우리가 말이 없고(數峰無語)", "이 산이 말하지 않는다(此山不語)"는 것이야말로 말할 필요가 없는 군더더기 말이 아닌 것이다(사공도(司空圖)의 『시품(詩品)』에 "떨어지는 꽃은 말이 없다(落花無言)"라고 한 것이라든가 혹은 서인(徐夤)의 「재행화청부(再幸華淸賦)」에 "떨어지는 꽃과 흐르는 물은 말이 없고 다만 해를 보낸다(落花流水無言而但送年)"라고 한 것은 모두 이백(李白)의 「율양뇌수정효녀비명(溧陽瀨水貞孝女碑銘)」에 "봄바람은 삼십 일, 꽃은 떨어지고 말이 없네(春風三十, 花落無言)"라고 한 것을 채용한 것이다. 이들을 참조).

정면으로 말하는 방법으로 고쳐 쓰면, 예컨대 "몇 봉우리가 다 고요하다(數峰畢靜)"라는 것은 의미를 감소시킨다. 그러나 이와 같은 정면의 글자는 산봉우리도 또한 생명이나 혹은 심령이 있음을 강렬히 암시하기도 한다. 예컨대 이상은(李商隱)의 「초궁이수(楚宮二首)」 제2수에는 "저녁 비에 스스로 돌아가니 산은 근심에 잠겨 있네(暮雨自歸山悄悄)"라고 하였다. 어떤 사람은 진관(秦觀)의 「만정방(滿庭芳)」 사에 "난간에 기댄 지 오래되니, 드문드문한 안개 엷은 해가, 쓸쓸히 거친 성을 내려가네(憑欄久, 疏煙淡日, 寂寞下蕪城)"라고 한 것이 장변(張昪)의 「이정연(離亭宴)」 사에 "서글프게 바라보며 층루에 기대서니, 차가운 해가 말없이 서쪽으로 지네(悵望倚層樓, 寒日無言西下)"라고 한 것을 능가할 수 없다고 하였는데(『역대사인고략(歷代詞人考略)』 권8), 아마도 바로 이 때문일 것이다.

4. 구준(寇準)

구준(寇準, 961~1023)의 자는 평중(平仲), 하규(下邽) 사람이다. 『구충민공시집(寇忠愍公詩集)』이 있다. 동시대인 범옹(范雍)은 그의 시집의 「서」에서 그가 "평소 왕유(王維)와 위응물(韋應物)의 시를 몹시 좋아하였다(平昔酷愛王右丞·韋蘇州詩)"라고 하였다. 그의 명작 「춘일등루회귀(春日登樓懷歸)」의 애송되는 "들판의 물에는 건너는 사람도 없고, 외로운 배는 종일토록 가로누워 있네(野水無人渡, 孤舟盡日橫)"도 또한 다만 위응물의 「저주서간(滁州西澗)」의 "들판의 나루터엔 사람이 없고 배는 스스로 가로누어 있네(野渡無人舟自橫)" 1구를 1연(聯)으로 확대한 것일 뿐이다. 그의 7언 절구는 전인들을 모방하지 않았으므로 가장 운치(韻致)가 있다.

書河上亭壁四絶(選一)[1]

岸闊檣稀波渺茫, 獨憑危檻思何長.
蕭蕭遠樹疏林外, 一半秋山帶夕陽.(第三首)

1 모두 4수로 각각 사계절의 경물을 읊었는데, 이 시에 묘사된 것은 가을의 경물이다.

夏日

離心杳杳思遲遲, 深院無人柳自垂.
日暮長廊聞燕語, 輕寒微雨麥秋[1]時.

1 초여름은 바로 보리가 익는 때이다. 가을은 곡물을 수확하는 계절이므로
   옛 사람들은 초여름을 "맥추(麥秋)"라고 불렀다.

5. 임포(林逋)

임포(林逋, 967~1028)의 자는 군복(君復), 전당(錢塘) 사람이다. 『임화정선생시집(林和靖先生詩集)』이 있다. 그때 일군의 산림(山林) 시인들이 있었는데, 어떤 사람들은 출가(出家)하여 중이 되었고(예컨대 이른바 "구승(九僧)"), 어떤 사람들은 은거하여 처사(處士)가 되었는데 임포·위야(魏野)·조여필(曹汝弼) 등이 있었다. 그들의 풍격은 다소 비슷하여 모두 만당(晚唐) 시인 가도(賈島)·요합(姚合)의 영향을 보이고 있다. 임포는 그중에서 두드러진 작가라고 할 수 있다. 그는 일종의 자질구레하고 교묘한 수법으로 청고(淸苦)하면서도 또한 유정(幽靜)한 은거 생활을 묘사하였다. 그는 서호(西湖)의 고산(孤山)에서 살면서 서호의 풍경을 읊은 시가 매우 많은데, 또한 그의 비교적 좋은 작품이기도 하다.

孤山寺端上人[1]房寫望

底處[2]憑闌思眇然? 孤山塔後閣西偏.
陰沉畫軸林間寺, 零落棋枰葑上田;[3]
秋景有時飛獨鳥, 夕陽無事起寒煙.[4]
遲留更愛吾廬近, 秪待重來看雪天.

1 중의 존칭이다.

2 어디, 어느 곳.

3 봉(葑)은 고미(菰米, 줄의 열매) 뿌리이다. "봉상전(葑上田)"은 또 "가전(架田)"이라고도 하며, 나무틀을 물위에 띄우고 시렁 위에 봉니(葑泥)를 놓아 "걸핏하면 수십 길이나 되고 두께도 또한 몇 자나 되며 …… 뗏목과 같이 지탱하여 왕래할 수가 있다(動輒數十丈, 厚亦數尺 …… 如木筏然, 可撑以往來)"(호자(胡仔)의 『초계어은총화(苕溪漁隱叢話)』 전집 권27에 『채관부시화(蔡寬夫詩話)』를 인용)라고 하였다. 범성대(范成大)의 「만춘전원잡흥(晚春田園雜興)」 제7수에 "작은 배로 봉전을 지탱하여 돌아가네(小舟撑取葑田歸)"(『석호시집(石湖詩集)』 권27)라고 하였는데, 우리가 제4구의 모습을 이해하는 데 도움이 될 것이다.

이 1연(聯)은 황혼녘 음산한 숲속에 은은히 몇 군데의 절이 있는데, 색깔이 바랜 그림처럼 어둠침침하고, 군데군데의 가전이 또 바둑판 위에 그려 놓은 네모난 칸처럼 드문드문 물 위에서 흔들려 움직이고 있는 것을 묘사하였다.

임포의 시 이후 이 두 가지의 비유, 특히 후자는 자주 시 속에 나타나게 되었다. 등잠(滕岑)의 「유서호(遊西湖)」에는 "누가 옛날 그림을 펼쳐 놓았는가? 티끌이 비단의 짙고 옅은 사이에 어두컴컴하네(何人爲展古畵幅? 塵暗縑綃濃淡間)"(『영락대전(永樂大全)』 권2264 "호(湖)"자부(字部)에 인용됨)라고 하였고, 정 가수(嘉燧, 1565~1643, 자 맹양(孟陽))의 「문등자사재불수유기(聞等慈師在拂水有寄)」에는 "옛 절은 바로 어두운 벽화 같네(古寺正如昏壁畵)"(『송원랑도집(松圓浪淘集)』 권15)라고 하였다.

또 황정견(黃庭堅)의 「제안복이령조화정(題安福李令朝華亭)」에는 "밭은 바둑을 두는 듯 한 판을 차지하고 있네(田似圍棋據一枰)"라고 하였고, 또 「차운지명입청원산구(次韻知命入靑原山口)」에는 "벼논이 바둑판처럼 반듯하네(稻田棋局方)"라고 하였으며, 문동(文同)의 「한거원상방만경(閒居院上方晚景)」에는 "가을밭의 도랑과 두둑이 바둑판과 같네(秋田溝壟如棋局)"(『단연집(丹淵集)』 권8)라고 하였고, 북송 김군경(金君卿)의 「동진랑중유남당(同陳郎中遊南塘)」에는 "천 경 토란밭이 개오동나무 바둑판이라네(千頃芋畦楸罫局)"(『김씨문집(金氏文集)』권상(卷上))라고 하였으며, 양만리(楊万里)의 「만망(晚望)」
에는 "하늘이 바둑판을 놓아 논밭을 만들었네(天置楸枰作稻畦)"(『성재집(誠
齋集)』권12)라고 하였고, 명 양신(楊愼)의 「출교(出郊)」에는 "평평한 밭이
바둑판과 같네(平田如棋局)"(『승암전집(升庵全集)』권33)라고 하였다. 사실
한유(韓愈)의 「봉화괵주유급사사군삼당신제이십일영(奉和虢州劉給事使君三
堂新題二十一詠)」중의 「도휴(稻畦)」시에는 일찍이 "바둑판의 눈처럼 펼쳐
지니 밭두둑이 헤아릴 만하네(罫布畦堪數)"라고 하였지만 분명하지 못하였
기 때문에 이 비유는 또 임포 이전의 시인들의 주의를 끌지는 못했다.

4 차가운 연기 외에는 아무 것도 없다는 뜻이다.

6. 안수(晏殊)

안수(晏殊, 991~1055)의 자는 동숙(同叔), 임천(臨川) 사람이다. 그의 문생(門生)은 "안(晏) 상국(相國)은 오늘날의 시를 잘하는 사람이다. 말년에 편집된 것이 만 편을 넘으니 당인 이래 아직까지 없었던 일이다(晏相國, 今世之工爲詩者也. 末年見編集者乃過萬篇, 唐人以來所未有)"[1]라고 하였다. 가령 이 말이 과장이 아니라면, 안수의 작품의 수는 "60년간 만 수의 시(六十年間萬首詩)"라는 육유(陸游)를 뛰어넘는다.[2] 이 1만여 편의 시는 오대(五代) 왕인유(王仁裕)의 『서강집(西江集)』의 만여 수와 마찬가지로,[3] 흩어져 없어져서 전해지지 않는다. 청초(淸初)에 이르러 비로소 어떤 사람이 『원헌유문(元獻遺文)』 1권을 수집하였고, 후에 또 어떤 사람이 『보편(補編)』과 『증집(增輯)』을 만들었다. 물론 아직도 좀 더 보탤 수가 있지만 결국 얼마 되지는 않을 것이다.

전하는 바에 의하면, 그는 위응물(韋應物)의 시를 애독하여 그것이 "전혀 기름기가 없다(全沒有些兒脂膩氣)"[4]라고 칭찬하였다고 한다. 그러나 그의 현존하는 작품으로 본다면 그도 역시 주로 이상은(李商隱)의 영향을 받았다.[5] 아마도 그는 "기름기(脂膩)"를 반대했기 때문에 당시 이상은을 스승으로 본받던 서곤체(西崑體) 작가들과 송상(宋庠)·송기(宋祁)·호숙(胡宿) 등과는 달

---

1) 송기(宋祁), 『필기(筆記)』 권상(卷上).
2) 육유(陸游), 『검남시고(劍南詩稿)』 권49 「소음매화하작(小飮梅花下作)」에 보인다.
3) 송 설거정(薛居正) 등 봉칙(奉勅) 찬(撰), 『구오대사(舊五代史)』 권128 ; 구양수(歐陽脩), 『신오대사(新五代史)』 권57 ; 증조(曾慥), 『유설(類說)』 권26에 실려 있는 『후사보(後史補)』.
4) 송 오처후(吳處厚), 『청상잡기(靑箱雜記)』 권5.
5) 송 방회(方回), 『영규율수(瀛奎律髓)』 권10, 권17을 참조.

리 비교적 활발하고 경쾌하며, 그들처럼 짙어서 소화할 수 없고 꽉 막히 거나 숨이 답답하지는 않았을 것이다. 그도 또한 때로는 전고와 성어를 찢어 붙이거나 생략하여 억지로 맞추어 통하지 않게 되었다. 예컨대 「부 득추우(賦得秋雨)」의 "초(楚)나라 꿈에 먼저 염교 잎이 싸늘함을 아네(楚夢先 知薤葉涼)"에서 초회왕(楚懷王)이 꿈에 무산(巫山) 신녀(神女)를 만난 일을 "초 몽(楚夢)"의 두 글자로 줄였는데, 이상은의 「성녀사(聖女祠)」의 "초나라의 꿈 에 애가 타네(腸回楚國夢)"라고 한 것보다도 더욱 생경하다. 그러나 그래도 호숙이 노자(老子)가 "춘대에 오른 듯하다(如登春臺)"라고 말했던 일을 "노대 (老臺)라고 줄인 정도까지는 이르지 않았다.6) 이와 같은 수사는 당인(唐人) 의 유서(類書) 『초학기(初學記)』가 조장한 나쁜 버릇이며7) 더욱 이상은을 모 방한 유폐였다.8) 문예에 있어서의 모방은 결국 모방하는 작가의 단점과 결점까지도 배우게 되어 전설 속의 여인이 바지를 재단한 것과 같다. 그 녀는 낡은 바지를 본으로 삼았는데 낡은 바지의 한 곳이 찢어진 것을 보 고 황급히 곧이곧대로 새 바지에 구멍을 뚫었다는 것이다.9)

---

6) 청 노문초(盧文弨), 『용성찰기(龍城札記)』 권2에 호숙(胡宿)의 시 중의 이와 같은 사구(詞 句)를 지적하고 있는 것을 참조.
7) 송 이제옹(李濟翁)의 『자가집(資暇集)』 권상(卷上)에 『초학기(初學記)』에서 위무제(魏武帝) 조조(曹操)가 "까치가 남쪽으로 날아가네(烏鵲南飛)"라는 1구를 지은 일을 "위무제의 까 치(魏鵲)라고 줄인 것에 대하여 비판하고 있는 것을 참조.
8) 예컨대, 이상은(李商隱)의 「희설(喜雪)」의 "조풍(曹風)의 옷(曹衣)"(『시경(詩經)·조풍(曹 風)·부유(蜉蝣)』편에 "삼베옷이 눈과 같네(麻衣如雪)"라고 한 것을 생략한 것임), 「자계림 봉사강릉, 도중감회(自桂林奉使江陵, 途中感懷)」의 "초(楚) 땅의 막걸리(楚醪)" 등이 있다.
9) 『한비자(韓非子)』 권32 「외저설좌(外儲說左)」 상(上).

無題[1]

油壁香車[2]不再逢, 峽雲無迹任西東.[3]
梨花院落溶溶月, 柳絮池塘淡淡風.
幾日寂寥傷酒後, 一番蕭瑟禁烟[4]中.
魚書[5]欲寄何由達, 水遠山長處處同.[6]

1 「우의(寓意)」로 되어 있는 것도 있다.

2 기름칠로 장식한 수레.

3 "협(峽)"은 무협(巫峽)을 가리키며, 송옥(宋玉)의 「고당부(高唐賦)」 이후 고
   대의 시문 속에서는 애인들이 즐겁게 만난다는 대체어로 변하였다. 이 구
   는 애인들이 헤어진 후 간 곳을 모른다는 뜻이다.

4 앞의 왕우칭(王禹偁)의 「한식(寒食)」 주 1)에 보인다. 본서 67쪽.

5 편지. 고시(古詩) 「음마장성굴행(飮馬長城窟行)」에는 "손이 먼 곳에서 와서,
   나에게 두 마리 잉어를 주었네. 아이를 불러 잉어를 삶으라고 하니, 그 가
   운데 1자나 되는 흰 비단 편지가 있네(客從遠方來, 遺我雙鯉魚; 呼兒烹鯉魚,
   中有尺素書)"라고 하였다. 시사(詩詞)에서는 흔히 "잉어"를 편지의 대체어
   로 사용한다.

6 안수의 「작답지(鵲踏枝)」 사(詞)에도 또한 "아름다운 난새와 흰 비단 편지
   를 보내고 싶지만, 산은 길고 물은 넓어 어느 곳인지 모르네(欲寄彩鸞兼尺
   素, 山長水闊知何處!)"라고 하였다.

7. 매요신(梅堯臣)

　　매요신(梅堯臣, 1002~1060)의 자는 성유(聖兪), 선성(宣城) 사람이다. 『완릉선생시집(宛陵先生詩集)』이 있다. 왕우칭은 커다란 역할을 다하지는 못하였고, 서곤체(西崑體)가 일어나 더욱 현실을 벗어나서 형식을 중시하고 화려한 사조(詞藻)를 강구하였다. 매요신은 뜻도 공허하고 말도 회삽(晦澁)한 이와 같은 시체(詩體)를 반대하고 "평담(平淡)"을 주장하여[1] 명성이 매우 높았고 영향도 매우 크게 미쳤다. 그는 백성들의 질고(疾苦)에 대하여 매우 깊이 체험하였고 사용한 자구도 상당히 소박하였다. 살펴보건대, 고시는 한유(韓愈)·맹교(孟郊) 또 노동(盧仝)으로부터 약간의 수법들을 배웠고, 5언 율시는 왕유(王維)·맹호연(孟浩然)의 시사(示唆)를 받았다. 그러나 그는 "평(平)"하여 자주 힘이 없었고, "담(淡)"하여 왕왕 맛이 없었다. 그는 화려하지만 충실하지 않고 크기만 하고 합당하지 않은 나쁜 습관을 바로잡으려고, 번번이 곧이곧대로 둔중하고 건조하여 시 같지도 않은 사구를 사용하였다. 자질구레하고 더러워서 시에 넣지 못하는 사물, 예컨대 밥을 먹은 후의 곽란(霍亂)이라든가 화장실에 가서 구더기를 본다든가 차를 마시고 뱃속이 꾸룩거린다든가 하는 것들을 묘사하였다.[2] 동굴 속에서 뛰어나오기는 하

---

1) 『완릉선생집(宛陵先生集)』 권28 「화안상공(和晏相公)」, 권46 「독소불의시권(讀邵不疑詩卷)」, 권60 「임화정선생시집서(林和靖先生詩集序)」.

2) 『완릉선생집』 권23 「사월이십팔일, 기여왕정중급사제음(四月二十八日, 記與王正仲及舍弟飮)」, 권30 「문슬득조(捫蝨得蚤)」, 권36 「팔월구일, 신흥여측, 유아탁저(八月九日, 晨興如厠, 有鴉啄蛆)」, 권41 「차운화영숙"상다"(次韻和永叔"嘗茶")」 등등.
　　청 하상(賀裳)의 『재주원시화(載酒園詩話)』 권1 "영물(詠物)" 조, 또 권5 참조.

였지만 조심을 하지 않아 또 공교롭게도 우물 속에 빠져 버린 격이라고 할 수 있다. 다시 한 가지 예를 들어 보자.『시경(詩經)·패풍(邶風)·종풍(終風)』에는 "(누가 나를) 그리워하는가? 재채기가 나네(願言則嚔)"라고 하였으므로 재채기도 또한 시에 넣을 수 있는 사물이라고 할 수 있는데, 더욱 정현(鄭玄)이 전주(箋注)에서 민간의 전설을 취하여 추위와 더위가 순조롭지 못하여 생기는 이러한 생리적 반응을 "이별상사(離別相思)"의 심리적인 감응으로 설명하고 있기 때문이다.3) 시인들도 또한 자신의 재채기를 묘사하고 남들이 나를 그리워하고 있는 것이라고 말하기도 하고,4) 또 자신이 재채기를 하지 않음을 묘사함으로써 남이 나를 그리워하고 있지 않음을 원망하기도 하였다.5) 매요신은 시 속에서 자신이 외지로 나가 있을 때 고향을 그리워하고 있음을 그리면서, 그의 젊고 아름다운 아내가 규중(閨中)에서 이 때문에 큰 재채기를 하고 있기를 바라고 있다 : "내 이제 태단(泰壇)에서 밖에서 잠자고 있으니, 실의에 빠져서 붉은 얼굴의 아내가 재채기하기를 바라네(我今齋寢泰壇外, 佗傺願嚔朱顔妻)"6) 이것은 아마도 양(梁) 심약(沈約)

---

3) 홍매(洪邁)의『용재수필(容齋隨筆)』권4 참조.
4) 예컨대, 소식(蘇軾)의「원일과단양(元日過丹陽)」에는 "흰 머리·파리한 얼굴을 누가 기억할 것인가? 새벽에 자주 재채기가 나는 것은 누구 때문인가?(白髮蒼顔誰肯記, 曉來頻嚔爲何人?)"라고 하였고, 또 황정견(黃庭堅)의「설락도자남양래, 입도류숙회음(薛樂道自南陽來, 入都留宿會飮)」에는 "술잔을 들어 멀리 나에게 따르니, 재채기가 나니 칭송받고 있음을 아네(擧觴遙酌我, 發嚔知見頌)"라고 하였다.
5) 예컨대, 신기질(辛棄疾)의『가헌사보유(稼軒詞補遺)』의「알금문(謁金門)·화진제간(和陳提幹)」에는 "전혀 '에취'할 곳이 없기 때문에, 속마음을 말할 틈이 없네(因甚無個'阿鵲'地, 沒工夫說裏)"라고 하였다.
6)『완릉선생집』권13「원체(願嚔)」. 소동부(蕭東夫, 덕조(德藻))의「제천락(齊天樂)」에 "심히 두려워하는 것은 등불이 어두운 것을 보고, 꿈속에 가로막혀서, 사랑스럽고 어리석은 사람, 푸른 비단 창문에 아직도 재채기를 하고 있는지 몹시 원망스럽네(甚怕見燈昏, 夢遊間阻, 怨煞嬌癡, 綠窓還嚔否?)"(『초당시여(草堂詩餘)』권중(卷中))라고 한 것을 참조.
   탕현조(湯顯祖)의『모란정(牡丹亭)』제26척(齣)「완진(玩眞)」에 나오는 유몽매(劉夢梅)의 이른바 "당신이 재채기를 하여 하늘의 꽃처럼 뱉어내게 한다(叫得你噴嚔像天花唾)"라고 한 것은 바로 이 뜻이다.

의 「육억시(六憶詩)」의 "웃을 땐 마땅히 비할 데 없고, 화를 낼 땐 더욱 사랑스럽네(笑時應無比, 嗔時更可憐)"라는 상투어를 고의적으로 피하려고 한 것이지만, 그러나 "붉은 얼굴(朱顔)"과 "재채기(嚔)"를 한데 짝지은 것은 무의식적으로 골계(滑稽)로 변하여 서정시의 맛을 없애버렸다. 그러나 "(누가 나를) 그리워하는가? 재채기가 나네(願言則嚔)"라는 전설이 원곡(元曲)에서 우스갯짓과 말의 재료가 된[7] 것은 일리가 있다. 스스로 깨닫지 못한 이와 같은 골계는 바로 매요신이 시체를 개혁할 때 지불한 부분적인 대가이다.

---

7) 예컨대, 명초(明初) 양문규(楊文奎)의 『아녀단원(兒女團圓)』 제2절(折)에는 "왕(王) 수의(獸醫)가 올라와 재채기를 하는 동작을 한다(王獸醫上, 打嚔科)"라고 하였고, 『이규부형(李逵負荊)』 제3절(折)·『간전노(看錢奴)』 제3절·『화랑단(貨郎旦)』 제4절 등에도 모두 이러한 우스개가 있다.

田家

南山嘗種豆, 碎莢落風雨;¹ 空收一束萁,² 無物充煎釜.³

1 콩깍지가 비바람에 모두 떨어지다.

2 콩줄기, 콩대.

3 이 시는 옛 사람의 두 마디 명구를 빌려 썼다. 한대의 양운(楊惲)의 「보손 회종서(報孫會宗書)」에는 "저 남산에 밭을 갈아, 거칠고 더러워졌지만 다스 리지 않네. 1경(頃)의 콩을 심었으나, 떨어져 콩줄기가 되어 버렸네(田彼南 山, 蕪穢不治; 種一頃豆, 落而爲萁!)"라고 하였고, 삼국 때 조식(曹植)의 「칠보 시(七步詩)」에는 "콩대는 솥 밑에서 타고, 콩은 솥 속에서 우네. 본래 같은 뿌리에서 생겨났건만, 달달 볶는 것이 어찌 그리도 급한가!(萁向釜下燃, 豆 在釜中泣; 本自同根生, 相煎何太急!)"라고 하였다. 양운은 조정의 혼란을 풍 자하였고 조식은 형제의 불화에 비유하였는데, 매요신은 그들의 이야기를 합하여 농민들의 빈곤을 묘사하여 꽃을 접목시키듯이 하나의 새로운 형 상을 만들어 내었다. 그 뜻은 농민들은 비록 아직 땔 콩대는 있지만 익힐 콩도 없고 냄비도 텅텅 비어 "콩을 익히고 콩대를 태우는(煮豆燃萁)" 것조 차도 불가능하다는 것이다.

陶者

陶盡門前土, 屋上無片瓦; 十指不沾泥, 鱗鱗居大廈.¹

1 이것은 노동하는 백성들이 고생스럽게 생산한 과실을 전부 착취자에게 약탈당하여 그들만이 누린다는 것을 그렸다. 한대 유안(劉安)의 『회남자(淮 南子)』 권17 「설림훈(說林訓)」에는 이러한 불합리한 현상을 언급한 속담과

비슷한 말이 있다. 그것도 또한 매요신의 시에 말하고 있는 와공(瓦工)을 말하고 있는데, "백정은 콩잎국, 수레장은 걸어가며, 도공은 이 빠진 동이를 사용하고, 목수는 좁은 여막(廬幕)에 산다 — 만든 자는 쓰지 못하고, 쓰는 자는 만들려고 하지 않는다(屠者藿羹, 車者步行, 陶人用缺盆, 匠人處狹廬 — 爲者不得用, 用者不肯爲)"라고 하였다.

그러나 이 말들은 다만 가볍게 묘사하고 있을 뿐 "만드는 자(爲者)"와 "쓰는 자(用者)" 쌍방의 괴로움과 기쁨이 고르지 않은 상황을 대조하지 않고 있으므로, 당대의 한 속담처럼 선명하게 드러내지 못하였다 : "맨발인 사람들은 토끼를 뒤쫓지만, 가죽신을 신은 사람은 고기를 먹네(赤脚人趁兎, 著鞾人喫肉)"(혜명(慧明)의 『오등회원(五燈會元)』 권11 연소(延沼)의 어록(語錄), 『전당시(全唐詩)』 제12함(函) 제8책 권876 "어(語)"류(類) "불서인어(佛書引語)")

당시(唐詩) 가운데 맹교(孟郊)의 「직부사(織婦詞)」에는 "어떻게 하얀 비단을 짜면서, 스스로 누더기를 입고 있는가?(如何織紈素, 自著藍縷衣!)"라고 하였고, 정곡(鄭谷)의 「우서(偶書)」에는 "하느님께선 무슨 일을 하시는지 알 수 없으니, 굶주림을 참는 것은 대부분 애써 밭가는 사람들이라네(不會蒼蒼主何事, 忍飢多是力耕人!)"라고 하였으며, 우분(于濆)의 「신고행(辛苦行)」에는 "밭두둑의 보습을 잡은 아이, 손수 심지만 배는 항상 굶주리네. 창문 아래 북은 던지는 여인, 손수 잣지만 몸에는 옷도 없네(壟上扶犁兒, 手種腹長飢; 窗下擲梭女, 手織身無衣)"라고 하였고, 두순학(杜荀鶴)의 「잠부(蠶婦)」에는 "해마다 내가 누에로 고생한다고 말하지만, 어째서 온 몸에는 베옷을 입고 있는가?(年年道我蠶辛苦, 底事渾身著苧麻?)"라고 하여 또 모두 이러한 현상에 대한 분노와 개탄을 나타내고 있다.

매요신의 이 시는 당대의 속담의 대조법을 사용하였지만 논단은 가하지 않고 간결·신랄하고 심각하다. 동시대인인 장유(張兪)의 「잠부(蠶婦)」에는 "어제 성에 갔다가, 돌아올 땐 눈물이 수건에 가득했네. 온 몸에 비단을 걸친 자들은, 누에를 치는 자가 아니었네(昨日到城郭, 歸來淚滿巾; 偏身羅綺者, 非是養蠶人)"(여조겸(呂祖謙), 『황조문감(皇朝文鑑)』 권26)라고 하였는데 비록 맹교·두순학 등의 범위에 속해 있지만 또한 참조할 만하다.

나은(羅隱)의 「봉(蜂)」에 "온갖 꽃을 따서 꿀을 만든 후, 뉘를 위해 고생하고 뉘를 위해 달콤한가?(採得百花成蜜後, 爲誰辛苦爲誰甜?)"라고 한 것은 바로 같은 뜻이지만 비유의 묘사법을 취하고 있다.

田家語

庚辰詔書: 凡民三丁籍一, 立校與長, 號"弓箭手", 用備不虞.[1] 主司欲以多媚上, 急責郡吏; 郡吏畏, 不敢辨, 遂以屬縣令. 互搜民口, 雖老幼不得免. 上下愁怨, 天雨淫淫,[2] 豈助聖上撫育之意耶? 因錄田家之言, 次爲文, 以俟採詩者云.[3]

誰道田家樂? 春稅秋未足! 里胥扣我門, 日夕苦煎促.
盛夏流潦多, 白水高於屋. 水旣害我菽, 蝗又食我粟.
前月詔書來, 生齒復板錄;[4] 三丁籍一壯, 惡使操弓韣.[5]
州符[6]今又嚴, 老吏持鞭朴; 搜索稚與艾, 唯存跛無目.[7]
田閭敢怨嗟,[8] 父子各悲哭. 南畝焉可事? 買箭賣牛犢.[9]
愁氣變久雨, 鐺缶空無粥. 盲跛不能耕, 死亡在遲速.[10]
我聞誠所慚, 徒爾叨君祿; 却詠"歸去來", 刈薪向深谷.[11]

1　"경진(庚辰)"은 송 인종(仁宗) 조정(趙禎) 강정(康定) 원년(1040)으로, 그해 서하(西夏)가 송을 침공하였다. 송대의 병제(兵制)는 정규군 이외에 또 "향병(鄕兵)"이 있었으며 혹은 "궁전수(弓箭手)", 혹은 "노수(弩手)", 혹은 "창수(槍手)" 등등으로 불렀다. 해당 지구의 인구에 대하여 호(戶)마다 2~3정(丁) 중 1정, 4~5정 중 2정, 6~7정 중 3정, 8정 이상은 4정을 뽑아서 "단결하고 훈련하여 방수(防守)로 삼았다(團結訓練, 以爲防守)"(『송사(宋史)』 권190).
　　"적(籍)"은 병사(兵士)의 "화명책(花名冊)"에 이름을 등기하는 것이다.

2 중국 고대에는 "천인감응설(天人感應說)"이 유행하여 인사(人事)의 처지가 부당하면 천재(天災)를 일으킨다고 하였는데, 시에 "걱정스러운 기운이 장맛비로 변한다(愁氣變久雨)"는 것도 또한 이러한 뜻이다.

3 전하는 바에 의하면, 주대(周代)에는 "행인(行人)"이라는 벼슬이 있어 민간의 시가를 수집하여 "천자(天子)"로 하여금 백성들의 여론과 생활을 잘 알도록 하는 책임을 지고 있었다고 한다. 백거이(白居易)의 「신악부(新樂府)」제50수에는 "채시관(採詩官)은, 시를 채집하고 노래를 들어 사람들의 말을 이끌었네. 말하는 자는 죄가 없고 듣는 자는 경계하니, 아랫사람이 위로 통하여 위·아래가 태평하였네. 주나라가 멸망하고 진(秦)나라가 일어나 수씨(隋氏)에 이르도록, 십대(十代) 동안 채시관은 두지 않았네(採詩官, 採詩聽歌導人言; 言者無罪聞者誡, 下流上通上下泰. 周滅秦興至隋氏, 十代採詩官不置)"라고 하였으며, 송대의 학자들은 심지어 "채시관을 두지 않은(採詩官不置)" 것이 진나라가 망한 원인이라고 인정하였다(정초(鄭樵), 『협제유고(夾漈遺稿)』권2 「진은 시가 폐하였기 때문에 망했다는 것은 논함(論秦因詩廢而亡)」). 송대에도 물론 "채시관"은 설립되지 않았는데, 매요신의 뜻은 그의 이 시가 아랫사람들의 실정이 위에 전달될 수 있기를 바란다는 것을 말하고 있는 데 불과하다.
"차(次)"는 차례대로 엮는다는 뜻이다.

4 "생치(生齒)"는 인구(人口)이다.
"판(板)"은 "판(版)"과 통하고 등기(登記)한다는 뜻이다.

5 "악(惡)"은 "사납다"는 뜻이다.
"독(韣)"은 음이 "독(獨)" 또는 "촉(蜀)"으로 활전대·동개이다.

6 "부(符)"는 명령 혹은 공문을 가리킨다.
"주(州)"는 그때의 이른바 "부(府)" 곧 서문 중에 나오는 "군(郡)"을 가리킨다.

7 늙은이나 어린애를 모두 뽑아가서 다만 절름발이와 장님만이 남았다.

8 "감(敢)"은 "불감(不敢)" 혹은 "하감(何敢)"과 같다. 한대(漢代)의 작품 중에는 왕왕 "여(如)"는 "불여(不如)"와 같고, "감(敢)"은 "불감(不敢)"과 같았는데(고염무(顧炎武), 『일지록(日知錄)』 권32 "어급(語急)" 조), 송인들도 흔히 이러한 어법을 모방하였으므로 남송(南宋)의 임연(任淵)·유진옹(劉辰翁) 등은 왕안석(王安石)·진사도(陳師道) 등의 시집을 주를 달거나 혹은 평할 때 "감(堪)"을 "불감(不堪)", "득지(得知)"를 "부득지(不得知)"로 해석하였다.

9 이것은 한대의 공수(龔遂)가 백성들에게 "검(劍)을 팔아 소를 사고 칼을 팔아 송아지를 사도록(賣劍買牛, 賣刀買犢)" 가르쳤다는 고사를 반어적(反語的)으로 사용한 것이다.

10 조만간 죽을 것이다.

11 이 시와 동시에 지어진 「여분빈녀(汝墳貧女)」 본서 86쪽에 의거하여 추측한다면, 이때 매요신은 하남(河南) 양성(襄城) 현령(縣令)이었기 때문에 "임금의 녹을 더럽힌다(叨君祿)"고 한 것이다.
   "도리어 「귀거래(歸去來)」를 읊는다(却詠「歸去來」)"는 것은 도잠(陶潛)의 「귀거래사(歸去來辭)」를 빌려 쓴 것이다.

汝墳[1]貧女

時再點弓手, 老幼俱集. 大雨甚寒, 道死者百餘人; 自壤河至昆陽老牛陂, 僵尸相繼.

汝墳貧家女, 行哭音悽愴. 自言有老父, 孤獨無丁壯.
郡吏來何暴? 縣官不敢抗. 督遣勿稽留, 龍鍾去攜杖.
勤勤囑四鄰, 幸願相依傍.[2] 適聞閭里歸, 問訊疑猶强.[3]

果然寒雨中, 僵死壤河上. 弱質無以託, 橫尸無以葬;
生女不如男, 雖存何所當! 拊膺呼蒼天, 生死將奈向?[4]

1 하남(河南) 여하(汝河)의 강변이다. "여분(汝墳)"은 원래 『시경(詩經)』의 「국
풍(國風)·주남(周南)」의 시의 제목이다. 그 시는 아낙네의 말투로, "방어
의 꼬리가 붉으니, 왕실이 타는 듯하네. 비록 타는 듯하지만, 부모님이 아
주 가까이 계신다네(魴魚頳尾, 王室如燬. 雖則如燬, 父母孔邇)"라고 하였다.
매요신의 이 시에도 또한 아낙네의 슬픔과 원망을 기록하고 있지만 한 걸
음 더 나아가서 개인 집도 또한 "타버렸고(燬)" 부친까지도 고생하다 돌아
가셔서 자신도 의지할 데가 없다고 말하고 있다.

2 이 구절은 여자 아이가 동네 사람들에게 부탁하는 말이다. 늙은이는 핍박
을 받아 달아날 길도 없어서 어쩔 수 없이 지팡이를 짚고 향병(鄕兵)이 되
었고, 이웃 사람 가운데 또 함께 뽑혀가는 사람이 있으므로 여자 아이는
그들에게 그녀의 아버지를 돌보아 달라고 간청하고 있는 것이다.

3 그가 아직도 억지로 버틸 수 있다고 생각하고 소식을 알려고 한다.

4 살아갈 것인가? 아니면 죽어버릴 것인가?
"내(奈)"는 "하(何)"이다.
매요신의 동시대인의 기록으로 2수의 시와 증거로 삼을 만한 것은 사마광
(司馬光)의 「논의용육차자(論義勇六箚子)」이다(『온국문정사마공문집(溫國文
正司馬公文集)』권31~권32).
「제일차자(第一箚子)」에는 "강정(康定)·경력(慶曆) 사이에 조원호(趙元昊)가
반란을 일으키자 …… 국가에 정규군이 부족하여 마침내 섬서(陝西)의 백
성들을 등록하여, 3정(丁) 내에 1정을 뽑아 향궁수(鄕弓手)로 삼았는데
…… 민간에서는 당황하여 어지럽고 근심하고 원망하고 …… 골육은 유
리(流離)되고, 전원(田園)은 다 씻어버렸다(康定·慶曆之際, 趙元昊叛亂 ……
國家乏少正兵, 遂籍陝西之民, 三丁之內選一丁以爲鄕弓手 …… 閭里之間, 惶擾
愁怨 …… 骨肉流離, 田園盪盡)"라고 하였고, 「제오차자(第五箚子)」에는 뽑

혀서 궁전수가 된 사람은 얼굴 혹은 손 위에 모두 문신(文身)을 하고 또 군량(軍糧)을 바쳐야만 했으므로, "한 집이 두 집을 대주는 일(是一家而給二家之事)"이라고 하였다.

魯山[1]山行

適與野情愜,[2] 千山高復低. 好峰隨處改, 幽徑獨行迷.

霜落熊升樹, 林空鹿飲溪. 人家在何許? 雲外一聲鷄.

1 일명 노산(露山)이라고도 하며, 하남 노산현(魯山縣) 동북쪽에 있다.

2 안성맞춤으로 천연 풍물을 좋아하는 나의 기질에 맞는다.

東溪[1]

行到東溪看水時, 坐臨孤嶼發船遲.

野鳧眠岸有閑意, 老樹着花無醜枝.

短短蒲茸齊似翦, 平平沙石淨於篩.

情雖不厭住不得, 薄暮歸來車馬疲.

1 일명 완계(宛溪)라고 하며, 매요신의 고향 선성(宣城)에 있다.

考試畢登銓樓[1]

春雲濃淡日微光, 雙闕重門聳建章.[2]

不上樓來知[3]幾日, 滿城無算[4]柳梢黃.

1 이 시는 『완릉선생집(宛陵先生集)』에는 빠져 있는 시로, 『사고전서관(四庫
全書館)』 집본(輯本) 유반(劉攽)의 『팽성집(彭城集)』 권18에 잘못 수록되어
있다. 현재 북송 조열지(晁說之)의 『조씨객어(晁氏客語)』와 남송 무명씨의
『애일재총초(愛日齋叢鈔)』 권3을 근거로 하여 바로잡는다.
매요신은 가우(嘉祐) 2년(1057) 봄, 진사 고시의 "소시관(小試官)"이었다(구
양수(歐陽脩), 『귀전록(歸田錄)』 권2). 『완릉선생집』에 수록된 이 시기의 시
에 「상원종주인등상서성동루(上元從主人登尙書省東樓)」 1수가 있는데, 대략
여기의 이른바 "전루(銓樓)"를 가리킬 것이다.
"전(銓)"은 시험을 쳐서 선발한다는 뜻이다.

2 한무제(漢武帝)의 궁 이름을 빌려 써서 당시 변량(汴梁)의 궁전을 가리킨
것이다.

3 "금(今)"으로 되어 있는 것도 있다.

4 "다소(多少)"로 되어 있는 것도 있다.

8. 소순흠(蘇舜欽)

소순흠(蘇舜欽, 1008~1148)의 자는 자미(子美), 개봉(開封) 사람이다. 『소학사문집(蘇學士文集)』이 있다. 그는 매요신(梅堯臣)과 명성을 나란히 하였고 창작의 목표도 또한 대체로 같았다. 그의 관찰력은 비록 매요신만큼 세밀하지는 못하지만 정감은 상당히 격앙(激昂)하고 언어도 상당히 창달(暢達)하다. 다만 수사상 역시 자주 거칠고 생경한 잘못을 범하고 있을 뿐이다. 육유(陸游) 시의 하나의 주제 곧 국세의 약화와 이민족의 침입에 분개하여 "적을 깨뜨리고 공을 세우기(破敵立功)"를 바라는 영웅적 포부가 송시 중에서는 소순흠의 작품에 가장 일찍 보인다. 비록 여기에는 그의 이러한 시를 뽑지는 않았지만 이것은 언급할 만한 점이다.

城南感懷, 呈永叔[1]

春陽泛野動, 春陰與天低; 遠林氣藹藹, 長道風依依.
覽物雖暫適, 感懷翻然移. 所見旣可駭, 所聞良可悲.
去年水後旱, 田畝不及犁. 冬溫晚得雪, 宿麥生者稀.
前去[2]固無望, 卽日已苦飢. 老稚滿田野, 斸掘尋鳧茈.[3]
此物近亦盡, 卷耳[4]共所資; 昔云能驅風,[5] 充腹理不疑;
今乃有毒厲, 腸胃生瘡痍. 十有七八死, 當路橫其尸;

犬麔咋其骨, 烏鳶啄其皮. 胡爲殘良民, 令此鳥獸肥?

天豈意如此? 泱蕩莫可知!⁶ 高位厭粱肉, 坐論攙雲霓;⁷

豈無富人術, 使之長熙熙? 我今飢伶俜, 憫此復自思:

自濟旣不暇, 將復奈爾爲! 愁憤徒滿胸? 嶸岤不能齊.⁸

1 구양수(歐陽脩)의 자는 영숙(永叔)이다.

2 장래 혹은 앞길.

3 올메, 올방개(荸薺). "자(茈)"는 원래 "비(芘)"로 되어 있으나 아마 잘못된 글자일 것이다.

4 국과(菊科) 식물의 일종으로 어린잎은 먹을 수 있다. 『시경(詩經)·국풍(國風)·주남(周南)·권이(卷耳)』에 도꼬마리를 캐는 것을 읊은 시가 있다.

5 현기증이 일어나다, 혹은 사지가 마비되다.

6 "막측고심(莫測高深)"이라고 하는 것과 같다.
"앙(泱)"은 원래 "결(決)"로 되어 있으나 아마 잘못된 글자일 것이다.

7 "염(厭)"은 "염(饜)"과 통한다.
"참(攙)"은 "찌르다(刺)"의 뜻이다.
그 고관들은 맛좋은 밥을 배불리 먹고 편안히 앉아서 실제와는 맞지 않는 공허하고 고상한 담론을 일삼고 있다. 백거이(白居易)의 「진중음(秦中吟)」의 「강남한(江南旱)」에는 다만 "대부(大夫)"와 "장군(將軍)"들이 "배불리 먹으면 마음은 스스로 태연하고, 술이 거나해지면 기세는 더욱 떨치네(食飽心自若, 酒酣氣益振)"라고 묘사하고 있을 뿐, 하루 종일 배불리 먹고 청담(淸談)으로 나라를 그르치는 이러한 현상까지는 그리고 있지 않다.

8 마음속의 근심과 분노가 평탄치 않은 것이 고산준령(高山峻嶺)과 같다.
"횡(岤)"은 "횡(峵)"과 통한다.

수대(隋代)의 중 진관(眞觀)의 「수부(愁賦)」에는 "비유한다면 산악이 높은 것과 같고, 푸른 바다의 깊고 넓음과 같네(譬山嶽之穹隆, 類滄溟之滉瀁)"(엄가균(嚴可均), 『전수문(全隋文)』 권34)라고 하여 산과 물을 가지고 시름에 견주었다. 후세의 시름을 읊은 사람들은 흔히 물을 가지고 걱정과 시름이 길게 끊이지 않고 넓고 깊은 것에 견주었으나 산의 비유는 비교적 드물다. 소순흠의 이 2구는 두보(杜甫)의 「자경부봉선현, 영회오백자(自京赴奉先縣, 詠懷五百字)」에 "시름의 실마리는 종남산(終南山)과 나란하여, 가이없이 수습할 수가 없네(憂端齊終南, 澒洞不可掇)"라고 한 것과 참조할 만하다.

夏意

別院深深夏席淸, 石榴開遍透簾明.
樹陰滿地日當午, 夢覺流鶯時一聲.

淮中晚泊犢頭

春陰垂野草靑靑, 時有幽花一樹明.
晚泊孤舟古祠下, 滿川風雨看潮生.

初晴遊滄浪亭[1]

夜雨連明春水生, 嬌雲濃暖弄微晴.

> 簾虛日薄花竹靜, 時有乳鳩相對鳴.

1 소순흠은 어떤 일 때문에 면직당하여 백성이 되었으며, 소주(蘇州)에 살 때 이 정자를 지었다.

暑中閑詠

> 嘉果浮沉酒半醺, 床頭書冊亂紛紛.
> 北軒涼吹開疎竹, 臥看靑天行白雲.

9. 구양수(歐陽脩)

구양수(歐陽脩, 1007~1972)의 자는 영숙(永叔), 스스로 취옹(醉翁) 또는 육일거사(六一居士)라고 불렀다. 여릉(廬陵) 사람이다. 『문충집(文忠集)』이 있다. 그는 당시 공인된 문단의 영수(領袖)로서 송 이래 산문·시(詩)·사(詞)의 각 방면에서 모두 성취가 뛰어났던 첫 번째 작가이다. 매요신(梅堯臣)과 소순흠(蘇舜欽)은 그에 대하여 계몽적인 역할을 하였지만, 그의 언어에 대한 이해와 자구와 음절에 대한 감성은 모두 그들보다 위에 있다. 그는 이백(李白)과 한유(韓愈)의 영향을 깊이 받아서 한편으로는 당인이 정해 놓은 형식을 보존하고, 다른 한편으로는 이 형식들이 탄력을 갖게 하여 하고 싶은 말을 다하였지만 "다리를 잘라 발에 맞추는(削足適屨)" 내용을 희생하는 데 이르지는 않을 수 있었다. 그는 정제(整齊)된 체제를 잃어버리지 않으면서 산문과 같은 유동(流動)·소쇄(瀟灑)한 풍격에 접근할 수 있기를 바랐다. "글을 가지고 시를 짓는다(以文爲詩)"라는 점에서 그는 왕안석(王安石)·소식(蘇軾) 등을 위하여 초석을 놓았고 동시에 또한 소옹(邵雍)·서적(徐積, 1028~1103) 등과 같은 도학가에게도 단서를 열어 주었다. 이 도학가들은 흔히 시체(詩體)를 가지고 철학·역사학 심지어는 천문(天文)·수리(水利)에 이르기까지 말하였고 더욱 내용이 시율(詩律)의 제한을 받는다고 생각하여 한걸음 더 산문화하였다. 그들이 그려낸 것은 형식이 정제되고 구속적인 시를 벗어난 것이 아니라, 예컨대 서적의 근 이천 자에 달하는 「대하(大河)」 시처럼,[1] 압운되고 중첩된 산문을 아직 벗어나지 못한 것이었다.

남송의 배급경(裴及卿)은 구양수의 시에 주해를 달았지만,[2] 당시에는 유행되고 전해지지 않은 듯하다.

---

1) 『서절효선생문집(徐節孝先生文集)』 권1.
2) 위료옹(魏了翁)의 『학산대전집(鶴山大全集)』 권54 「배몽득주구양공시집서(裴夢得註歐陽公詩集序)」.

晚泊岳陽

臥聞岳陽城裏鐘, 繫舟岳陽城下樹.

正見空江明月來, 雲水蒼茫失江路.

夜深江月弄淸輝, 水上人歌月下歸;

一闋聲長聽不盡, 輕舟短楫去如飛.

戲答元珍[1]

春風疑不到天涯, 二月山城未見花.

殘雪壓枝猶有橘, 凍雷驚筍欲抽芽.[2]

夜聞歸雁生鄕思, 病入新年感物華.[3]

曾是洛陽花下客,[4] 野芳雖晚不須嗟.[5]

---

1 "화시구우시십(花時久雨之什)"으로 되어 있는 것도 있다. 이것은 구양수가
벼슬이 깎여 호북(湖北) 협주(峽州) 이릉(夷陵) 현령(縣令)이었을 때의 시이
다. 정보신(丁寶臣)의 자는 원진(元珍)으로 바로 협주 판관(判官)이었다. 구
양수는 이 시를 매우 만족하게 여겼다. 그에게는 또 매우 자부한 몇 수의
작품이 있으나 여기에는 모두 뽑지 않았다. 홍량길(洪亮吉)의 『북강시화(北
江詩話)』 권2에는 정곡을 찔러 "구공(歐公)은 시를 잘했지만 시는 잘 평하
지 못했다. …… 스스로 「여산고(廬山高)」를 자랑하였는데 공의 시집 중에
서도 또한 중하(中下)에 속하는 것이다(歐公善詩而不善評詩 …… 自詡「廬山高」,
在公集中, 亦屬中下)"(왕세정(王世貞), 『엄주산인사부고(弇州山人四部稿)』 권
136 「발"여산고"(跋"廬山高")」, 권147 『예원치언(藝苑巵言)』 권4, 요범(姚
範)의 『원순당필기(援鶉堂筆記)』 권40 참조)라고 하였다.

2 구양수의 『거사집(居士集)』 권39 「이릉현지의당기(夷陵縣至喜堂記)」에 "풍속이 소박하여 길들지 않았고 …… 귤·유자·차·죽순의 사철의 맛이 있으며 …… 강산이 아름답고 빼어나다(風俗樸野 …… 有橘柚茶筍四時之味 …… 江山美秀)"고 한 것을 참조.

3 "조성점변지방절, 인의무료감물화(鳥聲漸變知芳節, 人意無聊感物華)"로 되어 있는 것도 있다.

4 구양수는 낙양(洛陽) 유수(留守) 추관(推官)을 지낸 바 있다.
　　북송 때 낙양의 화원(花園)은 가장 번성하였으며, "낙양화복(洛陽花福)"은 당시의 이른바 "천하구복(天下九福)"에 들었기 때문에(도곡(陶穀)의 『청이록(清異錄)』 권1, 태평노인(太平老人)의 『수중금(袖中錦)』의 "천하제일(天下第一)"·"고소불급(古所不及)"·"사요(四妖)" 3조(條)를 참조), 소옹(邵雍)의 「춘유(春遊)」 시에는 "천하의 유명한 화원은 낙양을 중히 여기네(天下名園重洛陽)"라고 하였다. 이청조(李淸照)의 부친 이격비(李格非)의 『낙양명원기(洛陽名園記)』에도 또한 북송 때 낙양의 19개의 화원을 서술하였다.
　　낙양의 모란(牡丹)은 특히 유명하여 구양수도 「낙양모란기(洛陽牡丹記)」와 「낙양모란도(洛陽牡丹圖)」 시를 쓴 바 있다.

5 왕우칭(王禹偁)의 「한식(寒食)」 주 3) 참조 본서 68쪽.

啼鳥[1]

窮山候至陽氣生, 百物如與時節爭.
官居荒涼草樹密, 撩亂紅[2]紫開繁英.
花深葉暗耀朝日, 日[3]暖衆鳥皆嚶鳴.
鳥言我豈解爾意? 綿蠻但愛聲可聽.

南窗睡多春正美, 百舌未曉催天明;

黃鸝顏色已可愛, 舌端啞咤如嬌嬰;[4]

竹林靜啼[5]青竹筍,[6] 深處不見惟聞聲;[7]

陂田遶郭白水滿, 戴勝穀穀催春耕;

誰謂鳴鳩拙無用, 雄雌各自知陰晴;

雨聲蕭蕭泥滑滑, 草深苔綠無人行;

獨有花上提葫蘆, 勸我沽酒花前傾.

其餘百種各嘲哳, 異鄉殊俗難知名.

我遭讒口身落此,[8] 每聞巧舌宜可憎.

春到山城苦寂寞, 把盞常恨無娉婷.

花開鳥語輒自醉, 醉與花鳥爲交[9]朋.

花能嫣然顧我笑, 鳥勸我飲非無情.

身閒酒美惜光景, 惟恐鳥散花飄零.

可笑靈均楚澤畔, 「離騷」憔悴愁獨醒.[10]

---

1 이 시는 저주(滁州)에서 지은 것이다.

---

2 "료난홍(撩亂紅)"은 "란홍은(亂紅殷)"으로 되어 있는 것도 있다.

---

3 "일(日)"은 "일(一)"로 되어 있는 것도 있다.

---

4 소순흠의 『소학사문집(蘇學士文集)』 권8 「우중문앵(雨中聞鶯)」 시에도 또한 "사랑스럽고 어리석은 어느 집 작은 계집 아이가, 울며 말하며 꽃가지 너머에 있네(嬌騃人家小女兒, 半啼半語隔花枝)"라고 하였다.

---

5 "정제(靜啼)"는 "제진(啼盡)"으로 되어 있는 것도 있다.

6 "청죽순(靑竹筍)" 및 아래의 "대승(戴勝)"·"니활활(泥滑滑)"·"제호로(提葫蘆)"는 모두 새 이름이다.

7 비둘기는 둥우리를 지을 줄 모르므로 일명 "졸조(拙鳥)"라고도 한다. 고대의 속담에 "하늘에 비가 오려는가 비둘기가 암컷을 내쫓고, 하늘에 이미 비가 내리니 비둘기가 암컷을 부르네(天欲雨, 鳩逐婦; 天旣雨, 鳩呼婦)"라고 하였다.

8 『거사집(居士集)』의 목록에는 이 시를 경력(慶曆) 6년(1045, 39세)에 엮었다. 경력 5년에 구양수는 조카딸 장씨(張氏)의 애매한 일로 남에게 무고를 당하여 저주(滁州) 지주(知州)로 나갔다. "참구(讒口)"는 바람 잡듯 무턱대고 그를 공격한 정적을 가리킨다.

9 "교(交)"는 "우(友)"로 되어 있는 것도 있다.

10 "영균(靈均)"은 곧 굴원(屈原)이다. 『초사(楚辭)·어부(漁父)』에는 "굴원이 이미 쫓겨나서 …… 못 가를 다니며 신음할 때 …… 안색은 파리하였으며 …… '온 세상이 모두 탁하지만 나만 홀로 맑고, 여러 사람들이 모두 술취했으나 나만 홀로 깨어 있다. 그래서 쫓겨났다'고 하였다(屈原旣放 …… 行吟澤畔 …… 顔色憔悴 …… 曰: '擧世皆濁而我獨淸, 衆人皆醉而我獨醒, 是以被放')"라고 하였다. 구양수는 이 비유를 빌려 써서 술 마시는 구실로 삼고 자신의 불평을 부쳤다.

春日西湖, 寄謝法曹歌[1]

西湖春色歸, 春水綠於染. 群芳爛不收, 東風落如糝.

(西湖者, 許昌勝地也.)

參軍春思亂如雲, 白髮題詩愁送春;

(謝君有"多情未老已白髮, 野思到春如亂雲"之句.)

遙知湖上一樽酒, 能憶天涯萬里人.

萬里思春尙有情, 忽逢春至客心驚;

雪消門外千山綠, 花發江邊二月晴.

少年把酒逢春色, 今日逢春頭已白.

異鄕物態與人殊, 惟有東風舊相識.

1　사백초(謝伯初)의 자는 경산(景山), 그때 하남(河南) 허주(許州) 법조(法曹)였다. 구양수의 『시화(詩話)』에 의하면 이것도 또한 이릉(夷陵)에 있을 때의 시이다. 사백초가 시를 부쳐 그의 벼슬이 깎인 것을 위안하였기 때문에 이 회답을 지었다. 구양수는 송 인종(仁宗) 경우(景祐) 4년(1037, 31세) 3월 허주로 가서 재혼하였다. 이 시는 2월에 지어진 것이므로 첫 머리에 묘사한 서호(西湖)의 봄빛은 모두 상상하거나 혹은 전해들은 말일 것이다.

別滁[1]

花光濃爛柳輕明, 酌酒花前送我行.

我亦且[2]如常日醉, 莫敎絃管作離聲.[3]

1　구양수가 저주(滁州) 태수로부터 이임(離任)할 때의 시이다.

2　"지(秖)"로 되어 있는 것도 있다.

3　황정견(黃庭堅)의 「야발분녕, 기두간수(夜發分寧, 寄杜澗叟)」에 "나는 스스로 다만 평일에 취하는 것과 같을 뿐인데, 온 천지의 바람과 달이 사람을 대신하여 시름하네(我自只如常日醉, 滿川風月替人愁)"라고 한 것은 바로 이 시에서 나온 것이다.

구양수의 이 2구는 당 장위(張謂)의 「송노거사하원(送盧擧使河源)」에 “기나
긴 길·관산은 언제나 다할 것인가? 마루에 가득 찬 관현은 그대를 위해
시름하네(長路關山何日盡? 滿堂絲管爲君愁)”라고 하고, 무원형(武元衡)의 「수
배기거(酬裴起居)」에 “하물며 못에 비바람 치는 밤, 관현이 다 이별의 소
리임을 견디기 어렵네(況是池塘風雨夜, 不堪絃管盡離聲)”라고 하고, 백거이
(白居易)의 「급제후귀근(及第後歸覲)」에 “수레는 떠나려는 기색이 보이고,
사관(絲管)은 이별 소리를 울리네(軒車動行色, 絲管擧離聲)”라고 한 등등의
번안(飜案)이라고 말할 수 있다.

奉使道中作[1]

客夢方在家, 角聲已催曉;

忽忽行人起, 共怨角聲早.

馬蹄終日踐冰霜, 未到思回空斷腸.

少貪夢裏還家樂, 早起前山[2]路正長.

---

1 지화(至和) 2년(1055) 겨울, 송 인종(仁宗)은 구양수를 보내어 거란국(契丹
國)에 가서 새 임금의 즉위를 축하하게 하였다.

---

2 “전산(前山)”은 “산전(山前)”으로 되어 있는 것도 있다.

10. 유영(柳永)

　유영(柳永, 987?~1054?)의 원명은 삼변(三變), 자는 기경(耆卿), 숭안(崇安) 사
람이다. 그는 사(詞)의 대작가이지만, 시는 단지 2~3수만이 남아 있으며 송
인의 필기와 지방지에 흩어져 있다. 전하는 바에 따르면, 그는 풍류낭자(風
流浪子)라고 하였는데, 나엽(羅燁)의 『취옹담록(醉翁談錄)』 병집(丙集) 권2의 『화
구실록(花衢實錄)』·『청평산당화본(清平山堂話本)』의 「완강루기(翫江樓記)」·관한
경(關漢卿)의 『사천향(謝天香)』 등은 모두 그를 제재로 한 것이다. 그는 사집
『악장집(樂章集)』에서 늘 당시 쾌락을 추구하던 호화스러운 성황을 읊었기
때문에 송 인종(仁宗)의 재위 42년 동안의 태평스러운 모습은 전부 유영의
사에 그려져 있다는 송인들의 말이 있게 되었다.[1] 그러나 여기에 뽑은 시
1수는 『악장집』이 결코 유영의 전모를 개괄할 수 없다는 것을 보여 주고,
또한 우리가 그의 성격과 송 인종의 태평성대에 대하여 다른 각도에서 살
펴보게 한다. 유영의 이 시는 원(元) 왕면(王冕)의 「상정호(傷亭戶)」[2]와 함께
송·원 양대에 있어서 염민(鹽民)들의 생활을 가장 비통하고 절실하게 그
린 2수의 시라고 할 수 있다. 이전의 당 유종원(柳宗元)의 명작 「진문(晉問)」
에도 또한 염지(鹽池)를 묘사한 한 단락이 있고 매우 정치(精緻)하게 그려져
있지만, 다만 "백성들의 이익이 되지 않는다(未爲民利)"[3]라고 애매하게 말
하고 있을 뿐 연민의 고통을 구체적으로 그려내지는 못하였다.

---

1) 송 축목(祝穆)의 『방여승람(方輿勝覽)』 권11.
2) 『죽재시집(竹齋詩集)』 권2.
3) 『당류선생문집(唐柳先生文集)』 권15.

煮海歌[1]

煮海之民何所營? 婦無蠶織夫無耕.

衣食之源太寥落, 牢盆煮就汝輸征.[2]

年年春夏潮盈浦,[3] 潮退刮泥成島嶼;

風乾日曝鹽味加,[4] 始灌潮波溜[5]成滷.

滷濃鹽淡未得間,[6] 採樵深入無窮山;

豹踪虎跡不敢避, 朝陽出去夕陽還.

船載肩擎未遑歇, 投入巨竈炎炎熱;

晨燒暮爍堆積高, 才得波濤變成雪.

自從漉滷至飛霜,[7] 無非假貸充餱糧;

秤入官中充微值, 一緡往往十緡償.[8]

周而復始無休息, 官租未了私租逼;

驅妻逐子課工程, 雖作人形俱菜色.[9]

煮海之民何苦辛, 安得母富子不貧![10]

本朝一物不失所, 願廣皇仁到海濱.

甲兵淨洗征輪輟, 君有餘財罷鹽鐵.[11]

太平相業爾惟鹽, 化作夏商周時節.[12]

---

1 이 시는 원대(元代) 풍복경(馮福京) 등이 엮은 『창국주도지(昌國州圖志)』 권 6에 보인다. 창국은 곧 현재의 절강성(浙江省) 정해현(定海縣)이며, 유영은 그 곳의 효봉(曉峰) 염장(鹽場)의 감독관(監督官)을 지낸 바 있다.

....

2 "뢰분(牢盆)"은 소금을 달이는 기구이다.
   "수정(輸征)"은 납세(納稅)이다.

소금을 달이는 곳을 "정장(亭場)"이라 하고 그 곳의 주민을 "정호(亭戶)" 혹은 "조호(竈戶)"라고 하며 호마다 "염정(鹽丁)"이 있다. 달여서 만든 소금은 관가에 바치고 환산하여 부세(賦稅)로 충당해야만 하였다(『송사(宋史)』 권181).

3 가을 8월에 소금 달이기가 시작된다(『창국주도지』 권5).

4 바람이 불고 햇볕을 쪼인 후 맛이 점점 짜게 된다.

5 "류(塯)"는 "류(溜)"와 통한다. 흘러 움직이는 모양이다.

6 소금밭이 탁해서 맛이 충분히 짜지 않으므로 최상의 상태에 이르지 않았다.

7 "저(潴)"는 고인 물이고 "비상(飛霜)"은 소금의 하얀 색을 형용한 것이다. 육조(六朝) 때 장융(張融)은 바닷물을 끓여 소금을 만드는 것을 묘사하여 "모래를 걸러 흰 것을 만들고, 물결을 달여 흰 것이 나오네. 한 봄에 눈이 쌓이고, 찌는 길에 서리가 날리네(漉沙構白, 熬波出素; 積雪中春, 飛霜暑路)" (『남제서(南齊書)』 권41)라고 하였는데, 유영은 그의 성어(成語)를 빌려 쓴 것이다.

8 "빌려주어 말린 양식으로 충당하게 한(假貸充餱糧)" 채권자들에게 "보상해 주는(償)" 것이다.

9 얼굴은 누렇게 뜨고 살은 야위다.

10 "모자(母子)"는 정부와 백성들의 관계를 비유한 것이다.

11 염세와 철세(鐵稅)를 폐지하다. 송대에는 염철사(鹽鐵使)라는 전문적인 관직이 있었다.

12 중국 고대의 기록, 예컨대 『서경(書經)』의 「열명(說命)」·『여씨춘추(呂氏春秋)』의 「본미편(本味篇)」에는 모두 나라를 다스리는 것을 요리에 비유하였는데 재상은 맛을 내는 조미료와 같다. 유영은 백성들이 소금을 달여 세

금을 내는 고통을 서술하고, 「열명」의 "만약 국에 간을 맞추려면 오직 소
금과 매실 뿐이다(若作和羹, 爾惟鹽梅)"라고 하는 2구절을 연상하고 재상된
자가 자신의 역할을 잘 해내어 이른바 "삼대지치(三代之治)"를 회복시킬
수 있기를 바라는 것이다.

11. 이구(李覯)

이구(李覯, 1009~1059)의 자는 태백(泰伯), 남성(南城) 사람이다. 『이직강선생문집(李直講先生文集)』이 있다. 그는 사상가로서 전통적인 유가(儒家) 이론에 대하여 상당히 비난하고 의론하였다. 예컨대 그는 "이(利)"가 추구할 수 있고 또한 마땅히 해야 하는 것으로 인정하였는데,[1] 거의 왕충(王充)이 『논형(論衡)』에서 "맹자(孟子)를 풍자한(「자맹(刺孟)」편)" 것을 계승하였고 또 청초(淸初) 안원(顔元)·이공(李塨)의 등의 송대 유학자들에 대한 비판을 열어 놓았다. 그의 시는 한유(韓愈)·피일휴(皮日休)·육구몽(陸龜蒙) 등의 영향을 받아 뜻과 사구가 왕왕 모두 기특(奇特)하였다. 왕령(王令)의 시와 함께 언어상 송대의 가장 독창적인 두 사람이라고 할 수 있다. 애석하게도 시집 가운데 전체가 완전한 시는 많지 않다. 예컨대 「애노부(哀老婦)」는 앞의 20구는 60여 세의 늙은 과부가 부세(賦稅)와 차역(差役)에 쫓겨 어쩔 수 없이 자식·손자들과 헤어져 새로 남에게 시집을 가야만 하는 것을 그리고 있지만, 뒤의 30구에서는 많은 감개를 담아 "효치(孝治)"해야 하고 마땅히 황제의 절부(節婦)를 표창·찬양하는 호소에 호응해야 한다고 말하고 있다. 앞에 말한 것은 두보(杜甫)의 「석호리(石壕吏)」·「수로별(垂老別)」도 그려내지 못한 참혹한 상황이지만, 뒤에 말한 것은 아마 북송에 있어서도 완고한 의론일 것이다. 왜냐하면 이전이나 당시나 재혼 혹은 개가(改嫁)에 대한 일반의 의견은 비록 백거이(白居易)가 「부인고(婦人苦)」에서 말한 것처럼 "생

---

1) 『이직강선생문집』 권10 「부국책(富國策)」 제1, 권29 「원문(原文)」.

사의 때에 이르러, 어떻게 괴로움과 기쁨이 같겠는가? 지어미는 일단 지아비를 잃으면, 종신토록 외로움을 지키네(及至生死際, 何曾苦樂均? 婦人一喪夫, 終身守孤子)"라는 점이 있었지만, 아직은 후세의 여론처럼 가혹하거나 각박하지는 않았던 것처럼 보이기 때문이다. 이구는 황제가 "절부"를 표창·찬양한다고 말하고 있지만, 사실상 북송 황제는 또한 재혼을 윤허하였고, 또 이구가 스승으로 본받았던 한유도 "두 지아비를 따른(從二夫)" 딸이 있었으며, 동시대인인 범중엄(范仲淹)의 모친과 며느리·왕안석(王安石)의 며느리 등도 또한 모두 "두 지아비를 따르고도" 숨기거나 꺼리지는 않았던 것이다.2)

---

2) 청 유정섭(兪廷燮)의 『계사류고(癸巳類稿)』 권13 「절부설(節婦說)」, 왕응규(王應奎)의 『유남속필(柳南續筆)』 권4, 주수창(周壽昌)의 『사익당일찰(思益堂日札)』 권2, 섭정관(葉廷琯)의 『취망록(吹網錄)』 권3 「조용광지서녀재가(趙用壙誌書女再嫁)」, 평보청(平步靑)의 『초은석예(樵隱昔寱)』 권14 「서위숙자"양모서유인묘표"후(書魏叔子"楊母徐孺人墓表"後)」 등과 또 모기령(毛奇齡)의 『서하합집(西河合集)』 서독(書牘) 권7 「답복건임서중문한창려일녀양서서(答福建林西仲問韓昌黎一女兩婚書)」의 「망문망해(妄文妄解)」를 참조.

穫稻

朝陽過山來, 下田猶露濕. 餉婦念兒啼, 逢人不敢立.¹
青黃先後收, 斷折傴僂拾. 鳥鼠滿官倉, 於今又租入.²

1 급히 집으로 돌아가 아이들을 돌보려고 하므로 도중에 감히 남들과 말도
  못한다. 이 세밀한 관찰은 다른 사람의 이러한 시에서는 아직 본 적이 없다.

---

2 또 세금으로 낸 많은 쌀이 관청의 창고로 들어가서 새나 쥐를 먹인다. 창
  고의 간수가 엄격하지 않기 때문에 미곡(米穀)이 참새와 쥐에게 먹히지만
  관리들은 또 백성들과 계산한다. 후당(後唐) 명종(明宗)의 법령에는 백성들
  이 1섬[石]의 쌀을 바칠 때마다 별도로 2되[升]의 "작서모(雀鼠耗)"를 보태
  야 했는데(증조(曾慥), 『유설(類說)』 권26에 실려 있는 『오대사보(五代史補)』),
  후주(後周) 태조(太祖) 때에 이르러서는 혹리(酷吏) 왕장(王章)은 2되를 2말
  [斗]로 늘이고 "생모(省耗)"라는 이름을 붙였다(『신오대사(新五代史)』 권30).

鄉思

人言落日是天涯, 望極天涯不見家;
已恨碧山相阻隔, 碧山還被暮雲遮!¹

1 고향은 푸른 산으로 가로막혀 있고 푸른 산은 또 저녁 구름에 덮여 있으
  니 거듭된 장애로 하늘 끝과 땅 끝이 멀지만, 아직은 바라볼 수가 있으니
  집보다는 가깝다는 뜻이다. 동시대의 석연년(石延年)의 「고루(高樓)」 시에
  는 "물은 다했으나 하늘은 다하지 않았는데, 사람은 하늘이 다한 끝에 있
  네(水盡天不盡, 人在天盡頭)"(유극장(劉克莊), 『후촌대전집(後村大全集)』 권177
  에 인용되어 있음)라고 하였고, 범중엄(范仲淹)의 「소막차(蘇幕遮)」 사(詞)에

는 "산은 비낀 해에 비치고 하늘은 물과 맞닿았는데, 향기로운 풀은 무정하게, 다시 비낀 해 너머에 있네(山映斜陽天接水, 芳草無情, 更在斜陽外)"라고 하였으며, 구양수(歐陽脩)의 「답사행(踏莎行)」 사에는 "누각이 높으니 아스라한 난간에 가까이 기대서지 말 것이니, 평야가 다하는 곳에 봄 산이 있고, 나그네는 다시 봄 산 너머에 있네(樓高莫近危欄倚, 平蕪盡處是春山, 行人更在春山外)"라고 하였고, 「천추세(千秋歲)·춘한(春寒)」에는 "밤은 길지만 봄꿈은 짧고, 사람은 멀고 하늘가는 가깝네(夜長春夢短, 人遠天涯近)"라고 하였는데 말뜻이 서로 비슷하다.

시에는 두 가지 묘사법이 있다. 첫째, 하늘 끝이 비록 멀지만 상상과 희망속의 인물은 더욱 멀다는 것으로 이 예문들과 같다. 둘째, 상상과 희망 속의 인물이 비록 가까이 있지만 도리어 하늘 끝보다 더욱 멀다는 것이다. 예컨대 오융(吳融)의 「제동연상(渭東筵上)」에 "앉아 있는 것은 비록 가깝지만 하늘보다도 머네(坐來雖近遠於天)"라고 한 것이나 혹은 왕실보(王實甫)의 『서상기(西廂記)』 제2본(本) 제1절(折) 「혼강룡(混江龍)」에 "꽃그늘을 사이에 두고, 사람은 멀고 하늘 끝은 가깝네(隔花陰, 人遠天涯近)"라고 한 것이 여기에 속한다.

苦雨初霽

積陰爲患恐沈綿, 革[1]去方驚造化權.

天放舊光還日月, 地將濃秀與山川.

泥途漸少車聲活, 林薄初乾果味全.[2]

寄語殘雲好知足, 莫依河漢更油然.

---

1 없애다, 고치다. 북송 위양(韋驤)의 『위선생집(韋先生集)』 권5 「화백영초제(和伯英初霽)」에 "음산한 장마가 수십 일만에 걷혀버렸네(陰霖革累旬)"라고 한 것을 참조.

2 "박(薄)"은 쌓여 있는 풀, "전(全)"은 대략 "보전(保全)"의 뜻일 것이다.
  이구(李覯)의 용자(用字)는 새롭고 신기한 것을 좋아하였다. 이 시의 "혁
  (革)"자 · "활(活)"자 · "전(全)"자, 또 「우중작(雨中作)」의 "엉긴 구름엔 산
  칼집이 늘어섰고, 차가운 공기엔 가위가 모여 있네. …… 꽃은 음란하여
  죄를 지어 떨어지고, 꾀꼬리는 잘 가려서 때를 알고 달아나네(凝雲列山鞘,
  冷氣攢衣刀 …… 花淫得罪隕, 鶯辯知時逃)" 등의 구절은 모두 그 예증이다.

12. 도필(陶弼)

도필(陶弼, 1015~1078)의 자는 상옹(商翁), 기양(祁陽) 사람이다. 『옹주소집(邕州小集)』이 있다. 그는 군사를 잘 알았던 시인이었는데, 작품은 십중팔구(十中八九)는 흩어져 없어졌다. 현존하는 시 가운데 가장 긴 「병기(兵器)」는 당시 장군들이 어리석고 용렬하여 이민족에게 패전하자 무기가 나쁘다고 원망한 것을 비판하고 있다 : "조정은 군현(郡縣)에 재촉하고, 군현은 관리에게 재촉하네. 관리는 딴 방법이 없으니, 아래로 어리석은 백성들을 꾸짖네. 밭갈이 소에서 힘줄과 뿔을 뽑고, 나르는 새에서 깃과 날갯죽지를 벗기네. 살대를 베어 회계(會稽)가 텅 비었고, 쇠를 끓여 근산(菫山)이 부서졌네. 공급이 조금이라도 때에 늦으면, 채찍질·몽둥이질이 다른 죄와는 다르네. …… 이것으로 용병술이, 사람에 달려 있지 무기에 달려 있지 않음을 알겠네. 바라건대 모략이 뛰어남을 추구하고 싶을 뿐, 창과 방패의 날카로움은 믿지 말 것이네(朝廷急郡縣, 郡縣急官吏; 官吏無他術, 下責蚩蚩輩. 耕牛拔筋角, 飛鳥禿翎翅; 箭截會稽空, 鐵烹菫山碎. 供億稍後期, 鞭朴異他罪. …… 是知用兵術, 在人不在器. 願求謀略長, 勿倚干戈銳)" 이 시는 송대에 상당히 중요시되었는데[1] 그의 사상을 나타내고 있다. 기타의 시와 송인의 필기·시화에 인용된 단구(斷句)로 살펴 볼 때 그는 비장(悲壯)한 정서와 장대(壯大)한 형상을 그리는 데 뛰어났다.

---

[1] 여조겸(呂祖謙)은 이 시를 『황조문감(皇朝文鑑)』 권17에 뽑아 넣었다.

碧湘門

城中煙樹綠波漫, 幾萬樓臺樹影間.
天闊鳥行[1]疑沒草, 地卑江勢欲沉山.[2]

1 "항(行)"은 음이 "항(杭)"으로, 행렬을 가리킨다.

2 도필의 「공안현(公安縣)」 시에도 또한 "먼 강물에 성이 잠겨 있는 듯하네(遠水欲沈城)"라고 하였다. 이 시는 방회(方回)의 『영규율수(瀛奎律髓)』 권4에 보이는데 그의 『옹주소집(邕州小集)』에는 빠져 있다.

13. 문동(文同)

　　문동(文同, 1018~1079)의 자는 여가(與可), 스스로 소소거사(笑笑居士)라고 불렸으며, 자동(梓潼) 사람이다. 『단연집(丹淵集)』이 있다. 그는 소식과 표친 (表親, 사촌)이자 또 친한 친구였기 때문에 비평가들은 늘 그를 소식에 종속 시킨다. 실은 그는 소식보다 18세나 연상이고 진사의 급제도 8년이나 앞 선다. 시도 또한 소순흠(蘇舜欽)·매요신(梅堯臣) 시기의 질박하면서도 생경 한 풍격을 띠고 있고 왕안석(王安石)·소식 이후 사조(詞藻)를 강구하고 전 고를 늘어놓는 나쁜 버릇은 없다. 그의 「문경손, 차매성유시권(問景遜, 借梅 聖兪詩卷)」 시에서 그의 취향을 볼 수 있다 : "나는 한창 이 학문을 즐기지 만, 늘 방향을 잃은 것을 한스럽게 여기네. 원컨대 그대는 좀 그것을 빌려 주어, 평탄한 길을 알도록 하여 주기를(我方嗜此學, 常恨失所趨; 願子少假之, 使之 識夷途)"[1]

　　문동은 대화가이다. 그는 시 속에 천연 풍경을 그렸고 흔히 회화와 연 결 지음으로써 중국의 사경(寫景) 문학에 하나의 수법을 보태었다. 평범하 게 풍경을 말한 것도 그림 같다. 예컨대 "봉우리엔 푸른 소나무가 잠들고, 바위에는 붉은 돌이 걸려 있다. 가운데는 역력히 푸른 잣나무가 나 있는 데 단청이 채색 비단처럼 나뉘어 바라보면 그림과 자수인 듯하다(峯次青松, 巖懸楨石, 於中歷落有翠柏生焉, 丹青綺分, 望若圖繡矣)"[2]라고 하였는데, 이것은 매 우 일찍부터 있었던 것이다. 구체적으로 눈앞의 풍물을 어떤 화법(畫法)이

---

1) 『단연집(丹淵集)』 권18.
2) 북위(北魏) 역도원(酈道元), 『수경주(水經注)』 권4 「청수(清水)」.

나 혹은 대화가의 명작에 견주고 있는 것, 예컨대 "준법(皴法)으로 율(律)하여 황학산초(黃鶴山樵, 원 왕몽(王蒙)의 호)와 유사하다(律以皴法, 類黃鶴山樵)"[3]라든가 혹은 "다만 보이는 것은 맞은편의 천불산(千佛山) 위의 절과 승사가 저 푸른 소나무·푸른 잣나무와 함께 높게 낮게 서로 섞여 있고, 붉은 것은 불빛처럼 붉고, 흰 것은 눈처럼 희고, 푸른 것은 푸른 물감처럼 푸르고, 녹색인 것은 벽옥처럼 녹색이고, 또 저 한 그루가 될듯 말듯한 단풍이 그 속에 끼어 있어, 마치 송인 조천리(趙千里)의 한 폭의 「요지도(瑤池圖)」인 듯하다(只見對面千佛山上梵宮僧寮與那蒼松翠柏高下相間, 紅的火紅, 白的雪白, 靑的靛靑, 綠的碧綠, 更有那一株半株的丹楓夾在裏面, 彷彿似宋人趙千里的一幅「瑤池圖」)"[4]라고 한 것이 있다. 이것은 문동으로부터 정식으로 비롯되었다고 말할 수 있다. 예컨대, 그의 「만설호상, 기경유(晩雪湖上, 寄景儒)」에는 "홀로 물가의 정자에 앉아 있으니 사람은 오지 않고, 온 숲은 「명금도(瞑禽圖)」를 걸어 놓은 듯하네(獨坐水軒人不到, 滿林如掛「瞑禽圖」)"라고 하였고, 「장거(長擧)」에는 "봉우리는 이성(李成)과 비슷하고, 골짜기는 범관(范寬)처럼 능하네(峰巒李成似, 澗谷范寬能)"라고 하였으며, 「장거역루(長擧驛樓)」에는 "그대가 만약 영구(營邱, 이성(李成)의 호)의 그림을 알고 싶다면, 청컨대 동쪽 끝의 다섯째가 겹친 것을 보도록 하게(君如要識營邱畵, 請看東頭第五重)"[5]라고 하였다. 문동 이전에는 한악(韓偓)의 「산역(山驛)」에 "포개진 바위·작은 소나무는 장(張) 수부(水部, 당의 시인 장적(張籍)을 가리킴)이고, 어두운 산·차가운 비는 이(李) 장군(將軍, 당의 화가 이사훈(李思訓)을 가리킴)이라네(疊石小松張水部, 暗山寒雨李將軍)"라고 하였고, 또 임포(林逋)의 「승공교작(乘公橋作)」에는 "강남에서 일찍이 본 것을 기억하건대, 거연(巨然)의 명화가 병풍에 있었네(憶得江南曾看着, 巨然名畵在屏風)"[6]

---

3) 임서(林紓)의 『외려속고(畏廬續稿)』「등태산기(登泰山記)」.

4) 청 유악(劉鶚)의 『노잔유기(老殘遊記)』 제7장.

5) 『단연집』 권16, 권17.

라고 하여 우연히 보일 뿐이다. 그 이후에는 이것이 중국의 사경 시문 속의 관행적인 기교가 되었다. 서양에서는 18세기가 되어서야 비로소 유사한 예가 나타났다. 문동의 이러한 수법은 당시의 화가들이 두보(杜甫)·왕유(王維) 등의 시구에서 회화의 제재와 포국(布局)을 찾으려는 시도와 함께[7] 모두 시와 그림의 두 예술이 북송 전기에 더욱 밀접하게 결합되기 시작했음을 나타내는 것이다.

---

6) 『임화정선생시집(林和靖先生詩集)』 권3.

7) 첨경봉(詹景鳳)의 『화원보익(畫苑補益)』 권1에 곽희(郭熙)의 『임천고치(林泉高致)』 「화의(畫意)」절이 수록되어 있다. 물론 만당(晚唐)의 화가들도 이미 가끔 이러한 시도가 있었는데, 곽약허(郭若虛)의 『도화견문지(圖畵見聞志)』 권5에는 단찬선(段贊善)이 정곡(鄭谷)·이익(李益)의 시의(詩意)를 가지고 "그림으로 그렸다(圖畫之)"라고 기록되어 있다.

早晴, 至報恩山寺

山石巉巉磴道微, 拂松穿竹露沾衣.

煙開遠水雙鷗落, 日照高林一雉飛.

大麥未收治圃晚, 小蠶猶臥斫桑稀.

暮煙已合牛羊下, 信馬林間步月歸.

織婦怨

擲梭兩手倦, 踏繭雙足趼.[1] 三日不住織, 一疋纔可剪.

織處畏風日, 剪時謹刀尺. 皆言邊幅好, 自愛經緯密.[2]

昨朝持入庫, 何事監官怒? 大字雕印文, 濃和油墨污.[3]

父母抱歸舍, 抛向中門下; 相看各無語, 淚迸[4]若傾瀉.

質錢解衣服, 買絲添上軸;[5] 不敢輒下機, 連宵停火燭.[6]

當須了租賦, 豈暇恤襦袴? 前知[7]寒切骨, 甘心肩骭露.

里胥踞門限, 叫罵嗔納晚. 安得織婦心, 變作監官眼![8]

---

1 "견(趼)"의 음은 "견(繭)", 발바닥에 생기는 굳은살이다.

2 여러 사람들이 모두 이 비단의 폭이 매우 넓다고 말하고 자신도 이 비단
의 올이 또한 매우 튼튼하다고 생각한다.

3 기타의 송인의 시에 의하면, 비단 위에 찍는 "대자(大字)"는 "퇴(退)"자이
다. 곽상정(郭祥正)의 『청산집(青山集)』 권16 「묵염사(墨染絲)」에는 "고치를
켜고 스스로 서리처럼 흰 것을 기뻐했으나, 관가에 가지고 들어가니 관리

가 검다고 혐의하네. 손에 '퇴(退)'자 도장을 잡고 다투어 전하여 부르는데, 문득 긴 줄이 새카만 먹에 물드는 것을 보네(繰絲自喜如霜白, 輸入官家吏嫌黑. 手持'退'印競傳呼, 倐見長條染深墨)"라고 하였고, 방악(方岳)의 『추애소소(秋崖小稿)』 권26 「산장서사(山莊書事)」에도 또한 "비단을 잘라 관청에 들어가 바치니, 관리는 폭이 좁다고 원망하네. 던져버리고 섬돌을 내려오는데, '퇴(退)'자 인문(印文)이 붉다네(截絹入官輸, 官怨邊幅窄; 抛擲下堂階, '退'字印文赤)"라고 하였다.

---

4 "병(迸)"은 원래 "병(倂)"으로 되어 있으나 『황조문감』 권13에 의하여 고쳤다.

---

5 사서 가지고 온 실을 베틀 위에 놓고 다시 짠다.

---

6 촛불을 끄지 않는다. "정(停)"은 상반되는 두 가지 뜻이 있다.
첫째, 정지하다 혹은 끊어지다. 예컨대, "이레 낮 이레 밤 동안 불이 꺼져서는 안 된다(七晝七夜, 無得停火)"(황정견(黃庭堅), 『예장황선생문집(豫章黃先生文集)』 권21 「파해이문(跛奚移文)」)라고 하였다.
둘째, 머물다 혹은 보지하다. 예컨대, "난초 향 기름을 방에 두고, 촛불을 입에 물고 있다는 용을 생각하지 않네(蘭膏停室, 不思衘燭之龍)"(육기(陸機), 「연련주(演連珠)」 제38수)라고 하고, "어슬렁거리며 새벽을 기다리니 …… 밝은 달이 머물러 있어서는 안 되네(逍遙待曉分, …… 明月不應停)"(『악부시집(樂府詩集)』 권46 「독곡가(讀曲歌)」의 86)라고 하고, "등잔에 등을 놓아두면, 앞의 불꽃은 뒤의 불꽃이 밝지 않으면 볼 수가 없다(停燈於釭, 先焰非後焰而明者不能見)"(유주(劉晝), 『유자(劉子)』 제53 「석시(惜時)」)라고 하였다. 이 시의 "정(停)"자는 두 번째 뜻이다. 주경여(朱慶餘)의 「근시, 상장적수부(近試, 上張籍水部)」에 "동방(洞房)에 어젯밤 붉은 촛불을 놓아두었네(洞房昨夜停紅燭)"라고 한 것을 참조.

---

7 일찌감치 알다, 혹은 잘 알다.

---

8 당 섭이중(聶夷中)의 「상전가(傷田家)」의 명구에 "저는 임금님의 마음이,

밝은 촛불이 되기를 바랍니다. 비단 자리를 비추지 마시고, 다만 도망한 사람의 집들을 비추기만을(我願君王心, 化作光明燭. 不照綺羅筵, 只照逃亡屋)"이라고 한 것보다도 이 2구절은 더욱 간결하고 침통한 듯하다.

백거이(白居易)의 「신악부(新樂府)·요릉(繚綾)」에는 다만 백성들이 "아픈 손으로(手疼)" 짠 능라(綾羅)를 사치스럽고 음란한 황제가 가지고 가서 짓밟고 낭비한다고 개탄하고 있을 뿐, 그는 능라가 관청에 들어가 진공(進貢)되기 이전에 이미 노동자들에게 문동(文同)의 이 시에서 묘사된 고통을 가져다주었다는 것은 모르고 있다.

晩至村家

高原磽确石徑微, 籬巷明滅餘殘暉.
舊裾飄風採桑去, 白袷卷水秧稻歸.
深葭[1]繞澗牛散臥, 積麥滿場鷄亂飛.
前谿後谷暝煙起, 稚子各出關柴扉.

1 갈대.

新晴山月

高松漏疎月, 落影如畫地. 徘徊愛其下, 及久不能寐.
怯風池荷捲, 病雨山果墜.[1] 誰伴余苦吟? 滿林啼絡緯.[2]

1 연잎은 바람이 부는 것을 두려워하고 과일은 비 피해를 당한다.

2 귀뚜라미·여치, 일명 "낙사낭(絡絲娘)"이라고도 한다.

14. 증공(曾鞏)

증공(曾鞏, 1019~1083)의 자는 자고(子固), 남풍(南豊) 사람이다. 『원풍류고(元豊類稿)』가 있다. 그는 산문으로 유명하여 "당송팔가(唐宋八家)"에 들어간다. 그의 제자 진관(秦觀)은 무례하게도 그가 시를 잘 지을 줄 모른다고 하였지만,[1] 그의 다른 제자 진사도(陳師道)는 가부(可否)는 말하지 않고 일반 사람들의 말을 그대로 인용하여 그가 시를 잘 지을 줄 모른다고 하였다.[2] 이 문학적인 시비는 곧장 청대까지 이르렀는데, 살펴보면 그의 승소라고 판결한 비평가가 다수를 차지한다.[3] "팔가(八家)"로 논한다면 그의 시는 소순(蘇洵)·소철(蘇轍) 부자의 시보다는 훨씬 낫고, 7언 절구는 더욱 왕안석(王安石)의 풍치(風致)가 있다.

---

1) 『진체비서(津逮秘書)』 본 『동파제발(東坡題跋)』 권3 「기소유논시문(記少游論詩文)」. 진관(秦觀)의 『회해집(淮海集)』 권1 「증자고애사(曾子固哀詞)」, 권2 「차운형돈부"추회"(次韻邢敦夫"秋懷")」 제3수에 따르면 그는 일찍이 증공(曾鞏)에게 문장을 짓는 것을 배웠다.

2) 『후산선생집(後山先生集)』 권23 「시화(詩話)」.
혜홍(惠洪)의 『냉재야화(冷齋夜話)』 권9 "연재우활호괴(淵材迂闊好怪)" 조(條) 참조.

3) 송 손적(孫覿)의 『홍경거사집(鴻慶居士集)』 권12 「여증단백서(與曾端伯書)」, 유극장(劉克莊)의 『후촌대전집(後村大全集)』 권175, 방회(方回)의 『영규율수(瀛奎律髓)』 권16, 원 유훈(劉壎)의 『은거통의(隱居通議)』 권7, 명 양신(楊愼)의 『승암외집(升菴外集)』 권78, 청 하상(賀裳)의 『재주원시화(載酒園詩話)』 권5, 왕사진(王士禛)의 『지북우담(池北偶談)』 권14, 하작(何焯)의 『의문독서기(義門讀書記)』의 「원풍유고(元豊類稿)」 권1, 반덕여(潘德興)의 『양일재시화(養一齋詩話)』 권4, 방동수(方東樹)의 『소매첨언(昭昧詹言)』 권1, 요영(姚瑩)의 『후상시집(後湘詩集)』 권9 「논시절구(論詩絶句)」, 양희민(楊希閔)의 『향시척담(鄉詩摭談)』 권3.

西樓

海浪如雲去却回, 北風吹起數聲雷.
朱樓四面鉤疏箔,[1] 臥看千山急雨來.

1 "발(珠簾)"을 걸다.

城南[1]

雨過橫塘水滿堤, 亂山高下路東西.
一番桃李花開盡, 惟有靑靑草色齊.

1 이 시도 또한 원호문(元好問)의 『유산시집(遺山詩集)』 권14에 잘못 수록되어 있으며 제목은 「춘일우흥(春日偶興)」으로 되어 있다.

15. 왕안석(王安石)

　왕안석(王安石, 1021~1086)의 자는 개보(介甫), 임천(臨川) 사람이다. 『임천문집(臨川文集)』이 있다. 그의 정치상의 새로운 조치는 동시대와 후세의 수많은 사람들의 적대감을 불러 일으켰다. 그러나 이 사람들도 또한 그의 문학상의 조예와 성취, 특히 그의 시를 추앙하지 않을 수 없었다. 예컨대, 그의 시집을 주석한 전후 두 사람은 그를 그렇게 찬성하지는 않았던 사람들이다.[1] 그는 구양수(歐陽脩)보다 연박(淵博)하고 더욱 수사적인 기교를 강구하였기 때문에 아무리 그 자신의 작품이 대부분 내용이 충실하고 서리(犀利)한 언어로써 때때로 일도양단(一刀兩斷)하듯 여지를 두지 않고 여운 없이 참신(斬新)한 뜻을 표현하였다고 하더라도, 후에 송시의 형식주의는 도리어 그가 싹을 북돋우었던 것이다. 그의 시는 왕왕 어휘와 전고의 유희를 일삼아 학문을 측정하는 시험 문제가 되기도 하였다. 전고를 빌어 눈앞의 일을 말하는데, 흔히 보이지는 않지만 출처가 있는 것이나 혹은 볼 때는 신선하지만 사실은 낡은 사조(詞藻)를 가지고 상용어를 대체하였다. 『육경(六經)』·『서사(四史)』에서 나온 것과 같이 전고와 사조는 내원이 더욱 확대되었고 불전(佛典)·도서(道書)에서 나온 것과 같이 출처는 더욱 궁

---

1) 왕응린(王應麟)의 『곤학기문(困學紀聞)』 권18에는 이벽(李壁)이 왕안석(王安石) 시에 주를 달 때 "풍자를 부쳤고(致譏)"·"깎아내리는 뜻을 부쳤다(寓貶)"라고 논하고 있다.
　심흠한(沈欽韓)의 『왕형공문집주(王荊公文集註)』 권1「상오사차자(上五事箚子)」 주, 『시집보주(詩集補註)』 권2「군난탁(君難託)」·「하처난망주(何處難忘酒)」, 권4「화곽공보(和郭功甫)」·「우서(偶書)」·「한충헌만사(韓忠獻挽詞)」·「고상오정헌공만사(故相吳正獻公挽詞)」 등의 주를 참조

벽해졌으며 더욱 노력을 보이게 되었다. 때때로 그는 또 통속적인 말로 장식을 하여, 마치 (『홍루몽(紅樓夢)』에 나오는) 대관원(大觀園) 안에 토담과 우물을 만들어 "시골풍(田舍家風)"의 "벼 향기가 나는 마을(稻香村)"이 있는 것과 같았다. 예컨대 최초로 "금상첨화(錦上添花)"라는 속어를 사용한 시는 그의 「즉사(卽事)」일 가능성이 있다.2)

전고와 성어를 벌려 놓는 것은 비록 중국의 구시(舊詩)가 선천적으로 부족해서 나타낸 배냇병은 아니지만, 그 역사로 살펴볼 때 그것이 후천적으로 영양실조가 되어 늘 발작하는 오래된 병이라고 할 수 있을 것이다. 육조(六朝) 때 소자현(蕭子顯)은 『남제서(南齊書)』권52 「문학전론(文學傳論)」에서 이미 시가 "일을 엮고 동류를 늘어놓아 …… 혹은 전부 옛 말을 빌려옴으로써 지금의 정을 편다(緝事比類 …… 或全借古語, 用申今情)"라는 것에 대하여 불만을 나타내었고, 종영(鍾嶸)은 『시품(詩品)』에서 "깁고 빌리는(補假)" 것과 "경사(經史)"·"고실(故實)"을 반대하였는데, 바꾸어 말한다면 당시 변문(駢文)의 사대(事對)·사류(事類)의 방법을 시에 응용하는 것을 반대하였던 것이다.3) 당대(唐代)의 한유(韓愈)는 무의식중에 이러한 작시 방법에 간명한 공식을 만들어 "읽지 않은 책이 없지만, 다만 그것으로 시를 짓는 데 도움이 되게 할 뿐이다(無書不讀, 然止用以資爲詩)"4)라고 하였다. 아마 고대의 시인들은 이러한 방법을 사용하지 않을 수 없었을 것이다. 기억과 암송의 풍부함으로 시정(詩情)·시의(詩意)의 빈약함과 결핍을 구제하고 장식하거나 혹은 농후한 "서권기(書卷氣)"로 정치와 사회 세력에 대응하는 연막으로

---

2) 이벽의 『왕형문공시전주(王荊文公詩箋註)』권34.
3) 유협(劉勰)의 『문심조룡(文心雕龍)』제35편 「여사편(麗辭篇)」, 제38편 「사류편(事類篇)」참조.
4) 『창려선생집(昌黎先生集)』권35 「등봉현위노은묘지(登封縣尉盧殷墓誌)」.
　　"자(資)"자는 주목할 만한 가치가 있다. 두보(杜甫)의 「봉증위좌승장(奉贈韋左丞丈)」의 이른바 "책을 읽어 만 권을 다하니, 붓을 대면 귀신의 도움이 있는 듯하네(讀書破萬卷, 下筆如有神)"라고 한 것과 포함된 뜻이 크게 다르다.

삼거나 하였다.

첫째, 육조에서 청대까지 장기간에 걸쳐 시는 갈수록 사교의 필수품이 되었고, 기쁜 일을 축하하고 상사(喪事)를 조문할 때라든가 오는 자를 맞고 가는 자를 배웅할 때라든가 모두 활용할 수 있어서 이른바 "끌어다가 응수했던(牽率應酬)" 것이다. 응수의 대상은 매우 많았는데, 작자의 품격이 낮을수록 그의 응수의 범위는 더욱 넓고, 고금이라도 진실한 말과 마음 그리고 붙일 만한 제목만 있다면 그것은 5·7언으로 "팔고(八股)"를 쓰고 겉치레의 상투어를 말할 기회가 되었다. 그는 조정의 황제로부터 집안의 아내까지 응수할 수 있었고(일부분의 「증내(贈內)」·「도망(悼亡)」 시를 보라), 동시대인으로부터 옛 사람까지 응수할 수 있었으며(수많은 「회고(懷古)」·「조고(弔古)」 시를 보라), 다른 사람으로부터 자신까지 응수할 수 있었고(적잖은 「생일감회(生日感懷)」·「자제소상(自題小像)」 시를 보라), 사람으로부터 사물까지 응수할 수가 있었다(예컨대, 중추절(中秋節)의 달구경, 중양일(重陽日)의 국화 감상, 태산(泰山) 등정, 서호(西湖) 놀이 등은 모두 『유림외사(儒林外史)』에서 조설재(曹雪齋)의 이른바 "시는 없어서는 안 된다(不可無詩)"라는 것이었다). 아무리 대시인이라고 하더라도 또한 반드시 수많은 진실한 감정과 신선한 사상이 있어서 "응제(應制)"·"응교(應敎)"·"응수(應酬)"·"응경(應景)"의 수요를 충족시킬 수는 없기 때문에, 어쩔 수 없이 『문심조룡(文心雕龍)·정채편(精采篇)』의 이른바 "글을 위하여 정을 만들고(爲文而造情)" 심지어 "글(文)"로 "정(情)"을 대신하여, 안일하게 꾀를 부리고 전고와 성어를 나열하여 얼렁뚱땅 임기응변하지 않으면 안 되었다. 황제를 위하여 시를 지을 때는 주문왕(周文王)·한무제(漢武帝)의 일사(軼事)를 찾아내지 않으면 안 되었고, 국화를 위하여 시를 지을 때는 도잠(陶潛)·사공도(司空圖)의 명구를 인용하는 것을 피할 수 없었다.

둘째, 구사회에 있어서 정치적인 압박과 예교(禮敎)의 속박은 시인이 어떤 사상과 감정을 솔직하게 털어놓는 자유를 박탈하였다. 비유한다면, 그는 국사와 조정의 상황에 대한 분개·연애 생활에서의 느낌에 대하여 항상 빗대어 말하거나 혹은 교묘한 방법을 사용하고 완곡하게 전고를 빌려 서술해야만 하였다. 분명히 시사(時事)인데도 오직 "영사(詠史)"라고 하였고, 명백히 새로운 시름인데도 오직 "고의(古意)"라고 하였으며, 심지어는 아직도 "향초와 미인(香草美人)"의 전통을 이용하고, "고의(古意)"의 형식을 빌려 "영사(詠史)"의 역할을 하여, 더욱 독자들을 괴롭혀 끊임없이 추측하게 하였다. 물론 긴급한 때를 만나면 이러한 연막은 반드시 쓸모가 있는 것은 아니었다. 통치자는 문자옥(文字獄)을 일으키려고 할 때, 결국 "아니 땐 굴뚝에 연기 나랴(無火不會冒煙)"라는 상식을 근거로 삼아 시인을 철저하게 추궁하였다. 예컨대, "오대시안(烏臺詩案)"에서 법관들은 소식(蘇軾)을 핍박하여 "경전(經傳)을 인용하여 증명했던(引證經傳)" 자구를 말하게 했던 것이다.

이 두 가지의 사회적 원인을 제외하고 또 예술상의 원인이 있다. 시인이 언어에 색깔과 윤택이 있고 깊이를 더하며 암시력이 풍부하고 독자들을 이끌어 시의 내용에 대하여 더욱 많은 음미를 하게 하려면, 전고와 성어를 사용하는 것은 방 안에 병풍과 작은 궤안(几案)을 놓고 골동과 서화(書畵)를 진열하는 것과 같은 것이다. 그러나 일체의 장식품에 대한 애호는 모두 손님이 주인이 되는 결과를 낳기가 매우 쉽다. 훌륭한 집이 골동상 겸 위탁판매점처럼 진열되고, 훌륭한 시가 "죽은 사람을 쌓아 놓거나(堆疊死人)" 혹은 "시체를 끌어다 묶어 놓는(牽絆死尸)" 꼴이 되는 것이다.[5]

북송 초기의 서곤체(西崑體)는 주로 여러 군데에서 "따고 찢어오는(搯搐)" (종영(鍾嶸)의 이른바 "깁고 빌린다(補假)"는 것) 방법으로 시를 쓰는 것이다. 그러나, 북송 시의 전체적인 발전으로 본다면 서곤체는 다만 얇고 동그란

---

5) 증조(曾慥)의 『유설(類說)』 권56에 실려 있는 『고금시화(古今詩話)』, 강소우(江少虞)의 『황조류원(皇朝類苑)』 권39.

기름방울이 수면 위에 떠 있고 물속에는 스며들어 가지도 녹아버리지도 않는 것과 같다. 그것은 다만 매우 국한되고 짧은 영향이 있었을 뿐 즉각 여러 사람들에게 경시되었고,[6] 아울러 그것이 "따고 찢어온" 전고와 성어의 범위는 그가 읊은 사물의 범위와 마찬가지로 좁고 작았다. 왕안석의 시는 물론 명성에 있어서나 내용에 있어서나 혹은 사구의 내원에 있어서나 모두 서곤체보다는 훨씬 넓고 컸다. 그가 나라와 백성들에게 재앙을 끼쳤다고 통렬하게 욕하는 사람들도 모두 그가 "박문(博聞)"하고 "여러 가지 책을 널리 다 읽었다(博極群書)"[7]는 것을 인정하였다. 그도 역시 논변할 때 입만 열면 사람들에게 욕설을 퍼부어 "자네들은 하릴없이 책을 읽지 않는다!(君輩坐不讀書耳!)"[8]라고 하였다. 또 자신은 "아무개는 제자백가(諸子百家)의 책으로부터 『난경(難經)』·『소문(素問)』·『본초(本草)』·여러 가지 소설에 이르기까지 읽지 않은 것이 없다(某自百家諸子之書至於『難經』·『素問』·『本草』·諸小說無所不讀)"[9]라고 하였다. 그러므로 그는 각종의 사물을 그릴 때, 단지 그가 "고사(故事)로 실사(實事)를 기록하고(以故事記實事)"[10] 싶다면 (양(梁) 소자현(蕭子顯, 487~535)의 이른바 "옛 말을 빌려 지금의 정을 편다(借古語申今情)"라는 것이다) 모두 할 수가 있었다. 그는 또 그의 이론이 있었다. 그것은 이른바 "일을 사용하는(用事)" 것은 "일을 엮는(編事)" 것이 아니고, "모름지기 스

---

6) 예컨대, 문언박(文彦博)의 『문로공문집(文潞公文集)』은 권4로부터 점점 서곤(西崑)의 영향을 벗어나고 있다. 심지어 『서곤수창집(西崑酬唱集)』(양억(楊億) 엮음)의 작자들도 또한 반드시 서곤체의 풍격을 유지한 것은 아니다. 예컨대, 장영(張詠)의 『괴애선생문집(乖崖先生文集)』의 시는 모두 매우 거칠고 경솔하지만, 『서곤수창집』 권상(卷上)에는 그의 「관중신선(館中新蟬)」이 실려 있다.

7) 예컨대, 양시(楊時)의 『구산선생집(龜山先生集)』 권17 「답오국화서(答吳國華書)」, 조열지(晁說之)의 『숭산문집(嵩山文集)』 권13 「유언(儒言)」 등이 있다.

8) 소박(邵博)의 『소씨문견후록(邵氏聞見後錄)』 권20.

9) 『임천집(臨川集)』 권73 「답증자고서(答曾子固書)」.

10) 호자(胡仔)의 『초계어은총화(苕溪漁隱叢話)』 전집(前集) 권35에는 『서청시화(西淸詩話)』에서 왕안석을 논한 것이 인용되어 있다.

스로 자신의 뜻을 나타내고 일을 빌려서 서로 밝혀야 한다(須自出己意, 借事以相發明)"11)는 것이다. 이것은 아마도 바로 당(唐) 교연(皎然)이 말한 "용사는 완곡해야 한다(用事不直)"12)는 것이고, 적확하게는 이후의 양만리(楊万里)가 칭찬한 황정견(黃庭堅)의 "묘법(妙法)"과 "옛 사람의 말을 빠짐없이 사용하면서도 그 뜻은 사용하지 않는다(備用古人語而不用其意)"13)는 것이다. 다음에 뽑은 「서호음선생벽(書湖陰先生壁)」에는 두 가지 인사상의 전고와 성어를 가지고 청산녹수(青山綠水)의 자태를 묘사하고 있는데, "일을 빌려 밝힌다(借事發明)"는 예증으로 삼을 수 있다. 이와 같이 전고를 가지고 "전용(轉用)하는(挪用)" 것은 유서(類書)를 받들어14) 산수를 말할 때 한결같이 산수의 전고를 사용하는 것보다는 정말 식견도 훨씬 뛰어나고 수단도 훨씬 높지만, 결국 꾼 돈으로 생산을 대체하는 것임을 면할 수 없다. 결과는 독자와 알아맞히기를 하고 또한 전주가(箋註家)에게 고객을 끌어다 주는 것이다.

현재 전해지고 송대에 주가 있었던 송인의 시집이 왕안석의 시집에서 시작되는 것도 결코 우연은 아니다. 이벽(李壁)의 『왕형문공시전주(王荊文公詩箋註)』는 정확(精確)하지 않고 또한 잘못 수록된 작품을 변별하지 못했으며, 청대 심흠한(沈欽韓)의 『보주(補註)』도 결코 이러한 결점을 충분히 바로잡지 못하였다.

---

11) 『초계어은총화』 후집(後集) 권25에는 『채관부시화(蔡寬夫詩話)』에서 왕안석을 논한 말이 인용되어 있으며, 또한 이벽의 『왕형문공시전주』 권41 「규원(窺園)」 시의 주에도 보인다.
12) 당 교연(皎然)의 『시식(詩式)』 권1 "시유사심(詩有四深)" 조(條).
13) 송 양만리(楊万里)의 『성재집(誠齋集)』 권114 「시화(詩話)」.
14) 사마광(司馬光)의 『속시화(續詩話)』에는 서곤체(西崑體) 작가 유균(劉筠)이 『초학기(初學記)』를 논한 말이 기록되어 있다 : "'초학(初學)'에만 그치는 것이 아니라 '종신기(終身記)'로 삼을 만하다(非止'初學', 可爲'終身記')."

河北民

河北民, 生近二邊長苦辛.[1]
家家養子學耕織, 輸與官家事夷狄.[2]
今年大旱千里赤, 州縣仍催給河役.[3]
老小相依來就南, 南人豊年自無食.[4]
悲愁天地白日昏, 路傍過者無顔色.
汝生不及貞觀中, 斗粟數錢無兵戎![5]

1 "이변(二邊)"은 요(遼)와 서하(西夏)를 가리킨다.

2 물론 송은 요에 대해서 매년 은(銀)과 견(絹)을 "바쳐야(納)" 했고, 서하에 대해서도 또한 매년 은·기(綺)·견·차를 "내려야(賜)" 하였다. 그러나 여기의 "사(事)"자는 아마 "큰 것으로 작은 것을 섬기는(以大事小)" 것이 아니라 "유사어(有事於)"(방어하다)의 뜻일 것이다.

3 아무리 흉년이 들어 먹을 밥이 없다고 하더라도 또한 서둘러 하수(河水) 공사를 해야만 한다.

4 비록 풍년이 들었지만 또한 마찬가지로 먹을 밥이 없다. 동시대의 증공(曾鞏)의 『원풍류고(元豊類稿)』 권1 「호사(胡使)」에 "남쪽의 곡식 곱고 빛나는데 대부분 북쪽으로 보내고, 북녘 군사 많이 모여 길이 오랑캐에 대비하네. …… 돌아와 동네에서 궁한 사람을 수색하지만, 한 말의 먹을 것도 한 자의 입을 것도 모두 북쪽으로 보내버렸다네(南粟鱗鱗多送北, 北兵林林長備胡. …… 還來里巷索窮下, 斗食尺衣皆北輸)"라고 한 것을 참조.

5 당태종(唐太宗) 이세민(李世民)은 정관(貞觀, 627~649) 15년 8월에 그에게 "두 가지 기쁨(二喜)"이 있다고 하였다. 첫째는 해를 거듭하여 풍년이 들어서 "장안(長安)의 쌀 한 말의 값이 3·4전(錢)(長安斗米値三四錢)"인 것,

둘째는 "북쪽 오랑캐가 오랫동안 복속(服屬)하여 변방이 무사한(北邊久服, 邊鄙無事)" 것이었다.

왕안석은 정관과 개원(開元) 시대에 대하여 몹시 사모하였는데, 예컨대 이 시와 「탄식행(歎息行)」·「우언(寓言)」 제5수·「개원행(開元行)」 등이 있다. 그러나 희녕(熙寧) 원년(1068) 송신종(宋神宗) 조욱(趙頊)이 처음 그를 불러 "차례를 뛰어넘어 불러들여 대면했을(越次入對)" 때, 그에게 "당태종은 어떻소?(唐太宗何如?)"라고 물었는데, 그는 간단히 "폐하는 마땅히 요(堯)·순(舜)을 본받으셔야지 당태종으로 무엇을 하시겠습니까?(陛下當法堯·舜, 何以太宗爲哉!)"라고 대답하였다. 청 왕부지(王夫之)의 『송론(宋論)』 권6에는 그가 "입대(入對)"했을 때의 말은 "큰 소리(大言)"로 사람을 놀라게 한 것이라고 하였는데, 이 시들은 아마 그 논단이 사실이었음을 증명할 수 있을 것이다.

卽事

徑暖草如積, 山晴花更繁. 縱橫一川水, 高下數家村.
靜憩鷄鳴午, 荒尋犬吠昏. 歸來向人說, 疑是武陵源.[1]

1 곧 도잠(陶潛)의 『도화원기(桃花源記)』에서 그리고 있는 세상 밖의 낙토(樂土)이다.

葛溪驛[1]

缺月昏昏漏未央,[2] 一燈明滅照秋牀.
病身最覺風露早, 歸夢不知山水長.

坐感歲時歌慷慨, 起看天地色淒涼.

鳴蟬更亂行人耳, 正抱疎桐葉半黃.

1 갈계(葛溪)는 강서(江西) 익양(弋陽)에 있다. 역(驛)은 공적으로 설립한 것으로 말을 갈아타고 길손이 쉬는 곳이다.

2 밤이 한창 길다고 하는 것과 같다.
"루(漏)"는 고대의 시간을 재는 기구로 물시계이다.

示長安君[1]

少年離別意非輕, 老去相逢亦愴情.

草草杯盤供笑語, 昏昏燈火話平生.

自憐湖海三年隔, 又作塵沙萬里行.[2]

欲問後期何日是? 寄書應見雁南征.

1 왕안석의 큰 누이, 이름은 문숙(文淑), 공부시랑(工部侍郞) 장규(張奎)의 아내로 장안현군(長安縣君)에 봉해졌다.

2 이것은 대략 송 인종(仁宗) 가우(嘉祐) 5년(1060) 왕안석이 요(遼)에 사신으로 떠날 즈음에 지었을 것이다.

初夏卽事

石梁茅屋有彎碕,[1] 流水濺濺度兩陂.

晴日暖風生麥氣, 綠陰幽草勝花時.

1 왕안석은 또한 「만기(彎碕)」 시에서 "남은 무더위를 어떻게 피하는가? 구불구불한 강둑 북쪽 창문의 북쪽이라네(殘暑安所逃? 彎碕北窗北)"라고 하였다. "만기"는 진(晉) 좌사(左思)의 「오도부(吳都賦)」에 보인다. 『문선(文選)』 권5 이선(李善)의 주에는 "소명궁(昭明宮)의 동문(東門)(昭明宮東門)"의 명칭이라고 하였고, 이주한(李周翰)의 주에는 "험준하다(險峻)"는 뜻이라고 하였으나, 여기서는 모두 적절하지 않은 듯하다.

『광운(廣韻)』 권1의 "오지(五支)"와 "팔미(八微)" 2부(部)에는 "기(碕)"는 "구부러진 둑(曲岸)" 혹은 "돌다리(石梁)"라고 하였다. 생각하건대, 이곳에서는 "구부러진 강둑(曲岸)"이 가깝다고 하겠다. 왜냐하면 시 속에 이미 그 곳에 "돌다리(石梁)"가 있다고 분명히 말하고 있고, "만(彎)"은 둑이 구불구불한 것을 형용하고 있는데, 왕안석은 좌사의 글자를 빌려 쓴 데 지나지 않기 때문이다.

「오도부」에는 또 "구부러진 둑은 이 때문에 마르지 않는다(碕岸爲之不枯)"라는 1구절이 있는데, 이주한의 주에는 "기(碕)"는 "긴 둑(長岸)"이라고 하였다. 곽박(郭璞)의 「강부(江賦)」에는 "기령(碕嶺)"과 "현기(懸碕)"를 언급하고 있는데, 『문선』 권12 이선의 주에는 각각 허신(許愼)의 『회남자주(淮南子註)』와 『비창(埤蒼)』을 인용하여 "기(碕)"는 "긴 변(長邊)"·"구부러진 둑머리(曲岸頭)"라고 하였다. 송대 원이(袁易)의 「염노교(念奴嬌)」 사(詞)에도 또한 "얕은 물·굽은 강둑, 성긴 울·대문의 오솔길에, 담장 허리에 달이 엷게 칠을 하고 있네(淺水彎碕, 疏籬門徑, 淡抹牆腰月)"(『전송사(全宋詞)』 권277)라고 하였는데, 모두 참고하여 증거로 삼을 수 있다.

悟眞院

野水從橫漱屋除, 午牕殘夢鳥相呼.

春風日日吹香草, 山北山南路欲無.

書湖陰先生¹壁二首(選一)

茅檐長掃淨無苔, 花木成畦手自栽.
一水護田將綠繞, 兩山排闥送靑來.²

1 양덕봉(楊德逢)의 별명이다. 그는 왕안석이 금릉(金陵)에 있을 때의 이웃이
   었다.

2 이 2구절은 왕안석의 수사 기교의 유명한 예이다. "호전(護田)"과 "배달(排
   闥)"은 모두『한서(漢書)』에서 나왔는데 이른바 "사대사(史對史)"·"한인어
   대한인어(漢人語對漢人語)"이고(섭몽득(葉夢得)의 『석림시화(石林詩話)』 권
   중(卷中)·증계리(曾季貍)의『정재시화(艇齋詩話)』), 전체의 구법(句法)은 오대
   (五代) 심빈(沈彬)의 시에서 나왔으니(오증(吳曾), 『능개재만록(能改齋漫錄)』
   권8) 이른바 "탈태환골(奪胎換骨)"이다. 그러나 이 자안(字眼)과 구법의 "내
   력(來歷)"을 모르더라도 결코 우리가 이 2구절의 뜻을 이해하고 묘사의 생
   동함을 감상하는 데는 방해가 되지 않는다.
   우리는 다만 "호전(護田)"·"배달(排闥)"이 두 가지의 비유라고 볼 뿐 결코
   전고(典故)라고 깨닫지는 못한다. 그러므로 이것을 비교적 건전한 "용사(用
   事)"의 예로서 독자는 반드시 전주(箋註)의 도움에 의지하지 않더라도 또
   한 깨달을 수가 있는데, 중국 고대 수사학의 "용사(用事)"에 대한 최고의
   요구에 부합하기 때문이다 : "용사는 사람으로 하여금 가슴 속의 말처럼
   깨닫게 하지 않는다(用事不使人覺, 若胸臆語也)"(『안씨가훈(顔氏家訓)』 제9편
   「문장(文章)」에 형소(邢邵)가 심약(沈約)을 평한 말로 기록되어 있음)

泊船瓜洲[1]

京口瓜洲一水間, 鍾山秪隔數重山.
春風又綠江南岸,[2] 明月何時照我還?

1 장강(長江)의 북안(北岸)에 있는데 진강(鎭江)(곧 경구(京口))과 서로 마주하고 있다. 이것은 왕안석이 금릉(金陵)을 그리워한 시로, 종산(鍾山)은 그가 금릉에 있을 때 살던 곳이다.

2 이 구절도 또한 왕안석이 수사를 강구(講究)한 유명한 예이다. 전하는 바에 의하면 그는 초고에다가 십 여 차례나 고치고 나서야 비로소 이 "녹(綠)"자를 선정하였다고 한다. 최초에는 "도(到)"자였는데 "과(過)"자로 고치고 또 "입(入)"자로 고쳤으며, 또 "만(滿)"자 등등으로 고쳤다(홍매(洪邁), 『용재속필(容齋續筆)』권8).

왕안석의 「송화보, 기여자(送和甫, 寄女子)」에는 또 "봄바람에 백사장가가 푸른 것을 제외하면, 한결같이 너를 배웅하여 강을 건널 때와 같네(除却春風沙際綠, 一如送汝過江時)"라고 하였는데, 아마도 마음에 맞는 말을 다시한 번 사용했을 것이다. 그러나 "녹(綠)"자의 이와 같은 용법은 당시(唐詩) 가운데 일찍이 보이고 또한 여러 차례 보이고 있다. 구위(丘爲)의 「제농부여사(題農夫廬舍)」에는 "봄바람은 언제 이르렀는가? 이미 호숫가의 산을 푸르게 하였네(東風何時至? 已綠湖上山)"라고 하였고, 이백(李白)의 「시종의 춘원, 부유색청신앵백전가(侍從宜春苑, 賦柳色聽新鶯百囀歌)」에는 "봄바람이 이미 영주(瀛洲)의 풀을 푸르게 하였네(春風已綠瀛洲草)"라고 하였으며, 상건(常建)의 「한재와우, 행약지산관, 초차호정(閒齋臥雨, 行藥至山館, 稍次湖亭)」에는 "약초를 캐어 석벽에 이르니, 봄바람에 싹이 변하였네. 주인의 산문(山門)이 파랗게 되어, 호수 속의 꽃을 살짝 숨기고 있네(行藥至石壁, 東風變萌芽. 主人山門綠, 小隱湖中花)"라고 하였다.

그래서 일련의 문제가 발생하였다. 왕안석의 거듭된 수정은 당인의 시구를 잊어버리고 쓸데없이 심력(心力)을 낭비한 것인가? 아니면 이 시구들을 분명히 알면서 남다른 것을 내세우려는 뜻이 있었는가? 그의 "녹(綠)"자 선정은 당인과 우연히 맞아 떨어진 것인가? 마지막에 당인의 시구를 생각해 내고 기꺼이 그대로 쓴 것인가? 아니면 기략(奇略)을 써서 이길 수 없다고 스스로 깨닫고 결국 당인에게 패배를 인정한 것인가?

江上

江北秋陰一半開, 曉雲含雨却低回.
青山繚繞疑無路, 忽見千帆隱映來.

夜直[1]

金爐香燼漏聲殘, 翦翦輕風陣陣寒.
春色惱人眠不得,[2] 月移花影上欄干.

1 "직(直)"은 "치(値)"와 통하며, 곧 당직(當直)한다는 뜻이다. 당시의 제도는 한림학사(翰林學士)는 매일 밤 번갈아 한 사람이 당직이 되어 학사원(學士院) 안에서 잤다(심괄(沈括), 『몽계필담(夢溪筆談)』 권23).

2 이 구절은 나은(羅隱)의 「춘일, 섭수재곡강(春日, 葉秀才曲江)」 시의 "봄빛이 사람을 애태워 막을 수가 없네(春色惱人遮不得)"에서 나온 것이다.

16. 정해(鄭獬)

정해(鄭獬, 1022~1072)의 자는 의부(毅夫), 호북(湖北) 안륙(安陸) 사람이다. 『운계집(鄖溪集)』이 있다. 그의 벼슬살이는 직솔(直率)함으로 유명하여 백성을 위하여 괴로움을 호소하였는데 다음에 뽑은 시에서 볼 수가 있다. 시는 비록 한유(韓愈)의 영향을 받았지만 풍격은 상쾌·신랄하고 명백하며 조작하지도 않고 꾸미지도 않았다. 시집에는 쌓아 놓거나 조탁(雕琢)한 몇 수의 7률이 있는데 모두 동시대인 왕규(王珪)의 시로 이른바 황금과 옥을 박아 넣는 "지보단(至寶丹)" 체(體)이다. "사고전서관(四庫全書館)"에서 잘못 수록해 넣었기 때문에 그의 작품으로 생각할 수는 없을 것이다. 그 가운데 사조(詞藻)가 가장 풍부하고 화려한 「기정공벽(寄程公闢)」은 왕규·왕안석(王安石)과 진관(秦觀)의 시집에 모두 나타나는데[1] 아마도 중국 시사상(詩史上) 분신(分身)이 가장 많은 시일 것이다.

---

1) 『화양집(華陽集)』 권3, 『운계집(鄖溪集)』 권27, 『왕형문공시전주(王荊文公詩箋註)』 권37, 『회해후집(淮海後集)』 권상(卷上).

採莇茨[1]

朝携一筐出, 暮携一筐歸. 十指欲流血, 且急眼[2]前飢.

官倉豈無粟? 粒粒藏珠璣. 一粒不出倉, 倉中群鼠肥.[3]

1 앞의 소순흠(蘇舜欽)의 「성남감회, 정영숙(城南感懷, 呈永叔)」 주 3)에 보인다. 본서 91쪽.

2 원래 "작(昨)"으로 되어 있으나, 『황조문감(皇朝文鑑)』 권17을 근거로 하여 바로잡았다.

3 당 조업(曹鄴)의 유명한 「관창서(官倉鼠)」 시에 "관가 창고의 늙은 쥐는 말[斗]처럼 큰데, 사람이 창고를 여는 것을 보고도 또한 달아나지 않네. 군사들은 군량이 없고 백성들은 굶주리는데, 누구를 시켜 아침마다 네 입에 넣어주는가?(官倉老鼠大如斗, 見人開倉亦不走. 健兒無糧百姓飢, 誰遣朝朝入君口!)"라고 하였다.

道旁稚子

稚兒怕寒床下啼, 兩骭赤立仍苦飢.

天之生汝豈爲累, 使汝不如莇鶩肥?[1]

官家桑柘連四海, 豈無寸縷爲汝衣?

羨爾百鳥有毛羽, 冰雪滿山猶解飛!

1 원래 "기(肌)"로 되어 있으나 아마 잘못된 글자일 것이다.

滯客

五月不雨至六月, 河流一尺靑泥渾.
舟人擊鼓[1]挽舟去, 牛頭刺地[2]挽不行.
我舟繫岸已七日, 疑與綠樹同生根.
忽驚黑雲湧西北, 風號萬竅秋濤奔;
截斷雨脚不到地, 半夜霹靂空殺人![3]
須臾雲破見星斗, 老農歎息如銜冤.
高田已槁下田瘦, 我爲滯客何足言!

1 육조(六朝) 시에 배가 떠날 때 북을 치는 풍속을 말하고 있다. 예컨대 음 갱(陰鏗)의 「강진, 송유광록불급(江津, 送劉光祿不及)」에는 "북소리가 들리 자마자 끊어지네(鼓聲隨聽絶)"라고 하였다.

당·송 때도 아직 이러한 관습이 남아 있었다. 두보(杜甫)의 「십이월일일 (十二月一日)」에 "북치고 배를 출발시키는 사람은 어느 군의 젊은이인가? (打鼓發船何郡郎)"라고 하고, 이영(李郢)의 「화고(畫鼓)」에 "두 막대기를 한 번 휘두르니 떠나가는 배의 닻줄이 풀리네(兩枚一揮行纜解)"라고 한 것을 참조.

2 소로 닻줄을 끌다. 이것은 소가 용을 쓰는 모양을 그린 것이다. 고대에는 흔히 가축으로 배를 끌었다. 이백(李白)의 「정도호가(丁都護歌)」에 "오(吳) 땅의 소가 달을 보고 헐떡일 때, 배를 끄는 것이 어찌 그리도 괴로운가? (吳牛喘月時, 拖船一何苦?)"라고 하였고, 원(元) 송본(宋本)은 「여견선부(驢牽 船賦)」를 지었으며, 마진(馬臻)의 「주차양촌(舟次楊村)」에 "절룩거리는 나 귀는 배의 닻줄을 끌 힘이 없어, 양촌에 이르자 날은 이미 어두웠네(蹇驢 無力牽船纜, 行到楊村日已昏)"라고 한 것을 참조

3 단지 우레 소리만 들릴 뿐 빗방울은 보이지 않고, 모두 바람에 날려 흩어

져 버렸다.
"우(雨)"가 각본(刻本)에는 "양(兩)"으로 되어 있으나 아마 잘못된 글자일
것이다.

春盡

春盡行人未到家, 春風應怪在天涯.
夜來過嶺忽聞雨, 今日滿溪俱是花.
前樹未回疑路斷, 後山纔轉便雲遮.
野[1]間絶少塵埃汙, 惟有淸泉漾白沙.

1 원래 "야(夜)"로 되어 있으나 아마 잘못된 글자일 것이다.

17. 유반(劉攽)

　　유반(劉攽, 1022~1088)의 자는 공보(貢父), 신유(新喩) 사람이다. 『팽성집(彭城集)』이 있다. 그와 그의 형 유창(劉敞)은 박학(博學)한 학자로서 아마도 역사학·고고학 방면에서 북송의 가장 정박(精博)한 사람일 것이다. 그러나 그들의 시에서는 그렇게 학문을 자랑하지는 않았다. 유창의 시는 좀 무미건조하지만, 유반은 그보다 뛰어나고 풍격상 구양수(歐陽脩)와 정조(情調)가 같다.

江南田家

種田江南岸, 六月纔樹秧. 借問一何晏? 再爲霖雨傷.
官家不愛農, 農貧彌自忙. 盡力泥水間, 膚甲皆疿瘡.
未知秋成期, 尙[1]足輸太倉. 不如逐商賈, 遊閒事車航;
朝廷雖多賢, 正許貲爲郞.[2]

1　 "상(尙)"은 "당(倘)"과 같다. "아마도, 혹시"의 뜻이다.

2　 봉건 시대에는 명의상 농업을 중시하고 상업을 경시하였으나 실제로는 왕왕 상인에 대하여 천하게 여기지 않고 부러워하였다. 그들은 이익도 많이 얻고 생활도 자유로우며 농민들이 땅에 뿌리를 박고 있어서 움직이려 해도 움직일 수 없는 것과는 다르다고 생각하였다. 이러한 사정은 한대(漢代)의 정론가(政論家) 조조(晁錯)가 일찍이 "상인은 큰 자는 재물을 축적하

여 이식(利息)을 배로 하고 작은 자는 열을 지어 앉아서 물건을 판다 ……
남자는 밭 갈기도 김매기도 하지 않고 여자는 누에치기도 방직도 하지 않
지만, 의복은 반드시 무늬 있고 색깔 있는 것이고 음식은 반드시 좋은 쌀과
고기이며, 농부의 고생도 없이 백 배, 천 배의 소득이 있으며, 부유하기 때
문에 왕후(王侯)들과 교제하고 통하고 있다. …… 법률은 상인을 천하다고
하지만 상인은 이미 부유하고 귀하게 되었으며, 농부는 존귀하다고 하지만
농부는 이미 가난하고 천하게 되었다(商賈大者積貯倍息, 小者坐列販賣. ……
男不耕耘, 女不蠶織, 衣必文采, 食必粱肉, 亡農夫之苦, 有仟佰之得, 因其富厚,
交通王侯. …… 法律賤商人, 商人已富貴矣; 尊農夫, 農夫已貧賤矣)"(『한서(漢
書)』권24 상(上)「식화지(食貨志)」상(上))라고 지적하였다.

고시(古詩)에 「고객락(賈客樂)」혹은 「고객락(估客樂)」과 같은 주제가 있고,
당대의 시인 원진(元稹)·유우석(劉禹錫)·장적(張籍) 등이 모두 이 제목의
시를 지었으며(모두 곽무천(郭茂倩)의『악부시집(樂府詩集)』권48에 수록되
어 있음), 백거이(白居易)도 또한 「염상부(鹽商婦)」를 지었고, 장적에게는
또 「야로가(野老歌)」가 있다.

그들의 뜻은 조조의 이 몇 마디 말을 전혀 벗어나지 못하고 있다. 유반의
이 시의 끝부분의 2구절에 상인이 돈으로 관직을 산다고 한 것은 그들보
다 한 걸음 나아간 것이다. 그들은 다만 "이익을 구하고 명예는 구하지
않으며, 명예를 구함은 피하는 바가 있네(求利不求名, 求名有所避)"라고 하
거나 혹은 "값비싼 재물은 군(君)에 봉해지는 것과 견주고, 희귀한 물건은
경(卿)을 바라는 것과 통하네(高者比封君, 奇貨通倖卿)"라고 말하고 있을 뿐
이지만, 유반은 경쾌하고 교묘하게 "명예(名)"는 "이익(利)"을 따라와서 상
인이 관료들과 교분을 맺을 뿐 아니라 또한 정말 염치도 없이 관료가 될
수 있다고 지적하고 있다.

"재물로 낭관(郎官)이 된다(以貲爲郎)"는 것은 한대(漢代)의 말을 빌려 쓴
것인데(『사기(史記)』권102「장석지·풍당열전(張釋之·馮唐列傳)」, 권117
「사마상여열전(司馬相如列傳)」에 보임), 왜냐하면 한대에는 이러한 현상이
있어서 한편으로는 "시정(市井)의 자손들은 벼슬하여 관리가 될 수 없었지
만(市井之子孫不得仕宦爲吏)", 다른 한편으로는 "관리가 되는 길이 더욱 잡

다하여 가리지 않아 상인이 많았기(吏道益雜, 不選, 而多賈人)"(『사기』 권30 「평준서(平準書)」) 때문이다.

【보주(補註) 2】 : 이 구는 비록 "한대의 설"을 사용하였지만 도리어 송대의 정제(政制)에 부합한다. 『송사(宋史)』 권158 「선거지(選擧志) 사(四)」에는 "소흥(紹興) 초에 일찍이 병혁(兵革)에 경비가 부족하기 때문에 유사(有司)가 백성들을 모집하여 재물을 바치고 벼슬을 보할 것을 청하자 황제가 어렵게 여겼다. 참지정사(參知政事) 장수(張守)가 '조종(祖宗) 때 재랑(齋郎)을 제수하였사온데 지금의 장사랑(將仕郎)이 이것입니다'라고 하였다(紹興初, 嘗以兵革, 經用不足, 有司請募民入貲補官, 帝難之. 參知政事張守曰: '祖宗時, 授以齋郎, 今之將仕郎是也')"라고 하였다.

城南行

八月江湖秋水高, 大堤夜坼聲嘈嘈.

前村農家失幾戶? 近郭扁舟屯百艘.

蛟龍蜿蜒水禽白, 渡頭老翁須雇直.[1]

城南百姓多爲魚, 買魚欲烹輒悽惻.

1 물이 불어나기 이전에는 강을 건널 때 돈을 낼 필요가 없었다는 뜻이다.

雨後池上

一雨池塘水面平, 淡磨明鏡照簷楹.

東風忽起垂楊舞, 更作荷心萬點聲.[1]

1 비가 그친 후 나무 위의 빗방울이 바람에 날려 못 속의 연잎에 떨어지는 것을 가리킨다.

新晴[1]

青苔滿地初晴後, 綠樹無人晝夢餘.
惟有南風舊相識, 偸開門戶又翻書.[2]

1 이 시는 『팽성집(彭城集)』 권18에도 보이고 또한 사고전서관(四庫全書館) 집본(輯本)인 유창(劉敞)의 『공시집(公是集)』 권28에도 보이는데 제목은 「절구(絶句)」로 되어 있다. 유극장(劉克莊)의 『후촌대전집(後村大全集)』 권174, 또 축목(祝穆)의 『사문류취(事文類聚)』 후집(後集) 권21을 근거로 하면 유반의 작품이다.

---

2 당 설능(薛能, 조업(曹鄴)으로 되어 있는 것도 있음)의 「노포당(老圃堂)」에 "어제 봄바람이 (사람이) 없다고 업신여기고, 평상으로 나아가 불어 떨어뜨려 남은 책을 읽고 있네(昨日春風欺不在, 就牀吹落讀殘書)"와 비교할 만하다. "남풍이 옛부터 서로 안다(南風舊相識)"는 것은 대략 이백(李白)의 「춘사(春思)」의 "봄바람은 서로 알지 못하는데, 무슨 일로 비단 방장으로 들어오는가?(春風不相識, 何事入羅幃?)"에서 왔을 것이다. 유반은 다른 시에서 유사한 수법으로 바람을 묘사하여 "등나무 지팡이로 붓을 삼고 모래를 종이삼아, 한가롭게 뜰 앞에 서서 초서를 써보네. 어쩔 수 없네 봄바람이 오히려 팔꿈치를 당겨 (간섭하여), 하릴없이 어지럽게 옷자락에 스며드는 것을(杖藤爲筆沙爲紙, 閑立庭前試草書. 無奈春風猶掣肘, 等閑撩亂入衣裾)"(「치재태상시, 이장획지성(致齋太常寺, 以杖畫地成)」 제2수)이라고 하였다.
【보주(補註) 3】: 『송시기사(宋詩紀事)』 권16에는 "투(偸)"자를 "경(徑)"이라고 하였는데, "구상식(舊相識)"과 호응이 적확(的確)하고 적절하다. 서로 비교하건대 "투(偸)"자는 부자연스럽다.

18. 왕령(王令)

　　왕령(王令, 1032~1059)의 자는 봉원(逢原), 강도(江都) 사람이다. 『광릉선생
문집(廣陵先生文集)』이 있다. 그는 한유(韓愈)·맹교(孟郊)·노동(盧仝)의 영향을
매우 깊이 받았다. 사구(詞句)는 이구(李覯)처럼 독창적이지만 어조는 더욱
더 웅장(雄壯)하여 마치 우주 밖으로 머리를 내밀고 지구를 공으로 차고 있
는 듯하다. 아마 송대의 기개가 가장 크고 활달한 시인일 것이다. 언어 구
사는 조잡함을 면치 못하고 또 사구가 아무리 기특(奇特)하다고 하더라도
뜻은 왕왕 당시에 이미 진부하다고 볼 정도였는데 이것은 그의 단점이다.

餓者行

雨雪不止泥路迂, 馬倒伏地人下扶.
居者不出行者止,[1] 午市不合人空衢.
道中獨行乃誰子? 餓者負席緣門呼.
高門食飲豈無棄, 願從犬馬求其餘.
耳聞門開身就拜, 拜伏不起呵群奴.[2]
喉乾無聲哭無淚, 引杖去此他何如?
路旁少年[3]無所語, 歸視紙上還長吁.

1 "지(止)"는 "반(返)"으로 되어 있는 것도 있다.

2 "군노가(群奴呵)"와 같다.

3 왕령 자신이다.

暑旱苦熱

清風無力屠得熱,¹ 落日着翅飛上山.²

人固已懼江海竭, 天豈不惜河漢乾?

崑崙之高有積雪, 蓬萊之遠常遺寒;

不能手提天下往, 何忍身去遊其間!

1 "도(屠)"자가 매우 운치 있게 사용되었다. 『광릉선생문집(廣陵先生文集)』권10 「서중난출(暑中懶出)」 시에 또 "이미 바람이 적어 무더위를 가라앉히기 어려움을 꺼리네(已嫌風少難平暑)"라고 하였다.

2 해가 지려고 하지 않는다는 뜻이다.

3 곤륜산(崑崙山)과 봉래산(蓬萊山)은 물론 모두 맑고 서늘한 세계이지만, 온 세상의 백성들을 불구덩이에서 구할 수 없음을 스스로 한탄하고 또한 혼자 피서가고 싶지도 않다. 『광릉선생문집』권10 「서열사풍(暑熱思風)」 시에 "하릴없이 뜨거운 열기 때문에 온 세상을 근심하나니, 어떻게 하면 맑은 바람을 우리들에게 빌릴 수가 있을까?(坐將赤熱憂天下, 安得清風借我曹!)"라고 하였다. 이와 같이 온 세상을 수중에 "쥐려고(提)" 하는 웅대하고 활달한 마음과 어조는 왕령의 시에 흔히 있다. 예컨대, 권2 「우문유감(偶聞有感)」에는 "혜성(彗星)으로 비를 만드는 것이 혹시라도 용서된다면, 손수 중원을 쓸어 맑게 하리라(長星作彗倘可假, 出手爲掃中原清)"라고 하였고, 권7 「서원월야(西園月夜)」에는

"나에게 억눌려 쌓인 기운이 있으나, 종래 토해내지 못하고 있네. 크게 하늘을 향해 한숨을 쉬려고 해도, 하늘이 뚫려 구멍이 나면 하늘이 노할까 두렵네(我有抑鬱氣. 從來未經吐. 欲作大歎吁向天, 天穿作孔恐天怒)"라고 하였다.

그와 동시대인 한기(韓琦)의 『안양집(安陽集)』 권1 「고열(苦熱)」 시에도 또한 "일찍 들었네 곤륜산(崑崙山)과 낭풍산(閬風山) 사이에는, 따로 신선의 집이 있다는 것을. …… 내 날아서 가고 싶지만, 의리상 홀로 살지 못하네. 어떻게 하면 세상 사람들이, 같은 날 털과 깃털이 생겨날 수 있겠는가?(嘗聞崑閬間, 別有神仙宇. …… 吾欲飛而往, 於義不獨處. 安得世上人, 同日生毛羽!)"라고 하였는데 뜻은 별 차이가 없지만 기백은 훨씬 미치지 못한다.

渰渰[1]

渰渰輕雲弄落暉, 壞簷巢滿燕來歸.

小園桃李東風後, 却看楊花自在飛.

1 음은 "엄(掩)", 구름이 이는 모양이다.

19. 여남공(呂南公)

　여남공(呂南公, 1047~1086)의 자는 차유(次儒), 남성(南城) 사람이다. 『관원집(灌園集)』이 있다. 증공(曾鞏)의 친구로 한유(韓愈)를 지극히 추앙하였다. 그의 동향 사람 이구(李覯)와 함께 모두 과거(科擧)에서 뜻을 이루지 못하였는데 시의 풍격도 또한 약간 비슷하다.

老樵

何山老翁鬢垂雪, 擔負樵蘇淸曉發.
城門在望來路長, 樵重身羸如疲鼈.
皮枯亦復汗淋瀝,[1] 步强[2]遙聞氣嗚咽.
同行壯俊常後追, 體倦心煩未容歇.
街東少年殊傲岸, 和袖高扉厲聲喚.
低眉索價退聽言, 移刻纔蒙酬與半.
納樵收値不敢緩, 病婦倚門待朝爨.[4]

1　마른 살갗에서도 또한 땀이 배어 나온다.

2　억지로 길을 가다.

3 두 손을 소매 속에 넣고 대문 입구에 서 있다.

4 음은 "찬(竄)", 밥을 짓다, 쌀을 냄비에 안치기를 기다린다는 뜻이다. "한 길 동쪽의 소년(街東少年)"과 늙은 나무꾼 집의 "병든 아내(病婦)" 두 사람 이 각각 대문 입구에 서서 그가 오기를 기다리고 있는 것이 눈에 선한 대 조를 이루고 있다.

勿願壽

勿願壽, 壽不利貧祇利富.

君不見: 生平齷齪南鄰翁, 綺紈合雜歌鼓雄,

子孫奢華百事便, 死後祭葬如王公;

西家老人曉稼穡, 白髮空多短衣食,

兒屚妻病盆甑乾, 静臥藜床冷無席.[1]

1 "악착(齷齪)" 두 글자로 볼 때, 이 시도 또한 「고객락(賈客樂)」에 사용되고 있는 뜻이다. 『서유기(西遊記)』 제44회의 이른바 "장수(長壽)"가 아니라 "장수죄(長受罪)"(길이 죄를 받는다)라는 새로운 각도에서 그린 것이다.

20. 조단우(晁端友)

조단우(晁端友, 1029~1075)의 자는 군성(君成), 거야(鉅野) 사람이다. 조보지(晁補之)의 부친이다. 그의 유집(遺集)은 모두 360수의 시가 수록되어 있었지만 현재는 이미 흩어져 없어져 버렸다. 소식(蘇軾)과 황정견(黃庭堅)은 모두 그를 칭찬하였는데[1] 다음의 1수는 송대에 애송되었던 것이다.

宿濟州西門外旅館[1]

寒林殘日欲棲烏, 壁裏青燈乍有無.[2]
小雨愔愔人假[3]寐, 臥聽疲[4]馬齧殘芻.

1 여조겸(呂祖謙)의 『황조문감(皇朝文鑑)』 권28. 제주(濟州)는 곧 거야(鉅野)이다.

2 켜졌다 꺼졌다 하다.

3 조단우(晁端友)의 외손 섭몽득(葉夢得)의 『석림시화(石林詩話)』 권상에 이 시가 있는데 "가(假)"자가 "불(不)"로 되어 있다.

4 『석림시화』 권상에는 "피(疲)"자가 "리(羸)"로 되어 있다.

---

1) 『동파집(東坡集)』 권24 「조군성시집인(晁君成詩集引)」, 『동파속집(東坡續集)』 권5 「여조군성간(與晁君成簡)」, 『예장황선생문집(豫章黃先生文集)』 권23 「조군성묘지명(晁君成墓誌銘)」.

21. 소식(蘇軾)

　소식(蘇軾, 1037~1101)의 자는 자첨(子瞻), 스스로 동파거사(東坡居士)라고 불렀다. 미산(眉山) 사람이다. 『동파집(東坡集)』·『후집(後集)』·『속집(續集)』이 있다. 그는 줄곧 송대의 가장 위대한 문인으로 추앙을 받아 왔으며, 산문·시·사의 각 방면에서 모두 성취가 지극히 높다. 그는 당(唐) 오도자(吳道子)의 그림을 평하여, "법도 가운데 새로운 뜻을 표출하고, 호방의 밖에 정묘한 이치를 부쳤다(出新意於法度之中, 寄妙理於豪放之外)"[1]라고 하였다. 그의 저작 속에 분산되어 있는 시문평(詩文評)으로 볼 때, 이 두 구절은 아마도 그 자신에게 그대로 적용하여 그의 시에 있어서의 이론과 실천을 개괄할 수 있을 것이다. 뒷 구절에 "호방(豪放)"이라고 한 말은 음미할 만한데, 결코 술주정을 하듯 멋대로 떠드는 것이 아니다.[2] 앞 구절은 "호방"의 정의라고 할 수 있다. 소식이 이해할 수 있는 말로 한다면 곧 "마음이 바라는 대로 따라서 해도 법을 넘지 않는다(從心所欲, 不踰矩)"(『논어(論語)』·위정(爲政)』)는 것이고, 근대의 술어로 말한다면 자유는 규율성의 인식을 기초로 하고 예술적인 규율의 허용 아래 창조력은 충분한 자유 활동이 있다는 것이다.[3] 이것이 바로 소식이 되풀이하여 밝히고 있는 것이다. 글을

---

1) 『경진동파문집사략(經進東坡文集事略)』 권60 「서오도자화후(書吳道子畫後)」.
2) 『진체비서(津逮秘書)』 본 『동파제발(東坡題跋)』 권3 「평두묵시(評杜默詩)」.
3) 엥겔스의 『반뒤링론』 제11장, 괴에테의 『우리는 무엇을 공헌할 것인가?』 제19경(景)(기념판 『괴에테 전집』 제9책 235쪽).
　몽테스키외의 『법의 정신』 제11권 제3장(쁠레이아드 판 『몽테스키외 전집』 제2책 395쪽), 헤겔의 『철학 체계』 제1부 제2분(分) 제158절, 또 『미학 강의』 제3부 제3분 제2장(기념판 『헤겔 전집』 제8책 348~349쪽, 또 제14책 182쪽) 참조.

지을 때는 마땅히 "가는 구름과 흐르는 물(行雲流水)" 혹은 "샘물이 땅에서 용솟음치는(泉源湧地)" 것처럼 자유롭고 활발해야 하며, 그러나 동시에 매우 근엄하게 "마땅히 가야 할 곳으로 가고, 멈추지 않으면 안 될 곳에서 멈추는(行於所當行, 止於所不可不止)"[4] 것이다. 이백(李白) 이후 고대에는 아마 소식의 이와 같은 "호방"을 뛰어넘는 사람은 없을 것이다.

그의 풍격상의 커다란 특색은 비유가 풍부하고 신선하며 적절하다는 데 있고, 게다가 그의 시 속에는 또 송대의 산문을 강구하던 사람들의 이른바 "박유(博喩)"[5]라든가 혹은 서양 사람들이 칭송하는 셰익스피어(Shakespeare, W., 1564~1616) 식의 비유[6]를 발견할 수 있는데, 잇달아 다채로운 형상을 가지고 한 사물의 한 측면 혹은 한 상태를 표현하였다. 이러한 묘사와 두드러지게 하는 방법은 마치 구소설에서 말하는 "수레바퀴 전법(車轉戰法)"을 채용한 것인 듯, 잇달아 그 사물이 쉴 틈도 없이 응접하여 본래의 모습이 다 드러나서 시인의 붓 아래 항복하도록 하는 것이다. 중국의 산문가 가운데 소식이 좋아한 장주(莊周)와 한유(韓愈)도 모두 이러한 수법을 사용하였다. 예컨대, 『장자(莊子)·천운편(天運篇)』에는 "짚으로 만든 개가 이미 진열되다(芻狗已陳)", "배는 육지를 가고, 수레는 물을 간다(舟行陸, 車行水)", "원숭이의 의복(猿狙衣服)", "두레박틀(桔槹)", "모과·배·귤·유자(柤梨橘柚)", "못생긴 사람이 서시(西施)를 흉내내다(醜人學西施)"라는 6개의 비유를 잇달아 사용하여 시의(時宜)에 맞지 않는다는 점을 설명하였다. 한유의 「송석처사서(送石處士序)」에는 "황하가 터져 아래로 흐른다(河決下流)", "네 필의 말이 가벼운 수레를 끌고 잘 아는 길을 간다(駟馬駕輕車就熟路)", "촛불

---

4) 『경진동파문집사략』 권46 「답사민사서(答謝民師書)」, 권57 「문설(文說)」.
5) 진규(陳騤)의 『문칙(文則)』 권상(卷上) 병(丙)의 제6종 "취유지법(取喩之法)"에는 『서경(書經)』과 『순자(荀子)』의 예를 들었다.
6) 예컨대, 셰익스피어의 『소넷』 제52수가 있다.

이 비친다(燭照)”, “혜아린다(數計)”, “거북점(龜卜)”의 5개의 비유를 잇달아 사용하여 의론과 식견이 명쾌하다는 점을 나타내고 있다. 중국 시에는『시경(詩經)』에도 이러한 묘사법이 자주 있다. 예컨대, 「국풍(國風)」의 「패풍(邶風)・백주(柏舟)」에는 거울・돌・자리의 3개의 형상을 잇달아 사용하여 심정과 대조하였으며, 「소아(小雅)・사간(斯干)」에는 “뒤꿈치를 들어 날개를 몸에 붙인 듯이 하고, 화살에 모가 난듯이 하고, 새가 날개를 편 듯이 하고, 꿩이 나는 듯이 하네(如跂斯翼, 如矢斯棘, 如鳥斯革, 如翬斯飛)”라고 잇달아 말함으로써 건축물의 선이 가지런히 솟아 있음을 형용하였다. 당대에는 한유의 시 속에 이와 같은 비유가 가장 많다. 예컨대, 「송무본사(送無本師)」에는 먼저 “교룡이 뿔과 어금니를 희롱하네(蛟龍弄角牙)” 등 8구에 4개의 비유로 시적인 배짱이 활발하고 신랄함을 말하였고, 또 “벌과 매미는 비단 무늬를 깨뜨리네(蜂蟬碎錦繢)” 등 4구에 4개의 비유로 시재(詩才)의 빼어남을 말하였으며, 혹은 「구루산(岣嶁山)」에는 “올챙이가 몸을 구부리고 염교가 거꾸로 덮었네(科斗拳身薤倒披)” 등 2구에 4개의 비유로 자체(字體)의 기괴함을 말하기도 하였다. 그러나 우리가 소식의 「백보홍(百步洪)」 제1수에 물결이 부딪치고 씻기는 것을 묘사한 한 단락을 보면 “토끼가 달리고 매가 떨어지며, 준마가 천 길 언덕을 달려 내려 가며, 끊어진 거문고 줄이 버팀목을 떠나고 화살이 손을 벗어나며, 나는 번개가 틈을 지나가고 구슬이 연꽃에서 뒤집혀 떨어지는 것 같네(有如兎走鷹隼落, 駿馬下注千丈坡. 斷絃離柱箭脫手, 飛電過隙珠翻荷)”라고 하여 4구 안에 7가지의 형상이 생생하게 교착되어『시경』과 한유의 예는 모두 둔하고 무미건조한 것처럼 보인다. 기타 「석고가(石鼓歌)」에는 6가지의 형상으로 “때때로 한둘은 얻지만 여덟, 아홉은 빠뜨려야(時得一二遺八九)” 하는 석고(石鼓)의 글자를 말하였고, 「독맹교시(讀孟郊詩)」 제1수에는 4가지의 형상으로 “좋은 곳을 때때로 한번 만나는(佳處時一遭)” 맹교의 시를 말하고 있는 것은 모두 그 예증이다. 사(詞)에서

는 예컨대 하주(賀鑄)의 「청옥안(靑玉案)」의 유명한 마지막 구에는 "내낀 풀
(煙草)"·"바람에 날리는 버들개지(風絮)"·"누렇게 매실이 익는 때의 비(黃梅
雨)"의 세 가지를 가지고 "한가로운 시름(閒愁)"에 비유한 것이 박유의 좋은
예이다. 가장 두드러진 것은 사일(謝逸)이 지었다고 이름을 붙인 「화심동(花
心動)·규정(閨情)」(『전송사(全宋詞)』 652쪽)에는 "바람 속의 버들 꽃(風裏楊花)"
등 9가지 사물을 사용하여 좋은 일이 이루어지지 않는다는 것을 비유한
것이다. 상고 시대의 이론가들은 일찍이 이미 시의 언어의 형상화에 큰
비중을 두고 비유에 상당히 마음을 쏟았는데,7) 이 점에서 소식은 그들의
요구를 충분히 만족시키고 있다.

    소식의 주된 결점은 시에 전고와 성어를 늘어놓은 데 있기 때문에 비평
가들은 그가 "용사가 넓고(用事博)", "학문을 보이지만 전혀 재주가 없는
듯하며(見學矣然似絶無才)"·"전고가 장애가 되고(事障)"·"땔감을 쌓아 놓은
것 같고(如積薪)"·"막히고 쌓아 놓고 거칠며(窒·積·蕪)"·"수달이 제사를
지내는(獺祭)"8) 것 같다고 혐의하지만, 그의 옹호론자들은 그가 "고실(故實)
과 소설(故實小說)"과 "길거리의 하찮은 이야기(街談巷語)"에 대해서도 모두
"수중에 들어오기만 하면 활용하여 신선이 기와와 자갈을 만져 황금을 만

---

7) 『예기(禮記)』 제18 「학기(學記)」에는 "박의(博依)를 배우지 않으면 시를 이해할 수 없다(不
   學博依, 不能安詩)"라고 하였는데, 정현(鄭玄)의 주에는 "'박의'는 널리 비유한다(博依, 廣
   譬喩也)"라고 하였다. 아리스토텔레스의 『시학』 제1459 갑(甲)에 "비유는 천재의 표지이
   다"라고 말한 것을 참조.

8) 방회(方回)의 『동강집(桐江集)』 권5 「유원휘시평(劉元暉詩評)」, 왕세정(王世貞)의 『엄주산인
   사부고(弇州山人四部稿)』 권147 「예원치언(藝苑巵言)」, 호응린(胡應麟)의 『시수(詩藪)』 내편
   (內編) 고체(古體) 중(中)·근체(近體) 상(上), 담원춘(譚元春)의 『담우하합집(譚友夏合集)』 권8
   「동파시선서(東坡詩選序)」, 왕부지(王夫之)의 『선산유서(船山遺書)』 권64 「석당영일서론(夕
   堂永日緖論)」 내편(內編).
   "학문을 보이지만 절대로 재주가 없는 듯하다(見學矣然似絶無才)"는 것은 곧 안지추(顔之
   推)의 『안씨가훈(顔氏家訓)』 제9편 「문장(文章)」의 이른바 "일이 번잡하여 재주가 해를 입
   는다(事繁而才損)"는 것이다.

드는 것 같다(入手便用, 似神仙點瓦礫爲黃金)"9)라고 찬양하였다. 그는 맹호연(孟浩然)의 시는 "운치는 높지만 재주는 모자라 대내(大內)의 법주(法酒)를 만드는 사람이 재료가 없는 것과 같다(韻高而才短, 如造內法酒手而無材料)"10)라고 비평한 바가 있는데, 이 말은 공교롭게도 그 자신의 편향과 약점을 드러낸 것이다. 동시에 이러한 비평은 바로 이청조(李淸照)가 진관(秦觀)의 사에 대하여 "오직 정치(情致)를 주로 하고 전고가 적어서, 비유한다면 가난한 집의 미녀가 비록 지극히 곱고 아름답고 예쁘고 빼어나지만 결국 부귀한 자태가 결여되어 있는 것과 같다(專主情致而少故實, 譬如貧家美女, 雖極姸麗丰逸, 而終乏富貴態)"11)라고 비평한 것처럼, 모두 우리가 그와 같은 창작 기풍에 있어서의 전고와 성어의 비중을 이해하는 데 도움이 될 수 있을 것이다.

말할 필요도 없이, 전주가(箋註家)들은 이와 같은 시에 어지럽게 이끌리는 것이다. 북송에는 일찍이 조차공(趙次公) 등 5가가 주를 단 소식 시가 있었고, 남송에서 청까지 또 계속하여 10여 가의 주본(注本)이 보태어졌다. 지나치게 과장되어 있고 새로운 의견은 거의 없는 왕문고(王文誥)의 『소문충공시편주집성(蘇文忠公詩編註集成)』은 청대 중엽에 총괄적인 일을 하였으며, 기타 심흠한(沈欽韓)의 『소시사주보정(蘇詩査註補正)』과 장도(張道)의 『소정시화(蘇亭詩話)』 권5는 모두 규모가 비교적 큰 증보라고 할 수 있다. 가장 애석한 것은 육유(陸游)가 소식의 시집에 주를 달려고 하지 않은 것이다.12) 이것은 두보(杜甫)와 이백(李白)이 "한 동이 술로 글을 자세히 논한(樽酒細論文)" 기록이 없는 것과 마찬가지로13) 문학사상의 대단히 유감스러운 일이다.

---

9) 주변(朱弁)의 『풍월당시화(風月堂詩話)』 권상(卷上).
10) 진사도(陳師道)의 『후산선생문집(後山先生文集)』 권23 「시화(詩話)」.
    시윤장(施閏章)의 『우산별집(愚山別集)』 권1의 반박에 소식 시에는 "쌓아 놓은(堆垛)" 재료가 지나치게 많다고 말한 것을 참조.
11) 『초계어은총화(苕溪漁隱叢話)』 후집 권33에 인용되어 있다.
12) 『위남문집(渭南文集)』 권15 「시사간주동파시서(施司諫註東坡詩序)」.
13) 홍매(洪邁)의 『용재수필(容齋隨筆)』 권15 참조.

和子由澠池懷舊[1]

人生到處知何似? 應似飛鴻踏雪泥:

泥上偶然留指爪, 鴻飛那復計東西![2]

老僧已死成新塔, 壞壁無由見舊題.[3]

往日崎嶇還記否? 路長人困蹇驢嘶.

(往歲馬死於二陵, 騎驢至澠池.)[4]

1 자유(子由)는 소식의 아우 소철(蘇轍, 1039~1112)의 자이다.

2 "설니홍조(雪泥鴻爪)"는 소식의 유명한 비유의 하나이다. 송대의 어떤 사람이 칭송하였는데(위경지(魏慶之)의 『시인옥설(詩人玉屑)』 권17, 채정손(蔡正孫)의 『시림광기(詩林廣記)』 후집 권3에 『능양실중어(陵陽室中語)』를 인용) 후에는 성어가 되었다.

3 소철의 『난성집(欒城集)』 권1 「회면지(懷澠池)」 시의 자주(自注)의 "옛날 자첨(子瞻)과 과거(科擧)에 응시하여 현의 승사(僧舍)를 지나다가 숙박하고 그 늙은 중 봉한(奉閑)의 벽에 제(題)하였다(昔與子瞻應擧, 過宿縣中寺舍, 題其老僧奉閑之壁)"라고 하였다. 옛날에는 중이 죽은 후 사람들이 그의 시체를 태우고 작은 탑을 만들어 그의 뼈를 태운 재를 매장하였다.

소철은 매번 그의 형의 시를 흉내내었다(심지어는 형이 잘못 쓴 전고를 아우가 그대로 잘못 쓰기도 했음). 예컨대, 『난성집』 권3 「수주승본영"정조당"(秀州僧本瑩"淨照堂")」의 "고향의 산과 이별한 후 새해가 되었지만, 돌아갈 꿈은 새벽에 옛 방을 맴돌고 있네(故山別後成新歲, 歸夢曉來遶舊房)"라는 것은 소식의 이 1연(聯)을 모방한 것이다.

4 이릉(二陵)은 하남(河南)의 효산(崤山)으로, 면지(澠池) 서쪽에 있다.

六月二十七日望湖樓醉書五絶(選二)[1]

黑雲翻墨未遮山, 白雨跳珠亂入船.
捲地風來忽吹散, 望湖樓下水如天.(第一首)

放生魚鼈逐人來,[2] 無主荷花到處開.
水枕能令山俯仰,[3] 風船解與月裴回.(第二首)

1 희녕(熙寧) 3년(1072)의 6월 27일이다. "망호루(望湖樓)"는 항주(杭州) 서호
(西湖) 가에 있다.

2 북송 때 항주의 관리가 일찍이 서호를 방생지(放生池)로 규정하여 사람들
의 고기잡이를 허락하지 않고 황제를 위하여 장수와 복을 빌었다.

3 이 구절의 뜻은 배 안에 누워 산을 보니 물결의 기복(起伏)을 느끼지 못하
고 다만 산머리가 오르락내리락 하는 것만이 보일 뿐이라는 것이다. 바로
소식의 「출영구, 초견회산(出潁口, 初見淮山)」시의 이른바 "푸른 산이 오
랫동안 배와 함께 고개를 숙였다 들었다 하네(靑山久與船低昂)"와 「이사훈
화"장강절도도"(李思訓畵"長江絶島圖")」의 이른바 "고산(孤山)이 오랫동안
배와 함께 고개를 숙였다 들었다 하네(孤山久與船低昂)"라는 것이다. 범성
대(范成大)의 『석호거사시집(石湖居士詩集)』 권20 「재도서구(再渡胥口)」에
"두 산이 물결처럼 흔들리며 떴다 가라앉았다 하는 것을 마주하고 있네
(兩山波動對浮沈)"라고 한 것을 참조.
"수침(水枕)"은 "수면에 실려 있는 베개와 자리"라는 뜻으로 바로 아래 구
의 "풍선(風船)"이 "바람 속에 흔들리는 배"라는 뜻과 같다. 이것은 결코
고대에 무더운 날 사용하던 시원한 물을 가득 채운 와침(瓦枕)이나 혹은
도침(陶枕)을 가리키는 것이 아니다.

望海樓¹晚景五絕(選二)

橫風吹雨入樓斜, 壯觀應須好句誇.

雨過潮平江海碧, 電光時掣紫金蛇.(第一首)

青山斷處塔層層, 隔岸人家喚欲應.

江上秋風晚來急, 爲傳鐘鼓到西興.²(第二首)

---

1 항주(杭州) 봉황산(鳳凰山) 위에 있다.

---

2 절강(浙江) 소산(蕭山)의 강변에 가까운 곳에 있다.

吳中田婦歎, 和賈收韻¹

今年粳稻熟苦遲, 庶見霜風來幾時?²

霜風來時雨如瀉, 杷頭出菌鎌生衣.³

眼枯淚盡雨不盡,⁴ 忍見黃穗臥靑泥!

茆苫一月壟上宿,⁵ 天晴獲稻隨車歸.

汗流肩䟽載入市, 價賤乞與如糠粃.

賣牛納稅拆屋炊, 慮淺不及明年飢.⁶

官今要錢不要米, 西北萬里招羌兒.⁷

龔黃滿朝人更苦, 不如却作河伯婦!⁸

---

1 가수(賈收)의 자는 운로(耘老)로, 소식을 지극히 존경하여 "회소정(懷蘇亭)"

을 짓기도 하고 『회소집(懷蘇集)』 1권을 짓기도 했다.

2 다행히 며칠이 지나면 가을이 된다.

3 『파(杷)』는 『파(鈀)』(쇠스랑)와 통한다. 이 구절은 농기구가 습기에 젖고 사용하지 않았기 때문에 곰팡이가 피고 녹이 슨 것을 그렸다.

【보주(補註) 4】: "파(杷)"는 타작(打作)에 사용되는 대나무 혹은 나무로 된 발 고무래로서, 오랜 비에 축축하게 젖어 "곰팡이가 핀(出菌)" 것이다.

4 이 구절은 두보(杜甫)의 「신안리(新安吏)」에 "스스로 눈이 마르게 하지 말고, 네 눈물이 마구 흐르는 것을 거두어라, 눈이 말라버리고 아무리 뼈가 보이더라도, 하늘과 땅은 끝내 무정하리(莫自使眼枯, 收汝淚縱橫. 眼枯即見骨, 天地終無情)"라고 한 것을 참조할 만하다.

5 밭 곁에 띠풀로 집을 지어 그곳에서 살고 자면서 벼를 구한다.

6 소를 팔아 세금을 내고 집을 헐어 밥을 지어 단지 눈앞의 급한 불을 끌 뿐이다.

7 왕안석(王安石)의 "신법"이 시행된 이후 국가의 부세는 돈을 거두고 쌀을 거두지 않았으므로 돈은 귀하고 쌀은 싼 현상이 나타났다. 농민들은 쌀을 싸게 팔고 돈으로 바꾸어 세금을 내었는데 그 결과 돈과 쌀이 모두 없게 되었다. 황정견(黃庭堅)의 「상대몽롱(上大蒙籠)」・「노갱입전성(勞坑入前城)」 등에 "오늘 밭은 있으나 먹을 쌀이 없네(今日有田無米食)", "한창 돈이 없어서 괴롭네(正苦無錢刀)"라고 말한 것처럼, 모두 당시의 이와 같은 상황을 그린 것이다.

소식의 이 시는 희녕(熙寧) 5년(1072)에 지은 것으로, 그때 송신종(宋神宗)은 서하(西夏)를 멸망시키려고 왕소(王韶)의 「평융삼책(平戎三策)」을 채택하여 적지 않은 돈과 식량을 써서 "연변(沿邊)"의 강인(羌人) 부락을 "초무(招撫)"하여, 이른바 "희하 지역(熙河之役)"이 바로 시작되었다(주변(朱弁)의 『곡유구문(曲洧舊聞)』 권6에 희하 용병(用兵)의 세비(歲費)의 기록이 있음).

8 공수(龔遂)·황패(黃覇)는 한대(漢代)의 두 유명한 "훌륭한 관리(循吏)"이다.
"하백(河伯)의 아내(河伯婦)"는 『사기(史記)』 권126 「골계열전(滑稽列傳)·서
문표전(西門豹傳)」의 고사이다. 무당이 물귀신의 결혼을 핑계 삼아 백성들
을 속였는데, 서문표가 백성을 위하여 폐해를 제거하여 무당을 황하(黃河)
속에 던져 넣었다. 여기에서 "공(龔)·황(黃)"은 반어(反語)를 말한 것이다.
"하백의 아내가 된다(作河伯婦)"는 것은 빌려 쓴 것으로, 고통스러워 어떻
게 해 볼 도리가 없으므로 깨끗이 강물에 몸을 던져 자살하는 편이 낫다
고 말한 것이다.

法惠寺[1]橫翠閣

朝見吳山橫, 暮見吳山縱;[2] 吳山故多態, 轉側爲君容.

幽人起朱閣,[3] 空洞更無物; 惟有千步岡, 東西作簾額.[4]

春來故國歸無期, 人言秋悲春更悲;

已泛平湖思濯錦, 更看橫翠憶峨眉.[5]

雕欄能得幾時好? 不獨憑欄人易老!

百年興廢更堪哀, 懸知草莽化池臺;[6]

遊人尋我舊遊處, 但覓吳山橫處來.

---

1 항주(杭州)에 있다.

---

2 일명 서산(胥山) 또는 성황산(城隍山)이라고도 한다. 이 2구는 대낮에 보이
  는 산은 길고 긴 하나의 길이지만, 캄캄한 밤에는 골고루 완전히 볼 수는
  없고 단지 높은 한 무더기만 보일 뿐이다.

---

3 고대의 절 안의 누각은 보통 붉은 색이었기 때문에 "홍루주각(紅樓朱閣)"

은 여자의 규각(閨閣)을 가리킬 뿐 아니라 또한 절을 가리킬 수도 있었다. 당 백거이(白居易)·이익(李益)·승(僧) 광선(廣宣)·단성식(段成式) 등의 시에는 모두 안국사(安國寺)의 "홍루(紅樓)"를 언급하였고, 이섭(李涉)의 「조춘제후, 발두타사(早春霽後, 發頭陀寺)」 시에도 또한 "붉은 누각과 황금빛 절이 개인 언덕에 기대어 있네(紅樓金刹倚晴崗)"라고 하였다.

4 "천보강(千步岡)"은 오산(吳山)을 가리킨다. 각(閣)에는 아무런 진열품도 없고 단지 하나의 산만이 창밖을 막고 있어서 마치 창문에 치는 발(주렴) 같다는 뜻이다.
   "동서(東西)"는 "왼쪽에서 오른쪽으로"라는 말이다.

5 항주의 경물을 보고 고향 사천(四川)의 금강(錦江)과 아미산(峨眉山)을 생각해 낸다.

6 "지대화초망(池臺化草莽)"과 같다.

飮湖上, 初晴後雨二首(選一)

水光瀲灔晴方好, 山色空濛雨亦奇.
欲把西湖比西子, 淡粧濃抹總相宜.[1](第二首)

1 서자(西子)는 전국(戰國) 때의 유명한 미녀 서시(西施)이다. 이것도 또한 소식의 애송되는 비유로, 후에 수많은 시가 모두 여기에서 생겨났다. 예컨대, 남송은 항주를 서울로 삼아 음란하고 사치하였다. 나라가 망한 이후에 방회(方回)의 『동강속집(桐江續集)』 권24 「문서호(問西湖)」에는 "누가 서자(西子)를 서호(西湖)에 비유했는가? 옛날의 번화함도 점차 없어지려고 하네. 파선(坡仙)의 시가 참언(讖言)임을 비로소 믿게 되었으니, 가슴을 부여잡았던 국색(國色)이 오(吳)나라를 멸망시킬 수 있었다는 것을(誰將西子比西

湖? 舊日繁華漸欲無. 始信坡仙詩是讖, 捧心國色解亡吳!)"이라고 하였다. 소식은 이 시에 매우 자부하였던 것 같다. 그러므로 그 뜻을 몇 번이나 사용하였다 : "물빛은 찰랑찰랑 오히려 푸른빛이 떠 있고, 산빛은 어둠침침 이미 황혼을 거두었네(水光瀲灩猶浮碧, 山色空濛已斂昏)"(권33 「차운중수"설중유서호"이수(次韻仲殊"雪中遊西湖"二首)」 제2수), "서호는 참으로 서자라네(西湖眞西子)"(권32 「차운유경문"등개정"(次韻劉景文"登介亭")」), "오직 서호만이 서자를 닮았네(祇有西湖似西子)"(권33 「차전운답마충옥(次前韻答馬忠玉)」), "서호는 비록 작지만 역시 서자라네(西湖雖小亦西子)"(권35 「재차운덕린"신개서호"(再次韻德麟"新開西湖")」)

書雙竹[1]湛師房二首(選一)

暮鼓朝鐘自擊撞, 閉門孤枕對殘釭.
白灰旋撥通紅火, 臥聽蕭蕭雪打窗.(第二首)

1 항주 광엄사(廣嚴寺)는 별명이 쌍죽사(雙竹寺)이다.

中秋月[1]

暮雲收盡溢淸寒, 銀漢無聲轉玉盤.
此生此夜不長好, 明月明年何處看?[2]

1 이것은 희녕(熙寧) 10년(1077)의 중추(中秋)로, 소식은 서주(徐州)에 있었다.

2 이 뜻은 소식 시에 여러 차례 나타난다. 예컨대, 「시월십오, 관월황루석상, 차운(十月十五, 觀月黃樓席上, 次韻)」에는 "묻노니 올라와서 아름다운 풍경

을 내려다 볼 때, 내년에도 또한 사군(使君)을 기억할 것인가?(爲問登臨好風景, 明年還憶使君無?)"라고 하였고, 또 「화자유 "산다성개"(和子由 "山茶盛開")」에는 "눈 속에 활짝 피어 뜻이 있음을 알지만, 내년에 핀 후에는 또 누가 보겠는가?(雪裏盛開知有意, 明年開後更誰看?)"라고 하였다.

端午徧遊諸寺[1]

肩輿任所適, 遇勝輒流連. 焚香引幽步, 酌茗開淨筵.[2]

微雨止還作, 小窗幽更姸; 盆山不見日, 草木自蒼然.

忽登最高塔, 眼界窮大千. 卞峰照城郭, 震澤浮雲天.[3]

深沉旣可喜, 曠蕩亦所便. 幽尋未云畢, 墟落生晩烟.

歸來記所歷, 耿耿淸不眠; 道人亦未寢, 孤燈同夜禪.[4]

1 송 신종(神宗) 원풍(元豊) 2년(1079) 단오(端午)에 소식은 호주(湖州)에 있었다.

2 재(齋).

3 변산(弁山)은 절강(浙江) 오정(烏程) 북쪽에 있고, 진택(震澤)은 곧 태호(太湖)이다.

4 부처님 앞의 장명등(長明燈)이 앉아 있는 중을 동무하고 있다.

雨晴後, 步至四望亭下[1]

雨過浮萍合, 蛙聲滿四鄰. 海棠眞一夢,[2] 梅子欲嘗新.

> 拄杖閒挑菜, 鞦韆不見人. 慇懃木芍藥, 獨自殿³餘春.

1 황주(黃州)에 있다.

2 꽃은 이미 깨끗이 떨어져 자취도 없다.

3 끝을 맺다, 결말을 짓다.

> 正月二十日, 與潘·郭二生出郊尋春,
> 忽記去年是日同至女王城作詩, 乃和前韻¹
>
> 東風未肯入東門,² 走馬還尋去歲村.
> 人似秋鴻來有信, 事如春夢了無痕.³
> 江城白酒三杯釅, 野老蒼顔一笑溫.
> 已約年年爲此會, 故人不用賦招魂!⁴

1 원풍(元豊) 5년(1082) 정월, 소식은 황주(黃州)에 있었다.

2 이 때문에 성 안에는 아직도 봄빛이 없어 교외로 나가 봄 구경을 한다.

3 이 1연도 또한 소식의 유명한 비유이다. 두목(杜牧)의 「제안주부운사루(題安州浮雲寺樓)」에 "한은 가을 풀처럼 많고, 일은 외로운 기러기와 함께 가버리네(恨如秋草多, 事與孤鴻去)"라고 하였는데, 신기질(辛棄疾)의 『가헌사(稼軒詞)』 권3 「자고천(鷓鴣天)·화인운유소증(和人韻有所贈)」에는 고의적으로 번안(飜案) 문장과 보필(補筆)을 가하여 "일은 향기로운 풀과 같아 봄은 언제까지나 있고, 사람은 뜬 구름처럼 그림자도 남기지 않네(事如芳草春長在, 人似浮雲影不留)"라고 한 것을 참조.

4 친구들은 그의 벼슬이 깎인 것을 가엾게 여겨 방법을 찾아 그를 내직(內

職)으로 옮기려고 할 필요가 없다.

南堂[1]

掃地焚香閉閣眠, 簟紋如水帳如煙.
客來夢覺知何處? 掛起西窗浪接天.

1 황주에 있다. 아래로 강물이 내려다보인다. 이 시도 또한 진관(秦觀)의 『회해후집(淮海後集)』 권상(卷上)에 잘못 수록되어 있다.

題西林[1]壁

橫看成嶺側成峰, 遠近高低各不同.
不識廬山眞面目, 只緣身在此山中.

1 건명사(乾明寺)로 여산(廬山)에 있다.

春日

鳴鳩乳燕寂無聲, 日射西窗潑眼明.
午醉醒來無一事, 只將春睡賞春晴.

書李世南所畫秋景[1]

野水參差落漲痕, 疏林欹倒出霜根.
扁舟一棹歸何處?[2] 家在江南黃葉村.

1 이세남(李世南)의 자는 당신(唐臣)이다. 이것은 그가 그린 「추경평원(秋景平遠)」이다.

2 송 등춘(鄧椿)의 『화계(畫繼)』 권4에 따르면, "편주(扁舟)"는 마땅히 "호가(浩歌)"로 되어야 한다. 이세남은 원래 "한 뱃사공이 턱을 벌리고 뱃전을 치면서 큰 소리로 노래하는 모습을 그렸으므로, 지금 '편주(扁舟)'로 되어 있는 것은 매우 합당치 않다."(畫一舟子張頤鼓枻作浩歌之態, 今作'扁舟', 甚無謂也!)라고 하였다.

惠崇[1]春江曉景

竹外桃花三兩枝, 春江水暖鴨先知.[2]
蔞蒿滿地蘆芽短, 正是河豚欲上時.[3]

1 송대 초기 "구승(九僧)"의 하나로, 시와 그림을 잘 하였다.

2 소식의 「유환산, 회자십인, 득"택"자(遊桓山, 會者十人, 得"澤"字)」 시에도 또한 "봄 바람이 흐르는 물에 있으니, 오리와 기러기가 먼저 푸드득거리네(春風在流水, 鳧雁先拍拍)"라고 하였다. 맹교(孟郊)의 「춘우후(春雨後)」에는 "무엇이 가장 먼저 아는가? 빈 뜰에 풀이 다투어 돋아나네(何物最先知? 虛庭草爭出)"라고 하였고, 또 두목(杜牧, 허혼(許渾)으로 되어 있는 것도 있음)의 「초춘주차(初春舟次)」에 "창포(菖蒲) 뿌리에 물이 따뜻하니 기러기가 막 내려오고, 매화나무 오솔길에 향기가 차가우니 벌은 아직도 모르네(蒲

根水暖雁初下, 梅逕香寒蜂未知)"라고 한 것을 참조.

3 이 시의 앞의 3구는 혜숭의 그림 속의 사물을 그린 것이고 마지막 구는
  소식의 마음속의 상상을 그린 것이다. 송대에는 요리할 때 "물쑥과 쑥(蔞
  蒿)" · "갈대 싹(蘆芽)"을 복어와 함께 끓였으며(『초계어은총화(苕溪漁隱叢
  話)』 후집 권24에 매요신(梅堯臣)의 시를 논한 것을 참조) 이 때문에 소식
  은 물쑥과 쑥 · 갈대 싹을 보고 복어를 생각해 낸 것이다. 오리는 혜숭의
  그림 속에 있는 것이고 복어는 소식의 마음속에 있는 것이다. "물이 따뜻
  한 것을 먼저 안다(水暖先知)"는 것은 자신의 몸을 그 지경에 둔 깨달음이
  고, "복어가 올라오려는 듯하다(河豚欲上)"는 것은 경치에 따라 정이 생겨
  난 연상이다.

荔支歎[1]

十里一置飛塵灰. 五里一堠兵火催;[2]

顚阬[3]仆谷相枕藉, 知是荔支龍眼來.

飛車跨山鶻橫海,[4] 風枝露葉如新採;

宮中美人一破顔, 驚塵濺血流千載.

永元荔支來交州, 天寶歲貢取之涪;

至今欲食林甫肉, 無人擧觴酹伯游.

(漢永元中交州進荔支龍眼, 十里一置, 五里一堠, 奔騰死亡, 罹猛獸
毒蟲之害者無數. 唐羌, 字伯游, 爲臨武長, 上書言狀, 和帝罷之.
唐天寶中蓋取涪州荔支, 自子午谷路進入.)[5]

我願天公憐赤子, 莫生尤物爲瘡痏;

雨順風調百穀登, 民不飢寒爲上瑞.

君不見: 武夷溪邊粟粒芽, 前丁後蔡相籠加,

(大小龍茶始於丁晋公, 而成於蔡君謨. 歐陽永叔聞君謨進小龍團,
驚歎曰: "君謨士人也. 何至作此事耶!")[6]

爭新買寵各出意, 今年鬪品[7]充官茶.

(今年閩中監司乞進鬪茶, 許之.)

吾君所乏豈此物? 致養口體何陋耶!

洛陽相君忠孝家, 可憐亦進"姚黃"花.

(洛陽貢花, 自錢惟演始.)[8]

1 이것은 송 철종(哲宗) 조후(趙煦) 소성(紹聖) 2년(1095) 소식이 광동(廣東)
혜주(惠州)에 귀양가 있을 때 지은 것이다. 그는 이번에야 비로소 여지(荔
枝, 여주)를 먹을 수 있었는데, 「사월십일일, 초식려지(四月十一日, 初食荔
枝)」 시를 지어 극구 칭찬하여, 여지의 색깔을 "붉은 비단 속옷에 흰 옥의
살결(紅紗中單白玉膚)"과 "붉은 규룡(虬龍)의 구슬(槓虬珠)"에 견주었고, 그
맛은 "살조개(江鰩玉柱)"와 "복어의 뱃살(河豚腹腴)"과 짝을 지었다. 그러나
그는 이렇게 좋은 것도 또한 화근(禍根)이라고 생각하였기 때문에 또 시를
지었다. 제왕(帝王)은 교만하고 사치하고 음란하며, 관리들은 아첨하고 영
합하여 각지에서 나는 좋은 것 곧 광동의 여지·복건(福建)의 차(茶)·낙
양(洛陽)의 모란꽃을 모두 진공(進貢)하여 재난과 고통을 받는 것은 백성들
이다. 소식은 차라리 천지간에 이러한 희귀한 아름다운 것이 나지 않음으
로써 사람을 해치지 않기를 바라고, 동시에 지방관이 백성들을 희생하여
황제의 환심을 사는 것을 비판하였다. 이 사람들은 새로운 것을 생각해내
어 토산물을 구하여 바치고, 일단 선례가 되면 이로부터 깨뜨려서는 안
되는 상법(常法)이 되었기 때문에, 소식의 자주(自注)에는 "~에서 비롯한
다(始於~)"·"~로부터 비롯된다(自~始)"에 중점을 두고 있다. 그의 동시
대의 시인 당경(唐庚)의 『미산당선생문집(眉山唐先生文集)』 권2 「채등곡(採
藤曲)」에 "우리 황제는 백성을 기르는 것이 자식을 기르는 것과 같은데,

구멍을 파서 이러한 꾀를 낸 사람은 누구인가?(吾皇養民如養兒, 鑿空爲此謀 者誰?)"라고 한 것도 또한 이 뜻이다.

2 "치(置)"와 "후(堠)"는 모두 역참(驛站)이다. 소식의 자주(自注)에 보인다.

3 "갱(阬)"은 "갱(坑)"과 통한다.

4 수레가 산을 지나가는 것이 늙은 매가 바다를 날아서 건너가는 것처럼 빠르다. 일설에는 "해골(海鶻)"은 일종의 쾌속선이라고 한다.

5 영원(永元, 89~105)은 후한(後漢) 화제(和帝) 유조(劉肇)의 연호이고, 천보(天寶, 742~755)는 당(唐) 현종(玄宗) 이융기(李隆基)의 연호이다. 교주(交州)는 광동(廣東)·광서(廣西) 등의 지방이고, 부주(涪州)는 사천(四川)에 있으며, 자오곡(子午谷)은 사천과 섬서(陝西) 사이의 교통의 요충이고, 당대의 서울은 섬서 장안(長安)이었다. 이림보(李林甫, ?~752)는 당 현종의 재상으로, "입에는 꿀, 뱃속에는 칼(口蜜腹劍)"로 유명한 권력이 막강했던 간신이다.

6 복건의 무이산(武夷山)에서 찻잎이 났다. 송대에는 찻잎을 떡 모양으로 만들어 위에 용(龍)과 봉황(鳳凰)의 무늬를 박아 "용단(龍團)"·"봉병(鳳餠)"이라는 이름이 있었다. 정위(丁謂, 962~1033)는 송 진종(眞宗)의 재상으로 노비 같은 얼굴과 무릎으로 못된 짓을 일삼고 거짓말을 잘하는 것으로 유명했다. 채양(蔡襄, 1012~1067)은 북송 사대(四大) 서법가(書法家)의 하나로 또한 차의 전문가이기도 하여 『다록(茶錄)』을 지은 바 있다.
"롱(籠)"은 거두어들인다는 뜻이다. 왜냐하면 차를 딸 때는 "대 바구니(竹籠)"를 사용하고, 찻잎을 간수할 때는 "대껍질(혹은 조릿대) 바구니(篛籠)"를 사용하기 때문이다(육우(陸羽, 733~804)의 『다경(茶經)』 「이지구(二之具)」, 채양의 『채충혜공집(蔡忠惠公集)』 권3 「채다(採茶)」·권30 「다록(茶錄)」, 『초계어은총화(苕溪漁隱叢話)』 후집 권11에는 채양의 「북원배신다(北苑焙新茶)」 시에 또한 "남롱(籃籠)"을 언급한 것이 실려 있는데, 그 시는 『채충혜공집』에는 빠져 있음).
"가(加)"는 앞을 다투어 능가하려고 한다는 말이다.

7 당시에는 찻잎으로 다투는 모임 이른바 "명전(茗戰)"이 있었다.

8 전유연(錢惟演, 977~1034)은 서곤체(西崑體) 시인의 하나로 오월왕(吳越王) 전숙(錢俶)의 아들이다. 전숙은 송에 대하여 싸우지 않고 항복하여 죽은 후 송 태종(太宗)의 "충효로 사직을 보전하였다(以忠孝而保社稷)"라는 인정을 받았기 때문에(『송사(宋史)』권450), 소식이 "충효가(忠孝家)"라고 말한 것이다(『경진동파문집사략(經進東坡文集事略)』권55「표충관비(表忠觀碑)」참조).
전유연은 낙양(洛陽)에서 유수(留守)를 지낸 바 있는데, 구양수(歐陽脩)의 상관(上官)이었다. 소식의 『구지필기(仇池筆記)』권상(卷上)에는 "전유연이 서경(西京) 유수일 때 처음으로 역(驛)을 두고 낙양의 꽃을 바쳐 식자(識者)들이 그를 더럽다고 여겼는데, 이것은 궁첩(宮妾)이 임금을 아끼는 뜻이다(錢惟演作西京留守, 始治驛貢洛花, 識者鄙之, 此宮妾愛君之意也)"라고 하였다. 전유연은 일찍이 모란은 "화왕(花王)"이고 "요황(姚黃)"은 모란의 왕이라고 말한 적이 있다.

澄邁[1]驛通潮閣二首

倦客愁聞歸路遙, 眼明飛閣俯長橋.
貪觀白鷺橫秋浦, 不覺青林沒晚潮.(第一首)

餘生欲老海南村, 帝遣巫陽招我魂.[2]
杳杳天低鶻沒處, 青山一髮是中原.[3](第二首)

1 징매현(澄邁縣)은 해남도(海南島) 북부에 있다.

2 『초사(楚辭)』의「초혼(招魂)」에는 하느님이 굴원(屈原)의 영혼이 그의 몸껍

질을 벗어난 것을 가엾게 여기고 무양(巫陽)에게 명령하여 그를 도로 불러
오게 하였다고 하였다.

---

3 『동파후집(東坡後集)』 권15 「복파장군묘비(伏波將軍墓碑)」에도 또한 "남쪽
으로 연이어진 산을 바라보니, 있는 듯 없는 듯 아득히 한 개의 터럭뿐이
었다(南望連山, 若有若無, 杳杳一髮耳)"라고 하였는데, 이것도 또한 해남도
에서 쓴 것이다.

한유(韓愈)의 「증별원십팔협률(贈別元十八協律)」 제6수에 "조수를 타고 부
서(扶胥)에서 키질하여, 해안에 가까이 다가가 한 개의 터럭을 가리키네(乘
潮簸扶胥, 近岸指一髮)"라고 한 것을 참조.

---

22. 진관(秦觀)

　　진관(秦觀, 1049~1100)의 자는 소유(少游), 혹은 태허(太虛), 고우(高郵) 사람이다. 『회해집(淮海集)』이 있다. 소식(蘇軾)·소철(蘇轍) 형제 두 사람의 주위에는 다섯 작가 곧 황정견(黃庭堅)·진관·장뢰(張耒)·조보지(晁補之)와 진사도(陳師道)의 이른바 "소문(蘇門)"이 있었다. 장뢰와 조보지는 모두 시를 지어 이 일문(一門) 다섯 사람을 한데 묘사하여 마치 "가족사진(合家歡)"[1]을 찍은 것 같다. 말할 필요도 없이, 한 집안에서도 또한 왕왕 친소(親疏)와 후박(厚薄)이 있었다. 진사도는 소식이 진관을 대하는 것이 자신을 대하는 것보다 친숙하다고 생각하고 있었는데, 후인들도 또한 그를 대신하여 불평을 품었다.[2] 이 다섯 시인들은 결코 소식의 풍격을 모방하지 않았고, 또 진사도가 황정견의 영향을 받은 것을 제외하면, 피차간에 창작상 각각 자신의 길을 걸었다. 조보지의 시가 가장 뒤떨어진다. 단지 언급할 만한 한 가지 점은 송대에는 이백(李白)에 대하여 비록 추앙하였지만 두보(杜甫)에 대해서처럼 본받지는 않았는데, 조보지와 같은 시기의 서적(徐積)·곽상정(郭祥正)은 아마도 구양수(歐陽脩)·소식 이후 드물게 있었던 이백을 배운 북송 시인일 것이다. 서적은 심지어 두보는 이백과 비교한다면 "늙은 천리마(老驥)"가 "가을 매(秋鷹)"·"서리 같은 송골매(霜鶻)"를 뒤쫓는 것과 같다

---

1) 장뢰(張耒)의 『가산집(柯山集)』 권10 「증이덕재(贈李德載)」 제2수, 조보지(晁補之)의 『계륵집(鷄肋集)』 권4 「동소한림선생추화도연명(同蘇翰林先生追和陶淵明)」 제20수.

2) 진사도(陳師道)의 『후산선생문집(後山先生文集)』 권11 「전소유자서(秦少游字序)」, 오경(吳儆)의 『죽주문집(竹洲文集)』 권8 「대진무기술회(代陳無己述懷)」.

고 하였다.3)

　진관의 시는 내용상 비교적 빈약하고 천박하며 기백도 또한 좁고 작은 것처럼 보이지만 수사는 도리어 매우 정치(精緻)하다. 단지 이치(李廌)의 『사우담기(師友談紀)』에 그가 어떻게 율부(律賦)를 썼는가를 말한 많은 이야기가 기록되어 있는 것만을 보더라도, 그의 문자에 대한 조탁(雕琢)의 노력이 얼마나 세밀하였는가 하는 것을 알 수 있다. 친구는 그가 "늘어놓는데 교묘하여 단지 전사(塡詞)와 같다(智巧飽訂, 只如塡詞)"라고 하였고, 또 "털끝만큼도 틀림이 없어 저울로 달지 않으면 주판으로 헤아렸다(銖兩不差, 非秤子上秤來, 乃算子上算來)"라고 하였다. 그의 사구는 "두드려서 고르고 깨끗하지만(敲點勻淨)" 늘 섬세하고 교묘함에 빠졌으므로, 동시대 사람들은 그의 "시가 사와 같다(詩如詞)", "시가 소사(小詞)와 같다(詩似小詞)", "또 소석조(小石調)에 들어가려고 한다(又待入小石調)"라고 말하였다.4) 후에 금(金)나라 사람은 그의 시가 "부인(婦人)의 말(婦人語)", "아가씨의 시(女郎詩)"라고 비평하였는데,5) 사실 오직 그러한 맛뿐이었으며 또한 반드시 어떤 "남북지견(南北之見)"에서 나온 것만은 아니었다. 남송 사람도 역시 그의 시가 "당시의 여자들이 봄에 놀러 나온 것 같이 결국 부드럽고 연약한 것이 흠이다(如時女遊春, 終傷婉弱)"라고 하였다. "당시의 여자들이 봄에 놀러 나온다"라는 시경(詩境)이 반드시 좋지 않은 것만은 아니다.6) 예술의 궁전에는 중루(重樓)

---

3) 서적(徐積)의 『서절효선생문집(徐節孝先生文集)』 권1 「이태백잡언(李太白雜言)」, 권16 「화건수지(和蹇受之)」 제1수.

4) 진사도(陳師道)의 『후산선생문집』 권23 「시화(詩話)」, 호자(胡仔)의 『초계어은총화(苕溪漁隱叢話)』 전집(前集) 권42, 또 권51에 인용된 『왕직방시화(王直方詩話)』.
　방회(方回)의 『영규율수(瀛奎律髓)』 권12 참조.

5) 원호문(元好問)의 『중주집(中州集)』 권9에 인용된 왕중립(王中立)의 말, 『유산시집(遺山詩集)』 권11 「논시삼십수(論詩三十首)」 제24수.

6) 『남송군현소집(南宋群賢小集)』 제12책 오도손(敖陶孫)의 『구옹시집(臞翁詩集)』 권수(卷首) 「시평(詩評)」.

와 복실(複室)·천문만호(千門萬戶)가 있으니 결코 커다란 대청만 있는 것은 아니다. 그러나 이런 방들은 물론 정방(正房)도 있고 편방(偏房)도 있으며 높은 방도 있고 낮은 방도 있으므로 결코 모두 한 가운데 있을 수도 없고 모두 같은 층에 있을 수도 없을 것이다.[7]

---

7) 명 구우(瞿佑)의 『귀전시화(歸田詩話)』 권상(卷上), 청 곽린(郭麐)의 『영분관시화(靈芬館詩話)』 권1에 왕중립(王中立)과 원호문(元好問)을 반박한 것을 참조.

泗州[1]東城晚望

渺渺孤城白水環, 舳艫人語夕霏間.
林梢一抹靑如畫, 應是淮流轉處山.

1 회하(淮河) 가에 있다. 그래서 당시에는 또 사주(泗州) 임회군(臨淮郡)이라
고도 불렀다.

春日

一夕輕雷落萬絲,[1] 霽光浮瓦碧參差.[2]
有情芍藥含春淚, 無力薔薇臥曉枝.[3]

1 비를 가리킨다.

2 녹색 유리기와를 가리킨다. "부(浮)"자는 해가 밝은 물체 위에 비칠 때의
반사를 묘사한 것이다. 이상은(李商隱)의 「희증장서기(戲贈張書記)」 시의 이
른바 "연못의 빛이 달을 받지 않네(池光不受月)"의 "불수(不受)"는 아마도
"부(浮)"자의 좋은 해석일 것이다.

3 이 2구는 밤새 천둥비가 내린 후 꽃과 풀의 자태를 묘사한 것이다. "춘루
(春淚)"는 아직 마르지 않은 빗방울을 가리킨다.

秋日[1]二首

霜落邗溝[2]積水淸, 寒星無數傍船明.

菰蒲深處疑無地, 忽有人家笑語聲.(第一首)

月團新碾瀹花甆,³ 飮罷呼兒課『楚詞』.
風定小軒無落葉, 靑蟲相對吐秋絲.(第二首)

1 제1수는 배 위를 그린 것이고, 제2수는 집안을 그린 것이다.

2 강소(江蘇) 양주(揚州) 남북의 조하(漕河)이다.

3 "월단(月團)"은 다병(茶餠, 떡 모양의 차(茶))을 가리키고, "화자(花甆)"는 다완(茶碗)을 가리킨다.

金山晩眺

西津江口月初弦,¹ 水氣昏昏上接天.
淸渚白沙茫不辨, 只應燈火是漁船.

1 금산(金山)은 강남의 명승으로 아래로 장강(長江)이 내려다보인다. "서진(西津)"은 서쪽 나루터이다. "초현(初弦)"은 음력 매월 초파일 전후의 달을 가리킨다.
【보주(補註) 5】: "서진도(西津渡)"는 옛 진강성(鎭江城) 서문 밖에 있으며 금산의 동남쪽에 위치하고 있다.

還自廣陵

天寒水鳥自相依，十百爲群戲落暉；

過盡行人都不起，忽聞冰響一齊飛.

23. 장뢰(張耒)

장뢰(張耒, 1054~1114)의 자는 문잠(文潛), 스스로 가산(柯山)이라고 불렀다. 박주(亳州) 사람이다. 『가산집(柯山集)』이 있다. "소문(蘇門)" 중에서 그의 작품은 인민에 관심을 둔 내용이 가장 풍부하고, 풍격도 역시 가장 인위적이지도 않고 장식적이지도 않으며 매우 평이하고 솔직하다. 남·북송 시인들은 모두 이 점에 주목하여, "그대의 시는 쉽고 뜻을 부치지 않아서, 문득 봄바람에 온갖 꽃이 핀 듯하네(君詩容易不著意, 忽似春風開百花)"[1]·"만년에 살찐 신선의 시가 자연스러움을 좋아하니, 어째서 수놓고 그림 그리고 또 아로새긴단 말인가?(晚愛肥仙詩自然, 何曾繡繪更雕鐫?)"[2]라고 하였다. 그는 백거이(白居易)와 장적(張籍)의 영향을 매우 깊이 받았는데, 그의 7언 율시를 읽으면 자주 일종의 느낌을 받게 된다. 마치 육유(陸游)의 7언 율시의 맛을 보기도 전에 도리어 이미 일찍이 그 향기를 맡을 수 있는 것 같고, 두보(杜甫)를 모방한 어조가 웅대하고 활달한 일부분의 7언 율시는 또 명대의 전(前)·후(後) "칠자(七子)"를 위하여 먼저 비밀을 전해준 것처럼 보인다. 애석하게도 그가 지은 시는 비록 매우 많다고 할 수는 없지만, 사의(詞意)가 매번 중복되어 나타나고 풍격도 또한 거의 견딜 수 없을 정도로 편의적이고 경솔한 폐단이 있다. 장적의 시는 바로 왕안석(王安石)이 「제장사업시(題張司業詩)」에서 "보면 평범한 듯하지만 가장 기굴(奇崛)하고, 이룬 것이 쉬운 듯하지만 도리어 어렵네(看似尋常最奇崛. 成如容易却艱辛)"라고 말한 바와

---

1) 조보지(晁補之)의 『계륵집(鷄肋集)』 권18 「제문잠시책후(題文潛詩冊後)」.
2) 양만리(楊万里)의 『성재집(誠齋集)』 권40 「독장문잠시(讀張文潛詩)」.

같고, 장뢰는 백거이의 시고(詩稿)를 육안으로 본적이 있지만 백거이도 또한 되풀이하여 수정하고 고쳤던 것이다.3) 장뢰는 그들의 이러한 본보기를 배우지 않은 듯, 그는 왕왕 몇 개의 좋은 구를 쓴 다음에는 기운이 빠져서 손쉽게 끝내고 다시 한 번 보는 것조차도 또한 싫어한 것 같다. 주희(朱熹)는 그가 "일필로 쓰고, 중복된 뜻과 글자는 모두 묻지 않았다(一筆寫去, 重意重字皆不問)"4)라고 하였지만, 아직도 그가 율시에서 잇달아 같은 글자로 압운하는 것도 전혀 상관하지 않았다는 것은 유의하지 못하였다.5)

---

3) 『초계어은총화(苕溪漁隱叢話)』 전집(前集) 권8에 장뢰(張耒)의 말이 인용되어 있다. 송인들은 백거이(白居易)의 시고(詩稿)를 본 사람은 모두 이렇게 말하고 있다. 예컨대, 왕정덕(王正德)의 『여사록(餘師錄)』 권2에 인용된 장순민(張舜民)의 말, 주필대(周必大)의 『성재문고(省齋文稿)』 권16 「발송경문공『당사』고(跋宋景文公『唐史』稿)」가 있다.

4) 『주자어류(朱子語類)』 권140.

5) 예컨대, 『가산집(柯山集)』 권16 「경사폐택(京師廢宅)」· 권17 「자해지초도도차, 기마전옥(自海至楚途次, 寄馬全玉)」 제6수가 있다.

感春十三首(選二)

春郊草木明, 秀色如可攬. 雨餘塵埃少, 信馬不知遠.
黃亂高柳輕, 綠鋪新麥短. 南山逼人來, 漲洛淸漫漫.[1]
人家寒食近, 桃李暖將綻.[2] 年豊婦子樂, 日出牛羊散.
攜酒莫辭貧, 東風花欲爛.(第一首)

浮雲起南山, 冉冉朝復雨. 蒼鳩鳴竹間, 兩兩自相語.
老農城中歸, 沽酒飮其婦. 共言今年麥, 新綠已映土;
去年一尺雪, 新澤至已屢; 豊年坐可待, 春服行欲補.(第八首)

---

1 낙수(洛水)를 가리킨다.

---

2 날씨가 따뜻해지자 복사꽃·배꽃의 꽃봉오리가 모두 터지려고 한다.

勞歌

暑天三月元無雨, 雲頭不合惟飛土.
深堂無人午睡餘, 欲動身先汗如雨.[1]
忽憐長街負重民, 筋骸長轂十石弩;[2]
半衲遮背是生涯, 以力受金飽兒女.
人家牛馬繫高木, 惟恐牛軀犯炎酷;
天工作民良久艱,[3] 誰知不如牛馬福![4]

1 아마도 장뢰가 뚱뚱보였다고 덧붙여 말할 수 있을 것이다. 황정견(黃庭堅)의 「희화문잠"사목보송선"(戲和文潛"謝穆父送扇")」 시에는 그를 "유월의 불 구름이 고기 산을 찌고 있네(六月火雲蒸肉山)"라고 놀리고 있다.

2 항상 힘을 쓰는 것이 마치 10석(石, 120근) 활을 힘껏 당기려고 하는 모양인 듯하다.

3 하느님이 한 사람을 나을 때도 상당히 시간이 걸리고 매우 어렵다. "천공(天工)"은 "천공(天公)"이다. 예컨대 「유감(有感)」 제3수에는 "인생은 바람도 많고 또 원망도 많으니, 하느님도 너에게 대주는 것이 정말로 유독 어려울 것이네(人生多求復多怨, 天工供爾良獨難!)"라고 하였다. "공(公)"은 하늘의 존엄함을 강조한 것이고, "공(工)"은 장자(莊子)의 이른바 "천운(天運)" 혹은 "조화(造化)"를 강조한 것이다. 예컨대, 유우석(劉禹錫)의 「문대균부(問大鈞賦)」에는 "신령스러운 하느님이 있네(有工其神)" · "하느님이 그 형상을 주시네(工賦其形)" · "하느님이 그 가운데 계시네(工居其中)" 등등이 있다. "대균(大鈞)"은 하늘이다.

4 고생하고 애쓰면서도 짓밟히는 사람을 흔히 또한 "우마(牛馬)"라고 부르기도 한다. 장뢰가 담은 뜻은 소나 말보다도 또한 못하다는 것이다.

有感三首(選一)

群兒鞭笞學官府, 翁憐癡兒傍笑侮.
翁出坐曹[1]鞭復呵, 賢於群兒能幾何?
兒曹相鞭以爲戲, 翁怒鞭人血滿地.
等爲戲劇誰後先? 我笑謂翁兒更賢.[2](第二首)

1 관아(官衙)로 가서 큰 마루에 앉아 안건(案件)을 심판한다.

2 이것은 관료들이 단지 거드름피우고 위세를 부릴 줄만 알 뿐이고 직무를 어린애 장난으로 여기지만 어린애 장난도 또 철저하지 못함을 풍자하고 있다. 곧 비록 일하는 것은 농담하는 것 같으면서도 백성들의 학대는 도리어 매우 엄격하고 착실하다는 뜻이다.

海州¹道中二首

孤舟夜行秋水廣, 秋風滿帆不搖槳.

荒田寂寂無人聲, 水邊跳魚翻水響.

河邊守罾²茅作屋, 罾頭月明人夜宿.

船中客覺天未明, 誰家鞭牛登隴聲?(第一首)

秋野蒼蒼秋日黃, 黃蒿滿田蒼耳長.³

草蟲咿咿鳴復咽, 一秋雨多水滿轍.

渡頭鳴舂村徑斜, 悠悠小蝶飛豆花.

逃屋無人草滿家, 纍纍秋蔓懸寒瓜.(第二首)

---

1 강소(江蘇) 동해(東海)이다.

---

2 고기 그물이다.

---

3 밭을 갈거나 심는 사람이 없어서 들풀이 가득 자랐다는 뜻이다. 곧 아래의 이른바 "달아난 집에는 사람은 없고 풀이 집을 가득 채우고 있네(逃屋無人草滿家)"이다.

和周廉彦[1]

天光不動晩雲垂, 芳草初長襯馬蹄.
新月已生飛鳥外, 落霞更在夕陽西.[2]
花開有客時攜酒, 門冷無車出畏泥.
修禊[3]洛濱期一醉, 天津[4]春浪綠浮堤.

1 주악(周鍔)의 자는 염언(廉彦), 은현(鄞縣) 사람이다.

2 이 1연(聯)은 매요신(梅堯臣)의 「중추신제, 호수초만, 자성동우범주회(中秋
新霽, 壕水初滿, 自城東隅泛舟回)」에 "석양은 새 너머로 지고, 초승달은 나
무 끝에서 돋네(夕陽鳥外落, 新月樹端生)"라고 한 것과 비교할 만하다. 송인
은 장뢰가 당 낭사원(郎士元)의 「송양중승화번(送楊中丞和番)」에 "하양(河
陽)은 날아가는 새 너머이고, 설령(雪嶺)은 대지의 서쪽이라네(河陽飛鳥外,
雪嶺大荒西)"라고 한 것을 모방하였다고 말하고 있지만(『초계어은총화(苕
溪漁隱叢話)』후집 권31에 『복재만록(復齋漫錄)』을 인용. 이 1조는 또한 오
증(吳曾)의 『능개재만록(能改齋漫錄)』 권8에도 보임), 이 말은 그렇게 확실
치는 않다. 낭사원의 1연은 무가(無可)의 「송승귀중조(送僧歸中條)」에 "경
전을 말아 쥐고 새 너머로 돌아가고, 눈을 돌아 산초나무를 지나가네(卷經
歸鳥外, 轉雪過山椒)"라고 한 것과 마찬가지로, 모두 지방이 아득히 먼 것
을 상상한 것이지 눈앞의 경물을 묘사한 것이 아니다. 매요신과 장뢰의 묘
사 방법은 바로 잠삼(岑參)의 「숙동계왕옥이은자(宿東谿王屋李隱者)」에 "천
단(天壇) 나는 새의 곁이라네(天壇飛鳥邊)"라고 하였고, 두보(杜甫)의 「선하
기주곽숙, 우습부득상안, 별왕십이판관(船下夔州郭宿, 雨濕不得上岸, 別王十
二判官)」에 "부드러운 노는 가벼운 갈매기 너머라네(柔櫓輕鷗外)"라고 하였
으며, 요곡(姚鵠)의 「송우인출새(送友人出塞)」에 "황하에 든 쇠잔한 해에
매가 서쪽으로 다하네(入河殘日雕西盡)"라고 하였고, 문징명(文徵明)의 「제
자외소화황원소경(題子畏所畵黃苑小景)」에 "아득한 하늘에 한 줄기 갈매기

가 날아간 나머지라네(遙天一線鷗飛剩)” 등과 같이, 하나의 작은 사물을 큰
사물의 좌표로 삼은 것으로 흔히 큰 것을 주인으로 하고 작은 것을 손님
으로 하는 이야기 방법에 한결같이 상반되어 있다.

3 고대에는 청명(淸明) 전후에 강변으로 가서 야제(野祭)를 지내고 “액운(厄
運)”을 씻어냈는데, 이러한 풍속을 “수계(修禊)”라고 불렀다. 후에는 봄놀
이의 구실로 변하였다.

4 다리 이름으로 낙양(洛陽)에 있었다.

夜坐

庭戶無人秋月明, 夜霜欲落氣先淸.
梧桐眞不甘衰謝, 數葉迎風尙有聲.

初見嵩山

年來鞍馬困塵埃, 賴有靑山豁我懷.
日暮北風吹雨去, 數峯淸瘦出雲來.

福昌[1]官舍後絕句十首(選一)

小園寒盡雪成泥, 堂角方池水接溪.

夢覺隔窗殘月盡, 五更春鳥滿山啼.(第二首)

1 하남(河南) 의양(宜陽) 서쪽이다.

24. 공평중(孔平仲)

　　공평중(孔平仲, ?~?)의 자는 의보(毅父), 신유(新喩) 사람이다. 『조산집(朝散集)』이 있다. 당시에는 그와 그의 형 공문중(孔文仲, 1038~1088)·공무중(孔武仲, 1042~1098)을 소식(蘇軾)·소철(蘇轍)과 나란히 일컬었는데 이른바 "이소삼공(二蘇三孔)"이다. 그의 시는 두 형보다 뛰어나고 소식의 풍격과 매우 가깝다. 곽상정(郭祥正)의 『청산집(靑山集)』 속집(續集)의 시는 거의 전부가 공평중의 작품이다. 후인들이 잘못하여 엮어 넣은 것으로 홍매(洪邁)의 『야처류고(野處類稿)』의 시가 거의 전부 주희(朱熹)의 부친 주송(朱松)의 작품인 것과 마찬가지이다. 이 점은 아마도 마땅히 언급해야 할 것이다.

霽夜

寂歷簾櫳深夜明, 搖廻淸夢戌牆鈴.[1]
狂風送雨已何處? 淡月籠雲猶未醒.
早有秋聲隨墮葉, 獨將涼意伴流螢.
明朝準擬南軒望, 洗出廬山萬丈靑.

1　성벽의 간수(看守)가 흔드는 방울이다. 고대에는 밤을 지킬 때 "딱딱이를 쳤을(擊柝)" 뿐 아니라 또한 "목탁(木鐸)도 흔들었다(鳴鐸)" 『서유기(西遊記)』 제52회에는 "또 번갈아 밤을 지키는 사람들이 딱딱 딸랑딸랑하고 딱딱이와

방울을 일제히 울렸다(又有些該班坐夜的, 滌滌托托, 桝鈴齊響)"고 하였다.

禾熟[1]

百里西風禾黍香, 鳴泉落竇[2]穀登場.
老牛粗了耕耘債, 齧草坡頭臥夕陽.

---

1 청대 초기의 화가 운격(惲格, 1633~1690)의 『구양관집(甌香館集)』 권10 「촌
   락도(村落圖)」는 이 시와 단지 세 글자만이 다를 뿐으로, "명천락두(鳴泉落
   竇)"가 "한구수락(寒溝水落)"으로 되어 있다. 아마 운격이 이 시를 빌려 제
   화(題畵)했는데 후인들이 이 때문에 그의 시집에 잘못 엮어 넣었을 것이다.

2 가을이기 때문에 물이 빠져버렸다.

25. 장순민(張舜民)

장순민(張舜民, 1034?~1100)의 자는 운수(芸叟), 스스로 부휴거사(浮休居士)라고 불렀고 또 정재(矴齋)라고도 불렀다. 빈주(邠州) 사람이다. 『화만집(畫墁集)』이 있다. 그는 진사도(陳師道)의 자부(姊夫)로 소식(蘇軾)과 친했으며, 시를 짓는 데는 백거이(白居易)를 스승으로 본받았다.[1]

打麥

打麥打麥, 彭彭魄魄, 聲在山南應山北.

四[1]月太陽出東北,

纔離海嶠麥尚靑, 轉到天心麥已熟.

鵑旦[2]催人夜不眠, 竹鷄叫雨雲如墨.

大婦腰鎌出, 小婦具筐逐.

上壠先抒靑, 下壠已成束.

田家以苦乃爲樂, 敢憚頭枯面焦黑.

貴人薦廟已嘗新, 酒醴雍容會所親;

---

1) 『영규율수(瀛奎律髓)』 권27 장순민(張舜民)의 「차운부양화(次韻賦楊花)」 시의 비어(批語). 이 시는 축목(祝穆)의 『사문류취(事文類聚)』 후집(後集) 권23에도 보이는데, 『화만집(畫墁集)』과 『보유(補遺)』에는 빠져 있다.

曲終厭飫勞[3]童僕, 豈信田家未入脣?

盡將精好輸公賦, 次把升斗求市人.

麥秋正急又秧禾, 豊歲自少凶歲多,

田家辛苦可奈何!

將此打麥詞, 兼作[4]揷禾歌.

1 "사(四)"자가 『황조문감(皇朝文鑑)』 권13에는 "오(五)"로 되어 있다.

2 할단(鶡旦)은 산박쥐, 한호충(寒號蟲)이라고도 한다. 『예기(禮記)·월령(月令)』에는 "산박쥐가 울지 않는다(鶡旦不鳴)"라고 하였다. 전하는 바에 따르면, 일종의 "밤에 울어 새벽을 찾는(夜鳴求旦)" 동물이라고 한다.

3 "곡(曲)"은 연회할 때의 노래와 춤을 가리킨다.
"로(勞)"는 위로하다, 상을 내리다의 뜻이다.

4 하나를 두 가지로 쓰다.

村居[1]

水遶陂田竹遶籬, 楡錢落盡槿花稀.

夕陽牛背無人臥, 帶得寒鴉兩兩歸.[2]

1 『화만집(畵墁集)』과 『보유(補遺)』에는 이 시가 수록되어 있지 않고, 장방기(張邦基)의 『묵장만록(墨莊漫錄)』 권6에 서단(舒亶)의 시로 인용되어 있다. 이제 호자(胡仔)의 『초계어은총화(苕溪漁隱叢話)』 후집 권31에 인용된 『복재만록(復齋漫錄)』을 근거로 하여(이 1조도 또한 명인(明人)에 의하여 오증(吳曾)의 『능개재만록(能改齋漫錄)』 권8에 잘못 들어가 있음), 장순민의 이

름 아래 넣었다.

2 동시에 몇 명의 시인들이 모두 이러한 광경을 그렸다. 예컨대, 소매(蘇邁)
의 단구(斷句)에는 "잎은 흐르는 물을 따라 어디로 돌아가는가? 소가 까마
귀를 데리고 딴 마을을 지나네(葉隨流水歸何處? 牛帶寒鴉過別村)"(『진체비
서(津逮秘書)』 본(本) 『동파제발(東坡題跋)』 권3 「서매시(書邁詩)」)라고 하였
고, 하주(賀鑄)의 「쾌재정, 조모우목(快哉亭, 朝暮寓目)」 시에는 "물소가 구
욕새를 등에 지고 있네(水牪負鸜鵒)"(『경호유로집(慶湖遺老集)』 권5)라고 하
였다.

26. 하주(賀鑄)

하주(賀鑄, 1063~1120)의 자는 방회(方回), 스스로 경호유로(慶湖遺老)라고 불렀으며, 위주(衛州) 사람이다. 『경호유로집(慶湖遺老集)』이 있다. 당시 "소문(蘇門)"에 속하지도 않고 경서파(江西派)에도 들어가지 않는 시인들 가운데 그와 당경(唐庚)은 예술적인 조예가 가장 높았던 두 사람이라고 할 수 있다. 그는 사(詞)의 작가이며, 이상은(李商隱)·온정균(溫庭筠) 등의 영향을 받은 소수의 시들은 늘 안수(晏殊)의 시를 연상하게 하고 그 자신의 사경(詞境)과도 매우 가깝다. 그러나 그의 다른 시들은 단연코 이러한 세밀하고 유연한 풍격이 아니고 수많은 "지(之)"·"호(乎)"·"자(者)"·"야(也)" 따위의 어조사를 사용하고 있어 "타유체(打油體)" 같기도 하고 이학가(理學家) 소옹(邵雍)의 『격양집(擊壤集)』체 같기도 하다. 그의 가장 뛰어난 작품은 모두 명랑하고 깔끔하여 "두건기(頭巾氣)"도 없고 또한 "지분기(脂粉氣)"도 없다.

清燕堂

雀聲唶唶燕飛飛, 在得[1]殘紅一兩枝.
睡思乍來還乍去, 日長披卷下簾時.

---

1 남다.

野步

津頭微徑望城斜, 水落孤邨格¹嫩沙.
黃草菴中疏雨濕, 白頭翁嫗坐看²瓜.

1 막히다.

2 지켜보다.

題諸葛洪田家壁

(地名諸葛亮洪, 在烏江北八十里, 與江南石頭城相望.)¹

晚度孔間洪, 林間訪老農. 行衝落葉逕, 坐聽隔江鐘.²
後舍燈猶織, 前溪水自舂.³ 無多遊宦興, 卜隱幸相容.

1 "홍(洪)"은 음이 "홍(洪)"이다. 오강(烏江)은 안휘(安徽) 화현(和縣) 동북쪽에
있다. 석두성(石頭城)은 남경(南京)이다.

2 『경호유로집(慶湖遺老集)』 권3 「숙보천산혜일사(宿寶泉山慧日寺)」 시에도
또한 "바람은 어디에서 오는가? 강남의 종소리 역력하네(風從何許來? 歷歷
江南鐘)"라고 하였다.

3 물방아를 가리킨다. 잠삼(岑參)의 「제산사승방(題山寺僧房)」에 "산 속의 방
아는 물이 찧을 수 있네(山碓水能舂)"라고 하였고, 백거이(白居易)의 「심곽
도사불우(尋郭道士不遇)」에 "구름 속의 방아에는 사람은 없고 물이 스스로
찧고 있네(雲碓無人水自舂)"라고 한 것을 참조.

宿芥塘佛祠

(壁間得魏湘・畢平仲・張士宗回所留字, 皆吾故人也.)

青青鑛麥[1]欲抽芒, 浩蕩東風晚更狂.

微逕斷橋尋古寺, 短籬高樹隔橫塘.

開門未掃楊花雨, 待晚[2]先燒柏子香.

底許暫忘行役倦? 故人題字滿長廊.

1 보리, "굉(鑛)"은 음이 "광(礦)"이다.

2 "효(曉)"로 되어 있는 것도 있다. 아마 후인이 이 시에 두 개의 "만(晚)"자를 쓴 것을 보고 멋대로 고쳤을 것이다. 이 시는 모두 그날의 일을 그린 것으로 순서가 분명하다. 둑 너머에 절이 보이므로 길을 찾아 대문 입구에 이르렀고, 들어가자 단지 땅에 가득히 버들 꽃만 보이고 날은 아직 어두워지지 않았는데 불상 앞에는 일찌감치 이미 밤의 향을 피워 놓았다. 가령 "효(曉)"자로 고친다면, 돌연 이어지지 않을 뿐 아니라 또한 하룻밤을 쉬자마자 "어느 곳에서 잠시 행역(行役)의 고달픔을 잊겠는가?(底許暫忘行役倦)"라고 하여 또한 말이 되지 않는다.

"양화우(楊花雨)"는 제2구의 "동풍광(東風狂)"을 돋보이게 하고 있다.

마지막 2구의 정경은 주방언(周邦彦)의 「환계사(浣溪沙)」에 "말에서 내려 먼저 벽에 써 놓은 글자를 찾네(下馬先尋題壁字)"라고 한 것을 참조할 만하다.

27. 당경(唐庚)

당경(唐庚, 1071~1121)의 자는 자서(子西), 단릉(丹稜) 사람이다. 『미산당선생문집(眉山唐先生文集)』이 있다. 그는 소식(蘇軾)의 어린 동향(同鄕)이라고 할 수 있고 또한 혜주(惠州)에서 다년간 귀양살이하여 신세도 좀 닮았으며 게다가 소식을 매우 존경하였다. 그러나 그 두 사람의 창작 경험을 말한다면 하나는 낙천적이고 하나는 비관적이다. 소식은 "아무개는 평생 통쾌한 일이 없지만, 오직 글을 지을 때만은 마음이 이르면 필력이 곡절(曲折)하여 뜻을 다하지 못함이 없다. 스스로 생각하건대, 세상의 즐거운 일에 이보다 나은 것이 없다(某生平無快意事, 惟作文章, 意之所到, 則筆力曲折無不盡意. 自謂世間樂事, 無踰此者)"[1]라고 하였지만, 당경의 말은 전혀 상반되어 "시는 가장 어려운 일이다. 나는 …… 시를 짓는 것이 매우 괴로워 여러 날 동안 슬피 신음한 다음에야 1편을 완성한다. …… 이튿날 꺼내 읽으면 흠이 여기저기 나타나서 다시 며칠 동안 신음하며 반복하여 고치고 바로잡는다. …… 다시 며칠이 되어 꺼내어 읽어보면 병폐가 다시 나타나는데, 이와 같이 하기를 여러 차례 한다(詩最難事也! 吾 …… 作詩甚苦, 悲吟累日, 然後成篇. …… 明日取讀, 瑕疵百出, 輒復悲吟累日, 返復改正. ……復數日取出讀之, 病復出, 凡如此數四)"[2]라고 하였다. 당경은 또 "시율(詩律)이 엄한 흠은 은덕이 없는 것과 같다(詩律傷嚴似寡恩)"[3]라는 명언을 남겼는데, 만약 주희(朱熹)의 생동하는 말로 풀이

---

1) 하위(何薳)의 『춘저기문(春渚紀聞)』 권6.
2) 『미산당선생문집(眉山唐先生文集)』 권28 「자설(自說)」.
3) 『문집(文集)』 권3 「견흥(遣興)」 시에 보인다. 강유안(强幼安)의 『당자서문록(唐子西文錄)』에

한다면 "글자를 살피는 것은 냉혹한 관리가 옥사를 다스리는 것과 같다. 오직 철저하게 추궁하여 결코 그를 용서하지 않고, 법의 적용이 깊고 각박하여 전혀 인정이 없다(看文字如酷吏治獄, 直是推勘到底, 決不恕他, 用法深刻, 都沒人情)"[4]라는 뜻이다. 이 때문에 그는 당시 아마 가장 간결하고 치밀한 시인일 것이다. 비록 역시 전고를 사용하였지만 그래도 심하다고 할 수는 없으며, 다만 연자(鍊字)·연구(鍊句)에 흔히 "교묘함을 쫓다가 졸렬해진(弄巧成拙)" 곳이 있다.

설명이 있다.
4) 『주자어류(朱子語類)』 권10, 또 권101, 권104.

訊囚[1]

參軍[2]坐廳事, 據案嚼齒牙. 引囚到庭下, 囚口爭喧譁.

參軍氣益振, 聲厲語更切: "自古官中財, 一一民膏血.

爲吏掌管鑰, 反竊以自私; 人不汝誰何, 如摘頷下髭.[3]

事老惡自彰, 證佐日月明. 推窮見毛脈, 那可口舌爭?"[4]

有囚奮然出, 請與參軍辨: "參軍心如眼, 有睫不自見.[5]

參軍在場屋,[6] 薄薄有聲稱. 只今作參軍, 幾時得騫騰?[7]

無功食國祿, 去竊能幾何? 上官乃容隱,[8] 曾不加譴訶.

囚今信有罪, 參軍宜揣分; 等是爲貧計, 何苦獨相困!"

參軍嘿無語, 反顧吏卒羞; 包裹琴與書, 明日吾歸休.[9]

---

1 이것은 크고 작은 관리들은 모두 도적이라고 묘사한 것이다. 하급 관리는 탐관오리로서 처벌을 받지만, 그를 심문하는 상관도 사실은 또한 마찬가지이다.

---

2 "참군(參軍)"은 여기에서 기세가 등등한 관리를 가리키며 반드시 지부(知府)의 속관을 말하는 것은 아니다. 당(唐)·송(宋) 희극에서 "참군"이란 각색(角色)은 관리로 분장하였다. 당경이 그리고 있는 정경은 바로 홍매(洪邁)의 『용재수필(容齋隨筆)』 권14에 "배우가 참군으로서 궤안(几案)에 기대고 바로 앉아 탄식하고 볼기를 치라고 꾸짖으면, 여러 배우들이 손을 맞잡고 명령을 듣는다(優伶之參軍, 方其據几正坐, 噫嗚訶箠, 群優拱而聽命)"라고 한 것과 같다.

---

3 다른 사람이 너를 어떻게 할 수도 없고, 너는 남이 도적질을 하는 것을 지켜보니 조금도 힘들지 않다. 한유(韓愈)의 「기최립지(寄崔立之)」 시에 "턱 수염을 뽑는 것 같네(若摘頷底髭)"라고 한 것은 손쉽다는 뜻이다.

4 죄를 지으면 오랜 후에라도 결국 파탄이 일어나는 법, 증거가 이미 명백하고 네가 숨기고 있는 일이 낱낱이 드러났는데 아직도 교활하게 변명하려고 하는가?.

5 이 교묘한 형상은 『한비자(韓非子)・유로편(喩老篇)』과 『사기(史記)・월왕구천세가(越王句踐世家)』에서 나온 것으로, 자신을 아는 현명함이 결여되어 있음을 가리킨다. 두목(杜牧)의 「등지주구봉루, 기장호(登池州九峰樓, 寄張祜)」 시에도 또한 "속눈썹은 눈앞에 있으나 영원히 보이지 않고, 도는 몸 밖이 아닌데 또 무엇을 찾는가?(睫在眼前長不見, 道非身外更何求?)"라고 쓴 바 있다.

6 아직 서생으로서 관리가 되지 않았을 때.

7 위와 아래의 글로 살펴보면, 이 2구의 뜻은 "현재 단지 참군 자리에 이르렀을 뿐이고, 아직 언제 승진할지 모른다"는 것이 아니라, "현재 이미 참군이 되었는데 언제 이러한 지위까지 승진하였는가?"라는 것이다.

8 용납・비호하다, 받아들이고 감싸다.

9 그러한 사회에서 일반적으로 양심적인 관리가 "사모를 쓰는데(攢紗帽)" 이른다면 반항의 극치라고 할 수 있다. 앞에 뽑은 매요신(梅堯臣)의 「전가어(田家語)」 본서 84쪽, 혹은 미불(米芾)의 『보진영광집(寶晉英光集)』 권3의 「최조(催租)」 시는 모두 그러한 예이다. 당 원결(元結)의 「적퇴시관리(賊退示官吏)」에 "누가 남의 목숨을 끊고, 세상의 현인이 될 수 있겠는가? 부절(符節)을 버리고, 대나무 장대를 잡고 스스로 배를 젓고 싶네(誰能絶人命, 以作時世賢? 思欲委符節, 引竿自刺船)"라고 한 것을 참조

春日郊外

城中未省[1]有春光, 城外楡槐已半黃.

山好更宜餘積雪, 水生看欲倒垂楊.[2]
鶯邊日暖如人語,[3] 草際風來作藥香.
疑此江頭有佳句, 爲君尋取却茫茫.[4]

1 아직 모른다.

2 강물이 불어날수록 더욱 가득차고 점점 버들의 그림자를 비쳐서 마치 나무를 거꾸로 심은 것 같다. 진여의(陳與義)의 『간재시집(簡齋詩集)』 권24 「명색(暝色)」에 "물빛에는 홀연 나무가 거꾸로 서 있고, 산 빛은 사람에게 다가오려고 하는 듯하네(水光忽倒樹, 山色欲傍人)"라고 한 것을 참조. 이것은 『묵자(墨子)』 「경(經)」 하(下)의 이른바 "거울을 보고 서면 그림자가 거꾸로 된다(臨鑑而立, 景倒)"라는 것이다.

3 "앵변일(鶯邊日)"의 자법(字法)은 장뢰(張耒)의 「화주렴언(和周廉彦)」 제3구의 "조외월(鳥外月)"을 참조, 본서 180쪽. 도치법(倒置法)으로, "일변앵난어여인(日邊鶯暖語如人)"라고 하는 것과 간다.

4 눈앞의 경물이 모두 시의(詩意)로, 마음속에 홀연 느끼고 깨닫는 것은 있지만 또 그려낼 수는 없다. 소식(蘇軾)의 「화도"전원잡흥"(和陶"田園雜興")」에 "봄 강에 아름다운 시구가 있지만, 나는 술 취하여 아득한 곳으로 떨어지네(春江有佳句, 我醉墮渺茫)"라고 하였고, 진여의(陳與義)의 「대주(對酒)」에 "새로운 시가 눈에 가득하나 지을 수가 없네(新詩滿眼不能裁)"라고 하였으며, 또 「춘일(春日)」에 "홀연 좋은 시가 눈 아래 생겨났지만, 구법(句法)을 정리하려면 이미 찾기 어렵네(忽有好詩生眼底, 安排句法已難尋)"라고 하였고, 또 「제주무벽(題酒務壁)」에 "아름다운 시구가 홀연 앞에 떨어져, 뒤쫓아 그리려고 하지만 이미 짓기 어렵네(佳句忽墮前, 追摹已難眞)"라고 한 것을 참조.

栖禪¹暮歸書所見二絶

雨在²時時黑, 春歸³處處青. 山深失小寺, 湖盡得孤亭.(第一首)

春着湖煙膩, 晴搖野水光. 草青仍過雨, 山紫更斜陽.(第二首)

1 산 이름으로 혜주(惠州)에 있다. 당경(唐庚)의 『미산당선생문집(眉山唐先生文集)』 권2 「등서선산(登棲禪山)」에도 또한 "바닷비・산안개를 헤칠 수가 없네(海雨山煙撥不開)"라고 하였다.

2 비가 비록 한바탕 지나갔으나 아직 그치지는 않았다.

3 봄이 오고 가는 것을 모두 "춘귀(春歸)"라고 할 수 있다. 여기서는 봄이 온 것을 가리킨다.

春歸

東風定何物? 所至輒蒼然. 小市花間合, 孤城柳外圓.
禽聲犯寒食, 江色帶新年.¹ 無計驅愁得, 還推到酒邊.²

1 이 1연은 새소리・물빛이 모두 봄빛을 띠고 있음을 말하고 있다. "범(犯)"자는 "가까이 다가간다"는 뜻이다.

2 육조(六朝) 유신(庾信)의 「수부(愁賦)」(섭정규(葉廷珪)의 『해록쇄사(海錄碎事)』 권9 하(下)에 보임. 예번(倪璠) 주 『유개부전집(庾開府全集)』과 엄가균(嚴可均)의 『전후주문(全後周文)』에는 모두 수록되어 있지 않음)에는 "문을 닫고 시름을 밀어내려고 하나, 시름은 끝내 가려고 들지 않네. 깊이 숨어 시름을 피하려고 하지만, 시름이 벌써 있는 곳을 알고 있네(閉戶欲推愁, 愁終不

肯去. 深藏欲避愁, 愁已知人處)"라고 하였다. 이 부(賦)는 한대(漢代) 『초씨역림(焦氏易林)』의 이른바 "시름이 와서 발을 긁는다(흔든다)(憂來搔(亦作"搖")足)"·"시름이 와서 대문을 두드린다(憂來叩門)" 등등(권4 「겸지대축(謙之大畜)」·권7 「대과지둔(大過之遯)」·권12 「췌지규(萃之睽)」·권15 「태지해(兌之解)」)의 기어(奇語)에서 추연(推演)되어 나온 것 같은데, 송대에 매우 유행하였다.

당경 이외에, 왕안석(王安石)(『왕형문공시전주(王荊文公詩箋注)』 권4 「자견(自遣)」)·황정견(黃庭堅)(『산곡내집주(山谷內集注)』 권20 「화범신중"우거숭녕우우"이수(和范信中"寓居崇寧遇雨"二首)」 제1수·또 『외집주(外集注)』 권3 「화답이자진독도유시(和答李子眞讀陶庚詩)」)·황숙달(黃叔達)(『산곡내집주』 권12 「차무산, 송무종견기, 송절화주온(次巫山, 宋楙宗遺騎, 送折花廚醞)」)·심여구(沈與求)(『구계집(龜谿集)』 권2 「야좌(夜坐)」)·진사도(陳師道)(『후산시주(後山詩注)』 권5 「고묵행(古墨行)」)·조열지(晁說之)(『숭산문집(嵩山文集)』 권7 「촌관한야, 당구대(邨館寒夜, 當句對)」)·진여의(陳與義)(『간재시집전주(簡齋詩集箋注)』 권16 「도중서사(道中書事)」)·하주(賀鑄)(『경호유로집(慶湖遺老集)』 권6 「관씨현재서사(冠氏縣齋書事)」)·한구(韓駒)(『능양선생시(陵陽先生詩)』 권3 「화이상사"동일서사"(和李上舍"冬日書事")」)·증기(曾幾)(『다산집(茶山集)』 권1 「왕암기락재(王巖起樂齋)」)·주익(朱翌)(『첨산집(灊山集)』 권2 「견흥(遣興)」)·설계선(薛季宣)(『낭어집(浪語集)』 권11 「춘수시(春愁詩)」)·강기(姜夔)(『백석도인가곡(白石道人歌曲)』 권3 「제천락(齊天樂)·영실솔(詠蟋蟀)」)등은 모두 이것을 사용하거나 혹은 이것을 확대하여 사용하였다.

주방언(周邦彦)의 「연청도(宴淸都)」·상자인(向子諲)의 「생사자(生査子)」·방천리(方千里)의 「소화유(掃花遊)」·유진(劉鎭)의 「수룡음(水龍吟)」·이팽로(李彭老)의 「답사행(踏莎行)」·주밀(周密)의 「장정원만(長亭怨慢)」·유진옹(劉辰翁)의 「난릉왕(蘭陵王)」 등의 사(詞)도 모두 「수부(愁賦)」를 강엄(江淹)의 「한부(恨賦)」 혹은 「별부(別賦)」와 나란히 언급하고 있고, 진인걸(陳人傑)의 「심원춘(沁園春)」은 또 이것을 장형(張衡)의 「사수시(四愁詩)」와 나란히 언급하고 있다. 신기질(辛棄疾)의 『가헌사(稼軒詞)』 정집(丁集) 「자고천(鷓鴣天)」에 "높은 누각에 오르려고 하는 것은 본래 시름을 피하려는 것이건만, 시름이 또 나를 따라 높은 누각에 오르네(欲上高樓本避愁, 愁還隨我上高樓)"라고 한 것은 바로 유신의 말뜻을 사용한 것이다. 송 이후의 작가들은 이 부를 아는 사람이 거의 없었다.

醉眠

山靜似太古, 日長如小年. 餘花猶可醉,¹ 好鳥不妨眠.
世味門常掩, 時光簟已便.² 夢中頻得句, 拈筆又忘筌.³

1 아직 남은 꽃이 있어 술을 마시며 감상할 만하다.

---

2 "편(便)"은 어울린다는 뜻이다.
   그때 당경은 죄를 지어 광동(廣東)에 유배되어 있었으며, 시비를 일으킬까 두려워하여 남들과 거의 왕래하지 않았으므로 "세미(世味)"라는 1구가 있다. 『미산당선생문집』 권2 「백로(白鷺)」에 "대문 앞 백로 떼에 말하노니, 또한 마땅히 이제부터는 알려지는 것도 끊어야 하리. 여러 사람들이 파당(派黨)을 제거할 뜻이 있다면, 갑론을박(甲論乙駁) 추궁하여 아마 그대들에게도 미칠 것이네(說與門前白鷺群, 也宜從此斷知聞. 諸君有意除鉤黨, 甲乙推求恐到君!)"라고 한 것을 참조.

---

3 붓을 들어 쓰려고 해도 또 어떻게 말해야 할 지 잊어버렸다. "전(筌)"은 "전(詮)"으로 차용되었다.

28. 황정견(黃庭堅)

　황정견(黃庭堅, 1045~1105)의 자는 노직(魯直), 스스로 산곡노인(山谷老人)이라고 불렀고 또 부옹(涪翁)이라고도 불렀으며, 분녕(分寧) 사람이다. 『산곡내집(山谷內集)』·『외집(外集)』·『별집(別集)』이 있다. 그는 "강서시사종파(江西詩社宗派)"의 창시자로 생전에 소식(蘇軾)과 명성을 나란히 하였으며, 죽은 후에는 그의 제자들에 의하여 두보(杜甫)의 계승자로 추앙받았다. 당(唐) 이래 두보를 존경한 사람은 매우 많지만 대대적으로 고취하고 그에게 배운 사람은 아마 황정견이 최초일 것이다. 그는 두보 시의 어떤 점에 가장 심취하였는가? 그는 "두보가 시를 짓고 한유(韓愈)가 글을 지을 때는 내력이 없는 것은 한 글자도 없다. 대체로 후인들은 독서가 적기 때문에 한유와 두보가 스스로 이 말을 하였다고 생각할 뿐이다. 옛날의 문장을 잘 짓는 사람들은 참으로 만물을 도야(陶冶)할 수 있어서, 옛 사람들의 진부한 말을 취하여 붓과 먹에 넣더라도, 영묘한 단약(丹藥) 한 알이 '쇠에 닿으면 황금이 되는(點鐵成金)' 것과 같다(老杜作詩, 退之作文, 無一字無來處; 蓋後人讀書少, 故謂韓‧杜自作此語耳. 古之能爲文章者, 眞能陶冶萬物; 雖取古人之陳言入於翰墨, 如靈丹一粒, 點鐵成金也)"[1]라고 하였다. 시문에 관한 그의 수많은 의론 가운데 이 말이

---

1) 『예장황선생문집(豫章黃先生文集)』 권19 「답홍구보서(答洪駒父書)」. 『산곡노인도필(山谷老人刀筆)』 권3 「답조순룡(答曹荀龍)」에 독서할 때는 마땅히 "가구선자(佳句善字)"에 유의하여 자신의 창작에 쓰도록 대비해야 한다고 논하고 있고, 여본중(呂本中)의 『자미시화(紫微詩話)』에 "범원실(范元實)은 이미 산곡을 따라 배워, 요컨대 글자마다 내력이 있다(范元實旣從山谷學詩, 要字字有來歷)"라고 하였고, 혜홍(惠洪)의 『냉재야화(冷齋夜話)』 권1에 황정견이 "환골(換骨)"과 "탈태(奪胎)"를 말한 것이 기록되어 있는 것을 참조
　당시 황정견을 반대한 사람으로 위태(魏泰)는 『임한은거시화(臨漢隱居詩話)』에서 또한 이

가장 영향을 끼쳤는데, 그 자신의 풍격을 해석하는 데 가장 충분하고 또한 강서시파의 강령이라고도 할 수 있다. 그가 시를 논한 말들은 오묘하고 신비하여, 전하는 바에 따르면 강서파의 사람조차도 그 의미를 알 수 없었다고 하였다.2)

두보의 시가 곳곳마다 내력이 있고, 한 글자도 멋대로 지은 것이 없는지의 여부는 잠깐 제쳐두고 말하지 않겠다. 적어도 황정견은 그렇게 보고 그러한 것을 배우려고 하였다. 원진(元稹)은 두보 시가 백묘(白描)로 직설(直說)하고 전고와 성어를 사용하지 않은 것을 칭송하여 "그가 당시의 말을 직접 말하여, 마음의 근원이 옛 사람을 따르게 하지 않았음을 어여쁘게 여기네(憐渠直道當時語, 不著心源傍古人)"3)라고 하였고, 유우석(劉禹錫)은 "시를 하려면 반드시 근거가 있어야 한다(業詩卽須有據)"라고 하고 두보의 시 한 구절을 예로 들고 있지만, 다만 "시를 지을 때 벽자(僻字)를 쓰려면 모름지기 내력이 있어야 한다(爲詩用僻字須有來處)"4)라는 데 국한되어 있으므로, 의미의 함축에 있어서도 또한 황정견의 말보다 훨씬 좁다. "내력이 없는 것은 한 글자도 없다"라는 것은 양(梁) 종영(鍾嶸)의 『시품(詩品)』의 이른바 "구에 빈 말이 없고, 말에 빈 글자가 없다(句無虛語, 語無虛字)"라는 것이다. 종영이 일찍이 반대한 "용사(用事)를 귀하게 여기고(貴用事)", "거의 베끼는 것과 같은(殆同書鈔)" 이러한 형식주의는 송대에 이르러 왕안석의 시에 또 자취를 드러내었고, "기와를 황금으로 만든(點瓦爲金)" 소식의 시에서 더욱 발전하였으며, "쇠를 황금으로 만든(點鐵成金)" 황정견의 시에서 절정에 이

점이 그의 특색이라고 정확하게 보고, "남조(南朝) 사람들의 말을 사용하기 좋아하고, 오로지 옛 사람이 아직 사용하지 않은 일과 또 한두 기이한 글자를 찾아내어 엮어서 시를 지었다(好用南朝人語, 專求古人未使之事, 又一二奇字, 綴葺而成詩)"라고 하였다.

2) 이미손(李彌孫)의 『균계집(筠溪集)』 권21 「발조견독시후(跋趙見獨詩後)」, 양만리(楊万里)의 『성재집(誠齋集)』 권32 「희용선관, 답증무일문산곡어(戲用禪觀, 答曾無逸問山谷語)」.
3) 「수효보견정(酬孝甫見贈)」 제2수.
4) 위현(韋絢)의 『유빈객가화록(劉賓客嘉話錄)』.

르렀다. "독서가 많은(讀書多)" 사람들은 어쩌면 그의 구구절절(句句節節)이 모두 "옛 사람의 진부한 말(古人陳言)"을 "점철성금"하였다는 것을 알 수 있고 그가 무엇을 말하고 있는지를 이해할 것이지만, "독서가 적은(讀書少)" 사람들은 단지 부딪치고 걸리는 것마다 전고와 성어가 아닌 것이 없다고 느낄 뿐이다. 마치 눈 안에 황금 가루와 쇳가루를 넣어 눈을 뜨려고 해도 뜰 수 없으니 본다는 생각은 엄두도 내지 못하는 것과 같다. 물론, 이전에 이상은(李商隱)과 그를 스승으로 본받은 서곤체(西崑體)의 작가들도 모두 전고와 성어를 시 속에 아로새겨 넣는 것을 좋아하였지만, 그러나 황정견과는 매우 커다란 차이가 있다. 이상은의 가장 영향을 끼친 시와 서곤체는 주로 모두 화려한 사물과 기염(綺艶)한 정경을 그렸고, 채택된 자안(字眼)과 사조(詞藻)도 또한 이 방면에 치우쳐 있다. 황정견이 읊은 내용은 이러한 시의 그것과 비교하면 훨씬 번잡·풍부하고, 사구(詞句)의 성질도 또한 훨씬 복잡하며, 내원도 역시 훨씬 광범하고 희귀하다. 이상은 특히 서곤체의 시에서는 뜻이 왕왕 있는 듯 없는 듯 토하려다 또 삼켜서 포착할 수가 없다.5) 그들이 사용한 전고와 사조도 또한 흔히 마치 식당에서 식사할 때의 음악처럼 다만 분위기를 조성하고 정조(情調)를 이끌어 내기 위한 것일 뿐이었기 때문에 사람들에게 일종의 "화려하지만 알맹이가 없고(華而不實)", "글이 뜻보다 떠 있다(文浮於意)"는 인상을 줄 수 있다. 황정견은 착실한 뜻도 있고 또한 설교하고 의론하기를 좋아하였다. 뜻이 얼마나 평범하고 의론이 얼마나 진부한가 하는 것은 아랑곳하지 않았고, 단지 독자

---

5) 원호문(元好問)의 「논시삼십수(論詩三十首)」 제12수에 "시인들은 모두 서곤체가 좋다고 하지만, 다만 정현(鄭玄)처럼 전(箋)을 지은 사람이 없음이 한스럽네(詩家總愛西崑好, 只恨無人作鄭箋)"라고 하고, 왕사진(王士禛)의 「희방원유산"논시"절구삼십이수(戲倣元遺山"論詩"絶句三十二首)」 제11수에 "한 편의 금슬(錦瑟)에 남을 이해시키기 어렵네(一篇錦瑟解人難)"라고 하고, 모기령(毛奇齡)의 『서하합집(西河合集)』「시화(詩話)」 권7에 기록되어 있는 장삼(張杉)이 이상은의 시를 논하여 "반은 밝고 반은 어두우며, 통할 듯 막힐 듯, 헤매고 답답하여 해결할 수가 없다(半明半暗, 近通近塞, 迷悶不得決)"라고 한 것을 참조.

들이 그가 사용한 전고와 성어를 이해하기만 하면 확실히 그의 마음을 알
수 있을 것이기 때문에, 그의 시가 사람들에게 주는 인상은 생경(生硬)·회
삽(晦澁)하고 언어는 불투명하여 마치 겨울 유리창에 수증기가 덮이고 얼
어서 성에가 낀 것 같다. 황정견은 일찍이 도청도설(道聽塗說)의 예술 비평
을 "발 너머로 비파를 듣는(隔簾聽琵琶)"6) 것에 비유하였는데, 이 말은 바로
그 자신의 시를 형용할 수 있다. 독자들은 그의 시에 확실히 의미가 있다
는 것을 알고 있지만, 그러나 그의 발 같은 언어에 의해서 막히고 격리되
어 지척천리(咫尺千里)가 되고 소리는 듣지만 얼굴은 보지 못하는 것이다.
바로 『문심조룡(文心雕龍)·은수편(隱秀篇)』에서 "어둡고 막힌 것을 깊다고
하지만, 비록 오묘하다고 하더라도 함축은 아니다(晦塞爲深, 雖奧非隱)"라고
한 것과 같다. 이러한 "남을 사색하게 하는(耐人思索)" 것은 불가지(不可知)이
지 함축은 아니다.

　남송 초기에 임연(任淵)은 『산곡내집』에 주를 달았고, 남송 중엽에 사용
(史容)은 『외집』, 사계온(史季溫)은 『별집』에 주를 달았지만 모두 임연의 정
박(精博)함을 뛰어넘지 못한다. 그 밖에 진봉인(陳逢寅)도 또한 『산곡시주(山
谷詩註)』를 지었고,7) 임기(任驥)와 등공립(鄧公立)은 또 각각 『외집』에 주를
달았는데,8) 애석하게도 이 세 사람의 주본은 전하지 않는다. "독서가 많
은" 사람들은 황정견의 시에 대해서 모두 귀신인가 의심하고, 지극히 평

---

6) 『예장황선생문집(豫章黃先生文集)』 권28 「발적공손소장석각(跋翟公孫所藏石刻)」.
　　이상은의 「초궁이수(楚宮二首)」 제2수에 "달 누님이 일찍이 아름다운 달에서 내려온 것
　　을 만났으나, 온 성안의 소식은 겹 발을 격하였네. 이미 패옥 울림을 듣고 허리가 가는
　　것을 알고, 또 거문고 줄 소리를 분간하여 손가락이 교묘한 것을 아네(月姊曾逢下彩蟾, 傾
　　城消息隔重簾. 已聞佩響知腰細, 更辨絃聲覺指織)"라고 한 것은 아마도 황정견의 이 비유를
　　해석할 수 있을 것이다.
7) 『송사(宋史)』 권208 「예문지(藝文志)」 칠(七).
8) 위료옹(魏了翁)의 『학산대전집(鶴山大全集)』 권55 「주황시"외집"서(註黃詩"外集"序)」, 홍자
　　기(洪咨夔)의 『평재문집(平齋文集)』 권10 「예장"외집"시주서(豫章"外集"詩註序)」.

범한 자구에 무슨 매복되어 있는 고전이 있는지 단지 방비만 할 뿐이고 풀과 나무조차 모두 군사인 것처럼 너나 나나 눈을 크게 뜨고 바라다 볼 뿐이다. 예컨대, 임연은 「화답전목보"영성성모필"(和答錢穆父"詠猩猩毛筆")」의 출전(出典)에 대하여 확실하게 주를 달았다고 만족하게 생각하였지만, 그러나 양만리(楊万里)는 또 두 구절에 몰래 숨겨진 "옛 사람의 진부한 말(古人陳言)"을 찾아내었다.9) 심지어 황정견이 백거이(白居易)의 시를 외워서 쓰다가 잘못 기억한 것이 틀림없는데도,10) 그의 숭배자는 또한 그가 무쇠를 황금으로 만든 것으로 "시를 짓는 방법으로 삼을 만하다(可爲作詩之法)"라고 생각하고, 그를 위하여 「적거검남(謫居黔南)」이라는 제목을 붙여서 그의 시집에 엮어 넣기도 하였다.11)

---

9) 『내집』 주(註) 권3, 『성재집(誠齋集)』 권114 「시화(詩話)」.
10) 왕□(王□)의 『도산청화(道山清話)』에는 범료(范寥)가 황정견의 말을 서술한 것이 기록되어 있다.
11) 『내집』 주 권10.

病起荊江亭即事十首(選二)¹

翰墨場中老伏波, 菩提坊裏病維摩.²

近人積水無鷗鷺, 時有歸牛浮鼻過.³(第一首)

閉門覓句陳無己, 對客揮毫秦少游;

正字不知溫飽未? 西風吹淚古藤州!⁴(第二首)

1 이것은 송 휘종(徽宗) 조길(趙佶) 건중정국(建中靖國) 원년(1101) 황정견이 호북(湖北) 강릉(江陵)에 유배되어 있을 때 지은 것이다.

2 한대의 복파장군(伏波將軍) 마원(馬援)은 62세가 되어서도 아직 전장에 갈 수 있었다. 불경(佛經)에는 여래불(如來佛)이 보리도량(菩提道場)에서 득도 하였다고 하였고 또 유마힐(維摩詰)이 병든 것을 말하였다. 황정견은 참선 (參禪)도 하고 부처를 믿었으며, 여색과 훈주(葷酒, 훈채(葷菜)와 술)를 끊는 다는 "발원문(發願文)"을 지은 바 있는데(『예장황선생문집』 권21, 송렴(宋 濂)의 『송문헌공전집(宋文憲公全集)』 권46 「제황산곡수첩(題黃山谷手帖)」 참 조), 시를 지을 때 나이는 56세로 등창을 앓다가 막 나았다.
이 2구는 자신은 문단의 노장(老將)이지만 또한 절의 병든 중과 같다고 말 한 것이다.

3 이 2구는 사는 곳이 매우 좁고 치우쳐 있어 볼품이 없다고 말한 것이다. 당(唐) 진영(陳詠)의 시구에 "맞은 편 강둑의 물소가 코를 띄우고 건너네 (隔岸水牛浮鼻渡)"(손광헌(孫光憲), 『북몽쇄언(北夢瑣言)』 권7)라고 하였는데, 황정견이 "점철성금(點鐵成金)"한 것이다. 그는 「과우암명(跨牛菴銘)」(『예 장황선생문집』 권13)에서도 또 "코를 띄우고 강을 건넌다(浮鼻渡河)"라고 말하였다.

4 이 시는 두보(杜甫)의 「존몰구호(存歿口號)」의 작법을 채용하여, 하나의 시

에서 2구는 죽은 친구를 말하였고 2구는 살아 있는 친구를 말한 것이다. 그때 진사도(陳師道)는 바로 "정자(正字)"라는 하급 관리였고, 진관(秦觀)은 이미 광서(廣西) 등주(藤州)에서 죽었다. 진사도의 집은 매우 곤궁하여 시를 지을 때는 소리가 시끄러울까 두려워하여 아이와 고양이, 개를 모두 대문 밖으로 내보냈기 때문에, 황정견은 그가 "대문을 닫고 시구를 찾는다(閉門 覓句)"라고 하였고 또 "따뜻하고 배부른지 모른다(不知溫飽未)"라고 한 것 이다. 진관의 시문은 매우 세밀하고 까다로워서 아마도 짓는 것이 그렇게 빠르지는 않았을 것이기 때문에 주희(朱熹)는 황정견의 이야기는 풀이할 필요가 있다고 생각하여 "진관의 시는 매우 교묘한데, 또한 그것을 '손님 을 대하고 붓을 휘두른다(對客揮毫)'라고 한 것은 생각하건대 그가 당시에 시구를 얻기만 하면 교묘하였다는 뜻일 것이다(少游詩甚巧, 亦謂之'對客揮 毫'者, 想他合下得句便巧)"(『주자어류(朱子語類)』 권140)라고 하였다.

雨中登岳陽樓望君山二首[1]

投荒萬死鬢毛斑, 生入瞿塘灩澦關.[2]
未到江南先一笑, 岳陽樓上對君山.(第一首)

滿川風雨獨憑欄, 綰結湘娥十二鬟.[3]
可惜不當湖水面, 銀山堆裏看青山.[4](第二首)

---

1 이것은 송 휘종 숭녕(崇寧) 원년(1102) 봄의 시이다. 황정견은 사면되어 강 서(江西)의 고향으로 돌아갈 수 있었다. 강릉(江陵)에서 출발하여 이때 바 로 호남(湖南) 악양(岳陽)을 지나가게 되었다. 악양루(岳陽樓)는 당 이래의 명승이다. 군산(君山)은 일명 동정산(洞庭山)이라고도 하며 악양 서남쪽 동 정호(洞庭湖) 속에 있다.

2 구당협(瞿塘峽)과 염예퇴(灩澦堆)는 모두 사천(四川)에 있는데, 항행(航行)의 위험 지대로 옛 사람들의 시에 흔히 등장한다. 황정견은 본래 사천 검주(黔州)까지 유배되었으나 후에 사천 융주(戎州)로 옮겼으며 사천에는 6년 가까이 머물렀다. 이 구와 다음 구는 모두 마음속의 혼쾌함과 다행스러움을 그린 것이다.

장순민(張舜民)은 유배갈 때 또한 악양루를 지나면서 「매화성(賣花聲)」 사(詞) 1수를 지어 "술 취한 소매로 높은 난간을 어루만지니, 하늘은 엷고 구름은 한가로운데, 어떤 사람이 이 길로 살아 돌아올 수 있을까? 고개를 돌리니 석양의 붉은 빛이 다하는 곳, 마땅히 장안(長安)이리라(醉袖撫危欄, 天淡雲閑, 何人此路得生還? 回首夕陽紅盡處, 應是長安)"(『화만집(畫墁集)』권4)라고 하였는데, 황정견의 이 시와 마침 선명한 대조를 이룬다.

3 『초사(楚辭)』의 이른바 상부인(湘夫人)이라는 신령은 전하는 바에 의하면 군산에 살고 있는데, 산의 형상이 12개의 상투와 닮았다고 한다. 이 2구는 "망(望)"자를 거듭 밝혀 오직 높은 곳에서만 산의 자태를 멀리 바라볼 수 있고 호수의 수면 위에서는 산과 물의 모습을 겸하여 볼 수 없다는 것을 나타내고 있다.

4 "은산(銀山)"은 물결을 가리킨다.

新喩道中, 寄元明[1]

中年畏病不擧酒, 孤負東來數百觴.
喚客煎茶山店遠, 看人穫稻午風涼.
但知家里俱無恙, 不用書來細作行.
一百八盤攜手上, 至今猶夢遶羊腸.[2]

1 신유(新喩)는 강서(江西)에 있다. 황대림(黃大臨)의 자는 원명(元明)으로, 황
  정견의 형이다.

2 황정견이 유배되어 검주(黔州)로 갈 때 황대림은 줄곧 목적지까지 배웅하
  였는데, 도중 일백팔반(一百八盤)과 사십팔도(四十八渡) 등 험준한 곳을 경
  유하였다(『내집』주 권12 「죽지사(竹枝詞)」). 이 시는 황정견의 비교적 질박
  하고 경쾌한 시로, 후에 증기(曾幾) 등은 늘 황정견의 이 체를 흉내 내었다.

29. 진사도(陳師道)

진사도(陳師道, 1053~1101)의 자는 무기(無己), 혹은 이상(履常), 스스로 후산거사(後山居士)라고 불렀으며 팽성(彭城) 사람이다. 『후산집(後山集)』이 있다. 황정견(黃庭堅)은 강서(江西) 사람으로, 북송 후기에 여본중(呂本中)은 그의 영향을 받은 시인들을 한데 망라·열거하고 "강서시사종파(江西詩社宗派)"라고 불렀다. 이 사람들 가운데 진사도의 연배가 가장 높고 명망도 또한 가장 높았기 때문에 임연(任淵)은 『후산집』과 『산곡집(山谷集)』에 함께 주를 달았다.

진사도가 두보(杜甫)의 구법(句法)을 모방한 흔적은 황정견보다 현저하다. 그는 "매번 하나의 속어를 쓸(每下一俗間言語)" 때도 또한 "내력이 없는 글자가 없다(無字無來處)"[1]라는 데 이르기를 바랐다. 그러나 밑천이 황정견처럼 많지는 않았던 것 같고 학문도 그만큼 잡박(雜博)하지 못하여 늘 빈약하고 궁색한 것처럼 보인다. 그는 일찍이 자신이 시를 짓는 것은 "여기서 뜯고 기워 치마로 허리띠를 만드는(拆東補西裳作帶)" 것과 같다고 하였고, 또 "뜯고 기워 새로운 시를 지어 바쳐 응수하려고 하네(拆補新詩擬獻酬)"[2]라고 하였는데, 이것은 아마도 진실한 고백일 것이다. 이 때문에 아무리 그가 두보의 시를 가지고 "한 구 안에 몇 글자를 훔치기까지 하는(一句之內至竊取數字)" 작가들을 멸시한다고 하더라도, 그의 작품도 이러한 혐의를 상당히 범하고 있다.[3] 그의 정감과 마음은 모두 황정견보다 심각하지만 애석하게

---

1) 진장방(陳長方)의 『보리객담(步里客談)』 권하(卷下).
2) 『후산시주(後山詩註)』 권3 「차운"서호사어"(次韻"西湖徙魚")」, 권8 「은자교거(隱者郊居)」.

도 표현이 매우 억지 춘향으로 왕왕 막히고 통하지 않는다. 이것은 아마도 또한 자구를 줄임으로써 "말은 간결하지만 더욱 정묘하기(語簡而益工)"를 추구한 그의 이론이 그를 해쳤을 것이다.[4] 가령 『산곡집』을 읽으면 마치 타향 사람이 그들의 방언으로 말하는 것을 듣는 것 같아서 그들이 막히지도 않고 줄줄 말하는 것을 들을 때 단지 잘 이해되지 않을 뿐이다. 『후산집』을 읽으면 말더듬이나 혹은 병이 들어 골골하는 사람이 말하는 것을 듣는 것과 같이, 그가 가슴 속에 가득 찬 말을 유창하고 시원하게 말하지 못하는 것을 보면 그 사람 대신 괜히 초조해지는 것이다. 진사도는 한결같이 성어와 옛 시구를 여기저기 뜯어서 깁거나 혹은 지나치게 자구를 간결하게 줄여버린 경우만 아니라면, 지극히 소박하고 진지한 시를 써낼 수 있었다.

---

3) 장표신(張表臣)의 『산호구시화(珊瑚鉤詩話)』 권2 "진무기선생어여(陳無己先生語余)" 조(條), 갈립방(葛立方)의 『운어양추(韻語陽秋)』 권2 "객위여언후산시(客爲余言後山詩)" 조.

4) 『후산선생문집』 권23 「시화(詩話)」의 두보의 "추월해상신(秋月解傷神)"·"천애추기고(天崖秋氣高)"를 논한 두 조항, 『후산시주』 권1 「첩박명(妾薄明)」의 주.

別三子[1]

夫婦死同穴,[2] 父子貧賤離. 天下寧有此? 昔聞今見之!

母前三子後, 熟視不得追. 嗟乎胡不仁, 使我至於斯!

有女初束髮, 已知生離悲; 枕我不肯起, 畏我從此辭.[3]

大兒學語言, 拜揖未勝衣; 喚"爺我欲去!" 此語那可思!

小兒襁褓間, 抱負有母慈; 汝哭猶在耳, 我懷人得知![4]

1 진사도는 매우 가난하여 집안을 먹여 살릴 수가 없었기 때문에 그의 장인 곽개(郭槩)는 사천(四川)으로 가서 벼슬할 때 딸과 외손들은 전부 데리고 가고 사위 한 사람만 남겨두었다.

2 『시경(詩經)·왕풍(王風)』의 「대거편(大車篇)」에 부부는 "죽으면 무덤을 함께 하네(死則同穴)"라고 하였다. 진사도의 뜻은 자신의 한 쌍의 부부는 산 채로 헤어져 있으니 오직 죽은 후에야 한 곳에 묻힌다는 것이다.

3 지금 이후 내 얼굴을 볼 수 없을까 두렵다.

4 "부득지(不得知)" 혹은 "나득지(那得知)"와 같다.

示三子

去遠卽相忘, 歸近不可忍.[1] 兒女已在眼, 眉目略不省.[2]

喜極不得語, 淚盡方一哂. 了知不是夢, 忽忽心未穩.

1 자녀들이 집으로 돌아온다는 것을 알고 기분이 좋아 견딜 수가 없다.

2 자녀들이 자라서 얼굴을 보고도 알아보지 못한다.

田家

鷄鳴人當行, 犬鳴人當歸. 秋來公事急, 出處不待時.[1]

昨夜三尺雨, 竈下已生泥. 人言田家樂, 爾苦人得知!

1 수탉이 새벽을 알리는 것을 기다리지 않고 농부는 일찌감치 대문을 나서고, 날이 어두워진 이후에 개들은 모두 대문을 지키며 짖고 있으나 농부는 아직 집에 돌아오지 않는다.

絶句

書當快意讀易盡, 客有可人期不來.

世事相違每如此, 好懷百歲幾回開![1]

1 진사도의 「기황원(寄黃元)」에도 또한 "속된 자는 밀어내도 가지 않고, 마음에 맞는 사람은 애써야 불러들이네. 세상사란 늘 이와 같으니, 내 삶이 또한 어떻게 즐겁겠는가?(俗子推不去, 可人費招呼. 世事每如此, 我生亦何娛?)" 라고 하였다.

春懷示鄰里[1]

斷牆着雨蝸成字,[2] 老屋無僧燕作家.

剩欲出門追語笑, 却嫌歸鬢着塵沙.

風翻蛛網開三面, 雷動蜂窠趁兩衙.[3]

屢失南鄰春事約, 只今容有未開花.

1 이것은 진사도의 명작으로 또한 청대 말기 옹동화(翁同龢)의 『병려시고(甁
廬詩稿)』의 "보집(補輯)" 속에 잘못 수록되어 있다.
제1연은 자신이 사는 곳의 볼품없음을 형용하였고, 제2연은 바깥에는 땅
이 크기 때문에 나가서 길거리 사람들과 응수하기도 귀찮다는 것을 말
하였으며, 제3연은 봄 날씨가 따뜻한 가운데의 사물의 자태를 그렸고, 제
7·8구는 아마도 이웃집 동산의 꽃이 아직도 피지 않았을 것이라고 말하
였는데, 그 뜻은 봄빛이 이렇게 따뜻하고 고운 것을 보니 또한 고요함이
다하면 움직이고 싶어지듯이 대문을 나서서 꽃을 구경하고 싶다는 것이다.

2 옛 사람들은 흔히 달팽이가 움직일 때 남긴 자취를 전서(篆書)에 비유하
였기 때문에 달팽이는 "전수군(篆愁君)"의 칭호가 있다(송초 도곡(陶穀)의
『청이록(淸異錄)』 권3).

3 "아(衙)"는 행렬을 만든다는 말이다. 전하는 바에 의하면, 벌의 행렬은 아
침·저녁 두 번 있다고 한다.
"그물을 세 방향만 열어 놓는다(網開三面)"라는 것은 상(商) 탕왕(湯王)의
고사를 빌려 쓴 것으로 여기서는 단지 바람이 불어 거미가 그물을 엮을
수 없다는 말과 같다.

30. 서부(徐俯)

서부(徐俯, 1075~1141)의 자는 사천(師川), 스스로 동호거사(東湖居士)라고 불렀으며, 분녕(分寧) 사람이다. 『동호거사시집(東湖居士詩集)』이 있다. 전하는 바에 따르면, 모두 "삼대권(三大卷)"으로 상권은 고체(古體), 중권은 5언 근체(近體), 하권은 7언 근체라고 하였지만,1) 현재는 이미 전해지지 않는다. 청대 여악(厲鶚)의 『송시기사(宋詩紀事)』 권33과 육심원(陸心源)의 『송시기사보유(宋詩紀事補遺)』 권48에는 모두 그의 단구(斷句)가 수집되어 있는데 물론 아직도 송인(宋人)의 필기(筆記)·시화(詩話)·유서(類書)·선집(選集)·집구시(集句詩)에서 상당히 많은 것을 증보할 수 있다. 서부는 황정견(黃庭堅)의 외생(外甥)으로 강서파(江西派)에 들어간다. 여본중(呂本中)의 『강서시사종파도(江西詩社宗派圖)』는 수많은 시비를 일으켰는데 당시의 강서파에 들어간 어떤 사람들은 직접 항의하였고, 후세에도 또한 어떤 사람은 누구는 마땅히 그 속에 들어가면 안 되고 누구는 마땅히 보충해서 넣어야 한다고 보았다. 강서파에 들어 있는 20여 명의 시인 중에서 태반은 많은 수의 작품을 남겨 놓았으므로 우리는 그들의 풍격을 판별할 수 있다. 이 작품들을 근거로 논한다면 그들이 황정견의 영향을 받은 것은 명확한 사실이며, 단지 잠깐과 오램, 깊고 얕음의 차이가 있을 뿐이다. 얕은 사람은 비교적 재정(才情)이 있는 한구(韓駒) 같은 사람이고, 깊은 사람은 평범하고 고지식한 이팽(李彭) 같은 사람이다. 황정견의 명성은 매우 넓고 커서 그의 가르침을

1) 『영규율수(瀛奎律髓)』 권21.

입고 영향을 받은 시인들 모두가 강서파에 망라되지 않았다는 것도 또한 명백한 사실이다. 예컨대, 이팽과 거의 비슷한 오칙례(吳則禮)·장확(張擴) 등이 있다. 강서파에 들어 있으면서 황정견의 영향을 받았음을 부인하는 사람들에 관해서는 아마 두 가지 원인이 있을 것이다.

첫째, 정치적 혐의이다. 송 휘종(徽宗) 조길(趙佶)이 즉위한 이후 채경(蔡京) 이 정치를 전횡(專橫)하여 왕안석(王安石)의 "신법(新法)"에 반대한 적이 있는 사람에 대하여 명단을 작성하고 전국에 명령하여 이 "간당(姦黨)"의 성명(姓 名)을 돌에 새겨서 비석으로 세우게 하였다. 소식(蘇軾)·공평중(孔平仲)·장 순민(張舜民)·장뢰(張耒)·진관(秦觀)·황정견(黃庭堅)은 모두 블랙·리스트에 올라서 소(蘇)·황(黃)의 시문과 서화(書畫)는 일률적으로 금기품으로서 반 드시 폐기되어야만 하였다. 이 때문에 소·황의 시체(詩體) 혹은 글씨를 모 방한 사람들은 왕왕 몰래 숨어 살았으며, 송 고종(高宗) 조구(趙構)의 시기가 되어서야 겨우 감히 참 모습을 드러낼 수 있었다.2)

둘째, 지기 싫어하는 심리이다. 손행자(孫行者)는 화를 끼쳐 선생까지 연 루될까봐 "단지 내가 터득한 것(곧 재주)이라고 말했을 뿐(只說是自家會的)"이 었지만, 어떤 사람들은 명성을 얻은 후에 또한 스승을 자백하려고 하지 않고 요컨대 자신이 독창적 일파를 홀로 만들어 내었다고 하여 다른 사람 들이 그를 개산조사(開山祖師)로 받들게 하려고 하였다. 서부는 만년에 외 삼촌의 시가 어디가 좋은지 모른다고 말하였으며, 또 외삼촌의 계발을 받 았음을 극구 부인하여 "부옹(涪翁)이 천하에 뛰어남은, 그대는 물가에서 불 러보게나. 이 길의 큰 땅에서, 나는 홀로 호상(濠上)에서 터득했네(涪翁之妙天

---

2) 주필대(周必大)의 『성재문고(省齋文稿)』 권17 「발초료선생첩(跋初寮先生帖)」, 『평원속고(平 園續稿)』 권13 「초료선생전후집서(初寮先生前後集序)」, 양만리(楊万里)의 『성재집(誠齋集)』 권99 「발상장간소장왕초료첩(跋尙帳幹所藏王初寮帖)」, 증민행(曾敏行)의 『독성잡지(獨醒雜 志)』 권10, 방회(方回)의 『영규율수』 권24, 권27 등을 참조.

下, 君其問諸水濱; 斯道之大域中, 我獨知之濠上"라고 하였다.[3] 그러나, 그의 외삼
촌의 문집 속에는 분명히 그에게 시를 짓는 방법을 가르친 서신이 있고,[4]
그 자신의 작품에도 또한 그가 황정견의 시구를 이어받았다는 증거를 찾
아볼 수가 있다. 그가 젊었을 때 같은 파의 이팽은 그가 외생이지만 외가
에서 나오지 않았다고 칭찬한 적이 있는데,[5] 그는 결코 이의를 제기하지
않은 것 같다. 그는 비록 가르침을 청하러 온 사람에게 자신은 황정견의
시의 장점을 볼 수 없다고 대답하였지만, 황정견의 시와 글씨를 좋아한
송 고종이 황정견의 묵적(墨跡)에 발문(跋文)을 지으라고 분부하자 그는 "황
정견의 문장은 천하에 뛰어납니다(黃庭堅文章妙天下)"라고 말하여 황제 폐하
의 칭찬을 받아 "천자가 보시도록 하였는데(備於乙覽)" 참으로 비록 죽더라
도 오히려 영광이었다.[6] 사람을 보고 말하고 기회를 봐서 일을 하는 식의
그의 이러한 비평은 『유림외사(儒林外史)』의 자료이지 문학사의 근거라고
할 수는 없다. 단지 그는 만년에 확실하게 강서파의 풍격을 벗어나서 쌓
아 올리거나 문사를 다듬지 않고 "평이하고 자연스러움(平易自然)"을 추구
하려고 하였지만,[7] 살펴보면 다른 하나의 편향으로 흘러서 경솔하고 교활

3) 주휘(周輝)의 『청파잡지(淸波雜志)』 권5.
　　『영락대전(永樂大全)』 권3143 "진(陳)" 자에 인용된 『진료옹연보(陳了翁年譜)』 선화(宣和)
　　3년 아래에 서부(徐俯)가 스스로 황정견에 대하여 "외삼촌도 …… 비난하고 의논할 바가
　　있음을 면치 못했다(舅氏 …… 不免有所非議)"라고 말한 기록을 참조.
4) 『예장황선생문집(豫章黃先生文集)』 권19.
5) 『일섭원집(日涉園集)』 권3 「제홍구보・서사천시후(題洪駒父・徐師川詩後)」, 또 『금수만화
　　곡(錦繡萬花谷)』 전집(前集) 권26 「애만문(哀挽門)」에는 이팽(李彭)의 「독산곡문(讀山谷文)」
　　이 인용되어 있는데, 그것은 『일섭원집』과 『일섭원집보유(日涉園集補遺)』에는 모두 빠져
　　있다. 주자지(周紫芝)의 『태창제미집(太倉稊米集)』 권10 「소채허차서시미지(小蔡許借徐詩
　　未至)」 참조.
6) 『예장선생유문(豫章先生遺文)』 권9 「서혜숙야시, 여질가(書稽叔夜詩, 與姪楧)」 뒤에 서부의
　　「매사근서(眛死謹書)」가 덧붙어 실려 있다. 왕명청(王明淸)의 『휘주후록(揮麈後錄)』 권2에
　　송 고종(高宗)이 수찰(手札)로써 조정의 신하에게 명령을 내려 서부가 어디에 있느냐고 탐
　　문하라고 한 것이 실려 있는데, 왜냐하면 "요즈음 황정견의 문집을 보니 그 생질 서부를
　　칭찬하고 있기(比觀黃庭堅集, 稱道其甥徐俯)" 때문이라고 한 것을 참조.

하게 변해 버렸다.

원대(元代) 이후 『동호거사시집(東湖居士詩集)』은 전해지지 않고 서부 또한 영락(零落)하여 이름도 없었다. 그러나 남송의 작품에서 우리는 왕왕 그로부터 탈태(奪胎)한 시구를 만날 수 있다. 예컨대, "일백오 일 한식날에 내리는 비, 스물네 번 꽃 소식을 전하는 바람(一百五日寒食雨, 二十四番花信風)"[8] 이라는 유명한 시구는 육유(陸游)・누악(樓鑰)・오도손(敖陶孫)・전후(錢厚) 등이 모두 모방한 적이 있을 뿐 아니라[9] 금(金)에도 전해져서 당시 남송과 적국이었던 나라의 시인들에게도 침범당하였다.[10]

---

7) 『독성잡지(獨醒雜志)』 권10.
8) 호자(胡仔)의 『초계어은총화(苕溪漁隱叢話)』 후집(後集) 권17, 축목(祝穆)의 『사문류취(事文類聚)』 전집(前集) 권8, 또 진원정(陳元靚)의 『세시광기(歲時廣記)』 권1에 인용되어 있다.
9) 『검남시고(劍南詩稿)』 권53 「춘일절구(春日絶句)」, 『공괴집(攻媿集)』 권9 산행(山行), 『강호후집(江湖後集)』 권19 「청명일, 호상만보(淸明日, 湖上晚步)」, 『송시기사보유(宋詩紀事補遺)』 권60 「기종자충(寄鍾子充)」.
10) 원호문(元好問)의 『중주집(中州集)』 권2에 실린 장공약(張公藥)의 시.

春遊湖[1]

雙飛燕子幾時回? 夾岸桃花蘸水開.

春雨斷橋人不度,[2] 小舟撑出柳陰來.

---

1 시는 『후촌천가시(後村千家詩)』 권15에 보이며, 한때 널리 전파되어 애송
   되었던 것 같다. 그러므로 조정신(趙鼎臣)의 『죽은기사집(竹隱畸士集)』 권7
   「화묵암"희우술회"(和默菴"喜雨述懷")」에는 "'봄 강의 끊긴 다리(春江斷橋)'
   라는 구절을 알고 있으니, 옛날에 서사천(徐師川)의 것이라는 말을 들었네
   (解道'春江斷橋'句, 舊時聞說徐師川)"라고 하였다.

---

2 "도(度)"는 원래 "도(渡)"로 되어 있는데 아마 인쇄가 잘못되었을 것이다.
   이 2구절은 비온 뒤에 물이 불어나 다리가 물에 잠기자 행인이 지나갈 수
   없고 단지 배를 타고 지나갈 수밖에 없음을 말하고 있다. "도(度)"는 송지
   문(宋之問)의 「영은사(靈隱寺)」 시의 이른바 "내가 돌다리를 건너는 것을
   보네(看余度石橋)"의 "도(度)"이다.

   남송의 사(詞) 작가 장염(張炎)의 봄 물을 묘사한 「남포(南浦)」 사는 "고금
   의 절창(古今絶唱)"이라 불리어졌는데(등목(鄧牧), 『백아금(伯牙琴)』 「장숙
   하사집서(張叔夏詞集序)」), 그 안의 명구 "황폐한 다리 끊어진 나루에, 버
   들 그늘에서 작은 조각배가 버티어 나오네(荒橋斷浦, 柳陰撑出扁舟小)"라는
   것은 서부의 이 시에서 변용(變容)되어 나온 것이다.

31. 홍염(洪炎)

　　홍염(洪炎, 1067~1133)의 자는 옥보(玉父), 남창(南昌) 사람이다. 『서도집(西渡集)』이 있다. 그도 역시 황정견(黃庭堅)의 외생(外甥)으로 강서파(江西派)에 들어 있다. 그의 남아 있는 시는 많지 않다. 비록『산곡집(山谷集)』의 테두리를 벗어나지는 못했지만 그래도 앵무새가 남의 목소리를 흉내 내는 데 이르지는 않았다. 그는 자못 자신의 말을 할 수 있었고 발음도 분명하다.

山中聞杜鵑[1]

山中二月聞杜鵑, 百草爭芳已消歇.[2]
綠陰初不待薰風,[3] 啼鳥區區自流血.
北窗移燈欲三更, 南山高林時一聲.[4]
言"歸"汝亦無歸處, 何用多言傷我情![5]

1　이 시는 금(金)나라 군대가 송을 침범하여 홍염이 피난할 때 지은 것이다.

2　「이소(離騷)」에는 "두견이가 먼저 울어, 온갖 풀들을 향기롭지 못하게 할까 두려워하네(恐鵜鴂之先鳴兮, 使夫百草爲之不芳)"라고 하였다. 제격(鵜鴂)은 두견이, 전하는 바에 따르면 이 새는 음력 3월이 되면 울기 시작하는데 밤낮으로 그치지 않고 부리에서 피가 흘러야 비로소 소리 내지 않는다고 한다. 또 전하는 바에 따르면 고대 사천(四川)의 한 임금(망제(望帝))이

외국으로 망명하여 두견이로 변하였는데, 우는 소리가 "불여귀거(不如歸去)"(돌아감만 못하다는 뜻)였기 때문에 이 새를 "최귀(催歸)"라고 부르기도 한다고 한다. 홍염의 뜻은 늦봄, 초여름이 되기도 전에 온갖 꽃들이 이미 지고 푸른 잎이 그늘을 이루어 두견이가 일찌감치 울기 시작하였다는 것이다.

3 온화한 바람으로 초여름을 가리킨다.

4 이 2구절은 두견이가 밤낮 쉬지 않고 운다는 말이다.

5 당 무명씨의 시에는 "일찍이 집은 있지만 돌아가지 못하니, 두견이야! 귓가에서 울지를 말거라(早是有家歸未得, 杜鵑休向耳邊啼)"(『전당시(全唐詩)』 제11함(函) 제8책, 권785, 무명씨(無名氏) 권1「잡시(雜詩)」제13수)라고 하였고, 당 풍지(馮贄)의 『운선잡기(雲仙雜記)』권5에는 석의(石誼)가 두견이 소리를 듣고 탄식하여 "이 놈이 사람이 돌아가기를 재촉하지만 내가 어디로 돌아가겠는가?(此物催人使歸, 使我何所歸耶?)"라고 말한 것이 기록되어 있는데, 홍염의 묘사법은 또 한 걸음 나아가고 있다.
양만리(楊万里)의 『성재집(誠齋集)』권13「출영풍현, 서석교상, 문자규(出永豊縣, 西石橋上, 聞子規)」에 "금강(錦江)을 나온 이후 돌아가지 못하지만, 지금까지도 오히려 다른 사람에겐 돌아가라고 권하네(自出錦江歸未得, 至今猶勸別人歸!)"라고 한 것을 참조.

四月二十三日晚, 同太冲 · 表之 · 公實野步

四山矗矗野田田, 近是人煙遠是邨.
鳥外疏鐘靈隱寺, 花邊流水武陵源.[1]
有逢卽畫元非筆, 所見皆詩本不言.[2]

看挿秧栽欲忘返, 杖藜徙倚至黄昏.

1 무릉원(武陵源)은 왕안석(王安石)의 「즉사(卽事)」 주 1)에 보인다. 본서 128
   쪽. 영은사(靈隱寺)는 항주(杭州)의 명승지이다.

2 이르는 곳마다 모두 화경(畵境)과 시의(詩意)로 자연스럽게 이루어졌으니,
   붓이나 말로 묘사하거나 형용할 필요도 없고 또 아마도 그렇게 할 수도
   없을 것이라는 뜻이다.
   윗 구절은 곧 황정견(黃庭堅)의 「왕후송(王厚頌)」 제2수의 이른바 "하늘이
   그림을 펼치니 강산이라네(天開圖畵卽江山)", 「제호일로"치허암"(題胡逸老
   "致虛菴")」의 이른바 "산이 제비를 따라 앉아 있으니 그림이 나타나네(山
   隨燕坐畵圖出)"라는 것으로 모두 그가 만족한 구절이다.
   아래 구절은 당경(唐庚)의 「춘일교외(春日郊外)」 주 4)를 참조. 본서 195쪽.
   완전한 1연(聯)에 관해서는 육유(陸游)의 「주중작(舟中作)」에 "마을마다 모
   두 그림의 본(本)이오, 곳곳마다 시의 재료가 있네(村村皆畵本, 處處有詩材)"
   라고 한 것을 참조.

32. 강단우(江端友)

강단우(江端友, ?~1134)의 자는 자아(子我), 진류(陳留) 사람이다. 그도 역시 강서파에 들어있지만 시집은 이미 전해지지 않는다. 송인들의 필기·시화 선집 등에 남아 있는 강단우의 작품 가운데서 관계(官界)의 추태를 날카롭 게 그려낸 2수의 시가 가장 중요하다. 1수는 아래에 뽑은 것으로 말이 깔 끔하다고 할 수 있고, 풍자한 일도 또한 앞 사람들의 시에 묘사된 적이 없는 것 같다. 다른 1수의 시 「옥연행(玉延行)」은 비교적 가라앉아 답답하 므로 뽑지 않았다.

牛酥行[1]

有客有客官長安,[2] 牛酥百斤親自煎.
倍道奔馳少師府, 望塵且欲迎歸軒.[3]
守閽[4]呼語"不必出, 已有人居第一先;[5]
其多乃復倍於此, 台顏顧視初怡然.[6]
昨朝所獻雖第二, 桶以純漆麗且堅.
今君來遲數又少, 青紙題封難勝前"[7]
持歸空㪷遼東豕,[8] 努力明年趁頭市.[9]

1 오증(吳曾)의 『능개재만록(能改齋漫錄)』 권11에 보인다. 그 당시 송 휘종(徽宗)의 총애를 받던 태감(太監) 양사성(梁師成)은 권세가 재상과 다름없이 커서 "숨어있는 재상(隱相)"이라 불렸는데 대·소 관리들이 모두 그에게 뇌물을 바치고 아첨하였다. 등씨(鄧氏) 성을 가진 어떤 사람이 낙양(洛陽) 유수(留守)로 있으면서 이 시에 묘사된 추태를 부렸다.

「옥연행(玉延行)」 역시 『능개재만록』 권11에 보인다. 첫머리의 "관문전(觀文殿) 학사(學士)인 서울의 유수(留守)가, 중상시(中常侍)의 대문에서 하인처럼 분주하네(觀文學士留都守, 中常侍門如役走)"라는 2구절로 본다면, 역시 이 등씨 성을 가진 사람이 양사성에게 뇌물을 바치는 것을 묘사한 것이다. 이 2수의 시는 명(明) 종신(宗臣)의 『종자상집(宗子相集)』 권7 「보유일장(報劉一丈)」, 청(淸) 이백원(李伯元)의 『관장현형기(官場現形記)』 삼편(三編) 권25 「매고동차경알권문(買古董借徑謁權門)」과 함께 볼 만하다. 이들은 각각 송·명·청 3대의 권귀(權貴)들이 뇌물을 거둬들이는 추태와 서로 다른 방식을 폭로하고 있다.

2 장안(長安)은 한(漢)·당(唐)의 "서경(西京)"이고, 낙양(洛陽)은 북송의 "서경(西京)"이었으므로 장안을 빌어 낙양을 가리킨 것이다.

3 양사성이 집에 없으니 뇌물을 가져온 사람이 대문 입구에서 그가 돌아오기를 공손히 기다리면서, 그를 맞아서 면전에서 주인의 효성스럽고 공경하는 마음을 진술할 준비를 하고 있다.

4 문지기.

5 첫째로 앞선다는 뜻이다.

6 "태(台)"는 "대인(大人)"과 같다. "초이연(初怡然)"에 담겨진 뜻은 양사성이 본래 첫 번째의 뇌물에 대해서는 매우 기뻐하였으나 두 번째의 뇌물을 받자 첫 번째의 뇌물이 볼품없다고 느낀 것이다.

7 네가 바친 뇌물은 단지 푸른 종이로 싸서 묶은 것이므로 옻칠한 통에 담

은 것과는 전혀 비교가 되지 않는다.

8 후한(後漢) 주부(朱浮)의 「여팽총서(與彭寵書)」에는 요동(遼東)의 어떤 사람
  은 제집의 어미 돼지가 한 마리의 "머리가 흰 돼지(白頭豕)"를 낳자 굉장
  히 희귀하다고 여겨 공물로 바치려고 하였는데 하동(河東)에 가보니 전부
  "머리가 흰 돼지"이므로 흥이 깨져 돌아갔다고 하였다.

9 맨 첫 번째로 시장으로 간다는 뜻이다.

33. 한구(韓駒)

한구(韓駒, 1080~1135)의 자는 자창(子蒼), 사천(四川) 선정감(仙井監) 사람이다. 『능양선생시(陵陽先生詩)』가 있다. 그는 초년에 소식(蘇軾)을 배웠고 소철(蘇轍)에게 "홀연 저광희(儲光羲)를 다시 보네(恍然重見儲光羲)"라는 칭찬을 받았다.1) 이렇게 이름을 얻은 후에 서부(徐俯)의 소개로 황정견(黃庭堅)을 알게 되었고 그의 영향을 받아 강서파에 들어가게 되었다. 만년에는 소(蘇)·황(黃)에게 대해서 모두 불만을 품고 "옛 사람을 배워도 오히려 이르지 못할까 두려운데 하물며 오늘날의 사람을 배우겠는가(學古人尙恐不至, 況學今人哉!)"라고 보았으므로2) 어떤 사람은 그가 "소동파도 아니고 황산곡도 아니며 스스로 일가를 이루었다(非坡非谷自一家)"3)라고 하였다. 소철의 평가에 대해서 우리는 참으로 이해할 수 없다. 소철은 걸핏하면 사람을 저광희에 비교하고 있는데4) 아마도 이것은 으레 하는 칭찬의 말이지 결코 한구의

---

1) 『난성후집(欒城後集)』 권4 「제한구수재시권(題韓駒秀才詩卷)」.

2) 소주(蘇籀)의 『난성유언(欒城遺言)』, 증계리(曾季貍)의 『정재시화(艇齋詩話)』, 주휘(周煇)의 『청파잡지(清波雜志)』 권8, 혜홍(惠洪)의 『석문문자선(石門文字禪)』 권27 「발한자창첩후(跋韓子蒼帖後)」, 주필대(周必大)의 『성재문고(省齋文稿)』 권19 「제산곡여한자창첩(題山谷與韓子蒼帖)」, 『평원속고(平園續稿)』 권12 「소문정공(철)유언후서(蘇文定公(轍)遺言後序)」, 위경지(魏慶之)의 『시인옥설(詩人玉屑)』 권5에 인용된 『능양실중어(陵陽室中語)』에 "유객다독동파시(有客多讀東坡詩)"를 논함.

3) 왕십붕(王十朋)의 『매계선생문집(梅溪先生文集)』 후집(後集) 권2 「진랑중증한자창집(陳郎中贈韓子蒼集)」.

4) 주변(朱弁)의 『풍월당시화(風月堂詩話)』 권하(卷下)에는 소철이 삼료(參寥)의 시를 "저광희(儲光羲)와 매우 비슷하다(酷似儲光羲)"라고 칭찬하자 삼료가 "저는 평생 동안 저광희라는 이름을 듣지 못하였는데, 하물며 그 시는 두말할 나위도 없다(某平生未聞光羲名, 況其詩乎?)"라고 대답하였다고 기록되어 있다.

재능에 맞추어 평한 것은 아닐 것이다.

한구는 "글자마다 내력이 있는(字字有來歷)" 것을 매우 중요시하였다. 전하는 바에 따르면, 그의 초고에는 모두 자구의 출처를 상세히 주를 달아 밝혔다고 한다.5) 그러므로 그는 기타의 강서파 작가들과 마찬가지로 어떻게 하면 전고와 성어를 점화(點化)·운용한 것인가에 마음을 쏟았다. 다만 그는 비교적 뛰어나서 시의 뜻은 마땅히 전체가 유기적으로 연관되어야 하고, 시구의 어기(語氣)는 마땅히 위를 이어 아래를 열어야 하며, 전고는 사용할 만하면 사용하고 뜻을 전고에 갖다 붙여서는 안 된다는 것을 알고 있었다.6) 그의 작품도 역시 사람들에게 쌓아 놓았다는 인상을 그렇게 주지는 않는다. 그와 같은 파의 작가들은 마치 벽돌과 돌을 뒤죽박죽으로 쌓아 담장을 만든 것과 같지만, 그는 쌓은 것이 가지런할 뿐 아니라 또 한 겹의 진흙을 발라 깨끗하고 매끄러우며 한 몸을 이루고 있어서 그들처럼 잡다하게 모아놓은 것 같지는 않다.

---

5) 육유(陸游)의 『위남문집(渭南文集)』 권27 「발능양선생시초(跋陵楊先生詩草)」.
　　『시인옥설(詩人玉屑)』 권6에 인용되어 있는 『능양실중어』에 기록된 한구가 자신의 시구인 "배가 푸른 시내를 끌어안으니 오히려 하나의 술통이라네(船擁靑溪尙一樽)"에 대하여 말한 것을 참조.
6) 『시인옥설』 권5, 권6, 권7에 인용된 『능양실중어』.

夜泊寧陵[1]

汴水日馳三百里, 扁舟東下更開帆.
旦辭杞國[2]風微北, 夜泊寧陵月正南.
老樹挾霜鳴窣窣, 寒花垂露落毿毿.
茫然不悟身何處, 水色天光共蔚藍.

1 하남(河南)에 있다.

2 하남(河南) 기현(杞縣)이다.

34. 여본중(呂本中)

여본중(呂本中, 1084~1145)의 자는 거인(居仁), 수주(壽州) 사람이다. 『동래선생시집(東萊先生詩集)』이 있다. 그는 『강서시사종파도(江西詩社宗派圖)』의 작자로서, 비록 자신을 그 속에 넣지는 않았지만 후세에 그를 보충하여 넣은 사람이 없지 않았다.[1] 그러나 그는 후에 이 『종파도』를 지은 것을 후회하였을 뿐 아니라 또 황정견(黃庭堅)도 역시 "결점(短處)"이 있다고 인정했기 때문에 오로지 두보(杜甫)와 황정견만을 배우는 것은 충분하지 않으며 마땅히 이백(李白)과 소식(蘇軾) 특히 소식을 스승으로 본받아야 한다고 하였다. 그의 「제동파시(題東坡詩)」에는 심지어 "명세(命世)의 풍소(風騷)는 첫째 공이니, 사문(斯文)은 도대체 누구를 위하여 뛰어날 것인가? 태산(太山)과 북두(北斗)는 한유(韓愈)에 오르고, 곤륜(崑崙)의 옥과 가을 서리는 공융(孔融)에 필적하네(命代風騷第一功, 斯文倒底爲誰雄? 太山北斗攀韓愈, 琨玉秋霜敵孔融)"[2]라고 하였다. 그의 시는 시종 황정견과 진사도(陳師道)의 영향을 벗어나지 못했지만, 그래도 맑고 경쾌하여 일반 강서파의 딱딱함과 난삽함을 닮지는 않았다.

---

1) 유극장(劉克莊)의 『후촌대전집(後村大全集)』 권95 「강서시파소서(江西詩派小序)」.

2) 증계리(曾季貍)의 『정재시화(艇齋詩話)』에는 여본중이 "즐겨 남에게 동파의 시를 읽게 하였다(喜令人讀東坡詩)"라고 기록되어 있고, 진곡(陳鵠)의 『기구속문(耆舊續聞)』 권2에는 여본중이 그의 외사촌 동생에게 보낸 편지가 실려 있으며, 호자(胡仔)의 『초계어은총화(苕溪漁隱叢話)』 전집(前集) 권49와 하계문(何谿文)의 『죽장시화(竹莊詩話)』 권1에는 여본중이 증기(曾幾)에게 보낸 편지가 실려 있다.

春日卽事二首(選一)

病起多情白日遲,[1] 强來庭下探花期.[2]

雪消池館初春後, 人倚闌干欲暮時.[3]

亂蝶狂蜂俱有意, 兔葵燕麥自無知.[4]

池邊垂柳腰支活, 折盡長條爲寄誰?(第二首)

1 "다정(多情)"은 "백일(白日)"을 가리킨다. "봄 해가 더디다(春日遲遲)"는 것
은 미련이 남아서 차마 서쪽으로 지지 못한다는 뜻이다.
【보주(補註) 6】: 소식의 「접련화(蝶戀花)・모춘(暮春)」에 "흰 해는 다정하
여 아직 자리를 비추고 있네(白日多情還照坐)"라고 한 것을 참조.
또 반면(反面)에서 이러한 뜻을 말한 것도 있다. 예컨대 왕안석(王安石)의
「어가오(漁家傲)」에는 "등불은 이미 거두어져 정월은 반인데, 서쪽으로 창
을 보니 해는 오히려 짧음을 꺼리네(燈火已收正月半, 西看窗日猶嫌短)"라고
하였고, 청(淸) 황임(黃任)의 『추강집(秋江集)』권2 「춘일잡사(春日雜事)」의
첫째에는 "석양은 크게 무정물(無情物), 또 담장 동쪽의 하루 봄을 배웅하
네(夕陽大是無情物, 又送牆東一日春)"라고 하였는데 아마도 가장 전파되고
암송되는 반면 낙필(落筆)일 것이다.

2 꽃이 어떻게 피는가를 한번 본다.

3 남송(南宋) 장구성(張九成)의 『회포일신(橫浦日新)』에는 이 1연을 극찬하여
"그림에 넣을 만하다. 사람의 감정과 사물의 자태를 이 2구절이 다하였다
(可入畵, 人之情意, 物之容態, 二句盡之)"라고 하였다.

4 이 1연은 이상은(李商隱)의 「이월이일(二月二日)」에 "꽃 수염과 버들눈은
각각 제멋대로이고, 자줏빛 나비와 노란 벌은 다 정을 품고 있네(花鬚柳眼
各無賴, 紫蝶黃蜂俱有情)"라고 한 것과 매우 닮았다. 두보(杜甫)의 「풍우, 간
주전낙화(風雨, 看舟前落花)」에 "꿀벌과 호랑나비가 감정을 나타내네(蜜蜂

胡蝶生情性)"라고 한 것과 또 「백사행(白絲行)」에 "떨어지는 버들솜과 아지
랑이에도 정이 있네(落絮游絲亦有情)"라고 한 것을 참조. 유우석(劉禹錫)의
「재유현도관(再遊玄都觀)」시의 "인(引)"에는 "싹 쓸어버린 듯한 그루의 나
무도 없고, 오직 새삼과 귀리만이 봄바람에 흔들리고 있을 따름이다(蕩然
無復一樹, 唯兎葵燕麥動搖於春風耳)"라고 하였다. "자무지(自無知)"는 "새삼
과 귀리(兎葵燕麥)"는 꽃과 같이 "말할 줄 아는(解語)" 총기가 없음을 말한
것이다.

兵亂後自嬉雜詩二十九首(選三)[1]

晚逢戎馬際, 處處聚兵時. 後死翻爲累, 偸生未有期.
積憂全少睡, 經劫抱長飢.[2] 欲逐[3]范仔輩, 同盟起義師.(第一首)
(近聞河北布衣范仔起義師.)

萬事多反覆, 蕭蘭不辨眞.[4] 汝爲誤國賊, 我作破家人!
求飽羹無糝, 澆愁爵有塵. 往來梁上燕, 相顧却情親.(第九首)

蝸舍嗟蕪沒, 孤城亂定初. 籬根留敝屨, 屋角得殘書.
雲路慚高鳥, 淵潛羨巨魚.[5] 客來闕佳致,[6] 親爲摘山蔬.(第十四首)

---

1 방회(方回)의 『영규율수(瀛奎律髓)』 권32에 보인다. 『동래선생시집(東萊先生
詩集)』에는 빠뜨리고 싣지 않았다.
   송 흠종(欽宗) 조환(趙桓) 정강(靖康) 원년(1126) 겨울에, 금인(金人)은 북송
의 서울 변량(汴梁)을 쳐부수고 2년 봄에는 휘종(徽宗)·흠종 부자 두 황제
를 모두 잡아갔다. 이 시들은 대략 정강 2년(1127) 4월 금나라 군대가 다

물러난 후 여본중(呂本中)이 변량으로 돌아왔을 때 지었을 것이다.

방회의 말에 따르면, 모두 29수로 그는 5수를 뽑았으며 또한 약간의 침통한 단구(斷句)를 들고 있다. 그 가운데 "국가에 보답하는데 어찌 계책이 없겠는가? 몸을 온전하게 하는 데는 저마다 말이 있네(報國寧無策, 全軀各有詞)"라는 1연은 "올바르지 못한 방법으로 나라를 구하는(曲線救國)" 자들의 추태를 절묘하고 꼭 같이 묘사하고 있으나 애석하게도 전체의 시는 남아 있지 않다. 이 시들의 풍격은 두보(杜甫)를 배운 것이 분명하고, "보국(報國)"의 1연도 또한 두보의 「유감(有感)」 제5수에 "고을을 다스리는 데는 문득 낯빛이 없지만, 벼슬로 나아가는 데는 모두 말이 있네(領郡輒無色, 之官皆有詞)"라고 한 것에서 탈태(奪胎)한 것으로 참으로 "점철성금(點鐵成金)"이라고 할 수 있다.

2 서몽신(徐夢莘)의 『삼조북맹회편(三朝北盟會編)』의 「정강중질(靖康中帙)」 권71과 권74에 인용된 당시 눈으로 보고 몸으로 겪은 사람들의 기록에 따르면, 변량이 함락된 후 양식이 바닥이 나서 굶어 죽는 사람이 적지 않았으며 금나라 군대가 물러가고 이맥(二麥, 대맥(大麥)과 소맥(小麥))이 이미 익었으나 또한 베러 갈 사람도 없었다고 한다.

3 따르다.

4 「이소(離騷)」에는 "쑥을 차서 허리에 가득 채우고 있으면서, 그윽한 난초는 찰 수 없다고 하네 …… 어떻게 옛날의 향기로운 풀이, 이제 다만 이와 같은 쑥이 되었는가?(扈服艾以盈要兮, 謂幽蘭其不可佩. …… 何昔日之芳草兮, 今直爲此蕭艾也!)"라고 하였다. 그 이후 중국의 시문에서는 늘 난(蘭, 난초)·혜(蕙, 혜초)로 좋은 사람을 상징하고, 소(蕭, 맑은대쑥)·애(艾, 쑥)로 나쁜 사람 특히 좋은 사람 속에 섞여있는 나쁜 사람을 상징하였다.

5 하늘은 텅 비고 바다는 광활하여 새도 날 수 있고 물고기도 노닐 수 있는데, 오직 자신만은 갈 길이 없다. 구식(句式)이 『시경(詩經)·소아(小雅)·사월(四月)』에 "저 수리와 솔개는, 날아올라 하늘에 닿고, 저 전어(鱣魚)와 유

어(鮞魚)는, 못 속으로 잠겨 달아나네(匪鶉匪鳶, 翰飛戾天; 匪鱣匪鮪, 潛逃于淵)”라고 하였고, 또 「대아(大雅)·한록(旱麓)」에 “솔개는 날아 하늘에 닿고, 물고기는 연못에서 뛰어 오르네(鳶飛戾天, 魚躍于淵)”라고 하였으며, 도잠(陶潛)의 「시작진군참군, 경곡아작(始作鎭軍參軍, 經曲阿作)」에 “구름을 바라보니 높이 나는 새가 부끄럽고, 물을 내려다보면 노니는 물고기를 기뻐하네(望雲慚高鳥, 臨水悅游魚)”라고 하였고, 두보(杜甫)의 「중소(中宵)」에 “나무를 가리니 고요한 새임을 알고, 물결에 잠기니 큰 물고기임을 생각하네(擇木知幽鳥, 潛波想巨魚)”라고 한 것과 비슷하다. 단성식(段成式)의 『유양잡조(酉陽雜俎)』 권12에 승(僧) 현람(玄覽)이 대나무에 “큰 바다는 물고기가 뛰어오르는 것을 따르고, 긴 하늘은 새가 나는 것에 맡기네(大海從魚躍, 長空任鳥飛)”라고 제(題)하였다고 실려 있는 것을 참조. 『전당시(全唐詩)』에는 수록되어 있지 않다.

6 맛있는 것을 내놓을 수 없다.

柳州開元寺夏雨[1]

風雨翛翛似晩秋, 鴉歸門掩伴僧幽.
雲深不見千巖秀, 水漲初聞萬壑流.
鐘喚夢回空悵望, 人傳書至竟沈浮.[2]
面如田字非吾相, 莫羨班超封列侯.[3]

---

1 『영규율수(瀛奎律髓)』 권17에 보인다. 『동래선생시집』에는 빠뜨리고 수록하지 않았다. 이것은 그가 북방을 떠나 광서(廣西)에서 피난할 때 지은 것이다.

2 이 1연은 매우 진실하고 세밀하게 유랑자가 고향을 생각하고 소식을 바라

는 정경을 묘사하고 있다.

"경침부(竟沈浮)"는 뜻밖에도 편지를 전하는 사람이 편지를 잃어버렸을 것이라는 말과 같다.

【보주(補註) 7】: 이 1연은 『세설신어(世說新語)·언어(言語)』에 고개지(顧愷之)가 회계(會稽)의 "산천의 아름다움(山川之美)"을 "천 개의 바위가 빼어남을 겨루고, 만 개의 골짜기가 흐름을 다툰다(千巖競秀, 萬壑爭流)"라고 칭찬한 것을 운용한 것이며, 방회(方回)가 "간정(刊定)"한 것은 확실히 근거가 있다.

3 반초(班超)는 한대의 명장이다. 『후한서(後漢書)』 권77에는 그가 "제비의 턱과 범의 목을 하였으니 …… 이것은 만리(萬里)의 제후의 관상이다(燕頷虎頸 …… 此萬里侯相也)"라고 하였으며, 육조(六朝)에 이안민(李安民)이란 명장이 있었는데 『남제서(南齊書)』 권27에는 그가 "얼굴이 반듯하기가 밭과 같으니, 제후에 봉해질 형상이다(面方如田, 封侯狀也)"라고 하였다. 여본중은 이 두 고사를 하나로 합쳐 자신은 높이 출세할 인물이 아니라고 말하고 있다.

連州陽山歸路三絶(選一)[1]

稍離煙瘴近湘潭, 疾病衰頹已不堪.
兒女不知來避地, 强言風物勝江南.[2](第二首)

---

1 이것도 또한 유랑 시기 중 광동(廣東)에서 호남(湖南)으로 갈 때 지은 것이다.

---

2 동시대의 진여의(陳與義)의 『간재집(簡齋集)』 권21 「세우(細雨)」에 "적을 피하여 삼로(三老)에 폐를 끼치고 있으니, 어떻게 뛰어난 유람임을 알겠는가?(避寇煩三老, 那知是勝游!)"라고 한 것을 참조.

35. 종택(宗澤)

　종택(宗澤, 1059~1128)의 자는 여림(汝霖), 의오(義烏) 사람이다. 『종충간공집(宗忠簡公集)』이 있다. 그는 금인(金人)의 침략에 저항한 민족의 영웅으로 송대에는 그를 악비(岳飛)와 나란히 일컬었다.[1] 그의 시는 평범하고 견실하여 결코 문자에 노력을 기울이지 않았다.

早發

織緷[1]垂垂馬踏沙, 水長山遠路多花.
眼中形勢胸中策,[2] 緩步徐行靜不譁.

1　진대(晉代)로부터 관원(官員)이 대문을 나서면 의장대(儀仗隊)에 모두 일산
　　(日傘)이 있었다.

2　책략, 전략.

---

1)　예컨대 육유(陸游)의 『검남시고(劍南詩稿)』 권25 「야독범치능"남비록"(夜讀范致能"攬轡錄")」,
　　권27 「서분(書憤)」 등이 있다.
　　오불(吳苪)의 『호산집(湖山集)』 권4 「곡원수종공택(哭元帥宗公澤)」 참조.

36. 왕조(汪藻)

왕조(汪藻, 1079~1154)의 자는 언장(彦章), 덕흥(德興) 사람이다. 『부계집(浮
溪集)』이 있다. 그는 초년에 강서파의 서부(徐俯) · 홍염(洪炎) 등에게 재능을
인정받았다.[1] 전하는 바에 따르면 서부에게 "시를 짓는 방법(作詩法門)"의
가르침을 청한 적이 있다고 한다.[2] 그는 중년 이후 한구(韓駒)에게 편지를
보내 그를 스승으로 모시고 싶다고 말하였다.[3] 그러나 그의 작품을 보면
주로 소식(蘇軾)의 영향을 받았다. 북송 말기 · 남송 초기의 시단은 거의 황
정견(黃庭堅)의 세계였다. 소식의 아들 소과(蘇過) 이외에 손적(孫覿) · 섭몽득
(葉夢得) 등 강서파의 기풍에 휩쓸리지 않고 소식에 기울었던 명가들은 그
수효가 매우 적었는데 왕조는 그 가운데 가장 뛰어나다.

---

1) 손적(孫覿)의 『홍경거사집(鴻慶居士集)』 권34 「왕군묘지명(汪君墓誌銘)」.
2) 증민행(曾敏行)의 『독성잡지(獨醒雜志)』 권4.
3) 오증(吳曾)의 『능개재만록(能改齋漫錄)』 권14에 보인다.

春日[1]

一春略無十日晴, 處處浮雲將雨行.

野田春水碧於鏡, 人影渡傍鷗不驚.

桃花嫣然出籬笑, 似開未開最有情.

茅茨煙暝客衣濕, 破夢午雞啼一聲.

1　이것은 널리 애송되던 시로서(장세남(張世南), 『유환기문(游宦紀聞)』 권3), 당시 어떤 사람은 첫째 구를 시제(詩題)로 삼았다(양관경(楊冠卿), 『객정류고(客亭類稿)』 권11).

己酉亂後, 寄常州使君姪[1]

草草官軍渡, 悠悠虜騎旋.[2]　方嘗勾踐膽, 已補女媧天.[3]

諸將爭陰拱, 蒼生忍倒懸.[4]　乾坤滿群盜, 何日是歸年![5]

1　"기유(己酉)"는 송 고종(高宗) 조구(趙構) 건염(建炎) 3년(1129)이다. 그해 금(金)나라 군대가 장강을 건너 11월에 건강(建康)을 점령하고 12월에 상주(常州)를 공격하였으나 악비(岳飛)에게 격퇴 당하였다. 이 시도 또한 두보체(杜甫體)를 배운 것으로, 앞서 뽑은 여본중의 시 3수보다 풍격이 완정(完整)하다.

2　송의 군대는 허둥지둥 강남(江南)으로 퇴각하고, 금의 군대가 강을 건넜는데 아직도 어느 해 어느 달에 다시 북방으로 도로 격퇴시킬 지도 모른다. 【보주(補註) 8】: "유유히 오랑캐의 기마가 돌아간다(悠悠虜騎旋)"는 것은 마땅히 금인이 여유 있게 군대를 퇴각시킨 것을 가리킨다. 이것은 "초초(草草)"와 반면(反面)에서 묘사한 것이며 또 "난리 이후(亂後)"와도 들어맞

는다.

3 월왕(越王) 구천(勾踐)은 "섶에서 눕고 쓸개를 맛보며(臥薪嘗膽)" 원수를 갚을 뜻을 세워 마침내 오(吳)나라를 멸망시킬 수 있었다. 여왜씨(女媧氏)는 하늘의 동남쪽이 빠진 것을 보고 돌을 달구어 하늘을 기웠다. 이 1연은 적에 항거하여 치욕을 씻겠다는 신념과 행동은 이미 국가 멸망의 운명을 만회하였고, 동남쪽에서 또 정부를 수립하였다는 것을 말하고 있다. 담겨 진 뜻은 오직 굳은 결심으로 계속 노력하면 잃어버린 땅을 되찾는 것도 결코 어렵지 않다는 것이다.

4 그러나 대장은 모두 냉랭한 눈빛으로 방관하여 군대를 억눌러 움직이지 않으니, 함락 지구의 백성들은 다만 참을 수 없는 고통을 참고 견딜 수밖에 없다. "음공(陰拱)"(남몰래 손을 맞잡음)은 『한서(漢書)』 권33 「영포열전(英布列傳)」의 말을 사용한 것이고, "도현(倒懸)"(거꾸로 매달림)은 『맹자(孟子) · 공손추(公孫丑)』의 말을 사용한 것이다.

5 이백(李白)의 「분망도중(奔亡道中)」 제1수에는 "만 겹 관문의 요새가 끊어 졌으니, 어느 날이 돌아갈 해인가!(萬重關塞斷, 何日是歸年!)"라고 하였고, 두보(杜甫)의 「절구이수(絶句二首)」 제2수에는 "올 봄이 보는 사이에 또 지나가니, 어느 날이 돌아갈 해인가!(今春看又過, 何日是歸年!)"라고 하였다. 이 구는 제2구와 호응하고 있다. 곧 적들의 철수는 이미 "아득히(悠悠)"어 느 날인지 모르는 이상 유랑자의 귀향도 또한 아득하여 기약이 없다.

卽事二首

燕子將雛語夏深, 綠槐庭院不多陰.
西窗一雨無人見, 展盡芭蕉數尺心.[1](第一首)

雙鷺能忙翻白雪, 平疇許遠漲淸波.²

鈎簾百頃風煙上, 臥看靑雲載雨過.(第二首)

1 "일우, 서창파초전진수척심, 무인견(一雨, 西窗芭蕉展盡數尺心, 無人見)"과
같다. 이러한 형식은 한 구절이지만 문법과 뜻에 의하여 말한다면 표점부
호를 찍기 어려운 예는 옛 시에 자주 보인다. 당 왕한(王翰)의 「양주사(涼
州詞)」의 "포도미주야광배, 욕음비파마상최(葡萄美酒夜光杯, 欲飮琵琶馬上
催)"는 논리적으로는 마땅히 "포도미주야광배욕음, 비파마상최(葡萄美酒夜
光杯欲飮, 琵琶馬上催)"여야만 하며, 또 송 누약(樓鑰)의 「소계도중(小溪道
中)」에는 "옹기종기 모인 푸른 산은 석양을 숨기고, 아득히 바라보니 들판
의 기러기 줄지어 돌아가네. 오래도록 움직이지 않으니 비로소 알겠네, 한
무더기의 부서진 구름이 추워서 날지 못하는 것을(簇簇蒼山隱夕暉, 遙看野
雁著行歸. 久之不動方知是, 一搭碎雲寒不飛)"(『공괴집(攻媿集)』 권9)이라고 하
였는데 논리적으로는 마땅히 "구지부동, 방지시일탑쇄운한불비(久之不動, 方
知是一搭碎雲寒不飛)"이어야 한다. 사곡(詞曲)에는 이러한 예가 더욱 흔하다.

2 "능(能)"과 "허(許)"는 모두 "그렇게(那麼)", "이와 같이(這樣)"의 뜻이다.

37. 왕정규(王庭珪)

왕정규(王庭珪, 1080~1172)의 자는 민첨(民瞻), 안복(安福) 사람이다. 『노계집(廬溪集)』이 있다. 북송 말기·남송 초기의 시인 중에 어떤 사람들은 강서파를 경멸하고 황정견(黃庭堅)에 대하여 다른 시각으로 바라보았다. 예컨대 섭몽득(葉夢得)과 왕정규[1]의 태도는 마치 원호문(元好問)의 「논시삼십수(論詩三十首)」 제28수에서 "시를 논하는데 차라리 황정견에게 절할지언정, 서강사(西江社, 강서파를 가리킴) 중의 사람은 되지 않으리(論詩寧下涪翁拜, 不作西江社裏人)"라고 말한 것과 같았다. 왕정규의 시는 분명하고 유창하지만 그러나 많은 곳에서 황정견의 격조를 모방하였고 그의 사구(詞句)를 답습하였으며 그가 활용하여 유행된 전고와 성어를 사용하였다.

---

1) 도종의(陶宗儀)의 『설부(說郛)』 권20에 실린 오췌(吳萃)의 『시청초(視聽鈔)』, 『노계집(廬溪集)』 권1 「증별황초연(贈別黃超然)」, 권16 「발유백산시(跋劉伯山詩)」.

和周秀實[1]田家行

旱田氣逢六月尾, 天公爲叱群龍起;

連宵作雨知豊年, 老妻飽飯兒童喜.

向來辛苦躬鋤荒, 剜肌不補眼不瘡;[2]

先輸官倉足兵食, 餘粟尙可甁中藏.[3]

邊頭將軍耀威武, 捷書夜報擒龍虎;

(近報殺退龍虎大王.)[4]

便令壯士挽天河, 不使腥羶汗后土.[5]

咸池洗日當靑天, 漢家自有中興年;[6]

大臣鼻息如雷吼, 玉帳無憂方熟眠![7]

1 주기(周芑)의 자는 수실(秀實), 사인(詞人) 주방언(周邦彦)의 조카이다.

2 섭이중(聶夷中)의 「상전가(傷田家)」의 명구 "눈앞의 부스럼을 고치려고, 가슴살을 파버린다네(醫得眼前瘡, 剜却心頭肉)"를 사용하였다.

3 이것은 농가에 남아 있는 양식이 적음을 묘사한 것이다. 도잠(陶潛)의 「귀거래사(歸去來辭)」 서(序)에는 "병에는 저장된 곡식이 없다(甁無儲粟)"라고 하였는데, 소식(蘇軾)은 읽고 "설사 병에 저장된 곡식이 있다고 해도 역시 매우 적었을 것이다. 이 노인은 평생 다만 병 속에서 곡식만 보았는가?(使甁有儲粟, 亦甚微矣. 此翁平生只於甁中見粟也耶?)"(『진체비서(津逮秘書)』 본 『동파제발(東坡題跋)』 권1 「서연명"귀거래혜서"(書淵明"歸去來兮序")」)라고 개탄하였다. 왕정규는 이 뜻을 넌지시 사용하였다. 그러나 고대의 이른바 "병(甁)"은 후세의 "독(甕)"과 거의 같은 것이다. 양웅(揚雄)의 「주잠(酒箴)」의 이른바 "병이 있는 곳을 살피고, 우물가에 산다(觀甁之居, 居井之湄)"의 "병"은 바로 "독을 끌어안고 동산에 물을 준다(抱甕灌園)"라고 할 때의

"옹(甕)"이다. 도잠의 이 말은 고악부(古樂府) 「동문행(東門行)」의 "동이 속에 한 말도 쌓아놓은 것이 없네(盎中無斗儲)"와 같은 것으로, 결코 오늘날의 이른바 꽃병·술병 따위의 작은 것을 가리키는 것은 아니다.

4 용호대왕(龍虎大王)은 금(金) 올출(兀朮) 휘하(麾下)의 대장이다. 이것은 대략 송 고종(高宗) 소흥(紹興) 10년(1140) 초가을에 악비(岳飛)가 금의 군대를 대파시킨 일을 가리킨다. 또한 이 해에 진회(秦檜)는 나라를 팔아먹고 화친(和親)을 구하여 잇달아 12개의 금패(金牌)를 내려서 악비에게 군대를 철수하라고 하였다.

5 두보(杜甫)의 "적을 물리치고 서울을 수복한(破敵收京)" 것을 경축한 「세병마(洗兵馬)」 시에 "어떻게 장사가 은하수를 끌어당겨서, 갑옷과 무기를 깨끗이 씻어버리고 길이 쓰지 않을 수 있겠는가(安得壯士挽天河, 淨洗甲兵長不用!)"라고 한 것은 앞으로 다시는 싸움하지 않기를 바란 것이다.
왕정규는 그의 시구를 빌려 썼지만, 그의 의도와는 반대로 적을 깨뜨린 영웅이 승세를 타고 곧장 추적하여 외국인을 소탕하고 깨끗한 국토를 회복하기를 희망하고 있다.

6 전하는 바에 따르면, 함지(咸池)는 해가 목욕하는 곳이다. 그 뜻은 북송이 멸망한 후 또 남송이 있는 것은 또한 전한(前漢)이 멸망한 후 또 후한(後漢)이 있는 것과 마찬가지로, 마치 해가 못에서 목욕을 하고 또 높이 하늘 위로 솟아오르는 것과 같다.

7 이 2구절은 조정의 집정(執政)들을 풍자한 것이다. 왕정규는 진회가 나라를 팔아 구차하게 편안하려는 것에 반대하였기 때문에 이미 소흥(紹興) 8년(1138) 겨울에 호남(湖南) 노계(瀘溪)로 유배당하였다.

移居東村作

避地東村深幾許? 靑山窟裏起炊煙.

敢嫌茅屋絶低小, 淨掃土牀堪醉眠.

鳥不住啼天更靜, 花多晚發地應偏.[1]

遙看翠竹娟娟好, 猶隔西泉數畝田.

(山中有西泉寺故基.)

1 앞 구절은 육조 왕적(王籍)의 「입약야계(入若邪溪)」에 "매미가 시끄러우니 숲은 더욱 조용하고, 새가 우짖으니 산은 더욱 그윽하네(蟬噪林逾靜, 鳥鳴山更幽)"라고 한 것을 참조할 만하다. 뒷구절은 멀리 떨어진 변방의 기후가 고르지 못함을 말한 것이다.

二月二日出郊

日頭欲出未出時, 霧失江城雨脚微.

天忽作晴山捲幔, 雲猶含態石披衣.[1]

煙村南北黃鸝語, 麥隴高低紫燕飛.

誰似田家知此樂, 呼兒吹笛跨牛歸?

1 청대 초기 반뢰(潘耒)의 명구 "구름을 지나는 산은 휘장을 걷어 올리고 나오는 것 같네(過雲山似褰帷出)"(『수초당시집(遂初堂詩集)』 권10 「강행잡영(江行雜詠)」)는 이 1연의 앞 구절과 비슷하다. 뒷구절은 포하(包何)가 "안개는 산의 두건이라네(霧爲山巾子)"(『북몽쇄언(北夢瑣言)』 권7 ; 『전당시』 제12함 제8책, 권871, "해학(諧謔)" 3, "해시일구(諧詩逸句)")라고 하였고, 소

식(蘇軾)의 「신성도중(新城道中)」 시에 "고개(재) 위에는 개인 구름이 솜 모
자를 쓰고 있네(嶺上晴雲披絮帽)"(소철(蘇轍)의 『난성집(欒城集)』 권13 「초도
적계(初到績溪)」 제1수에 "비 내린 나머지에 고개 위에는 구름이 솜을 걸
치고 있네(雨餘嶺上雲披絮)"라고 한 것은 형의 시구를 모방한 것임)라고 한
것을 참조할 만하다.

38. 증기(曾幾)

증기(曾幾, 1084~1166)의 자는 길보(吉甫), 스스로 다산거사(茶山居士)라고 불렀다. 감주(贛州) 사람이다. 『다산집(茶山集)』이 있다. 그는 황정견을 극구 추앙하였으며 스스로 『산곡집(山谷集)』을 아주 익숙하게 읽었다고 말하였다.[1] 또한 일찍이 한구(韓駒)와 여본중(呂本中)에게 시법(詩法)에 관해 가르침을 청한 적이 있었으므로 후인들도 또한 그를 강서파에 덧붙이려고 하였다.[2] 그의 풍격은 여본중보다 경쾌하고, 특히 일부분의 근체시는 활발하고 힘을 쓰지 않아서 이미 양만리(楊万里)의 선구가 되었다.

---

1) 『다산집(茶山集)』 권5 「우거유초객자, 희성(寓居有招客者, 戱成)」.
2) 유극장(劉克莊)의 『후촌대전집(後村大全集)』 권97 「다산성재시선서(茶山誠齋詩選序)」, 방회(方回)의 『영규율수(瀛奎律髓)』 권16 진여의(陳與義)의 「도중한식(道中寒食)」 시에 대한 비어(批語).
  양만리(楊万里)의 『성재집(誠齋集)』 제23 「제서형중『서창시편』(題徐衡仲『西窗詩編』)」을 참조

蘇秀[1]道中, 自七月二十五日夜, 大雨三日,
秋苗以蘇, 喜而有作

一夕驕陽轉作霖, 夢回涼冷潤衣襟.
不愁屋漏牀牀濕, 且喜溪流岸岸深.[2]
千里稻花應秀色, 五更桐葉最佳音.[3]
無田似我猶欣舞, 何況田間望歲心!

1　소주(蘇州)와 가흥(嘉興)이다.

2　이 1연은 두보(杜甫)의 「모옥위추풍소파가(茅屋爲秋風所破歌)」에 "침상마다
　　지붕이 새어 마른 곳이 없네(牀牀屋漏無乾處)"라고 하였고, 「춘일강촌오수(春
　　日江村五首)」 제1수에 "봄의 흐르는 물은 언덕마다 깊네(春流岸岸深)"라고
　　한 것을 사용하였다.

3　앞 구절은 당(唐) 은요번(殷堯藩)의 「희우(喜雨)」 시의 1구절과 완전히 같
　　다. 고대의 시에서 "가을밤에 비가 오동을 때리는 소리를 듣는다(秋夜聽雨
　　打梧桐)"는 것은 으레 사람이 잠도 못하고 고민에 빠져들게 하는 것이다.
　　예컨대, 당 유원(劉媛)의 「장문원(長門怨)」에는 "비가 오동에 떨어지니 가
　　을밤은 길고, 수심은 비와 섞여 소양전(昭陽殿)에 끊겼네. 눈물 자국은 임
　　금님 은혜가 끊어진 것을 배우지 못하여, 천 줄기를 닦아내어도 또 만 줄
　　기라네(雨滴梧桐秋夜長, 愁心和雨斷昭陽. 淚痕不學君恩斷, 拭却千行更萬行)"라
　　고 하였고, 또 온정균(溫庭筠)의 「경루자(更漏子)」 사(詞)에는 "오동나무, 한
　　밤에 내리는 비, 이별의 정이 정녕 괴로운 줄 생각도 못했네. 한 잎 한 잎,
　　한 소리 한 소리, 텅 빈 섬돌에 날이 새도록 떨어지네(梧桐樹, 三更雨, 不道
　　離情正苦. 一葉葉, 一聲聲, 空堦滴到明)"라고 하였다. 원 백인보(白仁甫, 박
　　(樸)의 『오동우(梧桐雨)』 제4절(折) 후반부에는 더욱 이러한 정경을 유창하
　　게 묘사하였다.
　　증기는 여기에서 옛 가락을 새롭게 바꾸었다. 즉 오동나무에 쓸쓸히 내리

는 찬 빗소리를 듣고 농작물이 생기를 찾는다고 상상하고 있다. 가령 그가 잠들지 못하더라도 그것은 또한 "기뻐서 잠들지 못하는(喜而不寐)" 것으로, 그의 「하야문우(夏夜聞雨)」시에 "서늘한 바람 급한 비에 밤이 쓸쓸한데, 강남의 초목이 시들까 두려워하네. 저절로 풍년이 되어 기뻐서 잠이 오지 않으니, 창 밖에 파초가 있는 것은 아랑곳하지 않네(涼風急雨夜蕭蕭, 便恐江南草木彫. 自爲豊年喜無寐, 不關窗外有芭蕉)"라고 말한 것과 같다.

三衢[1]道中

梅子黃時日日晴, 小溪泛盡却山行.
綠陰不減來時路, 添得黃鸝四五聲.

1 절강(浙江) 구주(衢州)이다.

39. 이강(李綱)

이강(李綱, 1085~1140)의 자는 백기(伯紀), 소무(邵武) 사람이다. 『양계집(梁溪集)』이 있다. 이 정치가는 금인(金人)에게 저항할 것을 주장하고 내정을 혁신할 것을 계획하였는데, 종택(宗澤)과 마찬가지로 뜻을 이루지 못하였지만 결국 악비(岳飛)처럼 그렇게 참혹하게 죽지는 않았다고 할 수 있다. 그의 시는 매우 많고 상당히 장황하고 질질 끈다고 할 수 있으며 또한 사조(詞藻)를 다듬었지만 이따금 진솔(眞率)하여 사람을 감동시키는 작품이 있다.

病牛

耕犁千畝實千箱, 力盡筋疲誰復傷?
但得衆生皆得飽, 不辭羸病臥殘陽.

1 소흥(紹興) 2년(1132)에 지은 것으로, 그때 이강은 유배되어 무창(武昌)에 있었다. 이 시는 『양계전집(梁溪全集)』 권20에 보인다. 권19의 「건염행(建炎行)」은 그가 77일 동안 재상을 지내다가 남들에게 배척당한 일을 묘사하였다. 여기의 "병든 소(病牛)"는 바로 그 자신을 상징한 것으로 보이며, 앞서 뽑은 공평중(孔平仲)의 「화숙(禾熟)」 시의 "늙은 소(老牛)"와는 겉모습은 같으나 속마음은 다르다. 본서 184쪽 참조.

40. 이미손(李彌遜)

이미손(李彌遜, 1085~1153)의 자는 사지(似之), 오현(吳縣) 사람이다. 『균계집(筠谿集)』이 있다. 그와 이강(李綱)은 좋은 친구로서 정치적인 주장도 서로 같았고 시의 수답(酬答)도 또한 매우 많았다. 그의 시는 소식(蘇軾)과 황정견(黃庭堅)의 영향을 받지 않았고, 명의(命意)와 조구(造句)가 모두 신선하고 정교하여 당시에는 독창적이었다고 할 수 있다.

雲門[1]道中, 晩步

層林疊巘暗東西, 山轉崗[2]回路更迷.
望與遊雲奔落日, 步隨流水赴前溪.[3]
樵歸野燒孤煙盡, 牛臥春犂小麥低.
獨繞輞川[4]圖畫裏, 醉扶白叟杖青藜.[5]

---

1 절강(浙江) 소흥(紹興)에 있다.

---

2 "강(崗)"은 "강(江)"으로 되어있는 것도 있다.

---

3 이 1연은 시력이 미치는 것이 다리 힘이 미치는 것보다 더 넓고 멀다고 말하고 있다.

---

4 섬서(陝西) 남전(藍田)에 있다. 당의 시인 왕유(王維)의 별장이 있는 곳으로,

왕유는 일찍이 한 폭의 「망천도(輞川圖)」를 그린 적이 있다.

5 "백수(白叟)"는 "황발(黃髮)"로 되어 있는 것도 있다. "백수"(머리가 하양
게 센 늙은이)는 작자 자신으로 앞 구절의 이른바 "홀로 어슬렁거리다(獨
繞)"를 자세하게 설명한 것이며 술에 취한 늙은이를 부축하는 것은 하나
의 지팡이라는 뜻이다.

東崗晩步

飯飽東崗晩杖藜, 石梁橫渡綠秧畦.

深行徑險從牛後, 小立臺高出鳥棲.

問舍誰人村遠近, 喚船別浦水東西.

自憐頭白江山裏, 回首中原正鼓鼙![1]

1 이미손은 금나라 사람들에게 화친을 구하는 진회를 반대했기 때문에, 배
척되어 고향으로 돌아와 복건(福建) 연강(連江)의 서산(西山)에서 은거하였
다. 이 시는 그 시기의 시이다.

春日卽事

小雨絲絲欲網春,[1] 落花狼藉近黃昏.

車塵不到張羅地,[2] 宿鳥聲中自掩門.

1 빗발이 그물과 같아서, 마치 온 하늘을 뒤덮을 만한 큰 그물을 쳐서 봄빛
을 덮으려고 하는 듯하다.

2 대문 앞이 쓸쓸하여 찾아오는 수레도 말도 없다. 『사기(史記)』 권120 「급
   암(汲黯)·정당시열전(鄭當時列傳)」에 적공(翟公)이란 사람이 관리가 되어
   뜻을 얻었을 때는 대문이 매우 번잡했지만 권세를 잃은 이후에는 손님도
   전혀 오지 않아 "대문 밖에 새 그물을 칠 수 있었다(門外可設雀羅)"고 한다.

41. 진여의(陳與義)

　　진여의(陳與義, 1090~1138)의 자는 거비(去非), 스스로 간재(簡齋)라고 불렀
으며, 낙양(洛陽) 사람이다. 『간재집(簡齋集)』이 있다. 북송·남송의 교체기
중 아마도 그가 가장 걸출한 시인이라고 할 수 있다. 그는 비록 소식과
황정견을 추앙하였지만[1] 도리어 진사도를 더욱 존경하였으며[2] 이러한 근
대인들에 대한 주도면밀한 연구를 두보를 배우는 디딤돌로 삼았다. 동시
에 그는 강서파와는 아주 같지는 않았는데, 왜냐하면 그는 "천하의 책을
비록 읽지 않을 수는 없지만, 그러나 용사에 뜻을 두면 안 된다(天下書雖不
可不讀, 然慎不可以有意于用事)"라고 말하는 것을 들은 적이 있기 때문이다.[3]
우리는 그의 전기(前期)의 작품을 보면, 고체시는 주로 황정견·진사도의
영향을 받았고 근체시는 왕왕 황정견·진사도의 풍격에서 두보의 풍격으
로 넘어갔다. 두보 율시의 성조·음절은 당대 율시 중 가장 장대(壯大)하고
도 또한 침착(沈着)한 것으로 공인된다. 황정견과 진사도는 고심하고 애를
쓰며 두보를 배웠지만 이 점을 소홀히 하였다. 진여의는 도리어 이것에
주의하였기 때문에 그의 시는 비록 뜻이 깊지 않다고 하더라도 사구(詞句)
는 분명하고 깨끗하며 음조 또한 맑게 울려 퍼져서 강서파의 작가들보다
사람들의 애호를 받았다. 정강(靖康)의 난이 발생하여 송대 시인은 천지가
무너지는 변동을 만나게 되었고, 이산하여 떠돌아다니는 중에 비로소 두

---

1) 『간재외집(簡齋外集)』 회재(晦齋)의 인용.
2) 방작(方勺)의 『박택편(泊宅編)』 권9, 서도(徐度)의 『각소편(卻掃編)』 권중(卷中).
3) 『각소편』 권중(卷中).

보 시에서 묘사된 안(安)·사(史)의 난의 경계를 절실하게 체험할 수 있었으며, 국파가망(國破家亡)·천애윤락(天涯淪落)의 공감을 일으켜 예전에는 단지 두보를 "풍아하여 스승으로 삼을 만하다(風雅可師)"라고 여겼지만, 이때는 그가 환란 중의 마음을 알아주는 반려임을 더욱 인식하였다. 왕질(王銍)의 「별효선(別孝先)」에는 "평생 일찍이 소릉의 시에 감탄하였지만, 어찌 남은 생애에 그것을 다 보게 되리라고 생각했겠는가?(平生嘗歎少陵詩, 豈謂殘生盡見之)"[4]라고 하였다. 후에 양양(襄陽)으로 피난 간 북방 사람이 광효사(光孝寺) 벽에 글을 지어 또한 "행적의 대강은 왕찬(王粲)의 전(傳)이요, 정회의 작은 모양은 두릉(杜陵)의 시라네(踪跡大綱王粲傳, 情懷小樣杜陵詩)"라고 하였다.[5] 이것은 모두 난리를 몸소 겪은 송인이 두보에 대해서 일종의 마음과 마음이 통하는 새로운 관계를 갖게 되었음을 증명할 수 있다. 시인은 집과 나라의 고통을 그려내려면 흔히 자연스럽게 두보의 이러한 쓸쓸하고 비장한 작품을 본받게 된다. 앞에서 뽑은 여본중(呂本中)과 왕조(汪藻)의 5언율시 몇 수는 그 예이다. 하물며 진여의는 본래부터 두보를 스승으로 본받은 사람이니 두말할 필요가 없을 것이다. 그가 피난할 때의 첫 번째의 시 「발상수도중(發商水道中)」은 그의 후기시의 개요를 밝힌 서문이라 할 수 있다. 곧 "황급함(유송(劉宋) 단도제(檀道濟)의 도망(逃亡)을 가리킴)은 단공(檀公)의 방책이오, 아득함(전란(戰亂)을 가리킴)은 두로(杜老)의 시라네(草草檀公策, 茫茫杜老詩!)"라고 하였다. 그의 「정월십이일, 자방주성, 우로지(正月十二日, 自房州城, 遇虜至)」에는 또 "다만 평생의 뜻을 한탄하노니, 소릉(少陵)의 시를 가볍게 여겼다네(但恨平生意, 輕了少陵詩)"라고 한 것은 그가 전쟁의 황폐와 혼란을 겪고 나서야 비로소 이전에는 두보에 대하여 아직 깊이 깨닫지 못했음을 알게 되었다는 것을 나타낸 것이다. 그의 시는 한걸음 나아가 웅활(雄闊)·강

---

4) 조정동(曹廷棟)의 『송백가시존(宋百家詩存)』 권9 「설계집(雪溪集)」.

5) 장단의(張端義)의 『귀이집(貴耳集)』 권하(卷下).

개(慷慨)한 풍격은 지니게 되었다. 그 이전에는 이러한 풍격은 이상은(李商
隱)이 두보를 배울 때 가끔 나타나며, 그 이후에는 명대의 "칠자(七子)" 중
이몽양(李夢陽) 같은 이들이 오로지 두보의 이러한 음조를 배웠지만, 그러
나 뜻은 아주 공허하고 사구 또한 잡다하게 주워 모아서 거의 소리만 있
고 글자는 없는 발성 연습과 같아서 진여의의 작품과는 비교가 되지 못한
다.6) 비록 그렇지만 이러한 유사점이 있기 때문에 성당시(盛唐詩)를 추앙한
명대의 비평가들은 "소문(蘇門)"과 강서파에 대해서는 그렇게 좋다고 하지
않으면서도 진여의를 보고서는 도리어 마음에 든다고 생각하였다.7)

　진여의는 남송에서 시명(詩名)이 지극히 높아서 당시의 몇 사람은 그를
배웠다. 예컨대 그의 조카 장얼(張嵲)과 주희(朱熹)의 부친 주송(朱松)이 있다.
그러나 그의 영향은 살펴볼 때 크지는 않았고, 또한 그를 강서파에 귀속
시키는 사람도 없었다. 장얼은 그 외 시학(詩學)을 이야기할 때 한 글자도
황정견을 말하지 않았다.8) 남송 말기에 엄우(嚴羽)는 진여의도 "역시 강서
파이기는 하지만 조금 다르다(亦江西之派而小異)"라고 하였고,9) 유신옹(劉辰翁)
은 더욱 그는 황정견·진사도와 일맥상통한다고 말하였으며,10) 방회(方回)
는 특히 돈 많은 사람을 떠받들어 친척이라고 하듯이 그가 강서파라고 한

6) 오교(吳喬)의 『위로시화(圍爐詩話)』 권1에서 "칠자(七子)"는 "성당시(盛唐詩)에 눈이 멀어
　(瞎盛唐詩)", "말만 있고 뜻이 없으며(有詞無意)", 송인(宋人)은 "표절하지 않았기 때문에
　이러한 병폐는 없다(不勦說, 故無此病)"라고 논한 것을 참조.
7) 예컨대 송렴(宋濂)의 『송문헌공전집(宋文憲公全集)』 권37 「답장수재논시서(答章秀才論詩書)」,
　이개선(李開先)의 『중록한거집(中麓閒居集)』 자서(自序), 호응린(胡應麟)의 『소실산방류고
　(少室山房類稿)』 권118 「여고고숙시논송원이대시서(與顧叔時論宋元二代詩書)」 중 둘째, 『시
　수(詩藪)』 외편(外編) 권5가 있다.
8) 『자미집(紫微集)』 권4 「증진부보거비(贈陳符寶去非)」, 권35 「진공자정묘지명(陳公資政墓誌
　銘)」, 유극장(劉克莊)의 『후촌대전집(後村大全集)』 권176에 실린 장얼(張嵲)의 「독황산곡집
　(讀黃山谷集)」을 참조. 이것은 『자미집(자미집)』에는 수록되어 있지 않다.
9) 『창랑시화(滄浪詩話)·시체(詩體)』.
10) 「간재시집서(簡齋詩集序)」.

마디로 잘라서 말하였다.[11] 이로부터 후세 문학사가의 이목을 혼란시켰다.

『간재집(簡齋集)』은 호치(胡穉)의 주본(註本)이 있는데 송인이 주를 단 송시 가운데 아마도 가장 조잡한 것 중의 하나일 것이다.

---

11) 방회(方回)의 저작 속에 드문드문 보인다. 예컨대, 『동강집(桐江集)』 권5 「유원휘시평(劉元暉詩評)」, 『영규율수(瀛奎律髓)』 권16 진여의의 「도중한식(道中寒食)」 시의 비어(批語) 등이 있다.

襄邑[1]道中

飛花兩岸照船紅, 百里楡堤半日風.[2]
臥看滿天雲不動, 不知雲與我俱東.

1 하남(河南)에 있다.

2 배가 순풍을 타고 반나절에 백 리를 달리는데, 둑을 따라 모두 느릅나무
가 있다.

中牟[1]道中二首

雨意欲成還未成, 歸雲却作伴人行.
依然壞郭中牟縣, 千尺浮屠管送迎.[2] (第一首)

楊柳招人不待媒, 蜻蜓近馬忽相猜.[3]
如何得與涼風約, 不共塵沙一倂來! (第二首)

1 하남(河南)에 있다.

2 진여의의 「지진류(至陳留)」에도 또한 "안개 가에 우뚝 솟은 탑, 사람을 불
러 돌아오게 할 수 있는가?(烟際亭亭塔, 招人可得回?)"라고 하였다. "부도(浮
屠)"는 보탑(寶塔)이다. 소식(蘇軾)의 「남향자(南鄉子)」 사(詞)에 "누구를 닮
았는가? 임평산(臨平山) 위의 탑은, 우뚝 솟아, 객이 서쪽에서 오는 것을
맞이하고 객이 가는 것을 전송하고 있네(誰似臨平山上塔, 亭亭, 迎客西來送
客行?)"라고 한 것을 참조.

3 바람 속의 버들가지가 사람을 향해 하늘하늘 흩날리는 것이 마치 매우 가
볍고 미친 듯하여, 사람의 소개를 기다리지 않고 스스로 아양을 떠는 모
양과 같다. 잠자리가 날아서 가까이 가다가 홀연 무슨 의심이라도 생긴
듯 또 멀리 달아나 버린다.

清明¹二絕(選一)

捲地風拋市井聲, 病夫危坐了清明.
一簾晚日看收盡, 楊柳微風百媚生.(第二首)

1 선화(宣和) 5년(1123)에 지은 것이다.

雨晴

天缺西南江面清, 纖雲不動小灘橫.¹
牆頭語鵲衣猶濕, 樓外殘雷氣未平.
盡取微涼供穩睡,² 急搜奇句報新晴.³
今宵絕勝無人共, 臥看星河盡意明.

1 하늘의 한 조각 작은 구름이 강 수면의 작은 여울과 같다. 진여의는 「만
보(晚步)」 시에서 또한 "머문 구름이 매우 사랑스러워, 여러 겹 포개져 백
사장가와 같네(停雲甚可愛, 重疊如沙汀)"라고 하였다. 『산곡내집(山谷內集)』
권6 「영설, 화광평공(詠雪, 和廣平公)」에 "하늘에 이어진 봄눈은 밝기가 씻
은 듯하니, 홀연 강이 맑아 물에 모래가 보임을 생각하네(連空春雪明如洗,
忽憶江清水見沙)"라고 하였고, 임연(任淵)은 "모래는 눈을 비유하였다(沙以

喩雪)"라고 주를 달았다. 수법이 서로 같다.

2 두보(杜甫)의 시제(詩題)의 글자를 채용하였다. 곧 「칠월삼일, 정오이후교열
퇴, 만가소량, 온수유시(七月三日, 亭午已後較熱退, 晚加小涼, 穩睡有詩)」이다.

3 보(報)는 보답하다·갚다·저버리지 않는다는 뜻으로, 두보(杜甫)의 「강반
독보심화(江畔獨步尋花)」의 이른바 "봄빛에 보답할 곳이 있음을 아네(報答
春光知有處)"의 "보(報)"이다. 진여의의 「청명(淸明)」에 "다만 시구를 가지
고 세월에 보답하네(只將詩句答年華)"라고 하였고, 범성대(范成大)의 「팔월
이십이일, 우직옥당, 우후돈량(八月二十二日, 偶直玉堂, 雨後頓涼)」에 "북쪽
창 아래 시를 짓고 붓을 놀리니, 장차 이 노력으로 서늘함에 보답하네(題
詩弄筆北窓下, 將此工夫報答涼)"(『석호시집(石湖詩集)』권11)라고 한 것을 참
조할 만하다.

登岳陽樓[1]

洞庭之東江水西, 簾旌不動夕陽遲.
登臨吳蜀橫分地,[2] 徙倚湖山欲暮時.
萬里來遊還望遠, 三年多難更憑危.[3]
白頭弔古風霜裏, 老木蒼波無限悲!

1 황정견(黃庭堅)의 「우중등악양루, 망군산(雨中登岳陽樓, 望君山)」 주 1)에 보
인다. 본서 205쪽.

2 삼국 시대에 오(吳)와 촉(蜀)이 형주(荊州)를 탈취할 때, 오나라 장수 노숙
(魯肅)은 일찍이 병사 1만 명을 거느리고 악양(岳陽)에 주둔하였다.

3 이것은 건염(建炎) 2년(1128) 가을에 지은 시로, 진여의는 정강(靖康) 원년

(1126) 봄부터 피난하기 시작하였으므로 "삼년(三年)"이라고 하였다. 만약 명대의 "칠자(七子)"가 지었더라면, 틀림없이 두보(杜甫)의 「송정십팔건(送鄭十八虔)」・「등고(登高)」・「춘일강촌오수(春日江村五首)」 제1수 등을 배워 "백년(百年)"으로 "만리(萬里)"의 대구를 만들어, 바로 그들 자신이 "'백년(百年)'・'만리(萬里)'가 어떻게 그렇게 자주 보이고 거듭 나타나는가!('百年'・'萬里'何其層見而疊出也!)"(이몽양(李夢陽), 『공동자집(空同子集)』 권62 「재여하씨서(再與何氏書)」)라고 말한 것과 같았을 것이다.

春寒

二月巴陵¹日日風, 春寒未了怯園公.
海棠不惜臙脂色, 獨立濛濛細雨中.
(借居小園, 遂自號"園公")²

---

1 악양(岳陽)이다.

2 진여의의 「배수옹거주군자정하(陪粹翁擧酒君子亭下)」에는 "저녁비가 부슬부슬 해당화를 적시네(暮雨霏霏濕海棠)"라고 하였다. 그러나 두보(杜甫)의 「곡강대우(曲江對雨)」의 이른바 "숲 꽃이 비를 맞으니 연지가 축축하네(林花著雨胭脂濕)"라고 한 것은 이 시의 의경(意境)을 뛰어넘을 수 없다. 송기(宋祁)의 「금전도(錦纏道)」 사(詞)에 "해당화가 비를 지나니 연지가 환히 비치네(海棠經雨胭脂透)"라고 하였고, 왕방(王雱)의 「권심방(倦尋芳)」 사(詞)에 "해당화가 비를 맞아 연지가 환히 비치네(海棠著雨胭脂透)"라고 한 것도 또한 단지 두보의 시구에 연자(鍊字)를 가한 것일 뿐 진여의의 이 시의 풍치는 없다.

雨中對酒, 庭下海棠, 經雨不謝

巴陵二月客添衣, 草草杯觴恨醉遲.

燕子不禁連夜雨, 海棠猶待老夫詩.

天翻地覆傷春色,[1] 齒豁頭童祝聖時.

白竹籬前湖海闊, 茫茫身世兩堪悲.

1 여기의 "봄빛을 근심한다(傷春色)"는 것은 아래에 뽑은 「상춘(傷春)」과 모두 두보(杜甫)의 「상춘오수(傷春五首)」 제1수의 이른바 "온 천지에 군대가 비록 가득하나, 봄빛은 나날이 저절로 짙어지네(天下兵雖滿, 春光日自濃)" 혹은 「춘망(春望)」의 이른바 "나라는 깨어져도 산과 강은 남아 있고, 성에는 봄이 되어 풀과 나무가 깊네(國破山河在, 城春草木深)"의 뜻이다.

傷春

廟堂無策可平戎, 坐使甘泉照夕烽.[1]

初怪上都聞戰馬, 豈知窮海看飛龍![2]

孤臣霜髮三千丈, 每歲煙花一萬重.[3]

稍喜長沙向延閣,[4] 疲兵敢犯犬羊鋒.

1 변경에서 위급함을 알리는 봉화(烽火)의 신호가 황제의 궁전을 모두 붉게 비춘다. 『사기(史記)』 권110 「흉노열전(匈奴列傳)」에 "봉화가 감천(甘泉)까지 통하였다(烽火通於甘泉)"라고 하였는데, 한나라 황제의 행궁(行宮)이 섬서(陝西) 감천산(甘泉山)에 있었다.

2 이것은 건염(建炎) 4년(1130) 봄에 지은 시이다. 건염 3년 겨울에 금나라

군대가 장강(長江)을 건너 남경(南京)을 함락하자 송 고종(高宗)은 바다로 배를 타고 도망하였다.

---

3 이백(李白)의 「추포가십칠수(秋浦歌十七首)」 제15수에는 "하얗게 센 머리는 3천 길인데, 시름 때문에 이처럼 길다네(白髮三千丈, 緣愁似箇長)"라고 하였고, 두보의 「상춘오수(傷春五首)」 제1수에는 "관문이 있는 요새는 3천 리이고, 내낀 꽃은 1만 겹이라네(關塞三千里, 煙花一萬重)"라고 하였는데, 진여의는 옛 사람의 명구 2구절을 합쳐 1연으로 만든 것이다.

---

4 상자인(向子諲)의 자는 백공(伯共), 이강(李綱)의 정치상의 친구로 진회(秦檜)가 나라를 팔아 화친을 구하는 것을 반대하였다. 그는 이때 바로 장사(長沙) 태수(太守)를 지내면서 군민(軍民)을 조직하여 금나라 군대에 저항·방어하였다. 그는 원래 직비각(直秘閣)이었기 때문에 진여의는 한대(漢代) 사관(史官)의 연각(延閣)을 빌어 그의 칭호로 삼았다. 진여의가 악양(岳陽)에 있을 때 지은 「이옥강묘, 위상백공생조(以玉剛卯, 爲向伯共生朝)」·「재별백공(再別伯共)」 등은 모두 그가 당(唐) 장순(張巡)을 배워 국가를 잘 보위하라고 격려하였다.

牡丹

一自胡塵入漢關, 十年伊洛[1]路漫漫.
青墩溪[2]畔龍鍾客, 獨立東風看牡丹.[3]

---

1 하남(河南)의 이하(伊河)·낙수(洛水)이다. 이것은 소흥 6년(1136)에 지은 것이다. 정강 2년(1126)에 금나라 사람들이 변경(汴京)을 파괴한 후 이 때까지 꼭 10년이다.

---

2 절강(浙江) 동향(桐鄕)의 북쪽에 있다.

3 낙양(洛陽)은 북송의 서경(西京)이자 또한 진여의의 고향으로, 모란꽃으로
  명성을 떨쳤다. 구양수(歐陽脩)의 「희답원진(戱答元珍)」주 4)를 참조. 본서
  97쪽.
  진여의의 이 시의 뜻은 남송 시사(詩詞)에 자주 보인다. 예컨대, 육유(陸游)
  의 『검남시고(劍南詩稿)』 권82 「상산원모란, 유감(賞山園牡丹, 有感)」 시도
  역시 모란꽃을 보고 낙양(洛陽)·부치(鄜畤) 등의 지방을 그리워하고 또
  "주(周)·한(漢)의 옛 서울이 또한 어찌 멀겠는가? 어떻게 하면 한 자의 채
  찍으로 오랑캐들을 쫓아낼 것인가?(周漢故都亦豈遠? 安得尺箠驅群胡!)"라고
  하였다. 유극장(劉克莊)의 『후촌대전집(後村大全集)』 권187 「육주가두(六州
  歌頭)」와 권188 「목란화만(木蘭花慢)」·「소군원(昭君怨)」 등 모란을 읊은
  사의 뜻도 대략 같다.

早行[1]

露侵駝褐曉寒輕, 星斗闌干[2]分外明.
寂寞小橋和夢過, 稻田深處草蟲鳴.

1 『남송군현소집(南宋群賢小集)』 제10책 장양신(張良臣)의 『설창소집(雪窗小
  集)』에 「효행(曉行)」 시가 있고, 또 무명씨의 『시가정련(詩家鼎臠)』 권상(卷
  上)에도 수록되어 있는데 이 시와 대동소이(大同小異)하다. 곧 "천 산·만
  산에 별이 지자, 한 소리·두 소리 종소리·경쇠소리가 맑네. 길이 작은
  다리에 들자 꿈과 함께 지나고, 콩꽃이 깊은 곳에 귀뚜라미가 우네(千山萬
  山星斗落, 一聲兩聲鐘磬淸. 路入小橋和夢過, 豆花深處草蟲鳴)" 위거안(韋居安)
  의 『매간시화(梅磵詩話)』 권상(卷上)에는 이원응(李元膺)의 시 1수를 인용하
  였는데 이 시와 단지 두 글자만 다르다. 곧 "로(露)"는 "무(霧)"로 되어 있
  고, "분(分)"은 "야(野)"로 되어 있다.

2 비스듬히 비껴 있는 모양.

42. 주변(朱弁)

　　주변(朱弁, 1085~1144)의 자는 소장(少章), 스스로 관여거사(觀如居士)라고 불렀으며 무원(婺源) 사람이다. 그는 송 고종(高宗) 건염(建炎) 원년(원년, 1127) 겨울 금(金)에 사신으로 가서 그들의 위협과 유혹을 거절하고 굴복하지 않았기 때문에 꼬박 15년 동안 갇혀 있다가, 고종 소흥(紹興) 13년(1143) 가을에야 고국에 돌아왔다. 그의 구금 기간 동안의 일부분의 시가 원호문(元好問)의 『중주집(中州集)』 권15에 수록되어 있고, 정민정(程敏政)의 『신안문헌지(新安文獻志)』 갑집(甲集) 권51 상(上)에도 또한 그의 「별백일질, 기념이형(別百一姪, 寄念二兄)」 5언 고시 1수가 수록되어 있으며, 그 밖에는 얼마 전해지지 않는다. 그의 『풍월당시화(風月堂詩話)』에는 소식(蘇軾)·황정견(黃庭堅)에 대하여 모두 매우 추앙하였지만, 도리어 당시 시인들의 "내력이 없는 것은 한 글자도 없다(無一字無來歷)"라는 기풍은 찬성하지 않았는데 이것은 두보(杜甫)를 오해한 것이라고 생각하였다. 그의 식견은 그렇게 뛰어났지만, 애석하게도 작품은 여전히 전고와 성어를 사용하기 좋아하였는데 아마도 그가 "이상은을 몹시 좋아했던(酷好李義山)"[1] 폐단일 것이다. 오직 고국을 그리는 시만은 왕왕 완전(婉轉)·전면(纏綿)하여 만당(晚唐) 사람의 풍격과 정조(情調)를 닮았다.

---

[1] 주희(朱熹)의 『주자대전(朱子大全)』 권98 「봉사직비각주공행장(奉使直秘閣朱公行狀)」에 보인다. 주희는 주변의 질손(姪孫)이다.

> ## 送春[1]
>
> 風煙節物眼中稀, 三月人猶戀褚衣.[2]
>
> 結就客愁雲片段, 喚回鄉夢雨霏微.
>
> 小桃山下花初見, 弱柳沙頭絮未飛.
>
> 把酒送春無別語, 羨君纔到便成歸!

1 음력 3월 말이면 봄이 끝나는데, 옛 사람들은 흔히 송춘(送春)·유춘(留春)의 시를 지었다. 주변의 이 시는 새북(塞北)에는 거의 봄이 없고 기후가 차가워서, 미처 꽃과 버들이 아름답게 필 틈이 없다고 하고 있다. 새북의 봄이 짧은 것으로 자신이 그 곳에 매우 오랫동안 구금되어 있음을 나타낸 것이다.

2 솜옷.

> ## 春陰
>
> 關河迢遞繞黃沙, 慘慘陰風塞柳斜.
>
> 花帶露寒無戲蝶, 草連雲暗有藏鴉.[1]
>
> 詩窮莫寫愁如海, 酒薄難將夢到家.[2]
>
> 絶域東風竟何事, 祇應催我鬢邊華![3]

1 북방의 봄빛이 매우 을씨년스러워, "아름다운 장난하는 나비(娟娟戲蝶)"도 없고 또 "지저귀는 제비나 꾀꼬리(語燕啼鶯)"도 없다는 뜻이다. 아래 구의 뜻은 아마도 북송 강휴복(江休復)의 『잡지(雜志)』에 기록된 1연의 시에 "석달 봄에 꽃은 피었으나 오직 북나무뿐이고, 2월에 꾀꼬리가 우는데 늙은

갈가마귀라네(三春花發惟樗樹, 二月鶯啼是老鴉)"라고 한 것과 같은 것이다.

2 "궁(窮)"은 "기량이 궁하다(技窮)"는 뜻이다. 자신의 시는 아득한 시름을 그대로 그릴 능력이 없다는 것이다.

"장(將)"은 돕다‧가지고 있다는 뜻이다. 당 이단(李端)의 「증기산강명부(贈岐山姜明府)」에 "기러기의 그림자는 혼을 가지고 가 버렸으니, 벌레 소리는 눈물과 함께 기약하네(雁影將魂去, 蟲聲與淚期)"라고 한 것을 참조. 이 구절은 세 차원으로 나누어진다. 고국에 돌아가려면 꿈속이라야 하지만 또 잠이 오지 않는다. 꿈을 꾸려면 술을 취하도록 마셔야 하지만 술기운도 또 부족하다. 한바탕의 봄꿈에 아직 고향에 도착하기도 전에 일찌감치 취기가 가시고 깨어버렸다.

당 맹교(孟郊)의 「추석, 빈거술회(秋夕, 貧居述懷)」 시에는 "싸늘한 곳에 누우니 먼 꿈이 없네(臥冷無遠夢)"라고 하였고, 「재하제(再下第)」 시에는 "꿈이 짧아 집에 이르지도 못하네(夢短不到家)"라고 하였으며, 유위(劉威)의 「동야려회(冬夜旅懷)」 시에는 "술은 밤새 동안의 힘도 없네(酒無通夜力)"라고 하였고, 방간(方干)의 「사강남(思江南)」 시에는 "밤새 꿈속에서 고향 가는 길에 올랐는데, 동려(桐廬)에도 이르지 못 하고 이미 새벽이 되었네(夜來有夢登歸路, 不到桐廬已及明)"라고 하였으며, 송 한류(韓繆)의 「낭도사(浪淘沙)」사(詞)에는 "서로 만나는 것은 오직 꿈속뿐이니, 어떻게 하랴 꿈이 봄을 따라 짧아, 강남에 갈 수 없음을!(相逢只有夢魂間, 可奈夢隨春漏短, 不到江南!)"라고 하였는데, 모두 주변의 이 7글자의 구구절절(句句節節) 처량하고 진지한 것만 못한 것처럼 보인다. 이 시구들도 또한 모두 잠삼(岑參)의 「춘몽(春夢)」에 "베개 위 잠깐 동안의 봄꿈속에서, 강남의 수천 리를 다 다니네(枕上片時春夢中, 行盡江南數千里)"라고 한 것의 번안(飜案)이라고 할 수 있다.

3 "화(華)"자는 쌍관(雙關)이다. 동풍은 꽃을 피우는 것이지만 새북(塞北)에는 꽃떨기도 얼마 없고 오직 작자의 머리를 불어 "반백(花白)"으로 변하게 할 뿐이라는 것이다. 당 이익(李益)의 「도파눌사(度破訥沙)」에 "새북 땅에 봄이 오지 않는다고 말하지 말라, 결국은 봄이 오더라도 어느 곳인 줄 알겠

는가?(莫言塞北無春到, 總有春來何處知?)"라고 한 것이나 혹은 유상(劉商)의 「호가십팔박(胡笳十八拍)」 제6박(拍)에 "봄빛이 오지 않은지 오래라고 이상하게 여겼더니, 오랑캐 중의 풍토에는 꽃과 버들이 없다네(怪得春光不來久, 胡中風土無花柳!)"라고 한 것은 모두 주변의 깊고 완곡한 말에 미치지 못하는 것 같다.

43. 조훈(曹勛)

조훈(曹勛, 1098~1174)의 자는 공현(公顯), 양적(陽翟) 사람이다. 『송은문집 (松隱文集)』이 있다. 그의 시는 적다고 할 수는 없지만 모두 평범하고 천박 하며, 다만 몇 수를 제외하면 그가 소흥(紹興) 11년에서 12년까지 금(金)으 로 사신으로 갔을 때의 시이다. 그때 사신으로 가는 것은 북송 때와는 비 교할 수가 없었는데 교빙(交聘)의 예절로 알 수 있다.[1] 북송은 요(遼)에 대 하여 고개는 숙였지만 아직은 무릎을 꿇지는 않았다. 소순(蘇洵)의 「송석창 언사북인(送石昌言使北引)」으로 추측한다면,[2] 명령을 받들어 요나라에 가는 사람은 대부분 암암리에 한 바탕 땀을 흘리면서 조심스럽게 큰 소리를 칠 수 있다면 외교적으로 능력 있는 사람이라고 할 수 있었다. 이른바 "'존 귀한 사람에게 말할 때는 그를 경시하라(說大人, 則藐之)'라고 하였으니 하물 며 이적(夷狄)에 대해서는 말할 나위도 없다('說大人, 則藐之', 況於夷狄)"라는 것이었다. 소식(蘇軾)이 기록하고 있는 부필(富弼)이 요주(遼主)에 대하여 말 한 관화(官話)와 주변(朱弁)이 기록하고 있는 부필이 귀국한 후에 한 사사로 운 이야기[3]는 선명한 대조를 이루고 있는데 또한 이러한 외교의 구체적 인 예증이기도 하다. 그는 요주에게 중국의 "정예군은 백만을 헤아린다(精 兵百萬計)"라고 말하였지만, 마음속으로는 본국의 "장수는 군사들을 모르고

---

1) 조익(趙翼)의 『이십이사차기(二十二史箚記)』 권25 "송·요·금·하교제의(宋·遼·金·夏 交際儀)"
2) 『가우집(嘉祐集)』 권14.
3) 『동파집(東坡集)』 권37 「부정공신도비(富鄭公神道碑)」, 『곡유구문(曲洧舊聞)』 권2, 『주자어 류(朱子語類)』 권130.

군사들은 싸움에 익숙하지 않다(將不知兵, 兵不習戰)"는 것을 알고 있었기 때문에 오직 "치욕을 참고 폐백을 더하는(忍恥增幣)" 방법밖에 없었다. 구양수(歐陽脩)·한기(韓琦)·왕안석(王安石)·유창(劉敞)·소철(蘇轍)·팽여려(彭汝礪) 등은 모두 사신으로 나갔을 때의 시가 있고 소송(蘇頌)은 작품이 가장 많다.[4] 그것은 모두 고향을 그리워하고 북쪽 지방의 풍물을 그리거나 혹은 요나라 사람들의 기거(起居)·의복(衣服)·음식(飲食)이 문명화되지 않은 것을 비웃는 것을 벗어나지 않았으며, 시 속의 정치적 내용은 비교적 빈약하고 희박하다. 연(燕)·운(雲) 16주(州)가 거란(契丹)에게 할양(割讓)된 것은 이미 북송의 건국 이전의 옛날의 일로, 소철(蘇轍)이 연산(燕山)에 있을 때의 시는 아마도 북송 사람들의 일반적 감상을 대표할 수 있을 것이다. 곧 "한(漢)나라 사람들은 언제 옮겨졌는가? 의복은 점차 변했지만 언어는 그대로 남아 있네. …… 한나라는 어찌 외롭고 약하며 거란은 횡행하는가? 눈으로 한의 사신을 보고 마음이 슬퍼지네. 석경당(石敬瑭)이 자리를 훔쳐서 자식에게 전하지 않고, 연(燕)·계(薊)의 걱정을 끼친 지 백 년이 넘는다네. 고개를 우러러 하늘을 부르고 무슨 죄인가 묻고, 스스로 먼 조상이 안록산(安祿山)을 따랐음을 한스럽게 여기네(漢人何年被流徙, 衣服漸變存語言. …… 漢奚單弱契丹橫, 目視漢使心淒然. 石瑭竊位不傳子, 遺患燕薊逾百年. 仰頭呼天問何罪, 自恨遠祖從祿山)"[5] 바꾸어 말하면, 오대(五代)의 해묵은 오랜 빚을 북송 사람들은 물론 유감으로 생각하고 있지만 그러나 결코 치욕을 느끼지는 못하였다. 어떤 사람들은 그곳의 백성들이 아이들에 대하여 "너희들이 한나라의 백성이 되지 못하는 것은 천명이다(爾不得爲漢民, 命也!)"라고 하거나, 혹은 달아나 되돌아가는 송인들에 대하여 "너희들은 돌아가라! 훗날 남조(南朝)의 천자가 유주(幽州)를 수복하러 오시면 우리 한나라 아이들을 삼가 죽이지

---

4) 『소위공집(蘇魏公集)』 권13 「전후사료시(前後使遼詩)」.
5) 『난성집(欒城集)』 권16 「출산(出山)」.

마시옵소서(爾歸矣! 他年南朝官家來收幽州, 愼無殺吾漢兒也!)"[6]라고 하였다고 기록
하고 있다. 어떤 사람은 그들을 격분시켜서 당장에 메아리처럼 호응하게
하려고 "너희 유계(幽薊)의 기이한 사내들을 생각하니 …… 차마 끝내 옷
섶을 뒤집어서 삶을 구할 것인가? 우리 백성들이 아무리 돕기를 바라지
않더라도, 너희들은 함께 연지(燕支) 땅을 빼앗아 돌아와야 할 것이네(念汝
幽薊之奇士兮 …… 忍遂反袵儓生爲? 吾民就不願左袒, 汝其共取燕支歸!)"[7]라고 하였다.
만약 그곳의 백성들이 사신에게 "나는 본래 한나라 사람으로, 도탄(塗炭)에
빠져 있는데, 조정에서 구해주지 않으니 스스로 돌아갈 길이 없다(我本漢人,
陷於塗炭, 朝廷不加拯救, 無路自歸)"[8]라고 하소연했다면, 이 말들은 적어도 시에
반영되지 않은 것이다. 정강(靖康)의 변 이후, 남송과 금(金)은 북송과 요와
는 달리 "형제(兄弟)"가 아니라 "부자(父子)"·"숙질(叔姪)"이었고, 솔직하게
말하면 결국 주인과 하인이었다. 사신으로 나가는 사람들은 은빛의 밀랍
창으로 철권(鐵拳)을 대적하는 외교 수단까지도 전혀 사용할 수가 없었다.
금인들이 전 송조에게 준 막대한 치욕과 각각의 송인들에게 준 깊고 큰
상처는 이 사신들도 모두 단단하고 절절하게 기억하고 있는데, 이제 임금
의 명령을 받들었으니 오직 터질 듯한 분통을 억누르고 애원할 수밖에 없
었다. 회하(淮河) 이북의 땅과 백성들은 살을 에는 듯한 고통을 참고 할양
하였고, 상처가 아직 아물기도 전에 이 사신들은 도중에 옛집이건만 이제

---

6) 강소우(江少虞)의 『황조류원(皇朝類苑)』 권77에는 노진(路振)의 『승초록(乘軺錄)』이 실려
   있는데, 조재지(晁載之)의 『속담조(續談助)』 권3에 실린 『승초록』에는 이 이야기들을 모
   두 삭제하였다.
7) 장방평(張方平)의 『낙전선생집(樂全先生集)』 권4 「유계행(幽薊行)」.
8) 서몽신(徐夢莘)의 『삼조북맹회편(三朝北盟會編)』 「정선상질(政宣上帙)」에 실린 홍중부(洪中
   孚)의 주소(奏疏), 『죽장시화(竹莊詩話)』 권18에는 홍매(洪邁)의 『이견경지(夷堅庚志)』에 허
   언국(許彦國)이 「연계여민사한가(燕薊餘民思漢歌)」를 지었는데 길이가 천언(千言)에 가깝
   다고 기록되어 있는 것이 인용되어 있는데, 애석하게도 다만 마지막 몇 구절만 인용되어
   있고 전체의 시는 전해지지 않는다.

자신이 도리어 바깥손님으로 변했다는 것을 알게 되었고, 한 집안 사람인
데도 그들이 이민족의 수중에서 목숨을 구걸하고 있다는 것을 눈을 크게
뜬 채 바라보고만 있다는 것을 분명히 알게 되었다. 부끄러움과 분노·애
통이 한데 교차하는 이러한 정서는 일종의 새로운 시의 경지를 낳았다.
조훈은 그것을 최초로 그려낸 사람이며, 그보다 10년 앞서 사신으로 나갔
던 홍호(洪皓)의 『파양집(鄱陽集)』에는 아직 이러한 시가 없었다.

僕持節[1]朔庭, 自燕山向北. 部落以三分爲率, 南人居其二; 聞南使過, 駢肩引頸, 氣哽不得語, 但泣數行下, 或以慨歎, 僕每爲揮涕憚見也. 因作「出・入塞」紀其事, 用示有志節・憫國難者云.

入塞

妾[2]在靖康初, 胡塵蒙京師. 城陷撞軍入, 掠去隨胡兒.
忽聞南使過, 羞頂羖羊皮;[3] 立向最高處, 圖見漢官儀.
數(上聲)[4]日望回騎, 薦[5]致臨風悲.

出塞

聞道南使歸, 路從城中去. 豈如車上餠,[6] 猶掛歸去路!
引首恐過盡, 馬疾忽無處. 吞聲送百感, 南望淚如雨.

---

1 상고 시대에 사신으로 나가는 사람은 모두 쇠 혹은 대로 만든 물건을 가지고 있고 끝에는 깃털 등 장식이 있었는데 "절(節)"이라고 불렀다. 사실상 송대의 외교관들은 단지 인장만 있었고 "절(節)"은 없었다(주희(朱熹)의 『주자대전(朱子大全)』 권98 「봉사직비각주공행장(奉使直秘閣朱公行狀)」). 조훈의 이번 사명은 송 고종(高宗)의 모친 위태후(韋太后)를 영접하여 귀국하는 것이었다. 『송은문집(松隱文集)』 권1의 「영란칠부(迎鑾七賦)」에 이 일을 상세히 기록하고 있다.

---

2 시의 서문에 의하면, "첩(妾)"은 남녀노소를 구별하지 않고 일체의 볼모로 잡혀가거나 혹은 적지에 빠져 있는 백성들을 상징하고 있다.
이 시는 당연히 한무제(漢武帝) 때 오손왕(烏孫王)에게 시집 간 유세군(劉細君)이 고향을 그리워하여 노래를 지은 것에서 시작되지만, 유세군은 대표

적인 인물이 되지 않았으며 도리어 그 이후의 왕소군(王昭君)과 채문희(蔡文姬, 162?~239?)가 다른 나라에서 영락(零落)한 여인의 전형이 되었다. 진(晉)·당(唐) 이래의 「소군원(昭君怨)」·「명비곡(明妃曲)」·「호가십팔박(胡笳十八拍)」 따위의 시는 대다수가 왕장(王嬙, 자 소군)과 채염(蔡琰, 자 문희)의 "옥 같은 얼굴(玉顏)"·"붉은 뺨(紅頰)"이나 혹은 "한창 나이에(盛年)", "귀엽고 어렸으며(嬌小)", 어떻게 "옛날에는 갑 속의 옥이었는데(昔爲匣中玉)" 이제는 "오랑캐(戎虜)"와 함께 있으며, 거친 생활을 하여 "이제는 더러운 흙 위의 꽃이 되었는가?(今爲糞上英)"를 말하는 것을 면치 못하고 있다.

조훈은 이러한 상투어를 사용하지 않고 환난을 당한 것은 모두 동포이니 굳이 가세(家世)·연령과 용모를 강조할 필요가 없었다. 동시대의 증계리(曾季貍)의 「진녀행(秦女行)」(위거안(韋居安)의 『매간시화(梅磵詩話)』 권상(卷上))에는 진관(秦觀)의 딸이 금나라 군대에게 잡혀간 일을 묘사하였고, 유자휘(劉子翬)의 「원녀행(怨女行)」(『병산전집(屏山全集)』 권11)에는 금나라 군대에게 잡혀간 귀엽고 고귀한 여자의 신세를 가슴 아파하는 것을 설정하였다. 이것들은 조보지(晁補之)의 「방의곡(芳儀曲)」(『계륵집(鷄肋集)』 권10)에서 남당(南唐)의 공주가 요(遼)나라에서 유락(流落)한 것을 그린 것과 마찬가지로 모두 "송판(宋版)" 왕장·채염을 묘사하여 조훈의 수법과는 다르다.

3 금나라는 "부인들이 염소 가죽 모자로 장식을 하였기(婦人以羔皮帽爲飾)"(홍호(洪皓), 『송막기문(松漠紀聞)』 권하(卷下)) 때문에 조훈은 "정수리에 쓴다(頂)"라고 말한 것이지, 결코 채염의 「호가십팔박」 제3박(拍)의 이른바 "담요와 가죽으로 치마를 지으니, 형제들이 놀라서 떨고, 노린내를 맛으로 여기니, 한갓 나의 마음을 막는다네(氈裘爲裳兮, 骨肉震驚; 羯羶爲味兮, 枉遏我情)"라고 한 것이라든가 혹은 유상(劉商)의 「호가십팔박」 제3박의 이른바 "염소 가죽 옷에 옷깃을 여전히 왼쪽으로 하고, 여우 옷깃·오소리 소매는 비린내 나고 또 노린내가 나네(羔子皮裘領仍坐, 狐襟貉袖腥復羶)"라고 한 것을 평범하게 답습한 것이 아니다. 유세군의 노래에는 일찍이

"둥근 장막을 방으로 하고 담요를 울타리로 삼으며, 고기를 밥으로 삼고 젖을 물로 삼네(穹廬爲室兮氈爲牆, 以肉爲食兮酪爲漿)"라고 하였는데, 이러한 말은 후에 이러한 체의 으레 쓰는 문장으로 변했다. 조훈은 이러한 상투어를 쓰지 않았으며, 그의 시 속의 사람들은 이미 정들면 고향이듯이 호인(胡人)의 생활에 익숙해졌으나 한(漢)나라 사람이 왔다는 소식을 듣고 "부끄러움(羞)"을 금치 못하는데, 이것은 매우 자연스러운 묘사이다.

4 세다. 헤아리다.

5 거듭. 다시 한 번.

6 수레 위에 병을 걸어 놓고 그 안에 기름을 담아서 차축(車軸)을 매끄럽게 하는 데 사용한다. 『시경(詩經)·패풍(邶風)·천수(泉水)』에 "수레에 기름 치고 비녀장을 박네(載脂載舝)"라고 하였고, 『시경·소아(小雅)·하인사(何人期)』에 "네 수레에 기름을 칠 겨를이 있을까?(遑脂爾車)"라고 하였으며, 『사기(史記)』 권46 「전경중세가(田敬仲世家)」에 "돼지기름을 굴대에 바르는 것은 매끄럽게 하기 위해서이다(豨膏棘軸, 所以爲滑也)"라고 한 것을 참조

望太行

落月如老婦, 蒼蒼無顔色. 稍覺林影疏, 已見東方白.
一生困塵土, 半世走阡陌; 臨老復玆遊,[1] 喜見太行碧.

1 조훈은 북송에서 자랐고 또 송 휘종(徽宗)·흠종(欽宗)이 금나라 사람에게 사로잡혀 갈 때 그도 또한 따라갔으며 후에 또 달아나서 강남(江南)으로 왔기 때문에 북방은 그가 옛날 놀았던 곳이다.

44. 동영(董穎)

    동영(董穎, ?~?)의 자는 중달(仲達), 덕흥(德興) 사람이다. 홍매(洪邁)의 『이견을지(夷堅乙志)』 권16의 기록에 따르면, 그는 곤궁하고 병약했던 시인으로 한구(韓駒)·서부(徐俯)·왕조(汪藻) 등과 왕래하였다. 『상걸집(霜傑集)』이 있다. 이 시집은 당시에는 상당히 애송되었지만[1] 후에는 전부 없어졌다. 다음에 뽑은 시는 남송의 진기(陳起)가 엮은 『전현소집습유(前賢小集拾遺)』 권4에 보존되어 있는 것이다. 중국 희곡의 발전사에서도 동영은 또 주목할 만하다고 이 기회에 언급해 두어도 좋을 것이다. 왜냐하면 그가 남긴 10수의 서시(西施) 사적을 서술한 「도궁박미(道宮薄媚)」 사(詞)[2]는 연결시키면 1투(套)가 되는데, 사가 바로 곡으로 변할 때의 극소수의 예의 하나이기 때문이다.

---

1) 장보(章甫)의 『자명집(自鳴集)』 권2 「간이목지(簡李牧之)」, 주희(朱熹)의 『주자대전집(朱子大全集)』 권10 「제상걸집(題霜傑集)」.
   시집의 이름은 아마 도잠(陶潛)의 「화곽주부이수(和郭主簿二首)」 제2수의 "우뚝 서리 아래의 영웅이라네(卓爲霜下傑)"라고 한 것에서 나왔을 것이다.
2) 증조(曾慥)의 『악부아사(樂府雅詞)』 권상(卷上).

江上

萬頃滄江萬頃秋, 鏡天飛雪一雙鷗.

摩挲數尺沙邊柳, 待汝成陰繫釣舟.[1]

---

1 풀・나무・벌레・물고기와 생명이 없는 산・술 등등에 대한 이러한 친근하고 생동하는 칭호는 두보(杜甫) 시의 습관으로, 손혁(孫奕)의 『이재시아편(履齋示兒編)』 권10의 이른바 "'이''여'군물('爾''汝'群物)"이다. 당(唐) 노동(盧仝)의 「촌취(村醉)」에 "푸른 이끼를 쓰다듬으며, 너를 놀라게 한다고 꾸짖지 말게나!(摩挲青苺苔, 莫嗔驚着汝!)"라고 한 것도 또한 유명한 예이다. 송인들은 이 점을 흉내내는 것을 매우 좋아하였다. 예컨대 왕안석(王安石)의 「여미지동부매화(與微之同賦梅花)」에는 "두보는 너 때문에 시흥(詩興)이 이끌렸으니, 어찌 해당화를 읊을 마음이 없었겠는가?(少陵爲爾牽詩興, 可是無心賦海棠?)"라고 하였고, 정초(鄭樵)의 『협제유고(夾漈遺稿)』 권1 「영귀담(靈龜潭)」에는 "손을 대어 냇가의 바위를 만지면서, 훗날 찾아와서 너를 집으로 삼겠노라(着手摩挲溪上石, 他年來訪汝爲家)"라고 하였다.

45. 오도(吳濤)

오도(吳濤, ?~?)의 자는 덕소(德劭), 숭인(崇仁) 사람이다. 역대의 시화 중에서 남·북송 사이의 오항(吳沆)의 『환계시화(環溪詩話)』는 매우 독특한 저작이다. 그것은 주로 작자 자신의 시를 표방하고 있기 때문이다. 아마도 그는 자화자찬(自畵自讚)하지 않으면 안 되었을 것이니, 그 시들의 절묘한 점은 사실상 찾아낼 수가 없기 때문이다. 오항은 필묵(筆墨)으로 노래하고 춤추며 스스로 찬양한 다음 형을 생각하여 권하(卷下)에 오도의 시 몇 수를 인용하고 있다. 다음의 1수는 늦봄, 초여름의 더워졌다, 추워졌다 하는 정경을 그리고 있는데 매우 참신하고도 빼어나다.

絶句

遊子春衫已試單, 桃花飛盡野梅酸.
怪來一夜蛙聲歇, 又作東風十日寒.

46. 주자지(周紫芝)

주자지(周紫芝, 1082~?)의 자는 소은(少隱), 스스로 죽파거사(竹坡居士)라고 불렸으며 선성(宣城) 사람이다. 『태창제미집(太倉稊米集)』이 있다. 그는 장뢰(張耒)에게 시법을 배운 적이 있다. 그의 『죽파시화(竹坡詩話)』는 상당히 전파되었지만 시에 대한 감별은 결코 뛰어나지는 않기 때문에 어떤 사람은 심지어 이것이 송대의 "가장 뒤떨어지는(最劣)" 시화라고까지 하였다.[1] 만약 우리가 이 때문에 주자지의 창작도 반드시 좋지 않을 것이라고 생각한다면 그의 시와 사는 우리들을 기분 좋게 실망시킬 것이다. 그는 황정견(黃庭堅)·진사도(陳師道)·진여의(陳與義) 등을 존경하였고 더욱 장뢰를 추앙하였다.[2] 강서파(江西派)의 악습에 그렇게 깊이 물들지는 않았고 또 전고를 늘어놓지 않았으며 상쾌하다.

---

1) 명 사조제(謝肇淛)의 『문해피사(文海披沙)』권2.
2) 『태창제미집(太倉稊米集)』권51 「시팔진서(詩八珍序)」.

五禽言[1]

婆餅焦[2]

雲穰穰, 麥穗黃.[3]

婆餅欲焦新麥香, 今年麥熟不敢嘗.

斗量車載傾困倉, 化作三軍馬上糧.(第二首)

提壺蘆

提壺蘆,

樹頭勸酒聲相呼, 勸人沽酒無處沽.

太歲何年當在酉, 敲門問漿還得酒;[4]

田中禾穗處處黃, 甕頭新綠家家有.(第三首)

思歸樂

山花冥冥山欲雨, 杜鵑聲酸客無語.

客欲去山邊, 賊營夜鳴鼓.

誰言杜宇歸去樂? 歸來處處無城郭!

春日暖, 春雲薄;

飛來日落還未落, 春山相呼亦不惡.(第四首)

布　穀

田中水涓涓, 布穀催種田.
賊今在邑農在山.
但願今年賊去早, 春田處處無荒草;
農夫呼婦出山來, 深種春秧答飛鳥.(第五首)

1 중국 고대의 문학 작품에서 "금언(禽言)"과 "조언(鳥言)"은 구별이 있다.
"조언(鳥言)"이라는 말은 『주례(周禮)』의 「춘관(春官)·사구(司寇)」 상편(上
篇)에 보이는데, 새의 지저귀는 소리는 그 새들의 방언을 말하고 있는 것
이라고 상상한 것이다. 『시경(詩經)·빈풍(豳風)』의 「치효(鴟鴞)」와 황간(皇
侃)의 『논어집해의소(論語集解義疏)』 권3에 인용된 『논석(論釋)』의 "까치가
쩩쩩 운다(雀鳴噴噴喈喈)"는 것은 따로 기탁(寄託)이 있든 혹은 전부 건강부
회(牽強附會)에서 나온 것이든 모두 "조언(鳥言)"을 번역하여 만든 시이다.
"금언(禽言)"은 송지문(宋之問)의 「육혼산장(陸渾山莊)」과 「알우묘(謁禹廟)」
의 이른바 "산새가 스스로 이름을 부르네(山鳥自呼名)"·"새가 말하여 늘
스스로 부르네(禽言常自呼)"라는 것이고, 또한 매요신(梅堯臣)의 「화구양영
숙"제조"(和歐陽永叔"啼鳥")」 시의 이른바 "골짜기에 가득히 부르고 휘파람
을 부니 누가 이름을 알겠는가? 다만 소리와 울림에 따라 그 글자를 얻을
뿐이네(滿壑呼嘯誰識名? 但依音響得其字)"라는 것이다. 새가 우는 소리를 우
리 사람들의 방언을 말하고 있다고 상상한 것이다. 같은 새의 울음도 각
지방 사람들은 자연 환경과 생활 상황의 차이로 각종의 서로 다른 말로
들었다. 어떤 곳은 "격곡(擊穀)"이고, 어떤 곳은 "포곡(布穀)"이며, 어떤 곳
은 "탈각파고(脫却破袴)"이고, 어떤 곳은 "일백팔개(一百八個)"이며, 어떤 곳
은 "최공주활(催工做活)" 등등이다(양웅(揚雄)의 『방언(方言)』 권8, 진조(陳
造)의 『강호장옹문집(江湖長翁文集)』 권7 「포곡음(布穀吟)」, 요춘(姚椿)의 『통
예각시속록(通藝閣詩續錄)』 권5 「채다파곡요(採茶播穀謠)」를 참조).
『산해경(山海經)』은 금류(禽類)·수류(獸類)에서 어류(魚類)까지 묘사하고

있는데(예컨대 「동산경(東山經)」의 합합(鮯鮯)), 흔히 "그 울음은 스스로 부른다(其鳴自呼)"라든가 혹은 "그 이름은 스스로 부른다(其名自號)" 등등이라고 말하고 있는데, 후세의 시인들은 다만 새의 우는 소리만을 제재(題材)로 삼고 있다.

우는 소리를 모방하여 새에게 의미있는 이름을 붙이고, 다시 이 이름에서 확대시켜 정감을 묘사하는 것이 곧 "금언(禽言)" 시이다. 예컨대, 원진(元稹)의 「사귀락(思歸樂)」과 백거이의 「화"사귀락"(和"思歸樂")」, 혹은 청(淸) 악균(樂鈞)의 『청지산관시집(靑芝山館詩集)』 권1에는 38수에 달하는 「금언」이 있다. 송인 중에는 매요신(梅堯臣)의 이러한 시가 상당히 많고(『완릉집(宛陵集)』 권4 「금언」·「제호조(提壺鳥)」, 권14 「제금(啼禽)」, 권20 「제조(啼鳥)」, 권48 「문금(聞禽)」 등), 소식(蘇軾)도 또한 매요신을 배워 「오금언(五禽言)」을 지었고, 황정견(黃庭堅)은 「희화답금어(戲和答禽語)」를 지었지만, 주자지의 「금언」이 그들보다 뛰어나다.

2 "파병초(婆餠焦)" 등등은 모두 소리를 본따서 뜻을 붙인 새 이름이다.

3 옛 시에는 흔히 수확을 기다리는 익은 보리를 "황운(黃雲)"에 비유하였다.

4 언제 풍성하게 수확하고 술이 물처럼 싸질지 모른다. 진(晉) 원준(袁準, 237?~316?)의 『정서(正書)』에는 "태세(太歲)가 유(酉)에 있을 때 물을 빌면 술을 얻고, 태세가 사(巳)에 있을 때 아내와 자식을 판다(太歲在酉, 乞漿得酒; 太歲在巳, 販妻鬻子)"라고 하였다(소식의 「차운공의보"구한, 이이심우" 삼수(次韻孔毅父"久旱, 巳而甚雨"三首)」 시 제1수의 시원지(施元之)의 주에 인용된 것에 보임. 엄가균(嚴可均)의 『전진문(全晉文)』 권55에는 "세재신유, 걸장득주, 세재진사, 가처매자(歲在申酉, 乞漿得酒, 歲在辰巳, 嫁妻賣子)"로 되어 있고, 『사통(史通)·서지편(書志篇)』에는 "어왈(語曰)"을 인용하였는데 시원지의 주에 인용된 『정서』의 글과 완전히 같음).

47. 유자휘(劉子翬)

유자휘(劉子翬, 1101~1147)의 자는 언충(彦沖), 스스로 병옹(病翁)이라고 불렀으며, 숭안(崇安) 사람이다. 『병산전집(屏山全集)』이 있다. 그는 또한 도학가 혹은 이학가로 송대 최대의 도학가 주희(朱熹)는 바로 그의 제자이다. 비평가들은 도학이 "시를 짓는 데의 첫 번째의 병폐(作詩第一對病)"라고 여겼는데,[1] 송시(宋詩, 명시(明詩)도 있음)를 이야기할 때는 아마도 마땅히 이 문제를 언급해야 할 것이다. 철학가들의 시에 대한 배척과 적대시는 역사상 원래 흔히 있는 일이었으며, 서양 미학사는 시작하자마자 플라톤(Platon, 전427~347년경)의 이른바 "시와 철학 간의 오래된 원한(詩歌和哲學之間的舊仇宿怨)"을 만나게 된다.[2] 그러나 송대 도학가들의 시에 대한 태도는 특별히 미묘하다.

정이(程頤)는 "문장을 짓는 것은 도에 해롭고(作文害道)", 문장은 "광대(俳優)"라고 하였으며, 또 "시를 배우는 데 힘을 쓰면 매우 일에 방해가 되고(學詩用功甚妨事)", 두보의 경치를 묘사한 명구 같은 것은 모두 "쓸데없는 말로서, 그것을 말해서 무엇하겠는가?(閒言語, 道他做甚?)"라고 하였다.[3] 가벼운

---

1) 정방곤(鄭方坤)의 『전민시화(全閩詩話)』권4에 인용된 사조제(謝肇淛)의 『소초재시화(小草齋詩話)』.
   호응린(胡應麟)의 『시수(詩藪)』내편(內編) 권5 근체중(近體中)의 "유생의 기상은 털끝만큼도 시에 나타낼 수 없고, 유자의 말은 한 글자라도 시에 넣어서는 안 된다(儒生氣象, 一毫不得著詩; 儒者語言, 一字不可入詩)"라고 논한 것을 참조

2) 『이상국가(理想國家)』제607 을(乙).

3) 『이정유서(二程遺書)』권18 「이천어(伊川語)」4.
   『이천문집(伊川文集)』권5 「답주장문서(答朱長文書)」에 "쓸데없는 군더더기 말(無用之贅

두 마디의 말이 성문률(成文律)로 변하여 사람들을 위협하여 시문을 짓지
못하도록 하였다. 주희 같은 도학가는 "요즈음 말이 많으면 도를 해친다
고 여겨 절대 시를 짓지 않는다(頃以多言害道, 絶不作詩)"4)라고 하였으며 심지
어 78일 동안에 100수의 시를 지은 육유(陸游)도 또한 자신에게 경고하여
"문사는 결국 도와 방해가 되고(文詞終與道相妨)"·"문사는 도를 해치는 첫
째이니, 그대가 그것을 버릴 수 있다면 (도에) 가까워질 것이네(文詞害道第一
事, 子能去之其庶幾!)"5)라고 하였다. 물론 이러한 견해에 대하여 반박한 사람

言)"이라고 하였고, 소옹(邵雍)의 『격양집(擊壤集)』 권12 「답인음(答人吟)」에 "숲 아래의
쓸데없는 말, 어찌 다시 물을 필요가 있겠는가?(林下閒言語, 何須更問爲?)"라고 하였고, 권
16 「답녕수재구시음(答甯秀才求詩吟)」에 "숲 아래의 쓸데없는 말, 어찌 많을 필요가 있겠
는가?(林下閒言語, 何須要許多?)"라고 하였으며, 조열지(晁說之)의 『조씨객어(晁氏客語)』에
석자식(石子殖)이 당인(唐人)의 시는 "이로운 말이 없다(無益語)"라고 말하였다고 기록하
였고, 『황조문감(皇朝文鑑)』 권28 여대림(呂大臨)의 「송유호조(送劉戶曹)」에 "글이 사마상
여(司馬相如)를 닮아 도리어 광대같네(文似相如反類俳)"라고 하였으며, 양간(楊簡)의 『자호
유서(慈湖遺書)』 권15 「가기(家記)」 9에 두보(杜甫)·한유(韓愈)를 "교묘한 말(巧言)"·"그
마음을 잘못 썼다(謬用其心)"라고 비평하였고, 또 권6 「우작(偶作)」 제2수에 "아아! 한자
(韓子)는 나를 더럽히지 말라(咄哉韓子休汚我!)"고 하였고, 제5수에 "당인을 배우지 말라!
이백·두보는 어리석다네(勿學唐人李·杜癡)"(이 몇 수의 시는 또한 남송 조언약(曹彦約)
의 『창곡집(昌谷集)』 권3 「우성(偶成)」에 잘못 들어가 있음)라고 한 것을 참조.
이몽양(李夢陽)의 『공동자집(空同子集)』 권52 「부음서(缶音序)」, 권66 「논학(論學)」 상편(上
篇)은 모두 암암리에 정이가 두보를 비평한 말에 대응하여 말한 의견이 있고, 방이지(方
以智)의 『통아(通雅)』 권수(卷首)의 셋째에 『예기(禮記)·표기(表記)』의 "말은 교묘하려고
한다(辭欲巧)"는 것을 거듭 밝힌 1절은 거의 양간의 이야기에 대응하여 말한 것이지만,
사실은 『문심조룡(文心雕龍)·징성(徵聖)』편에는 일찍이 「표기」의 이 몇 마디 말을 인용
하여 공자(孔子)가 "글을 귀중하게 생각한 증거(貴文之徵)"라고 하였다.
4) 『주자대전(朱子大全)』 권2 「독"대학·성의"장유감(讀"大學·誠意"章有感)」.
『주자어류(朱子語類)』 권140 "시를 지어 가끔 몇 구절로 마음을 푸는 것도 역시 상관없
다(作詩間以數句適懷, 亦不妨)"고 한 조항과 "근세의 여러 사람들이 시를 짓는 데 힘을 쓰
는 것은 무슨 소용이 있는가?(近世諸公作詩費工夫, 要何用)"라고 한 조항 등을 참조
5) 『검남시고(劍南詩稿)』 권33 「노학암(老學菴)」, 권55 「잡감(雜感)」 제4수.
육유(陸游)의 그러한 시의 빚(채무)은 유극장(劉克莊)의 『후촌대전집(後村大全集)』 권99 「발
중제시(跋仲弟詩)」에 보인다.
『검남시고』 권39 「오월초, 병체익경, 우서(五月初, 病體益輕, 偶書)」에 "삼일 동안 시가 없
어 스스로 노쇠했는가 이상히 여기네(三日無詩自怪衰)"라고 하였고, 권79 「취서(醉書)」에
"시가 삼일 동안 없으니 도리어 근심할 만하네(無詩三日却堪憂)"라고 하였으며, 진저(陳

도 있었다.6) 그러나 이러한 맑은 계율은 근본적으로 통행될 수가 없었다. 시는 여전히 한 수, 한 수 끊임없이 지어졌으며, 묘한 것은 왜곡된 시·나쁜 시가 도리어 이 때문에 증가하였고 시 짓기를 반대한 도학가들의 손에서 나왔다는 사실이다. 왜냐하면 도학가들도 또한 손이 근질근질하여 몇 수의 시를 지으려고 하였고 앞대문에서 쫓아낸 시가 뒤창문으로 기어들어 와서 단지 약간의 난처한 형상만을 더하였기 때문이다. 정이는 방금 시를 짓는 것이 "일을 해친다(害事)"라고 말하자마자 바로 자신이 지은 「사왕자진(謝王子眞)」이란 7언 절구를 인용하였으며, 또 주희는 방금 "절대로 시를 짓지 않는다(絶不作詩)"라고 하고 황급히 "대개 부득이하여 말한 것이다(蓋不得已而言)"라고 하면서 「독『대학』 "성의"장(讀『大學』 "誠意"章)」7)이란 5언 고시를 지었다. 아마도 이것은 언행이 일치하지 않는다고 할 수는 없을 것이다. 왜냐하면 도학가들이 지은 것은 때때로 그야말로 시가 아니기 때문이다. 형식상 힘을 기울이는 것이 "도를 해친다(害道)"고 한다면 조잡하게 만들어 낼 수 있는 것이다. 이른바 "스스로 기율이 없다는 것을 알고 있으니, 어떻게 그것을 시라고 할 수 있겠는가?(自知無紀律, 安得謂之詩?)"8) 혹은 "평생 뜻이 봄바람 속에 있으니, 손가는 대로 시를 짓고 힘은 쓰지 않네(平生意思春風裏, 信手題詩不用工)"9)라는 격이다. 내용상 서정과 사경(寫景)이 "쓸데없는 말(閒言語)"인 이상 도학을 이야기한다는 구실을 빌어 시를

著)의 『본당집(本堂集)』 권45 「발정씨자시후(跋丁氏子詩後)」에 "근세의 육방옹(陸放翁)이 날마다 몇 수의 시를 부과하였는데, 나는 남몰래 의심하지만 잠깐 두고 감히 의논하지 않는다(近世陸放翁日課數詩, 吾竊疑焉, 姑置不敢議)"라고 한 것을 참조.

6) 예컨대, 왕조(汪藻)의 『부계집(浮溪集)』 권11 「답오지록서(答吳知錄書)」, 임역지(林亦之)의 『망산집(輞山集)』 권3 「이천자정자론(伊川子程子論)」이 있다.

7) 『격양집(擊壤集)』 권20 「수미음(首尾吟)」에 "소옹(邵雍, 자 요부(堯夫))은 시를 읊기 좋아한 것이 아니네(堯夫非是愛吟詩)"라고 해명한 것을 참조.

8) 『격양집』 권12 「답인음(答人吟)」.

9) 나대경(羅大經)의 『학림옥로(鶴林玉露)』 권2에 인용된 유구언(游九言)의 시로, 『묵재유고(默齋遺稿)』와 『보유(補遺)』에는 빠뜨리고 수록하지 않았다.

읊거나 혹은 시를 읊는 기회를 빌려 도학을 이야기하지 않으면 안 된다. 노는 것을 지은 시는 『주례(周禮)』에 근거하여 산수를 긍정해야 하고,10) 달을 감상하여 지은 시는 『역경(易經)』을 발휘하여 달을 부정해야 하며,11) 해당화를 바라보고 지은 시는 주관적인 기호와 객관적인 사물을 분석해야 한다.12) 그 결과는 유극장(劉克莊)이 "근세에 이학(理學)을 귀중하게 여기고 시를 천박하게 여겨, 간혹 시가 있지만 모두 어록(語錄)·강의(講義)에 운을 밟은 것일 따름이다(近世貴理學而賤詩, 間有篇詠, 率是語錄·講義之押韻者耳)"13) 라고 한 것과 같다. 도학가들이 우주와 인생의 모든 현상을 안배·총괄하려고 하면서도 그들의 이론 체계에 문학의 지위가 없는 것은 마치 천 칸의 집을 지으면서 한 칸이 빠진 것과 같다. 그들이 문학을 배척하면서도 또 문학 작품을 쓴 것은 마치 집에 천 칸의 방이 있는데도 이웃집에 가서 낮잠을 자는 것과 같다. 문학 작품을 쓰고서 어쨌든 쓴 것이 좋지 않기 때문에 결코 "도를 해치지는(害道)" 않는다고 평계를 대는 것은 마치 자신은 다만 이웃집의 처마 밑에서 자리를 깔고 있는 것일 뿐 결코 마루에 오르고 방 안에 들어간 것이 아니기 때문에 그래도 집에서 잠자는 것이라고 할 수 있다고 말하는 것과 같다. 이와 같이 그들은 스스로 모순을 통일하였다.

북송 중엽 이후 도학가의 명성과 기세는 갈수록 커졌고, 남송 전기에는 비록 정부에서 몇 차례 명령을 내려 금지하였지만 결코 도학의 유행을 막고 그 명망을 삭감할 수는 없었다. 도학가들은 능력이 없어서 좋지 못한

---

10) 진부량(陳傅良)의 『지재선생문집(止齋先生文集)』 권1 「유고산(游鼓山)」.
11) 위료옹(魏了翁)의 『학산선생대전집(鶴山先生大全集)』 권6 「중추유부(中秋有賦)」.
12) 홍매(洪邁)의 『이견삼지(夷堅三志)』 사(巳) 구(九) 「부몽천(傅夢泉)」 조에 "내가 사랑하고 내가 미워하지만, 해당은 스스로 해당이라네(吾愛與吾惡, 海棠自海棠)"라고 하였다.
13) 『후촌대전집(後村大全集)』 권111 「오서재시고발(吳恕齋詩稿跋)」.
    권94 「죽계시서(竹溪詩序)」, 또 오영(吳泳)의 『학림집(鶴林集)』 권28 「여위학산제삼서(與魏鶴山第三書)」를 참조.

시를 썼든 아니면 원칙이 있어서 좋은 시를 쓰지 않았든 간에 그들의 진
부하고 조잡한 그러한 시들은 하나의 특수한 기풍을 열어 수많은 시인들
에게 영향을 주었다. 유명한 황정견(黃庭堅)・하주(賀鑄)・육유(陸游)・신기
질(辛棄疾) 같은 사람들과 또 유극장 자신까지도 모두 약간의 "강의・어록
에 운을 밟은 것(講義・語錄之押韻者)"을 썼고, 이름이 높지 않은 오석주
(吳錫疇)・오용한(吳龍翰)・진걸(陳杰)・진기(陳起)・송자적(宋自適)・모후(毛
珝)・나여지(羅與之) 등도 또한 이와 같았다.14) 도학가의 추태를 묘사한 주
밀(周密)15) 또한 이러한 시를 쓰는 것을 면하지 못하였고,16) 심지어 그의
"초창(草窓)"이라는 필명도 역시 주돈이(周敦頤)와 정호(程顥) 등의 도학가들
이 창 앞에 있는 들풀을 뽑아 버리지 않았다는 고사를 근거로 한 것이다.
또한 주숙진(朱叔眞)과 같은 다정자감한 여류 시인도 또한 때로는 시 속에
서 엄숙한 모습을 하고 "두건기(頭巾氣)"를 뿜어내었다.17) 어떤 사람은 그
녀가 주희(朱熹)의 조카라고 하였는데, 찾아보아도 실제적인 증거가 없는
그러한 역사 전설은 도리어 진리를 담고 있는 문학 비평으로서의 가치를
잃지 않는다.

　만약 한 도학가의 시집에 "강의・어록"의 비율이 아직 높지 않고 약간

---

14) 송대 김이상(金履祥)의 도학시선(道學詩選)인 『염락풍아(濂洛風雅)』에는 도학자 외에는 단
　지 세 사람의 시인만 수록하였다. 곧 증기(曾幾)・여본중(呂本中)・조번(趙蕃)이다. 조번은
　곧 주희(朱熹)의 『어류(語類)』 권104에서 "시를 짓기 좋아했는데, 함께 도리를 말하면 물
　에 돌을 던지는 것과 같다(好作詩, 與語道理如水投石)"고 한 조창보(趙昌父)이다.
15) 『제동야어(齊東野語)』 권11, 『계신잡지(癸辛雜識)』 속집(續集) 권상(卷上).
　육심원(陸心源)의 『의고당속발(儀顧堂續跋)』 권11에 따르면, 도학을 반대한 것은 주밀(周
　密) 집안의 조부에서 손자까지 전해내려 오던 가풍이었다고 한다. 황식삼(黃式三)의 『경
　거집(儆居集)』 「독자집(讀子集)」 권2 「독주씨"(호연재)아담・(제동)야어"(讀周氏"(浩然齋)
　雅談・(齊東)野語")」를 참조.
16) 『초창운어(草窓韻語)』 권6 「장서시사(藏書示兒)」.
17) 『단장시집(斷腸詩集)』 권10 「자책(自責)」 제1수, 『후집(後集)』 권4 「신동(新冬)」, 권6 「하
　인이학동헌(賀人移學東軒)」.

의 "쓸데없는 말(閒言語)"을 허용하려고 한다면, 그는 도학가 가운데의 대
시인이라고 할 수 있으니 예컨대 주희가 있다. 유자휘는 도리어 시인 가
운데의 도학가로서 결코 단지 도학가 중의 시인만이 아니었다. 그는 "강
의·어록"의 버릇에 가장 적게 물들었으므로, 설사 심리학·윤리학을 이
야기할 때라도 역시 선명한 비유를 사용하여 추상적인 것을 형상화할 수
있었다.[18] 도학가가 시를 짓는 것을 극구 싫어하는 사람조차도 또한 "유
학자에게 진부한 말이 많다고 생각되면, 『병산집(屏山集)』의 시를 외우기를
청하네(皐比若道多陳腐, 請誦『屏山集』裏詩)"[19]라고 하였다. 그는 증기(曾幾)·여
본중(呂本中)·한구(韓駒) 등과 창화(唱和)하였지만 결코 강서파를 배우지는
않았으며, 풍격은 매우 밝고 호쾌(豪快)하였는데 특히 나랏일에 분개한 작
품이 그러하였다.

---

18) 예컨대, 『병산전집(屏山全集)』 권13 「독"평험명", 기이한로(讀"平險銘", 寄李漢老)」가 있다.
19) 청 초원희(焦袁熹)의 『차목헌시(此木軒詩)』 권10 「열송인시집(閱宋人詩集)」 제11수.

江上

江上潮來浪薄[1]天, 隔江寒樹晚生煙.

北風三日無人渡, 寂寞沙頭一簇船.

1 가까이 다가가다.

策杖

策杖農家去, 蕭條絶四鄰. 空田依壟[1]峻, 斷藁[2]布窠[3]勻.

地薄惟供稅, 年豊尚苦貧. 平生飽官粟, 愧爾力耕人.

1 흙더미 혹은 제방.
【보주(補註) 9】: "롱(壟)"은 마땅히 밭두둑으로 해석해야 하고, "준(峻)"은 "가지런히 정돈하고 닦는다"는 것을 가리킨다.

2 볏짚.

3 "포(布)"는 "포(鋪)"와 같다. "과(窠)"는 나지막하고 작은 집을 가리킨다.

汴京紀事二十首(選五)[1]

帝城王氣雜妖氛, 胡虜何知屢易君!

猶有太平遺老在, 時時灑淚向南雲.[2](第一首)

聯翩漕舸入神州, 梁主經營授宋休;

一自胡兒來飲馬, 春波惟見斷冰流.[3](第五首)

內苑珍林蔚絳霄, 圍城不復禁蒭蕘;

舳艫歲歲御清汴, 纏足都人幾炬燒.[4](第六首)

空嗟覆鼎誤前朝, 骨朽人間罵未銷.

夜月池臺王傅宅, 春風楊柳太師橋.[5](第七首)

輦轂繁華事可傷, 師師垂老過湖湘;

縷衣檀板無顏色, 一曲當時動帝王.[6](第二十首)

1　원래는 20수가 있었는데 남송 때 널리 전파되어 상당히 애송되었다. 『선
　　화유사(宣和遺事)』 전집에 1수, 후집에 3수가 인용되어 있다. 말투로 보면,
　　이것은 사후(事後)에 정강(靖康)의 변(變)에 감개하고 또한 변량(汴梁)이 함
　　락 중에 있었을 때의 정경을 상상한 것이다(『병산전집(屛山全集)』 권17 「북
　　풍(北風)」에 "회산(淮山)은 이미 오랑캐 너머 끊겼으나, 변수(汴水)는 오히
　　려 옛 동산을 뚫고 흘러오네(淮山已隔胡塵斷, 汴水猶穿故苑來)"라고 한 것을
　　참조. 앞에서 뽑은 여본중(呂本中)의 「병란후잡시(兵亂後雜詩)」와는 정서와
　　수법이 모두 다르다. 본서 229쪽.

2　이 시는 송 고종(高宗)이 "조종(祖宗) 200년의 터와 업적(祖宗二百年基業)"
　　인 변경(汴京)을 버리고 남쪽에서 구차하게 편안하려고 피한 것을 개탄한
　　것이다. 변량은 건염(建炎) 4년(1130)에 마지막으로 금나라 사람에게 점령
　　당하여 그들의 남경(南京)이 되었다.
　　제2·3·4구는 "오랑캐(胡虜)"들이 "충군애국(忠君愛國)"의 도리를 알지

못하고 여러 차례 "임금을 바꾸는(易君)" 것도 또한 아랑곳하지 않고 있지만, 함락 지역의 북송의 "유로(遺老)"들은 그렇지 않고 여전히 한 마음으로 남송을 사모한다는 뜻이다.

【보주(補註) 10】: "역군(易君)"은 금인이 "무지하여(無知)" 함부로 행동하고 앞뒤로 장방직(張邦直)과 유예(劉豫)를 괴뢰(傀儡) "임금(君)"으로 세운 것이다.

---

3 "신주(神州)"는 변경을 가리킨다. 양(梁) 태조(太祖) 주온(朱溫) 개평(開平) 원년(907)에 원래의 변주를 동도(東都)로 승격시켰는데, 북송이 계승하여 서울 동경(東京)으로 삼았다. 북송의 강회(江淮) 일대의 자금과 식량을 운송하여 서울로 들어가는 주요 수로가 변하(汴河)이다.

---

4 송 휘종(徽宗)은 관리를 사방 각지에 파견하여 진기한 꽃과 돌을 수색하여 변량에 운반하도록 하였다. 정구(程俱)의 「채석부(採石賦)」에는 "산의 집들은 개미처럼 모여 있고 어부들은 구름처럼 모여들어, 만금의 무거운 화물을 싣고 큰 나루까지 천리를 달리네(山戶蟻集, 篙師雲屯, 輸萬金之重載, 走千里於通津)"(『북산소집(北山小集)』 권12)라고 하였고, 등숙(鄧肅)의 「화석시(花石詩)」 자서(自序)에는 "뿌리와 줄기의 가늘음과 돌조각의 미세함까지 배로 끌어 오는데 걸핏하면 수천 리에 달하였다(根莖之細, 塊石之微, 挽舟而來, 動數千里)"(조정동(曹廷棟)의 『송백가시존(宋百家詩存)』 권8)라고 하였다. 이것이 바로 백성들을 어지럽혀 가산(家産)을 망치고 목숨을 잃게 하며 닭이나 개도 편안치 않게 한 "화석강(花石綱)"으로, 유자휘(劉子翬)의 「유주면가원(遊朱勔家園)」 시의 이른바 "누선(樓船)에는 꽃과 돌이 실려 있는데, 마을 골목에는 바지·저고리도 없네(樓船載花石, 里巷無袴襦)"(『병산전집』 권10)라는 것이다. 공명지(龔明之)의 『중오기문(中吳紀聞)』 권6 "주씨성쇠(朱氏盛衰)" 조를 참조.

송 휘종은 이러한 꽃과 돌을 수집하여 "교묘함을 다한(窮極巧妙)" 만세산(萬歲山) 일명 간악(艮嶽)을 만들었고, 그중 가장 웅장하고 화려한 건축물은 강소루(絳霄樓)라고 불렀다. 정강 원년 윤(閏) 11월에 변량이 포위되자 백성들은 만세산에서 돌덩이를 캐내어 포탄으로 삼아 적병에 저항했다.

12월 말에 이르자 변량의 성이 무너지고 날씨는 춥고 눈이 많이 내려 백성들은 땔나무가 없어 만세산의 집을 허물고 대나무를 몽땅 베어버렸다 (서몽신(徐夢莘)의 『삼조북맹회편(三朝北盟會編)』「정강중질(靖康中帙)」 권41, 권47, 권48).

"어(御)"는 잇따른다는 뜻이다. 당시의 사람들이 간악의 경물과 난리 뒤의 무너진 모습을 묘사하였는데, 송 휘종이 지은 「간악기(艮嶽記)」, 조조(曹組)와 이질(李質)이 "칙명을 받들어(奉敕)" 지은 「간악부(艮嶽賦)」와 「백영시(百詠詩)」(왕명청(王明淸)의 『휘주후록(揮麈後錄)』 권2에 실림)·승(僧) 조수(祖秀)가 지은 「화양궁기(華陽宮記)」(왕칭(王偁)의 『동도사략(東都事略)』 권106에 실림) 등을 볼 수가 있다.

【보주(補註) 11】: "어청하(御淸河)"의 "어(御)"는 마땅히 보주(補註)를 달아야 한다. 『예기(禮記)·왕제(王制)』에는 "천리 이내의 조세(租稅)로 어(御, 복어(服御)와 음식의 비용)로 삼는다(千里之內以爲御)"라고 하였는데 『소(疏)』에는 "임금에게 바치는 데 필요한 것이다(進御所須)"라고 하였다.

---

5 "복정(覆鼎)"은 『역경(易經)』의 "정괘(鼎卦)"의 효사(爻辭)에서 나온 것으로, 일을 그르쳐서 벼슬을 잃은 대신을 가리킨다. 여기서는 벼슬이 "태부(太傅) 초국공(楚國公)"에 봉해진 왕보(王黼)와 벼슬이 "태사(太師) 노국공(魯國公)"에 봉해진 채경(蔡京)을 가리킨다. 이 두 사람은 나라와 백성들에 재앙을 끼친 권간(權姦)이다. 그들은 변량에 모두 주위가 몇 리나 되는 거대한 주택이 있었으나, 채경의 주택은 일찍이 정강 원년 윤 11월 8일에 불타버렸기 때문에(『삼조북맹회편』「정강중질」 권6, 권47, 주휘(周煇)의 『청파별지(淸波別志)』 권하(卷下)), "태사교(太師橋)"라고 하여 단지 유적(遺跡)뿐임을 나타낸 것이다.

---

6 이 시는 송 휘종이 총애한 기녀 이사사(李師師)를 이야기하고 있다(유극장(劉克莊), 『후촌대전집(後村大全集)』 권174). 그녀의 인기가 절정이었을 때는 주방언(周邦彦)·조충지(晁沖之) 등의 시인·사인(詞人)들의 노래의 대상이 되었다(『편옥사(片玉詞)』 권상(卷上)「소년유(少年遊)·감구(感舊)」, 『구자선생시집(具茨先生詩集)』 권13「도하추감왕석, 인성이수(都下追感往昔, 因

成二首)」).

장선(張先)과 진관(秦觀)이 노래한 이사사는 다른 사람이다(청 정소의(丁紹儀)의 『청추성관사화(聽秋聲館詞話)』 권17을 참조).

송 무명씨의 『이사사외전(李師師外傳)』에는 변량성이 무너진 이후 그녀는 금나라 사람에게 몸을 굽히지 않으려고 비녀를 삼켜 자살했다고 한다. 그러나 이 시 및 『삼조북맹회편』 「정강중질(靖康中帙)」 권5, 장방기(張邦基)의 『묵장만록(墨莊漫錄)』 권8 등에 따르면 정강 원년 정월에 송 정부가 그녀의 가산(家産)을 몰수한 이후 그녀는 도망하여 호남(湖南)·절강(浙江) 등의 지방을 떠돌아 다녔다고 한다.

48. 양만리(楊万里)

양만리(楊万里, 1127~1206)의 자는 정수(廷秀), 스스로 성재(誠齋)라고 불렀으며, 길수(吉水) 사람이다. 『성재집(誠齋集)』이 있다. 남송 때 추앙을 받은 "중흥(中興) 사대(四大) 시인(中興四大詩人)"은 우무(尤袤)·양만리·범성대(范成大)와 육유(陸游) 네 사람의 서로 존경하는 친구들이었는데, 양만리와 육유의 명성이 특히 커서 당시(唐詩)에서의 이백(李白)·두보(杜甫)와 같았다.[1] 그러나 열 손가락에도 또한 길고 짧음이 있듯이 동시에 이름을 나란히 한 두 작가도 이백과 두보·원진(元稹)과 백거이(白居易)처럼 서서히 우열이 가려질 수밖에 없었다. 송대 이후 양만리의 독자는 육유보다 훨씬 적었을 뿐 아니라 또한 범성대보다도 그 숫자가 못하였다.[2] 당시 양만리는 오히려 시의 전변(轉變)의 중심인물로서, 일종의 신선하고 활발한 묘사 방법을 창시하여 육유와 범성대의 풍격이 보수적이거나 혹은 온건한 것처럼 돋보이게 할 정도였다. 이 때문에 엄우(嚴羽)의 『창랑시화(滄浪詩話)·시체(詩體)』에는 오직 "양성재체(楊誠齋體)"만을 들었을 뿐 "육방옹체(陸放翁體)" 혹은 "범석호체(范石湖體)"는 언급하지 않았다.

양만리의 창작 경력은 『강호집(江湖集)』과 『형계집(荊溪集)』의 자서(自序)에

---

1) 유극장(劉克莊)의 『후촌대전집(後村大全集)』 권174.

2) 청 왕완(汪琬)의 『둔옹전후유고(鈍翁前後遺稿)』 권8 「독송인시(讀宋人詩)」 제2·3수 ; 전문(田雯)의 『고환당집(古歡堂集)』 7언절(言絶) 권2 「논시절구(論詩絶句)」 제9수·서문(序文) 권2 「녹사시집서(鹿沙詩集序)」·「잡저(雜著)」 권1 ; 요춘(姚椿)의 『통예각시속록(通藝閣詩續錄)』 권3 「우성(偶成)」·『삼록(三錄)』 권2 「제검남집후(題劍南集後)」 제4수 「서성재집후(書誠齋集後)」.

보인다.3) 그의 말에 따르면, 그는 처음에는 강서파(江西派)를 배웠고 후에 왕안석(王安石)의 절구를 배웠으며, 또 전향하여 만당(晩唐) 작가의 절구를 배웠고 마지막에는 "갑자기 깨달은 것처럼(忽若有悟)" 누구도 배우지 않고 "뒷동산을 걷고 옛 성에 오르며 구기자와 국화를 따고 꽃과 대나무를 잡아당기고 뒤집어 온갖 사물이 다 나타나서 나에게 시의 재료를 바친다(步後園, 登古城, 采擷杞菊, 攀翻花竹, 萬象畢來, 獻余詩材)"라고 하였고, 이로부터 시를 짓는 것이 매우 쉬웠다고 한다. 동시대의 사람들도 또한 그의 "활법(活法)"과 "죽은 뱀을 살려내고(死蛇弄活)", "산 채로 사로잡는(生擒活捉)" 솜씨에 찬탄하였다.4) 이 일단의 이야기는 세 방면으로 나누어 설명할 수 있을 것이다.

첫째, 양만리와 강서파(江西派)이다. 강서시가 종파를 형성하자, 이격비(李格非)·섭몽득(葉夢得) 등은 그것이 "진부하고 표절하며(腐熟竊襲)", "소리도 약하고 기백도 없으며(死聲活氣)", "어렵고 깊은 말로 꾸미며(以艱深之詞文之)", "글자마다 표절한다(字字剽竊)"라고 싫어하였다.5) 양만리의 스승 왕정규(王庭珪)는 (비록 섭몽득과 마찬가지로 황정견(黃庭堅)을 매우 좋아하였지만) 바로 강서파는 반대한 사람이다. 양만리의 강서파에 대한 비평은 분명히 말하지는 않았지만, 그의 창작으로 살펴보면 대체로 그 몇 가지 점에 대해서 그렇게 만족하지는 않았다. 이 때문에 그는 책가방을 흔들지도 않고

---

3) 『성재집(誠齋集)』 권80.

4) 주필대(周必大)의 『평원속고(平園續稿)』 권1 「차운양정수"기제환연서원"(次韻楊廷秀"寄題渙然書院")」 ; 장자(張鎡)의 『남호집(南湖集)』 권7 「유회신균주양비감(有懷新筠州楊秘監)」·「휴양비감시일편등주, 인성(携楊秘監詩一編登舟, 因成)」 ; 또 방회(方回)의 『동강속집(桐江續集)』 권8 「독남호집(讀南湖集)」에 인용된 장자의 가정(嘉靖) 경오(庚午)의 자서(自序) ; 『남송군현소집(南宋群賢小集)』 제10책 갈천민(葛天民)의 『갈무회소집(葛無懷小集)』 「기양성재(寄楊誠齋)」 ; 항안세(項安世)의 『평암회고(平菴悔稿)』 권3 「제유도간소장양비감시권(題劉都幹所藏楊秘監詩卷)」.

5) 유훈(劉壎)의 『은거통의(隱居通議)』 권6 「본지시(本之詩)」 조에 인용된 이격비(李格非)의 말, 도종의(陶宗儀)의 『설부(說郛)』 권20에 실린 오췌(吳萃)의 『시청초(視聽鈔)』에 인용된 섭몽득(葉夢得)의 말.

전고를 폐기하여, 참으로 평이하고 자연스러워 구어에 접근할 수 있었다. 그러나 그는 황정견·진사도(陳師道)에 대해서는 시종 존경하였다.6) 비록 강서파의 영향을 받은 "젊을 때의 작품 천여(少作千餘)"를 모두 태워 없앴다고 하지만 강서파의 버릇도 또한 시종 뿌리를 뽑지 못하여 기회만 있으면 발작하려고 하였다.7) 그는 60세 이후, 강서파의 총집(總集)을 위하여 서문을 지었고, 또 여본중(呂本中)의 『강서시사종파도(江西詩社宗派圖)』를 증보하여 『강서속파(江西續派)』를 내려고 했을 뿐 아니라 또한 강서파가 마치 "남종선(南宗禪)"과 같이 시에서 최고의 경계라고 인정하였다.8) 남송 사람들이 왕왕 그를 강서파에 포함시킨 것은9) 결코 터무니없는 말이 아니다. 우리가 한걸음 더 나아가 연구해 보면, 양만리의 시와 황정견의 시가 비록 하나는 "경쾌하고 분명하며(輕鬆明白)" 속어상담(俗語常談)이 섞여 있고, 다른 하나는 경전을 인용하여 "넓고 오묘하고 어렵고 깊이가 있지만(博奧艱深)", 그러나 양만리는 이론상 결코 황정견의 이른바 "내력이 없는 글자는 없다(無字無來處)"라고 하는 테두리를 뛰어넘지 못했다는 것을 발견하게 된다. 그 자신의 말을 보자. "시는 본래 속된 것을 전아(典雅)하게 하는 것이다. 그러나 또한 모름지기 앞 사람들이 취하여 만들어 낸 것을 통해야만 따르고 계승할 수 있다. 예컨대 이백의 '내가(耐可)'·두보의 '차막(遮莫)'·당인들의 '리허(裏許)'·'약개(若箇)' 따위가 그러한 것들이다. …… 그것은 본래

---

6) 『성재집』 권1 「중량견화,· 재화사언(仲良見和, 再和謝焉)」, 권4 「화이천린"추회"(和李天麟 "秋懷")」, 권7 「등하독산곡시(燈下讀山谷詩)」, 권38 「서황여릉백용시권(書黃廬陵伯庸詩卷)」.

7) 초기 작품의 예는 권1 「화중량"춘만즉사"(和仲良"春晚卽事")」가 있고 말기 작품의 예는 권39 「족통무료, 괴좌독강서시(足痛無聊, 塊坐讀江西詩)」가 있다.

8) 권79 「강서종파시서(江西宗派詩序)」, 권83 「강서속파이증거사시집(江西續派二曾居士詩集序)」, 권38 「송분녕주부라총재(送分寧主簿羅寵材)」.

9) 왕매(王邁)의 『구헌집(臞軒集)』 권16 「산중독성재시(山中讀誠齋詩)」, 『후촌대전집(後村大全集)』 권6 「호남강서도중(湖南江西道中)」 제9수, 권36 「제성재상(題誠齋像)」 제1수, 권97 「다산·성재시선서(茶山·誠齋詩選序)」.

시골의 어미와 밭의 부녀자들을 이끌어서 평왕(平王)의 아들·위후(衛侯)의
아내의 자리에 앉히려는 것이 아니다(詩固有以俗爲雅, 然亦須經前輩取鎔, 乃可因
承爾, 如李之'耐可'·杜之'遮莫'·唐人之'裏許''若箇'之類是也. …… 彼固未肯引里母田婦
而坐之於平王之子·衛侯之妻之列也)"10) 이것은 진장방(陳長方)이 "매번 속어를
써서 내력이 없는 것은 한 글자도 없으니, 이것이 진사도·황정견의 작시
법이다(每下一俗間言語, 無一字無來處, 此陳無己·黃魯直作詩法也)"11)라고 말한 것
과 꼭 부합한다. 바꾸어 말하면, 양만리는 속어와 상담에 대해서 그래도
이용하려고 하였지만, 결코 평등하게 취급하거나 광범하게 흡수하지는 않
았다. 그는 단지 상표가 오래되고 내력이 있는 구어와 진(晉)·당(唐) 이래
의 시인과 문인들이 사용했던 (적어도 정사(正史)·소설(小說)·선종(禪宗)의 어록
(語錄)에 실려 있는) 구어를 선택하려고 했던 것이다. 그는 물론 전고를 늘어
놓지는 않았지만, 그가 사용한 속어는 모두 출전(出典)이 있어서 백화 가운
데 비교적 "고아(古雅)"한 부분이었다. 독자는 단지 그의 산뜻함과 자유로
움만을 볼 뿐 그의 이와 같은 근엄함과 빈틈없음을 모른다. 이것은 마치
우리가 세상사에 노련한 교제가를 만나면 단지 그가 호탕하여 손님을 좋
아한다고 느낄 뿐이고 그가 돈을 쓰고 사람을 대접할 때 규모가 있고 조
금도 빈틈이 없다는 것을 모르고 있는 것과 같다. 이것은 당대(唐代)의 승
려 한산(寒山)의 시와 같이, 겉으로 보기에는 매우 통속적이지만 그 자신은
자랑스럽게 "나의 시는 마땅히 전아(典雅)하다네(我詩合典雅)"12)라고 말하였

10) 권66 「답노의백서(答盧誼伯書)」.
　　주필대(周必大)의 『평원속고(平園續稿)』 권9 「발양정수"석인봉"장편(跋楊廷秀"石人峯"長
　　篇)」을 참조.
　　"이속위아(以俗爲雅)"는 『후산선생집(後山先生集)』 권23 「시화(詩話)」에 인용된 매요신
　　(梅堯臣)이 "민(閩) 지방의 시를 좋아하는 사람(閩中有好詩者)"에 답한 말. 『진체비서(津逮
　　秘書)』 본 『동파제발(東坡題跋)』 권2 「제유자후시(題柳子厚詩)」 제2칙(則), 『산곡내집주
　　(山谷內集註)』 권12 「재차운양명숙(再次韻楊明叔)」 자서(自序)에 보인다.
11) 『보리객담(步里客談)』 권하(卷下)에 기록된 장헌(章憲)의 말.

는데 후세의 학자들도 또한 그의 사구(詞句)가 "널리 섭렵한(涉獵廣博)"13) 것임을 발견하게 되는 것이다.

둘째, 양만리와 만당시(晚唐詩)이다. 그는 자신이 강서파를 배우고 싫증이 나서 왕안석의 절구를 배웠으며 그 후에 만당 작가들의 절구로 넘어갔다고 말하였다.14) 우리는 황정견이 만당시를 지극히 멸시하여, "두보의 시를 배우면 이른바 '고니를 새기다가 이루지 못하면 그래도 집오리는 닮게 된다(刻鵠不成尙類鶩)'라는 것이고, 만당의 여러 사람들의 시를 배우면 이른바 '각박함에서 법을 만들면 그 결과는 오히려 탐욕스러운데, 탐욕스러움에서 법을 만들면 그 결과는 장차 어떻게 되겠는가!(作法於涼, 其敝猶貪, 作法於貪, 敝將若何!)'(『좌전(左傳)』 소공(昭公) 4년)라는 것이다(學老杜詩, 所謂'刻鵠不成尙類鶩'也; 學晚唐諸人詩, 所謂'作法於涼, 其敝猶貪, 作法於貪, 敝將若何!)"15)라고 했기 때문에 강서파를 배우는 시인이라면 먼저 만당시를 반대해야만 하였다. 그러나 만약 그가 강서파를 배우고 싫증이 나서 다른 길을 모색하고자 한다면 그 또한 아주 쉽게 시계추 운동의 원리에 따라 만당 시인을 지향하게 되는 것이다. 양만리는 "시는 글과 비교할 수 없다. …… 그러나 어떤 사람은 깊고 넓은 학문과 웅건하고 빼어난 문장을 가지고 있기 때문에 훌륭한 문사를 만들어 시를 짓는다(詩非文比也. …… 而或者挾其深博之學·雄儁之文, 於是隱栝其偉辭以爲詩)"16)라고 하였다. 이것은 그가 전향한 이유를 밝힌 것인 만큼, 유극장(劉克莊)의 말을 빌려 "옛날의 시는 정성(情性)에서 나왔지만 오늘날의 시는 기억과 견문의 넓음에서 나올 뿐이다. 두보로부터 이러한 병

---

12) 제303수.
13) 왕응린(王應麟)의 『곤학기문(困學紀聞)』 권18.
     당연히 그가 불전(佛典)을 사용한 곳은 아직 보지 못하고 있다.
14) 권8 「독당인급반산시(讀唐人及半山詩)」, 권35 「답서자재담절구(答徐子材談絶句)」, 권83 「이암시고서(頤菴詩稿序)」, 권114 「시화(詩話)」를 참조.
15) 『산곡노인도필(山谷老人刀筆)』 권4 「여조백충(與趙伯充)」.
16) 권79 「황어사집서(黃御史集序)」.

폐를 면할 수 없었다. 그리하여 장적(張籍)・왕건(王建)의 무리들이 점차 책을 묶어 두고, 번욕(繁縟)함을 깎아 없애어 매우 절실하고 비근(卑近)한 곳으로 달려갔다. 세상에서는 그 간편함을 좋아하여, 다투어 일어나 흉내 내어 마침내 '만당체'가 되었다(古詩出於情性, 今詩出於記聞博而已, 自杜子美未免此病. 於是張籍・王建輩稍束起書帙, 刻去繁縟, 趨於切近. 世喜其簡便, 競起效颦, 遂爲'晚唐體')"[17]라고 주를 달 수 있었던 것이다. 이상은(李商隱)・온정균(溫庭筠)・피일휴(皮日休)・육구몽(陸龜蒙) 등을 제외하고, 만당의 시인들은 일반적으로 모두 전고를 거의 쓰지 않았고, 절구는 또 5・7언시 가운데 가장 "번욕함"에 맞지 않는 체제이므로 온정균・이상은・피일휴・육구몽 등의 절구도 또한 그들의 고체・율시보다도 훨씬 청공(淸空)하다. "용사(用事)"를 중요시한 왕안석의 시에서도 절구는 비교적 명정(明淨)하다. 양만리는 확실히 공령(空靈)・경쾌(輕快)한 만당의 절구를 가지고 꽉 채워 넣은 듯한 강서체를 치료하는 약으로 삼으려고 하였다. 앞에서 이야기한 바와 같이, 서부(徐俯)는 강서파를 벗어나 "평이하고 자연스러운(平易自然)" 시를 쓰려고 하였는데, 그는 "왕안석의 시는 당인을 배운 것이 많다. 그러나 100수라도 만당 사람의 1수만도 못하다(荊公詩多學唐人, 然百首不如晚唐人一首)"[18]라고 하였다. 다른 하나의 강서파를 벗어나려고 했던 시인 한구(韓駒)도 또한 "당말 사람들의 시는 비록 격조와 운치는 낮고 얕지만, 시가 아니라고 할 수는 없다. 지금 사람들은 시를 짓는데 비록 어구(語句)는 기세가 왕성하지만 단지 멀리서 들을 만할 뿐 그 이치는 전혀 알 수가 없다(唐末人詩雖格致卑淺, 然謂其非詩則不可: 今人作詩雖句語軒昂, 但可遠聽, 其理略不可究)"[19]라고 하였다. 그들은 모두 양만리와 똑같은 생각을 갖고, 황정견이 정한 확고한 단안을 뒤집어엎으려고 하

---

17) 『후촌대전집(後村大全集)』 권96 「한은군시서(韓隱君詩序)」.
18) 증계리(曾季貍)의 『정재시화(艇齋詩話)』에 인용되어 있다.
19) 『시인옥설(詩人玉屑)』 권16에 인용된 『능양실중어(陵陽室中語)』.

였다고 생각할 수 있다. 양만리에서 비롯하여 송시는 곧 강서체와 만당체의
두 파로 나누어졌는데, 이 점에 관해서는 "사령(四靈)"을 비평·서술할 때
또 상세하게 이야기하려고 한다. 그는 "사령"처럼 좁고도 단조롭게 만당
의 한두 작가의 시를 배우지는 않았다. 그가 칭찬한 작가는 매우 많았는
데, 예컨대 두목(杜牧)[20]·육구몽[21]이 있고, 심지어 황도(黃滔)와 이함용(李
咸用)도 있다. 게다가 그는 또한 결코 그들을 모방하지 않았으며, 그들의
도움을 빌리고 그들의 시사(示唆)를 받아들여 강서파의 둥우리에서 벗어날
수 있었다. 그의 목적은 활발하고 자연스러운 시를 짓는 것이었기 때문에
그는 후에 누구에게 이러한 풍격이 있다고 발견하기만 하면, 그것이 진(晉)
의 도잠(陶潛)이든 혹은 중당(中唐)의 백거이(白居易)든 혹은 북송의 장뢰(張耒)
든 상관하지 않고 좋아하였다.[22]

셋째, 양만리와 활법(活法)이다. "활법"은 강서파의 여본중(呂本中)이 제기
한 구호이다.[23] 시인은 규칙을 파괴하지 않고도 또 무한히 변화하여 독자
에게 원전(圓轉)하고 "힘을 쓰지 않았다(不費力)"는 인상을 줄 수 있어야 한
다는 뜻이다.[24] 양만리의 이른바 "활법"도 또한 물론 이러한 규율과 자유
의 통일이 포함되어 있지만[25] 그러나 여기에 그치는 것만은 아니다. 그의

---

20) 권20 「신청, 독번천시(新晴, 讀樊川詩)」.
21) 권27 「독"입택총서"(讀"笠澤叢書")」.
22) 권20 「독연명시(讀淵明詩)」, 권39 「독백씨"장경집"(讀白氏"長慶集")」, 권40 「독장문잠시
(讀張文潛詩)」.
23) 『후촌대전집(後村大全集)』 권95 「상서시파소서(江西詩派小序)」에 인용된 여본중(呂本中)
이 지은 「하균보시집서(夏均父詩集序)」, 장태래(張泰來)의 『강서시사종파도록(江西詩社宗
派圖錄)』에 인용된 여본중이 지은 「시사종파도서(詩社宗派圖序)」, 사과(謝薖)의 『사유반
문집(謝幼槃文集)』 권1 「독여거인시(讀呂居仁詩)」, 진기(陳起)의 『전현소집습유(前賢小集
拾遺)』 권4에 실린 증기(曾幾)의 「독여거인구시, 유회기인(讀呂居仁舊詩, 有懷其人)」, 증
계리(曾季貍)의 『정재시화(艇齋詩話)』.
유극장(劉克莊)은 그 글의 "총서(總序)"에서 또 양만리가 여본중의 "이른바 활법(所謂活
法)"을 "진실로 얻었다(眞得)"고 하였다.
24) 장구성(張九成)의 『횡포심전록(橫浦心傳錄)』 권상(卷上)에 기록된 여본중(呂本中)의 말.

실천 및 "온갖 사물이 다 나타나고(萬象畢來)"·"산 채로 사로잡는다(生擒活
捉)"는 등의 이야기를 근거로 하여 살펴본다면, 그는 사물(주로 자연계)과
친부모와 친자식의 골육 관계를 새로이 세우고[26] 귀와 눈으로 보고 느끼
는 천진난만한 상태를 회복하려고 노력하였다고 말할 수 있다. 고대 작가
들의 감정을 말하고 경치를 묘사한 뛰어난 시구 혹은 옛 사람이 인생의
갖가지 경지에 처했을 때의 유명한 일사(軼事)는 모두 후세 시인들이 사물
을 볼 때의 색안경이 되든가 혹은 결국 그들과 현실의 친밀한 관계를 이
간시키고 그들의 관찰의 각도를 지배하며 그들의 감수성의 범위를 제한함
으로써, 그들의 작품을 "판에 박은 듯하고(刻版)"·"상투적이며(落套)"·"공
식화"할 수가 있다. 그들은 마치 마스크를 쓰고 냄새를 맡고 장갑을 끼고
더듬는 것과 같다. 비유한다면, 달을 감상하고 시를 지을 때 그들은 자신
의 직접적인 인상과 절실한 감정을 그리지 못하고, 도리어 고대의 명구와
아름다운 이야기에 꽉 얽매어, 두보(杜甫)가 부주(鄜州)에서 달을 대하고 있
다든가(두보, 「월야(月夜)」) 혹은 장생(張生)이 서상(西廂)에서 달을 기다리는
것을 생각하지 않으면, "나는 바람을 타고 돌아가고 싶지만, 또 경옥(瓊玉)
의 누각과 집, 높은 곳에서 추위를 이기지 못할까 두려워하네(我欲乘風歸去,

---

25) 『한원신서(翰苑新書)』 속집(續集) 권2에는 왕매(王邁)의 「하림직원(賀林直院)」에 "글에는
   활법이 있는데, 구슬이 소반에 구르지만 소반을 벗어나지는 않는다(筆有活法, 珠走於盤
   而不出於盤)"고 한 것이 실려 있는 것을 참조. 이것은 『구헌집(臞軒集)』에는 누락된 문장
   이다.
   이 비유는 두목(杜牧)의 『번천문집(樊川文集)』 권10 「손자주서(孫子註序)」에 "소반 중의
   구르는 탄환과 같다. 탄환이 소반에 구를 때는 가로놓이고 비끼며 둥글고 곧아서 다 알
   수가 없고 반드시 알 수 있는 것은 탄환이 소반에서 뛰어나올 수 없다는 것이다(猶盤中
   走丸: 丸之走盤, 橫斜圓直, 不可盡知: 其必可知者, 丸不能出於盤也)"라고 한 데에서 나온 것
   이다.

26) 레오나르도·다빈치(Leonardo da Vinci, 1452~1519)의 『화론(畫論)』 제78절에 화가가
   조화(造化)를 스승으로 본받지 않고 다른 사람을 모방하면, 대자연이라는 어머니의 손
   자로 떨어져서 그녀의 아들이라고 할 수 없다고 논한 것을 참조(로마, 합작출판사 판,
   45쪽).

又恐瓊樓玉宇, 高處不勝寒)"(소식(蘇軾), 「수조가두(水調歌頭)」)라든가 "본래 분명한 밤이건만, 도리어 암담한 시름이 된다네(本是分明夜, 翻成黯淡愁)"라는 것을 생각하는 것이다. 그들이 마음은 천진난만함을 상실하여, 사물과 친근하고 절실하게 접촉하지 못하고 또한 그 신선함을 느끼지도 못하며, 단지 옛 사람들의 묘사를 가지고 증명하고 맞추어 "즐거움은 새로 아는 것보다 즐거운 것이 없다네(樂莫樂兮新相知)"(굴원(屈原), 「구가(九歌)·소사명(少司命)」)가 아니면 다만 "타향에서 옛 친구를 만나네(他鄉遇故知)"라는 것만 알고 있을 뿐이다. 육조(六朝) 이래 수많은 시는 늘 우리를 회의하게 한다. 곧 작자는 참으로 시에 묘사하고 있는 정경을 이해하였는가? 아니면 기억력이 좋아서 이러한 정경에 관한 전고와 성어를 생각해 내었는가? 심약(沈約)의 『송서(宋書)』권67에는 "조식(曹植)의 '함경(咸京)'의 작과 왕찬(王粲)의 '패안(霸岸)' 편, 손초(孫楚)의 '영우(靈雨)'의 장(章), 왕찬(王讚)의 '삭풍(朔風)'의 구는 모두 오직 가슴 속의 뜻을 들었을 뿐 시와 역사를 모방하지 않았다(子建'函京'之作, 仲宣'灞岸'之篇, 子荊'零雨'之章, 正長'朔風'之句, 并直擧胸情, 非傍詩史)"라고 하였다.27) 종영(鍾嶸)의 『시품(詩品)』에도 또한 "'그대를 흐르는 물처럼 그리워하네(思君如流水)'(서간(徐幹), 「잡시(雜詩)」)라는 것은 곧 눈에 보이는 대로 쓴 것이고, '높은 누대에는 슬픈 바람이 세차네(高臺多悲風)'(조식, 「잡시(雜詩)」)라는 것도 또한 오직 보이는 대로이다. '맑은 새벽에 농수(隴首)에 오르네(淸晨登隴首)'(장화(張華)의 일시(逸詩))라는 것은 전혀 전고가 없고, '보름달이 쌓인 눈을 비치네(明月照積雪)'(사령운(詞靈運), 「세모(歲暮)」)라는 것이 어찌 경전과 역사에서 나온 것이겠는가?('思君如流水', 旣是卽目; '高臺多悲風', 亦唯所見; '淸晨登隴

---

27) 교연(皎然)의 『시식(詩式)』권1 "불용사제일격(不用事第一格)" 조에는 "심약(沈約)은 '경전과 역사를 모방하지 않고 곧장 가슴을 따랐다(不傍經史, 直率胸臆)'고 하였는데, 나는 그가 시를 아는 사람이라고 허락한다(沈約云: '不傍經史, 直率胸臆', 吾許其知詩者也)"고 하였다. 비록 인용한 자구가 원문과 일치하지는 않지만 뜻은 더욱 분명하다.

首’, 羌無故實; ‘明月照積雪’, 詎出經史?)”라고 하였다. 양만리도 또한 이러한 이
치를 깨닫고 생생하게 살아 움직이는 사물이 죽은 책의 희생물이 되도록
하지는 않았고, 옛 책을 많이 보아 눈동자에 생겨난 각막을 긁어내고 민
첩하고 교묘한 수법으로 지금까지 묘사된 적이 없고 묘사하기 어려운 각
양각색의 광경을 묘사하였다. 이 때문에 강기(姜夔)는 그를 칭찬하여, “곳
곳의 산천이 그대를 볼까 두려워하네(處處山川怕見君)”라고 하였는데, 그의
눈 속으로 들어가기만 하면 그에 의하여 털끝까지도 시 속에 묘사될까 두
려워한다는 것이다.28) 이러한 종류의 작품들은 양만리의 현존하는 시에는

---

28) 『백석도인시집(白石道人詩集)』 권하(卷下) 「송“조천속집”귀성재(送“朝天續集”歸誠齋)」. 두
보(杜甫)의 「강상치수여해세, 료단술(江上値水如海勢, 聊短述)」에는 “늙어서 시를 다 하릴
없이 허락하니, 봄의 꽃과 새는 깊이 시름하지 말라(老去詩篇渾漫與, 春來花鳥莫深愁)”라
고 하였다. 파(怕)는 바로 “깊이 근심하다(深愁)”의 뜻이다.
한유(韓愈)의 「천사(薦士)」 시에는 “불끈 일어나 이백과 두보를 얻으니, 만물이 사납게
업신여김에 괴로워하네(勃興得李・杜, 萬類困陵暴)”라고 하였고, 당부(唐扶)의 「사남해,
도장사, 제도림・악록사(使南海, 道長沙, 題道林・嶽麓寺」에는 “두 사당에서 물색하여 다
따고 주우니, 벽 사이의 두보(杜甫)는 참으로 은덕이 없네(兩祠物色採拾盡, 壁間杜甫眞少
恩)”라고 하였으며, 왕건(王建)의 「기상한유시랑(寄上韓愈侍郞)」에는 “시를 읊어 소나
무・계수나무를 가슴 아프게 여기니 푸른 산이 야위었고, 진주를 다 캐내니 푸른 바다
가 시름하네(詠傷松桂靑山瘦, 取盡珠璣碧海愁)”라고 하였고, 또 「곡맹동야(哭孟東野)」에는
“가을 산을 읊조려 가슴 아프게 여기니 달도 밝지 않고, 난초도 향기가 없고 학도 소리
가 없네. 동야 선생이 죽고부터, 구름 산을 곁에 가까이하여 흩어져 갈 수 있네(吟損秋山
月不明, 蘭無香氣鶴無聲. 自從東野先生死, 側近雲山得散行)”라고 하였으며, 육구몽(陸龜蒙)의
『보리문집(步里文集)』 권18 「서이하소전후(書李賀小傳後)」에는 “하늘이 낸 물건은 이미
거스를 수는 없지만 또 찾아내고 깎아서 그 정상을 드러낼 수는 있을 것인가? 설사 싹
과 알이 말라죽는 데 이르더라도 숨을 수는 없다(天物旣不可暴, 又可抉摘刻削, 露其情狀
乎? 使自萌卵至於槁死, 不能隱伏)”라고 하였으며, 피일휴(皮日休)의 「노망작이오백언견이,
인성일천언(魯望昨以五百言見貽, 因成一千言)」에는 “만 가지 형상이 다치고 또 병들었고,
온갖 신령이 야위고 또 경련하네(萬象瘡復痏, 百靈瘁且瘳)”라고 하였고, 오융(吳融)의 「증
광리대사가(贈廣利大師歌)」에는 “어제 와서 나에게 십여 편을 보이는데, 강남의 바람과
달을 모두 읊었네(昨來示我十數篇, 詠殺江南風與月)”라고 하였으며, 황정견(黃庭堅)의 『산
곡시외집보(山谷詩外集補)』 권3 「화답임중미, 증별(和答任仲微, 贈別)」에는 “임 군은 먹을
뿌리면 시를 이루니, 만물이 시름에 젖어 품평을 괴로워하네(任君灑墨卽成詩, 萬物生愁困
品題)”라고 한 것을 참조.

첫머리부터 매우 많은데, 또한 강서체가 그의 만년의 시에 또 나타나는 것과 꼭 같다.[29] 그가 자신의 창작을 이야기한 것은 순서가 지나치게 정제(整齊)되고 획일화되어 있는데, 실제와는 약간 차이가 있고 맞지 않는다.

　양만리의 주된 흥미는 자연 경물이고, 나랏일에 관심을 둔 작품이 많으면서도 또한 뛰어난 육유에는 훨씬 미치지 못하며, 민생의 고통을 동정한 작품이 많으면서도 또한 뛰어난 범성대에는 훨씬 미치지 못한다. 서로 비교해 보면 내용상 자질구레한 것처럼 보인다. 그의 시는 매우 분명하고 애쓰지 않은 듯하며 재미있지만, 그러나 심금을 울리지는 않는다. 그의 일필휘지(一筆揮之)하는 "즉경(卽景)"의 묘사 방법도 역시 그에게 해를 끼쳐 수많은 조솔(粗率)한 작품을 쓰게 하였다.

---

29) 임희일(林希逸)의 『죽계건재십일고(竹溪鬳齋十一稿)』 속집(續集) 권12 「진자관시집서(陳子寬詩集序)」에 양만리가 스스로 젊었을 때의 작품을 불태워 없애버렸다고 말한 것을 논하여 "그러나 공의 현존하는 여러 시집을 보면 이러한 시구들은 이미 변한 이후에도 없지 않다. 아마 변할 만한 것은 변하고 그 변할 수 없는 것은 결국 남았을 것이다(然觀公見行諸集, 此等句旣變以後未嘗無之. 豈變其可變者, 其不可變者終在耶?)"라고 하였다.

過百家渡四絶句(選三)¹

園花落盡路花開,　白白紅紅各自媒.

莫問早行奇絶處,　四方八面野香來.(第二首)

柳子祠前春已殘,　新晴特地却春寒.

疏籬不與花爲護,　只爲蛛絲作網竿.(第三首)

一晴一雨路乾濕,　半淡半濃山疊重;

遠草平中見牛背,　新秧疏處有人踪.(第四首)

1　호남(湖南) 영주(永州)에 있다. 유종원(柳宗元)이 영주사마(永州司馬)를 지낸
　　적이 있기 때문에 그 곳에 그의 사당(祠堂)이 있는데, 두 번째 시의 "유자
　　사(柳子祠)"이다.

憫農

稻雲不雨不多黃,　蕎麥空花早着霜.

已分¹忍飢度殘歲,　更堪歲裏閏添長!²

1　헤아리다, 일찌감치 알다.

2　"감(堪)"은 "불감(不堪)"·"기감(豈堪)"과 같다. 매요신(梅堯臣)의 「전가어
　　(田家語)」 주 8)을 참조 본서 86쪽.
　　올해는 참으로 지내기 어려워서 하루를 보내는 것이 일 년과 같은데, 공

교롭게도 또 윤년(閏年)을 만나서 날짜가 평년보다도 많다는 뜻이다.

閑居初夏午睡起

梅子留酸軟齒牙, 芭蕉分綠與窗紗.
日長睡起無情思, 閑看兒童捉柳花.[1]

1 이 시의 "류(留)"자·"분(分)"자는 모두 치밀하지만 힘을 들이지 않은 것 같다. 양염정(楊炎正)의 「소충정(訴衷情)」 사(詞)에 "이슬방울이 한 점 한 점 서리가 맺히려는 듯한데, 집 창문에 냉기를 나누어 주네(露珠點點欲團霜, 分冷與紗窗)"라고 한 것을 참조. 제4구는 백거이(白居易)의 「전일"별유지"절구, 몽득계화, 우부희답(前日"別柳枝"絶句, 夢得繼和, 又復戲答)」에 "누가 또 아이들의 장난을 흉내내어, 봄바람을 뒤쫓아 버들꽃을 따겠는가?(誰能更學孩童戲, 尋逐春風捉柳花?)"라고 한 것을 참조.

어떤 사람은 이 시를 지적하여, "'매실이 신 맛을 남긴다(梅子留酸)'는 것과 '파초가 푸른빛을 나눈다(芭蕉分綠)'는 것은 이미 초여름의 풍경인 이상, 어떻게 또 딸 만한 버들 꽃이 있겠는가?('梅子留酸'·'芭蕉分綠' 已是初夏風景, 安得復有柳花可捉乎?)"(청 왕단리(王端履), 『중논문재필록(重論文齋筆錄)』 권9)라고 하였는데, 한 가지 설로 갖출 만하다. 한악(韓偓)의 「유창(幽窗)」에 이미 "이가 약해지니 월(越) 땅의 매실이 시다네(齒軟越梅酸)"라고 한 것이 있다.

揷秧歌

田夫抛秧田婦接, 小兒拔秧大兒揷.

笠是兜鍪簑是甲, 雨從頭上濕到胛.[1]

喚渠朝餐歇半霎, 低頭折腰只不答.

秧根未牢蒔未匝,[2] 照管[3]鵝兒與雛鴨.

---

1 "투구(兜鍪)"를 쓰고 "갑옷(甲)"을 입었는데도 온몸이 빗물에 흠뻑 젖었다.

---

2 모가 아직 고르게 심겨져 있지 않다.

---

3 조심스럽게 경계하다(막다).

春晴, 懷故園海棠

竹邊臺榭水邊亭, 不要人隨只獨行.

乍暖柳條無氣力, 淡晴花影不分明.

一番過雨來幽徑, 無數新禽有喜聲.

只欠翠紗紅映肉,[1] 兩年寒食負先生!

(予去年正月離家之官, 蓋兩年不見海棠矣.)[2]

---

1 소식(蘇軾)의 「우거정혜원지동, 잡화만산, 유해당일주(寓居定惠院之東, 雜花滿山, 有海棠一株)」에는 "붉은 입술은 술에 젖고 은은한 무리가 뺨에 생기니, 푸른 소매는 깁을 말고 붉은 살이 비치네(朱脣得酒暈生臉, 醉袖卷紗紅映肉)"라고 하였다. 여기서는 그의 비유를 사용하였다.

---

2 당시 양만리는 광주(廣州)에 있었다. "선생(先生)"은 그의 자칭(自稱)이다.

五月初二日苦熱

人言"長江無六月",[1] 我言六月無長江.

只今五月已如許, 六月更來何可當!

船倉周圍各五尺, 且道此中底寬窄!

上下東西與南北, 一面是水五面日.

日光煮水復成湯, 此外何處能淸涼?

掀篷更無風半點, 揮扇只有汗如漿.

吾曹避暑自無處, 飛蠅投吾求避暑;

吾不解飛且此住, 飛蠅解飛不飛去.

1 여러 사람들이 모두 장강(長江)은 매우 시원하여 여름이 없는 것 같다고
   말한다. 이 속담은 북송 초에 이미 있었다(『오등회원(五燈會元)』 권16 의회
   어록(義懷語錄)에 인용되어 있음). 홍괄(洪适)의 「어가오(漁家傲)」 사(詞)에 "유
   월 장강에는 무더운 기운이 없네(六月長江無暑氣)"(『전송사(全宋詞)』 권134)라
   고 한 것을 참조.

初入淮河四絶句(選三)[1]

船離洪澤岸頭沙, 人到淮河意不佳.

何必桑乾方是遠? 中流以北卽天涯![2] (第一首)

兩岸舟船各背馳, 波痕交涉亦難爲.

只餘鷗鷺無拘管, 北去南來自在飛. (第三首)

> 中原父老莫空談, 逢着王人[3]訴不堪.
> 却是歸鴻不能語, 一年一度到江南.[4](第四首)

1 남송은 회하(淮河) 이북을 전부 금(金)에 할양하였다. 송 광종(光宗) 조돈(趙惇) 소희(紹熙) 원년(1190)에 양만리는 명을 받들어 금나라에서 파견해 온 "하정사(賀正使)"를 영접하였는데, 이 몇 수의 시는 그때 지은 것이다.

2 당시(唐詩) 가운데 옹도(雍陶)의 「도상건수(渡桑乾水)」에는 "남쪽 나그네가 어떻게 새북(塞北)을 알겠는가? 해마다 오직 기러기가 날아 돌아오는 것만 보일 뿐이네(南客豈曾諳塞北, 年年唯見雁飛回)"라고 하였는데, 상건하(桑乾河)를 건너면 바로 중국의 "변방의 북쪽(塞北)"임을 나타내고 있다. 북송 때 소철(蘇轍)이 사신으로 갔다가 귀국할 때 요(遼)의 국경을 떠나면서 그래도 "오랑캐는 손을 배웅하여 차마 떠나지 못하고, 오래 편안하고 사이가 좋아 중원을 의지하네. 해마다 상건하가에서 배웅하며, 백구(白溝)를 말하려고 하다가 한 차례 서글퍼하네(胡人送客不忍去, 久安和好依中原; 年年相送桑乾上, 欲話白溝一惆悵)"(『난성집(欒城集)』 권16 「도상건(渡桑乾)」)라고 말할 수 있었다.

남송 때는 홍택호(洪澤湖)를 벗어나서 회하(淮河)로 들어가면 이미 중국 북방의 변경에 이르게 되었다. 양만리의 뜻은 서릉(徐陵)의 「위시흥왕양낭야이군태수표(爲始興王讓琅邪二郡太守表)」에는 "한(漢)나라의 풀을 바라보니 중주(中州)라고 하고, 아득히 오랑캐의 뽕나무를 바라보니 이미 변방의 군(郡)이 되었다(言瞻漢草, 乃曰中州; 遙望胡桑, 已成邊郡)"라고 하였고, 백거이(白居易)의 「서량기(西凉伎)」에는 "평화로운 때 안서(安西)는 만 리의 땅이었는데, 오늘날은 변방(邊防)이 봉상(鳳翔)에 있네(平時安西萬里疆, 今日邊防在鳳翔)"라고 하였으며, 혹은 육유(陸游)의 「취가(醉歌)」에는 "변경은 회하(淮河)·비수(淝水)를 가리키고, 이역(異域)은 경락(京雒)을 보네(窮邊指淮淝, 異域視京雒)"라고 한 것과 같다. 후한(後漢) 왕부(王符)의 『잠부론(潛夫論)』 제22 「구변(救邊)」편의 의론과 비교할 만하다: "변경이 없으면 나라가 망한다. 그렇기 때문에 양주(涼州)를 잃으면 삼보(三輔)가 변경이 되고, 삼보가 국내로 들어오면 홍농(弘農)이 변경이 되고, 홍농이 국내로 들어오면 낙양(洛陽)이 변경이 된다. 이것을 미루어 보면, 비록 동해를 다하더라도 오히려 변경은 있는 것이다(無邊亡國. 是故失涼州則三輔爲邊, 三輔內入則弘農 爲邊, 弘農內入則洛陽爲邊. 推此以往, 雖盡東海, 猶有邊也)"

수많은 남송의 시인들은 모두 양만리와 똑같은 감개를 가지고 있었다. 예 컨대, 강특립(姜特立)의 『매산속고(梅山續稿)』 권1 「도회, 희이유작(渡淮, 喜 而有作)」, 원열우(袁說友)의 『동당집(東塘集)』 권3 「입회(入淮)」, 진조(陳造) 의 『강호장옹문집(江湖長翁文集)』 권11 「도량(渡梁)」 제4수, 허급지(許及之) 의 『섭재집(涉齋集)』 권7 「원일, 등천장성(元日, 登天長城)」, 대복고(戴復古) 의 『석병집(石屛集)』 권7 「강음부원당(江陰浮遠堂)」・「우이북망(盱眙北望)」, 『남송군현소집(南宋群賢小集)』 제3책 모후(毛珝)의 『오죽소고(吾竹小稿)』 「의 진(儀眞)」 제3수, 왕원량(汪元量)의 『수운집(水雲集)』 「호주가(湖州歌)」 제24 수, 왕몽두(汪夢斗)의 『북유시집(北游詩集)』 자서(自序), 『시인옥설(詩人玉屑)』 제19에 실린 노덕장(路德章)의 「우이여사(盱眙旅舍)」, 『영규율수(瀛奎律髓)』 권47 반정(潘檉)의 「상구산사(上龜山寺)」, 『송시기사보유(宋詩紀事補遺)』 권45 왕신(王信)의 「제일산(第一山)」, 권54 장개(蔣介)의 「제일산(第一山)」 등이 있다.

유인(劉因)의 『정수선생문집(靜修先生文集)』 권9 「백구(白溝)」에 "백구가 강 회(江淮)로 옮겨 갔네(白溝移向江淮去)"라고 한 것을 참조.

3 천자의 사신이다. 『춘추(春秋)』 삼전(三傳)에는 이 말이 자주 사용되었다.

4 함락된 북쪽 백성들은 남송의 사신에게 괴로움을 하소연해도 역시 소용 이 없고, 도리어 말할 줄도 모르는 기러기가 매년 북쪽에서 남쪽으로 한 차례씩 돌아올 수 있는 것만도 못하다. 송인(宋人)의 중원에 대한 그리움 은 흔히 해마다 북쪽으로 갔다가 남쪽으로 오는 기러기를 빌려 서술하였 는데 결국 "스스로 구름 가의 기러기만도 못하다고 한스럽게 여기나니, 남쪽으로 올 때 오히려 중원 땅을 지날 수가 있다네(自恨不如雲際雁, 南來 猶得過中原!)"・"어디가 중원 땅인가? 다만 기러기만 보일 뿐이네!(何許中 原惟雁見!)"와 같은 말을 하였다(육유(陸游), 『검남시고(劍南詩稿)』 권10 「동

야문안, 유감(冬夜聞雁, 有感)」, 권33 「침상우성(枕上偶成)」, 권78 「문신안,
유감(聞新雁, 有感)」, 왕질(王質)의 『설산집(雪山集)』 권12 「문북안부(問北雁
賦)」, 위거안(韋居安)의 『매간시화(梅磵詩話)』 권하(卷下)에 인용된 방회(方
回)의 시구 ; 추호(鄒浩)의 『도향집(道鄉集)』 권8 「인가집사(隣家集射)」, 악
가(岳珂)의 『옥저집(玉楮集)』 권4 「구월일일, 문안(九月一日, 聞雁)」을 참조).
양만리는 반대로 "중원의 늙은이(中原父老)"들이 남송을 사모하는 것을 그
리고 있다.

過寶應縣新開湖十首(選一)

天上雲煙壓水來, 湖中波浪打雲回 ;

中間不是[1]平林樹, 水色天容拆不開.(第八首)

---

1 "만약 …… 하지 않으면(若不是)"과 같다. 현대 구어에도 또한 이러한 용
법이 있다. 왕건(王建)의 「증왕추밀(贈王樞密)」에 "본인이 자주 말하지 않
는다면, 구중(九重)에서 어떻게 바깥 사람들이 알게 하겠는가?(不是當家頻
向說, 九重爭遣外人知?)"라고 한 것을 참조.

桑茶坑[1]道中八首(選二)

田塍莫道細於椽, 便是桑園與茶園.

嶺脚置錐留結屋,[2] 盡驅柿栗上山巓.(第二首)

晴明風日雨乾時, 草滿花隄水滿溪.

童子柳陰眠正着, 一牛喫過柳陰西.(第七首)

1 안휘(安徽) 경현(涇縣)에 있다.

2 한 뙈기의 "아주 작은 땅(立錐之地)"을 남겨서 초가집을 지을 준비를 한다.

過松源, 晨炊漆公店六首(選一)

莫言下嶺便無難, 賺得行人錯喜歡;

正入萬山圈子裏, 一山放出一山攔.(第五首)

49. 육유(陸游)

육유(陸游, 1125~1210)의 자는 무관(務觀), 스스로 방옹(放翁)이라고 불렀으며 산음(山陰) 사람이다. 『검남시고(劍南詩稿)』가 있다. 그의 작품은 주로 두 방면이 있다. 첫째, "비분격앙(悲憤激昂)"으로 나라를 위하여 원수를 갚고 치욕을 씻고 잃어버린 땅을 되찾아 적의 수중에 빠진 백성들을 해방시키려는 것이다. 둘째, "한적세니(閑寂細膩)"로서, 일상생활의 깊은 맛을 음미하고 눈앞의 경물의 다양한 모습을 완벽하게 재현하는 것이다. 그의 제자는 그를 "시는 논함이 어찌 남도(南渡)에 뛰어난 데 그치겠는가? 격문(檄文)을 초(草)하여 북방 정벌을 끝마치려는 것을 보아야 하리(論詩何止高南渡, 草檄相看了北征)"[1]라고 하였고, 송대의 한 유로(遺老)는 "전배들은 송의 남도 이후의 시를 평하여 육유를 두보에 견주었는데, 그 뜻이 자나깨나 중원의 땅을 잊지 않은 데 있으니 '두견이에게 절을 한다(拜鵑)'는 (두보의) 심사(心事)와 실은 같다(前輩評宋渡南後詩, 以陸務觀擬杜, 意在寤寐不忘中原, 與拜鵑心事實同)"[2]라고 하였다. 그와 시대가 가까웠던 이 두 사람은 그의 작품의 첫째 방면을 주목하고 중시한 것이다. 그러나 명대 중엽에 매우 냉대를 받은 것을 제외하면[3] 육유는 오직 둘째 방면에 의하여 후세 수백 년간의 독자들을 감동

---

1) 소형(蘇泂)의 『영연재시집(泠然齋詩集)』 권5 「수육방옹(壽陸放翁)」.
   『검남시고(劍南詩稿)』 권18 「연당춘야(燕堂春夜)」, "북방 정벌의 격문을 지은 지 이제 24년이 되었네(草檄北征今二紀)"의 자주(自註)를 참조.
2) 임경희(林景熙)의 『제산선생집(霽山先生集)』 권5 「왕수죽시집서(王脩竹詩集序)」.
   권3 「서육방옹시권후(書陸放翁詩卷後)」 참조.
3) 이몽양(李夢陽)의 『공동자집(空同子集)』 권62에 부록되어 있는 산음(山陰) 주조(周祚)의 글, 도망령(陶望齡)의 『헐암집(歇菴集)』 권12 「서문장전(徐文長傳)」·권15 「여원륙휴서(與袁六

시켰다. 예컨대 청대 초기 양대학(楊大鶴)의 선본이라든가, 왕완(汪琬)·왕평
(王苹)·서구(徐釚)·풍정괴(馮廷櫆)·왕림(王霖) 등의 모방이라든가,4)『홍루몽
(紅樓夢) 제48회의 향릉(香菱)의 적구(摘句)라든가, 구사회(舊社會)에서의 무수
한 객실·서재와 화원 중에 걸어 놓은 육유 시의 대련(對聯) 등이 모두 그
예증이다.5) 그래서 육유는 "늙은 청객(老淸客)"이라는 인상을 주게 되었던
것이다.6) 당연하게도, 어떤 비평가들은 이와 같은 편견에 반대하고 "충분
(忠憤)"의 시야말로 육유 시집의 뼈대요 주뇌(主腦)이며, 자연에 몰입한 "조
화롭고 순수한(和粹)" 시는 단지 부차적으로 중요할 뿐이라고 하였다.7) 그

休書)」의 둘째를 참조.
　도륭(屠隆)의『홍포집(鴻苞集)』권4「여지요략(輿地要略)·하(下)」에는 각 지방의 명사들을
　언급하였는데, 예컨대 남창부(南昌府)에는 황정견(黃庭堅), 길안부(吉安府)에는 구양수(歐陽
　修)·양만리(楊万里)를 들고 있지만, 소흥부(紹興府)에는 육유(陸游)를 들지 않고 있다.
　명 중엽의 시를 잘하던 서화가들은 도리어 왕왕 육유의 시를 스승으로 본받았다. 예컨대
　장필(張弼)·문징명(文徵明) 등(『장동해전집(張東海全集)』권2「시욕학육방옹, 부차견지(詩
　欲學陸放翁, 賦此見志)」, 하량준(何良俊)『사우재총설(四友齋叢說)』권26에 문징명의 말을
　기록한 것을 참조)과 특히 심주(沈周)가 있다.

4)　방문(方文)『도산속집(塗山續集)』권1「제검남집(題劍南集)」; 왕완(汪琬)은 특히『둔옹전후
　류고(鈍翁前後類稿)』권7로부터 ; 왕평(王苹)『이십사천초당집(二十四泉草堂集)』권10「대
　수박과문인, 어무학동시산방논시(大水泊過門人, 於無學東始山房論詩)」; 서구(徐釚)『남주초
　당집(南州草堂集)』권12 풍정괴(馮廷櫆)가 제(題)한 절구(『풍사인유시(馮舍人遺詩)』에는 수
　록되어 있지 않음 ; 풍정괴(馮廷櫆)『풍사인유시』권5「논시(論詩)」제10수 ; 왕림(王霖)『엄산시
　초(弇山詩鈔)』권18「방옹선생생일(放翁先生生日)」.

5)　예컨대, 왕강년(汪康年)『장해선록(莊諧選錄)』권6「연어(聯語)」조(또한『왕양경유저(汪穰
　卿遺著)』권7에도 보임)는 공교롭게도 또한 향릉(香菱)이 애송하던 두 구절이다. 기윤(紀
　昀)『영규율수간오(瀛奎律髓刊誤)』권5 육유(陸游)「입성, 지군포(入城, 至郡圃)」시의 비어
　(批語) 곧 "셋째·넷째는 결국 골목과 시장의 춘련(春聯)이다(三四竟是巷市春聯)", 또 이자
　명(李慈銘)『월만당일기(越縵堂日記)』동치(同治) 8년 12월 초 6일에는 육유의 시구를 뽑
　고, "이 수십·수백의 연은 모두 기둥에 붙여놓기에 어울린다(此等數百十聯皆宜於楹帖)"
　라고 한 것을 참조.

6)　염약거(閻若璩)『잠구차기(潛丘箚記)』권4「발『요봉문초』(跋『堯峰文鈔』)」.

7)　예컨대, 반문기(潘問奇)·조응세(祖應世)『송시철리집(宋詩啜醨集)』권3, 손지울(孫枝蔚)『개
　당속집(漑堂續集)』권4「독육방옹시(讀陸放翁詩)」, 요범(姚範)『원순당필기(援鶉堂筆記)』권
　40, 기윤(紀昀)『영규율수간오(瀛奎律髓刊誤)』권32, 또 기윤『점론동파시집(點論東坡詩集)』
　권10「병중유조탑원(病中遊祖塔院)」평어, 『사고전서총목제요(四庫全書總目提要)』권160,

러나 이 편향은 청대 말년에 와서야 비로소 바로 잡혀지게 되었다. 독자들은 국세의 쇠퇴를 가슴 아파하고 제국주의의 압박을 한탄하여 육유의 첫째 방면의 작품에 대하여 매우 절실한 체험을 하였고 극히 열렬하게 찬양하였다. 예컨대, "시단의 천 년 동안의 쇠약한 바람에, 군사의 넋도 다 사라지고 나라의 넋조차 텅 비었네. 시집 중 9할은 종군(從軍)의 음악이니, 영원한 남아 대장부는 한 사람 방옹(放翁)이라네(詩界千年靡靡風。 兵魂銷盡國魂空; 集中什九從軍樂, 亘古男兒一放翁!)"라든가, "가슴 속의 10만 대군을 저버리고, 만사 무료하기만 한데 시로 이름을 떨쳤네. 그 누가 애국의 눈물 천 줄기를 어여쁘게 여기겠는가? 오랑캐의 전진(戰塵)만 나오면 마음속은 불평만 가득하네(辜負胸中十萬兵, 百無聊賴以詩鳴; 誰憐愛國千行淚, 說到胡塵意不平!)"[8] 라든가 하는 이 시구들은 앞에 인용한 송대의 두 사람의 의견의 반향인 듯하고, 또 흡사 산골짜기의 메아리처럼 본래의 소리보다도 더욱 우렁차게 울리는 것 같다.

"오랑캐의 전진을 쓸고(掃胡塵)", "나라의 어려움을 안정시키는(靖國艱)" 시가는 북송 초기에 나타난 적이 있다. 예컨대 노진(路振)의 「벌극편(伐棘篇)」[9] 이 그렇다. 정강(靖康)의 변(變) 이후, 송인의 애국적인 작품은 그 수를 증가시켜 왔는데 앞에서도 약간을 뽑았었다. 그러나 진여의(陳與義)·여본중(呂本中)·왕조(汪藻)·양만리(楊万里) 등은 이 방면에서 육유와는 현저히 다르다. 그들은 단지 국사에 대한 우분(憂憤) 혹은 희망만을 표현했을 뿐 재난 속에 투신하여 생명과 힘을 모두 국가에 바친다는 비장한 의지와 커다란 원망(願望)은 결코 없으며, 단지 속수무책(束手無策)으로 탄식하거나 혹은 손을 벌려 도움을 청하고 호소만 할 뿐 자기 스스로 나아가서 "군에 종사하

반덕여(潘德興) 『양일재시화(養一齋詩話)』 권5 등이 있다.

8) 양계초(梁啓超) 『음빙실전집(飮氷室全集)』 제45책 「독육방옹집(讀陸放翁集)」.

9) 『황조문감(皇朝文鑑)』 권13.

여(從戎)", "말을 타고 역적을 치거나(上馬擊賊)" 하려고는 결코 하지 않았고, "강개(慷慨)하여 몸까지도 잊으려고 하거나(慷慨欲忘身)" 혹은 "보잘것없는 몸을 어찌 감히 아끼리오?(敢愛不貲身)"라고 할 수도 없었고, "말을 안고 창을 비껴 세우고(擁馬橫戈)", "손으로 역적을 베어 옛 서울을 깨끗이 하기(手梟逆賊淸舊京)"를 바라지도 않았던 것이다. 이것이 바로 육유의 특색이다. 그는 애국(愛國)·우국(憂國)의 정서를 묘사할 뿐 아니라 또한 구국(救國)·위국(衛國)의 배포와 결의까지 밝히고 있다. 비유한다면, 유자휘(劉子翬)의 시에는 "중흥의 장수와 병사들 재주가 무쌍하니 …… 오랑캐들이여 강을 엿보지 말라(中興將士材無雙 …… 胡兒胡兒莫窺江!)"·"고개를 숙이고 오랑캐의 화살을 뽑아내어, 도리어 오랑캐 군을 향하여 활을 쏘네. …… 남아는 봉후(封侯)를 얻고자, 기갈이 들린듯 적진으로 나아가네(低頭拔胡箭, 却向胡軍射. …… 男兒取封侯, 赴敵如飢渴)"10)라고 하였는데 말투는 상당히 웅장하다고 하겠지만 이 작품에서 말하고 있는 것은 자신이 아닌 다른 사람이다. 유자휘는 그의 시 속의 인물에 대하여 더욱 절실한 현실감을 가지고 있고 더욱 절박한 희망을 품고 있기는 하지만, 그럼에도 불구하고 그 "장수와 병사" 그리고 "남아"는 바로 이백(李白)·왕유(王維) 등의 「종군행(從軍行)」에서 말하고 있는 것이 다른 사람인 것과 마찬가지이다. 육유의 예를 하나 들어보자. "압록강(鴨綠江)·상건하(桑乾河)는 모두 중국의 하늘이니, 봉화(烽火)를 전하면 스스로 기련산(祁連山)까지 이어져야 하리. 공명(功名)이 그대에게 있다면 어찌 나와 다르겠는가? 단지 빨리 채찍을 잡을 이가 없음이 한스럽네(鴨綠桑乾盡漢天, 傳烽自合過祁連; 功名在子何殊我? 恨惟無人快著鞭!)"11) 비록 그는 자신을 뒤로 밀어두고 말투는 이미 상당히 함축적이고 온화하기는 하지만, 분명히 이 영웅적인 사업에서 자신의 몫을 다할 작정을 하고 있는

10) 『병산전집(屛山全集)』 권11 「호아막규강(胡兒莫窺江)」·「방강행(防江行)」.
11) 『검남시고(劍南詩稿)』 권 58 「서사(書事)」.

것이다. 이것은 『시경(詩經)』의 「진풍(陳風)・무의(無衣)」의 이미지이고, 두목(杜牧)의 「문경주조종사군, 중전신사, 장구(聞慶州趙縱使君, 中箭身死, 長句)」의 이미지이며, 또한 육유와 연배가 가까운 악비(岳飛)가 「만강홍(滿江紅)」사(詞)에서 표현한 이미지이기도 하다. 북송에서는 소순흠(蘇舜欽)과 곽상정(郭祥正)의 시에서, 남・북송 사이에는 한구(韓駒)의 시에서 역시 어쩌다가 이와 같은 "나의 창을 수선하여, 그대와 원수를 함께 갚으리라(修我戈矛, 與子同仇)"・"누가 나 역시 목숨을 가볍게 여기는 자라는 것을 알겠는가(誰知我亦輕生者)"라는 기백과 심정을 나타내고는 있지만[12] 그것을 육유처럼 "통쾌하고 기분 좋게(淋漓酣暢)" 발휘한 사람은 여지껏 없었다. 이것은 또한 바로 두보(杜甫)에게는 없는 경계(境界)이기 때문에 육유를 "(두보의) 두견이에게 절하는 심사와 실은 같다(與拜鵑心事實同)"라고 말하는 것은 여전히 그렇게 정확하다고 할 수 없으며, 아직도 그가 새로운 국면을 개척한 점을 인식하지 못한 것이다. 애국적인 정서는 육유의 전 생명 속에 가득 차 있고 그의 전 작품 속에 넘치고 있다. 그는 한 폭의 말 그림을 보거나,[13] 몇 송이의 아름다운 꽃을 마주치거나,[14] 기러기의 울음소리를 듣거나,[15] 몇 잔의 술을 마시거나,[16] 몇 줄의 초서(草書)를 쓰거나[17] 모두 나라의 원수를

---

12) 『소학사문집(蘇學士文集)』권1 「주중감회, 기관중제군(舟中感懷, 寄館中諸君)」・권2 「오문(吾聞)」・권7 「남조(覽照)」, 『청산집(靑山集)』권4 「동망(東望)」・권27 「원무안제잡시(原武按堤雜詩)」, 『능양선생시(陵陽先生詩)』권3 「모이피지이채, 적기방군, 미과진발, 금일상성, 부분민병, 열시전함, 구호(某已被旨移蔡, 賊起傍郡, 未果進發, 今日上城, 部分民兵, 閱視戰艦, 口號)」.
13) 『검남시고』권5 「용면화마(龍眠畫馬)」, 『위남문집(渭南文集)』권30 「발하간마(跋韓幹馬)」.
14) 『검남시고』권37 「백낙천시운: "야합화전일우서", 차화이오뉴월개산중, 위부소시(白樂天詩云: "夜合花前日又西", 此花以五六月開山中, 爲賦小詩)」, 권82 「상산원모란, 유감(賞山園牡丹, 有感)」.
15) 양만리(楊萬里) 「초입회하(初入淮河)」주 4)의 인용을 보라. 본서 306쪽.
16) 『검남시고』권5 「장가행(長歌行)」, 권6 「강상대주작(江上對酒作)」, 권11 「전유일준주(前有一樽酒)」의 둘째 시.
17) 『검남시고』권7 「제취중소작초서권후(題醉中所作草書卷後)」, 권21 「취중작행초수지(醉中

갚고 나라의 치욕을 씻으려고 하는 생각을 불러 일으켜 피가 들끓게 되고
또한 이 뜨거운 피는 그의 한낮의 맑게 깨어 있는 생활의 테두리를 뛰어
나가고 또 그의 꿈속까지 넘쳐 들어가는 것이다.18) 이것도 역시 다른 사
람의 시집에서는 찾아낼 수 없는 것이다.

　육유의 예술에 관하여, 과거의 비평을 보충해야 할 한 가지가 있다. 그
를 지극히 추앙했던 유극장(劉克莊)은 그가 기억과 견문이 박대(博大)하고
전고의 운용에 뛰어나서 그것을 정묘하고 치밀한 대우(對偶)로 조직하였다
고 하였고, 심지어는 "옛 사람들의 뛰어난 대우가 방옹에 의하여 다 사용
되어 버렸다(古人好對偶, 被放翁用盡)"19)라고까지 말하고 있으며, 후대의 많은
비평가들의 의견도 이구동성(異口同聲)이다. 이것은 당연히 올바른 말이지
만, 그러나 이것은 그의 "질박(質樸)하고 청공(淸空)한(質樸淸空)" 작품을 경시
하고 더욱 중요한 것은 그의 이 문제에 대한 관점을 말살하고 있다는 것
이다. 우리는 비록 그 자신은 그와 같은 버릇을 고치지 못하고 있다고 하
더라도, 그가 때때로 "장(章)을 찾고 구(句)를 따는(尋章摘句)" 작시 방법이
타당하지 않다고 느끼고 있음을 발견한다. 그는 "아름답게 수를 놓아 솜
씨를 자랑한다면, 시인은 여기에서 길이 막힐 것이네(組繡紛紛衒女工, 詩家於
此欲途窮)"20)라고 하였고, 또 "내 처음 시를 배울 때는, 단지 꾸미는 데 정
교하기만을 바랐었네. 중년에 비로소 조금 깨닫고, 점차 광대함을 엿보게
되었네. …… 네가 과연 시를 배우려고 한다면, 공부는 시 이외에 있다네
(我初學詩日, 但欲工藻繪; 中年始少悟, 漸若窺弘大. …… 汝果欲學詩, 工夫在詩外)"21)라

作行草數紙)」.
18) 『검남시고』 권4 「구월십륙야, 몽주군하외(九月十六夜, 夢駐軍河外)」, 권12 「오월십일일,
　　몽종대가친정(五月十一日, 夢從大駕親征)」, 권27 「침상술몽(枕上述夢)」, 권63 「기몽(紀夢)」,
　　권 77 「이몽(異夢)」.
19) 『후촌대전집(後村大全集)』 권174, 권179.
20) 『검남시고』 권18 「즉사(卽事)」.
21) 『검남시고』 권78 「시자율(示子遹)」.

고 하였으며, 또 "두보의 시는 내력이 없는 글자는 하나도 없다(杜詩無一字
無來處)"라는 의론에 대해서도 "요즘 사람들은 두보의 시를 해석할 때 다
만 출처만을 찾는다. …… 예컨대 『서곤수창집(西崑酬唱集)』 중위 시가 어
떻게 출처가 없는 글자가 하나라도 있겠는가? …… 또 요즘 사람들은 시
를 지을 때 역시 출처가 없는 것은 없다. …… 다만 나쁜 시가 됨에 방해
가 되지 않을 뿐이다(今人解杜詩, 但尋出處. …… 如『西崑酬唱集』中詩何嘗有一字無出
處? …… 且今人作詩亦未嘗無出處. …… 但不妨其爲惡詩耳!)"[22]라고 하였는데, 그것
은 바로 자구에 "출처"가 있다는 것이 결코 시가에 돌파구가 있다는 것과
같지 않음을 말한 것이다. 이것은 유극장이 높이 평가한 것이 공교롭게도
육유가 시인의 막다른 길로 인정한 것 곧 "조수(組繡)"・"조회(藻繪)"・"출
처"인 것이다. 무엇이 시인의 살 길이며, "시 이외(詩外)"의 "공부(工夫)"인
가? 육유는 몇 가지 답안을 작성한 바 있다. 가장 주의할 만한 것이면서
줄곧 남들에게 경시를 받은 것이 다음과 같은 주장이다. 그는 "법은 외롭
게 생겨나지 않는다는 것은 예로부터 같은데, 어리석은 사람들은 허공에
무늬를 아로새기려고 하네. 그대의 시의 교묘한 점을 내가 알 수 있으니,
바로 산 길・물가의 역사(驛舍) 중에 있다네(法不孤生自古同, 痴人乃欲鏤虛空! 君
詩妙處吾能識, 正在山程水驛中)"[23]라고 하였고, 또 "대체로 이 일은 길에 있으
면 더욱 교묘하게 된다. …… 배 안에서나 말 위에서나 유념하여 그치지
말기를 바라니, 훗날 속세를 벗어난 뛰어난 작품들은 반드시 이와 같은
때에 지은 것이 많을 것이다(大抵此業在道途則愈工 …… 願舟楫鞍馬間加意勿輟, 他
日絶塵邁往之作必得之此時爲多)"[24]라고 하였다. 바꾸어 말하면, 좋은 시를 지으

---

22) 『노학암필기(老學菴筆記)』 권7.
   『위남문집』 권31 「발유서소부인묘지(跋柳書蘇夫人墓誌)」를 참조.
23) 『검남시고』 권50 「제소언육시권후(題蕭彦毓詩卷後)」.
24) 『광서통지(廣西通志)』 권224에는 계림(桂林)의 석각(石刻)으로 육유(陸游)가 두사공(杜思
   恭)에게 준 수찰(手札)이 실려 있으나, 『위남문집』에는 수록되지 않았다.

려면 마땅히 외부 세계와 접촉해야 한다는 것이다. 책 속의 "자리행간(字裏行間)"에서 벗어나고 좀 투성이의 사람을 빠뜨리는 함정(책)을 뛰어넘어야 한다는 것은 말할 필요도 없을 것이다. "허공을 치장하고 그리며(粧畫虛空)", "허공을 어루만지고 더듬는(捫摸虛空)" 것은 원래 불경(佛經) 속의 비유이고,25) "법은 외로이 생기지 않고, 지경에 따라 생기며(法不孤生伏境生)", "마음은 외로이 일지 않고, 지경에 따라 비로소 생긴다(心不孤生, 伏境方生)"라는 것도 또한 선종(禪宗)의 구호이다.26) 육유는 이 이야기를 빌려서, 시인은 결코 대문을 닫아걸고 공상만 해서는 안 되며, 오직 유력(遊歷)과 열력(閱歷)으로부터, 생활 체험 속에서, 현실 곧 "경(境)"과 대결해야만 비로소 신선한 시사(詩思) 곧 "법(法)"을 획득할 수 있다고 말하고 있다. 예컨대, 홀로 새로운 국면을 개척하여 영웅적 기개를 담은 그 자신의 애국적인 시가도 또한 그가 서북 지방으로 가서 군기(軍機)에 참여한 이후에 쓰기 시작한 것이며 첫째 작품이 바로 다음에 뽑은 「산남행(山南行)」27)이다. 그가

『성재집(誠齋集)』 권26 「하횡산탄, 망금화산(下橫山灘, 望金華山)」의 "대문을 닫아 걸고 시구를 찾는 것은 시법이 아니니, 오직 길을 갈 때만 스스로 시가 생겨나네(閉門覓句非詩法, 只是征行自有詩)"라고 한 것을 참조.

25) 『잡아함경(雜阿含經)』 권15의 377, 권41의 1136을 참조.

26) 송(宋) 지소(智昭) 『인천안목(人天眼目)』 권4에는 석불충(石佛忠) 「상생송(相生頌)」이 실려 있고, 연수(延壽) 『종경록(宗鏡錄)』 권4에는 "심법(心法)", 권71에는 "심장경기(心伏境起)", 권72에는 "섭수인(攝受因)"을 논하고 있다.
『후촌대전집』 권166 「보모시승시경방공행장(寶謨寺丞詩境方公行狀)」에 "일찍이 산음(山陰) 육공(陸公) 유(游)를 따라 시를 물었는데 육공은 나를 위하여 '시경(詩境)' 두 글자를 크게 써 주었다(嘗從山陰陸公游問詩, 陸公爲大書'詩境'二字)"고 하였고, 『초계어은총화(苕溪漁隱叢話)』 전집(前集) 권47에는 황정견(黃庭堅)의 말을 인용하여 역시 "시문은 허공을 뚫어 억지로 지어서는 안 된다. 지경을 기다려 생겨나면 저절로 정교하게 되는 것이다(詩文不可鑿空强作, 待境而生, 便自工耳)"라고 하였다.
증민행(曾敏行)의 『독성잡지(獨醒雜志)』 권4와 증계리(曾季貍)의 『정재시화(艇齋詩話)』에는 각각 서부(徐俯)가 작시를 논한 것을 기록하고 있는데 역시 "절대 대문을 닫고 눈을 감은 채 허공에 새겨 쓸데없는 생각을 해서는 안 되며(切不可閉門合目作鐫空妄實之想)", "만약 그와 같은 경(景)이 없는데도 짓는다면 그것을 '탈공시(脫空詩)'라고 하니 귀하게 여길 수 없다(若無是景而作, 卽謂之脫空詩, 不足貴也)"라고 하였다.

만당(晚唐) 시인을 상당히 본받으면서도 또 그들을 통매(痛罵)한다든가, "조수(組繡)"·"조회(藻繪)"를 강구하면서도 "소박하고 평담한(素樸平淡)" 매요신(梅堯臣)을 가장 추앙한다든가 하는 것은 모두 그가 그의 작품에 대하여 더욱 엄격한 요구를 제기하고 더욱 높은 이상을 표방하고 있음을 보여 주는 것이다.

육유는 비록 증기(曾幾)를 스승으로 섬겼지만 시격(詩格)은 그렇게 큰 영향은 받지 않았다. 그의 친구는 일찍이 그가 "강서파를 계승하지 않았다(不嗣江西)"[28]는 이 점을 지적하였다. 양만리(楊万里)와 범성대(范成大)의 시에 남아 있는 강서파 작품의 흔적은 모두 그의 시보다는 많다. 당대(唐代) 시인 가운데 백거이(白居易)는 그에 대해서도 지대한 계발(啓發)을 하였고, 당연히 두보도 있었으며 일반적으로 송인들이 존경했지만 친밀하지는 않았던 이백(李白)은 늘 그의 7언 고시의 본보기였다.

일찍이 원대(元代) 초기에 문중화(聞仲和)는 "방옹 시에 대하여 그 사적에 매우 상세하게 주를 달았고(於放翁詩註其事甚悉)", 청대의 건륭(乾隆)·가경(嘉慶) 연간에는 허미존(許美尊)이 육유의 일부분의 시에 상세하고 치밀한 주해를 하였는데[29] 이 두 가지 주는 당시 출판되지 않았으므로 현재도 또한 찾을 길이 없다.

---

27) 『검남시고』 권3.
　　섭소옹(葉少翁) 『사조문견록(四朝聞見錄)』 을집(乙集)에 육유의 「구지서북사(具知西北事)」를 기록한 것을 참조.
28) 강특립(姜特立) 『매산속고(梅山續稿)』 권2 「육엄주혜"검외집"(陸嚴州惠"劍外集")」·권5 「송응치원알방옹(送應致遠謁放翁)」.
　　방회(方回) 『영규율수(瀛奎律髓)』 권4, 권16과 방회 『동강집(桐江集)』 권1 「창랑회계십영서(滄浪會稽十詠序)」 참조.
29) 진저(陳著) 『본당집(本堂集)』 권46 「문중화주"육방옹검남구도"(聞仲和註"陸放翁劍南句圖")」의 발문 ; 주호(周鎬) 『독산류고(犢山類稿)』 권3 「육시선주서(陸詩選註序)」 ; 혜승함(稽承咸) 『서화전습록(書畫傳習錄)』 계집(癸集) 「양계서화징(梁溪書畫徵)」.

度浮橋, 至南臺[1]

客中多病廢登臨, 聞說南臺試一尋.
九軌徐行怒濤上, 千艘橫繫大江心.[2]
寺樓鐘鼓催昏曉, 墟落雲煙自古今.
白髮未除豪氣在, 醉吹橫笛坐榕陰.[3]

1 조대산(釣臺山)이라고도 하며 민강(閩江) 가운데 있다. 이 시는 육유가 복주(福州) 영덕(寧德) 주부(主簿)일 때 지은 것이다.

2 "구궤(九軌)" 구는 "부교(浮橋)"의 "용(用)"을 묘사하였고, "천소(千艘)" 구는 부교의 "체(體)"를 묘사하였다. 부교는 배들을 수면에 나란히 벌여 놓고 그 위에 판자를 올려놓은 것이다.

3 복주에는 용수(榕樹, 벵골보리수)가 나기 때문에 일명 용성(榕城)이라고도 한다.

游山西村

莫笑農家臘酒渾, 豊年留客足鷄豚.
山重水複疑無路, 柳暗花明又一村.[1]
簫鼓追隨春社[2]近, 衣冠簡樸古風存.
從今若許閒乘月, 拄杖無時[3]夜叩門.

1 이 경치는 옛 사람들도 묘사한 적이 있다. 예컨대, 왕유(王維) 「남전산석문정사(藍田山石門精舍)」에는 "멀리 구름 덮인 나무의 빼어남을 아껴, 처음에

는 길이 다를까 의심하네. 어떻게 알았으랴 맑게 흐르는 물 방향을 바꾸어, 문득 앞산과 통하는 것을(遙愛雲木秀, 初疑路不同; 安知淸流轉, 忽與前山通)"라고 하였고, 유종원(柳宗元)의 「원가갈기(袁家碣記)」에는 "뱃길이 막힌 듯하다가 문득 (강물이) 또 가이없다(舟行若窮, 忽又無際)"라고 하였으며, 노륜(盧綸)의 「송길중부귀초주(送吉中孚歸楚州)」에는 "어느덧 길도 없는 산에 들어왔으나, 마음속엔 꽃이 있는 곳을 알고 있네(暗入無路山, 心知有花處)"라고 하였고, 경위(耿湋)의 「선산행(仙山行)」에는 "꽃이 지니 찾아도 오솔길이 없지만, 닭이 우니 마을이 있음을 알겠네(花落尋無徑, 鷄鳴覺有村)"라고 하였고, 주휘(周煇)의 『청파잡지(淸波雜志)』 권중(卷中)에 실린 강언문(强彦文)의 시에는 "먼 산을 처음 보니 길이 없을까 의심하였는데, 꼬불꼬불 오솔길을 천천히 가니 점점 마을이 나타나네(遠山初見疑無路, 曲徑徐行漸有村)"라고 하였고, 또 앞서 뽑은 왕안석(王安石)의 「강상(江上)」이 있다. 본서 133쪽. 그러나 육유의 이 1연에 도달해야만 비로소 그것을 "제목에 남긴 뜻이 없게(題無賸義)" 묘사할 수 있을 것이다.

2 입춘(立春) 이후 토지신(土地神) 곧 "사공(社公)"에게 제사를 지내는 날.

3 수시로, 그때그때.

山南行[1]

我行山南已三日, 如繩大路東西出.
平川沃野望不盡, 麥隴靑靑桑鬱鬱.
地近函秦[2]氣俗豪, 鞦韉蹴踘分朋曹;[3]
苜蓿[4]連雲馬蹄健, 楊柳夾道車聲高.
古來歷歷興亡處, 擧目山川尙如故;

將軍壇上冷雲低, 丞相祠前春日暮.[5]

國家四紀失中原, 師出江淮未易呑;[6]

會看金鼓從天下, 却用關中作本根.

---

1 섬서(陝西) 남정(南鄭) 일대. 이때 육유는 한중(漢中)에서 선무사(宣撫使) 왕염(王炎)의 막료(幕僚)로 있었다. 산은 종남산(終南山)을 가리킨다.

....

2 함곡관(函谷關)과 함양(咸陽)을 가리킨다.

....

3 대오(隊伍)를 나누어 그네를 타고 말을 타며 공놀이를 하다. 육유의 시에는 거듭 산남(山南)의 그네와 축국(蹴踘)을 언급하고 있다. 예컨대, 『검남시고』 권11 「억산남(憶山南)」 제2수에는 "공을 차려고 준마를 천금에 사서(打毬駿馬買千金)"라고 하였고, 권37 「춘만감사(春晚感事)」 제2수에는 "한식(寒食) 양주(梁州) 10만 가(家), 그네와 공차기에 호화로움을 자랑하네(寒食梁州十萬家, 鞦韆蹴踘尙豪華)"라고 하였으며, 「감구(感舊)」 제3수에는 "길이 양주로 드니 손바닥처럼 평탄한데, 그네와 공차기에 청명날이 두드러지네(路入梁州似掌平, 鞦韆蹴踘逞淸明)" 등등이 있다.

매년 봄 한식과 청명절로부터 이 두 가지 놀이가 시작되는데, 이것은 매우 오래된 풍속이다(진원정(陳元靚)의 『세시광기(歲時廣記)』 권16). 두보(杜甫)의 「청명(淸明)」 제2수에는 "10년 동안 공차기를 하는데 새끼를 데리고 멀리 왔으니, 만 리에 그네 타기는 습속아 같네(十年蹴踘將雛遠, 萬里鞦韆習俗同)"라고 하였다. 『검남시고』에도 이와 같은 "습속(習俗)"이 당시 각 지방에서 모두 "같았음(同)"을 볼 수가 있다. 예컨대, 권12 「삼월이십일일작(三月二十一日作)」에는 "담장 동쪽에서 공차기를 하니 온 시장이 떠들썩하고, 누각 너머 그네를 타니 두 깃발이 비껴 있네(蹴踘牆東一市譁, 鞦韆樓外兩旗斜)"라고 한 것은 무주(撫州)를 말한 것이고, 권18 「순일공사파간, 희이유부(旬日公事頗簡, 喜而有賦)」에는 "해가 먼지 나는 공차는 구장을 쏘이고 있네(日射塵紅擊鞠場)"라고 하였고, 「만춘, 원중작(晚春, 園中作)」에는 "구장에 말을 세우니 물시계 소리 고요하고 …… 그네는 거두기도 전에 이미 호젓하네(毬場立馬漏聲靜, …… 鞦韆未拆已寂寥)"라고 한 것은 엄주(嚴州)를 말한 것이다.

---

4 거여목, 말이 즐겨 먹는 일종의 채소이다.

---

5 한고조(漢高祖)가 한신(韓信)을 대장으로 배수(拜授)하였던 단(壇)과 촉한(蜀漢) 후주(後主)가 제갈량(諸葛亮)을 기념하였던 묘(廟)는 모두 이곳의 고적(古跡)이다. 『검남시고』 권3 「남정마상작(南鄭馬上作)」과 권37 「감구(感舊)」 제1수의 자주(自註)에 보인다.

---

6 장강(長江)과 회하(淮河)는 지리적인 이점이 없기 때문에 그곳에서 출병하면 적을 소탕할 수가 없다. 1기(紀)는 12년이다. 이 시는 송 효종(孝宗) 건도(乾道) 8년(1172)에 지어졌으므로 위로 정강(靖康)의 변(變)(1126)과는 약 46년이 된다.

劍門¹道中遇微雨

衣上征塵雜酒痕, 遠遊無處不消魂.
此身合是詩人未? 細雨騎驢入劍門.²

---

1 검문관(劍門關)은 사천(四川) 검각(劍閣)의 동북쪽에 있다. 이때 육유는 성도(成都)로 가서 참의(參議)가 되었다.

---

2 한유(韓愈)의 「성남연구(城南聯句)」에는 "촉(蜀) 땅의 영웅은 이백(李白)과 두보(杜甫)가 뛰어났네(蜀雄李杜拔)"라고 하여 일찍이 이백과 두보의 사천에서의 거주와 그들의 시가에 있어서의 조예를 결부시켰고, 송대에는 또 모두 두보와 황정견(黃庭堅)은 촉에 들어간 이후 시가가 극치에 이르렀다고 생각하였다(예컨대, 『예장황선생문집(豫章黃先生文集)』 권19 「여왕관복서(與王觀復書)」, 『초계어은총화(苕溪漁隱叢話)』 후집(後集) 권22에 인용된 「예장

선생전찬(豫章黃先生讚)」). 이것은 한 측면이다.

이백은 화음현(華陰縣)에서 나귀를 탔고, 두보는 「상위좌승장(上韋左丞丈)」에서 스스로 "나귀를 타기 30년이라네(騎驢三十載)"라고 하였는데 당 이후에는 두 사람의 "기려도(騎驢圖)"가 유행·전파되었고(왕기(王琦)의 『이태백전집주(李太白全集註)』 권36, 『초계어은총화』 후집 권8, 시국기(施國祁) 『유산시집전주(遺山詩集箋注)』 권12), 이 밖에 가도(賈島)가 나귀를 타고 시를 지었다는 이야기, 정계(鄭綮)의 "시사(詩思)는 나귀 위에 있다(詩思在驢子上)"라는 명언 등등(『당시기사(唐詩紀事)』 권40, 권65)도 또한 나귀가 시인 특유의 탈 것으로 변하게 한 듯하다. 이것은 또 하나의 측면이다.

두 측면이 합쳐서 "촉에 들어가는 도중, 나귀의 등 위"의 육유는 결국 그것이 시인의 재료가 될 지를 스스로 묻지 않을 수 없었을 것이다.『검남시고』 권10「악양루상, 재부일절(岳陽樓上, 再賦一絶)」에는 "악양루 위에서는 바라보지 않는다면, 시인이 될 수 없다는 것을 정녕 알고 있네(不向岳陽樓上望, 定知未可作詩人)"라고 한 것을 참조. 마음속에는 당연히 두보의 「등악양루(登岳陽樓)」·맹호연(孟浩然)의 「망동정호(望洞庭湖)」 등 명작이 있었을 것이다.

九月十六日夜夢駐軍河外, 遣使招降諸城, 覺而有作

殺氣昏昏橫塞上, 東並黃河開玉帳.

畫飛羽檄下列城, 夜脫貂裘撫降將.

將軍櫪上汗血馬, 猛士腰間虎文韔.[1]

階前白刃明如霜, 門外長戟森相向.

朔風捲地吹急雪, 轉盻玉花深一丈.

誰言鐵衣冷徹骨? 感義懷恩如挾纊![2]

腥臊窟穴一洗空, 太行北嶽原無恙.
更呼斗酒作長歌, 要使天山健兒唱.[3]

1 활주머니.

2 "여협광(如挾纊)"은『좌전(左傳)』선공(宣公) 12년에 나오는데, 초왕(楚王)이
군사들이 추위를 겪는 것에 관심을 두었기 때문에 군사들은 마음속으로
모두 온기를 느껴 마치 솜옷을 입은 것 같았다고 한다.
『검남시고(劍南詩稿)』권4에는 이 시에서 거꾸로 12수를 세면,「야독잠가
주시집(夜讀岑嘉州詩集)」으로 "항상 종군할 때를 생각하면, 기세는 옥관(玉
關)으로 가는 길을 업신여기네 …… (그의 시는 서쪽 변경에 종군할 때
지은 것이 많음) …… 나는 4백 년 후에, 분명한 꿈속에 수건과 신발을
받든다네. …… 뭇 오랑캐 스스로 어육(魚肉)이 되고, 밝으신 임금은 바야
흐로 북방을 돌아보시네. 공의「천산(天山)」편을 외우면서, 눈물 흘리며
한 번 만나보고 싶어 한다네(常想從軍時, 氣無玉關路. …… 我後四百年, 淸夢
奉巾屨. …… 群胡自魚肉, 明主方北顧, 誦公「天山」篇, 流涕思一遇)"라고 하였
다. 이 꿈을 기록한 시는 잠삼(岑參)의 "몽중신우(夢中神遇)"를 따르고 있
다고 할 수 있으며, 내용과 풍격이 모두 잠삼의「백설가(白雪歌)」·「윤대
가(輪臺歌)」·「천산설가(天山雪歌)」·「주마천행(走馬川行)」등등과 지극히
닮았다. 잠삼의「백설가」에는 "도호(都護)의 갑옷은 차가워 입기 어렵다네
(都護鐵衣冷難著)"라고 하였고, 구양수(歐陽脩)가 안수(晏殊)에게 책망을 당
한「서원하설가(西園賀雪歌)」에는 "모름지기 철갑의 냉기가 뼈에 사무치
니, 40여 만의 변경에 주둔한 군사들을 가여워해야 하리(須憐鐵甲冷徹骨,
四十餘萬屯邊兵)"(이 일은 위태(魏泰)의『동헌필록(東軒筆錄)』권11에 보임)
라고 하였는데, 이것으로 "수언(誰言)"(누가 말했는가)의 두 글자를 해석할
수 있다.

3 앞의 2구는 태항산(太行山)·항산(恒山)을 언급한 것으로, 북송의 옛 땅의
수복을 나타내고 있다. 이 구는 천산(天山)을 언급한 것으로, 다음에 뽑은

「오월십일일, 야차반, 몽종대가친정(五月十一日, 夜且半, 夢從大駕親征)」의 이른바 "한(漢)·당(唐)의 옛 땅을 다 수복하였다(盡復漢唐故地)"는 뜻이다.

秋聲

人言悲秋難爲情, 我喜枕上聞秋聲;
快鷹下韝爪觜健, 壯士撫劍精神生.[1]
我亦奮迅起衰病, 唾手便有擒胡興;
弦開雁落詩亦成, 筆力未饒[2]弓力勁.
五原草枯苜蓿空, 靑海蕭蕭風卷蓬;
草罷捷書重上馬, 却從鑾駕下遼東.

---

1 유우석(劉禹錫)의 「시문추풍(始聞秋風)」에 "말은 변경의 풀을 그리워하여 곱슬곱슬한 털이 움직이고, 새매는 푸른 구름을 바라보고 지친 눈을 딱 부릅뜨네(馬思邊草拳毛動, 雕眄靑雲倦眼開)"라고 한 것을 참조.

---

2 양보하지 않다, ……보다 못하지 않다.

春殘

石鏡山前送落暉,[1] 春殘回首倍依依.
時平壯士無功老, 鄕遠征人有夢歸.
苜蓿苗侵官道合, 蕪菁[2]花入麥畦稀.
倦游自笑摧頹甚, 誰記飛鷹醉打圍!

1 석경산(石鏡山)은 절강(浙江) 임안(臨安)에 있다. 이 구는 제2구 "회수(回首)"의 대상이다. 육유는 그때 아직 성도(成都)에 있었다.

2 만청(蔓菁)이라고도 하며 노란 꽃이 핀다. 사공도(司空圖)의 「독망(獨望)」에 "푸른 나무는 마을에 이어져 어둡고, 노란 꽃은 보리밭에 들어 드문드문하네(綠樹連村暗, 黃花入麥稀)"라고 한 것을 참조.

夜寒

斗帳重茵香霧重,[1] 膏粱[2]那可共功名!
三更騎報河氷合, 鐵馬何人從我行?

1 첫째 "중(重)"자는 중첩의 뜻으로 평성(平聲)이고, 둘째 "중(重)"자는 무겁다는 뜻으로 상성(上聲)이다.

2 사치를 누리는 귀공자(도련님). "두장(斗張)"(한 말 정도의 매우 작은 장막) 구는 바로 이러한 사람들이 어떻게 추운 밤을 보내는가를 묘사한 것이다.

大風登城[1]

風從北來不可當, 街中橫吹人馬僵.
西家女兒午未妝, 帳底爐紅愁下牀.
東家喚客宴畫堂, 兩行玉指調絲簧;
錦繡四合如垣牆, 微風不動金猊香.
我欲登城望大荒, 勇欲爲國平河湟;

才疎志大不自量, 東家西家笑我狂.

1 이 시에서 "서가(西家)"·"동가(東家)"를 묘사한 한 단락은 앞의 「야한(夜寒)」 제1구와 제2구의 확충이라고 할 수 있다.

初發夷陵[1]

雷動江邊鼓吹雄, 百灘過盡失塗窮.
山平水遠蒼茫外, 地闊天開指顧中.
俊鶻橫飛遙掠岸, 大魚騰出欲凌空.
今朝喜處君知否? 三丈黃旗舞便風.

1 구양수(歐陽脩)의 「희답원진(戲答元珍)」 주 1)에 보인다. 본서 96쪽. 이것은 육유가 사천(四川)을 떠나 절강(浙江)으로 돌아오는 도중에 지은 것이다.

夏夜不寐, 有賦

急雨初過天宇濕, 大星磊落纔數十.
飢鶻掠簷飛磔磔, 冷螢墮水光熠熠.
丈夫無成忽老大, 箭羽凋零劍鋒澀.
徘徊欲睡還復行, 三更猶凭闌干立.

五月十一日夜且半，夢從大駕親征，盡復漢唐故地，
見城邑人物繁麗，云西涼府也．喜甚，馬上作長句，
未終篇而覺，乃足成之

天寶胡兵陷兩京，北庭安西無漢營；[1]

五百年間置不問，聖主下詔初親征．

熊羆百萬從鑾駕，故地不勞傳檄下；

築城絶塞進新圖，排仗行宮宣大赦．

岡巒極目漢山川，文書初用淳熙年；[2]

駕前六軍錯錦繡，秋風鼓角聲滿天．

苜蓿峰前盡亭障，[3] 平安火[4]在交河上；

涼州女兒滿高樓，梳頭已學京都樣．[5]

---

1 "천보(天寶)" 구는 안록산(安祿山)의 변(變)을 가리킨다. 당대(唐代)에는 지
  금의 신강(新疆) 경내에 북정도호부(北庭都護府)와 안서도호부(安西都護府)를
  설치하였다. 『검남시고(劍南詩稿)』 권29 「양주행(涼州行)」에도 역시 "안서
  와 북정은 모두 군현(郡縣), 사방 오랑캐가 조공(朝貢)하니 정벌도 전쟁도 없
  네(安西北庭皆郡縣, 四夷朝貢無征戰)"라고 하였다. 양만리(楊万里)의 「초입회하
  (初入淮河)」 주 2)에 인용된 백거이(白居易) 시를 참조 본서 305쪽.

---

2 이 시는 송 효종(孝宗) 순희(淳熙) 7년(1180)에 지은 것이다.

---

3 국가의 변경을 지키는 망정(望亭)과 보루(堡壘).
  "목숙봉(苜蓿峰)"은 잠삼(岑參)의 시에서 나왔다. 잠삼에게 「제목숙봉, 기
  가인(題苜蓿峯, 寄家人)」 7절이 있다.

---

4 당대에는 변방에 30리(里)마다 하나의 봉후(烽候)를 두어, 밤에 봉화를 올
  려 신호로 삼아 평안무사함을 보고하였다.

5 한(漢)·당(唐)은 지금의 감숙(甘肅) 경내에 양주(涼州)를 두었고, 북송 초기에는 서량부(西涼府)로 고쳤는데 후에 서하(西夏)에게 점령당하였다. 마지막 구는 주조모(朱祖謀) 교(校)『운요집(雲謠集)』에 실려 있는 당인(唐人)의 「내가교(內家嬌)」 제2수 "때에 맞추어 옷을 차려 입고, 머리는 서울식으로 빗네(及時衣著, 梳頭京樣)"를 참조

小園¹四首(選二)

小園煙草接鄰家, 桑柘陰陰一徑斜.
臥讀陶詩未終卷, 又乘微雨去鋤瓜.²(第一首)

村南村北鵓鳩聲, 刺水新秧漫漫平.
行徧天涯千萬里, 却從鄰父學春耕.(第三首)

---

1 원래 4수가 있다.『검남시고(劍南詩稿)』권13에 보인다. 같은 권에는 또「소포절구(蔬圃絕句)」7수·「소포(蔬圃)」·「관원(灌園)」·「소원잡영(蔬園雜詠)」등이 있는데 모두 같은 때에 지은 것이다. 송상(宋庠),『원헌집(元憲集)』권15에도 또한 이 4수의 시가 있으나 그것은 잘못 수록된 것이다.

---

2 『검남시고』권27「독도시(讀陶詩)」에는 "내 시는 연명(淵明)을 사모하지만, 그 미묘함에 이르지 못함이 한스럽네. 비온 후엔 박 밭에 호미질하고, 달이 떠오르면 낚시 돌에 앉아 있네(我詩慕淵明, 恨不造其微. 雨餘鋤瓜壟, 月上坐釣磯)"라고 하였다.

臨安春雨初霽[1]

世味年來薄似紗, 誰令騎馬客京華?
小樓一夜聽春雨, 深巷明朝賣杏花.[2]
矮紙斜行閒作草, 晴窗細乳戲分茶.[3]
素衣莫起風塵歎,[4] 猶及清明可到家.

1 남송에 전해지던 이야기가 있었는데, 육유가 소년이었을 때 이 시를 지어 송 고종(高宗)의 칭찬을 받았다고 한다. 그것은 근거 없는 이야기이다. 육유가 이 시를 지었을 때는 이미 62세가 되었다(방회(方回)의 『동강집(桐江集)』 권4 「발소초육방옹시후(跋所抄陸放翁詩後)」·『영규율수(瀛奎律髓)』 권17). 아마도 송 고종이 주 2)에 인용한 진여의(陳與義)의 명구를 칭찬했고 (『주자어류(朱子語類)』 권140), 육유의 이 시에도 역시 살구꽃을 말하고 있기 때문에 전해지는 이야기가 두 가지 일을 혼동했을 것이다.

송의 유로(遺老) 진저(陳著)의 『본당집(本堂集)』 권31에도 7고 1수가 있는데 「야몽재구경, 홀문매화성, 유감지어통곡, 각이루만침상, 인진필기지(夜夢在舊京, 忽聞賣花聲, 有感至於慟哭, 覺而淚滿枕上, 因趁筆記之)」라는 제목으로, 역시 "꽃 파는 소리(賣花聲)"가 임안(臨安)의 풍광(風光)이었음을 알 수 있다.

2 이 1연은 진여의(陳與義)의 「회천경지로, 인방지(懷天經智老, 因訪之)」의 명구 곧 "살구꽃 소식은 빗소리 속에(杏花消息雨聲中)"를 확충한 것인 듯하며, 육유의 친구 왕계이(王季夷)의 「야행선(夜行船)」 사(詞)에는 "작은 창문 인적은 고요한데, 봄은 꽃파는 소리 속에 있네(小窗人靜, 春在賣花聲裏)"라고 하였는데 의경(意境)도 또한 비슷하다.

3 전하는 말에 따르면, 초서(草書)의 대가 후한(後漢) 장지(張芝)는 "붓을 대면 반드시 본보기가 되어 '총총히 초서를 쓸 겨를이 없었다(忽忽不暇草書)'라고 불렀다(下筆必爲楷則, 號'忽忽不暇草書')"(엄가균(嚴可均) 『전진문(全晉

文)』 권30 위항(衛恒)『사체서세(四體書勢)』)라고 하였다. 북송에도 또한 속
담 2구가 유행하였는데 "소식이 빠름은 초서에 미치지 못하고, 집안이 가
난하여 맨밥조차 먹기 어렵다(信速不及草書, 家貧難爲素食)"(강소우(江少虞)
『황조류원(皇朝類苑)』 권50에 인용, 이지의(李之儀)『고계거사전집(姑溪居士
前集)』 권39 「발산곡초서"어부사"(跋山谷草書"漁父詞")」와 방회(方回)『동
강속집(桐江續集)』 권26 「칠월십오일서(七月十五日書)」에는 모두 "일의 바
쁘기가 초서에 미치지 못한다(事忙不及草書)"라고 인용되어 있음)라고 하
였기 때문에 육유는 "한가롭게 초서를 쓴다(閑作草)"(육유의 「금당춘(錦堂
春)」 사(詞)에도 "붓을 놀려 작은 초서를 비껴 쓴다(弄筆斜行小草)"라고 하
였음)라고 한 것이다.

"분다(分茶)"는 송대에 유행한 일종의 "다도(茶道)"로 시문이나 필기에 흔
히 언급되고 있다. 예컨대, 왕명청(王明淸)『휘주여화(揮麈餘話)』 권1에는
채경(蔡京)의 「연복궁곡연기(延福宮曲宴記)」가 실려 있고, 양만리(楊万里)의
『성재집(誠齋集)』 권2 「담암좌상, 관현상인분다(澹菴坐上, 觀顯上人分茶)」·송
휘종(徽宗)의『대관다론(大觀茶論)』에도 또한 이에 대한 묘사가 있다. 청말
(淸末) 황준헌(黃遵憲)의『일본국지(日本國志)』「물산지(物産志)」의 자주(自
註)에는 일본의 "점다(點茶)"가 곧 "송인의 법과 같으며(同宋人之法)", "차
를 갈아서 가루로 만들어 뜨거운 물에 붓고 솔을 가지고 쳐서 털어버린다
…… (碾茶爲末, 注之於湯, 以筅擊拂)"라고 하였는데 참조할 만하다. 강희(康
熙) 때의 서보광(徐葆光)의『중산전신록(中山傳信錄)』·가경(嘉慶) 때의 이
정원(李鼎元)의『사류구기(使琉球記)』 등에 의거하면 이러한 「송인의 법(宋
人之法)」은 또 위구에서도 응용되었다.

---

4 육기(陸機)의 「위고언선증부(爲顧彦先贈婦)」에 "경락(京洛)엔 바람과 티끌이
   많아, 흰 옷이 검게 변하네(京洛多風塵, 素衣化作緇)"라고 한 것은 서울에
   추악한 세력이 있어서 인품을 모두 더럽힌다는 뜻이다.

病起

山村病起帽圍寬,[1] 春盡江南尙薄寒.

志士凄涼閒處老, 名花零落雨中看.

斷香漠漠便支枕,[2] 芳草離離悔倚闌.[3]

收拾吟牋停酒椀, 年來觸事動憂端.

---

1 병후(病後)에 얼굴이 야윈 것을 말한다. 『검남시고』 권3 「성도세모, 시미
한, 소작견흥(成都歲暮, 始微寒, 小酌遣興)」, 권7 「병기서회(病起書懷)」, 권 65
「희견노회(戲遣老懷)」의 둘째 등은 모두 "사모가 헐겁다(紗帽寬)"는 것으로
"지리(支離)"(몸이 온전하지 않음)·"청리(淸臝)"(야윔)를 형용하고 있다.

---

2 "편(便)"은 편리하다, 어울리다의 뜻이다. 당경(唐庚)의 「취면(醉眠)」 주 2)
참조. 본서 198쪽. 이 구의 경상(景象)은 바로 『검남시고』 권1 「신하감사
(新夏感事)」의 이른바 "아득한 난로의 향기에 개인 저녁녘에 잠을 자네(漠
漠爐香睡晚晴)"라는 것이다.

---

3 옛 사람의 시에 "봄풀은 해마다 푸르고(春草年年綠)"·"무성한 들판의 풀
(離離原上草)" 등등은 모두 시름과 한을 불러일으킬 수 있는 것인데, 『검남
시고』 권19 「방초곡(芳草曲)」에는 "향기로운 풀이 사람을 시름겹게 하는
데 봄은 다시 가을이 되었네(芳草愁人春復秋)"라고 하였으므로 육유는 "회
(悔)"라고 말한 것이다.

"방초리리(芳草離離)"는 "명화영락(名花零落)"과 호응하고, "회(悔)"는 "지
사처량(志士凄涼)"과 호응한다. 5·6구는 한편으로 제3구의 "한처로(閒處
老)"의 상황 곧 "의란(倚蘭)"·"지침(支枕)"을 묘사하였고, 한편으로는 "회
(悔)"자를 가지고 제8구의 "촉사동우단(觸事動憂端)"에 이끌어 넣고 있다.
아마도 『검남시고』 권16 「감분(感憤)」의 "서울에는 눈이 녹아 봄이 또 움
직이고, 영창릉(永昌陵) 위에는 풀이 무성하네(京洛雪消春又動, 永昌陵上草芊
芊)"·권18 「서분(書憤)」의 "맑은 변수(汴水)는 연이어 옛 서울을 꿰뚫고,

궁전 담장에는 봄풀이 몇 번이나 돋았던가?(清汴逶迤貫舊京, 宮牆春草幾回
生?)”·『위남문집(渭南文集)』권49 「호사근(好事近)」의 “한(漢)나라 궁전 잿
더미 속에, 봄풀은 몇 번이나 푸르렀는가?(漢家宮殿劫灰中, 春草幾回綠?)” 등
의 구로 제6구를 해석할 수 있을 것이다.

書憤

早歲那知世事艱? 中原北望氣如山.[1]

樓船夜雪瓜洲渡, 鐵馬秋風大散關.[2]

塞上長城空自許,[3] 鏡中衰鬢已先斑!

“出師”一表眞名世, 千載誰堪伯仲間![4]

1　이 시는 육유가 61세에 지은 것이다. 소년 시대에 중원을 수복하고자 “기
운이 산처럼 용솟음치던(氣湧如山)” 것을 생각해낸 것이다.

2　이 1연은 자신이 노닐던 두 곳을 읊고 있다. 마침 국방의 요지이기도 하
였는데, 하나는 동남쪽에 있고 하나는 서북쪽에 있었다. 아래의 1구의 정
경은 육유의 옛 작품에 여러 번 나타난다. 예컨대, 『검남시고』권3 「귀차
한중경상(歸次漢中境上)」의 “말발굽으로 처음 양주(梁州) 땅을 밟는 것을
기뻐하고. …… 대산관(大散關) 머리에 또 한 해가 가네(馬蹄初喜踏梁州
…… 大散關頭又一秋)”는 은연중에 송 고종(高宗) 소흥(紹興) 31년(1161) 가
을 송과 금의 대산관 쟁탈전을 가리키고 있다. 위 1구의 정경은 육유가
종전에 묘사한 적도 없고 또한 겪은 적도 없는 것으로, 은연중에 소흥 31
년 11월 송인이 과주(瓜州)·채석(采石) 일대에서 금나라 군대를 방어한
일을 가리키는데, 이것은 송인이 대승리라고 과장한 전역(戰役)이다(송시
중에 이 전역에 관한 가장 상세한 기술은 원흥종(員興宗)의 『구화집(九華集)』
권2 「가양회(歌兩淮)」임).

육유가 사천(四川)으로 갈 때와 사천을 떠날 때의 행정(行程)은 모두 과주·채석을 경유하였고 계절은 여름과 가을이었는데, 그 전쟁은 이미 10년 전의 옛 일이었다. 『검남시고』 권10 「과채석, 유감(過采石, 有感)」에 "통쾌한 마음으로 처음 만 척의 누선(樓船)을 보았네(快心初見萬樓船)"라고 한 것은 "누선(樓船) 과주(瓜州)의 나루터엔 밤에 눈이 내리네(樓船夜雪瓜州渡)"라는 구와 참조할 만하다.

【보주(補註) 12】: 초산(焦山) 비림(碑林)에는 육유의 융흥(隆興) 2년(1164) 윤(閏) 11월 29일의 제명(題名)이 있고 "상방(上方)에 주연을 베풀고 바람을 맞은 돛대와 전함(戰艦)을 바라보고 개연(慨然)히 다 술이 취하였다(置酒上方, 望風檣戰艦, 慨然盡醉)"라고 하였는데 위의 구에 보주를 달 만하다.

3 육조(六朝)의 명장 단도제(檀道濟)는 스스로 만리장성(萬里長城)에 견주었고, 당대(唐代)의 명장 이적(李勣)은 당태종(唐太宗)에 의하여 장성(長城)에 견주어졌다(『송서(宋書)』 권43, 『구당서(舊唐書)』 권67).

4 육유는 거듭 제갈량(諸葛亮)의 「출사표(出師表)」를 칭찬하였다. 예컨대, 『검남시고』 권7 「병기서회(病起書懷)」에는 "「출사표」는 고금을 통달하였으니, 한밤에 등불을 돋우고 다시 자세히 살펴보네(出師一表通古今, 夜半挑燈更細看)"라고 하였고, 권9 「유제갈무후서대(遊諸葛武侯書臺)」에는 "「출사표」는 천년 동안 없었네(出師一表千載無)"라고 하였고, 권35 「칠십이세음(七十二歲吟)」에는 "누가 「출사표」를 이을 것인가?(一表何人繼出師)"라고 하였고, 권37 「감추(感秋)」에는 "늠름한 「출사표」, 한 글자도 뺄 수 없네(凜然「出師表」, 一字不可刪)"라고 하였다.

「출사표」의 "삼군을 장려하고 이끌어 북쪽으로 중원을 평정하고 …… 한나라 황실을 부흥하여 옛 서울로 돌아가고자 한다(獎率三軍, 北征中原 …… 興復漢室, 還於舊都)"라는 말은 육유를 대신하여 심사(心思)를 말한 것이라고 할 수 있다.

"백중간(伯仲間)"은 두보가 「영회고적오수(詠懷古跡五首)」 제5수에서 제갈량을 칭찬한 말 곧 "백중(伯仲) 사이에 이윤(伊尹)·여상(呂尙)을 보네(伯仲之間見伊呂)"를 그대로 사용한 것이다.

雪中忽起從戎之興, 戲作四首(選二)

鐵馬渡河風破肉, 雲梯攻壘雪平壕.

獸奔鳥散何勞逐? 直斬單于釁[1]寶刀.(第一首)

群胡束手仗[2]天亡, 棄甲縱橫滿戰場.

雪上急追奔馬迹, 官軍夜半入遼陽.(第四首)

---

1 『수호전(水滸傳)』 제31회에 무송(武松)이 "칼은 좋은데, 내 손에 들어와서 팔아 본 적이 없으니 …… 먼저 이 도동(道童, 절의 시중드는 아이)으로 칼에 제사를 올려야겠다(刀却是好, 到我手裏, 不曾發市 …… 先把這道童祭刀)"라고 한 것은 "흔(釁)"자의 해석으로 삼을 만하다.

---

2 기다리다.

冬夜聞角聲

嫋嫋淸笳入雪雲, 白頭老守[1]臥中軍.

自憐到老懷遺恨, 不向居延塞[2]外聞!

---

1 그때 육유는 바로 엄주(嚴州) 태수(太守)였다.

2 감숙(甘肅)의 서북 변경으로, 한대(漢代)에 그곳에는 하나의 "차로장(遮虜障)"(오랑캐를 막는 장벽)을 만들었다.

秋夜將曉, 出籬門迎涼, 有感二首

沼沼天漢西南落, 喔喔鄰鷄一再鳴.

壯志病來消欲盡, 出門搔首愴平生.(第一首)

三萬里河東入海, 五千仞嶽上摩天.[1]

遺民淚盡胡塵裏, 南望王師又一年.[2](第二首)

---

1 각각 황하(黃河)와 화산(華山)을 가리킨다. 『검남시고』 권14 「애북(哀北)」, 권34 「한야가(寒夜歌)」, 권35 「북망(北望)」, 권37 「태식(太息)」 제2수, 권40 「추회(秋懷)」 제10수에 이 지역으로 가고 싶어 하는 "명장상(名將相)"·"명신(名臣)"을 참조.

『감계록(鑑戒錄)』 권9 이산보(李山甫)의 「장가(長歌)」에 "화산은 빼어나 영웅의 뼈가 되었고, 황하는 종횡하는 재주를 쏟아 내네(華山秀作英雄骨, 黃河瀉出縱橫才)"라고 한 것을 참조.

....

2 『검남시고』 권8 「관산월(關山月)」에도 또한 "유민(遺民)은 죽음을 견디면서 수복을 바라고, 몇 곳인가 오늘 밤에 눈물 자국을 남기는 것은(遺民忍死望恢復, 幾處今宵垂淚痕)"이라고 하였다.

진량(陳亮)의 『용천문집(龍川文集)』 권17 「수조가두(水調歌頭)·송장덕무대경사로(送章德茂大卿使虜)」에는 "요(堯) 임금의 서울, 순(舜) 임금의 땅, 우(禹) 임금이 봉한 곳, 그중에 마땅히 오랑캐에 신복(臣服)하는 것을 수치로 여기는 한 사람이라도 있어야 하거늘, 만 리에는 이와 같이 비린내가 나는구나. 천고의 영령들은 어디에 있는가? 하나가 되어 언제 통하려는가?(堯之都·舜之壤·禹之封, 於中應有一箇半箇恥臣戎; 萬里腥羶如許, 千古英靈安在, 磅礴幾時通?)"라고 한 것을 참조. 또 범성대(范成大)의 「주교(州橋)」 주 2) 참조. 본서 354쪽.

백거이(白居易)의 「서량기(西涼伎)」에 일찍이 "유민들은 양주(涼州)에서 애

를 끊는데, 장졸(將卒)들은 바라볼 뿐 수복할 생각도 없네(遺民腸斷在涼州,
將卒相看無意收)"라고 하였는데, 이 말뜻은 남송 사람들의 시사(詩詞) 속에
서 더욱 통절하게 되었다.

十一月四日風雨大作二首(選一)

僵臥孤村不自哀, 尚思爲國戍輪臺.[1]

夜闌臥聽風吹雨, 鐵馬冰河入夢來.[2](第二首)

---

1 신강(新疆)에 있으며, 한대(漢代)에는 여기에 군대를 주둔시켜 둔전(屯田)하
게 하였다.

---

2 『검남시고』권15 「추우점량, 유회흥원(秋雨漸涼, 有懷興元)」제3수에는 "문
득 빗줄기가 쑥대 창문을 스쳐지나가는 소리를 듣고, 오히려 당시의 철마
(鐵馬)라고 생각하였네(忽聞雨掠蓬窻過, 猶作當時鐵馬看)"라고 하였다.

沈園二首[1]

夢斷香銷四十年, 沈園柳老不飛綿.

此身行作稽山土, 猶弔遺蹤一泫然.[2](第一首)

城上斜陽畫角哀, 沈園無復舊池臺.

傷心橋下春波綠, 曾是驚鴻照影來

---

1 육유의 첫 아내 당씨(唐氏)는 시어머니와의 불화로 이혼·개가(改嫁)하였

다. 다른 사람에게 시집간 이후 일찍이 심원(沈園)에서 우연히 육유와 마주친 적이 있다. 이 시와 『검남시고』 권25 「우적자남, 유심씨소원(禹蹟寺南, 有沈氏小園)」, 권65 「십이월이일, 야몽심씨원정(十二月二日, 夜夢沈氏園亭)」, 권68 「성남(城南)」, 『위남문집(渭南文集)』 권49 「차두봉(釵頭鳳)」은 모두 그 일을 묘사한 것이다. 이 일은 진곡(陳鵠)의 『기구속문(耆舊續聞)』 권10, 유극장(劉克莊)의 『후촌대전집(後村大全集)』 권178, 주밀(周密)의 『제동야어(齊東野語)』 권1에 상세하게 보인다.

2 이때 육유는 75세였다. "병골이 아직 산 아래의 흙더미가 되기 전에, 그래도 남은 필적을 찾아내어 흥망을 말하네(病骨未爲山下土, 尙尋遺墨話興亡!)"는 북송 이방직(李邦直)이 『강간초설도(江干初雪圖)』에 제(題)한 명구이다(섭몽득(葉夢得)의 『석림시화(石林詩話)』 권상(卷上)에 인용되어 있음).

3 "편약경홍(翩若驚鴻)"은 조식(曹植)의 「낙신부(洛神賦)」의 "능파선자(凌波仙子)"의 날렵하고 아름다운 모습을 묘사한 명구이다.

溪上作

偏僂溪頭白髮翁, 暮年心事[1]一枝筇.
山銜落日靑橫野, 鴉起平沙黑蔽空.
天下可憂非一事, 書生無地效孤忠.
「東山」・「七月」猶關念, 未忍浮沉酒釀中.[2]

1 가장 요긴한 것 곧 "마음은 한 대의 짧은 대지팡이뿐이라네(心事一枝筇)"라는 것은 사령운(謝靈運)의 「유남정(游南亭)」의 이른바 "약과 먹이는 마음에 두는 바라네(藥餌情所止)"라고 한 것과 비슷하다.

2 「동산(東山)」・「칠월(七月)」은 모두 『시경(詩經)・빈풍(豳風)』의 편명으로,

전자는 군사를 말하였고 후자는 농민을 말하였다.

"술잔에 부침한다(浮沈酒醆)"는 것은 흐리멍덩하게 술이나 마시면서 세월을 보낸다는 뜻이다.

初夏行平水[1]道中

老去人間樂事稀, 一年容易又春歸.

市橋壓擔蒪絲滑, 村店堆盤豆莢肥.

傍水風林鶯語語, 滿園煙草蝶飛飛.

郊行已覺侵微暑, 小立桐陰換夾衣.

1 소흥(紹興)에 있다.

西村

亂山深處小桃源, 往歲求漿憶叩門.

高柳簇橋初轉馬, 數家臨水自成村.

茂林風送幽禽語, 壞壁苔侵醉墨痕.

一首淸詩記今夕, 細雲新月耿[1]黃昏.

1 빛을 내고 반짝이다.

追憶征西幕中[1]舊事四首(選二)

大散關頭北望秦, 自期談笑掃胡塵.

收身死向農桑社, 何止明明兩世人

小獵南山雪未消, 繡旗斜卷玉驄驕.[3]

不如意事常千萬, 空想先鋒宿渭橋.(第二首)

---

1 「산남행(山南行)」 주 1)에 보인다. 본서 320쪽.

---

2 「소원(小園)」 제2수, 또 권7 「월하취제(月下醉題)」에 "대문을 닫고 채소를 심으며 영웅이 늙어가네(閉門種菜英雄老)"라고 하였고, 권13 「관원(灌園)」에 "젊어서는 한 자루의 칼을 차고 천하를 다니고, 만년에는 빈 마을에 떨어져 살며 동산에 물주는 것을 배우네(少攜一劍行天下, 晚落空村學灌園)"라고 하였으며, 권63 「추사절구(秋思絶句)」 제4수에 "평생 시구가 천하에 전해졌으나, 흰머리로 집에 돌아와 스스로 동산에 물을 주네(平生詩句傳天下, 白首還家自灌園)"라고 한 것을 참조.

---

3 『검남시고』 권3에는 「구월십일여한주, 소렵어신도・미모지간(九月十日如漢州, 小獵於新都・彌牟之間)」 시가 있고, 권27에는 「계축중구추회, 경재흥원, 상이시일렵중량산하(癸丑重九追懷, 頃在興元, 常以是日獵中梁山下)」 시가 있다.

醉歌

百騎河灘獵盛秋, 至今血漬短貂裘.

誰知老臥江湖上, 猶枕當年虎髑髏.[1]

1 『서경잡기(西京雜記)』권5에는 이광(李廣)이 범에게 활을 쏘고 "그 뼈를 잘라 베개를 만들었다(斷其髑髏以爲枕)"고 실려 있다.

『검남시고』권4 「문노란, 유감(聞虜亂, 有感)」에는 "지난해에 남산 남쪽에서 종군하여 …… 맨손으로 범을 잡아당기니 털이 길게 나 있었네(前年從軍南山南 …… 赤手曳虎毛毿毿)"라고 하였고, 권11 「건안견흥(建安遣興)」에는 "만인의 목전에서 범을 찌르고 몸을 날리니, 흰 도포에 피가 뿌려져 아직도 남아 있네(刺虎騰身萬目前, 白袍濺血尙依然)"라고 하였으며, 권14 「시월이십륙일, 야몽행남정도중(十月二十六日, 夜夢行南鄭道中)」에는 "눈 속에 통음하여 백 통을 텅 비우고, 산림을 짓밟으며 여우와 토끼를 치네. …… 창을 떨쳐 곧장 전진하니 범이 사람처럼 우뚝 서서, 울부짖으며 푸른 절벽을 찢으니 피가 물을 쏟아 붓는 듯하구나!(雪中通飮百榼空, 蹴踏山林伐狐兎. …… 奮戈直前虎人立, 吼裂蒼崖血如注)"라고 하였고, 권26 「병기(病起)」에는 "젊은이가 남산 아래에서 범을 쏘니, 거친 말과 강한 활로 무시하는 듯하네(少年射虎南山下, 惡馬强弓看似無)"라고 하였으며, 권28 「회석(懷昔)」에는 "옛날 양주(梁州)·익주(益州)에 수자리하여, 안장과 말 사이에서 자고 먹었다네. …… 칼을 뽑아 젖먹이 범을 찌르니, 피가 튀어 담비 가죽옷이 검붉게 물들었네(昔者戍梁益, 寢飯鞍馬間. …… 挺劍刺乳虎, 血濺貂裘殷)"라고 하였고, 권38 「삼산, 두문작가(三山, 杜門作歌)」제3수에는 "남저수(南沮水)가에서 가을에 범을 활로 쏘았네(南沮水邊秋射虎)"라고 하였다.

혹은 활로 쏜다고 하고, 혹은 칼로 찌른다고 하고, 혹은 피가 흰 도포에 뿌린다고 하고, 혹은 피가 담비 가죽옷에 뿌린다고 하고, 혹은 가을이라고 하고, 혹은 겨울이라고 하였다.

『검남시고』권1 「외호(畏虎)」에는 "길 위의 발자취에 가슴이 떨리고, 띠풀(혹은 순채) 잎 낮은 곳에 넋이 빠지네. 항상 두려워하는 것은 스스로 피하지 못하여, 돼지나 닭처럼 죽는 것이라네!(心寒道上跡, 魄碎茆葉低. 常恐不自免, 一死均猪鷄!)"라고 하였고, 권2 「상사, 임천도중(上巳, 臨川道中)」에는 "평생 동안 길가는 것이 범처럼 두렵네(平生怕路如怕虎)"라고 하였다. 이것들은 정말 한 사람의 손에서 나온 것 같지가 않다. 이 때문에 후세의 육유를 스승으로 본받는 시인들도 또한 "선생을 믿지 못하는 한 가지 일은, 활쏘기를 배워 산머리에서 범을 쏠 때라네(一般不信先生處, 學射山頭射虎時)"(청 조정길(曹貞吉), 『가설이집(珂雪二集)』 「독육방옹시, 우제(讀陸放翁詩, 偶題)」 5수 중 셋째)라고 하였다.

示兒[1]

死去元知萬事空, 但悲不見九州同.
王師北定中原日, 家祭無忘告乃翁![2]

1 이 시는 육유의 절필(絶筆)이다.

2 『검남시고』 권9 「감흥(感興)」 제1수에 "늘 두려운 것은 개와 말보다 앞장 서서, 미처 중원을 평정하지 못할까 하는 것이네(常恐先狗馬, 不及淸中原)" 라고 하였고, 권37 「태식(太息)」에 "지주하(砥柱河)가 선장(仙掌, 화산(華山) 의 두 봉우리)을 흐르는 날, 죽기 전에 중원을 보지 못함이 한스럽네(砥柱 河流仙掌日, 死前恨不見中原)"라고 하였으며, 권36 「북망(北望)」에 "어찌 알 겠는가? 무덤가의 나무 아름드리가 되어도, 변방의 티끌이 맑아짐을 보지 못할 지를(寧知墓木拱, 不見塞塵淸)"라고 하였고, 권38 「야문낙엽(夜聞落葉)」 에 "죽음이 닥침은 사람마다 같으니, 이와 같은 이치를 어찌 따질 필요가 있겠는가? 다만 한 가지 한스러운 것이 있으니, 양경(兩京)의 수복을 보지 못함이라네(死至人所同, 此理何待評? 但有一可恨, 不見復兩京)"라고 한 것을 참조. 이 비장한 절구는 마지막 숨을 쉬면서도 또 말로는 다할 수 없는 심사와 무궁한 희망을 말하고 있다.
육유가 죽은 후 24년, 송과 몽고(蒙古)는 군대를 연합하여 금을 멸망시켰 다. 유극장(劉克莊)의 『후촌대전집(後村大全集)』 권11 「단가잡시(端嘉雜詩)」 제4수에는 "생전에 오랑캐의 멸망을 미처 보지 못했으니, 방옹은 임종 때에도 분노가 떳떳했네. 어린 육씨가 때맞춰 제사를 올릴 때, 반드시 천자의 군대가 낙양(洛陽)에 입성하였다는 것을 고하리라 멀리서나마 알고 있네(不及生前見虜亡, 放翁易簀憤堂堂. 遙知小陸羞時薦, 定告王師入洛陽)"라고 하였다.

육유가 죽은 후 66년, 원(元)의 군대가 송을 멸망시켰다. 임경희(林景熙)『제산선생집(霽山先生集)』권3 「서육방옹서권후(書陸放翁書卷後)」에는 또 "푸른 산 한 터럭 같고 시름은 가이없는데, 하물며 창과 방패가 하늘의 남동쪽에 가득 차 있음에랴? 먼 후손은 도리어 구주(九州)가 통일됨을 보지만, 집안 제사에 어떻게 네 노인에게 고하겠는가?(靑山一髮愁濛濛, 干戈況滿天南東. 來孫却見九州同, 家祭如何告乃翁!)"라고 하였다.

50. 범성대(范成大)

범성대(范成大, 1126~1193)의 자는 치능(致能), 스스로 석호거사(石湖居士)라고 불렀으며 오현(吳縣) 사람이다. 『석호시집(石湖詩集)』이 있다. 원대 말엽·명대 초엽에 그의 「사시전원잡흥(四時田園雜興)」은 이미 고전적 작품으로 공인되어 갑자기 전설이 나타나게 되었다. 송 효종(孝宗)은 원래 그를 재상으로 삼으려고 하였지만 그가 "농사의 어려움을 모른다(不知稼穡之艱)"라고 생각하여 그만두었기 때문에 그가 이 시들을 써서 자신의 마음을 나타냈다는 것이다.[1] 가령 이와 같은 전설이 믿을 수 있다고 하더라도 그것은 단지 송 효종이 범성대의 시를 조사해 보지도 않았거나 혹은 그의 시를 기준으로 삼지 않았음을 증명하는 것이기 때문에, 「사시전원잡흥」과 「납월촌전악부(臘月村田樂府)」를 더 많이 썼더라도 효과는 보지 못했을 것이다. 왜냐하면 『석호시집』에는 매우 일찍부터 「대서주행, 함산도중(大暑舟行, 含山道中)」과 같은 "농사를 걱정하고(憂稼穡)", "늙은 농부를 동정하는(憐老農)" 작품이 있었고[2] 게다가 벼슬할 때나 혹은 은퇴할 때를 막론하고 모두 백성들의 고통에 대한 체험과 관리의 횡포에 대한 분개를 일관하여 표현하고 있기 때문이다.

그가 만년에 지은 「사시전원잡흥」은 그의 가장 애송되고 가장 영향이 컸던 시일 뿐 아니라 또한 중국 고대의 전원시의 집대성이라고 할 수 있

---

1) 송장백(宋長白) 『유정시화(柳亭詩話)』 권22에는 탕목(湯沐)의 『공여일록(公餘日錄)』을 인용하여 손작(孫作)의 말로 기록하였다. 도목(都穆), 「제전원잡흥수적(題田園雜興手跡)」.
2) 『석호시집(石湖詩集)』 권2.

다.『시경(詩經)』의 「빈풍(豳風)·칠월(七月)」은 중국의 가장 오래된 "사시(四時) 전원(田園)" 시로서 농민들의 일 년 동안의 근면하고 고통스러운 생산과 각고의 생활을 서술하고 있다. 그러나 이 시는 모범을 보이는 작용은 하지 못했으며, 후세의 전원시는 바로 강엄(江淹)의 「잡체시(雜體詩)」에 나타나 있는 것처럼 그 본보기는 모두 도잠(陶潛)으로부터 나온 것이다. 도잠에게는 당연히 "서쪽 밭에서 올벼를 수확하고(西田獲早稻)", "빗물이 넘치니 전사(田舍)에서 수확하네(下潠田舍獲)" 등 자신이 "몸소 밭갈고(躬耕)", "괴로운 일을 하는(作苦)" 시가 있지만, 그러나 왕유(王維)의 「위천전가(渭川田家)」·「우연작(偶然作)」·「춘중전원작(春中田園作)」·「기상전원즉사(淇上田園卽事)」와 저광희(儲光羲)의 「전가즉사(田家卽事)」(5언 고시와 7언 율시)·「전가잡흥(田家雜興)」 등 기풍을 세운 작품들은 도잠의 「회고전사(懷古田舍)」·「귀전원거(歸田園居)」 등의 시사(示唆)를 받아서 "농민(隴畝民)"의 안정·한적과 낙천지명(樂天知命)에 중점을 두고 있으며 내용은 노동에서 은일(隱逸)로 향한 과도인 것이다. 송대의 구양수(歐陽脩)와 매요신(梅堯臣)이 나누어 읊은 「귀전사시락(歸田四時樂)」이 더욱 솔직하고 사양하지 않은 것은 부귀한 생활을 보내는데 싫증나서 신선한 것으로 바꾸어야 하는 것이었다. 서양 문학에서 목가(牧歌)의 전통은 항상 풀이 얼마나 파랗고 부드러우며, 양은 얼마나 살찌고 순하며, 천진하고 즐거운 목동·목녀(牧女)가 어떻게 속세의 맑은 땅에서 사랑을 속삭이는가에 있었기 때문에, 어떤 사람은 읽는데 싫증이 나서 이러한 시에는 한 가지 곧 늑대가 빠져 있다고 말하고 있다.3) 우리가 중국의 전통적인 전원시를 살펴볼 때도 또 늘 한 가지 곧 개가 빠져 있음을 느끼게 된다. 바꾸어 말하면 그것은 지보(地保, 지방 자치 제도 아래의 치안 담당자)나 공차(公差, 공무를 띤 하급 관리)와 같은 통치 계급의 주구(走狗) 및 그들이 대

---

3) 생트·뵈브(Sainte~Beuve, 1804~1869)의 『문학가 초상(Portraits littéraires)』에 내옹(萊翁)의 목가(牧歌)를 논하고 있다. 쁠레이아드(Pleiade) 판『생트·뵈브 집』제2책, 365쪽.

표하고 있는 농민을 착취하고 압박하는 제도인 것이다. 사실 많은 고시들은 이러한 현상도 묘사하였다. 예컨대 유종원(柳宗元)의 「전가(田家)」 제2수·장적(張籍)의 「산농사(山農詞)」·원진(元稹)의 「전가사(田家詞)」·섭이중(聶夷中)의 「영전가(詠田家)」 등등이 있다. 그러나 그들은 전원시의 계통에 속하지 않는다. 매요신의 예는 이 전통의 구속력을 설명할 수가 있다. 앞에서는 그가 "시골의 즐거움(田家樂)"을 반박하고 있는 「전가어(田家語)」[4] 시를 뽑았지만, 그러나 그는 「속영숙『귀전락』(續永叔『歸田樂』)」[5]을 지었을 뿐 아니라 또 「전가사시(田家四時)」[6]를 지었다. 단지 제4수의 끝에 농민들이 과세(過歲)할 수 없음을 가벼운 필치로 언급하였을 뿐 그 밖에는 여전히 왕유·저광희 이래의 전원시의 정조(情調)와 제재를 답습하고 있다. 진관(秦觀)의 「전거사수(田居四首)」는 단지 "내일 비단과 세금을 바치려고, 이웃집 아이가 성 안으로 들어가네(明日輸絹租, 鄰兒入城郭)"와 "곡식을 얻어도 감히 쌓아 두지 못하니, 세금을 재촉하여 관리들이 어지럽게 닥쳐드네(得穀不敢儲, 催科吏傍午)"[7]라고 언급하고 있을 뿐 조금도 묘사하여 발휘하지 못하고, 전체의 격조도 아직 저광희와 왕유를 모방하고 있고 또 수사에도 상당히 병폐가 많다.[8] 범성대의 「사시전원잡흥」 60수에 이르러서야 비로소 「칠월」·「회고전사」·「전가사」의 세 실마리가 하나의 매듭이 되어 현실을 벗어난 전원시가 진흙과 피땀으로 얼룩진 숨결을 갖게 되었고, 그의 절실한 관찰과 정감을 근거로 하여 1년 4계절의 농촌 노동과 생활을 가지고 비교적 완전한 면모를 선명하게 부각시키게 되었던 것이다. 전원시는 또 생명을 얻고

4) 『완릉선생집(宛陵先生集)』 권7.
5) 『석호시집』 권23.
6) 『석호시집』 권1.
7) 『회해집(淮海集)』 권2.
8) 하상(賀裳) 『재주원시화(載酒園詩話)』 권5에는 제1수의 첫머리 몇 구를 평하여 "나귀는 나귀가 아니고 말은 말이 아니라는 한스러움이 있다(有驢非驢馬非馬之恨)"고 하였다.

경지를 확대하여 범성대는 도잠과 나란히 일컬어지고 심지어는 그보다 더 윗자리를 차지할 수 있었다. 예컨대, 송대 유로(遺老) 등의 "월천음사(月泉吟社)"의 시와 편지 속에는 걸핏하면 "율리(栗里)"·"팽택(彭澤)"을 "석호(石湖)"와 상대시키고 있으며, 『홍루몽(紅樓夢)』에 나오는 가정(賈政)의 청객(淸客)은 다만 "범성대의「전가」의 시가 아니면 그 교묘함을 다할 수 없다(非范石湖'田家'之詠, 不足以盡其妙)"9)라고 알고 있을 뿐이었다. 가장 음미할 만한 것은 "월천음사"의 48번째 시의 비어(批語)이다. 시의 제목은「춘일전원잡흥(春日田園雜興)」이고, 시의 마지막 구는 "앞마을의 개가 짖지만 다른 일은 없으니, 소금의 수색이 아니면 반드시 차에 세금을 매기는 것이라네(前村犬吠無他事, 不是搜鹽定榷茶)"라고 하였는데, 비어는 "이 시는 좋지 않은 글자가 하나도 없다. 마지막 말이 비록 지나치게 솔직한 듯하지만, 만약 시를 채집하여 풍속을 살피게 한다면 또한 넉넉히 듣는 사람을 경계시킬 만한 것이다(此詩無一字不佳. 末語雖似過直, 若使采詩觀風, 亦足以戒聞者)"라고 하였다. 바꾸어 말하면, 아무리 범성대의「전가사시잡흥」에서 공무를 띤 하급 관리들이 시골에 내려와서 세금을 재촉하는 행위를 풍자하고 있더라도 머리가 보수적인 비평가들은 결국 전원시에서 관리의 농민 착취와 압박을 언급하는 것은 음악을 합주할 때 총소리를 내는 것과 같이10) 좀 살풍경(殺風景)하다고 느꼈기 때문에 48번째의 2구를 위해서 변명하고 있는 것이다. 이것은 범성대의 수법이 사실 당시에는 하나의 대담한 독창이었음을 증명하는 것이다.

범성대의 풍격은 매우 경쾌하고 교묘하여 용자(用字)나 조구(造句)도 양만리(楊万里)보다 규범적이고 화려하지만 그러나 육유(陸游)와 같이 "윤칭타첩

---

9) 『홍루몽(紅樓夢)』 제17회.
10) 스탕달(Stendhal, 1783~1842), 『적과 흑』 제2부 22장의 "문예에 정치가 섞여 들어옴"을 말한 비유이다.

(允稱妥貼)"하지는 않다. 그는 또한 중(中)·만당(晚唐) 시인들의 영향을 받았
지만 양만리의 시에 있어서처럼 뿌리가 끊긴 강서파(江西派)의 버릇이 때때
로 나타나지는 않는다. 양만리와 육유가 사용한 전고는 일반적으로 또한
보편성을 띠고 있지만 그는 희귀한 고사나 성어를 쓰기 좋아하였고, 또
"불가의 말을 많이 사용하던(多用釋氏語)"11) 강서파의 통폐를 가지고 있는
데 아마도 황정견(黃庭堅) 이후 전겸익(錢謙益) 이전에 불교의 전고를 가장
많이 사용한 가장 뛰어난 명가일 것이다. 예컨대, 그의 「중구일행영수장
지지(重九日行營壽藏之地)」에는 "아무리 천 년의 무쇠로 만든 문지방이 있다
고 하더라도, 결국은 한 개의 흙만두가 필요할 것이네(縱有千年鐵門限, 終須一
個土饅頭)"12)라고 하였는데, 이 2구는 일찍이 『홍루몽』 제63회에 인용된
시 곧 왕범지(王梵志)의 2수의 시를 가져다가 지은 것이다. 또 "쇠로 만든
문지방(鐵門限)" 시는 진사도(陳師道)와 조조(曹組)에 의하여 각각 시(詩)와 사
(詞) 속에 채용된 일이 있고, "흙 만두(土饅頭)"의 시는 황정견이 칭찬한 바
있다.13) 그는 병이 많았던 시인으로서 병세를 말한 시에서도 번번이 수많
은 희귀한 전고를 사용하였는데, 우리는 그의 "뛰어난 박식(奇博)"에 대하
여 아마 감복을 더하기는 하겠지만14) 그의 고통에 대해서는 동정이 감소
되기도 한다.

　청대 심흠한(沈欽韓)의 『석호시집주(石湖詩集註)』는 매우 간략하지만 증거
의 제시는 그래도 명확하여 믿을 만하다.

---

11) 『설부(說郛)』 권20에 오췌(吳萃)의 『시청초(視聽鈔)』가 실려 있다.
12) 『석호시집』 권28.
13) 범터(范攄)의 『운계우의(雲溪友議)』 권하(卷下), 비곤(費袞)의 『양계만지(梁溪漫志)』 권10,
　　호자(胡仔)의 『초계어은총화(苕溪漁隱叢話)』 전집(前集) 권50, 임연(任淵)의 『후산시주(後
　　山詩註)』 권4 「와질절구(臥疾絶句)」, 증조(曾慥)의 『악부아사(樂府雅詞)』 권6 조조(曹組)의
　　「상사회(相思會)」.
14) 방회(方回), 『영규율수(瀛奎律髓)』 권44.

初夏二首

淸晨出郭更登臺, 不見餘春只麼回.[1]

桑葉露枝蠶向老, 菜花成莢蝶猶來.(第一首)

晴絲千尺挽韶光, 百舌無聲燕子忙.

永日屋頭槐影暗, 微風扇裏麥花香.(第二首)

---

1 이대로 그만두고 돌아가다. "지마(只麼)"는 선종(禪宗)의 어록(語錄)에 상용
되는 구어이다. 황정견(黃庭堅)의 「기두가보(寄杜家父)」에도 또 "한가한 마
음 봄이 가져가려고 하는 듯, 새는 지저귀고 꽃은 놀라 이렇게 돌아가네
(閒情欲被春將去, 鳥喚花驚只麼回)"라고 하였다.

晩潮

東風吹雨晩潮生, 疊鼓催船鏡裏行.

底事今年春漲小? 去年曾與畫橋平.

碧瓦

碧瓦樓前繡幙遮, 赤欄橋外綠溪斜.

無風楊柳漫天絮, 不雨棠梨滿地花.

橫塘[1]

南浦春來綠一川, 石橋朱塔兩依然.
年年送客橫塘路, 細雨垂楊繫畫船.[2]

1 오현(吳縣)에 있다. 첫째 구의 남포(南浦)는 굴원(屈原)의 「구가(九家)」의 "고
은님을 남포에서 보내네(送美人兮南浦)" 혹은 강엄(江淹)의 「별부(別賦)」의
"그대를 남포에서 보내니, 아픈 가슴을 어떻게 할 것인가?(送君南浦, 傷如
之何?)"를 빌려 쓴 것으로, 보통 친구와 이별하는 강가를 가리키며 호북(湖
北) 강하(江夏) 혹은 복건(福建) 포성(浦城)의 남포가 아니다.

2 이 시 속의 정경은 앞에서 뽑은 정문보(鄭文寶)의 「유지사(柳枝詞)」의 정경
과 비교할 수 있다. 본서 62쪽. 범성대(范成大)의 「알금문(謁金門)」 사(詞)
에도 "못 물은 푸르고 …… 다만 버들개지 수백·수천 자[尺]에, 배를 매
어두고 봄에 피리를 부는 것이 없을 뿐이네(塘水碧 …… 只欠柳絲千百尺,
繫船春弄笛)"라고 하였다.

催租行
(效王建)[1]

輸租得鈔官更催, 踉蹌里正敲門來.
手持文書雜嗔喜: "我亦來營醉歸耳!"[2]
床頭慳囊[3]大如拳, 撲破正有三百錢;
不堪與君成一醉, 聊復償君草鞋費.[4]

1 왕건(王建)은 결코 이 제목의 시가 없다. 범성대는 그의 악부(樂府)의 풍격
을 배운 것에 지나지 않는다.

2 이 2구는 나쁜 짓을 일삼고 사리사욕(私利私慾)에 눈이 먼 지보(地保)를 생
  생하게 묘사하고 있다. 다음의 「사시전원잡흥(四時田園雜興)」 마지막 시를
  참조.

---

3 돈을 쌓아두는 독, 이른바 "저금통"을 가리킨다.

---

4 행각승(行脚僧)이 이른바 "초혜전(草鞋錢)"이 있다는 것은 일찍이 당대(唐
  代) 선종(禪宗)의 어록(語錄)에 보인다(예컨대, 『오등회원(五燈會元)』 권3 보
  원(普願)의 어록). 송대 이후 이 세 글자도 또한 공차(公差)·지보(地保) 등
  이 강제로 거두던 "팁"의 대명사로 변했는데, 그것이 곧 『유림외사(儒林外
  史)』 제1회의 이른바 "차전(差錢)"이다. 원곡(元曲) 악백천(岳百川)의 『철괴
  리(鐵拐李)』 제1절(折)에는 차인(差人) 장천(張千)이 한위공(韓魏公)에게 "무
  슨 짚신 살 돈이라도 있으면 저에게 좀 주십시오(有什麼草鞋錢與我些)"라고
  한 것을 묘사하고, 또 한위공이 그에게 "내 이 늙은이에게 짚신 살 돈을
  요구할 정도이니, 다른 사람의 수중에서 돈을 요구하지 않는다고 말할 수
  없다(則我老夫身上還要錢買草鞋, 休道別人手裏不要錢)"라고 욕하는 것을 묘
  사하였는데, 이것으로 범성대의 시구를 주해할 수 있을 것이다.
    유종원(柳宗元)의 「전가(田家)」 제2수에는 "마을 아전이 밤에 찾아오니, 닭
  과 기장밥으로 잔치를 벌이네(里胥夜經過, 鷄黍事筵席)"라고 하였고, 이하
  (李賀)의 「감풍(感諷)」 제1수에는 "월(越) 땅의 며느리는 말을 전하고, 작은
  아씨는 조밥을 차리네. 현관(縣官)이 밥을 먹어치우고 가버리니, 부리(簿吏)
  가 다시 마루에 오르네(越婦通言語, 小姑具黃粱. 縣官踏飧去, 簿吏更登堂)"라
  고 하였고, 당언겸(唐彦謙)의 「숙전가(宿田家)」에는 "문득 대문 두드리는
  소리 급함을 들으니, 시골에 내려오신 아전이라 하네, …… 늙은 어머니
  가 나갔으나 말이 콱 막히고, 늙은 하인은 달아나다가 나둥그러지네.
  …… 동쪽 이웃에서는 씨암탉을 빌리고, 서쪽 집에서는 맛좋은 술을 구하
  네(忽聞扣門急, 云是下鄕隷. …… 老母出搪塞, 老脚走顚躓. …… 東隣借種鷄,
  西舍覓芳醑)"라고 한 것을 참조. 당언겸의 구체적이고 세밀한 묘사도 아직
  범성대의 이 시의 경쾌한 필치와 생생한 말투에는 미치지 못한다.
  【보주(補註) 13】: 『송사(宋史)』 권174 「식화(食貨) 상이(上二)」 "부세(賦稅)"

에는 소흥(紹興) 15년 호부(戶部)의 의(議)가 기록되어 있는데 "관물(官物)을 바치는 데는 네 가지 초(鈔)를 쓴다(輸官物用四鈔)"라고 하였는데 그 하나는 "호초(戶鈔)는 백성에게 주어 증명서를 받는다(戶鈔, 付民收執)"라고 하였는데 지금의 이른바 표거(票據, 어음, 영수증)이다. 시는 백성들은 이미 "세금을 내고(輸租)", "초(鈔)"를 얻었지만, "이정(里正)"은 여전히 대문에 찾아와 세금을 재촉하고 "초(鈔)"(곧 "문서(文書)")를 점검해 보고 이것을 핑계로 술값을 요구한다고 하고 있다.

早發竹下[1]

結束晨粧破小寒, 跨鞍聊得散疲頑.
行衝薄薄輕輕霧, 看放重重疊疊山.
碧穗炊煙當樹直, 綠紋溪水趁橋灣.
清禽百囀似迎客, 正在有情無思間.[2]

1 안휘(安徽) 휴녕(休寧)에 있다.

2 새들의 지저귀는 소리가 또 사람에게 정감이 있는 듯하기도 하고 또 전혀 아무런 뜻도 없는 것 같기도 하다. 유우석(劉禹錫)의 「유화사(柳花詞)」에는 "마음이 없는 것이 정도 많은 듯, 천 집·만 집으로 날아가네(無意似多情, 千家萬家去)"라고 하였고, 이하(李賀)의 「창곡북원신순사수(昌谷北園新筍四首)」 제2수에는 "정이 없는 것이 한이 있음을 누가 알겠는가(無情有恨何人見)"라고 하였으며, 양발(楊發)의 「완잔화(玩殘花)」에는 "낮은 가지에 유인(幽人)은 형편없이 술 취하였으니, 뜻밖에도 정이 없는 것이 도리어 정이 있다네(低枝似泥幽人醉, 莫道無情却有情)"라고 하였고, 소식(蘇軾)의 버들 꽃을 묘사한 「수룡음(水龍吟)」에도 "생각하면 도리어, 무정한 것이 사모함이 있는 듯하네(思量却似, 無情有思)"라고 하였다. 이것들은 모두 『옥대신영(玉

臺新詠)』권9 양(梁) 간문제(簡文帝)의 「화소시중자현"춘별"사수(和蕭侍中子顯"春別"四首)」 제1수, 또 권10 「고절구사수(古絶句四首)」 제3수의 포도(葡萄)·두구(荳蔲)·토사(兎絲, 새삼)를 묘사한 시구에서 나온 것이다. 범성대는 또 전인들이 초목을 형용한 말을 가지고 새에 옮겨 응용한 것이다.

後催租行

老父[1]田荒秋雨裏, 舊時高岸今江水;

傭耕[2]猶自抱長飢, 的知無力輸租米.

自從鄉官新上來, 黃紙放盡白紙催.[3]

賣衣得錢都納却, 病骨雖寒聊免縛.

去年衣盡到家口,[4] 大女臨歧兩分首;

今年次女已行媒, 亦復驅將換升斗.[5]

室中更有第三女, 明年不怕催租苦!

---

1 늙은이.

2 자신의 밭을 심을 수 없으므로 어쩔 수 없이 남의 소작인이 될 수밖에 없다.

3 "황지(黃紙)"는 황제의 조서(詔書)이고, "백지(白紙)"는 현관(縣官)의 공문이다. 조정에서는 관청식 문장을 반포하여 재해 지구의 부세(賦稅)를 크게 면제하였지만, 그 지방의 관리들은 아직도 백성들을 압박하여 납세하게 한다. 이러한 백성을 착취하는 쌍피리를 부는 수작은 소식(蘇軾)이 북송시대에 일찍이 황제에게 지적한 바 있다. 곧 "사방에는 모두 '노란 종이가 공표되어도 흰 종이는 거두어들인다'는 말이 있습니다(四方皆有'黃紙放而白紙

收'之語"(『동파집(東坡集)』 권28 「응조언사사장(應詔言四事狀)」)라고 하였는데, 이러한 일은 시종 계속 연출되었다. 미불(米芾)의 「최조(催租)」에는 "한 부서(部署)는 날마다 진제(賑濟)의 영을 내리나, 한 부서는 아침마다 조세를 재촉하네(一司日日下賑濟, 一司旦旦催租稅)"(『보진영광집(寶晉英光集)』 권3)라고 하였고, 조여적(趙汝績)의 「무죄언(無罪言)」에는 "곡식을 발급하여 유무(有無)를 조절하고, 포탈(逋脫)을 용서하였건만 벌써 거두어들이고 있네(發粟通有無, 寬逋已徵索)"(『강호후집(江湖後集)』 권7)라고 하였으며, 주계방(朱繼芳)의 「농상(農桑)」에는 "담황색 죽지(竹紙)에는 포탈을 면제한다고 되어 있으나, 흰 종이에는 여전히 세금을 내지 않는다고 죄를 주네(淡黃竹紙說蠲逋, 白紙仍科不稼租)"(『남송군현소집(南宋群賢小集)』 제12책)라고 한 것을 참조.

4 옷도 홀랑 다 팔아버렸으니 집안 식구를 팔 수밖에 없다.

5 두 딸은 이미 남에게 출가를 약속하였으나 그래도 팔아버릴 수밖에 없다.

州橋

(南望朱雀門, 北望宣德樓, 皆舊御路也)[1]

州橋南北是天街, 父老年年等駕回;

忍淚失聲詢使者: "幾時眞有六軍來?"[2]

1 송 효종(孝宗) 건도(乾道) 6년(1170), 범성대는 금에 사신으로 가던 중 회하(淮河) 이북 북송의 옛 땅을 경유하고 72수의 7언 절구와 1권의 일기『남비록(攬轡錄)』을 썼다. 이 시에 묘사된 것은 북송의 옛 서울 변량(汴梁)의 주교(州橋) 곧 『수호전(水滸傳)』 제12회에서 양지(楊志)가 칼을 팔던 천한(天漢) 주교이다.

2 이 감동적인 시는 문예 작품 속의 사실(寫實)이 자질구레한 표면적 현상 속에 매몰되어 있는 것과는 다르다는 것을 설명할 수 있을 것이다. 『남비록』에는 변량을 묘사하여 단지 "백성들도 또한 오랑캐의 습속에 오랫동안 물들어서 태도와 기호가 그들과 함께 변해 버렸다(民亦久習胡俗, 態度嗜好與之俱化)"라고 하였고, 또 상주(相州)에 대해서도 단지 "남아 있던 백성들은 왕왕 눈물을 흘리고 한숨을 쉬며 사신들을 가리키면서 '이들이 중화(中華)・불국(佛國) 사람이다'라고 하였다(遺黎往往垂涕嗟嘖, 指使臣曰: '此中華佛國人也!)"라고 하였다.

범성대보다 1년 전(건도 5년, 1169)에 사신으로 갔던 누약(樓鑰)의 기록에는 "서울 사람들이 열을 지어서 구경하고 …… 백발의 노인들은 탄식하고 눈물을 닦는 이가 많았고, 어떤 사람은 부사(副使)를 가리키면서 '이 사람은 선화(宣和) 시대의 관원이다'라고 하였다(都人列觀 …… 戴白之老多歎息掩泣, 或指副使曰: '此宣和官員也')"(『공괴집(攻媿集)』 권111 「북행일록(北行日錄)」 상(上))라고 하였다.

범성대보다 3년 후(건도 9년, 1173)에 사신으로 간 한원길(韓元吉)의 기록에는 "과거에 사자들은 모두 풍문을 두려워하고 혐의를 피하여, 수레 안에 꼭꼭 틀어박혀 한 마디의 말도 건네지 못하니 어찌 옛날의 이른바 '남의 나라를 엿보는(覘國)' 자이겠는가? 그러므로 회하(淮河)를 건넌 후에는 수레를 멈추고 마실 것을 청하며, 말에서 내려 손을 씻고 어린이와 아낙네를 만나 모두 말로 꼬이고, 또 친지 중 사행(使行)을 따라온 자로 하여금 거듭 친하게 한 다음에야 중원 사람들 중에 적을 원망하는 자들이 본래 있고 매번 우리들이 거사(擧事)하지 못함을 한스럽게 여긴다는 것을 알게 되었다(異時使者率畏風埃, 避嫌疑, 緊閉車內, 一語不敢接. 豈古之所謂 '覘國' 者哉! 故自渡淮, 雖駐車乞漿, 下馬盥手, 遇小兒婦女, 率以言挑之, 又使親故之從行者反復私焉, 然後知中原之人怨敵者故在而每恨吾人之不能擧也!)"(『남간갑을고(南澗甲乙稿)』 권16 「서"삭행일기"후(書"朔行日記"後)」)라고 하였다. 『금사(金史)』 권61 「교빙표(交聘表)」에 따르면 한원길이 금에 사신으로 간 것은 대정(大定) 13년(곧 건도 9년임)이라고 하였으니, "유로(遺老)"들이 금(金)의 남경(南京)(곧 변량(汴梁))의 한길에서 송의 사신들을 가로막고 왜

송의 군대가 고향으로 도로 쳐들어오지 않느냐라고 물은 일이 단연코 없었음을 알 수 있다. 그러나 또한 범성대의 시에서 그들의 마음속에 숨겨져 있는 진정한 원망(願望)을 확실하고 절박하게 전하고 있음을 알 수 있다. 짧은 28자 속에 찌꺼기는 걸러버리고 가지는 잘라버려 그들의 애국심을 분명하고 솔직하게 표현함으로써 집안사람들의 애국적인 행동을 불러일으키고 있기 때문에 우리는 이 시를 읽고 완전히 감동을 느끼게 되는 것이다.

한원길의 『남간갑을고』 권6 「망령수, 치배조영(望靈壽, 致拜祖塋)」에는 "백마강(白馬岡) 앞에서 눈을 점차 뜨고, 황룡부(黃龍府) 밖에서 고개를 부질없이 돌리네. 은근한 부로(父老)들은 마치 아는 사람인 것처럼, 다만 '군대가 언제 오느냐?'라고 묻네(白馬岡前眼漸開, 黃龍府外首空回; 殷勤父老如相識, 只問'天兵早晚來?')"라고 한 것은 범성대의 이 시와 용의(用意)가 같다.

당대(唐代) 유원정(劉元鼎)의 「사토번경견기략(使吐蕃經見記略)」에 "집은 모두 당 사람으로 사신들의 깃발과 수레 덮개를 보고, 길 양쪽에 나와 구경을 하였다. 용지성(龍支城)에 이르자 노인 천 명이 절을 하고 또 눈물을 짓는다. …… 말한다 : '언젠가 종군하였다가 이곳에 머물게 되었습니다. 이제 자손들이 여태껏 당(唐)나라의 옷을 차마 잊지 못하고 있는데, 조정에서는 아직 걱정하고 있습니까? 군대는 언제 옵니까?' 말을 마치자 모두 목이 메어 버렸다(戶皆唐人, 見使者麾蓋, 夾觀. 至龍支城, 耋老千人拜且泣 …… 言: '頃從軍沒於此, 今子孫未忍忘唐服, 朝廷尚念之乎? 兵何日來?' 言已皆嗚咽")(『전당문(全唐文)』 권716)라고 한 것을 참조.

夜坐有感

靜夜家家閉戶眠, 滿城風雨驟寒天.
號呼賣卜誰家子, 想欠明朝糴米錢!

雪中聞牆外鬻魚菜者, 求售之聲甚苦, 有感

飯籮驅出敢偸閒, 雪脛冰鬚慣忍寒;

豈是不能扃戶坐? 忍寒猶可忍飢難!¹

1 범성대의 「장외매약자(牆外賣藥者)」 시에도 또한 "길게 울고 크게 외치며 바람과 눈을 업신여기지만, 기꺼운 마음이 아니라 괴로운 마음이라네(長鳴大咤欺風雪, 不是甘心是苦心)"라고 하였다.

詠河市歌者

豈是從容唱「渭城」?¹ 箇中當有不平鳴.

可憐日晏忍飢面, 强作春深求友聲!

1 「위성(渭城)」은 당인(唐人)의 일종의 가곡으로, 여기서는 유우석(劉禹錫)의 「여가자(與歌者)」에 "다시 은근히 「위성」을 불러주네(更與殷勤唱「渭城」)"라고 한 것을 빌려 쓴 것이다.

四時田園雜興六十首(選十六)¹

土膏欲動雨頻催, 萬草千花一餉開.

舍後荒畦猶綠秀, 鄰家鞭笋過牆來.(春日第二首)

種園得果僅償勞, 不奈兒童鳥雀搔.²

已揷棘針樊[3]筍徑, 更鋪漁網蓋櫻桃.(春日第十首)

吉日初開種稻包, 南山雷動雨連宵.
今年不欠秧田水, 新漲看看拍小橋.(春日第十一首)

蝴蝶雙雙入菜花, 日長無客到田家.
鷄飛過籬犬吠竇, 知有行商來賣茶.(晚春第三首)

三旬蠶忌閉門中, 鄰曲都無步往蹤.
猶是曉晴風露下, 采桑時節暫相逢.[4](晚春第六首)

雨後山家起較遲, 天窗新色半熹微.
老翁欹枕聽鶯囀, 童子開門放燕飛.(晚春第十首)

梅子金黃杏子肥, 麥花雪白菜花稀.
日長籬落無人過, 惟有蜻蜓蛺蝶飛.(夏日第一首)

晝出耘田夜績麻, 村莊兒女各當家.
童孫未解供耕織, 也傍桑陰學種瓜.(夏日第七首)

黃塵行客汗如漿, 少住儂家漱井香.[5]
借與門前盤石坐, 柳陰亭午正風涼.(夏日第九首)

采菱辛苦廢犁鉏, 血指流丹鬼質枯.[6]

無力買田聊種水, 近來湖面亦收租!(夏日第十一首)

朱門乞巧沸歡聲, 田舍黃昏靜掩扃.

男解牽牛女能織, 不須邀福渡河星.[7](秋日第一首)

垂成穧事苦艱難, 忌雨嫌風更怯寒.

賤訴天公[8]休掠剩, 半償私債半輸官.(秋日第五首)

新築場泥鏡面平, 家家打稻趁霜晴.

笑歌聲裏輕雷動, 一夜連枷響到明.[9](秋日第八首)

租船滿載候開倉, 粒粒如珠白似霜.

不惜兩鍾輸一斛,[10] 尙贏糠覈飽兒郎.(秋日第九首)

斜日低山片月高, 睡餘行藥[11]繞江郊.

霜風掃盡千林葉, 閒倚筇枝數鶴巢.(冬日第一首)

黃紙蠲租白紙催, 皁衣旁午下鄕來.

"長官頭腦冬烘甚, 乞汝靑銅買酒廻"[12](冬日第十首)

---

1 원래는 "춘일(春日)"·"만춘(晚春)"·"하일(夏日)"·"추일(秋日)"·"동일(冬日)"의 다섯 그룹으로 나누어 매 그룹마다 12수이다. 『영락대전(永樂大全)』

권900 "시(詩)" 자(字)에 인용된 고세명(顧世明)의 『매산집(梅山集)』「제오승한백운주"범석호전원잡흥시"(題吳僧閑白雲注"范石湖田園雜興詩")」에는 "한 권의 「전원잡흥시」, 세상 사람들이 애송한 지 이미 오래되었네. 그중 글자마다 내력이 있으니, 주가 아니면 알 수가 없다네(一卷「田園雜興詩」, 世人傳誦已多時; 其中字字有來歷, 不是箋來不得知)"라고 하였으나, 이 주는 일찍이 전해지지 않게 된 것 같다.

2 가의(賈誼)의 『신서(新書)·퇴양(退讓)』편과 유향(劉向)의 『신서(新序)·잡사(雜事)』의 넷째에는 모두 초(楚)나라 사람이 양(梁)나라 사람이 심은 오이가 좋은 것을 시샘하여 저녁에 몰래 가서 "오이를 긁어서(搔瓜)" 오이를 "말라 죽게(死焦)" 하였다. 이 시의 "소(搔)"자는 "손해를 끼치다"의 뜻이다.

3 울타리가 되어 보호하다.

4 누에를 기를 때는 낯선 사람이 대문이 들어오는 것을 꺼린다. 남송 사람들은 늘 이와 같은 풍속을 묘사하고 있다. 예컨대, 항안세(項安世)의 「건평현도중(建平縣道中)」에는 "마을마다 술을 데워 관방(官坊)을 열고, 집집마다 금기(禁忌)하여 누에 방을 막네(村村煮酒開官坊, 家家禁忌障蠶房)"(『평암회고(平菴悔稿)』 권2)라고 하였고, 조여수(趙汝鐩)의 「경직탄(耕織歎)」에는 "생동하는 기운이 훈훈하니 누에가 종이에 가득 차고, 뽕따는 계집아이 시장처럼 시끄럽네. 낮에 먹이고 밤에 먹이며 때맞춰 쟁반을 나누니, 대문을 닫고 손님을 사절하여 세속의 금기를 삼가네(生氣熏陶蠶滿紙, 采桑女兒鬧如市. 晝飼夜餧時分盤, 局門謝客謹俗忌)"라고 하였으며, 또 「잠사(蠶舍)」에는 "매번 누에 때는, 마을마다 대문을 닫는 집이 많다네. 왕래하는 친한 사람들도 끊고, 아이들도 울지 못하게 하네(每到蠶時候, 村村多閉門. 往來斷親黨, 啼叫禁兒孫)"(『야곡시고(野谷詩稿)』 권1, 권5)라고 하였고, 섭소옹(葉少翁)의 「전가삼영(田家三詠)」에는 "집안이 누에로 바빠 문을 꼭꼭 닫았네(家爲蠶忙戶緊關)"(『남송군현소집(南宋群賢小集)』 제7책 『정일소집(靖逸小集)』)라고 하였다.

5 도서(道書)에서는 맑은 물을 "화수(華水)" 혹은 "수화(水華)"라고 하는데(송장군방(張君房), 『운급칠첨(雲笈七籤)』 권67 "민산단법(岷山丹法)", 『동파지림(東坡志林)』 권1 "우정수(雨井水)"), 이 땅에서는 또 "꽃 화(華)"(화(花)와 통함)로부터 "향기 향(香)"이 생긴다고 하였다.
『예기(禮記)』·「월령(月令)」에 "중동(仲冬, 음력 11)의 달에는 …… 샘물이 반드시 향기롭다(仲冬之月 …… 水泉必香)"라고 하였고, 구양수(歐陽脩)의 「취옹정기(醉翁亭記)」에 "샘은 향기롭고 술은 차갑다(泉香而酒冽)"라고 한 것을 참조.

---

6 또 『석호시집』 권20 「채릉(採菱)」에는 "손을 찔러 붉은 피가 나고 귀신같은 모양이 푸르네(刺手朱殷鬼質靑)"라고 하였다. "귀질(鬼質)"이란 말은 매우 희귀하다. 『석호시집』 권16 「사도최(蛇倒退)」의 "산사람의 띠풀은 몇 짐이지만, 귀신같은 모양에 송아지처럼 튼튼하다네(山民茅數把, 鬼質犢子健)"의 두 구로 본다면 귀신처럼 야위었다는 뜻이다. 대체로 하승천(何承天)과 안연지(顏淵之)의 변론(辯論)인 "귀신은 마땅히 형상이 있다(鬼宜有質)"라는 이야기에서 나왔을 것이다(『홍명집(弘明集)』 권4 「중석하형양(重釋何衡陽)」·「중답안광록(重答顏光祿)」).
"질(質)"은 형상(形狀)이다. 예컨대 육기(陸機)의 「연련주오십수(演連珠五十首) 제18수」에는 "그림자를 보고 형상에 맞추어도, 고독을 풀 수가 없네(覽影偶質, 不能解獨)"라고 하였고, 『신당서(新唐書)』 권223 하(下)에는 노기(盧杞)가 "귀신같은 형상에 푸른 얼굴(鬼形藍面)"이라고 하였으며 같은 권(卷)의 "찬(贊)"에는 그를 "귀질(鬼質)"이라고 하였다.

---

7 이 시는 농민들이 칠석(七夕) 날 "걸교(乞巧)"할 시간도 없음을 말하고 있다.

---

8 하느님에게 빌다. 육조(六朝) 때, 유밀지(劉謐之)와 교도원(喬道元)은 모두 「여천공전(與天公牋)」(엄가균(嚴可均)『전진문(全晉文)』 권143, 『전송문(全宋文)』 권57)이 있는데, 그래서 피일휴(皮日休)의 「고우잡언, 기노망(苦雨雜言, 寄魯望)」에는 "곧장 하느님에게 편지를 올리는 것이 나을 것이니, 하느님에게 띄우는 편지를 이제 쓰고 있네(不如上天公牋, 天公牋, 方修次)"라고 하

였다. 황정견(黃庭堅)의 시에도 자주 이 성어를 사용하고 있다.

9 범성대의 「노여경(勞畬耕)」 시에 "오농(吳農)"의 가난과 괴로움을 서술하여 "봄에 벼를 기르는 것은 마다하지 않으나, 다만 가을에 관가에 바칠 것이 두렵다네. 간교한 관리는 커다란 참새와 쥐이고, 도둑 같은 아전은 떼지은 마디충과 누리새끼라네. 나머지를 빼앗아 솥에 더하고, 남은 것을 취하여 꿰미 돈을 잘라 먹네. 두 종(鍾)에 한 곡(斛)을 바쳐도, 세금 독촉의 흔적을 면할 길 없다네. 게다가 사채로 압박을 받으니, 집에서 달아나더라도 밥 지을 땔감이 없다네. 반짝반짝 하얗게 빛나는 밥은, 생전에는 먹어보지도 못하네. 먹는 자는 반드시 손을 놓고 있는 자인데, 뿌리는 자는 언제까지나 침만 흘리고 있네(不辭春養禾, 但畏秋輸官. 姦吏大雀鼠, 盜胥衆螟蟓. 掠剩增釜區, 取贏折緡錢. 兩鍾致一斛, 未免催租瘢. 重以私債迫, 逃屋無炊煙. 晶晶雲子飯, 生世不下咽. 食者定游手, 種者長流涎)"라고 하였다.

송대에 관가의 세금 징수는 농민은 쌀 매 1섬[石]마다 6말[斗]의 "모(耗)"를 더 내야 한다고 규정하였다. 이구(李覯)의 「확도(穫稻)」 주 2)를 참조. 본서 108쪽. 그러나 사실상 아전들의 작폐(作弊)와 강박 때문에 농민들은 3섬 가까운 쌀을 내야만 겨우 1섬의 "조(租)"를 납부할 수 있었다. 1종(鍾)은 6곡(斛) 4두(斗)와 같다. "2종에 1곡을 바친다(兩鍾致一斛)"는 것은 1섬의 조에 사실상 12섬 8말을 납부한다는 것을 말하므로, 관가의 착취가 무자비하고 농민의 부담이 엄청남을 극언한 것이다.

10 범성대는 또 「동용행(冬舂行)」에서 이와 같은 정경을 묘사하여 "관가의 조세와 사채가 삼처럼 어지러우니, 겨울에도 쌀을 찧는 집이 몇이나 되겠는가?(官租私債紛如麻, 有米冬舂能幾家!)"라고 하였다.

11 약을 먹고 나서 산책하다.

12 이 시의 첫째 구의 뜻은 「후최조행(後催租行)」의 주 3)에 보인다. 본서 352쪽. 둘째에서 넷째 구까지는 바로 「최조행(催租行)」에서 묘사된 정경이다. "동홍(冬烘)"은 "흐리멍덩하다, 멍청하다(糊塗)"와 같다. 이 공무를 띤 하급 관

리는 "현의 관리는 흐리멍덩하여 일은 아랑곳하지도 않고, 좋든 나쁘든 내가 할 일이니 너희들은 나에게 술을 사서 마실 돈 몇 푼만 바치기만 하면 된다"고 말하고 있다.

51. 우무(尤袤)

우무(尤袤, 1127~1194)의 자는 연지(延之), 스스로 수초거사(遂初居士)라고 불렀으며 무석(無錫) 사람이다. 그의 시집은 이미 없어졌다. 후인들의 두세 차례의 수집(搜輯) 가운데 『석산우씨총각(錫山尤氏叢刻)』 갑집(甲集)의 『양계유고(梁溪遺稿)』가 비교적 완비되어 있지만, 당연히 아직도 증보할 여지가 있다. 지금 전해지는 그의 시는 모두 평범하고 사조(詞藻)도 왕왕 범속(凡俗)하여 사실상 양만리(楊萬里)·육유(陸游)·범성대(范成大)의 작품에는 미치지 못하고 있다. 다음에 뽑은 시 1수는 그의 시작 중 압권(壓卷)이다. 그 밖에 또 양만리가 칭찬하여 보존된 「기우인(寄友人)」 1연(聯)도 있다. 곧 "가슴속에는 천 가지 일이 쌓여 있건만, 정작 서로 만나게 되니 한 마디 말도 할 수 없네(胸中蘊積千般事, 到得相逢一語無)"[1] 친구가 오랫동안 헤어졌다가 다시 만나서 말을 꺼내려고 하니 할 말은 많지만 이 생각 저 생각에 어떤 말을 해야 좋을지 모르고 정감이 북받쳐서 도리어 말이 막혀 버린다는 것이다. 우무의 이 2구는 이와 같은 정경을 절실하게 또 경제적으로 전달하고 있다. 전체 작품은 이미 전하지 않고 단구(斷句)도 따라서 매몰되었지만, 그것이 확충과 인신(引伸)을 거쳐 왕실보(王實甫)의 『서상기(西廂記)』 제5본(本) 제4절(折)의 「침취동풍(沈醉東風)」으로 변하였다. "보지 못했을 때는 천만 마디의 말을 준비하고 …… 하소연을 하고자 하였지만, 서로 만나게 되면 한 마디도 못하고 간신히 '안녕하셨어요'라고만 한다네(不見時準備著千言万語

---

1) 『성재집(誠齋集)』 권114 「시화(詩話)」.

…… 待伸訴, 及至相逢, 一語也無, 剛則道个'先生萬福!'"[2] 이것은 마치 부러진 버들 가지를 주워서 진흙 속에 꽂아 두었는데 자라서 꼿꼿한 버드나무가 된 것과 같다.

---

2) 정진탁(鄭振鐸)『고본희곡총간(古本戲曲叢刊)』제1집『원본제평서상기(元本題評西廂記)』의 이 구절의 미비(眉批)에는「고시(古詩)」, 2구를 인용하였는데, 바로 우무(尤袤)의 이 2구이다. 당(唐) 항사(項斯, 허빈(許彬)이라고도 되어 있음)의「형주, 야여우친상우(荊州, 夜與友親相 遇)」에는 "이별한 후 마음은 가이없건만, 만나면 도리어 말도 없네(別來何限意, 相見却無 詞)"라고 하였고, 또 배휴(裴休)의「희우인재면(喜友人再面)」에는 "서로 그리며 늘 일이 있 었지만, 만나게 되면 도리어 말이 없네(相思長有事, 及見却無言)"라고 한 것을 참조.

淮民謠[1]

東府買舟船, 西府買器械. 問儂欲何爲? 團結[2]山水寨.

寨長過我廬, 意氣甚雄粗. 靑衫兩承局,[3] 暮夜連勾呼.

勾呼且未已, 椎剝到鷄豕.[4] 供應稍不如, 向前受笞箠.

驅東復驅西, 棄却鋤與犁. 無錢買刀劍, 典盡渾家[5]衣.

去年江南荒, 趁熟[6]過江北; 江北不可住, 江南歸未得!

父母生我時, 敎我學耕桑; 不識官府嚴, 安能事戎行!

執槍不解刺, 執弓不能射; 團結我何爲, 徒勞定無益.[7]

流離重流離, 忍凍復忍飢; 誰謂天地寬?[8] 一身無所依!

淮南喪亂後, 安集亦未久. 死者積如麻, 生者能幾口!

荒村日西斜, 破屋兩三家; 撫摩[9]力不給, 將奈此擾何!

1　우무는 당시 태흥(泰興) 지현(知縣)이었다. 이것은 그가 백성들을 위하여 임금의 명령을 요청한 작품이다(서몽신(徐夢莘), 『삼조북맹회편(三朝北盟會編)』「염흥하질(炎興下帙)」권140).

2　조직하여 대오(隊伍)를 이루다. 매요신(梅堯臣)의 「전가어(田家語)」주 1)을 참조 본서 84쪽.

3　공차(公差)는 『수호전(水滸傳)』에 자주 보인다. 예컨대, 제6회에는 2명의 "승국(承局)"이 임충(林冲)을 부르러 가고, 제43회에는 대종(戴宗)이 "승국"으로 변장하는 등이 있다. 곽단(郭彖)의 『규거지(睽車志)』권5 「이윤승(李允升)」에는 "노란 옷을 입은 자가 뜰 아래에서 '예'라고 응답하네(黃衣聲喏於庭下)"라고 하였고, 홍매(洪邁)의 『이견지(夷堅志)』지을(支乙) 권7 "왕아쾌(王牙儈)", 지경(支景) 권4 "보적행자(寶積行者)", 『이견삼지(夷堅三志)』임(壬) 권9 "곽수재귀토(霍秀才歸土)" 등 조에도 또한 다만 "황삼승국(黃衫承

局)"·"황삼공인(黃衫公人)"이라고 말하고 있을 뿐이다.

4 범성대의 「최조행(催租行)」 주 4) 참조. 본서 350쪽. 남송 때의 무명씨의 「계명(鷄鳴)」 시는 이 구의 주해로 삼을 수 있을 것이다 : "닭은 꼬끼오 울고, 오리는 꽥꽥 우네. 현위가 시골에 내려오면, 바치고 납부한다네. 닭은 홰에서 울고, 오리는 못에서 우네. 현위가 시골에 내려오면, 하나도 남아나는 것이 없다네. 닭이 이미 울고, 오리는 이미 국이 되었네. 바라와 북이 울리면, 현위는 간다네(鷄鳴喈喈, 鴨鳴呷呷. 縣尉下鄕, 有獻則納. 鷄鳴於塒, 鴨鳴於池. 縣尉下鄕, 靡有孑遺. 鷄旣鳴矣, 鴨旣羹矣, 鑼鼓鳴矣, 縣尉行矣)" (원 도종의(陶宗儀), 『설부(說郛)』 권7에 실려 있는 무명씨의 『표은기담(豹隱記談)』)

5 온 집안의 뜻이다. 예컨대, 『돈황철쇄(敦煌掇瑣)』 삼(三) 「연자부(燕子賦)」에는 "온 집안의 크고 작은 사람들(渾家大小)"·"온 집안에 남은 것이 없다(渾家不殘)"라고 하였고, 한유(韓愈)의 「기노동(寄盧仝)」에는 "온 집안이 놀라 두려워하여 달아나다 발이 부러져 버렸네(渾舍驚怕走折趾)"라고 하였다.

6 곧 "흉년이 들어서 다른 곳으로 달아난다(逃荒)"는 뜻으로, "축숙(逐熟)"이라고도 한다. 『청평산당화본(淸平山堂話本)』의 『합동문자기(合同文字記)』에는 "진숙(趁熟)"이라고 하였다. 황진(黃震)의 『황씨일초(黃氏日抄)』 권67에는 범성대의 「제주황정차자(再奏荒政箚子)」의 이 두 글자를 적록(摘錄)하고 "절강(浙江) 사람들의 시골 이야기에는……대체로 '흉년든 곳의 사람이 풍년든 곳으로 가서 구한다'는 것을 말한다(浙人鄕談, …… 蓋謂荒處之人於熟處趁求也)"라고 해석하였지만, 정협(鄭俠)의 『서당문집(西塘文集)』 권1 「유민(流民)」에 따르면 북송 때는 북방에서도 또한 일찍이 "진숙(趁熟)"이라는 말이 있었다.

7 다만 "단결(團結)"만 하고 "훈련하지(訓練)" 않는 것은 쓸모가 없다는 뜻이다.

8 맹교(孟郊)의 「증별최순량(贈別崔純亮)」의 명구 "대문을 나서기만 하면 장애가 있으니, 누가 천지가 넓다고 하는가!(出門卽有碍, 誰謂天地寬!)"를 사

용한 것이다. 두보(杜甫)의 「송이교서(送李校書)」에 "번번이 후회가 일어남을 걱정하니, 천지가 좁음을 알 듯하네(每愁悔吝作, 如覺天地窄)"라고 한 것을 참조

9 안정하다, 구제하다.

52. 소덕조(蕭德藻)

소덕조(蕭德藻, ?~?)의 자는 동부(東夫), 스스로 천암거사(千巖居士)라고 불렀으며 장락(長樂) 사람이다. 그는 당시 우무(尤袤)·양만리(楊萬里)·범성대(范成大)·육유(陸游)와 병칭(並稱)되었다.[1] 그러나 시집은 널리 전해지지 않아[2] 일찍이 없어졌으며 남아 있는 작품은 모두 청대 광총해(光聰諧)의 『유불위재수필(有不爲齋隨筆)』 권정(卷丁)에 수집되어 있다. 그는 증기(曾幾)에게 시를 배웠고[3] 양만리에게 칭찬을 받았다. 살펴볼 때 강서파(江西派)의 영향을 벗어나려고 하였으므로, 그는 "시는 책을 읽지 않으면 지을 수 없지만, 그러나 책으로 시를 짓는 것은 안 된다(詩不讀書不可爲, 然以書爲詩不可也)"[4]라고 하였다. 용자(用字)와 조구(造句)는 모두 생경(生硬)함과 신기(新奇)함을 추구하여 애를 많이 쓴 것으로 보인다. 그는 「오오백(吳五百)」이라는 우언(寓言) 1편을 지어[5] 중국의 소림(笑林)에 한 유형을 더하였다. 후세에 점차 모방하였지만[6] 그가 창시자라는 것은 완전히 망각하고 있는데 이 점은 아마 언급해도 좋을 것이다.

---

1) 양만리의 『성재집(誠齋集)』 권39 「사장공보송근시집(謝張功父送近詩集)」, 권40 「진퇴격, 기장공보·강요장(進退格, 寄張功父·姜堯章)」, 권81 「천암적고서(千巖摘稿序)」, 권114 「시화(詩話)」, 강기(姜夔)의 『백석도인시집(白石道人詩集)』 자서(自序) 1, 악뢰발(樂雷發)의 『설기총고(雪磯叢稿)』 권2 「서소천암집(書蕭千巖集)」.
2) 방회(方回) 『영규율수(瀛奎律髓)』 권6.
3) 장단의(張端義) 『귀이집(貴耳集)』 권상(卷上).
4) 범희문(范晞文) 『대상야어(화)(對牀夜語(話))』 권2에 인용되어 있다.
5) 조여시(趙與時) 『빈퇴록(賓退錄)』 권6에 인용되어 있다.
6) 예컨대, 명 경정향(耿定向, 1571전후)의 『경천태선생전서(耿天台先生全書)』 권8 「잡조(雜俎)」, 「철부편(徹蔀篇)」, 청 포송령(蒲松齡) 『요재지이(聊齋誌異)』 권1 「성선(成仙)」 등이 있다.

樵夫

一擔乾柴古渡頭, 盤纏一日頗優游.[1]
歸來磵底磨刀斧, 又作全家明日謀.

1 땔나무 한 짐을 팔면 하루의 장사는 끝난다.

53. 왕질(王質)

왕질(王質, 1127~1189)의 자는 경문(景文), 스스로 설산(雪山)이라 불렀으며 홍국(興國) 사람이다. 『설산집(雪山集)』이 있다. 그는 소식(蘇軾)을 존경하여 심지어 "일백 년 전에 …… 소자첨(蘇子瞻)이 있고 …… 일백 년 후에 왕경문(王景文)이 있다(一百年前 …… 有蘇子瞻 …… 一百年後, 有王景文)"[1]라고까지 하였다. 그의 시는 유창(流暢)·상쾌(爽快)하여 소식의 기개가 약간 있고 또 전고를 거의 사용하지 않았다. 그의 친구 장효상(張孝祥)도 또한 제이(第二)의 소식으로 자처하여 명성은 그보다 높았지만 작품은 졸렬하여 훨씬 그만 못하다. 그의 『소도록(紹陶錄)』은 그가 도잠(陶潛)과 같은 은일(隱逸) 생활을 흠모한 것으로써 결코 도잠의 시를 본받은 것은 아니었다. 또 "도(陶)" 자는 이른바 "율리(栗里)는 깊고 화양(華陽)은 고요하네(淵乎栗里, 謐哉華陽)"라고 하여[2] 도잠과 도홍경(陶弘景) 두 사람을 가리킨 것이다.

---

1) 『설산집(雪山集)』 권10 「자찬(自贊)」.
2) 『소도록(紹陶錄)』 권상(卷上) 「서율리·화양한와사(書栗里·華陽閑窩詞)」.

山行卽事

浮雲在空碧, 來往議陰晴.[1]

荷雨洒衣濕, 蘋風吹袖清.

鵲聲喧日出, 鷗性狎波平.

山色不言語, 喚醒三日酲.

1 하늘 위의 구름 조각이 문득 모였다가 문득 흩어져 비가 내릴까 말까 토론하고 있는 듯하다. 셋째 구와 다섯째 구는 잠깐 비가 내리다가 잠깐 또 날씨가 개이는 것을 말한다.

　　"의(議)"는 "상의하다(商量)"의 뜻으로 송인의 시사(詩詞)에서 날씨를 묘사할 때 자주 사용되는 말이었다. 예컨대 "구름이 고갯마루 밖에 와서 비를 상의하고, 봉우리는 냇물 굽이를 돌아 매화를 찾고 있네(雲來嶺表商量雨, 峯繞溪灣物色梅)"(『후촌천가시(後村千家詩)』 권14 반방(潘昉) 「교행(郊行)」), "짙은 그늘은 아직 풀어지지도 않고, 구름은 눈과 더불어 상의가 끝나지 않았네(重陰未解, 雲共雪商量不了)"(증조(曾慥), 『악부아사습유(樂府雅詞拾遺)』 권하(卷下) 왕관(王觀) 「천향(天香)」), "끊어진 구름은 돌아가 비를 상의하고, 노란 잎은 날아와서 가을을 묻네(斷雲歸去商量雨, 黃葉飛來問訊秋)"(임희일(林希逸), 『죽계건재십일고(竹溪鬳齋十一稿)』 속집(續集) 권7 「추일봉황대즉사(秋日鳳凰臺卽事)」) 등이 있다.

東流道中[1]

山高樹多日出遲, 食時霧露且霏霏.

馬蹄已踏兩郵舍, 人家漸開雙竹扉.

冬靑匝路野蜂亂, 蕎麥滿園山鵲飛.

明朝大江送吾去, 萬里天風吹客衣.

1 「만박동류(晩泊東流)」라고 되어 있는 것도 있다. 동류(東流)는 안휘(安徽)에
있다.

54. 진조(陳造)

진조(陳造, 1133~1203)의 자는 당경(唐卿), 스스로 강호장옹(江湖長翁)이라 불렀으며 고우(高郵) 사람이다. 『강호장옹문집(江湖長翁文集)』이 있다. 그는 육유(陸游) · 범성대(范成大) · 우무(尤袤)가 모두 칭찬했던 시인으로 범성대와 창화(唱和)한 시가 매우 많다. 양만리(楊万里) 이후 일반적으로 시인들은 모두 강서파(江西派)의 영향을 벗어나려고 했지만, 진조와 오도손(敖陶孫, 1154~1227) 두 사람은 현저한 예외였다. 그는 당시의 사회적인 습속과 호오(好惡)를 감히 비판하고 백성들의 고통을 반영하려고 하였다. 애석하게도 쌓아 놓거나 새겨 넣거나 하는 전고 · 성어가 지나치게 많아서 뜻이 활달하지 못하고, 비판적인 필봉도 둔하고 반영된 것도 분명하지 못하다.

田家謠

麥上場, 蠶出筐, 此時祇有田家忙.

半月天晴一夜雨, 前日麥地皆靑秧.

陰晴隨意[1]古難得, 婦後夫先各努力.

倏涼驟暖繭易蛾, 大婦絡絲中婦織.

中婦輟閑事鉛華,[2] 不比大婦能憂家.

飯熟何曾趁時吃, 辛苦僅得蠶事畢.

小婦初嫁當少寬, 令伴阿姑頑(房謂嬉爲"頑")[3]過日.

明年願得如今年, 剩貯二麥饒絲綿.

小婦莫辭擔上肩, 却放大婦當姑前.[4]

---

1 날씨가 개이거나 비가 오거나 모두 농부들의 바람과 딱 들어맞는다. 소식 (蘇軾)의 「사주승가탑(泗州僧伽塔)」에는 "밭을 가니 비가 오려고 하고 풀을 베는데 날씨가 개이려고 하네(耕田欲雨刈欲晴)"라고 하였고, 또 『강호장옹 집』 권9 「전가탄(田家歎)」에는 "모를 심는데 비가 오려고 하고, 보리를 거 두는데 날씨가 개려고 하네(秧欲雨, 麥欲晴)"라고 한 것을 참조.

---

2 둘째며느리는 바쁜 가운데서도 틈을 보아 치장하기를 좋아한다.

---

3 그때 진조(陳造)는 호복(湖北) 방릉(房陵)의 대리 태수였다. 『강호장옹집』 권9 「방릉(房陵)」 제8수에도 또한 "늙은이나 어린애나 놀며 날을 보내도 방해가 되지 않는다네(老稚不妨頑過日)"라고 하였는데, 스스로 "세속에서 는 노는 것을 '완(頑)'이라고 한다(俗謂戲曰'頑')"고 주를 달고 있다.

---

4 막내며느리가 일하러 가서 맏며느리가 시어머니를 모시게 한다.

題趙秀才壁

日日危亭凭曲欄, 幾層蒼翠擁煙鬟.

連朝策馬衝雲去, 盡是亭中望處山.

55. 장보(章甫)

장보(章甫, ?~?)의 자는 관지(冠之), 스스로 이족거사(易足居士)라고 불렀으며, 파양(鄱陽) 사람이다. 『자명집(自鳴集)』이 있다. 그는 육유(陸游)의 친구로 시는 두보(杜甫)와 소식(蘇軾)의 영향을 받았다.

田家苦[1]

何處行商因問路, 歇肩聽說田家苦.

今年麥熟勝去年, 賤價還人如糞土.

五月將次盡, 早秧都未移;

雨師懶病藏不出, 家家灼火鑽烏龜.[2]

前朝夏至還上廟, 着衫奠酒乞杯珓;[3]

許我曾爲五日期, 待得秋成敢忘報.

陰陽水旱由天公, 憂雨憂風愁煞儂;

農商苦樂原不同, 淮南不熟販江東.[4]

1 유반(劉攽)의 「강남전가(江南田家)」주 2)를 참조 본서 138쪽. 이 시와 그 시들의 뜻은 대체로 같지만, 다만 농민들이 가뭄과 홍수를 걱정하고 신과 부처에게 비는 고뇌를 더 묘사한 것뿐이다. 장보는 이러한 미신들에 대해서 찬성하지 않고 있다. 『자명집(自鳴集)』권2 「백로행(白露行)」, 권3 「민

농(憫農)」, 권4 「우한(憂旱)」·「백로(白露)」, 권5 「고한(苦旱)」 등의 시에서 모두 발견할 수 있다. 그러므로 그는 더욱 농민들의 처지가 가련하다고 느끼고 있는 것이다.

2 고대의 점치는 법이다.

3 역시 일종의 점치는 법이다.

4 상인들은 풍년이 든 지방으로 가서 장사할 수가 있다.

卽事十首(選二)[1]

天意誠難測, 人言果有不?[2] 便令江漢竭, 未厭虎狼求.

獨下傷時淚, 誰陳活國謀?[3] 君王自神武, 況乃富貔貅!(第三首)

初失淸河日, 駸駸遂逼人. 餘生儵歲月, 無地避風塵.

精銳看諸將, 謨謀仰大臣. 悽夫憂國淚, 欲忍已沾巾.(第十首)

1 원래 10수로, 대략 송 효종(孝宗) 융흥(隆興) 2년(1164)에 지은 것이다. 그 해에, 금나라 군대가 청하구(淸河口)에서 회하(淮河)로 들어오자 송인들은 회하를 포기하고 물러나서 장강(長江)을 지켰다. 결과는 땅을 할양하고 강화(講和)를 사들이는 것이었다. 시의 풍격이 두보(杜甫)를 극히 닮았다.

2 황제는 결국 어떻게 할 작정인지조차 모르고 있는데, 다만 밖에서는 땅을 할양하여 손해를 배상해야 한다는 소문이 크다는 것만이 들린다. 이것이 곧 셋째 구의 이른바 "아무리 강수(江水)와 한수(漢水)가 다한다고 하더라도(便令江漢竭)"이다.

3 일곱째와 여덟째 구가 바로 "나라를 살리는 계책(活國謀)"이다. 나라에는
수많은 군사들이 있는데 무엇 때문에 저항하지 않느냐는 뜻이다.

56. 강기(姜夔)

강기(姜夔, 1155~1221)의 자는 요장(堯章), 스스로 백석도인(白石道人)이라고 불렀으며 파양(鄱陽) 사람이다. 『백석도인시집(白石道人詩集)』이 있다. 그는 사(詞)의 작가이지만 또한 시인으로 이름을 크게 날려 당시에는 우무(尤袤)·양만리(楊万里)·범성대(范成大)·육유(陸游)의 명성을 거의 능가할 정도였다.[1] 그는 우무·양만리·범성대와도 또한 모두 교유가 있었고 시의 창화(唱和)에는 다만 육유만이 빠져 있다. 사의 작가는 흔히 시를 잘 짓지 못하여 육유는 일찍이 왜 "이것은 잘하면서 저것은 잘할 수 없는가(能此不能彼)"[2]라고 의아하게 여긴 바 있지만, 강기는 극소수의 예외의 하나이다. 그는 젊을 때는 강서파(江西派)를 배웠고 후에는 또 만당(晩唐) 시의 영향을 받았다. 그의 시에 관한 일체의 비평 가운데 아마도 그의 친구 항안세(項安世)의 말이 비교적 실제에 가까울 것이다. 곧 "고체(古體)는 황정견(黃庭堅)과 진사도(陳師道)의 격률이고, 짧은 시는 온정균(溫庭筠)과 이상은(李商隱)의 재정(才情)이라네(古體黃·陳家格律, 短章溫·李氏才情)"[3] 당연히 그의 근체(近體)에는 아직 황정견과 진사도의 버릇이 좀 남아 있지만 7률(七律)은 도리어 또 양만리의 훈도(薰陶)를 받았으며, 또 온정균과 이상은이라고 하기보다는 피일휴(皮日休)·육구몽(陸龜蒙)이라고 하는 것이 나을 것이다. 그의 자구는 매우 정심각의(精心刻意)하였지만, 읽으면 매우 자연스러워 섬세하고 교묘함을 느끼지 못하는데 이것은 특히 사(詞)의 작가의 시 중에는 희귀한 것이다.

---

1) 방회(方回) 『영규율수(瀛奎律髓)』 권36.
2) 『위남문집(渭南文集)』 권30 「발『화간집』(跋『花間集』)」의 이(二).
3) 『평암회고(平菴悔稿)』 권7 「사강기수재시시권·종천암소동부학시(謝姜夔秀才示詩卷·從千巖蕭東夫學詩)」.

昔遊詩十五首(選三)

夔蚤歲孤貧, 尋走川陸; 數年以來, 始獲寧處. 秋日無謂, 追述舊遊可喜可愕者, 吟爲五字古句. 時欲展閱, 自省生平, 不足以爲詩也.

我乘五板船, 將入沌河[1]口. 大江風浪起, 夜黑不見手.

同行子周子, 渠膽大如斗; 長竿揷蘆席, 船作野馬走.

不知何所詣, 死生付之偶. 忽聞入草聲,[2] 燈火亦稍有.

杙[3]船邃登岸, 急買野家酒.(第五首)

揚舲下大江, 日日風雨雪. 留滯鼇背洲, 十日不得發.

岸冰一尺厚, 刀劍觸舟楫; 岸雪一尺深, 屹如玉城堞.

同舟二三士, 頗壯不恐懾; 蒙氈閉蓬臥, 波裏任傾側.

晨興視氈上, 積雪何皎潔? 欲上不得梯, 欲留岸頻裂;

攀援始得上, 幸有人見接. 荒郵三兩家, 寒苦衣食缺.

買猪祭波神, 入市路已絶. 如今得安坐, 閑對妻兒說.(第七首)

濠梁[4]四無山, 陂陀亘長野. 吾披紫茸氈, 縱飲面无赭.[5]

自矜意氣豪, 敢騎雪中馬.[6] 行行逆風去, 初亦略霑灑;

疾風吹大片, 忽若亂飄瓦. 側身當其衝, 絲鞚袖中把.

重圍萬箭急, 馳突更叱咤. 酒力不支吾,[7] 數里進一弞.

燎茅烘濕衣, 客有見留者. 徘徊望神州, 沈歎英雄寡!(第十二首)

---

1 호북(湖北) 한양(漢陽) 서남쪽에 있다.

2 당 유중용(柳中庸, 요숭(姚崇)으로 되어 있는 것도 있음)의 「야도강(夜渡江)」의 "풀소리를 들으려고 멀리 강둑을 찾네(聽草遙尋岸)", 북송의 사(詞) 작가 장선(張先)의 「제서계무상원(題西溪無相院)」 시의 명구 "작은 배로 돌아갈 때 풀 소리를 듣네(小艇歸時聞草聲)"(『안륙집(安陸集)』 부록(附錄) 중 갈조양(葛朝陽)의 안어(按語)를 참조)도 또한 모두 이러한 정경을 묘사하고 있다.

3 (강가에) 배를 매다.

4 안휘(安徽) 봉양(鳳陽) 동북쪽에 있다.

5 술기운이 오르지 않다.

6 강기의 「설중육해(雪中六解)」에도 또한 "변경의 풀, 모래톱의 구름이 옥안장을 지키고, 하늘에 잇달아 꽃은 지고 길은 아득하네. 이제 도리어 기억하는 것은 당시에는 튼튼하여, 말에서 내려 시를 제(題)하고 추위를 두려워하지 않았다네(塞草汀雲護玉鞍, 連天落花路漫漫. 如今却憶當時健, 下馬題詩不怕寒)"라고 하였다.

여기에 묘사된 당시를 회상하고 기세를 부리며 자랑스러워하는 모습은 우리들에게 육유(陸游)의 이러한 시와 신기질(辛棄疾)의 이러한 사(詞)들(예컨대 『가헌사(稼軒詞)』 권1 「수조가두(水調歌頭)·주차양주, 화양제옹·주현선운(舟次揚州, 和楊濟翁·周顯先韻)」, 권3 「자고천(鷓鴣天)·유객개연담공명, 인추념소년시사, 희작(有客慨然談功名, 因追念少年時事, 戱作)」 등이 있음)을 연상하게 하고, 전체의 시의 풍격도 또한 매우 육유를 닮았다. 당연히, 강기는 육유나 신기질 같은 "영웅이 늙어가며 지금을 위로하고 옛날을 느끼는(英雄老去·撫今感昔)" 불만은 없는데, 이것은 그가 비록 "영웅이 적음을 깊이 탄식하고(沈歎英雄寡)" 있지만 결국 두 사람의 의지나 포부는 없기 때문이다.

7 "지오(枝梧)"와 같으며, "지지한다(支持)"는 뜻이다. 술기운이 점차 없어져서 자신도 바람과 추위를 견디어내지 못함을 느끼고 있다.

除夜自石湖歸苕溪十首(選四)¹

細草穿沙雪半銷, 吳宮烟冷水迢迢.

梅花竹裏無人見, 一夜吹香過石橋.²(第一首)

黃帽³傳呼睡不成, 投篙細細激流冰.

分明舊泊江南岸, 舟尾春風颭客燈.(第三首)

三生定是陸天隨,⁴ 又向吳淞作客歸.

已拚新年舟上過, 倩人和雪洗征衣.(第五首)

笠澤⁵茫茫鴈影微, 玉峰⁶重疊護雲衣.

長橋寂寞春寒夜, 只有詩人一舸歸.(第七首)

---

1 석호(石湖)는 소주(蘇州)와 오강(吳江) 사이의 풍치 지구로 범성대의 별장이
  있었다. 초계(苕溪)는 호주(湖州)를 가리키며 강기(姜夔)가 살던 집이 있었다.

2 강기가 매화를 읊은 「암향(暗香)」 사(詞)에 "다만 이상한 것은 대 밖의 성
  긴 꽃이, 향기가 차가운데 아름다운 자리에 스며드는 것이라네(但怪得竹外
  疏花, 香冷入瑤席)"라는 것도 또한 이러한 정경을 묘사한 것이다.
  범조우(范祖禹) 『범태사집(范太史集)』 권2의 한 시제(詩題) 「황노직시천엽
  황매, 여인억촉중동월산행, 강상문향이불견화, 차진매야(黃魯直示千葉黃梅,
  余因憶蜀中冬月山行, 江上聞香而不見花, 此眞梅也)」를 참조.

3 뱃사공을 가리킨다. 한대(漢代)의 뱃사공은 모두 노란 모자를 썼으므로
  "황두랑(黃頭郎)"이라고 불렸다. 『사기(史記)』 권125 「녕행열전(佞倖列傳)」
  에 보인다.

4 육구몽(陸龜蒙)은 스스로 천수자(天隨子)라고 부르고 오송강(吳淞江) 가에 숨어 살았다. 강기는 자신이 석호에서 잠시 살 때 그 곳의 풍경을 사랑하였으므로 틀림없이 육구몽의 후신(後身)일 것이라고 말한 것이다. 그의 「삼고사(三高祠)」 시에 "깊이 생각하고 단지 천수자를 부러워할 뿐이니, 도롱이와 삿갓으로 추운 강에서 일생을 지냈다네(沈思只羨天隨子, 簑笠寒江過一生)"라고 한 것을 참조.

5 태호(太湖) 하류의 오송강(吳淞江)이다.

6 쌓인 눈이 아직 녹지 않은 산을 가리킨다. 「석유시(昔遊詩)」의 "옥 같은 성의 담장(玉城堞)"을 참조.
아래 구의 "장교(長橋)"는 곧 수홍교(垂虹橋)이다. 「경궁춘(慶宮春)」 사(詞)의 소서(小序)를 참조.

湖上[1]寓居雜詠十四首(選二)

處處虛堂望眼寬, 荷花荷葉過闌干.
遊人去後無歌鼓, 白水青山生晚寒.[2](第四首)

苑牆曲曲柳冥冥, 人靜山空見一燈.
荷葉似雲香不斷, 小船搖曳入西陵.[3](第九首)

1 항주(杭州)의 서호를 가리킨다.

2 강기의 친구 진조(陳造)의 시구 "그럭저럭 또 생황과 노래 소리 시끄러운 것을 견디네(因循又耐笙歌聒)"와 "생황을 불고 노래하는 3만의 손가락에 주어, 비단 배를 꼭 같이 나누어 타고 호수와 산을 시끄럽게 하네(付與笙

歌三萬指, 平分綵舫眂湖山)"(『강호장옹문집(江湖長翁文集)』 권12 「조보호상
(早步湖上)」, 권18 「도하춘일(都下春日)」)라고 한 것을 참조. 대낮 서호의
"노래와 북(歌鼓)"의 성황을 생각할 수 있다.

3 곧 서령(西泠)이다. 『옥대신영(玉臺新詠)』 권10 「전당소소가(錢塘蘇小歌)」의
이른바 "서릉(西陵)의 소나무와 잣나무 아래(西陵松柏下)"이다.

平甫[1]見招不欲往

老去無心聽管絃, 病來杯酒不相便.

人生難得秋前雨, 乞我虛堂自在眠.[2]

---

1 장감(張鑑)은 자가 평보(平甫), 장자(張鎡)의 아우이다.

2 여본중(呂本中)의 『자미시화(紫微詩話)』에는 여희철(呂希哲)의 절구 곧 "늙
어서 글을 읽으니 흥취가 쉽게 다하고, 모름지기 병을 요양하는 데는 한
가함만 같은 것이 없음을 알아야 하리. 대나무 침상과 질 베개 텅 빈 마
루 위에서, 누워서 강남의 비온 후의 산을 바라보네(老讀文書興易闌, 須知
養病不如閑. 竹牀瓦枕虛堂上, 臥看江南雨後山)"를 칭찬하였다. 가령 강기가
이 시를 지을 때 그 시를 기억해 내지 못했다고 하더라도, 우리는 이 시
를 읽을 때 그것을 생각해 낼 수 있을 것이다.

57. 서기(徐璣)

서기(徐璣, 1162~1214)의 자는 문연(文淵), 또는 치중(致中), 호는 영연(靈淵), 영가(永嘉) 사람이다. 『이미정시집(二薇亭詩集)』이 있다. 그와 그의 세 동향 친구(자가 영휘(靈暉)인 서조(徐照), 자가 영서(靈舒)인 옹권(翁卷), 호가 영수(靈秀)인 조사수(趙師秀))는 "사령(四靈)"이라고 병칭되어 이른바 "강호파(江湖派)"를 열었다.

두보(杜甫)의 「백소(白小)」 시에 "은어(銀魚)의 무리 목숨을 나누고 있는데, 천연의 두 치 되는 물고기라네(白小群分命, 天然二寸魚)"라고 하였는데, 이 작고 보잘것없는 것이 한데 합치면 하나의 생명을 이룰 수 있다는 뜻이다. 우리는 "사령"이라는 칭호를 보면 아마도 "기린(麟)"·"봉황(鳳)"·"거북(龜)"·"용(龍)"을 상기할 것이지만, "사령"의 작품을 읽고 나면 동일한 유파로 서로 면모에 극히 차이가 없는 소가(小家)들이 은어와 같다는 것을 느끼게 된다. 강호파는 강서파(江西派)가 전고와 성어를 운용하고 "책을 가지고 시를 짓는(資書以爲詩)" 것을 반대하여, 가능한 한 백묘(白描)하고 "책을 버리고 시를 짓고(捐書以爲詩)", "용사하지 않는 것을 제1격(格)으로 삼으려고(以不用事爲第一格)" 하였다.[1] 강서파는 스스로 두보를 스승으로 본받는다고 일컬었지만, 강호파는 두보를 버리고 만당(晩唐) 시인들을 들고 나와서

---

1) 유극장(劉克莊) 『후촌대전집(後村大全集)』 권96 「한은군시서(韓隱君詩序)」, 대복고(戴復古) 『석병시집(石屛詩集)』 권수(卷首) 조여등(趙汝騰) 서(序)·포회(包恢) 서·왕애(王埜) 서, 구원(仇遠) 『산촌유집(山村遺集)』 「서여원인시후(書與元仁詩後)」, 원각(袁桷) 『청용거사집(淸容居士集)』 권48 「서탕서루시후(書湯西樓詩後)」 참조.

대항하였다. 양만리(楊万里)의 주장보다도 더욱 편파적이고 격렬한 이 시풍은 반정(潘檉)에서 비롯되어[2] 섭적(葉適)이 극력 제창하고 사령의 작품에서 충분히 표현되었는데[3] 반정과 섭적도 또한 영가 사람이었다. 섭적은 "경력(慶曆)·가우(嘉祐) 이래 천하가 두보를 스승으로 삼아 처음으로 당인들의 학문을 물리치니 강서종파가 드러나게 되었으며(慶曆·嘉祐以來, 天下以杜甫爲師, 始黜唐人之學, 而江西宗派章焉)", "두보는 억지로 근체를 지어 …… 당시에 율시를 짓는 자들은 따르지 않았고 심지어 어떤 자는 입을 다물고 말도 하지 않았는데 …… 왕안석(王安石)의 7언 절구를 사람들은 특히 교묘하다고 생각하였으니, 이것도 또한 후인들의 겉모습만 닮은 의론일 뿐이다. 7언 절구는 당인의 이른바 '교묘하다'는 것은 지금 사람들이 모두 도달할 수 없으니, …… 왕씨 같은 사람은 한갓 섬약(纖弱)함만이 있을 뿐이다(杜甫强作近體 …… 當時爲律詩者不服, 甚或絶口不道 …… 王安石七言絶句人皆以爲特工, 此亦後人貌似之論爾! 七言絶句凡唐人所謂工者, 今人皆不能到 …… 若王氏徒有纖弱而已)"[4]라고 보았다. 주희(朱熹)는 섭적을 비평하여 "말한 것은 다만 멋대로 지어낸 것일 뿐이다(說話只是杜撰)"라고 하였고, 또 섭적이 속해 있는 영가학파(永嘉學派)를 비평하여 "비유한다면, 태산(泰山)의 높은 곳은 그들이 감히 오르지 못하고, 작은 흙더미를 보면 올라가니 오직 작을 뿐이다(譬如泰山之高, 它不敢登, 見个小土堆子, 便上去, 只是小)"[5]라고 하였다. 철학상·역사학상의 이러한

---

2) 위거안(韋居安)『매간시화(梅磵詩話)』권중(卷中)·방회(方回)『영규율수(瀛奎律髓)』권3에 섭적(葉適)의「전암집서(轉菴集序)」를 인용하였지만, 그것은『수심집(水心集)』과『보유(補遺)』에는 모두 없다.

3) 한표(韓淲)『간천집(澗泉集)』권8「창보제서산민시집, 인화(昌甫題徐山民詩集, 因話)」에는 "아득히 삼령(三靈)이 나타나고, 쓸쓸히 일섭(一葉)이 알려졌네(眇眇三靈見, 蕭蕭一葉知)"라고 하였으며, 자주(自注)에는 "삼령"은 서조 이외의 세 사람, "일섭"은 섭적(葉適)을 가리킨다고 하였다.

4)『수심집(水心集)』권12「서사원문집서(徐斯遠文集序)」, 섭적『습학기언서목(習學記言序目)』권47.

5)『주자어류(朱子語類)』권123.

비평들도 또한 섭적의 문예 이론에 응용할 수 있을 것이다. 그가 두보는
"억지로 근체를 지었다(强作近體)"라는 이야기를 한 것은 바로 이른바 "다만
멋대로 지어낸 것일 뿐(只是杜撰)"이고, 그가 두보를 배척하고 만당을 존중하
였으며 구양수(歐陽脩)·매요신(梅堯臣) 이래의 시를 천시하고 경력(慶曆)·가
우(嘉祐) 이전의 만당의 기풍을 계승하고 답습한 임포(林逋)·반랑(潘閬)·위
야(魏野)와 같은 사람들의 시를 편파적으로 편드는 것은 바로 이른바 "오
직 작은 것일 뿐(只是小)"인 것이다. 게다가 그의 마음속의 만당은 아마도
임포·반랑·위야가 계승하고 답습한 것보다도(곧 적어도 양만리가 좋아한
것보다도) 훨씬 좁았다. 주로 요합(姚合)과 가도(賈島)를 가리키고 있는데, 의
경(意境)이 매우 담박하고 자질구레한 이 두 사람은 바로 조사수가 뽑은
『이묘집(二妙集)』의 "이묘(二妙)"이다.6)

섭적의 고취(鼓吹)를 지나 "사령"의 본보기가 나타나게 되었는데, 강호
파 혹은 "당체(唐體)"가 한 때 풍미하여 강서파 혹은 "파가(派家)"의 세력을
크게 약화시켜7) 거의 그 지위를 빼앗아 이른바 "옛날에는 단지 4인만이
율체를 지었지만, 지금은 온 천하에 화두(話頭)가 행하게 되었는데(舊止四人
爲律体, 今通天下話頭行)",8) "강호파"라고 불린 것은 대략 이 체(體)의 작가들

---

6) 『영규율수(瀛奎律髓)』 권10.
　　조사수(趙師秀)는 따로 『중묘집(衆妙集)』을 뽑았는데 모두 76가(家)로서 심전기(沈佺期)에
　　서 비롯하였는데, 요합(姚合)·가도(賈島)도 없고 두보(杜甫)도 없지만 유장경(劉長卿)의
　　시는 23수나 뽑았다. 『이묘집(二妙集)』의 보충일 가능성이 있다. 호응린(胡應麟), 『소실산
　　방류고(少室山房類稿)』 권41 「청원사중, 희효만당인근체(淸源寺中, 戲效晚唐人近體)」 자서
　　(自序) 참조.
7) "파가(派家)"라는 말은 『후촌대전집』 권94 「유기보시서(劉圻父詩序)」, 방악(方岳) 『추애소
　　고(秋崖小稿)』 문집 권43 「발진평중시(跋陳平仲詩)」, 서악상(徐岳祥) 『낭풍집(閬風集)』 권2
　　「제반소백시(題潘少白詩)」, 권10 「유사원시서(劉士元詩序)」 등에 보인다.
8) 『후촌대전집』 권16 「제채주부부시권(題蔡柱主簿詩卷)」. 엄우(嚴羽) 『창랑시화(滄浪詩話)·시
　　변(詩辨)』에 "사령(四靈)"은 "오직 가도(賈島)·요합(姚合)의 시를 좋아하였고 …… 강호
　　(江湖) 시인들이 대부분 그 체를 본떴다(獨喜賈島·姚合之詩 …… 江湖詩人多效其體)"라고
　　한 것을 참조.

은 일반적으로(서조(徐照)와 옹권(翁卷)처럼) 모두 포의(布衣)이거나 혹은(서기(徐
璣)와 조사수(趙師秀) 같이) 뜻을 얻지 못한 소관(小官)이었기 때문이었다. 물론,
또한 상당히 현달(顯達)한 몇 사람의 "거공(鉅公)"[9] 예컨대 섭적·조여담(趙
汝談)·유극장(劉克莊) 등도 있었다. "당체"라고 불린 것은 사실은 만당체로
서 양만리가 이미 명칭을 혼동하였고,[10] 강호파는 "당"을 "만당"·"당말
(唐末)"과 같다[11]고 했을 뿐 아니라 더욱 "만당"·"당말"을 요합·가도에
한정시켰기 때문에 엄우(嚴羽)는 이것은 눈과 귀를 혼란시키는 상표의 도
용(盜用)이라고 항의하였으며,[12] 청대 초기의 황종회(黃宗羲)에 이르러서도
아직 "사령"의 이른바 "당시(唐詩)"가 좁은 의미의 "당시"라고 해석하였
다.[13] "사령"의 시정(詩情)·시의(詩意)는 모두 마르고 빈약하여 전집(全集)에
변화가 거의 없고 1수의 시도 또한 완전하지 못하므로 한두 구 이후에는
이미 재주도 기세도 다해버린 것 같다. 이들 중 약간 두드러진 조사수는
솔직하게 "한 편이 40자에 그치는 것이 다행이다. 다시 1자를 더하면 나
는 어떻게 할 수가 없다(一篇幸止四十字, 更增一字, 吾未如之何矣!)"[14]라고 하였
다. 그러나 이 "40자"도 결코 뛰어나지 않아서, 첫머리의 2구는 왕왕 율
부(律賦)나 혹은 시문(時文)의 "파제(破題)"[15]처럼 무턱대고 제목에 맞추어

---

9) 『영규율수』권20. 조문(趙文), 『청산집(靑山集)』권1 「소한걸"청원초창"서(蕭漢傑"靑原樵
　　唱"序)」에 "'강호(江湖)'는 부귀함과 이익과 현달(顯達)을 추구하고 굶주림과 추위를 힘써
　　버리며 애를 써서 마지않는 자이다('江湖'者, 富貴利達之求而飢寒之務去, 役役而不休者也)"
　　라고 한 것을 참조.
10) 『성재집(誠齋集)』권16 「송팽원충현승북귀(送彭元忠縣丞北歸)」, 권78 「쌍계노인시집후서
　　(雙桂老人詩集後序)」 등.
11) 주남(周南), 『산방후고(山房後稿)』「독당시(讀唐詩)」, 오영(吳泳) 『학림집(鶴林集)』권36
　　「심굉보"제슬록"서(沈宏甫"齊瑟錄"序)」 참조.
12) 『창랑시화·시변』.
　　진저(陳著), 『본당집(本堂集)』권47 「제천태반소백"속고집"(題天台潘少白"續古集")」 참조.
13) 『남뢰문안(南雷文案)』삼각(三刻) 『찬장집(撰杖集)』「장심우시서(張心友詩序)」.
14) 『후촌대전집』권94 「야곡집서(野谷集序)」. 임희일(林希逸) 『죽계건재십일고(竹溪鬳齋十一
　　稿)』속집(續集) 권12 「방군절시서(方君節詩序)」.

넣고 게다가 시 중의 경련(警聯)은 흔히 요합 등의 시를 그대로 따르거나 모방하였다.16) 바꾸어 말하면 아직도 "책으로 시를 짓는(資書以爲詩)" 것을 면치 못하였는데, 다만 근거로 삼은 책이 강서파가 근거로 삼은 것처럼 많지 않을 뿐이었다.

우리는 섭적의 시는 뽑지 않았다. 그는 송유(宋儒) 가운데 시문(詩文)에 대하여 가장 강구(講究)한 사람이라고 일컬어지지만, 그의 시는 극력 자구를 정련하고 조탁하였으나 기세가 일관되어 있지 않고 뜻도 전달되지 않아서 "사령"이 그래도 약간 뛰어난 운치가 있는 것에는 미치지 못한다. 그래서 그가 비록 "대유(大儒)"라고 하더라도 결코 소(小) 시인들과 한데 배열할 수는 없다. 이것은 마치 참새가 비록 작은 새로 높이도 멀리도 날지 못하지만 결국 나는 새인 것과 마찬가지이며, 거대한 타조(駝鳥)는 힘도 세고 또 한 쌍의 날개도 있지만 절대로 하늘을 날아오를 수는 없으니 그가 잘 달리는 동물과 경주하도록 할 수밖에 없는 것이다.

---

15) 예컨대, 서기(徐璣) 「송조령수부균주막(送趙靈秀赴筠州幕)」에는 "땅은 대나무로 이름났으니, 따라서 이곳이 맑다는 것을 아네(地以竹爲名, 因知此地淸)"라고 하였고, 옹권(翁卷)의 「제상주독고계(題常州獨孤桂)」 "이 계수나무는 언제 심었는가? 독고(獨孤)라고 전해지고 있네(此桂何時種, 相傳是獨孤)"라고 하였으며, 조사수(趙師秀)의 「도화사(桃花寺)」에는 "옛날 복사꽃 나무가 있어, 사람들이 불러 절이 그래서 이름이 붙었네(舊有桃花樹, 人呼寺故名)"라고 하였다.

16) 위경지(魏慶之) 『시인옥설(詩人玉屑)』 권19에 황승(黃昇)이 조사수의 "점화성구(點化成句)"를 논한 말이 인용되어 있는 것을 참조.

新涼

水滿田疇稻葉齊, 日光穿樹曉煙低.

黃鶯也愛新涼好, 飛過靑山影裏啼.

58. 서조(徐照)

서조(徐照, ?~1211)의 자는 도휘(道暉), 또는 영휘(靈暉), 호는 산민(山民), 영가(永嘉) 사람이다. 『방란헌집(芳蘭軒集)』이 있다.

促促詞[1]

促促復促促, 東家歡欲歌, 西家悲欲哭.

丈夫力耕長忍飢, 老婦勤織長無衣.

東家鋪兵[2]不出戶, 父爲節級[3]兒抄簿;

一年兩度請官衣, 每月請米一石五;

小兒作軍送文字,[4] 一旬一輪怨辛苦.

---

1 당 이익(李益)의 「효고촉촉곡, 위하상사부작(效古促促曲, 爲河上思婦作)」과 왕건(王建)의 「촉촉행(促促行)」이 있다.

"촉촉(促促)"은 바쁘다・급박하다는 뜻이다. 장적(張籍)의 「촉촉사(促促詞)」에 "바쁘고 또 바빠서, 집이 가난하니 부부가 즐겁지도 못하네(促促復促促, 家貧夫婦歡不足)"라고 한 것과 또 「남귀(南歸)」에 "바쁘게 길을 생각하니, 사지가 늘 편안하지는 않네(促促念道路, 四支不常寧)"라고 한 것을 참조

2 "병(兵)"이 "군(君)"으로 되어 있는 것도 있다.

"포병(鋪兵)"은 마땅히 먼 곳으로 가서 문서를 전달해야 한다. 예컨대, 육

유(陸游)의 『검남시고(劍南詩稿)』 권31 「폐호(閉戶)」의 자주(自注)에 "촉(蜀)
의 군사가 와서 장계장(張季長)이 당안(唐安) 강원(江原)으로 돌아간다는 글
을 받았다(蜀兵來, 得張季長歸唐安江原書)"라고 하였다.

3 병영(兵營) 안의 소관(小官)으로 『수호전(水滸傳)』의 대종(戴宗)이 이 직위를
지낸 바 있다.

4 "작군(作軍)"은 "포병(鋪兵)"을 가리키고, "송문자(送文字)"는 "초부(抄簿)"
를 가리킨다. 이 아들은 부친의 비호 덕택에 "포병"이란 이름이 붙어 있
지만, 반드시 나가서 돌아다닐 필요는 없고 다만 문서를 베껴서 관가에
되돌려 보내기만 해도 되는 것이다.

59. 옹권(翁卷)

옹권(翁卷, ?~?)의 자는 속고(續古), 또는 영서(靈舒), 영가(永嘉) 사람이다. 『위벽헌집(葦碧軒集)』이 있다.

野望

一天秋色冷晴灣, 無數峰巒遠近間.
聞上山來看野水, 忽於水底見靑山.

鄉村四月

綠遍山原白滿川, 子規聲裏雨如煙.
鄉村四月閒人少, 纔了蠶桑又挿田.

60. 조사수(趙師秀)

조사수(趙師秀, 1170~1219)의 자는 자지(紫芝), 호는 영수(靈秀), 영가(永嘉) 사람이다. 『청원재집(淸苑齋集)』이 있다.

數日

數日秋風欺病夫, 盡吹黃葉下庭蕪.

林疎放得遙山出, 又被雲遮一半無.

約客

黃梅時節家家雨, 靑草池塘處處蛙;

有約不來過夜半, 閒敲碁子落燈花.[1]

---

1 진여의(陳與義)의 「야우(夜雨)」에 "바둑판에서 속세의 이치를 살펴볼 수 있고, 불똥은 아마 좋은 시를 위하여 피어 있을 것이네(碁局可觀浮世理, 燈花應爲好詩開)"라고 한 것은 인위적으로 늘인 것처럼 보이며 이것처럼 깨끗하고 완전하지는 않다.

61. 구만경(裘萬頃)

구만경(裘萬頃, ?~1222)의 자는 원량(元量), 스스로 죽재(竹齋)라고 불렀으며 신건(新建) 사람이다. 『죽재시집(竹齋詩集)』이 있다. 당시 사람들은 그를 강서파(江西派)에 넣었지만[1] 후세의 비평가들은 또 그는 강서 사람이면서도 강서파의 버릇에 물들지 않을 수 있었다고 칭찬하고 있다.[2] 사실 남송의 양만리(楊万里)를 비롯하여 관향(貫鄕)이 강서인 수많은 시인들은 모두 강서파의 영향에서 벗어나려고 애를 썼는데, 구만경도 역시 그 가운데 하나였다. 그러나 아직도 자주 강서파의 상투적인 말을 드러내고 있으므로 결국 강호파(江湖派)와는 다르다.

雨後

秋事雨已畢, 秋容晴爲妍. 新香浮穉稬, 餘潤溢潺湲.[1]
機杼蛩聲裏, 犁鋤鷺影邊. 吾生一何幸, 田里又豊年!

1 윗 구는 벼가 익었음을 말하고, 아래 구는 물이 불었음을 말한다.

---

1) 진원진(陳元晉) 『어서류고(漁墅類稿)』 권5 「발구원량"죽재만존시"(跋裘元量"竹齋漫存詩")」.
2) 하상(賀裳) 『재주원시화(載酒園詩話)』 권5.

早作

井梧飛葉送秋聲, 籬菊緘香[1]待晚晴.

斗柄橫斜河欲沒,[2] 數山靑處亂鴉鳴.

1 국화가 아직도 햇볕을 쬐지 못하므로 향기가 나지 않는데 마치 향기를 싸서 봉하고 있는 듯하다.

2 북두성(北斗星)과 은하수를 가리킨다.

入京道中曝背

露濕芳桃午未乾, 花時全似麥秋[1]寒.

征衫不敵東風力, 試上郵亭曝背看.

1 구준(寇準)의 「하일(夏日)」 주 1)에 보인다. 본서 72쪽.

62. 화악(華岳)

　　화악(華岳, ?~1221)의 자는 자서(子西), 스스로 취미(翠微)라고 불렀으며, 귀지(貴池) 사람이다. 『취미남정록(翠微南征錄)』이 있다. 한탁주(韓侂胄)에게 박해를 받았고 사미원(史彌遠)에게 잔인하게 죽임을 당한 이 애국지사(愛國志士)는 "무학생(武學生)" 출신이었다. 송대의 무학은 "묵의(墨義)와 문학(文學)을 중시한 후에 말타기와 활쏘기를 하였으므로(重墨義文學而後騎射)"1) 무학생도 역시 문아(文雅)하였지만 그는 결국 직업적인 문인과는 달랐다. 화악은 결코 당시 시단의 강서파와 강호파의 기풍에는 물들지 않았으며, 불만을 말하고 농담을 하며 애정을 이야기하여 모두 매우 진솔(眞率) · 탄백(坦白)하게 묘사하였고, 남들이 그의 거칠음을 꺼리거나 혹은 그의 비루(鄙陋)함을 비웃는 것을 두려워하지 않았다. 송대 사람들은 그의 인품이 진량(陳亮)처럼 "척당(倜儻)하다"고 하였으니,2) 우리는 그의 그러한 "호탕하고 기세가 넘치는(粗豪使氣)" 시격(詩格)이 동시대 사람 중에는 단지 유과(劉過)와 유선륜(劉仙倫) 곧 이른바 "여릉(廬陵) 2류(劉)(廬陵二劉)"3)의 작풍만이 비슷하고 그 내용도 상당히 충실하고 제재도 상당히 다양함을 알 수 있다. 그의 산문집 『취미북정록(翠微北征錄)』 권1의 「평융십책(平戎十策)」은 황제에게 사면팔방으로 "영웅호걸"을 망라하고 국사(國事)를 전부 "서생학사(書生學士)"에게 맡겨서는 안 된다고 권하고 있다. 그가 말하는 영웅호걸의 8가지 내원(來

---

1) 『귀지선철유서(貴池先哲遺書)』 본 『취미남정록(翠微南征錄)』 권11 「부록(附錄)」.
2) 섭소옹(葉紹翁) 『사조문견록(四朝聞見錄)』 갑(甲).
3) 장단의(張端義) 『귀이집(貴耳集)』 권중(卷中).

源, 곧 "낮은 관직에 있는(沈溺下僚)" 소관(小官)으로부터 "가볍게 형법을 범한(輕犯刑
法)", "묵형(墨刑)을 받고 귀양살이하는 자(鯨配)"와 "하급 관료로 숨어 사는(隱於吏
籍)", "죄수(胥靡)"까지)은 정말 『수호전(水滸傳)』의 1편의 총찬(總贊)이라고 할
수 있는데 이것은 덧붙여 언급해도 좋을 것이다.

驟雨

牛尾烏雲潑濃墨, 牛頭風雨翻車軸.

怒濤頃刻捲沙灘, 十萬軍聲吼鳴瀑.

牧童家住溪西曲, 侵早騎牛牧溪北;

慌忙冒雨急渡溪, 雨勢驟晴山又綠.

江上雙舟催發

前帆風飽江天闊, 後帆半出疎林闕.

後帆招手呼前帆, 畫鼓輕敲總催發.

前帆雪浪驚飛湍, 後帆舵尾披銀山.

前帆漸緩後帆急, 相傍俱入蘆花灘.

島嶼濚洄斷還續, 沙尾夕陽明屬玉;[1]

望中醉眼昏欲花, 誤作閑窗小橫軸.

1 "촉옥(屬玉)"은 물새의 일종이다.

田家十絶(選三)

老農鋤水子收禾, 老婦攀機女擲梭;

苗絹[1]已成空對喜, 納官還主外無多.(第三首)

鷄唱三聲天欲明, 安排飯椀與茶瓶;

良人猶恐催耕早, 自扯蓬窗看曉星.(第四首)

拂曉呼兒去採樵, 祝[2]妻早辦午炊燒;

日斜枵腹歸家看, 尙有生枝炙未焦.[3](第十首)

---

1 싹은 늙은 농부와 아들의 노동의 과실이고, 비단은 늙은 여인과 딸의 노동의 과실이다.

---

2 청하다, 요구하다.

---

3 아들이 해온 땔나무가 좋지 않음을 나타낸다.

【보주(補註) 14】: "생지(生枝)"의 "생(生)"자는『시경(詩經)·소아(小雅)·백구(白駒)』의 이른바 "싱싱한 꼴 한 다발(生芻一束)"의 "생(生)"자이다. 새로 나무해 온 땔나무 가지는 충분히 마르지 않았기 때문에 쉽게 타지 않는다. 두순학(杜荀鶴)의 「산중과부(山中寡婦)」에 "생 땔나무를 찍어 잎을 띤 채 태우네(旋斫生柴帶葉燒)"라고 한 것을 참조. 현재의 말은 마르지 않은 나무 재료를 역시 "생재(生材)"라고 한다.『한비자(韓非子)·외저설우(外儲說右)』·『여씨춘추(呂氏春秋)·별류(別類)』·『회남자(淮南子)·인간훈(人間訓)』 등에도 장인(匠人)이 방을 만드는데 "나무를 싱싱한 것을 숭상한다(木尙生)"라고 하는 것이 실려 있으니 서로 증명할 수 있을 것이다(손이양(孫詒讓),『찰이(札迻)』권4를 참조).

63. 유재(劉宰)

유재(劉宰, 1166~1239)의 자는 평국(平國), 스스로 만당병수(漫塘病叟)라고 불렀으며 금단(金壇) 사람이다. 『만당문집(漫塘文集)』이 있다. 그는 인품과 절개로 이름이 났지만 시는 그렇게 뛰어나지는 않다. 그러나 아래에 뽑은 2수 같은 것은 동시대 사람들의 시집에서는 찾아보기 어려운 소박하고 진지한 작품이다.

開禧紀事二首[1]

"泥滑滑", "僕姑姑",

喚晴喚雨無時無, 曉窻未曙聞啼呼.

更勸沽酒"提壺蘆", 年來米貴無酒沽!(第一首)

"婆餠焦", "車載板",

餠焦有味婆可食, 有板盈車死不晚.

君不見比來翁姥盡飢死, 狐狸嚙骨烏啄眼!(第二首)

---

1 송 녕종(寧宗) 조확(趙擴)의 개희(開禧) 3년(1207) 큰 가뭄으로 기근이 들었다. 이 2수의 시도 또한 "금언(禽言)"체이다. 주자지(周紫芝)의 「금언(禽言)」 주 1)을 참조. 본서 177쪽.

野犬行(嘉定己巳作)[1]

野有犬, 林有烏;

犬餓得食聲咿鳴, 烏驅不去尾畢逋.[2]

田舍無煙人跡疎, 我欲言之涕淚俱.

村南村北衢路隅, 妻喚不省哭者夫;

父氣欲絶孤兒扶, 夜半夫死兒亦殂.

尸橫路隅一縷無;

烏啄眼, 犬唧鬚, 身上那有全肌膚!

叫呼五百[3]煩里閭, 淺土元不蓋頭顱.

過者且勿歎, 聞者且莫吁;

生必有死數莫踰, 飢凍而死非幸歟!

君不見荒祠之中荊棘裏, 臠割不知誰氏子;

蒼天蒼天叫不聞, 應羨道旁飢凍死![4]

---

1 송 녕종(寧宗) 가정(嘉定) 2년(1209) 큰 가뭄으로 기근이 들었다.

2 "성 위의 까마귀, 꼬리가 몽땅 뽑혀 버렸네(城上烏, 尾畢逋)"는 『후한서(後漢書)』 권23에 기록된 동요(童謠)이다. "필포(畢逋)"는 대체로 고악부(古樂府) 「양두섬섬(兩頭纖纖)」에 수탉이 깃털을 움직이는 것을 묘사한 "픽박(膈膊)"의 음전(音轉)일 것이다.

3 곧 "오백(伍伯)"이다. 여러 가지 뜻이 있는데(상세한 것은 청 정진(鄭珍)의 『소경소문집(巢經巢文集)』 권5 「발한시"기노동"수(跋韓詩"寄盧仝"首)」에 보임), 여기서는 지보(地保)·공차(公差) 따위를 가리킨다.

4 굶어 죽거나 얼어 죽는 것은 그래도 몸을 온전히 하여 죽는 것이고, "까

마귀가 쪼아 먹고(鳥啄)", "개가 물어뜯는다(犬銜)"고 하더라도 결국은 시체이지만, 요즈음에는 또 사람이 사람을 잡아먹는 일도 있으니 산 채로 사람에게 잡혀 먹이는 것이 더욱 참혹하다는 것이다.

64. 대복고(戴復古)

　대복고(戴復古, 1167~?)의 자는 식지(式之), 스스로 석병(石屛)이라고 불렀으며 황암(黃巖) 사람이다. 『석병시집(石屛詩集)』이 있다. 그는 80여 세까지 살았으며1) 강호파(江湖派)의 유명한 작가이다. 작품은 "사령(四靈)"이 제창한 만당(晚唐) 시의 영향을 받았고 후에는 또 강서파(江西派)의 풍격이 섞여 있다. 그의 「자조(自嘲)」 사(詞)에는 "가도(賈島)의 형상은 원래 스스로 야위었고, 두릉(杜陵)(곧 두보(杜甫))의 말은 촌스러움도 방해가 되지 않네(賈島形模原自瘦, 杜陵言語不妨村)"2)라고 하였는데 가도는 강호파의 이른바 "2묘(二妙)"의 한 사람이고 두보는 강서파의 이른바 "1조 3종(一祖三宗)"의 1조(祖)로서 두 유파를 조정하려고 한 그의 시도를 나타내고 있다. 전하는 바에 따르면, 그는 사람됨이 매우 근엄하고 신중하여 "많은 사람들이 있는 좌중에서 세상일을 입에 올리지도 않았다(廣座中口不談世事)"3)라고 하였다. 그러나 그의 시에는 번번이 조정의 정치나 국사를 지적하였고 또한 결코 소동을 일으키고 남에게 죄를 짓는 것도 두려워하지 않은 것 같다.4)

1) 방회(方回) 『동강집(桐江集)』 권4 「발대석병시(跋戴石屛詩)」.
2) 『석병시집(石屛詩集)』 권8 「망강남(望江南)」.
3) 방회 『영규율수(瀛奎律髓)』 권20.
4) 『석병시집』 왕아(王埜) 서(序), 주필(周弼) 『단편시전(端平詩雋)』 권1 「대식지수방촌서(戴式之垂訪村居)」 참조.

織婦歎

春蠶成絲復成絹, 養得夏蠶重剝繭.
絹未脫軸擬輸官, 絲未落車圖贖典.[1]
一春一夏爲蠶忙, 織婦布衣仍布裳;
有布得着猶自可, 今年無麻愁殺我![2]

1 저당 잡힌 물건을 갚고 도로 찾아오다.

2 매요신(梅堯臣)의 「도자(陶者)」 주 1) 본서 82쪽과 또 조여수(趙汝鐩)의 「경직탄(耕織歎)」 본서 419쪽을 참조. 이 시와 조여수의 시에서 묘사되고 있는 정황은 맹교(孟郊)·두순학(杜荀鶴) 등의 시에 묘사되고 있는 것보다도 더욱 빈곤하다. 이심전(李心傳)의 『건염이래조야잡기(建炎以來朝野雜記)』 갑집(甲集) 권14에는 남송의 부세(賦稅)가 오대(五代)보다도 더욱 번잡하고 무거워서 "백성들의 힘이 곤경에 처한 것도 마땅하다(宜民力之困)"라고 기록하고 있다. 조익(趙翼)의 『이십이사차기(二十二史箚記)』 권25 「남송취민무예(南宋取民無藝)」 조 참조.

마지막 2구의 구법(句法)은 고악부(古樂府) 「독록편(獨漉篇)」의 "독록이여 독록이여, 물은 깊고 진흙은 탁하네. 진흙이 탁한 것은 그래도 괜찮지만, 물이 깊어 나를 죽이네(獨漉獨漉, 水深泥濁. 泥濁尚可, 水深殺我)"를 모방한 것이다. 이것은 고대의 민요에서 상용되던 구형(句型)이다. 예컨대 『한서(漢書)·왕망전(王莽傳)』에는 "태사(太師)(곧 왕광(王匡))는 그래도 괜찮지만, 경시장군(更始將軍)(곧 염단(廉丹))이 나를 죽이네(太師尚可, 更始殺我)"라고 하였고, 『후한서(後漢書)·남만전(南蠻傳)』에는 "오랑캐가 오는 것은 그래도 괜찮지만, (중랑장(中郎將)) 윤취(尹就)가 오면 나를 죽이네(虜來尚可, 尹來殺我)"라고 하였으며, 『신당서(新唐書)』 권 175 「양우경전(楊虞卿傳)」에는 "소(蘇)·장(張)(곧 소경윤(蘇景胤)과 장원부(張元夫))는 그래도 괜찮지만, 삼양(三楊)(곧 양여사(楊汝士)·우경(虞卿)·한공(漢公) 형제)이 나를 죽이네(蘇

張猶可, 三楊殺我)"라고 하였고, 손초(孫樵)의 『손가지집(孫可之集)』 권2 「서
전장군변사(書田將軍邊事)」에는 "서쪽 오랑캐는 그래도 괜찮지만, 남쪽 오
랑캐가 나를 죽이네(西戎尙可, 南蠻殺我)"라고 하였다. 이백(李白)·황정견
(黃庭堅)의 시도 모두 이 구조(句調)를 모방한 바 있다(청(淸) 오경욱(吳景
旭)의 『역대시화(歷代詩話)』 권59에 한구(韓駒)의 평시(評詩)를 논한 것을
참조).

庚子薦饑三首(選二)[1]

餓走抛家舍, 縱橫死路歧. 有天不雨粟, 無地可埋屍.
劫數慘如此, 吾曹忍見之? 官司行賑卹, 不過是文移!(第一首)

杵臼成虛設, 蛛絲網釜鬵.[2] 啼飢食草木, 嘯聚斫山林.[3]
人語無生意, 鳥啼空好音. 休言穀價貴, 菜亦貴如金

---

1 "천(薦)"은 중첩하다·잇따르다의 뜻이다. "경자(庚子)"는 송 리종(理宗) 조
  윤(趙昀) 가희(嘉熙) 4년(1240)이다.

---

2 "심(鬵)"은 음이 "잠(岑)"으로 큰 냄비이다. 이 2구는 쌀을 빻고 밥을 짓는
  일체의 도구가 모두 쓸데없게 되었음을 말하고 있다.

---

3 산 속에 숨어 강도가 되다.

---

4 옛날 책에서는 보통 흉년이 든 해의 굶주린 백성은 "얼굴에 채소의 빛이 있
  다(面有菜色)"고 하였다. 여기서는 채소조차도 먹지 못한다고 하고 있다.

夜宿田家

篛笠相隨走路歧,[1] 一春不換舊征衣.

雨行山崦黃泥坂, 夜扣田家白板扉.

身在亂蛙聲裏睡, 心從化蝶夢中歸.[2]

鄕書十寄九不達, 天北天南雁自飛.

---

1 혼자 떠돌아다니는데, 오직 밀짚모자와 우산만이 동무일 뿐이다.

2 장주(莊周)의 「제물론(齊物論)」에 묘사되어 있는 꿈속에서 나비가 되었다는 전고를 사용하였다.

65. 홍자기(洪咨夔)

홍자기(洪咨夔, 1176~1235)의 자는 순유(舜兪), 오잠(於潛) 사람이다. 『평재문집(平齋文集)』이 있다. 그는 당시 정치적 암흑을 비판하고 공격한 유명한 인물로 시집에는 항상 관리를 풍자하고 백성들을 동정한 작품이 있다. 그의 시는 강서파(江西派)의 풍격과 가깝고, 또한 양만리(楊万里)의 영향도 약간 받아서 왕왕 참신하고 교묘한 비유가 있다.

漩口[1]

禿山束紆江,[2] 寸土無平田. 麥登粟事起, 竟歲相周旋.[3]
扶犁犖确間, 並驅從兩犍. 兩犍力不齊, 手胼後者鞭.[4]
日暮鞭更急, 輈促肩領穿. 歸來茅屋下, 撫牛涕泗漣.
一飽勿易得, 奈此官租錢!

1 사천(四川)에 있다.

2 초목이 나지 않은 산들이 구불구불한 강물을 끼고 있다. 여본중(呂本中) 『동래선생시집(東萊先生詩集)』 권1 「숙청양역(宿靑陽驛)」에 "저녁 바람은 고목에서 울고, 높은 강둑은 노란 강물을 묶고 있네(晚風號古木, 高岸束黃流)"라고 한 것을 참조. 이들은 모두 두보(杜甫)의 「추일기부영회(秋日夔府詠懷)」의 "협곡은 푸른 강물을 묶어 일으키네(峽束滄江起)"로부터 나온 자법(字

法)이다.

---

3 바쁘게 보리를 다 끝내니 또 벼에 바빠서 일 년 내내 틈이 없다.
【보주(補註) 15】: "속(粟)"은 "벼(稻)"가 아니라 좁쌀·수수 따위의 마른
땅의 농작물로, 그 땅이 "바위가 많고(犖确)", "평탄한 밭이 없어서(無平
田)" 벼를 심는데 맞지 않기 때문에 특히 "속(粟)"이라고 말한 것이다.

---

4 뒤처진 소를 쉬지 않고 쳐서 채찍을 잡고 있는 손바닥에 모두 굳은살이
박이다. "소를 때리는" 것은 부득이한 일이다. 아래 글의 "무우(撫牛)"(소
를 쓰다듬다) 구를 참조.

狐鼠[1]

> 狐鼠擅一窟, 虎蛇行九逵.[2] 不論天有眼, 但管地無皮.[3]
> 吏鷙肥如瓠, 民魚爛欲糜.[4] 交征誰敢問, 空想"素絲"詩.[5]

---

1 아마도 송대의 정치를 풍자한 시 중에서 이 시가 가장 통쾌하고 개괄적인
것이라고 할 수 있다. 홍자기는 황제에게 주장(奏章)을 올려 조정에 가득
찬 공경(公卿)들이 직분을 지키지 못하고 있다고 지적하였기 때문에 죄를
얻어 관직이 깎였다(『평재문집(平齋文集)』 권5 「을유유월십구일, 응조언사,
구월일일, 거국(乙酉六月十九日, 應詔言事, 九月一日, 去國)」·「시제아(示諸
兒)」, 나대경(羅大經) 『학림옥로(鶴林玉露)』 권8, 구원(仇遠) 『산촌유집(山村
遺集)』 「패사(稗史)」 참조).

---

2 이 1연(聯)은 관리들의 결탁과 무법천지를 말한 것이다.

---

3 이 1연은 후세에 탐관오리와 암흑천지를 묘사하는 성어가 되었다. 예컨대,
명대의 소설 『취성석(醉醒石)』 제7회에는 "함께 하늘에 눈이 없음을 탄식
하고, 무리를 지어 땅에 가죽이 없음에 놀란다(共歎天無眼, 群驚地少皮)"라

고 하였다(이개선(李開先) 『중록한거집(中麓閑居集)』 권10 「미피왕검토전
(湄陂王檢討傳)」, 저인확(褚人穫) 『견고광집(堅瓠廣集)』 권2, 오진역(吳振棫)
『양길재여록(養吉齋餘錄)』 권4, 임창이(林昌彝) 『사응루시화(射鷹樓詩話)』 권1
참조).

홍자기는 채염(蔡琰)의 「호가십팔박(胡笳十八拍)」 제8박(拍)의 "하늘에 눈
이 있다면, 어찌하여 나 홀로 떠다니는 것을 보지 못하시는가?(爲天有眼
兮, 何不見我獨漂流?)"와 노동(盧仝)의 「소댁이삼자증답시(蕭宅二三子贈答詩)」
제14수의 "양주(揚州)의 못된 백성들은, 내가 땅 가죽도 말아먹는다고 의
심하네(揚州惡百姓, 疑我卷地皮)" 등의 시구 및 무명씨의 『강남여재(江南餘
載)』 권상(卷上)에 기록되어 있는 탐관 서지훈(徐知訓)의 "땅 가죽까지도
파낸다(和地皮掘來)"는 유명한 이야기를 조합시켰다.

4 이 1연은 "관리들이 기안(起案)을 안고 기러기·오리 떼처럼 나아간다(吏
抱成案, 雁鶩行以進)"(한유(韓愈)의 「남전현승청벽기(藍田縣丞廳壁記)」)·"살
찌고 희기가 박속같다(肥白如瓠)"·"양민을 물고기와 고기처럼 여긴다(魚
肉良民)"·"생선처럼 썩었다(魚爛)"·"죽처럼 흐물흐물한다(糜爛)"는 등의
성어와 한데 합친 것으로 순수한 강서파(江西派)의 수법이다.

5 이 1연은 크고 작은 관리들이 모두 백성을 착취하여 『시경(詩經)』에서 찬
미하고 있는 것과 같은 훌륭한 관리는 찾아 볼 수 없음을 말한 것이다. "위
나 아래나 서로 잇속을 차린다(上下交征利)"는 것은 『맹자(孟子)·양혜왕(梁
惠王)』에 보이고, "흰 실(素絲)"은 『시경(詩經)·소남(召南)·고양(羔羊)』에
보인다.

泥溪

沙路緣江曲, 斜陽塞轎明.[1] 晚花酣暈淺,[2] 平水笑窩輕.[3]
喜蔭時休駕, 疑昏屢問程. 誰家剛齊[4]餅, 味過八珍烹.

1 "색(塞)"과 "명(明)" 두 글자는 상반상성(相反相成)하는 것으로, 가득차면 마땅히 어두울 것이지만 도리어 반대로 밝다는 것이다.

2 꽃의 색깔이 술 취한 사람의 얼굴빛처럼 약간 붉다. 왜냐하면 마지막으로 피었기 때문이다 — 아래의 "희음(喜蔭)" 두 글자로 보면 시에서 묘사하고 있는 것은 늦은 봄·초여름으로 잎이 푸르고 꽃이 붉게 피는 철이다.

3 바람이 멎고 물결이 자는 수면에도 또한 둥근 파문이 있는 것은 사람의 얼굴 위에 살짝 보조개가 있는 것과 같다. 양형(楊炯)의 「부구부(浮漚賦)」에는 "자세히 살펴보니, 미인이 거울을 보고 보조개가 지는 것과 같네(細而察之, 若美人臨鏡開寶靨)"(『초당사걸문집(初唐四傑文集)』 권10)라고 하였고, 원중도(袁中道)의 「저장도중(沮漳道中)」에 "삿대 끝의 둥근 소용돌이는 술 보조개과 같고, 뱃머리의 끓어오르는 물은 찻소리와 같네(槳後圓渦如酒靨, 舟頭沸水似茶聲)"(『가설재시집(珂雪齋詩集)』 권6)라고 한 것을 참조.

4 "제(齊)"는 음이 "제(劑)"로, 맛을 낸다는 뜻이다.

促織二首[1]

一點光分草際螢, 繰車未了緯車鳴.
催科知要先期辦, 風露飢腸織到明.(第一首)

水碧衫裙透骨鮮, 飄搖機杼夜涼邊.
隔林恐有人聞得, 報縣來拘土産錢.(第二首)

1 이 2수의 시는 "촉직(促織)"·"낙위(絡緯)"라는 풀벌레를 빌려 부세(賦稅) 제도의 가혹함을 풍자한 것이다. 첫째는 귀뚜라미를 고생스럽게 실을 잣

는 아낙네에 견주었고, 둘째는 귀뚜라미도 또한 "잣고(織)" 있을 때는 현관(縣官)에게 알려져서 강제로 수색을 당하게 될까봐 조심한다고 말하고 있는데, 육유(陸游)의 『검남시고(劍南詩稿)』 권21 「야문실솔(夜聞蟋蟀)」보다 묘사가 더욱 심각하다. 육유는 다만 "뻐꾸기·뻐꾸기는 농사를 권할 줄 알고, 귀뚜라미·귀뚜라미는 방직을 재촉할 수 있네. 주부(州符)와 현첩(縣帖)은 그칠 때가 없으니, 농사를 권하고 방적을 재촉하지만 무슨 보탬이 되겠는가?(布穀布穀解勸耕, 蟋蟀蟋蟀能促織. 州符縣帖無已時, 勸耕促織知何益?)" 라고 말하고 있을 뿐이다.

66. 왕매(王邁)

　　왕매(王邁, 1184~1248)의 자는 실지(實之), 스스로 구헌거사(臞軒居士)라고
불렀으며 선유(仙遊) 사람이다. 『구헌집(臞軒集)』이 있다. 그는 직언(直言)과
직간(直諫) 때문에 송 리종(理宗)에게 "광생(狂生)"이라고 불렸다.[1] 대담하고
비판적이라고 하는 수많은 사람들도 시에서는 모두 상당히 "온유돈후(溫柔
敦厚)"하게 나타내지만, 홍자기(洪咨夔)는 도리어 그렇지 않았고 왕매는 더
욱 그렇지 않았다. 그는 작품 속에서 여전히 신랄함과 치열함을 간직하고
있어서 곳곳에서 백성들을 위하여 이야기를 하였고 상사(上司)와 동료들에
게 죄를 얻는 것도 두려워하지 않았다. 참으로 그 자신이 말한 대로 "살
아서는 기남자(奇男子)가 되어, 먼저 나라에 허락한 몸이 되었고(生爲奇男子,
先辦許國身)",[2] "들어서는 승상에게 노여움을 당하고, 나가서는 우두머리의
욕을 먹었으며 …… 굽히지도 원만하지도 않고, 귀머거리도 벙어리도 아
니었다(入被丞相嗔, 出遭長官罵, …… 不曲不圓, 不聾不啞)"[3] 그는 비록 양만리(楊万
里)의 시를 극히 추앙하였지만 자신의 풍격은 결코 닮지 않았고 역시 강호
파(江湖派)의 영향을 많이 받았다. 『구헌집』에는 다른 사람의 작품이 약간
섞여 있는데, 북송 사람의 것도 있고 동시대 사람의 것도 있으며 심지어
는 원인(元代) 시인의 것도 있다.

---

1) 주밀(周密)의 『제동야어(齊東野語)』 권4. 『구헌집(臞軒集)』 권12 「유객(有客)」, 권16 「독왕
　백대도승주소(讀王伯大都承奏疏)」 참조.
2) 『구헌집』 권12 「반"염가곡"(反"艶歌曲")」.
3) 백정(白珽)의 『담연정어(湛淵靜語)』 권2에는 왕매의 화상(畵像) 자제(自題)가 수록되어 있
　는데 그것은 『구헌집』에는 빠져 있다.

簡同年[1]刁時中俊卿時, 并序

時中吾諍友也. 未第[2]時, 作「老農行」以諷其長官, 言詞甚苦. 今爲綏寧簿,[3] 被鄒帥檄, 來董虎營[4]二千間之役; 諸邑疲於應命, 民間悴於科募.[5] 一日禀帥, 又欲任浮屠宮宇[6]之責, 帥以小緩謝之. 余退而作詩, 卽以所諷令者諷之.

讀君「老農詩」, 一讀三太息. 君方未第時, 憂民眞懇惻;[7]

直筆誅縣官, 言言虹貫日. 縣官怒其訕, 移文加誚斥;

君笑答之書, 抗詞如矢直. 旁觀爭吐舌, 此士勇無匹.

今君已得官, 一飯必念國. 民爲國本根, 豈不思培植?

其如邊事殷,[8] 賦役煩且亟. 虎營間二千, 鳩工日數百.

硬土燒爲窰, 高崗輿巨石. 山骨慘無青, 犢皮腥帶赤.[9]

羸者禎其肩, 飢者荣其色.[10] 憔悴動天愁, 搬移驚地脈.

吏饕鷹隼如, 攫拏何顧惜? 交炭不論斤, 每十必加一;

量竹不計圍, 每丈每贏尺.[11] 軍則新有營, 誰念民無室?

吏則日飽鮮, 誰憫民艱食? 州家費不貲, 帑藏空儲積.

間有小人儒, 旁獻生財策; 大帥今龔·黃,[12] 豈願聞此畫?

夏潦苦不多, 秋旱勢如炙. 願君在莒心, 端不渝疇昔;[13]

蔡人卽吾人, 一視孰肥瘠?[14] 築事宜少寬, 紓徐俟農隙;[15]

至如浮屠宮, 底用吾儒力? 彼役猶有名, 何名尸此役?[16]

君言雖慇懃, 帥意竟縮瑟. 同年義弟兄, 王事同休戚;

相辨色如爭, 相與情似暱. 余言似太戇, 有君前日癖;

責人斯無難,[17] 亦合受人責. 我既規君過, 君盍砭我失,
面諛皆相傾, 俗子吾所疾.

1　동년(同年)은 같은 해에 급제(及第)한 진사(進士)이다.

2　아직 진사에 급제하지 않았다.

3　호남(湖南) 수녕(綏寧)의 주부(主簿). 이때, 왕매는 장사(長沙)에서 담주(潭州)
　　관찰추관(觀察推官)이었다.

4　부임하여 병영(兵營)의 영조(營造)를 감독하다.

5　호구(戶口)에 따라 파견되어 일을 하다.

6　책임을 지고 승려들의 절을 짓다.

7　전국(戰國) 형가(荊軻)의 고사를 사용한 것으로, "정성이 하늘을 감동시킨
　　다(精誠感天)"와 같은 뜻이다.

8　국가의 변경 방어가 긴급하다.

9　큰 수레를 끄는 소가 가죽까지 닳아 해지다.

10　대복고(戴復古)의 「경자천기삼수(庚子薦饑三首)」 주 4)에 보인다. 본서 405쪽.

11　백성들은 10개의 숯을 납부할 때마다 숯 1개를 더 납부해야 하고 10자
　　[尺]의 죽간(竹竿)을 납부할 때마다 1자를 더 납부해야 했는데 이것은 하
　　급 관료의 "팁"이었다.

12　소식(蘇軾) 「오중전부탄(吳中田婦歎)」 주 8)에 보인다. 본서 157쪽.
　　"금(今)"이 원래는 "령(令)"으로 되어 있으나 잘못된 글자일 것이다

13　유향(劉向)의 『신서(新序)·잡사(雜事) 사(四)』에는 포숙(鮑叔)이 제환공(齊桓

公)에게 하루아침에 뜻을 얻었다고 하여 예전에 재난을 만나 도망했던 때를 잊어서는 안 된다고 충고한 말 곧 "국외로 나가서 거(莒)나라에 있던 때를 잊지 말라(毋忘其出而在莒)"라고 기록되어 있다.

14 노정공(魯定公) 4년 11월에 오(吳)나라 사람들이 채(蔡)나라를 구하였는데,『공양전(公羊傳)』에는 "오랑캐가 중국에 걱정을 끼쳤는데(夷狄憂中國)"·"친구가 서로 지켜주었으니(朋友相衛)" 찬양할 만한 가치가 있는 일이라고 보았다. 한유(韓愈)의 「쟁신론(諍臣論)」에는 "월(越)나라 사람이 진(秦)나라 사람이 살찌거나 야윈 것을 볼 때 문득 그 마음속에 더 기쁘거나 더 걱정스럽지 않은 것과 같다(若越人視秦人之肥瘠, 忽焉不加喜戚於其心)"라고 말하였다. 왕매의 뜻은 당신이 벼슬하고 있는 소재지의 백성들이 당신의 고향의 백성들과 모두 동포이므로 마땅히 한 몸으로 보고 대접해야 하지 단지 고향 사람들에 대해서만 관심을 두어서는 안 된다는 것이다.

【보주(補註) 16】:『공양전(公羊傳)』등을 멀리 인용할 필요가 없으니, 왕매는 바로 『구당서(舊唐書)·배건전(裴虔傳)』에 기록된 배도(裴度)의 말 "내가 명을 받아 창의군(彰義軍) 절도사(節度使)가 되자 원악(元惡)이 사로잡혔으니 채(蔡) 사람들은 곧 내 사람이다(吾受命爲彰義軍節度使, 元惡就擒, 蔡人卽吾人也)"라고 한 것을 사용한 것이다.

15 농번기가 끝나기를 기다리다.

16 "그 일(彼役)"이란 호영(虎營)을 세우는 것을 가리키고, "이 일(此役)"이란 불사(佛寺)를 짓는 것을 가리킨다.

17 『서경(書經)·진서(秦誓)』의 말이다.

觀獵行

落日飛山上, 山下人呼獵. 出門縱步觀, 無邊需屐屟.

至則聞獵人, 喧然肆牙頰. 或言歧徑多, 御者困[1]追躡.

或言御徒希, 聲勢不相接. 或言器械鈍, 馳逐無所挾.

或言盧犬[2]頑, 獸走不能劫. 余笑與之言: "善獵氣不懾.

汝方未獵時, 戰氣先萎薾. 弱者力不支, 勇者膽亦怯.

微哉一雉不能擒, 虎豹之血其可喋?

汝不聞去歲淮甸間, 熊羆百萬臨危堞.

往往被甲皆汝曹, 何怪師行無凱捷!"

嗚呼! 安得善獵與善兵, 使我一見而心愜!

---

1 "곤(困)"은 원래 "인(因)"으로 되어 있으나 잘못된 글자일 것이다

---

2 잘 달리는 검정개이다.

讀渡江諸將傳[1]

讀到諸賢傳, 令人淚灑衣. 功高成怨府, 權盛是危機.

勇似韓·彭有, 心如廉·藺希.[2] 中原豈天上? 尺土不能歸!

---

1 아마 장영(章穎)의 『남도십장전(南渡十將傳)』일 것이다.

---

2 한신(韓信)·팽월(彭越)·염파(廉頗)·인상여(藺相如)를 가리킨다. "심여(心如)" 구는 남송의 장상(將相)들의 불화를 말한 것이다. 『남도십장전』 권1에는 유기(劉錡)를 논하여 "한때 무리들이 그의 재능을 시샘하여 강력히 그를 막았다(一時輩流媒其能, 力沮遏之)"라고 하였고, 권2에는 악비(岳飛)와 진회(秦檜)의 관계를 논하여 "진회는 공을 탐하여 스스로 멋대로 하였고, 어진 자를 시기하고 재능 있는 자를 해쳐서 중흥(中興)의 대계를 떨어뜨렸

다(檜之貪功以自專, 忌賢害能, 墮中興之大計)"라고 하였는데, 모두 이 구를 해석할 수 있을 것이다.

『구헌집』권2「을미간칠월윤대, 제일차(乙未間七月輪對, 第一箚)」에 "옛날 중흥의 초기에 장준(張俊)・악비(岳飛)・유광세(劉光世)・한세충(韓世忠)은 모두 군대를 잘 거느렸으나 다만 서로 화합하지 못하여 마침내 대계를 그르쳤다(往者中興之初, 張俊・岳飛・劉光世・韓世忠皆善將兵, 惟不相能, 遂誤大計)"라고 한 것을 참조

67. 조여수(趙汝鐩)

　조여수(趙汝鐩, 1172~1246)의 자는 명옹(明翁), 스스로 야곡(野谷)이라고 불렀으며, 원주(袁州) 사람이다. 『야곡시집(野谷詩集)』이 있다. 강호파(江湖派) 시인 중에 그의 재기(才氣)가 가장 호방(豪放)하다고 할 수 있다. 그의 고체(古體)는 왕건(王建)·장적(張籍)을 배웠을 뿐 아니라 또한 이백(李白)·노동(盧仝)도 배웠으며, 근체(根體)는 "사령(四靈)"의 가법(家法)을 전했을 뿐 아니라 또한 양만리(楊万里)를 배워 모두 매우 유창(流暢)·상쾌(爽快)하고 산뜻하다.

翁媼歎

旱曦當空歲不熟, 炊甑飛塵煮薄粥;

翁媼飢雷常轉腹, 大兒嗷嗷小兒哭.

愁死未死此何時? 縣道賦不遺毫氂;[1]

科胥督欠烈星火, 詿言我已遭榜笞.

壯丁儌身出走避, 病婦抱子訴下淚;

掉頭不恤爾有無, 多寡但照帖中字.

盤鷄豈能供大嚼? 杯酒安足直一醉?

瀝血祈哀容貸納, 拍案邀需仍痛詈.

百請幸聽去須臾, 衝夜搥門誰叫呼?

後胥復持朱書急急符, 預借明年一年租.[2]

---

1 "도(道)"는 대략 후세의 "성(省)"에 해당한다. "리(氂)"는 "리(釐)(1자[尺]의
  천분(千分)의 하나)"와 통한다.

---

2 범성대(范成大)의 「최조행(催租行)」 주 4)를 참조. 본서 350쪽.

耕織歎二首[1]

春催農工動阡陌, 耕犁紛紜牛背血.

種蒔已徧復耘籽,[2] 久晴渴雨車聲發.

往來邏視曉夕忙, 香穗垂頭秋登場.

一年苦辛今幸熟, 壯兒健婦爭掃倉.

官輸私負索交至, 勺合不留但穅秕;

我腹不飽飽他人, 終日茅簷愁餓死!(第一首)

春氣薰陶蠶動紙, 採桑女兒鬨如市.

晝飼夜餧時分盤, 扃門謝客謹俗忌.[3]

雪團落架抽繭絲, 小姑繅車婦織機;

全家勤勞各有望, 翁媼處分[4]將裁衣.

官輸私負索交至, 尺寸不留但箱筥;

我身不煖煖他人, 終日茅簷愁凍死!(第二首)

1 매요신(梅堯臣)의 「도자(陶者)」 주 1)을 참조. 본서 82쪽. 조여수의 이 2수
의 시는 아마도 이 불합리한 현상을 가장 유창하고 활달하게 묘사한 송대
시일 것이다.

2 "시(蒔)"는 양만리의 「삽앙가(揷秧歌)」 주 2)에 보인다. 본서 303쪽. "운자
(耘耔)" 두 글자는 『시경(詩經)·소아(小雅)·보전(甫田)』에 나온다. "운(耘)"
은 김을 매는 것이고, "자(耔)"는 비료를 주는 것이다.
【보주(補註) 17】: 『시경(詩經)』 공영달(孔穎達)의 『소(疏)』에는 "자(耔)는 뿌
리를 북돋우는 것이다(耔, 雝本也)"라고 하였고, 『한서(漢書)·식화지(食貨
志)』에는 "자(芓)는 뿌리를 붙이는 것이다(芓, 附根也)"라고 하였는데, 이것
은 현대어의 이른바 "흙을 북돋운다(培土)"는 것이다.

3 범성대(范成大)의 「사시전원잡흥(四時田園雜興)」 주 4)를 참조. 본서 359쪽.

4 분배하다, 계획하다.

隴首

隴首多逢採桑女, 荊釵蓬鬢短靑裙.
齋鐘斷寺雞鳴午, 吟杖穿山犬吠雲.
避石牛從斜路轉, 作陂水自半溪分.
農家說縣催科急, 留我茅簷看引文.[1]

1 관청에서 조세(租稅) 단자(單子)를 보내다.

途中

雨中奔走十來程, 風捲雲開陡頓晴.

雙燕引雛花下敎, 一鳩喚婦樹梢鳴.

煙江遠認帆檣影, 山舍微聞機杼聲.

最愛水邊數株柳, 翠條濃處兩三鶯.

68. 고저(高翥)

고저(高翥, ?~?)의 자는 구만(九萬), 스스로 국간(菊磵)이라고 불렀으며 여요(餘姚) 사람이다. 『국간소집(菊磵小集)』·『신천소유고(信天巢遺稿)』가 있다. 그는 강호파(江湖派) 중에 상당히 재정(才情)이 있는 작가로서 황종희(黃宗羲)는 심지어 그를 "천 년 이래(千年以來)" 여요(餘姚) 사람들의 "시의 할아버지(詩祖)"라고까지 추앙하였으며,[1] 담사동(譚嗣同)이 어렸을 때 읽고 매우 감동한 시구가 바로 그의 「청명일대주(清明日對酒)」 시였다.[2]

秋日

庭草銜秋自短長, 悲蛩傳響答寒螿.
豆花似解通鄰好, 引蔓殷勤遠過牆.

曉出黃山寺

曉上籃輿[1]出寶坊,[2] 野塘山路盡春光.
試穿松影登平陸, 已覺鐘聲在上方.

---

1) 『남뢰문안(南雷文案)』 권1 「경주시집서(景州詩集序)」.
2) 『담사동전집(譚嗣同全集)』 권4 「성남사구명, 병서(城南思舊銘, 幷序)」.

> 草色溪流高下碧, 菜花楊柳淺深黃.³
> 杖藜切莫匆匆去, 有伴行春不要忙.⁴

1 대로 엮은 "가마(轎子)"

2 절.

3 풀은 강둑 위에서 푸르고, 물은 강둑 아래에서 푸르며, 채소 꽃은 짙은 노란색이고, 버들가지는 담황색이다. 이 구법(句法)은 당(唐) 포용(包溶)의 「춘일(春日)」에 "오솔길의 풀은 점점 자라서 길고 짧게 푸르고, 뜰의 꽃은 터지려는 듯 짙고 옅게 붉네(徑草漸生長短綠, 庭花欲綻淺深紅)"(『전당시일(全唐詩逸)』 권상(卷上))라고 한 것을 모방한 것이다.

4 고저(高翥)의 「천태조원(天台曹園)」 시에도 또한 "평생 꽃을 보는 법이, 꿀벌의 바쁜 것은 배우지 않았네(平生看花法, 不學蜜蜂忙)"라고 하였다. 육유(陸游) 『검남시고(劍南詩稿)』 권17 「문부씨장자소화개, 급도소주관지(聞傅氏莊紫素花開, 急棹小舟觀之)」에 "한가한 사람은 할 일이 하나도 없다고 만연히 생각하였는데, 봄이 되자 꿀벌처럼 바쁘기만 하네(漫道閑人無一事, 逢春也似蜜蜂忙)"라고 한 것을 참조

69. 유극장(劉克莊)

유극장(劉克莊, 1187~1269)의 자는 잠부(潛夫), 스스로 후촌거사(後村居士)라
고 불렀으며 보전(莆田) 사람이다. 『후촌거사시집(後村居士詩集)』이 있다. 그
는 강호파(江湖派) 최대의 시인으로 최초에는 "사령(四靈)"의 영향을 깊이
받았고 섭적(葉適, 1150~1223)의 칭찬을 받았다. 그러나 그는 비록 요합(姚
合)・가도(賈島)에 비중을 두어 본받았지만[1] 또한 기타의 만당(晚唐) 시인들
곧 허혼(許渾)・왕건(王建)・장적(張籍)도 배웠고 또 이하(李賀)도 모방하여[2]
영활(靈活)・유동(流動)하는 작품들이 상당히 많다. 후에 그는 강서파(江西派)
의 "책에서 도움을 받음으로써 시를 짓는 것은 진부한 것이 그 결점이고
(資書以爲詩失之腐)" 만당체의 "책을 버림으로써 시를 짓는 것은 조야(粗野)한
것이 결점이다(捐書以爲詩失之野)"[3]라고 생각하게 되어, 또한 만당체의 경쾌
한 시에도 책을 인용하고 전고와 성어를 새겨넣어 교묘한 대우(對偶)를 만
들어 내었다. 이 때문에 그는 또 육유(陸游)의 "뛰어난 대우(好對偶)"와 "기
대(奇對)"를 짓는 솜씨를 매우 추앙하였다. 그의 두 후배 유신옹(劉辰翁)과
방회(方回)의 그에 대한 비평이 가장 적절하다. 유신옹은 "유극장은 『초학
기(初學記)』를 모방하여 변려(駢儷)로 책을 만들고 여기저기에서 뽑아내어
활용하여 다함이 없다. 5・7언에 이르러 명대(名對)는 역시 여기에서 나왔

---

1) 『후촌대전집(後村大全集)』 권94 「과포집서(瓜圃集序)」.
2) 위경지(魏慶之)의 『시인옥설(詩人玉屑)』 권19에는 유극장이 이하(李賀)의 악부(樂府) 3편을
   모방하였다고 실려 있고 그것은 또한 양신(楊愼)의 『승암외집(升庵外集)』 권78에도 칭찬
   하고 있는 3편이기도 하지만 『후촌거사시집(後村居士詩集)』에는 수록되어 있지 않다.
3) 『후촌대전집』 권96 「한은군시서(韓隱君詩序)」.

지만 종신토록 감히 법도를 벗어나지 못하였고, 고시는 약간이라도 스스로 공헌하고 싶어 했지만 그렇게 할 수 없었던 것 같다(劉後村倣『初學記』, 駢儷爲書, 左旋右抄, 用之不盡, 至五七言名對亦出於此, 然終身不敢離尺寸, 欲古詩少許自獻, 如不可得)"[4]라고 하였다. 우리는 다만 유극장이 『초학기』라는 유서(類書)를 멸시하였다고만 알고 있을 뿐[5] 그가 원래『초학기』의 방법을 채용하여 강서파의 조사(祖師)인 황정견(黃庭堅)보다도 더욱 자질구레하고 치밀하게 "어려운 문구를 외우기 좋도록 엮거나(帖括)", "공허한 말을 늘어놓는(餖飣)" 노력을 기울여[6] 미리 수집된 전고와 성어를 분류하여 대우(對偶)를 만들어 놓고 제목이 주어지기만 하면 즉각 꿰어 맞추어 시를 완성시켰다는 것은 모른다. "시는 재료가 적으면 연(聯)을 만들지 못하기(詩因料少不成聯)"[7] 때문에 대련(對聯)을 위하여 재료를 준비하지 않으면 안 된다. 이것으로 왜 그의 작품이 사람들에게 주는 인상이 약간 기계적으로 매끄럽게 느껴지고, 가게 안의 해묵은 물건같이 기성(旣成)의 것처럼 느껴지는가를 해석할 수 있을 것이다. 방회가 유극장을 비난한 많은 이야기 중에 가장 적절하게 말한 한 구절이 있다. "'사령(四靈)'에 배가 부르고, 용사(用事)가 번잡하고 옹색하다(飽滿四靈, 用事冗塞)"[8]라고 하였는데, 이것은 깡마른 사람이 밥 한 끼를 배불리 먹고 배가 통통해졌지만 용모나 골격은 모두 변할 수가

4) 『수계집(須溪集)』 권6 「조중인시서(趙仲仁詩序)」.

5) 『후촌대전집』 권31 「훈몽(訓蒙)」에 "첩괄(帖括)은 『초학기(初學記)』를 벗어나지 못하니, 대롱으로 하늘을 엿보고 표주박으로 바닷물을 재려고 한들 어떻게 큰 도를 이룬 사람을 볼 수가 있겠는가?(帖括不離『初學記』, 管蠡烏覩大方家?)"라고 하였다. 권111 「발장남거소고(跋章南擧小稿)」 참조.

6) 옹방강(翁方綱)의 『복초재문집(復初齋文集)』 권29 「발산곡수록잡사묵적(跋山谷手錄雜事墨跡)」. 황정견이 전고를 분류하고 뽑아 놓은 『건장록(建章錄)』은 『영락대전(永樂大全)』 권7962 "흥(興)"자, 권12043 "주(酒)"자, 권14537 "수(樹)"자 등에 아직 몇 단락이 보존되어 있다.

7) 진보(陳普)의 『석당선생유집(夕堂先生遺集)』 권17 「차답요고공유별(次答姚考功留別)」.

8) 『영규율수(瀛奎律髓)』 권42.

없다는 뜻이다.9) 조익(趙翼) 등과 같은 청대(清代)의 시인들의 풍격도 항상
독자들에게 『후촌거사시집』을 생각나게 한다.

---

9) 이 말은 오교(吳喬)의 『답만계야시문(答萬季埜詩問)』에서 왕사진(王士禛)에 대하여 "맑고
  빼어남이 이몽양(李夢陽)이라네(清秀李于麟)"라고 말하고 있는 것이나 혹은 진전(陳田)의
  『명시기사(明詩紀事)』 경첨(庚籤) 권23에 심덕부(沈德符)에 대하여 "색깔을 칠한 것이 경
  릉시(竟陵詩)라네(著色竟陵詩)"(심덕부의 『야획편(野獲編)』 권25에 『담화기(曇花記)』에 대
  하여 "색깔을 칠한 『서유기(西遊記)』라네(著色『西遊記』)"라고 한 것을 참조)라고 말하고
  있는 것과 비슷하다.
  기윤(紀昀)이 "창자와 배를 채운 것이 모두 '사령(四靈)'의 말이다(撑腸拄腹皆四靈語)"라고
  해석한 것은 잘못인 것 같다. 진세숭(陳世崇)의 『수은만록(隨隱漫錄)』 권5에 조동무(趙東畝)
  의 말을 기록하여 "사령(四靈)의 시는 옥기름을 먹는 것과 같아서 비록 상쾌하지만 배가
  부르지는 않다. 강서(江西)의 시는 팔보(八寶) 머릿국과 같아서 입에도 맞고 뱃속도 편하
  다(四靈詩如啗玉腴, 雖爽不飽; 江西詩如八寶頭羹, 充口適腹)"라고 하였는데, 이것은 사령은
  재료가 결핍되어 자체만으로는 "배부를(飽滿)" 수도 없고 또한 다른 사람이 "창자와 배
  를 채우게(撑腸拄腹)" 할 수도 없다는 말이다.

北來人二首

試說東都[1]事, 添人白髮多. 寢園[2]殘石馬, 廢殿泣銅駝.[3]
胡運占難久, 邊情聽易訛. 淒涼舊京女, 粉黛尙宣和.[4] (第一首)

十口同離仳,[5] 今成獨雁飛! 飢鋤荒寺菜, 貧著陷蕃[6]衣.
甲第歌鐘沸, 沙場探騎稀.[7] 老身閩地死, 不見翠鑾歸! (第二首)

---

1 변량(汴梁)을 가리킨다.

---

2 북송 황제의 무덤과 동산을 가리킨다.

---

3 진(晉) 색정(索靖)은 낙양(洛陽) 궁궐 대문의 청동 타조가 가시덤불 속에 매
몰된 것을 탄식하였는데, 여기서는 금(金)나라 사람들의 수중에 함락된 것
을 가리킨다.

---

4 송 휘종(徽宗)의 연호(1119~1125)이다. 비록 땅은 오래 전에 함락되었지
만 백성들은 아직도 북송의 풍속과 관습을 보존하고 있다는 뜻이다.

---

5 "비(仳)"는 "별(別)"과 같다. 북방에서 남방으로 도망쳐 나온 사람이 10명
이 있었다는 뜻이다.

---

6 "번(蕃)"은 "번(番)"과 통한다. 남송으로 도망쳐서 돌아왔지만 아직도 금나
라의 옷을 입고 있다는 뜻으로, 제1수의 "처량(淒涼)"의 2구와 대조를 이
룬다.

---

7 제1수의 "변정(邊情)" 구와 대조를 이룬다. 남송에서는 사람들을 보내어
소식을 잘 정탐하지 않고 단지 유언비어만을 듣고 믿어버린다는 뜻이다.

> ## 戊辰卽事[1]
>
> 詩人安得有靑衫? 今歲和戎百萬縑!
> 從此西湖休揷柳, 剩栽桑樹養吳蠶.[2]

1 무진(戊辰)은 송 녕종(寧宗) 가정(嘉定) 원년(1208)이다. 송나라 군대가 금나라를 공격하였으나 크게 패하자 강화하고 배상하였는데, 금나라 군대에게 300만 량(兩)을 보상하고 이후 매년 "세폐(歲幣)" 30만 량(兩)을 바친다고 결정되었다. 유극장은 "입을 만한 속옷도 없음(無衫可穿)"을 "비흥(比興)"으로 삼아, 백성들은 궁핍하고 재물은 다하였지만 아직 서호(西湖) 가의 작은 조정에서 국계민생(國計民生)에 마음을 쏟아 다시는 문무(文武)가 안일(安逸)에 젖어 놀아서는 안 될 것이라고 바라고 있다.

진덕무(陳德武)의 「수룡음(水龍吟)」 사(詞)에 "동남의 첫째가는 유명한 주(州), 서호(西湖)는 예로부터 아름다운 곳이 많다네. …… 십리(十里)의 연꽃, 삼추(三秋)의 계수나무 씨, 사방의 산은 맑게 개여 푸르다네. 남쪽으로 넘어온 지 백 년, 한때의 호걸들로 하여금 모두 평생의 뜻을 잊어버리게 하였다네. …… 역사(力士)는 산을 밀어버리고, 천오(天吳)는 물을 옮겨, 농사짓고 뽕을 심는 땅으로 만들었네(東南第一名州, 西湖自古多佳麗. …… 十里荷花, 三秋桂子, 四山晴翠. 使百年南渡, 一時豪傑, 都忘却平生志. …… 力士推山, 天吳移水, 作農桑地)"(『전송사(全宋詞)』 권274)라고 한 것을 참조.

2 소주(蘇州)는 물론 비단을 산출하는 양잠(養蠶) 지구이지만(범성대(范成大)의 『오군지(吳郡志)』 권1 「토공(土貢)」 참조), 그러나 "오잠(吳蠶)"의 두 글자는 아마도 역시 이백(李白)의 「기동로이치자(寄東魯二稚子)」에서 "오(吳) 땅에는 뽕잎이 푸르고, 오 땅의 누에는 이미 세 차례나 잠들었네(吳地桑葉綠, 吳蠶已三眠)"라고 한 것처럼, 당시(唐詩)의 성어를 답습하였을 것이다. 『후촌대전집』 권1 「양주작(揚州作)」에는 또 "슬프다! 양회(兩淮)의 누에치고 비단 짜는 땅에, 봄바람이 불어도 다시는 뽕 싹이 자라나지 않네(惆悵兩淮蠶織地, 春風不復長桑芽)"라고 하였다.

築城行

萬夫喧喧不停杵, 杵聲丁丁驚后土.

徧村開田起窰竈, 望靑斫木作樓櫓.[1]

天寒日短工役急, 白棒訶責如風雨.

漢家丞相方憂邊, 筑城功高除美官.[2]

舊時廣野無城處, 而今烽火列屯戍.

君不見高城齾齾[3]如魚鱗, 城中蕭疏空無人![4]

1 적을 정탐하는 움직이는 목루(木樓)로, 위에는 지붕을 씌우지 않는다.

2 다음의 「개호행(開壕行)」 제1구 참조. 지방 관리들은 축성이 필요가 있는지 없는지는 아랑곳하지도 않고 또 백성들의 사활(死活)도 돌보지 않은 채 오직 성을 쌓고 나서 상사(上司)에게 가서 공적을 보고하고 따라서 승진하기만 하면 되는 것이다.

당 장적(張籍)·원진(元稹)·육구몽(陸龜蒙) 등의 「축성곡(築城曲)」과 북송 말엽 이지의(李之儀)의 「축성사(築城詞)」(『고계거사후집(姑溪居士後集)』권3)에는 모두 이 점까지는 말하지 않았고, 북송 말엽 전주(田晝)의 「축제사(築隄詞)」에는 언급되어 있다 : "맨 머리·맨 발도 가리지 못한 채, 관장(官長)을 위하여 긴 둑을 쌓아야 하네. 관장 역시 어진 사람인지라, 사자(使者)들의 마음속을 알아차릴 수 있다네. …… 결국 조정에 오르게 되면, 스스로 처자를 부유하게 할 수 있다네. 어찌 만년에, 한번 관장을 위하여 죽는 것을 애석하게 여기겠는가!(科頭跣足不得稽, 要與官長受長隄. 官長亦大賢, 能得使者意. …… 終當升諸朝, 自足富妻子; 何惜桑楡年, 一爲官長死!)"(여조겸(呂祖謙) 『황조문감(皇朝文鑑)』권14).

3 "성가퀴(堞)"가 아래위로 들쑥날쑥함을 가리킨다.

4 축성은 원래 백성들을 보호하고 방어하기 위한 것이지만, 백성들은 모두

축성하는 과정 중 지쳐서 죽어버리는 것이다. 장적(張籍)의 「축성곡(築城曲)」에는 "절굿공이 소리가 그치기도 전에 사람들은 모두 죽고 …… 오늘 임금의 성 아래의 흙이 되어 버렸네(杵聲未定人皆死 …… 今日作君城下土)"라고 하였고, 조업(曹鄴)의 「축성(築城)」 제3수에는 "사람을 쌓는 것이지 성을 쌓는 것이 아니라네(築人非築城)"라고 하였으며, 유극장의 동시대인인 허비(許棐)의 『매옥사고(梅屋四稿)』의 「축성곡」에는 "이 성이 높은 것이 흙이 쌓여 이루어진 것만은 아니니, 반은 원한 맺힌 사람의 뼈로 깔고 채워진 것이라네(城高不特土累成, 半是鋪塡怨夫骨)"라고 한 것을 참조. 유극장은 "성은 있으나 사람은 없다(有城無人)"는 이 점을 집어내어 그들보다도 묘사가 분명하고 투철하다.

開壕行

前人築城官已高, 後人下車[1]來開壕.
畫圖先至中書省,[2] 諸公聚看稱賢勞.
壕深數丈周十里, 役兵大半化爲鬼;
傳聞又起旁縣夫, 鑿敎四面皆成水.
何時此地不爲邊, 使我地脈重相連?

1 부임하다.

2 중앙의 서무와 관직의 승진과 좌천 등을 관장하던 기구이다.

運糧行[1]

極邊官軍守戰場, 次邊丁壯俱運糧.
縣符旁午[2]催調發, 大車小車聲軋軋;
霜寒晷短路又滑, 擔夫肩穿牛蹄脫.
嗚呼! 漢軍何日屯渭濱, 營中子弟皆耕人?[3]

1 왕우칭(王禹偁)의 「대설(對雪)」 주 6)을 참조. 본서 66쪽.

2 사면팔방(四面八方).

3 『삼국지(三國志)·촉서(蜀書)』 권5 「제갈량전(諸葛亮傳)」을 사용하였다 : "제갈량은 번번이 식량이 이어지지 못함을 걱정하여 …… 그래서 군사들을 나누어 둔전(屯田)하여 오랫동안 살 터전을 만들었는데, 밭가는 자들이 위수(渭水) 가의 주민들 사이에 섞여들어 가게 되었다(亮每患糧不繼 …… 是以分兵屯田, 爲久住之基, 耕者雜於渭濱居民之間)"

苦寒行

十月邊頭風色惡, 官軍身上衣裘薄.
押衣勅使來不來, 夜長甲冷睡難着.
長安城中多熱官, 朱門日高未啓關;
重重幃箔施屏山,[1] 中酒不知屏外寒.

1 "발(珠簾)"과 장막을 치기도 하고 또 병풍도 있다.

軍中樂[1]

行營面面設刁斗, 帳門深深萬人守.

將軍貴重不據鞍, 夜夜發兵防隘口.

自言虜畏不敢犯, 射麋捕鹿來行酒.

更闌酒醒山月落, 綵縑百段支女樂.

誰知營中血戰人, 無錢得合金瘡藥!

---

1 신기질(辛棄疾)의 「미근십론(美芹十論)」 중 「둔전(屯田)」 제6에는 "병영과 장막 사이에 배부르고 따뜻한 것이 충분치 못함이 있건만, 주장(主將)은 노래와 춤으로 쉴 틈이 없고, 창끝과 화살촉 아래에 간과 뇌를 감히 지키지 못하건만 주장은 장막 안에서 느긋하다(營幕之間, 飽暖有不充, 而主將歌舞無休時; 鋒鏑之下, 肝腦不敢保, 而主將雍容於帳中)"(신계태(辛啓泰) 집(輯) 『가헌집초존(稼軒集鈔存)』 권1)라고 한 것은 이 시의 훌륭한 주해이다.

당 고적(高適) 「연가행(燕歌行)」의 유명한 구 "전사들은 군대 앞에서 반쯤 죽었는데, 미인들은 장막 아래에서 오히려 노래하고 춤추네(戰士軍前半死生, 美人帳下猶歌舞)"를 참조.

70. 방악(方岳)

　　방악(方岳, 1199~1262)의 자는 거산(巨山), 스스로 추애(秋崖)라고 불렀으며 기문(祁門) 사람이다. 『추애선생소고(秋崖先生小稿)』가 있다. 남송 후기에 시인으로서의 그의 명성은 매우 높아서 거의 유극장(劉克莊)을 뛰어넘었다.[1] 살펴보건대, 그는 본래 강서파(江西派)로 입문하였지만 후에는 양만리(楊万里)·범성대(范成大)의 영향을 상당히 받았다. 그는 전고와 성어를 조합하여 참신하고 교묘한 대우(對偶)를 만드는 습관이 있었다. 예컨대, 원(元)·명(明) 이래 희곡과 소설 속에 흔히 사용된 "마음과 같지 않은 일은 십상팔구(十常八九)요, 함께 이야기할 만한 사람은 두셋도 없네(不如意事常八九, 可與語人無二三)"라는 1연(聯)은 바로 그의 시이다.[2]

---

1) 오룡한(吳龍翰)의 『고매음고(古梅吟稿)』 권6 「연구변(聯句辨)」을 참조.
2) 『추애소고(秋崖小稿)』 시집(詩集) 권8 「별자재사령(別子才司令)」. 학경(郝經)의 『능천문집(陵川文集)』(왕류(王鏐) 엮음) 권15 「감흥(感興)」에 "마음에 맞지 않는 일은 열에 여덟, 아홉이고, 함께 이야기할 만한 사람은 백에 두셋이라네(不得意事十八九, 可與言人百二三)"라고 한 것은 아마도 가장 이른 모방일 것이다.

春思

春風多可[1]太忙生, 長共花邊柳外行;
與燕作泥蜂釀蜜, 纔吹小雨又須晴.

1 혜강(嵇康)의 「여산거원절교서(與山巨源絶交書)」에는 "좋다고 하는 것은 많
   고 이상하다고 하는 것은 적다(多可而少怪)"라고 하였는데, 이것은 "좋다
   고 허락하는 것이 많다(多有許可)"·"관용하다(寬容)"의 뜻이다(『육신주문
   선(六臣注文選)』권43).
   이 시는 만물이 봄에 약동함을 묘사한 것으로, 봄바람은 매우 비위를 잘
   맞추어 무슨 일이든지 모두 하려고 하므로 매우 바쁘다고 말하고 있다.

湖上

連天芳草晩萋萋, 蹀躞花邊馬不嘶.
蜂蝶已歸絃管靜, 猶聞人語畫橋西.

農謠五首(選二)

雨過一村桑柘煙, 林梢日暮鳥聲姸.
青裙老姥遙相語, 今歲春寒蠶未眠.(第四首)

漠漠餘香着草花, 森森柔綠長桑麻;

池塘水滿蛙成市, 門巷春深燕作家.(第五首)

三虎行

黃茅慘慘天欲雨, 老烏查查路幽阻.

田家止予且勿行, 前有南山白額虎;

一母三足其名彪, 兩子從之力俱武;

西鄰昨暮樵不歸, 欲覓殘骸無處所.

日未昏黑深掩關, 毛髮爲竪心悲酸,

客子豈知行路難!

打門聲急誰氏子, 束蘊[1]乞火霜風寒;

勸渠且宿不敢住, 袒而示我催租瘢.[2]

嗚呼! 李廣不生周處死, 負子渡河何日是![3]

---

1 풀단, 풀을 엮은 다발.

---

2 현관(縣官)에게 벌로 곤장을 맞은 상흔이다. 이것도 또한 『예기(禮記)·단궁(檀弓)』의 이른바 "가혹한 정치는 범보다도 무섭다(苛政猛於虎)"는 예증이다. 이하(李賀)의 「맹호행(猛虎行)」에 "태산(泰山) 아래의, 아낙네의 곡하는 소리, 황제는 (범을 잡으라는) 법이 있건만, 관리들은 (몸을 사리고) 감히 들으려고 하지 않네(泰山之下, 婦人哭聲; 官家有程, 吏不敢聽)"라고 한 것을 참조.

---

3 이광(李廣)은 범을 쏘았고, 주처(周處)는 범을 죽였으며, 유곤(劉昆)은 홍농(弘農) 태수가 된 지 3년 만에 "어진 교화가 크게 행해져서 범이 모두 새

끼를 등에 지고 강을 건너가 버렸다(仁化大行, 虎皆負子渡河)” 유곤의 고사
는『후한서(後漢書)』권107 상(上)에 보인다. 이것은 유명한 전설로, 당대(唐
代) 배형(裴鉶)의 『전기(傳奇)』가운데 범의 정령(精靈)인 반인(班寅)이 시를
지을 때 이것을 인용하고 있다(『태평광기(太平廣記)』권434 「녕인(寧茵)」).
방악의 뜻은 벼슬하는 사람들에게는 “어진 교화(仁化)”는 없고 오직 “가혹
한 정치(苛政)”만이 있을 뿐이라는 것이다.

71. 나여지(羅與之)

나여지(羅與之, ?~?)의 자는 여보(與甫), 스스로 설파(雪坡)라고 불렀으며 길안(吉安) 사람이다. 『설파소고(雪坡小稿)』가 있다. 강호파(江湖派) 시인 중에 그가 지은 도학시(道學詩)가 비례적으로 가장 많다. 몇 수의 20자의 서정적인 짤막한 시는 간련(簡練)·정한(精悍)하여 맹교(孟郊)·조업(曹鄴)의 맛이 상당히 있어서 동년배들은 따를 만한 사람이 거의 없었다.

寄衣曲三首(選二)

憶郎赴邊城, 幾箇秋砧月.[1] 若無鴻雁飛,[2] 生離卽死別.(第一首)

此身倘長在, 敢恨歸無日. 但願郎防邊, 似妾縫衣密.(第三首)

1 이백(李白)의 「자야오가(子夜吳歌)」의 「추가(秋歌)」를 암암리에 사용한 것이다 : "장안(長安)의 한 조각 달, 집집마다 다듬이 소리. …… 언제나 오랑캐를 평정하고, 님께서 원정을 끝내실 것인가?(長安一片月, 萬戶擣衣聲. …… 何日平胡虜, 良人罷遠征?)"

2 기러기가 편지를 전한다는 것을 가리킨다.

商歌[1]

東風滿天地, 貧家獨無春.[2] 負薪花下過, 燕語似譏人.

1 춘추(春秋) 시대의 녕척(甯戚)은 스스로 불평을 털어놓은 「상가(商歌)」 2수
가 있다(『악부시집(樂府詩集)』 권83. 『문선(文選)』 권18 성공수(成公綏) 「소
부(嘯賦)」 이선(李善) 주에 인용된 「상가」를 참조).
"상(商)"은 오음(五音) 중 쓸쓸한 가을을 상징하기 때문에 성공수의 「소부」
에는 "상성(商聲)을 울리면 가을의 장맛비가 봄에 내린다(動商則秋霖春降)"
라고 하여 공교롭게도 또한 이 시의 용의(用意)이기도 하다.

2 「한교사가(漢郊祀歌)」의 「일출입(日出入)」에는 "봄은 내 봄이 아니고, 가을
은 내 가을이 아니네(春非我春, 秋非我秋)"라고 하였고, 조식(曹植)의 「감혼
부(感婚賦)」에는 "봄바람이 일어나 쓸쓸하구나(春風起兮蕭條)"라고 하였으
며, 유신(庾信)의 「화유사(和庾四)」에는 "봄의 해를 대하고, 가슴속에 단지
가을을 말하더라도 상관이 없네(無妨對春日, 懷抱只言秋)"라고 하였고, 장
열(張說)의 「기허팔(寄許八)」에는 "만물은 봄이면 모두 즐겁건만, 떠나가는
이의 얼굴은 홀로 기쁘지 않네(萬類春皆樂, 徂顏獨不怡)"라고 하였으며, 두
심언(杜審言)의 「춘일경중유회(春日京中有懷)」에는 "시름에 젖은 생각에 봄
을 보아도 봄이라고 할 수 없네(愁思看春不當春)"라고 하였고, 맹교(孟郊)의
「장안기려행(長安羈旅行)」에는 "만물은 모두 때를 맞추는데, 홀로 나만이
봄을 느끼지 못하네(萬物皆及時, 獨余不覺春)"라고 하였으며, 이하(李賀)의
「감춘(感春)」에는 "봄 해가 스스로 쓸쓸하네(春日自蕭條)"라고 하였고, 조
고(趙嘏)의 「별마씨(別麻氏)」에는 "헤어지는데 하물며 꽃피는 시절을 만나
니, 이로부터 봄바람도 봄 같지 않네(分離況値花時節, 從此東風不似春)"라고
한 것을 참조.
이것들은 단지 개인적 정서가 즐겁지 않음을 묘사하고 있을 뿐이지만, 나
여지는 "가난한 사람(貧家)"과 "땔나무를 등에 진 사람(負薪)"을 가지고 사
회의 빈부와 노고와 안일의 불평등(不平等)을 집어내어 밝히고 있다.

72. 허비(許棐)

허비(許棐, ?~?)의 자는 침부(忱夫), 스스로 매옥(梅屋)이라고 불렀으며, 해염(海鹽) 사람이다. 『매옥시고(梅屋詩稿)』·『융춘소철(融春小綴)』·『매옥제삼고(梅屋第三稿)』·『매옥제사고(梅屋第四稿)』가 있다. 그는 강호파 시인으로 요합(姚合)·가도(賈島) 이외에도 또한 기타의 만당(晚唐) 작가들을 본받을 수 있었던 사람이다.

樂府三首(選二)

妾心如鏡面, 一規[1]秋水淸; 郎心如鏡背, 磨殺不分明.(第一首)

郎身如紙鳶, 斷線隨風去; 願得上林[2]枝, 爲妾縈留住.(第三首)

---

1 둥근 형태, 원형.

2 원래는 진(秦)·한(漢)시대의 황제의 화원(花園) 이름으로, 여기서는 수목(樹木)을 가리킨다.

秋齋卽事

桂香吹過中秋了, 菊傍重陽未肯開;

幾日銅瓶無可浸, 賺他飢蝶入窗來.

泥孩兒

牧瀆[1]一塊泥, 裝塐恣華侈; 所恨肌體微, 金珠載不起.

雙罩紅紗廚, 嬌立瓶花底.[2] 少婦初嘗酸,[3] 一玩一心喜;

潛乞大士靈,[4] 生子願如爾. 豈知貧家兒, 呱呱瘦於鬼;

棄臥橋巷間, 誰或顧生死! 人賤不如泥, 三歎而已矣.

---

1 소가 물을 마시는 작은 강.

---

2 맹원로(孟元老)의 『동경몽화록(東京夢華錄)』 권8 「칠석(七夕)」 조의 송대의
이른바 "마갈락(磨喝樂)"에 관한 묘사를 참조 : "이에 흙 인형을 조그맣게
빚는데 …… 혹은 붉은 비단과 푸른 바구니를 사용하고, 혹은 황금·진
주·상아·비취로 꾸몄다(乃小塑土偶 …… 或用紅紗碧籠, 或飾以金珠牙翠)"

---

3 임신하다.

---

4 이른바 "자식을 관음(觀音)에게 보낸다(送子觀音)"는 것은 『태평광기(太平廣
記)』 권110 「왕민처(王珉妻)」·「손도덕(孫道德)」, 권111 「변열지(卞悅之)」 등
의 고사로 본다면, 멀리 송대 이전에 이와 같은 미신이 유행하고 있었다.

73. 이등(利登)

이등(利登, ?~?)의 자는 이도(履道), 스스로 벽간(碧澗)이라고 불렀으며 남성(南城) 사람이다. 『피고(駊稿)』가 있다. 그는 강호파(江湖派) 가운데 비교적 소박하고 오직 공치(工緻)・세교(細巧)만을 강구하지는 않은 시인이다.

田家卽事

小雨初晴歲事新, 一犁江上趁初春.

豆畦種罷無人守, 縛得黃茅更似人.

野農謠[1]

去年陽春二月中, 守令出郊親勸農.

紅雲一道[2]擁歸騎, 村村鏤榜黏春風.[3]

行行蛇蚓字相續,[4] 野農不識何由讀?[5]

唯聞是年秋, 粒顆民不收;

上堂對妻子, 炊多糴少飢號啾;

下堂見官吏, 稅多輸少喧征求.

呼官視田吏視釜;[6] 官去掉頭吏不顧;

內煎外迫兩無計, 更以飢軀受笞箠.

古來丘壟幾多人, 此日屛生豈難棄!

今年二月春, 重見勸農文;

我勤自鍾惰自釜,[7] 何用官司勸我氓?

農亦不必勸, 文亦不必述;

但願官民通有無, 莫令租吏打門叫呼疾.

或言州家[8]一年三百六十日, 念及我農惟此日.[9]

1 이것은 지방 관리가 1년에 한 번 으레 행하는 "권농(勸農)" 의식을 풍자한
   것이다. 당 이래 "권농"을 말한 시는 매우 많고, 이등과 동시대인인 정청
   지(鄭淸之)·허급지(許及之)·유극장(劉克莊)·방악(方岳) 등은 모두 이러한
   시를 쓴 바가 있다(『안만집(安晚集)』 보편(補編) 권2 「화허재권농(和虛齋勸
   農)」, 『섭재집(涉齋集)』 권15 「권농구호(勸農口號)」, 『후촌대전집(後村大全
   集)』 권8 「노농(勞農)」, 『추애소고(秋崖小稿)』 권15 「권경(勸耕)」).
   이들은 또한 모두 관리들의 말을 썼지만 단지 이등의 이 시와 심호(諶祜)
   의 「권농일(勸農日)」만은 참혹한 진실의 정황을 반영하여 백성의 말을 하
   고 관청식 문장을 타파하였다.
   이외에, 『남송군현소집(南宋群賢小集)』 제11책 임희일(林希逸)의 『죽계십일
   고시선(竹溪十一稿詩選)』의 「소농(劭農)」 시는 다만 관부(官府)에서 시골로
   내려와서 농민들을 청하여 술을 마시게 하는 것만을 묘사하여 우리들로
   하여금 "권농"의 의식이 어떤 것인가를 알게 해주고 있다.

2 귀인들이 행차할 때의 의장(儀仗)을 가리킨다.

3 권농할 때의 나무에 새긴 고시(告示)를 가리킨다.

4 당(唐) 태종(太宗) 이세민(李世民)은 졸렬하여 알아보기 어려운 초서(草書)를 묘사하여 "줄마다 봄 지렁이를 얽어맨 듯하고, 글자마다 가을 뱀을 묶어 놓은 듯하다(行行若縈春蚓, 字字如綰秋蛇)"라고 하였다. 『진서(晉書)』 권80 「왕희지전(王羲之傳)」에 보이는 명언이다.

5 『남송군현소집(南宋群賢小集)』 제11책 임희일(林希逸)의 『죽계십일고시선(竹溪十一稿詩選)』 「소농(劭農)」에 "판에 새겨 사람마다 보게 한 것은 이미 알고 있거니와, 듣건대 올해에는 벽자(僻字)가 드물다고 하네(已分鏤板隨人看, 聞說今年僻字稀)"라고 한 것을 참조.

6 큰 관리들을 청하여 밭에 얼마나 흉년이 들었는가를 보게 하고, 작은 관리들을 청하여 냄비 속이 얼마나 비어 있는가를 보게 한다. 큰 관리는 신분이 높으므로 농민들은 감히 그가 몸을 굽혀 집안에 들어오도록 청하지 못하는 것이다.

7 "종(鍾)"은 범성대(范成大)의 「사시전원잡흥(四時田園雜興)」 주 9)에 보인다. 본서 361쪽. "부(釜)"는 6말[斗] 4되[升]이다.
부지런한 사람은 수확이 많고 게으른 사람은 수확이 적다는 것을 말하였는데, 이러한 노동의 과실의 수량상의 차이는 "권농"의 가장 유력한 논증이다.

8 "가(家)"자는 "공가(公家)"의 "가(家)"와 같으며, 주(州)의 관리를 가리킨다.

9 유훈(劉壎)의 『은거통의(隱居通議)』 권8에는 남송 말엽의 심호(諶祜)의 「권농일(勸農日)」이 실려 있다 : "메꽃은 사람을 웃고 사람은 술취한 듯한데, 농사를 권하는 글은 하늘 꽃이 떨어지는 듯하네. 농부들은 이제 한 잔을 권농하는 관리에게 돌리니, 관리들은 야위고 백성들은 살지면 관리에게 잇속이 있네. 관리들도 즐겁고 백성들도 즐거우니, 권농하는 글은 담장 벽에 붙어 있네. 관리들도 이 날은, 백성들도 이 날은, 관의 술이 세 차례 돌면 관의 일도 끝나네(山花笑人人似醉, 勸農文似天花墜. 農今一杯回勸官, 吏瘠民肥官有利. 官休休, 民休休, 勸農文在牆壁頭. 官此日, 民此日, 官酒三行官事

畢)"를 참조. 청(淸) 증욱(曾燠)의 『강서시징(江西詩徵)』 권21에도 또한 이
시를 뽑아 놓았는데 아마 『은거통의』를 근거로 하여 제목을 「권농곡(勸農
曲)」으로 고쳤을 것이다.

74. 섭소옹(葉紹翁)

섭소옹(葉紹翁, ?~?)의 자는 사종(嗣宗), 포성(浦城) 사람이다. 『정일소집(靖逸小集)』이 있다. 강호파(江湖派) 시인으로 7언 절구에 가장 뛰어났다.

游園不值

應憐屐齒印蒼苔, 小扣柴扉久不開.
春色滿園關不住, 一枝紅杏出牆來.[1]

1 이것은 고금에 애송되는 시로, 사실은 육유(陸游)의 『검남시고(劍南詩稿)』 권18 「마상작(馬上作)」에서 탈태(脫胎)한 것이다. "평평한 다리 좁은 길에 비가 갓 개이니, 엷은 햇빛은 구름을 뚫고 푸른 안개가 떠 있네. 버들도 봄빛을 막지 못하여, 붉은 살구 한 가지가 담 위에 뻗어 있네(平橋小陌雨初收, 淡日穿雲翠靄浮; 楊柳不遮春色斷, 一枝紅杏出牆頭)" 그러나 제3구는 육유의 것보다도 신선하고 경책적(警策的)이다.
『남송군현소집(南宋群賢小集)』 제10책에 다른 "강호파(江湖派)"의 시인 장양신(張良臣)의 『설창소집(雪窗小集)』이 있는데, 그중 「우제(偶題)」에는 "누구의 집 지관(池館)이 호젓이 고요한가? 비스듬히 기울어진 붉은 대문은 감히 두드리지도 못하네. 한 줌의 아름다운 봄을 다 간직할 수 없어, 흰 담장에는 비스듬히 살구꽃 가지 끝이 드러났네(誰家池館靜蕭蕭, 斜倚朱門不敢敲. 一段好春藏不盡, 粉牆斜露杏花梢)"라고 하였는데 제3구는 쓸데없는 글자로 채우고 있어 역시 섭소옹의 구체적인 것에는 미치지 못한다.

이와 같은 경색(景色)은 당인(唐人)도 또한 일찍이 묘사한 적이 있다. 예컨대, 온정균(溫庭筠)의 「행화(杏花)」에는 "아득한 고운 노래 봄날은 정오인데, 담장을 나왔는가? 어느 곳 붉은 대문 너머에서(杳杳艶歌春日午, 出牆何處隔朱門?)"라고 하였고, 오융(吳融)의 「도중견행화(途中見杏花)」에는 "붉은 살구꽃 한 가지가 담장 위로 나와 있는데, 담장 밖의 나그네는 한창 홀로 시름에 잠겨 있네(一枝紅杏出牆頭, 牆外行人正獨愁)"라고 하였고, 또 「행화(杏花)」에는 "홀로 그림자를 비출 때는 물가를 내려다보고, 가장 정을 머금고 있을 때는 담장 위로 나와 있을 때라네(獨照影時臨水畔, 最含情處出牆頭)"라고 하였고, 이건훈(李建勳)의 「매화, 기소친(梅花, 寄所親)」에는 "구름 같은 귀밑머리는 스스로 흩날리는 곳의 가루가 붙어 있고, 옥 같은 채찍은 누가 담장을 나온 가지를 가리키고 있는가?(雲鬢自粘飄處粉, 玉鞭誰指出牆枝)"라고 하였지만, 다만 어떤 것은 기타의 정경과 섞여서 배열되어 있고, 어떤 것은 1편 중에서 가장 깊은 인상을 남기는 위치에 있지는 않기 때문에 모두 송인이 이처럼 분명하게 묘사한 것에는 미치지 못한다.

田家三詠三首

織籬爲界編紅槿, 排石成橋接斷塍.
野老生涯差省事, 一間茅屋兩池菱.(第一首)

田因水壞秧重播, 家爲蠶忙戶緊關;[1]
黃犢歸來莎草闊, 綠桑採盡竹梯閒.(第二首)

抱兒更送田頭飯, 畫鬢濃調竈額煙;
爭信春風紅袖女, 綠楊庭院正秋千?[2](第三首)

1 범성대(范成大)의 「사시전원잡흥(四時田園雜興)」 주 4)를 참조. 본서 359쪽.

2 백거이(白居易)의 「대매신녀, 증제기(代賣薪女, 贈諸妓)」에는 "어지러운 쑥대는 귀밑머리요 베는 치마인데, 새벽에 차가운 산을 밟고 스스로 땔감을 지고 있네. 어떤 전당강(錢塘江) 가의 여인은, 붉은 옷을 입고 말을 타고 있으니 누구인가?(亂蓬爲鬢布爲裙, 曉踏寒山自負薪; 一種錢塘江上女, 著紅騎馬是何人!)"라고 하고, 소식(蘇軾)의 「오잠녀(於潛女)」에는 "푸른 치마 흰 소매의 오잠의 여인네, 두 발은 서리 같은데 신발도 신지 않았네 …… 나무하고 돌아오는 낭군을 만나면 서로 사이가 좋으니, 제(齊)나라·노(魯)나라의 희씨(姬氏)·강씨(姜氏)가 있다는 것도 믿지 않네(青裙縞袂於潛女, 兩足如霜不穿屨. …… 逢郎樵歸相媚嫵, 不信姬姜有齊魯)"라고 한 것을 참조.
섭소옹의 묘사는 백거이보다 심각하고 소식보다 분명하다. 그 뜻은 부귀한 집 아낙네들의 한가로운 생활에 대하여 농가의 아낙네들은 본 적도 없을 뿐 아니라 또한 남들이 이야기하는 것을 듣고도 오히려 믿지 않는다는 것이다.

夜書所見

蕭蕭梧葉送寒聲, 江上秋風動客情.
知有兒童挑促織, 夜深籬落一燈明.[1]

1 이러한 경상(景象)이 곧 강기(姜夔)가 「제천락(齊天樂)」에서 귀뚜라미를 읊은 이른바 "우습네 울타리에서 등불을 불고 있는, 세간의 아이들이(笑籬落呼燈, 世間兒女)"라는 것이다.

75. 엄우(嚴羽)

엄우(嚴羽, 1191(?)~1248(?))의 자는 의경(儀卿), 혹은 단구(丹邱), 스스로 창랑포객(滄浪逋客)이라 불렀으며 소무(邵武) 사람이다. 『창랑음(滄浪吟)』이 있다. 그는 이론가로서 소식(蘇軾)·황정견(黃庭堅) 이래의 시체(詩體)와 당시에 유행하던 강호파(江湖派)를 극력 반대하였고, 성당시(盛唐詩)와 만당시(晚唐詩)를 엄격하게 구분하였다. "선도(禪道)"를 가지고 시를 설명하고 "문자로 시를 짓고 재학(才學)으로 시를 지으며, 의론으로 시를 짓는(以文字爲詩. 以才學爲詩. 以議論爲詩)" 것을 배척하여 이른바 "신운파(神韻派)"를 열었는데, 그것은 "분명하게 말하지 않는(不說出來)" 것을 방법으로 하여 "분명하게 말할 수 없는(說不出來)" 경계에 도달하려고 하는 것이었다. 그의 『창랑시화(滄浪詩話)』는 명(明)·청(淸) 양대에 있어서 지극히 큰 영향을 미쳤고 송대의 가장 뛰어난 시화로 추앙을 받았다. 그래서 시집과 마찬가지로 전주(箋注)를 단 사람도 있고[1] 심지어 희곡과 팔고문(八股文)을 말하는 사람까지도 또한 그의 책 속의 이론을 선양(宣揚)하거나 혹은 응용하기도 하였다.[2]

비평가가 창작에 손을 대기만 하면 사람들은 그의 주먹으로 그의 입을 틀어막아 버리려고 하며 차라리 그의 입으로 하여금 그의 손을 물게 하려고 한다고 할 수 있다. 사람들은 모두 엄우의 실천이 그의 이론보다 훨씬

---

1) 청대(淸代)에는 호감(胡鑑)의 주가 있고, 또 단지 "시체(詩體)" 1절만 주를 단 왕위경(王瑋慶)의 『창랑시화보주(滄浪詩話補註)』도 있다.
2) 왕기덕(王驥德)의 『곡률(曲律)』 권3 「잡론(雜論)」 제39상(上)(제21, 제26 참조), 동기창(董其昌)의 『용대문집(容臺文集)』 권2 「조승지제의서(趙升之制義序)」·「희홍당고자서(戲鴻堂稿自序)」, 왕탁(王鐸)의 『의산원초집(擬山園初集)』 제24책 「문단(文丹)」.

못하다고 생각한다.[3] 그는 시를 논할 때 "투철영롱(透徹玲瓏)"·"쇄탈(灑脫)"에 중점을 두고 있지만, 그 자신의 작품은 매우 장황하고 분명하지 않으며 흔히 모방의 흔적이 있다. 더욱 이백(李白)을 스승으로 본받은 7언 고시는 힘이 다 빠지고 목소리가 쉬어버려서, 독자에게 목청도 좋지 않은 사람이 노래를 부르면 아마 곡조는 틀리지 않는다고 하더라도 목소리가 나오지도 않고 거칠다는 것을 생각하게 하기도 하고, 혹은 우화(寓話) 속의 청개구리가 목청을 한껏 뽐내어 소와 덩치를 다투는 것을 생각하게 하기도 한다. 강호파는 소식·황정견 이래의 전고 사용의 작풍에 불만을 나타내어 만당시를 제창하였는데, 엄우도 또한 이러한 작풍에 불만을 품고 성당시를 제창하였다. 강호파는 이러한 작풍을 가지고 두보(杜甫)에게 죄를 돌려 그를 저버렸으나, 엄우는 두보의 죄를 벗겨주고 아기와 목욕통 속의 더러운 물을 함께 버리지는 않았는데 이것은 그의 뛰어난 점이다. 그는 비록 "선(禪)을 가지고 시를 비유하여(以禪喩詩)" 허무표묘(虛無縹緲)하지만 작품 속에서는 도리어 그래도 현실감이 있고 결코 세상사에 대하여 보지도 듣지도 않고 참선(參禪)·입정(入定)과 같이 인위적으로 정교하게 마비되어 있는 것은 아니었다. 그는 매우 애국적이었다. 아무리 그의 「종군(從軍)」·「새하(塞下)」·「출새(出塞)」·「규중사(閨中詞)」 등등이 모두 옛것과 당시(唐詩)를 모방한 작품이라고 하지만, 살펴보면 또한 그가 처해 있던 시대에 닻을 내리고 기대와 희망을 부치고 있다. "언제인가 흉노가 멸망하여, 중원이 편안하게 될 날은(何日匈奴滅, 中原得晏然?)" 변방의 풍광을 상상한 일반적인 당

---

3) 예컨대, 방회(方回)의 『동강집(桐江集)』 권7 「시인옥설고(詩人玉屑考)」, 이동양(李東陽)의 『회록당집(懷麓堂集)』·「잡기(雜記)」 권10, 호응린(胡應麟)의 『시수(詩藪)』 내편(內編) 고체(古體) 중(中), 이일화(李日華)의 『자도헌잡철(紫桃軒雜綴)』 권2 등이 있다.
　　왕세정(王世貞)의 『엄주산인사부고(弇州山人四部稿)』 권144에서는 『창랑시화』를 칭찬하였지만, 권147에서는 엄우의 시가 "단지 소리만 갖추었을 뿐 전혀 재정(才情)이 결여되어 있다(僅具聲響, 全乏才情)"라고 한 것을 참조.

을 모방한 작품과는 그래도 약간 다른 것이다. 그 밖에, 그는 두세 수의 난리를 걱정하고 가슴 아파한 시가 있는데 전인들을 따르지 않았으며 상당히 정치(情致)가 있다.

『창랑시화』에 관하여는 여기서 많이 이야기할 수는 없지만 다만 두 가지만은 또한 한번 언급할 만한 가치가 있을 것이다. 당시 『창랑시화』의 주장과 가장 합치하는 것은 포회(包恢)의 『폐추고략(廢帚稿略)』의 몇 편의 글이다.4) 『초천이가시(樵川二家詩)』 권수(卷首) 황공소(黃公紹)의 서문에 따르면,5) 엄우는 포회의 부친 포양(包揚)의 제자였다고 한다. 물론 제자의 학문과 외견이 반드시 전부가 스승의 전수에서 나오는 것은 아니지만, 만약 같은 스승에게 배운 제자의 의론이 서로 같다면 여기에는 좀 관계가 있을 것이다. 『창랑시화』의 주장은 19세기 유럽에서 상당히 풍미한 한 유파의 시론과 가까울 뿐만 아니라 또한 고대 인도의 한 유파의 시론과도 공교롭게 합치하고 있다. 더욱 묘한 것은 그 유파의 시론의 구호가 한문의 "운(韻)"자에 꼭 들어맞는다는 것이고,6) 인도의 문예 이론이 중국까지 소개된 적이 없고 "선(禪)"은 인도 철학의 한 면에 물들어 있는 데 지나지 않기 때문에 이 우연한 합치는 매우 음미할 만한 것이다.

---

4) 권2 「답부강가논시(答傅當可論詩)」・「답증자화논시(答曾子華論詩)」・권5 「서서자원『무현고』후(書徐子遠『無絃稿』後)」.
   마금(馬金)이 엮은 대복고(戴復古)의 『석병시집(石屛詩集)』에는 포회(包恢)의 서(序)가 있지만 『폐추고략(敝帚稿略)』에는 빠져 있는데, 그중의 의론도 또한 참고하고 증거로 삼을 만하다.
5) 『재헌집(在軒集)』에는 수록되어 있지 않다.
6) 『범문시학사연구(梵文詩學史研究)』 제2책 제5장・제6장(1925년 런던판, 181쪽, 190쪽, 226쪽) 참조.

有感六首(選二)[1]

誤喜殘胡滅, 那知患更長! 黃雲新戰路, 白骨舊沙場.

巴蜀連年哭, 江淮幾郡瘡? 襄陽根本地, 回首一悲傷.(第一首)

聞道單于使, 年來入國頻. 聖朝思息戰, 異域請和親.

今日唐虞際, 群公社稷臣; 不防盟墨詐, 須戒覆車新.[2](第三首)

---

1 원래 6수가 있다. 송 리종(理宗) 단평(端平) 원년(1234) 송나라 군대가 몽고(蒙古) 군대와 연합하여 금나라를 멸망시켰고, 리종 단평 2년(1235)에서 순우(純祐) 6년(1246)까지 몽고군은 사천(四川)·호북(湖北)·안휘(安徽) 등을 공격하였고, 리종 보우(寶祐) 6년(1258)에서 개경(開慶) 원년(1259)까지 몽고군은 사천·호북·호남(湖南) 등을 공격하여, 그 결과 송의 재상 가사도(賈似道)는 몽고에게 강화를 요구하여 "신하를 칭하고 세폐(歲幣)를 바치는(稱臣納幣)" 것을 조건으로 하였으며, 송 탁종(度宗) 조기(趙禥) 함순(咸淳) 3년(1267)에는 몽고군이 양양(襄陽)을 포위하여, 함순 9년(1273)에 이르기까지 곤경에 처해 있다가 수비하던 장수 여문환(呂文煥)이 가사도가 군대를 파견하여 구원하지 않았기 때문에 성을 바치고 나가서 항복하였다. 엄우의 이 시들은 대략 함순 3년 이후에 지어졌을 것이다.

---

2 화약(和約)을 맺으면 적이 변심하고 신의를 지키지 않는 것을 막을 수 없기 때문에 조심하여 다시는 큰 손해를 보지 말아야 한다.

臨川逢鄭遇之之雲夢[1]

天涯十載無窮恨, 老淚燈前語罷垂.

明發又爲千里別, 相思應盡一生期.
洞庭波浪帆開晚, 雲夢蒹葭²鳥去遲.
世亂音書到何日? 關河一望不勝悲!

1 제목은 원래 「임천봉정하지운몽(臨川逢鄭遐之雲夢)」으로 되어있으나, "지
  (之)"의 한 글자가 빠진 듯하다. 정하지(鄭遐之)가 호북(湖北)으로 갈 때 도
  중에 강서(江西)를 지나다가 엄우를 만나게 된 것이다.

2 운몽택(雲夢澤)의 갈대이다. 이것은 『시경(詩經)·진풍(秦風)·겸가(蒹葭)』
  의 말을 사용한 것으로, 이별한 후에 강물 하나를 사이에 두고 서로 그리
  워한다는 것을 나타낸 것이다.

76. 악뢰발(樂雷發)

악뢰발(樂雷發, ?~?)의 자는 성원(聲遠), 스스로 설기(雪磯)라고 불렀으며 용릉(舂陵) 사람이다. 『설기총고(雪磯叢稿)』가 있다. 그는 당시의 시인으로서 명성이 결코 높지 않았지만, 사실 송말(宋末)의 소시인들 중에서는 뛰어난 작자라고 할 수 있고 상당히 웅위(雄偉)한 풍격과 격앙된 정조(情調)를 갖고 있다. 근체시는 또한 대부분이 강호파(江湖派)의 테두리를 벗어나지 못하고 있다.

烏烏歌[1]

莫讀書! 莫讀書! 惠施五車[2]今何如?

請君爲我焚却「離騷賦」, 我亦爲君劈碎「太極圖」;[3]

攜來相就飮斗酒, 聽我仰天呼烏烏.[4]

深衣大帶講唐虞, 不如長纓繫單于,

吮毫搦管賦「子虛」. 不如快鞭躍的盧.[5]

君不見前年賊兵破巴渝, 今年賊兵屠成都;[6]

風塵澒洞兮豺虎塞途, 殺人如麻兮流血成湖.

眉山書院嘶哨馬, 浣花草堂巢妖狐.[7]

何人笞中行?[8] 何人縛可汗?

何人丸泥封函谷?[9] 何人三箭定天山?[10]

大冠若箕兮高劍拄頤; 朝譚回軻兮夕講濂伊.[11]

綬若若兮印纍纍, 九州博大兮君今何之?

有金須碎作僕姑,[12] 有鐵須鑄作蒺藜.

我當贈君以湛盧靑萍之劍, 君當報我以太乙白鵲之旗.[13]

好殺賊奴取金印, 何用區區章句爲?

死諸葛兮能走仲達, 非孔子兮孰却萊夷?[14]

噫! 歌烏烏兮使我不怡, 莫讀書! 成書癡!

1 악뢰발의 후손 악선(樂宣)의 「설기총고발(雪磯叢稿跋)」에 따르면 악뢰발은
   보우(寶祐) 원년(1253)에 특과(特科) 장원(壯元)으로 급제(及第)하였는데, "그
   때, 원나라 군대가 크게 일어나 서북 지방에 걱정이 많았으며 …… 일찍
   이 「오오가(烏烏歌)」를 지어 …… 뜻을 격려하고 의분을 발하였다(時元兵
   大起, 西北多虞 …… 嘗爲 「烏烏歌」 …… 勵志發憤)"라고 하였다. 시의 주된
   취지는 국가가 위급한 때에 서생은 참으로 "아무 쓸모가 없는(百無一用)"
   폐물임을 개탄한 것이다. 서생은 두 가지가 포함되는데, 사장(詞章)을 짓
   는 문학가와 성리(性理)를 연구하는 도학가(道學家)로서, 후자에 대해서 더
   욱 심하게 꾸짖는 듯하다.
   남송 때의 도학의 명성과 기세는 이미 유자휘(劉子翬)를 평할 때 말한 바가
   있다. 진조(陳造)·서사도(徐似道) 등과 같은 작가들은 가끔 시사(詩詞)를 지
   어 도학가의 허위를 풍자하였고(『강호장옹문집(江湖長翁文集)』 권6 「정학
   (正學)」·권7 「송항평보(送項平甫)」, 『계신잡지(癸辛雜識)』 속집(續集) 권상
   (卷上)에 실려 있는 「일전매(一剪梅)」 사(詞)), 유덕수(劉德秀)·호굉지(胡紘
   之)와 같은 정객(政客)들은 분분히 주장(奏章)을 올려 도학가들이 "조정에
   지반을 굳히고 점거하여 거의 사직(社稷)을 위태롭게 하고(蟠據朝廷, 幾危

社稷)", "불궤(不軌)를 도모한다(圖爲不軌)"고 하였다(이심전(李心傳)의 『도
명록(道命錄)』 권7상(上). 섭소옹(葉少翁)의 『사조문견록(四朝聞見錄)』 병집
(丙集) "포증이천(襃贈伊川)" 조, 또 정집(丁集) "경원당(慶元黨)" 조를 참조).
풍자한 것은 다만 일부 도학가의 행위를 지적한 것일 뿐이고 공격한 것도
또한 정치적으로 자신과 다른 사람들을 무고한 것으로, 논점이 모두 송
고종(高宗)의 이른바 "가볍고 거짓된 무리들이 …… 몰래 이름을 빌려 스
스로를 판다(浮僞之徒 …… 竊借名以自售)"라고 한 것을 벗어나지 못하고
있다.

오직 진량(陳亮)의 비평만은 가장 정곡을 찌르고 있는데, "오늘날 세상의
유사(儒士)들로서 스스로 정심성의(正心誠意)의 학문을 얻었다고 생각하는
자는 모두 중풍으로 마비되어 아픔과 가려움을 모르는 사람들이다. 온 세
상을 들어 임금과 어버이의 원수에게 놓아주고 바야흐로 고개를 숙이고
손을 맞잡아 성명(性命)을 말하지만 무엇을 성명이라고 하는지도 모르고
있다(今世之儒士, 自以爲得正心誠意之學者, 皆風痺不知痛癢之人也. 擧一世安於
君父之仇, 而方低頭拱手以談性命, 不知何者謂之性命乎?)"(『용천문집(龍川文集)』
권1 「상효종황제, 제일서(上孝宗皇帝, 第一書)」)라고 하였다.

남송 말기에 당시 외국의 침략은 갈수록 더욱 격심해졌으나, 도학은 마침
또 송 리종(理宗)에 의하여 국가의 정통 학문으로 정해졌으므로 어떤 사람
은 진량과 동감을 느끼고 있었는데, 악뢰발의 이 시는 매우 좋은 예이다.
동시에, 동진(東晉) 사람들이 "중원이 뒤집히고(中原傾覆)", "신주(神州)가
육침(陸沈)된(神州陸沈)" 것이 모두 노(老)·장(莊)을 숭상했던 "청담(淸談)"
의 결과라고 본 것과 꼭 마찬가지로(엄가균(嚴可均)『전진문(全晉文)』 권125
범녕(范甯)의 「왕필하한론(王弼何晏論)」, 『세설신어(世說新語)』 제26 「경저
(輕詆)」에 기록된 환온(桓溫)의 말, 『전진문』 권37 유익(庾翼)의 「이은호서
(貽殷浩書)」, 권73 유홍(劉弘)의 「하형주교(下荊州敎)」, 권89 진군(陳頵)의 「여
왕도서(與王導書)」, 권127 간보(干寶)의 「진기총론(晉紀總論)」, 『세설신어』
제2 「언어(言語)」에 기록된 왕희지(王羲之)가 사안(謝安)에게 경계한 말을
참조), 어떤 사람들은 또한 공(孔)·맹(孟)을 숭상하는 도학이 매우 국가를
그르치고 세상에 화를 미칠 수 있다고 깨닫고 있었는데, 이 때문에 왕왕

청담과 도학을 아울러 언급하고 논의하고 있다. 이등(利登)은 "주공(周公)·공자(孔子)의 마음을 열어 밝힌 것은 이(伊)·락(洛)의 유자들이 있었던 덕택이네. …… 저 진(晉)나라 때, 서로 스승으로 삼아 청허(淸虛)를 말하였네. 천 년 후의 사람들이, 지금을 보면 또 어떻게 생각할지 알 수 없네(開明周孔心, 賴有伊洛儒. …… 彼哉典午時, 相師談淸虛; 未知千載人, 視今更何如?)"(『남송군현소집(南宋群賢小集)』 제8책 『피고(皷稿)』 「감흥(感興)」)라고 하였고, 유문표(兪文豹)는 "만물을 개척하여 일을 이루는 사업이 폐기되어 격물치지(格物致知)의 이야기가 되는 것을 두려워하고 …… 그러므로 효종 황제는 그것이 진(晉)나라 사람들의 청담으로 흐를까 두려워하였다(恐開物成務之事業廢而爲格物致知之談 …… 故孝宗皇帝恐其流爲晉人之淸談)"(『취검록(吹劍錄)』 외집(外集))라고 하였으며, 심자고(沈子固)는 "언젠가는 반드시 국가의 막대한 화가 될 것이며, 아마 진의 청담보다 못지않을 것이다(異時必爲國家莫大之禍, 恐不在典午淸談之下也)"(주밀(周密), 『계신잡지(癸辛雜識)』 속집(續集) 권하(卷下) "도학(道學)" 조, 또 『지아당잡초(志雅堂雜鈔)』 권상(卷上) "인사(人事)" 조에 기록된 심자고의 말도 대략 같음)라고 하였다. 송의 멸망 이후, 유훈(劉壎)은 더욱 침통하게 "누가 도학을 청담이라고 하고, 다시 정문(程文)을 지어 짝지어 셋으로 만들었는가? 비에 젖은 종이로 만든 사람은 아침저녁에 달려 있고, 구름처럼 모인 철기(鐵騎)는 동남쪽에 가득하네. 종조(宗祧)(곧 종묘(宗廟)와 같음)는 연기처럼 없어졌는데 누가 길이 생각하겠는가? 글자의 뜻이 깊으니 장차 실컷 참선(參禪)이나 하려네. 이와 같이 헛되고 떠있는 나라와 사직(社稷), 오히려 옛일을 거듭하여 되뇌이네(誰將道學稱淸談, 更著程文配爲三. 帶雨紙人存旦暮, 屯雲鐵騎滿東南. 宗祧烟滅誰長慮? 字義淵深且飽參. 如此虛浮國同社, 猶將舊事重諵諵!)"(『수운촌음고(水雲村吟稿)』 권7 「객담송사(客談宋事)」)라고 하였다. 사실 바로 유문표가 말한 바와 같이 송 효종은 일찍이 당시의 "유자(儒者)"들이 실제에 맞지 않고 "고론(高論)"을 좋아한다는 것을 깨닫고 "지금 사대부들은 약간 서진(西晉)의 기풍이 있다(今士大夫微有西晉風)"(이심전(李心傳), 『건염이래조야잡기(建炎以來朝野雜記)』 을집(乙集) 권3)라고 말한 바 있다.

명대에 이르러서도 아직 어떤 사람들은 이 문제를 토론하였다(예컨대, 서

모(徐謨)의 『태실주담(太室塵談)』에는 "진인(晉人)은 명리(名理)를 가지고 청담을 하였고, 송인(宋人)은 도학(道學)을 가지고 청담을 하였다(晉人以名理爲淸談, 宋人以道學爲淸談)"라고 하였고, 방이지(方以智)의 『통아(通雅)』 권수(卷首)의 둘째에는 『이무공(二無公)』의 말을 인용하여 "지금 송의 유자는 진의 청담과 병폐가 같다고 하는 것은 잘못이다(今謂宋儒與晉淸談同弊, 過矣!)"라고 하였음).

재미있는 것은 남송의 원수이고 적인 그곳에서도 또한 「오오가」와 유사한 의론이 생겨나서 금(金)의 국세가 문학과 도학의 침식과 해독을 받았다고 보고 있었다는 것이다. 완안위(完顏偉)는 금 세종(世宗)에게 간하여 "이제 황제께서 여태까지 군대를 말씀하시지 않고, 문자를 말하는 사람으로 하여금 조석으로 곁에 있게 하시니, 삼변(三邊)에 급한 일이 있으면 시인(詩人)들을 가게 하여 담당할 수 있을지 모르겠습니다(今皇帝一向不說着兵, 使說文字人朝夕在側, 不知三邊有急, 把詩人去當得否?)"(우문무소(宇文懋昭), 『대금국지(大金國志)』 권17)라고 하였고, 금의 유로(遺老) 정자수(程自修)의 「통곡(痛哭)」 시에는 "천지가 썩은 유자의 손에 잘못 떨어져, 다만 부질없는 말로 하여금 한혈마로 삼게 하였네. 서진의 풍류는 참으로 걱정할 만한데, 천추에 멋지다고 함께함을 서글프게 바라볼 뿐이네(乾坤誤落腐儒手, 但遣空言當汗血. 西晉風流絶可愁, 悵望千秋共瀟灑!)"(원(元) 두본(杜本), 『곡음(谷音)』 권상(卷上))라고 하였다. 원 유인(劉因, 1249~1293)의 『정수선생문집(靜修先生文集)』 권11 「서사(書事)」 제5수에 "주희(朱熹)·장식(張栻)이 남긴 학문은 경륜(經綸)이 있으니, 청담이 세상 사람들을 그르친 것은 아니라네. 하얗게 센 머리로 회동(會同)하는 집에 돌아오니, 유관(儒冠)을 쓴 신하를 송에서 스승으로 삼은 것을 다투어 살펴보네(朱張遺學有經綸, 不是淸談誤世人. 白首歸來會同館, 儒冠爭看宋師臣)"라고 하였는데, 이것은 금(金)·원(元)의 도학가들의 관점을 대표하는 것으로 남송의 도학가들이 나라가 멸망한 후에 북방으로 올 수 있음을 기쁘고 다행한 일이라고 생각하고 있다.

---

2 『장자(莊子)·천하(天下)』편에는 혜시(惠施)는 "그의 책이 다섯 수레(其書五車)"라고 하였는데, 후세에는 이것으로 박학을 가리키게 되었다.

3 주돈이(周敦頤)는 「태극도(太極圖)」와 『태극도설(太極圖說)』을 지었는데, 송유(宋儒)들은 우주와 인생의 가장 정밀하고도 간결한 표해(表解)와 설명이라고 추앙하였다(황종희(黃宗羲)의 『송원학안(宋元學案)』 권12). 여기서는 「이소부(離騷賦)」를 가지고 문학을 대표시키고, 「태극도」를 가지고 도학을 대표시키고 있다.

"아(我)"와 "군(君)"의 용법은 악뢰발이 다만 문인으로 자처하고 있음을 나타내고 있다. 물론 악뢰발의 「이소부」는 결코 남들에 의하여 태워지지는 않았는데, 그렇지 않으면 어떻게 5권으로 엮은 『설기총고』가 있을 수 있겠는가? 또 그도 또한 감히 「태극도」를 찢어버리지는 못했는데, 다만 그 자신의 장원책(壯元策)(주홍모(周洪謨)의 「설기선생시집서(雪磯先生詩集序)」에 "천하의 선비들을 글을 가지고 찾기보다는 천하의 선비들을 도를 가지고 선하게 하는 것이 낫다(求天下之士以文, 不若淑天下之士以道)"라고 한 것이 인용되어 있음) · 그의 시고(詩稿)의 자서(自序)("어렸을 때 …… 사장(詞章)에 빠져 있었으나, 얼마 후에 그것을 뉘우치고 바야흐로 채찍질하여 성현의 학문에 나아가게 되었다(早歲 …… 溺志詞章, 旣而悔之, 方將鞭僻近裏, 以進聖賢之學)" · 그의 「등염계태극루(登濂溪太極樓)」(『총고(叢稿)』권1에 "빼어난 고정옹(考亭翁)(곧 주희(朱熹)은, 마음을 되살펴 하늘의 깊은 이치를 깨달았네. …… 뿌리를 깊게 하고 또 뿌리를 깊게 하여, 독실하게 행하는 것을 보배로 삼았네(英英考亭翁, 反心會天奧. …… 深根復深根, 篤行以爲寶)"라고 하였음) · 「여복고숙독횡거"정몽"서(與復古叔讀橫渠"正蒙"書)」(권4에 "반평생 동안 교만하고 인색하기가 마치 달팽이가 움츠리고 있는 듯하여, 스스로 「서명(西銘)」을 잡고 되풀이하여 살펴보네(半生驕吝如蝸縮, 自把「西銘」反覆看)"라고 하였음)와 「무제(無題)」(권4에 "다만 이제 마음에 새겨진 것을 누가 전할 수 있겠는가? 스스로 『통서(通書)』를 접고 재에다 전서(篆書)를 쓰네(只今心印誰傳得, 自摺『通書』撥篆灰)"라고 하였음)를 보기만 해도 될 것이다.

4 "오오(烏烏)"는 "오오(嗚嗚)"와 통한다. 이것은 한(漢) 양운(楊惲)의 「보손회종서(報孫會宗書)」에 "술을 마신 후 귀가 뜨거워지면, 하늘을 우러러보고

부(缶)(장군)를 두드리면서 아아! 하고 부른다(酒後耳熱, 仰天拊缶而呼烏烏)"
라고 한 것을 사용한 것이다.

5 "요(堯) 임금과 순(舜) 임금을 말한다(講唐虞)"는 것은 도학가를 가리키고,
"「자허(子虛)」를 짓는다(作「子虛」)"는 것은 사마상여(司馬相如)를 빌려서 문
학가를 가리킨 것이다.

"불여(不如)"의 2구는 각각 한(漢) 종군(終軍)이 "긴 갓끈을 받아 남월왕(南
越王)을 묶어 오겠다(受長纓繫南越王)"고 청한 것과 삼국(三國) 유비(劉備)가
적로마(的盧馬)를 타고 "한 번에 세 길을 뛰어(一踦三丈)" 단계(檀溪)를 건
너간 전고를 사용하였다.

"심의(深衣)" 구는 정이(程頤) 이래의 도학가들이 모두 "복건에 큰 소매(幅
巾大袖)"를 하고 있었기 때문에 의복이 딴 사람과 달랐다는 뜻이다(장뢰
(張耒)의 『가산집(柯山集)』 권22 「증조부경평(贈趙簿景平)」, 육유(陸游)의 『노
학암필기(老學菴筆記)』 권9 참조). 악뢰발의 「무제(無題)」 시에도 또한 "큰
소매와 헐렁한 옷으로 절강(浙江)・회수(淮水)에서 분주하네(大袖褭衣走浙
淮)"라고 하였다.

6 악선(樂宣)의 발(跋)의 말을 보면 이것은 보우(寶祐) 6년(1258)인 듯하지만
악뢰발의 자서(自序)는 보우 5년에 지은 것이다. 만약 『설기총고』가 역시
작자가 엮은 원본이고 후인의 증보를 거치지 않았다면, 여기의 "금년(今
年)"은 순우(純祐) 원년(1241)으로 그해 11월에 몽고군이 성도(成都)를 깨
뜨렸고, "전년(前年)"은 가희(嘉熙) 3년(1239)으로 그해 8월에 몽고군이 중
경(重慶)・미주(眉州) 등을 취하였다.

7 "풍진(風塵)"의 2구는 이백(李白)의 「촉도난(蜀道難)」에 "지키는 사람이 어
쩌다가 그 사람이 아니면, 늑대와 승냥이로 변해 버리네. 아침엔 사나운
범을 피하고, 저녁엔 긴 뱀을 피하며, 어금니를 갈고 피를 빨면서, 삼대처
럼 사람을 죽이네(所守或匪人, 化爲狼與豺. 朝避猛虎, 夕避長蛇; 磨牙吮血, 殺
人如麻)"라고 한 것을 사용하였다.

환화초당(浣花草堂)은 성도(成都)에 있으며 두보(杜甫)가 옛날에 살던 곳이

다. 미산서원(眉山書院)은 미주(眉州) 손씨(孫氏) 집의 장서루(藏書樓) 겸 학당(學堂)을 가리키는데 위료옹(魏了翁)의 『학산선생대전집(鶴山先生大全集)』 권41 「미산손씨서루기(眉山孫氏書樓記)」의 이른바 "서루산학(書樓山學)"이다. 여기서는 아마 미산서원으로 도학을 상징하고, 환화초당으로 문학을 상징했을 것이다.

8 『한서(漢書)』 권48에는 가의(賈誼)가 올린 "통곡하고 눈물을 흘리며 길게 한숨을 쉬었다(痛哭流涕長太息)"는 주소(奏疏)가 실려 있는데, "저의 계책을 실행한다면 반드시 선우(單于)의 목을 묶어 그 목숨을 제압할 수 있고 중항열(中行說)을 굴복시켜 그 등에 채찍질을 할 수 있을 것입니다(行臣之計, 必係單于之頸而制其命, 伏中行說而笞其背)"라고 하였다. 중항열은 공주(公主)가 멀리 흉노(匈奴)에게 시집가는 것을 호송했던 한인(漢人)으로 흉노에 머물면서 "한(漢)나라의 일을 흉노에게 고하였다(以漢事告匈奴)" 여기서는 중항열을 빌려서 몽고에 투항한 송인들을 가리킨 것이다.

9 한대(漢代)에 왕원(王元)은 외효(隗囂)에게 큰 소리를 쳐서 "한 덩어리의 진흙으로 동쪽으로 함곡관(函谷關)을 봉쇄할 수 있다(以一丸泥東封函谷關)"고 하였다.

10 당대(唐代) 군대에서 설인귀(薛仁貴)를 찬양한 노래에는 "장군이 세 대의 화살로 천산(天山)을 평정하니, 장사들은 길게 노래하며 한관(漢關)으로 들어오네(將軍三箭定天山, 壯士長歌入漢關)"라고 하였다.

11 여기서는 문학은 접어두고 오직 도학만을 가리킨다. 안회(顔回)·맹가(孟軻)·주돈이(周敦頤, 호 염계(濂溪))·정이(程頤, 호 이천(伊川)).

12 화살.

13 "담로(湛盧)"·"청평(青萍)"은 모두 삼국(三國) 이전의 전설적인 명검(名劍)이다. 『한서(漢書)』 권25 상(上) 「교사지(郊祀志)」에는 한무제(漢武帝)가 "태일봉기(泰一鋒旗)"를 만들었는데 그 위에 해·달·별·용 등의 형상을 그

렸다고 실려 있다. 이백(李白)의 「송위생정관종군(送外甥鄭灌從軍)」 제3수에는 "오랑캐를 베니 피는 황하(黃河)의 물을 변하고, 효수(梟首)하면 마땅히 흰 까치를 그린 깃발에 매달아야 하리(斬胡血變黃河水, 梟首當懸白鵲旗)"라고 하였다.

14 『삼국지(三國志)·촉서(蜀書)』 권5 「제갈량전(諸葛亮傳)」의 주에는 『한진춘추(漢晉春秋)』에 실려 있는 민요 곧 "죽은 제갈량(諸葛亮)이 산 사마의(司馬懿)를 도주시키네(死諸葛走生仲達)"라는 민요가 인용되어 있다. 『좌전(左傳)』 정공(定公) 10년에는 제후(齊侯)가 노후(魯侯)와 회합할 때 제후는 내인(萊人)으로 하여금 군대를 가지고 노후를 겁탈하게 하였는데, 공자(孔子)는 "사사(士師, 사법관)는 이들을 다스리시오! 두 임금이 만나서 우호를 맺는데 오랑캐의 포로들이 무기를 가지고 난을 일으키는 것은 제(齊)나라 임금이 제후들을 명령할 수 있는 것이 아닙니다(士兵之! 兩君合好, 而裔夷之俘以兵亂, 非齊君所以命諸侯)"라고 말한 것이 기록되어 있다. 여기의 공자는 물론 도학가를 대표한 것이며, 도학가들은 공자처럼 지혜와 용기가 모두 뛰어나야 한다는 뜻이다. 제갈량은 "명사(名士)"를 대표하고 있을 가능성이 있다. 왜냐하면 그는 역사상 매우 일찍이 "명사"라고 불린 사람이고 그에게 놀라 달아난 "중달(仲達)" 곧 사마의는 그를 "'명사'라고 할 만하다(可謂'名士'矣)"(마국한(馬國翰)의 『옥함산방집일서(玉函山房輯佚書)·배자어림(裴子語林)』 권상(卷上))라고 말하고 있으며 문학가는 줄곧 "명사"라고 불렸기 때문이다. 악뢰발은 다른 시에서 제갈량을 극히 추앙하고 있다(『총고(叢稿)』 권1 「호료원출시"거공도", 잉색리작(胡料院出示"車攻圖", 仍索俚作)」).

常寧道中, 懷許介之

雨過池塘路未乾, 人家桑柘帶春寒.
野巫竪石爲神像, 稚子搓泥作藥丸.

柳下兩姝爭餉路, 花邊一犬吠征鞍.

行吟不得東溪¹聽, 借硯村廬自寫看.

1 허개(許玠)의 자는 개지(介之), 형양(衡陽) 사람으로 『동계시고(東溪詩稿)』가 있다. 『후촌대전집(後村大全集)』 권6과 권100의 「제허개지시(題許介之詩)」 시(詩)와 글에는 주필대(周必大)가 "그의 시를 칭찬하였고(稱其詩)" 그는 사람됨이 "탁 트이고(磊落)"·"충성스럽고 의리가 있으며(忠義)", "적(狄)의 난(難)(狄難)"을 방어할 "계획(規畫)"이 있다고 하였다.

秋日行村路

兒童籬落帶斜陽, 豆莢薑芽社肉¹香.

一路稻花誰是主? 紅蜻蛉伴綠螳螂.²

1 토지신에게 제사를 올릴 때의 제육(祭肉, 조육(胙肉))이다.

2 옛 사람의 시에는 흔히 이와 같은 구법(句法)과 색깔의 대조가 있다. 예컨대, 백거이(白居易)의 「기답주협률(寄答周協律)」에는 "가장 기억나는 것은 뒤뜰에서 한 잔 술로 흩어진 후, 붉은 병풍으로 푸른 창을 가리고 잠자던 것이라네(最憶後庭杯酒散, 紅屛風掩綠窓眠)"라고 하였고, 이상은(李商隱)의 「일사(日射)」에는 "회랑은 사방이 닫혀 적막함을 덮었고, 푸른 앵무새는 붉은 장미와 마주하고 있네(回廊四合掩寂寞, 碧鸚鵡對紅薔薇)"라고 하였으며, 한악(韓偓)의 「심원(深院)」에는 "깊은 뜰에 발을 내리고 사람이 낮잠을 자는데, 붉은 장미가 푸른 파초를 비치고 있네(深院下簾人畫寢, 紅薔薇映碧芭蕉)"라고 하였고, 육유(陸游)의 「수정(水亭)」에는 "한 조각의 풍광을 누가 그릴 수 있을까? 붉은 잠자리가 푸른 연꽃 가운데를 점찍고 있네(一片風光誰畫得? 紅蜻蜓點綠荷心)"(『검남시고(劍南詩稿)』 권76)라고 하였다. 악뢰발

의 제3구는 육유의 것보다도 신선하고 구체적이며 전체의 시도 또한 더욱
정채가 있다.

逃戸

租帖名猶在, 何人納稅錢? 燒侵無主墓, 地佔沒官[1]田.
邊國干戈滿, 蠻州瘴癘偏. 不知攜老稚, 何處就豐年?

---

1 공유(公有)로 하다.

77. 주밀(周密)

주밀(周密, 1232~1298)의 자는 공근(公謹), 스스로 초창(草窗)이라 불렀고 또 변양소옹(弁陽嘯翁)·빈주(蘋洲)라고 불렀으며 오흥(吳興) 사람이다.『초창운어(草窗韻語)』가 있는데 그 속에는 모두 송대 멸망 이전의 시가 실려 있다. 그의『변양시집(弁陽詩集)』은 이미 전해지지 않는 만큼, 그의 송의 멸망을 개탄한 시의 이른바 "처량하게 전조(前朝)의 일을 묻기가 두렵고, 늙었지만 그래도 후세의 책은 남기려고 하네(淒涼怕問前朝事, 老大猶存後世書)"[1]라고 한 것이 지나치게 사치한 희망이었음을 알 수가 있을 것이다. 남송의 시에 뛰어난 사가(詞家)는 강기(姜夔)를 제외하면 그를 꼽는다. 그의 시도 또한 만당체(晩唐體)를 배웠는데 일반적으로 강호파(江湖派)가 본받은 만당 시인 이외에 또 이하(李賀)·두목(杜牧)의 풍격이 섞여 있다. 시의 의경(意境)과 자구는 항상 매우 섬세·난삽(難澀)하다. 예컨대 "하늘에서 내뿜는 미친 듯한 비가 향기를 다 씻어버리니, 푸른 잎은 붉은 궁궐에 가득 차 있지만 봄은 자취도 없네(噴天狂雨浣香盡, 綠壩紅闕春無痕)"[2]는 이하의 시 같기도 하고 더욱 오문영(吳文英)의 사(詞) 같기도 하다. 이 속에서도 아마 찾아낼 만한 실마리가 있을 것이다. 송대 말엽에는 비록 몇 사람의 이하의 시를 배운 시인들이 있었지만(주밀 외에 사고(謝翶)·소립지(蕭立之) 등이 있음) 이하는 주

---

1) 마정란(馬廷鸞)의『벽오완방집(碧梧玩芳集)』권15「제주공근『변양집』후(題周公謹『弁陽集』後)」에 인용되어 있다. 대표원(戴表元)의『섬원문집(剡源文集)』권8「변양시서(弁陽詩序)」에서 주밀의 소년·장년·만년의 시격(詩格)에 대하여 각각 서술한 것을 참조
2)『초창운어(草窗韻語)』오고(五稿)「귀춘곡(歸春曲)」.

로 사가(詞家)들의 "글자의 연마(鍊字)"의 모범이었다.[3] "사령(四靈)" 등의 시
는 독자로 하여금 꽃동산에 돌을 쌓아 산을 만들고 물을 끌어 못을 만드
는 것을 연상하게 하고 "진산진수(眞山眞水)"와 같은 탁 트이고 큰 기상은
없는데, 주밀의 시는 더욱 정교하고 세밀한 분경(盆景)을 연상시킨다.

---

3) 장염(張炎)의 『사원(詞源)』 권하(卷下) "자면(字面)" 조(條), 또 심의부(沈義父)의 『악부지미
(樂府指迷)』를 참조.

夜歸

夜深歸客倚筇行, 冷燐依螢聚土塍.
村店月昏泥徑滑, 竹窗斜漏補衣燈.[1]

1 육구몽(陸龜蒙)의 「조려(釣侶)」에 "돌아올 때는 달을 떨어지고 모래톱이 어
   둡지만, 아내와 아이들이 그물을 엮고 있는 등불은 알 수 있네(歸時月墮汀
   洲暗, 認得妻兒結網燈)"라고 한 것을 참조

野步

麥隴風來翠浪斜, 草根肥水噪新蛙.
羨他無事雙蝴蝶, 爛醉東風野草花.[1]

1 이군옥(李群玉)의 「삼월오일, 배배대부, 범장사동호(三月五日, 陪裴大夫, 泛長
   沙東湖)」에 "풀빛에 잠자리가 취해버렸네(草色醉蜻蜓)"라고 한 것을 참조

西塍秋日卽事

絡緯聲聲織夜愁, 酸風吹雨水邊樓.
堤楊脆盡黃金線, 城裏人家未覺秋.[1]

1 원대(元代) 공성지(貢性之)의 명작 「용금문견류(湧金門見柳)」에 "용금문 밖
   버들은 황금을 드리워, 며칠 오지 않은 사이에 녹음을 이루었네. 가지 하
   나를 꺾어 가지고 성으로 들어가서, 사람들에게 이미 봄이 깊었음을 알게

하려네(湧金門外柳垂金, 幾日不來成綠蔭. 折取一枝入城去, 使人知道已春深)"라
고 한 것은 바로 의식적으로 이 시와 대조하려는 것 같다. 공성지의 시는
청(淸) 고사립(顧嗣立)의 『원시선(元詩選)』 이집(二集) 신집(辛集) 속의 『남호
집(南湖集)』에 보인다. 명 서발(徐燉)의 『필정(筆精)』 권5, 전겸익(錢謙益)의
『열조시집(列朝詩集)』 윤집(閏集) 권6에는 일본인의 시로 인용되어 있고,
원매(袁枚)의 『수원시화(隨園詩話)』 권9에는 이금아(李金娥)의 시로 인용되
어 있는데, 아마도 모두 이 시가 매우 널리 유행·전파되었기 때문에 하
마터면 고향으로 되돌아 올 수 없었을 것이다.

西塍廢圃

吟蛩鳴蜩[1]引興長, 玉簪花落野塘香.
園翁莫把秋荷折, 留與游魚蓋夕陽.[2]

1　귀뚜라미와 매미.

2　만당 정곡(鄭谷)의 「연엽(蓮葉)」에 "개울가에서 빨래하는 사람들이 꺾지
않은 것에 매우 감사하니, 빗속에 남겨두어 원앙이를 덮어 준다네(多謝浣
溪人不折, 雨中留得蓋鴛鴦)"라고 하였다.
　후인들의 시에는 항상 연잎을 거위·오리 등의 우산이라고 하였다. 예컨
대, 주밀(周密)과 연배가 서로 맞닿는 허비(許棐)의 『매옥시고(梅屋詩稿)』 「고
하(枯荷)」에는 "만 개의 푸른 연잎이 다 시들어 버려, 빗속에 자고 있는
갈매기를 덮을 수가 없네(萬柄綠荷衰颯盡, 雨中無可蓋眠鷗)"라고 하였다. 주
밀은 그것이 물고기의 양산이라고 하였는데, 이군옥(李群玉)의 「신하(新荷)」
에 "둥근 그늘이 이미 물고기를 덮었네(圓陰已蔽魚)"라고 한 것과 대략 비
슷하다. 『초사(楚辭)·구가(九歌)·하백(河伯)』에는 "물수레를 타고 연잎을
덮개로 하였네(乘水車兮荷蓋)"라고 하였고, 또 「상부인(湘夫人)」에는 "물
가운데 집을 짓고, 연잎으로 지붕을 이었네(築室兮水中, 葺之以荷蓋)"라고

하였다. 이 시구들은 모두 "하개(荷蓋)"라는 글자 때문에 연잎의 형상에 맞추어 신화를 섬세하고 교묘하게 하였는데 산수를 분경(盆景)으로 변화시킨 것 같다. 애성부(艾性夫)(송말 원초)의 『잉어(剩語)』권상(卷上) 「하엽(荷葉)」에는 "거북과 물고기는 서늘한 그림자를 그늘로 삼고, 해오라기와 갈매기는 별장에서 쉬고 있네(龜魚蔭涼影, 鷺鷗憩別業)"라고 하였는데, 아래의 구는 또 "집을 짓는다(築室)"는 것에서 생겨난 것이다.

78. 문천상(文天祥)

문천상(文天祥, 1236~1283)의 자는 이선(履善), 혹은 송서(宋瑞), 스스로 문산(文山)이라 불렀으며 길수(吉水) 사람이다. 『문산시집(文山詩集)』·『지남록(指南錄)』·『지남후록(指南後錄)』·『음소집(吟嘯集)』이 있다. 원군의 침략에 저항한 이 열사(烈士)가 남겨 놓은 시는 절연히 전·후의 두 시기로 나누어진다. 원군이 항주(杭州)를 공격하여 깨뜨리고 송의 황제를 포로로 하기 이전이 한 시기이다. 그의 이 시기의 작품은 전부 모두 거칠고 평범하여 관상쟁이·점쟁이 등을 위하여 지은 시가 비례적으로 많아서 우리를 놀라게 한다. 그보다 3년 일찍 장원(壯元) 급제한 요면(姚勉)의 『설파사인고(雪坡舍人稿)』도 같은 형편이다. 아마 그 사람들이 모두 장원을 찾아 와서 자신들을 위하여 광고로 삼았을 것이다.[1] 그는 원군의 감금에서 탈출하여 여기저기 떠돌아다니면서 마음과 힘을 다하여 송의 조정을 위하여 한 모퉁이의 산과 강·한 치의 땅이라도 지키려고 하였다. 실패한 후에는 굴복하지 않았고 2년 동안 죄수로 갇혀 있다가 죽음을 당하였다. 그의 이 시기의 온갖 경험과 정서는 모두 『지남록』·『음소집』에 기록되어 있는데 대부분이 속마음을 직접적으로 써내고 수사는 강구하지 않았지만 지극히 침통한 뛰어난 작품이다.

---

1) 『한묵대전(翰墨大全)』 임집(壬集) 권8 임상룡(任翔龍)의 「심원춘(沁園春)·증담명허문(贈談明許文)」에 "한 통의 좋은 종이를 마련하여 장원(壯元)의 시를 구하네(辦一封好紙, 覓壯元詩)"라고 한 것을 참조.

揚子江[1]

幾日隨風北海遊, 回從揚子大江頭.
臣心一片磁針石, 不指南方不肯休.

1 남통(南通)에서 바다 배를 타고 절동(浙東)으로 가서 방향을 바꾸어 복주(福州)로 가는 도중에 지은 것이다. 경염(景炎) 원년(1276)에 송 단종(端宗) 조하(趙昰)가 복주에서 즉위하였다.

南安軍[1]

梅花南北路,[2] 風雨濕征衣. 出嶺同誰出? 歸鄉如此歸![3]
山河千古在, 城郭一時非.[4] 飢死眞吾志, 夢中行採薇.[5]

1 송 제병(帝昺) 상흥(祥興) 원년(1278)에 원군이 조주(潮州)를 깨뜨리고 문천상을 사로잡아 이듬해에 그를 북방으로 압송하여 갔다. 이것은 그가 사로잡힌 후 광동(廣東)에서 강서(江西)로 가다가 대유령(大庾嶺)을 지날 때 지은 것이다.

2 전하는 바에 따르면, 대유령은 남북 기후의 분계(分界)이기 때문에 "대유령 위의 매화는 남쪽 가지가 지면 북쪽 가지가 핀다(大庾嶺上梅, 南枝落, 北枝開)"(『당송백공육첩(唐宋白孔六帖)』 권99)라고 한다.

3 각본(刻本)에는 "출령수동출, 귀향여불귀(出嶺誰同出? 歸鄉如不歸!)"라고 되어 있다. 유훈(劉壎)의 『은거통의(隱居通議)』 권12에 의거하여 바로잡았다. 강서는 문천상의 고향이다.
사고(謝翶)의 『희발유집(晞髮遺集)』 권상(卷上) 「서문산권후(書文山卷後)」에 "죽어서 공을 따라 죽지 못했으니, 살아도 이 목숨이 없는 듯하네(死不從

公死, 生如無此生)"라고 한 것은 바로 문천상의 구법(句法)이다. 이러한 대장(對仗)은 원래 당인(唐人)들이 5율에서 글자를 희롱하던 기술이다. 예컨대, 관휴(貫休)의 「회주박·장위(懷周朴·張爲)」에는 "백발은 마땅히 완전히 희여졌을 터이니, 생애에 무엇을 할 것인가?(白髮應全白, 生涯作麼生?)"라고 하였고, 또 「송승유천곡(送僧游天谷)」에는 "눈은 무엇이 눈인가? 중은 누가 이 중을 알겠는가?(眼作麼是眼, 僧誰識此僧)"라고 하였으며, 이함용(李咸用)의 「조추, 유산사(早秋, 游山寺)」에는 "여러 지경의 고요함보다 고요하고, 여러 산의 높음보다 높네(靜於諸境靜, 高却衆山高)"라고 하였다. 문천상은 섬세하고 교묘한 구형(句型)에 새로운 내용을 불어넣어 정채(精彩)가 갑자기 다르다.

4　두보(杜甫)의 "나라는 깨졌으나 산과 강은 있네(國破山河在)"와 정령위(丁令威)의 "집을 떠난 지 천년 만에 이제 비로소 돌아오니, 성곽은 그대로 있으나 백성들은 아니네(去家千年今始歸, 城郭猶是人民非)"를 암암리에 사용하였다.

5　주(周) 백이(伯夷)·숙제(叔齊)가 주나라 곡식을 먹지 않고 고사리를 캐서 양식으로 하였다는 고사를 사용하였다. 남안군(南安軍)에 이르러 문천상은 음식을 끊고 "여드레 동안 일이 없는 것처럼 하다가 …… 다시 처음처럼 음식을 들었다(八日若無事然 …… 復飮食如初)"(『문산선생문집』 권14 「임강군(臨江軍)」).

金陵驛二首(選一)[1]

草合離宮轉夕暉, 孤雲飄泊復何依?
山河風景元無異, 城郭人民半已非![2]
滿地蘆花和我老, 舊家燕子傍誰飛?[3]

從今別却江南路,⁴ 化作啼鵑帶血歸.⁵(第一首)

1 역시 사로잡혀 북쪽으로 갈 때의 작품이다.

2 "산하(山河)" 구는 왕도(王導)가 "풍경은 다르지 않지만, 바로 스스로 산하의 다름이 있다(風景不殊, 正自有山河之異)"라고 한 것을 암암리에 사용한 것이다(『세설신어(世說新語)』 제2 「언어(言語)」.『진서(晉書)』에는 "강산지이(江山之異)"로 되어 있고, 『통감(通鑑)』에는 "강하지이(江河之異)"로 되어 있음. 청(淸) 손지조(孫志祖)의 『독서좌록(讀書脞錄)』 권7 참조).
"성곽(城郭)" 구는 「남안군(南安軍)」 주 4)를 참조. 본서 471쪽.

3 유우석(劉禹錫)의 「서새산회고(西塞山懷古)」에 "…… 금릉(金陵)의 왕기(王氣)는 암담하게 사라졌고 …… 옛 보루는 쓸쓸하고 갈대 피는 가을이라네(金陵王氣黯然收 …… 故壘蕭蕭蘆荻秋)"라고 한 것과 「오의항(烏衣巷)」에 "옛날 왕씨(王氏)·사씨(謝氏)의 당 앞의 제비가, 보통 백성들의 집에 날아들어 가네(舊時王謝堂前燕, 飛入尋常百姓家)"라고 한 것을 암암리에 사용한 것이다.
"로(老)"는 "만(晩)"·"지모(遲暮)"라고 말하는 것과 같다.

4 "로(路)"는 각본(刻本)에는 "일(日)"로 되어 있으나 유훈(劉壎)의 『은거통의(隱居通議)』 권12에 의거하여 바로잡았다.

5 이 2구의 침착하고 진지한 시는 수많은 사람들을 감동시켰다. 명이 멸망할 때의 열사(烈士) 하등교(何騰蛟)의 「자도(自悼)」 시는 그 암시를 받은 것이다(진전(陳田)의 『명시기사(明詩紀事)』 신첨(辛籤) 권9에 장응조(張應詔)의 『도원집(圖園集)』을 인용한 것을 참조).

除夜[1]

乾坤空落落, 歲月去堂堂. 末路驚風雨, 窮邊飽雪霜.
命隨年欲盡, 身與世俱忘. 無復屠蘇[2]夢, 挑燈夜未央.[3]

---

1 원(元) 세조(世祖) 홀필렬(忽必烈) 지원(至元) 18년(1281)의 섣달 그믐날이다. 이것은 연경(燕京)의 감옥에 갇혀 죽음을 기다리고 있을 때의 시이다.

---

2 음력 정월 초하루에는 으레 온 집안사람들이 단란하게 모여 "도소주(屠蘇酒)"를 마셨다.

---

3 "수세(守歲)"(섣달 그믐날 밤에 자지 않고 밤을 새움)와 "긴긴 밤 아득하니 언제나 날이 새리(長夜漫漫何時旦)"의 이중의 뜻이 포함되어 있다.

79. 왕원량(汪元量)

왕원량(汪元量, 1241~1317?)의 자는 대유(大有), 호는 수운(水雲), 전당(錢塘)
사람이다. 『수운집(水雲集)』·『호산류고(湖山類稿)』가 있다. 그는 내정(內廷)에
공봉(供奉)하던 금사(琴師)였다. 원의 군대가 송을 멸망시키고 삼궁(三宮)을
포로로 하여 북방으로 가자 그도 역시 따라갔다. 그는 "망국의 괴로움과
나라를 떠나는 걱정(亡國之苦, 去國之戚)"에 대하여 극히 비통하고 절절한 감
수성을 가지고 있었으며 극히 소박한 언어로 묘사하였다. 송대 유민(遺民)
들의 망국을 서술한 시 가운데 그의 「호주가(湖州歌)」 98수와 유덕린(兪德鄰,
1231~1293)의 「경구견회(京口遣懷)」 일백운(一百韻)[1]이 규모가 가장 크다고
할 수 있는데 그의 묘사가 구체적이고 생생하여 유덕린보다 훨씬 뛰어나
다. 전부 작품으로 볼 때 비록 때때로 황정견(黃庭堅)·진사도(陳師道)의 성
구(成句)를 차용하고는 있지만 그도 또한 강호파(江湖派)를 배웠다.

---

1) 『패위재문집(佩韋齋文集)』 권2.

醉歌十首(選四)¹

淮襄州郡盡歸降, 鞞鼓喧天入古杭.
國母已無心聽政, 書生空有淚成²行.(第三首)

六宮宮女淚漣漣, 事主誰知不盡年!³
太后傳宣許降國, 伯顔丞相到簾前.(第四首)

亂點連聲殺六更,⁴ 熒熒庭燎待天明.⁵
侍臣已寫歸降表,⁶ "臣妾"僉名"謝道淸"⁷(第五首)

湧金門外雨晴初, 多少紅船上下趨;
龍管鳳笙無韻調, 却擂戰鼓下西湖.(第八首)

1 이것은 송 제현(帝㬎) 덕우(德祐) 2년(1276) 봄의 일을 묘사한 것이다. 원군은 백안(伯顔)의 통솔 아래 곧장 송의 서울 임안(臨安) 곧 항주(杭州)를 핍박하였다. 그때 제현은 아직 여섯 살도 못 되는 어린이로 모친 전태후(全太后)가 청정(聽政)하였는데, 대신들을 보내어 백안에게 전국새(傳國璽)와 항표(降表)를 올리게 하였다.

2 "성(城)"은 "천(千)"으로 되어 있는 것도 있다.

3 진사도(陳師道)의 「첩박명이수(妾薄命二首)」 제1수의 뜻을 빌려 쓴 것이다 : "예로부터 첩은 박명하여, 주인을 섬기지만 해를 다하지도 못하네. …… 차마 주인의 옷을 입으며, 남을 위하여 봄날의 고운 단장을 해야 하는가? …… 죽은 사람은 아마 모를 터이지만, 첩의 몸은 언제까지나 스스로 가엽게 여기네(古來妾薄命, 事主不盡年. …… 忍著主衣裳, 爲人作春姸?

…… 死者恐無知, 妾身長自憐)"

"해를 다하지 못한다(不盡年)"는 것은 "함께 늙을 수 없다(不能偕老)"는 것과 같다.

---

4 "화저전주살육경(花底傳籌殺六更)"으로 되어 있는 것도 있다. 송대의 궁정에서는 오경(五更) 이후에 또 육경(六更)을 쳤다. 송 정대창(程大昌)의 『연번로(演繁露)』 권15 "육경(六更)" 조 참조. 남송인의 시에도 자주 육경을 말하고 있다. 예컨대, 양만리(楊万里)의 『성재집(誠齋集)』 권31 「사여처공송칠석주과(謝余處恭送七夕酒果)」의 자주(自注), 위료옹(魏了翁)의 『학산대전집(鶴山大全集)』 권10 「자신전어연, 즉사(紫宸殿御筵, 卽事)」, 악가(岳珂)의 『옥저집(玉楮集)』 권8 「망북궐문(望北闕門)」, 또 「몽상류삼교려저(夢尙留三橋旅邸)」, 진저(陳著)의 『본당집(本堂集)』 권4 「조행, 도자운(早行, 到慈雲)」이 있다. 왕원량(汪元量)의 「월주가(越州歌)」 제7수에도 또한 "육경을 쳤는데도 날이 아직도 새지 않네(打斷六更天未曉)"라고 하였다.

"살(殺)"은 "살(煞)"과 같고, 곧 "수살(收煞)"의 "살(煞)"이다.

---

5 "풍취정료멸환명(風吹庭燎滅還明)"으로 되어 있는 것도 있다.

---

6 "시신주파항원표(侍臣奏罷降元表)"로 되어있는 것도 있다.

---

7 사도청(謝道清)은 송 리종(理宗)의 황후(皇后)이고 제현(帝㬎)의 조모(祖母)이다. 당시의 "태황태후(太皇太后)"로서 송의 궁중에서는 가장 높은 인물이었는데 백안이 그녀의 "수조(手詔)"를 강요하였다.

왕원량의 「화서설강"즉사"(和徐雪江"卽事")」 시에도 "밤사이에 들었네 태모(太母)께서, 이미 스스로 항복의 글을 바쳤다는 것을(夜來聞太母, 已自納降箋)"이라고 하여, 모두 그의 이 일에 대한 불만을 나타내고 있다. 유덕린(兪德鄰)의 「경구견회(京口遣懷)」에 "외로운 태모의 몸, 늙어서 「황곡(黃鵠)」을 노래하네(煢然太母身, 垂老歌黃鵠)"라고 한 것은 그래도 용서하는 말투이지만, 사방득(謝枋得)의 『첩산집(疊山集)』 권4 「상승상류충재서(上丞相留忠齋書)」에는 솔직하게 "태모께서는 한두 집정(執政)의 계책을 경솔하게 믿으시고, 조종(祖宗) 300년의 땅과 백성을 이끌어 그것을 □□에게 다 바치면서도 나라를 지키는 신하와는 한 글자도 가부(可否)를 의논하지 않으셨으니, 군신의 의리가 또한 크게 깎인 것입니다(太母輕信一二執政之謀, 挈祖宗三百年土地人民盡獻之□□, 無一字與封疆之臣議可否, 君臣之義亦大削矣)"라고 하였다.

湖州歌九十八首(選十七)[1]

丙子正月十有三, 撾鞞伐皷下江南.

皐亭山上靑煙起, 宰執相看似醉酣.(第一首)

萬馬如雲在外間, 玉階仙仗罷趨班.

三宮北面議方定, 遣使皐亭慰伯顔.(第二首)

殿上群臣嘿不言, 伯顔丞相趣[2]降箋;

三宮共在珠簾下, 萬騎虯鬚遶殿前.(第三首)

謝了天恩出內門, 駕前喝道上將軍;

白旄黃鉞分行立, 一點猩紅似幼君.[3](第四首)

一掬吳山[4]在眼中, 樓臺纍纍[5]間靑紅.

錦帆後夜煙江上, 手抱琵琶憶故宮.(第五首)

北望燕雲不盡頭, 大江東去水悠悠.
夕陽一片寒鴉外, 目斷東西四百州.(第六首)

太湖風捲⁶浪頭高, 錦柁搖搖坐不牢;
靠著蓬窗垂兩目, 船頭船尾爛弓刀.⁷(第十首)

曉來宮櫂去如飛, 掠削⁸鬢雲淺畫眉.
風雨淒淒能自遣, 三三五五坐彈碁.(第十五首)

莫雨蕭蕭酒力微, 江頭楊柳正依依.
宮娥抱膝船窗坐, 紅淚千行濕繡衣.(第十六首)

曉鬢髼鬆懶不梳, 忽聽人說是南徐;⁹
手中明鏡抛船上, 半揭蓬窗看打魚.(第十七首)

官軍兩岸護龍舟, 麥飯魚羹進不休.
宮女垂頭空作惡, 暗抛珠淚落船頭.(第二十八首)

蘆荻颼颼風亂吹, 戰場白骨暴沙泥.
淮南兵後人煙絕,¹⁰ 新鬼啾啾舊鬼啼.(第三十二首)

靑天澹澹月荒荒, 兩岸淮田盡戰場.

宮女不眠開眼坐, 更聽人唱哭襄陽.¹¹(第三十六首)

篷窗倚坐酒微酣, 淮水無波似蔚藍.

雙櫓咿啞搖不住, 望中猶自是江南.(第四十四首)

銷金帳下忽天明, 夢裏無情亦有情.

何處亂山可埋¹²骨? 暫時相對坐調笙.(第四十五首)

錦帆百幅礙斜陽, 遙望陵州¹³里許長.

車馬爭馳迎把盞, 走來船上看花娘.(第六十首)

日中轉柁到河間, 萬里羈人强自寬.

此夜此歌如此酒, 長安¹⁴月色好誰看?(第六十五首)

---

1 송의 모후(母后) · 유주(幼主) · 궁녀(宮女) · 내시(內侍) · 악관(樂官) 등등이 원군에게 볼모가 되어 북쪽으로 간 일을 묘사하였다. 덕우(德祐) 2년(1276) 2월에 백안(伯顔)은 임안(臨安) 동북쪽의 고정산(皋亭山)에서 진군하여 호주(湖州)에 주둔하고, 사람을 임안으로 보내어 사태후(謝太后)에게 투항의 "수조(手詔)"를 빼앗고 아울러 또한 부고(府庫)를 봉하고 도서를 거두었으며 송의 직관(職官)을 해제하고 송의 시위군(侍衛軍)을 없애게 했기 때문에 왕원량은 호주를 제목으로 삼은 것이다.

---

2 재촉하다.

---

3 백안은 아답해(阿答海)를 보내어 송의 모후와 유주에게 말을 전하고 그들을 불러 북쪽으로 가서 원제(元帝)를 만나도록 하였는데, 전태후(全太后)는

제현(帝㬎)에게 "천자의 성은(聖恩)을 입어 너를 살린 것이니 마땅히 절하고 감사해야 할 것이다(荷天子聖恩活汝, 宜拜謝!)"라고 하였다. 감사를 드린 후 모자 두 사람은 궁정을 떠났다.

"어린 임금이다(是幼君)"라고 하지 않고 "어린 임금인 듯하다(似幼君)"라고 한 것은 완곡(婉曲) 어법이다.

---

4 소식(蘇軾)의 「법혜사횡취각(法惠寺橫翠閣)」 주2)에 보인다. 본서 157쪽.
왕원량의 「월주가(越州歌)」에도 또한 "옛날 꿈에서는 오산(吳山)에 어연(御筵)이 줄을 지었고, 3천 궁녀들 금련(金蓮)을 비추었네. 지금은 꿈속의 꿈은 말하지 말 것이니, 꿈속의 오산도 단지 스스로 가엽게 여길 뿐이네(昔夢吳山列御筵, 三千宮女燭金蓮. 而今莫說夢中夢, 夢裏吳山只自憐!)"라고 하였다.

---

5 "류류(纍纍)"는 "첩첩(疊疊)"으로 되어 있는 것도 있다.

---

6 "권(捲)"은 "기(起)"로 되어 있는 것도 있다.

---

7 뱃머리와 배의 뒤쪽에는 모두 압송하는 원군(元軍)뿐이고, 선창 안의 사람들은 겁에 질려 감히 바로 쳐다보지도 못한다.

---

8 "삭(削)"은 "발(髮)"로 되어 있는 것도 있다.

---

9 단도현(丹徒縣).

---

10 "양자강두조퇴지, 왕궁선방조어기. 수유풍정과강거(揚子江頭潮退遲, 王宮船傍釣魚磯, 須臾風定過江去)"로 되어 있는 것도 있다.

---

11 엄우(嚴羽)의 「유감(有感)」 주 1) 참조. 본서 451쪽.
이번 전쟁에서 양양(襄陽)은 송의 군대가 고생하며 지킨 유일한 곳이다. 왕원량의 「취가(醉歌)」에 또한 "여(呂) 장군이 있어 양양을 지키니, 10년 동안 양양은 무쇠 같은 등뼈였네. 아무리 바라보아도 구원군은 소식도 없고, 나오는 소리마다 가(賈) 평장(平章)을 욕하네(呂將軍在守襄陽, 十載襄陽鐵脊梁. 望斷援兵無信息, 聲聲罵殺賈平章)"라고 하였다. 양양을 잃자마자 원

군은 파죽지세(破竹之勢)가 되었다.

12 “매(埋)”는 “퇴(堆)”로 되어 있는 것도 있다.

13 산동(山東) 덕주(德州).

14 빌려서 남송의 서울 임안(臨安)을 가리킨 것이다.

80. 소립지(蕭立之)

소립지(蕭立之, 1203~?) 또는 입등(立等)의 자는 사립(斯立), 스스로 빙애(冰崖)라고 불렀고 녕도(寧都) 사람이다. 『소빙애시집습유(蕭冰崖詩集拾遺)』가 있다. 굳센 민족적 기개를 가진 이 시인은 동시의 사고(謝翱)·진산민(眞山民)처럼 유명하지는 않았지만 예술적으로는 그들보다 조예가 깊다. 남송이 위급할 때 그는 나라를 지키는 전쟁에 참여하였고,[1] 남송이 멸망한 후에도 원대의 통치에 대하여 극단적으로 증오하였다.[2] 7언 고시는 어쩌다가 이하(李賀)를 모방하고 5언 고시는 어쩌다가 진사도(陳師道)를 모방한 것을 제외하면, 그의 작품은 대다수가 상쾌(爽快)·초리(峭利)하여 스스로 풍격을 이루었고, 사고처럼 뜻이 글을 이기지 못한다든가 혹은 진산민처럼 강호파(江湖派)의 낡은 곡조를 탄주한다든가 하지는 않았다.

---

1) 『소빙시집습유(蕭冰崖詩集拾遺)』 권하(卷下) 「청병도중작(請兵道中作)」에 "신포서(申包胥)는 시대를 가슴 아파하는 눈물은 있지만, 남제운(南霽雲)은 고기를 먹을 마음이 없다네(申包胥有傷時淚, 南霽雲無食肉心)"라고 하였다.

2) 권하(卷下) 「우화(又和)」에는 "대문 밖에서 사람을 만나면 오랑캐처럼 무릎을 꿇고, 관가 안에서는 명함(증명서)을 내밀고 오랑캐의 글을 본다네(門外逢人作胡跪, 官中投牒見番書)"라고 하였다.

送人之常德[1]

秋風原頭桐葉飛, 幽篁翠冷山鬼啼;

海圖拆補兒女衣,[2] 輕衫笑指秦人溪.

秦人得知晉以前, 降唐臣宋誰爲言?[3]

忽逢桃花照溪源, 請君停篙莫回船.

編蓬便結溪上宅, 採桃爲薪食桃實;

山林黃塵三百尺, 不用歸來說消息![4]

1 이 시는 원인 통치 하의 지방에서 이미 깨끗한 땅이 없음을 개탄하고 진실로 도잠(陶潛)이 묘사한 도화원(桃花源)이 있기를 바란 것이다. 방회(方回)는 송이 멸망할 즈음 「도원행(桃源行)」을 지었는데, 그 서문에 "진(秦)을 피한 사람들은 진나라 사람이 아니라, 초(楚)나라 사람들이 그들의 임금과 나라가 망한 것을 비통하게 여기고 차마 자신의 몸을 원수에게 부림당할 수 없고 힘이 진나라를 멸망시키기에 부족하므로 떠나서 산 속에 숨은 것일 뿐이다(避秦之士非秦人也, 乃楚人痛其君國之亡, 不忍以其身爲仇人役, 力未足以誅秦, 故去而隱於山中爾)"라고 하였고, 시에서도 또한 "초(楚)나라 사람이 어떻게 진(秦)나라 신하가 되려고 하겠는가? 설사 진을 멸망시키지는 못했지만 역시 진나라를 피한 것이라네(楚人安肯爲秦臣, 終未亡秦亦避秦)" (정민정(程敏政, 1445?~1500?)의 『신안문헌지(新安文獻志)』 갑집(甲集) 권50, 『동강속집(桐江續集)』에는 수록되지 않음)라고 한 것은 바로 이 시의 뜻이다. 전하는 바에 따르면, 호남(湖南) 도원현(桃源縣)의 도원동(桃源洞)이 곧 도잠의 「도화원기(桃花源記)」가 가리키고 있는 곳이라고 한다. 도원은 송대에 상덕부(常德府)에 속하였다.

2 두보(杜甫)의 「북정(北征)」에 "침상 앞의 두 작은 딸이, 터진 곳을 기웠으나 겨우 무릎을 지난다네. 바다 그림에는 물결이 터지고, 예전의 수(繡)는 옮겨져 구부러지고 꺾여 있네(牀前兩小女, 補綻纔過膝. 海圖拆波濤, 舊繡移曲

折)"라고 하였는데, 가난해서 어린 아이들을 위하여 옷을 만들어줄 베도 없기 때문에 단지 여기저기 주워 모아서 바닷물을 그린 비단 조각까지도 잘라서 기워 넣을 수밖에 없다는 뜻이다.

3 도잠의 「도화원기(桃花源記)」에는 도원의 동굴 속에 사는 사람들의 조상은 모두 진시황(秦始皇)의 학정(虐政)을 피하여 떠났으며(이른바 "영씨(嬴氏)가 하늘의 기강을 어지럽히니, 어진 사람들은 그 세상을 피하였네(嬴氏亂天紀, 賢者避其世)"라는 것) 그래서 외계와 단절되어 "이에 한(漢)나라가 있었는 지도 모르니 위(魏)・진(晉)은 말할 것도 없다(乃不知有漢, 無論魏晉)"라고 하였다.

4 이 세계는 매우 더러워서 당신이 도원동에 들어가면 눌러 살고 우리에게 소식을 전해서는 안 될 것이니, 그렇게 해야만 「도화원기」의 어부처럼 동 굴에서 나온 이후 다시는 그 낙원을 찾지 못할 것이라는 뜻이다.
도잠은 다만 그 어부가 "수일 동안 머물다가 하직을 고하고 떠나갔다(停 數日辭去)"고 말했을 뿐이지만, 당대의 시인들 곧 왕유(王維)가 「도원행(桃 源行)」을 짓고, 유우석(劉禹錫)이 「도원행」을 지었으며, 한유(韓愈)가 「도원 도(桃源圖)」를 짓게 되자 비로소 확대되어 "속세의 마음을 다하지 못하고 고향을 생각하네(塵心未盡思鄕縣)", "갑자기 고향 길을 잃을까 두려워하고 …… 때묻은 속세의 마음을 씻어 버리지 못하였네(翻然恐迷鄕縣處 …… 塵心如垢洗不去)", "세상에는 누(累)가 있어 살 수가 없네(人間有累說消息)" 라고 하였다. 소립지가 여기에서 "돌아와 소식을 전할 필요가 없네(不用歸 來說消息)"라고 한 것은 뜻이 훨씬 깊다.

春寒歎[1]

一月春寒縮牛馬,[2] 束桂薪芻不當價.[3]
去年霜早穀蕃熟, 雨爛秧青無日曬.

深山處處人夷齊,[4] 鋤荒飯蕨塡朝飢!

干戈滿地此樂土, 不謂乃有凶荒時![5]

今年有田誰力種? 恃牛爲命牛亦凍.

君不見鄰翁八十不得死, 昨夜哭牛如哭子!

---

1 "탄(歎)"은 원래 "가(家)"로 되어 있으나 아마 잘못된 글자일 것이다.

2 포조(鮑照)의 「대출자계북문행(代出自薊北門行)」에는 "말갈기가 고슴도치처럼 움츠러들었네(馬毛縮如蝟)"라고 하였고, 두보(杜甫)의 「전고한행(前苦寒行)」에는 "소와 말은 털이 차가워 고슴도치처럼 움츠러들었네(牛馬毛寒縮如蝟)"라고 하였다.

3 "진주로 밥 짓고 계수나무를 땔감으로 한다(米珠薪桂)"는 성어를 반어적으로 사용한 것이다. "계수나무(桂)"조차도 "땔감(薪)"의 값을 감당할 수 없기 때문에 불을 피워 온기를 얻을 수 없다는 뜻이다.

4 백이(伯夷)·숙제(叔齊)를 빌려 산과 들의 구석진 곳에 도피한 송대의 유민(遺民)들을 가리킨 것이다. 문천상(文天祥)의 「남안군(南安軍)」 주 5) 참조. 본서 471쪽.

5 "흉황(凶荒)"은 흉년이 든 것을 가리키고, 위의 "서황(鋤荒)"은 황폐한 땅을 가리킨다. 이 구절도 또한 "지난해(去年)"의 비가 많이 와서 벼농사를 망친 일을 말하고 있다.

茶陵道中

山深迷落日, 一徑杳無涯. 老屋茅生菌, 饑年竹有花.[1]

西來無道路, 南去亦塵沙. 獨立蒼茫外, 吾生何處家!

1 죽실(竹實)을 가리킨다. 흉년에 식량으로 대용할 수 있다.

第四橋二首(選一)

自把[1]孤樽擘蟹斟, 荻花洲渚月平林.
一江秋色無人管, 柔艣風前語夜深.[2](第二首)

1 "파(把)"는 원래 "절(折)"로 되어 있으나 아마 잘못된 글자일 것이다.

---

2 배를 저을 때의 노(櫓) 소리 혹은 "키(舵)" 소리를 가리킨다. 당인, 예컨대 유우석(劉禹錫)의 「제상행(隄上行)」에는 다만 "작은 노 소리는 삐걱삐걱 강물에 가득하네(槳聲咿軋滿中流)"라고 하였고, 위장(韋莊)의 「설야, 범주유남계(雪夜, 泛舟遊南溪)」에는 다만 "노 소리가 내 속에서 홀로 삐걱거리네(棹聲煙裏獨嘔啞)"라고 하였다. 이백(李白)의 「회음서회, 기왕송성(淮陰書懷, 寄王宋城)」에는 "큰 배에는 쌍노가 붙어 있어, 강물 속에서 거위와 황새처럼 우네(大舶夾雙櫓, 中流鵝鸛鳴)"라고 하여, 새가 우는 것을 가지고 노 소리에 비유한 것이 매우 진실하고 절실하다(왕기(王琦)의 주본(注本) 권13에 "뱃사공이 시끄럽게 떠드는 소리(舟人喧聒)"를 가리킨다고 한 것은 큰 잘못이다. 송말 여정서(黎廷瑞)의 『방주집(芳洲集)』 권3 「청옥안(靑玉安)」 사에 "큰 배의 쌍노가 거위와 황새처럼 우네(巨艫雙艣鳴鵝鸛)"라고 한 것은 바로 이백의 시구를 사용한 것이며 뜻이 분명하다. 백거이의 하정추망(河亭秋望)」에 "가을 기러기가 노 젓는 소리처럼 오네(秋雁艣聲來)"라고 하고 송 여정(余靖)의 『무계집(武溪集)』 권1 「하일강행(夏日江行)」에 "튼튼한 상앗대는 기러기가 일제히 우는 듯하네(健艣雁齊鳴)"라고 하고, 반방(潘牥)의 「강행(江行)」에 "급한 노가 거위와 황새처럼 우네(急櫓鳴鵝鸛)"라고 한 것을 참조.
송대 시인들의 묘사는 더욱 섬세하여 노가 재잘재잘 홀로 노래하거나, 중얼중얼 혼잣말한다고 상상하였다. 예컨대, 하주(賀鑄)의 「생사자(生査子)」

에는 "두 개의 노는 본래 무정하건만, 사람의 말소리처럼 재잘거리네(雙艣
本無情, 鴉軋如人語)"라고 하였고, 홍자기(洪咨夔)의 "키가 움직이니 배도
말할 줄 알고, 술집의 깃발이 춤추니 술도 알아주기를 바라네(柁移船解語,
簾舞酒求知)"(『평재문집(平齋文集)』 권2 「과사망산(過四望山)」), 오원륜(吳元
倫)의 "노는 곡조가 없는 음악을 울리고, 돛은 정이 있는 바람으로 배가
부르네(艣鳴無調樂, 帆飽有情風)"(『난고집(蘭皐集)』 권1 「주중(舟中)」), 소립
지의 친구 나의(羅椅)의 "밝은 무지개는 비를 거두고, 두 노는 오(吳) 지방
의 말을 하네(明虹收雨, 兩槳能吳語)"(왕보(王補)가 편집한 『간곡선생유집(澗
谷先生遺集)』 권2 「청평악(淸平樂)」) 등이 있다. 소립지의 이 구절은 당시
의 경색(景色)을 모두 두드러지게 나타낸 것으로 교묘한 비유만은 아니다.

偶成

雨妒遊人故作難, 禁持閒了下湖船.[1]
城中豈識農耕好? 却恨慳晴放紙鳶.[2]

1 비가 내리는 것은 사람들이 틈을 내어 배를 타고 노는 것을 금지하는 듯
하다.

2 성 안의 사람들은 농가에서 비가 내리기를 간절히 바라고 있는 것은 모르
고, 다만 하느님이 잘못하여 연 띄우기에 좋지 않다고 한탄할 뿐이다. 당
(唐) 이약(李約)의 「관기우(觀祈雨)」에는 "붉은 대문 몇 곳에서 노래와 춤을
볼 것인가? 그래도 봄 그늘에서 관현(管絃)이 목멜까 두려워하네(朱門幾處
看歌舞, 猶恐春陰咽管絃)"라고 하였고, 조훈(曹勛)의 『송은집(松隱集)』 권10
「화차자사"구우"운(和次子耕"久雨"韻)」 제2수에는 "다만 농작물이 잠길까
걱정할 뿐, 어찌 연꽃을 적시는 것을 묻겠는가?(第憂沈稼穡, 寧問浸芙蓉)"라
고 하였으며, 육유(陸游)의 『검남시고(劍南詩稿)』 권15 「추우배민, 십운(秋
雨排悶, 十韻)」에는 "초(楚) 땅의 국화를 거칠게 함은 걱정하지도 않고, 오

직 오(吳) 땅의 메벼를 다칠까 두려워하네(未憂荒楚菊, 直恐敗吳秔)"라고 하였고, 권22 「춘우절구(春雨絶句)」 제2수에는 "천 점의 새빨간 촉(蜀) 땅의 해당화, 누가 빗속에 우는 모양의 (유행하는) 화장을 하는 것을 가여워하겠는가? 살풍경한 때를 그대는 알고 있는가? 바로 이웃 늙은이를 따라서 보리를 구하는 데 바쁜 것이라네(千點猩紅蜀海棠, 誰憐雨裏作啼妝? 殺風景處君知否? 正伴鄰翁救麥忙)"라고 하였고, 권70 「춘조득우(春早得雨)」 제2수에는 "벼 언덕에는 한창 비에 목마른데, 잠박(蠶箔)에는 도리어 추위를 걱정하네. 더욱 알기 어려운 것은, 붉은 대문에서 모란을 애석하게 여기는 것이라네(稻陂方渴雨, 蠶箔却憂寒. 更有難知處, 朱門惜牡丹)"라고 하였으며, 왕종신(汪宗臣)의 「만강홍(滿江紅)‧춘우(春雨)」에는 "시든 꽃과 붉은 복숭아를 내 상관하지 않으니, 어찌 차마 동쪽 밭의 보리를 적셔 썩게 할 수 있겠는가?(蔫紅殷桃吾不較, 豈堪浸爛東疇麥)"라고 한 것을 참조. 이들은 또한 모두 비와 개임에 대한 두 가지 입장을 그리고 있다.

유극장(劉克莊)의 「조천자(朝天子)」에는 "장맛비가 자주 날리고 뿌리니, 서쪽 밭의 밭가는 사람들이 기뻐하네 …… 늙어서 꽃 심는 것을 배우고 겸하여 곡식 심는 것을 배워, 마음은 두 곳에 걸려 있으니, 이 몇 그루의 해당은 그만이구나!(宿雨頻飄灑, 歡喜西疇耕者. …… 老學種花兼學稼, 心兩掛: 這幾樹海棠休也)"라고 하였고, 임희일(林希逸)의 『죽계건재십일고(竹溪鬳齋十一稿)』 속집(續集) 권4 「우중간모란(雨中看牡丹)」에는 "본디 넉넉히 적시면 벼에 썩 좋다는 것은 잘 알고 있지만, 다만 넘치면 꽃을 다칠까 두려워하네(固知沾足偏宜稻, 只恐淋漓解損花)"라고 하여, 또 동시에 두 가지 태도를 갖는 모순 심리를 그리려고 하였는데 다만 말투에는 경향성이 드러나 있다.

중국시(中國詩)와 중국화(中國畵)*

첫째

이것은 문예 비평이 아니고 문예 비평사상의 하나의 문제를 해명한 것이다. 그것은 결코 중국의 구시(舊詩)나 구화(舊畵)에 대하여 어떤 평가를 시도하려는 것이 아니고 단지 중국 전통 비평의 시와 그림에 대한 비교·평가를 천명할 뿐이다.

물론 문예 비평사는 자급자족하는 학문으로서 학자들은 심력을 집중시켜 전문적인 과제 연구의 순수성을 지켜야 한다. 비평사상 관련되는 문예 작품까지도 역시 방해하는 것으로 배제하여 상대하지 않으며 또한 감별할 수도 없다. 그러나 비평사의 연구는 결국 역시 비평을 위한 것이다. 우리가 한 작가를 이해하고 평가를 내리려면 역시 그 시대의 그러한 작품에 대한 그의 의견을 알아야 하고, 이러한 의견은 후세 문예 비평사의 자료이고 또한 당시의 일종의 문예 기풍의 표시이기도 하다. 한 예술가는 결국 어떤 사회적 조건 아래 창작하고 또한 어떤 문예 기풍에서 창작하게 된다. 이러한 기풍은 그의 제재·체재·풍격에 대한 취사선택(取捨選擇)에

* 「중국시와 중국화(中國詩與中國畵)」는 1940년 남전(藍田)의 『국립사범학원계간(國立師範學院季刊)』 제6기에 처음으로 발표되었다. 그후 『책선(責善)』(반월간, 1941. 8. 1)에 전재되었고, 그의 논문집 『구문사편(舊文四篇)』(상해 : 상해고적출판사, 1979. 9)에도 수록되었다. 이 글은 프랑스의 중국학자 샤퓌이(Chapuis, Nicolas)가 프랑스어로 역주한 『시학오편(詩學五篇)』(Cinq Essais de Poétique, 1987, 크리스티앙 부르구와 에디퇴르(Christian Bourgois Editeur))에도 들어 있다. 대본은 『칠철집(七綴集)』(수정본, 상해 : 상해고적출판사, 1994. 3)에 실린 것으로 저자 자신이 대폭 수정을 가한 것이다.

영향을 미치고 그에게 기회를 주고 동시에 또한 그의 범위를 제한한다. 설사 이러한 기풍에 항거하거나 혹은 배반하는 사람이라고 하더라도 역시 그것의 부정적 지배를 받는다. 왜냐하면 그는 별도로 솜씨를 발휘하여 그가 싫어하는 기풍을 도피하거나 혹은 교정하지 않으면 안 되기 때문이다. 바로 리히텐베르크가 말한 바와 같이, 모방은 긍정도 있고 부정도 있으며 "반대로 행하는 것도 역시 일종의 모방이다(Grane das Gegentheil tun ist auch eine Nachahmung)" 샌트 · 뵈브(1804~1869)도 또한 "아무리 한 사람이 자신이 처한 시대를 밀어버리려고 하더라도 여전히 그것과 접촉하고 또한 착실하게 접촉한다(On touche encore à son temps, et très fort, même quand on le repousse)"[1]라고 하였다. 그러므로 기풍은 창작 중의 잠재된 세력이고 작품의 배경이지만 작품 자체에서는 반드시 분명하게 볼 수 있는 것은 아니다. 우리는 당시 사람들이 신봉하던 이론을 읽고 그들의 구체적인 작품에 대한 포폄(襃貶)과 호오(好惡)를 보고 무슨 표준을 세우고 어떤 요구를 제기하는가를 보면 작자가 만난 기풍이 결국 어떤 것인지를 쉽게 이해한다. 마치 날리는 모래 · 보리 물결과 파도 속에서 바람의 자태를 발견하는 것에 비유할 수 있다.

한 시기의 기풍이 오랜 시간을 경과해도 지속할 수 있고 근본적인 변동이 없다면 그것은 전통이다. 전통에는 타성이 있어서 변하려고 하지 않지만 사물의 진화는 또 그것을 촉구하여 변(變)을 가지고 변에 응하게 하기 때문에 하나의 상반(相反) · 상성(相成)하는 현상이 나타나게 된다. 전통은

---

1) 리히텐베르크(G. C. Lichtenberg), 『잠언(箴言) · 산문 · 서신(Aphorismen, Essays, Briefe)』, 바트(K. Batt) 편집본, 70쪽.
샌트 · 뵈브(Sainte-Beuve), 『나의 독소(毒素)(Mes Poisons)』, 지로(V. Giraud) 편집본, 197쪽 ; 그의 이 말은 또한 『월요일 문담(Causeries du lundi)』의 개권(開卷) 제1편에 일찍이 말한 바 있다(t. I, "M. Saint-Mar Girardin", 15~16쪽). 『나의 독소』의 그 1절도 역시 『문담』 제11책, 495쪽, 「소기(小記)와 수감(隨感)(Notes et Pensées)」, 136조에 보인다.

변하려고 하지 않기 때문에 타성은 습관이 되고 습관은 규율로 승화되어 흔한 것을 당연과 필연으로 만든다. 전통은 변하지 않을 수 없기 때문에 규율·습관은 끊임없이 기회를 노려 예를 깨뜨리며 실제로는 갖가지의 타협을 하여 연변(演變)하는 사물에 영합한다. 비평사상 이러한 임기응변의 현상은, 어떤 사람은 "문예 속의 양면파·가짜 정통(ipocrisia letteraria)"[2]이라고 비웃었지만, 전통은 결코 판에 박힌 것이 아니라 상당히 영활(靈活)한 기회주의를 갖추고 있음을 나타낸다. 그것은 한편으로는 규율을 엄격하게 정하여 새로운 기풍의 발생을 억제하지만, 다른 한편으로는 규율을 너그럽게 해석하여 새로운 기풍을 수용하여 대항으로 말미암아 지위가 동요되는 것을 면할 수 있다. 그것은 또한 자못 외교적인 달인의 "탄력성이 풍부한 완고함(elastic or flexible rigidity)"의 맛을 갖고 있다. 전통은 유구할수록 타협이 더욱 많고 더욱 변하려고 하지 않으며 변할 필요도 더욱 절박해진다. 그래서 더 이상 완벽함을 추구할 수 없게 되고 옛 전통과 새로운 기풍은 파탄을 일으키지만 그것에 의하여 파괴되지는 않는다. 새로운 기풍이 대신하여 일어나는 데도 역시 항상 상반상성(相反相成)하는 표현이 있다. 그것은 한편으로는 자신은 참신한 것이어서 서로 용납되지 않는 원래 있었던 전통과 다르다는 것을 내세우지만, 다른 한편으로는 자신은 크게 내력(來歷)이 있고 경시할 수 없으며 고대에서 하나의 전통을 찾아 연원이 나온 것으로 삼는 것이다. 예컨대 서양 17~18세기의 비평가는 신흥의 장편 산문 소설을 멀리 고대 그리스·로마의 사시(史詩)를 계승시켰고,[3] 생트·뵈브는 당시의 프랑스의 낭만시파는 프랑스 16세기의 시가에서 태변(胎變)한 것이라고 보았다. 중국도 역시 항상 서로 비슷한 노력이 있었다.

---

2) 크로체(Croce, Benedetto : 1866~1952), 『미학(Estetica)』, 제10판, 495쪽.

3) 매(G. May), 『 소설의 18세기에서는 곤경(Le Dilemme du roman au 18siècle)』, 18~19쪽, 33쪽.

명·청의 비평가는 『수호지(水滸誌)』·『유림외사(儒林外史)』 등의 백화소설을 『사기(史記)』와 관계를 지웠고, 우리 자신은 학생 시대에 "중국 문학 개량"을 제창한 학자(곧 호적(胡適) : 1891~1967)가 심기(心機)를 써서 위로 고대를 거슬러 올라간 『중국백화문학사(中國白話文學史)』4)를 쓴 것을 보았고 또 백화 산문가(곧 주작인(周作人) : 1885~1967)가 『중국 신문학의 원류(中國新文學的源流)』5)를 말할 때 멀리 명대의 "공안(公安)"·"경릉(竟陵)"의 두 파를 뒤쫓는 것을 보았다. 이러한 사후(事後)에 선구(先驅)를 추인(追認)하는(préfiguration rétroactive) 사례6)는 개구쟁이가 부모를 인정하거나 벼락부자가 가보(家譜)

---

4) 호적, 『백화문학사(白話文學史)』, 신월서점(新月書店), 1928.

5) 주작인, 『중국 신문학의 원류(中國新文學的源流)』, 북경(北京) : 인문서점(人文書店), 1932. 이 책은 우리말로 번역되어 있다. 김철수(金喆洙) 역, 『중국 신문학 강화』(을유문고 : 34), 을유문화사, 1970.

6) 이것은 베르그송(Bergson, Henri : 1859~1941)이 고전주의 문학은 낭만주의의 성분이 있는가를 논하는데 사용한 명사이다. 『사상과 유동(流動)(La Pensée et le mouvant)』(1934), 23~24쪽에 보인다.

니이체(Nietzsche, Friedrich : 1844~1900)가 후에 나타난 예술적 거장(巨匠)이 자신도 모르게 (unwillkürlich) 전인들의 예술 작품의 평가와 의의를 바꾸는 것을 논하고(『인간적인, 너무나 인간적인(Menschliches, Allzumenschliches)』, Ⅱ. ⅰ. §147, 『전집(Werke)』, 슐레흐타(K. Schlechta) 편집, Bd Ⅰ, 793쪽), 또 역사를 인식하려면 반드시 "사후(事後)에 뒤쫓아 작용을 일으키는 효능(Rückwirkender Kräfte)"이 필요하다는 것을 논한(Die Fröhliche Wissenschaft, Ⅰ, §34, Bd. Ⅱ, 62쪽) 것을 참조.

엘리엇(Eliot, T. S. : 1888~1965)은 새로 일어난 작품이 전통 작품의 위치를 바꾸는 것을 논하였다 : 「전통과 개인적 재능(Tradition and Individual Talent)」, 『산문선(Selected Prose)』, 헤이워드(J. Hayward) 엮음, 『펭귄(Penguin)』 총서, 23쪽). 엘리엇의 그 말은 일반인이 익히 인용하는 것이지만, 베르그송만큼 말한 것이 투철하지는 못하다.

보르헤스(Borges, J. L. : 1899~1986)는 카프카의 선구자를 논할 때 "사실상 매 작가마다 모두 그의 선구자를 창조한다(El hecho es que cada escritor crea a sus precursors)"(보르헤스, 「카프카와 그의 선구자들(Kafka y sus precursores)」, 『다른 조사(Otras Inquisiciones)』, 알리안사·에메세(Alianza Emecee), 1979, 179쪽)라고 하였는데, 바로 베르그송의 뜻이다. 보르헤스는 카프카(Kafka, Franz : 1883~1924)의 "선구자"를 열거하였는데 둘째는 「획린해(獲麟解)」를 지은 한유(韓愈, 768~824)이다. 이것은 카네티(Elias Caneti)의 『다른 하나의 심판(Der andere Prozess)』에서 카프카를 중국의 참된 정신을 갖춘 유일한 근대 서방 작가라고 찬미한 것과 모두 반드시 우리가 듣기 좋아하는 좋은 소식은 아니지만 반드시 연구자의 근거 없는 주장의 좋은 제목은 될 것이다. 졸저, 『관추편(管錐編)』, 568쪽 참조.

를 만들거나 혹은 봉건 왕조의 대관료(大官僚)가 3대의 조종(祖宗)에게 고증
(誥贈)하는 것과 같은데, 문학사에서는 자주 보이는 것이다. 그것은 창작에
영향을 미쳐 새로운 작품으로 하여금 자발적인 천진(天眞)에서 방향을 바
꾸어 자각적이고 교양이 있고 사법(師法)이 있게 하고, 그것은 또한 전통을
개조하여 구작품으로 하여금 새로운 의미가 생기고 새로운 숨결을 갖고
새로운 가치를 더하게 하는 것이다.

하나의 전통이 파괴되면 새로운 기풍이 새로운 전통이 된다. 새로운 전
통 중의 비평가는 구전통 중의 작품에 대하여 전면적인 인식을 갖고 상당
히 객관적인 평가를 할 수 있다. 왜냐하면 그는 국외자의 냉정함과 초탈
함 곧 이른바 "일을 당하면 어둡다고 하지만, 곁에서 보면 반드시 밝다(當
局稱迷, 傍觀必審)"7)는 것을 갖출 수 있지만, 구전통 중의 비평가는 "여산(廬
山)의 참된 모습을 알지 못하니, 단지 몸이 이 산 속에 있기 때문이라네(不
識廬山眞面目, 只緣身在此山中)"8)라는 것과 같게 된다. 옛것을 없애고 새것을
펴는 것은 역시 인류의 집단적인 건망 곧 일종의 건강한 건망을 촉진하여
천두만서(千頭萬緖)를 두세 개의 큰 일로 간단하게 만들어 기억 속에 남게
하고 적지 않은 심력을 덜어 준다. 구전통 중의 약간의 복잡한 문제들은
새로운 비평가는 아마도 결코 주의하는 것을 대수롭게 여기지 않는 것이
아니라 근본적으로 그것들이 한번 존재한 적이 있다는 것조차 생각하지
않는다. 그의 시야는 탁 트여 가지와 마디가 어지러운 장애물로 시선을
흐리게 하지 않는데, 그의 이러한 원대한 시야에 비한다면 옛 비평가는
나무를 보고 숲을 보지 못하는 것을 면치 못한다. 그러나 반드시 짝이 있
는 법, 다른 하나의 편파는 숲은 보지만 나무는 보지 못하는 것이다. 국외
자는 또한 문외한으로서, 그의 의견은 "청렴한 관리가 집안의 일을 판단

---

7) 당(唐) 원행충(元行沖, 653~729), 「석의(釋疑)」.
8) 소식(蘇軾, 1036~1101), 「제서림벽(題西林壁)」.

하는(淸官判斷家務事)" 것과 같이 조리는 있는 것 같지만 구석구석의 사사로운 정에 대해서는 결국 세세히 체득할 수 없는 것이다. 한 사회·한 시대는 각각 언어 천지가 있고 각각의 직업에서 일가일호(一家一戶)에 이르기까지 역시 모두 그의 언어 경지가 있으니 이른바 "속사람의 말(此中人語)"이라는 것이다. 비유하건대 고향의 친하던 사람들이 옛일을 이야기하고 오랜 친구가 옛날을 이야기하고 부부가 내밀한 이야기를 하며 동업자가 상의하고 전문가들이 토론할 때는 권외(圈外)의 사람이나 혹은 아마추어가 들으면 왕왕 그렇게 분명하지 않은 것이다. 그 까닭은 이러한 이야기 중에는 술어·사사로운 규방 이야기에서 "흑화(黑話)"(은어)에 이르기까지 있을 뿐 아니라 또한 동업자들은 깊이 서로 알고 있고 또한 수많은 중세기의 스콜라 철학의 이른바 서로 말하지 않아도 알 수 있는 "가정(Suppostio)"[9]이 숨겨져 있어 남들은 마음으로 알기 어렵기 때문이다. 명대의 석(釋) 주굉(株宏 : 연지대사(蓮池大師))의 『죽창수필(竹窗隨筆)』에는 선종(禪宗)의 문답을 논하여 "비유하건대 같은 고을의 두 사람이 천 리에 오래 헤어졌다가 홀연 만나서 서로 마주 보며 고향의 말과 은어를 말하는데 옆 사람이 들어도 뜻도 없고 맛도 없는 것과 같다(譬之二同邑人, 千里久別, 忽然邂逅, 相對作鄕語隱語, 旁人聽之, 無義無味)"라고 하였다. 이것은 사실은 생활 중의 평상적인 상황으로 단지 "들어도 뜻도 없고 맛도 없다(聽之無義無味)"는 정도가 사람과 일에 따라 서로 다를 뿐이다. 비평가는 구전통 혹은 기풍에 대하여 그렇게 인식하지 못하고 "동떨어진 말을 하고(說外行話)" 곡해하고 견강부회할 수 있다. 문학 비평사상의 관례를 하나 든다.

우리는 늘 듣는다. 중국 고대 문평 중에는 대립하는 양파가 있는데 한 파는 "재도(載道)"하려고 하고 한 파는 "언지(言志)"하려고 한다는 것이다.

---

9) 에르트만(K. O. Erdmann), 『문자의 의의(Die Bedeutung des Wortes)』, 제3판, 66~69쪽 (ein Kapitel Scholastik).

사실상 중국의 구전통에서는 "문은 도를 싣는다(文以載道)"는 것과 "시는 뜻을 말한다(詩以言志)"는 것은 주로 각각의 문체의 기능을 규정한 것이지 결코 "문학"의 정의를 개괄한 것이 아니다. "문(文)"은 항상 산문 혹은 "고문(古文)"을 가리켜 말한 것으로서 "시(詩)"·"사(詞)"와 구별된다. 이 두 마디의 말은 날카롭게 대립하는 것으로 보이지만 실은 물과 쌀처럼 관계가 없는 격으로 "그는 북경(北京)으로 갔다(他去北京)"·"그녀는 상해(上海)로 돌아갔다(她回上海)"라고 말하는 것에 비유되고, 혹은 날개가 서로 돕는 격으로 "아침은 죽이다(早點是稀飯)" 혹은 "점심은 국수다(午餐是麵)"라고 말하는 것에 비유된다. 이 때문에 같은 작가라도 "문으로 도를 싣고(文載道)", "시로 뜻을 말하며(詩言志)", "시여(詩餘)"의 사(詞)로 시 속에서 말하여 입 밖에 낼 수 없는 "뜻(志)"을 "말할(言)" 수 있다. 이러한 문체들은 사다리 혹은 계단과 같이 평행하지만 평등하지는 않은 것으로 "문(文)"의 등급이 가장 높다. 서양의 문예 이론의 상식이 수입된 이후 우리는 아주 쉽게 "문"을 일률적으로 광의의 "문학"으로 이해하여 "시"를 문학 창작의 정화(精華)의 동의어라고 생각하게 되었다. 그래서 오래된 이 두 마디 말은 "끼니마다 도리어 죽을 먹는다(頓頓倒喝稀飯)"는 것과 "하루 세 끼를 전부 국수를 먹는다(一日三饌全吃麵)" 혹은 "두 사람은 모두 북경에 갔다(兩口兒都上北京)"과 "쌍쌍이 함께 상해로 갔다(雙雙同去上海)"라는 것과 같이 상호 배제하는 명제로 변해 버렸다. 전통 문평 중에는 그 모순이 있지만 이 두 구는 모순된 구호라고 할 수 없다. 전통에 대하여 이해가 충분하지 않으면 이러한 모순된 착각이 일어난다. 물론, 이와 반대로 역시 통일된 착각이 일어날 수도 있다. 예컨대 우리는 중국시와 중국화는 융합하여 일치하는 것이라고 말하는 것을 항상 듣는 것이다.

둘째

시와 그림은 자매 예술이라고 불린다. 어떤 사람은 한 걸음 더 나아가 그것들은 자매일 뿐 아니라 또한 쌍둥이 자매라고 본다. 당인(唐人)은 단지 "글씨와 그림은 이름은 다르지만 몸은 같다(書畵異名而同體)"[10]라고 하였을 뿐이다. 송 이후 여러 사람들은 모두 시와 그림을 이체(異體)이면서 동모(同貌)인 것 같다고 하였다. 곽희(郭熙, 1023~1085?)의 『임천고치(林泉高致)』 제2편 「화의(畵意)」에는 "또 전인이 '시는 형상이 없는 그림이고 그림은 형상이 있는 시이다'라고 말한 것과 같다. 철인들은 이러한 말을 많이 하는데 나는 스승으로 삼는다(更如前人言: '詩是無形畵, 畵是有形詩' 哲人多談此言, 吾人所師)"라고 하였다. 풍응류(馮應榴, 1741~1801)의 『소시합주(蘇詩合注)』 권50 「한간마(韓幹馬)」에는 "소릉(少陵)의 붓과 먹은 형상이 없는 그림이고, 한간(韓幹)의 단청(丹靑)은 말하지 않는 시라네(少陵翰墨無形畵, 韓幹丹靑不語詩)"라고 하였고, 공무중(孔武仲, 1042~1098)의 『종백집(宗伯集)』 권1 「동파거사화괴석부(東坡居士畵怪石賦)」에는 "문은 형상이 없는 그림이고 그림은 형상이 있는 문이니 양자는 자취는 다르지만 취(趣)는 같다(文者無形之畵, 畵者有形之文, 二者異跡而同趣)"라고 하였다. 장순민(張舜民, 호 부휴(浮休), 1034?~1100?)의 『화만집(畵墁集)』 권1 「발백지시화(跋百之詩畵)」에는 "시는 형상이 없는 그림이라 부르고, 그림은 형상이 있는 시이다(詩號無形畵, 畵是有形詩)"라고 하였고, 석(釋)혜홍(惠洪, 1071~1128, 원명 덕홍(德洪), 자 각범(覺範)의 『석문문자선(石門文字禪)』 권8 '송적(宋迪)이 팔경(八景)을 그려 절묘하니 사람들이 그것을 '소리 없는 시구(無聲句)'라고 하였는데, 연상인(演上人)이 나에게 장난하여 "도인은 '소리가 있는 그림(有聲畵)'을 지을 수 있는가"라고 하였다. 그래서 각각 1수

---

10) 당(唐) 장언원(張彦遠, 815?~?), 『역대명화기(歷代名畵記)』 권1 「서화의 원류(書畵之源流)」. 이 책은 선종(宣宗) 대중(大中) 원년(847)에 완성되었다.

를 지었다(宋迪作八景絶妙, 人謂之'無聲句', 演上人戲余曰: "道人能作'有聲畵'乎?" 因爲之各賦一首)'라고 하였다. 악가(岳珂, 1183~?)의 『보진재법서찬(寶眞齋法書贊)』권13 「설도조백석담시첩(薛道祖白石潭詩帖)」에는 "'그림'은 '소리가 있는' 것으로 드러나고 '시'는 '소리가 없는' 것으로 이름이 난다. '소리가 있는' 것은 도조(道祖)가 이미 알고 있는 바이지만 '소리가 없는' 것은 도조가 하려고 하더라도 할 수 없는 것이다("'畵'以'有聲'著, '詩'以'無聲'名. '有聲'者, 道祖之所已知; '無聲'者, 道祖之所欲爲而未能者也)"라고 하였다. 『송시기사(宋詩紀事)』권59 전무(錢鍪)의 「차원상서무산시(次袁尚書巫山詩)」에는 "아침 내내 공의 소리가 있는 그림을 외우고, 도리어 이 소리 없는 시를 보네(終朝誦公有聲畵, 却來看此無聲詩)"라고 하였으며, 『전송사(全宋詞)』3453쪽 진덕무(陳德武)의 「망해조(望海潮)」에는 "무성시를 대하고, 유성화를 읊조리니, 모습은 이미 끝을 보이네(對無聲詩, 哦有聲畵, 儀形已見端倪)"라고 하였다. 이 두 곳의 "유성화(有聲畵)"는 시를 가리키고 "무성시(無聲詩)"는 경물을 가리키는데, 그림에서 인신(引伸)하여 그림에 들어가는 진산진수(眞山眞水)를 가리키게 된 것이다. 두 가지 가운데 단지 한 가지만을 든 것은 예컨대, 황정견(黃庭堅, 1045~1105)의 「차운자첨자유제계적도(次韻子瞻子由題憩寂圖)」에는 "이후(李侯)는 시구가 있으나 토하지 않으려고, 담묵(淡墨)으로 소리없는 시를 그렸네(李侯有句不肯吐, 淡墨寫作無聲詩)"라고 하였고, 미우인(米友仁, 1069~1151)의 「자제산수(自題山水)」에는 "옛 사람이 말을 하나 읊을 수 없으니, 나는 소리없는 비단과 종이에 부치네(古人作語詠不得, 我寓無聲縑褚間)"라고 하였고, 주부(周孚, ?~1174)의 「제소화매죽(題所畵梅竹)」에는 "동파가 장난으로 유성화를 지었지만, 누가 소리를 알아 주는 사람이 될 것인가 탄식하네(東坡戲作有聲畵, 歎息何人爲賞音)"라고 하였다. 이러한 예는 더욱 많다. 서악상(舒岳祥, 1274년 생존)의 『낭풍집(閬風集)』권6 「화정중송달선귀전당(和正仲送達善歸錢塘)」에는 "좋은 시는 매우 무성화와 같으니, 어두운 눈은 글자가 없는 비석과 같음을 부끄러워하네(好詩甚似無聲畵, 昏眼羞同沒字碑)"라고 하였고, 대장(對仗)의 평측(平仄)의 어울림을 구하여 "유(有)"자를 "무(無)"자로 바꾸어 병폐가 나타났다. "비(碑)"는 관례에 따르면 "글자(字)"가 있는 것이니, "몰자비(沒字碑)"는 자체(自體)의 모순어(矛盾語)로서 마침 비유로 사용하여 눈으로 낫 놓고 기역자도 모른다는 것을 비웃었다. "화(畵)"는 아예 "소리가 없는(無聲)" 것이니 "좋은 시는 그림과 같다(好詩似畵)"고 한 것은 사의(詞意)가 갖추어져 있는데, 덧붙인 "무성(無聲)" 두 글자는 수사학의 이른바 "군더더기 형용(redundant epithet)"[11]을 면치 못하였다. 남송의 손소원(孫紹遠)은 당 이래의 제화시(題畵詩)를 수집·망라하여 『성화집(聲畵集)』(순희(淳熙) 14년, 1172)을 엮었고, 송말의 명화가 양공원(楊公遠)의 자편(自編) 시집 『야취유성화(野趣有聲畵)』는 시인 오룡한(吳龍翰, ?~1336?)이 서(序)를 지었는데 "그리기 어려운 경(景)을 그리는 데는 시로 맞추어 이루었고, 읊는 데는 어려운 시를 읊어 그림으로 보족(補足)하였다(畵難畵之景, 以詩湊成; 吟難吟之詩, 以畵補足)"[12]라고 하였다. 이 두 책의 이름에서 이 개념의 유행을 미루어 상상할 수 있다.

"무성시" 곧 "유형시"와 "유성화" 곧 "무형화"의 대비는 서양의 전통적인 시·화의 대비와 용의(用意)도 차이가 없다. 옛 그리스의 시인 시모니데스(Simonides of Ceos)는 일찍이 "그림은 말하지 않는 시이고 시는 말할 줄 아는 그림이다"라고 하였다.[13] 키케로(Cicero, 전106~전43)의 작이라고 이름이 붙여진 수사학 중의 "호환(互換) 구법(Comutatio)"의 제4례는 "바로 시는 말하는 그림이고 그림은 마땅히 침묵하는 시라고 하는 것과 같다(item

---

11) 퀸틸리아누스(Quintilian, 35?~95?), 『수사(修辭)의 원리(Institutio oratoria)』, 제8권, 6장 40절, 『로에브(Loeb) 고전 총서』 본, 제3책, 324쪽.

12) 청 조정동(曹廷棟), 『송백가시존(宋百家詩存)』 권19.

13) 에드몬즈(J. M. Edmons), 『그리스의 서정시(Institutio oratoria)』, 로에브(Loeb) 본, 제2책, 258쪽.
    해그스트럼(J. H. Hagstrum), 『자매 예술(The Sister Arts, 1958)』, 10쪽, 58쪽을 참조.

poema loquens pictura, pictura tacitum poema debet esse)”14)라는 것이다. 다빈치(Da Vinci, 1452~1519)는 아예 그림은 “벙어리의 시(una poesia muta)”라고 하였고 시는 “눈먼 그림(una pittura cieta)”15)이라고 하였다. 렛싱(Lessing, 1729~1781)은 그의 “시와 그림은 일률적이다”라는 것을 반대하는 명저 중에서 “그리스의 볼테르(Voltaire, 1694~1778)의 사람의 눈을 어지럽게 하는 대조(die blendende Antithese des griechischen Voltaire)”를 인용하였는데 역시 바로 그리스의 고시로서 안성맞춤으로 또 그가 적대시하는 볼테르를 한 번의 붓으로 쓸어버린 것이다.16) “말하지 않는 시(不語詩)” · “말할 줄 아는 그림(能言畵)”과 중국의 “무성시” · “유성화”는 같은 것이다. 왜냐하면 “성(聲)”은 여기에서 음향을 가리키는 것이 아니라 설화를 가리키니, 구소설 · 구희곡 중의 “소리를 내지 않는다(不則聲)” · “소리가 막히다(禁(噤)聲)”의 “성(聲)”자와 같은 것이다. 옛 로마의 시인 호라티우스(Horatius, 전65~전8)의 명구에는 “시는 역시 그림과 같다(ut pictura poesis erit)”라고 하였는데 후인이 단장취의(斷章取義)하여 “시는 원래 그림과 통한다(詩原通畵)”17)라고 이해하였다. 소식(蘇軾)의 「서언릉왕주부소화절지(書鄢陵王主簿所畵折枝)」의 이른바 “시와

---

14) 키케로, 『수사학(Rhetorica ad Herennium)』, 제4권, 28장, 로에브(Loeb) 본, 326쪽.

15) 다빈치, 『화론(畵論)(Trattato della pittura)』, 16장, 밀라네시(G. Milanesi) 편집본, 12쪽. 근대의 한 이탈리아의 작가는 이 말에 대하여 이어받고 또 바꾸어 “이 화가들의 그림은 말없는 시가일 뿐 아니라 또한 소리 없는 음악이다(La lor pittura non è soltanto una poesia muta, ma è anche una musica muta)”(다눈치오(D'Annunzio, 1863~1938), 『불(Il Fuoco)』, 트레베스(Fratelli Treves) 엮음, 107쪽)라고 하였다. 이것은 또한 낭만주의 운동 이래 음악의 예술에서의 지위가 시가 위에 높이 올라갔다는 것을 나타내고 있다. 지드(A. Gide, 1869~1951)가 1926년 5월에 비평가(브레몽(l'abbé Brémond) 신부를 가리킴)가 “시는 그림과 같다(ut pictura poesis)”는 표준을 “시는 음악과 같다(ut musica poesis)”라고 변화시켜 말한 것을 참조하였다(『일기 · 추억(Journal, Souvenirs)』, 『칠성 총서(La Pléiade)』본, 1004쪽).

16) 렛싱(Lessing), 『라오콘(Laokoon)』 「전언(前言)(Vorrede)」, 릴라(P. Rilla) 엮음, 『렛싱집』, 제5책, 10쪽.

17) 호라티우스(Horatius), 『시를 논한 서신(Ars poetica)』, 361행(行), 해그스트럼, 『자매예술』, 26쪽, 37쪽, 59~61쪽, 175쪽 참조.

그림은 본래 한 규율이다(詩畵本一律)"라는 것과 같다. 시와 그림은 쌍둥이 자매로서 서양의 고대 문예 이론의 하나의 초석이고 또한 렛싱이 청소(淸掃)하려고 한 걸림돌이기도 하다. 왜냐하면 그가 볼 때는 시와 그림은 각각 각자의 면모와 의식이 있고 "절대로 시샘하지 않는 자매(keine eifersüchtige Schwester)"[18]이기 때문이다.

시와 그림은 기왕에 똑같이 예술인 이상 마땅히 공통성이 있어야 하며, 그것들은 결코 같은 예술도 아니고 또 마땅히 각각 특수성을 갖추어야 한다. 그것들의 성능과 영역의 이동은 미학상 중요한 이론 문제이다. 필자가 탐색·토론하고 싶은 것은 단지 역사상의 구체적인 문예 감상과 평가이다. 우리는 항상 사람들이 소리도 크고 기세도 높이 중국의 구시와 중국의 구화는 같은 풍격이 있고 같은 예술의 경계를 구현하고 있다고 말하는 것을 듣는다. 그 말은 결국 무슨 뜻인가? 이 뜻은 문예 비평사에서 사실이라고 증명할 수 있는가 없는가?

셋째

국화(國畵) 전람회(展覽會)에서나 국화사(國畵史) 등의 저작 중에서 익히 말하고 보고 듣는 그 말은 "시는 원래 그림과 통한다(詩原通畵)"·"시와 그림은 한 가지 규율이다(詩畵一律)"라는 것과는 의미가 크게 서로 다른 것이다. "시는 원래 그림과 통한다"·"시와 그림은 한 가지 규율이다"라는 것은 한 가지 원리를 수립한 것이지만 그 말은 단지 하나의 사실을 서술한 것일 뿐이다. 전자는 시와 그림의 근본 성질은 일치한다고 보고, 후자는 중국의 전통에서 가장 표준적인 시풍과 가장 표준적인 화풍은 일치한다고 본다. 가령 전자가 성립한다면 아마도 후자의 이러한 사실을 해석할 수 있지만, 가령

18) 『라오콘』, 제8장, 82쪽.

후자가 성립한다면 도리어 역시 전자의 그러한 원리를 증명하기에 부족하다. 전자에 대해서는 그것이 말하는 것이 이치를 이루어 견강부회하는 이론을 면하기를 요구하고, 후자에 대해서는 그것이 말하는 것이 "실체(物)"가 있어 역사를 왜곡하는 것을 면하기를 요구한다. 터놓고 말한다면 그 상투적인 말의 뜻은 중국의 구시와 중국의 구화는 똑같이 이른바 "남종(南宗)"에 속하는데, 바로 서양 문예사가가 셰익스피어(Shakespeare, 1564~1616)의 희극과 루벤스(Rubens, 1577~1640)·렘브란트(Rembrandt, 1606~1669)의 회화는 똑같이 "기굴파(奇崛派)"(바로크(Barock))[19]에 속한다고 말하는 것에 비유된다.

중국화의 역사상 가장 주요하고 대표적인 유파는 "남종(南宗)"이다. 동기창(董其昌, 1555~1636)의 『용대별집(容臺別集)』권4에는 극히 분명하게 말한 1절이 있는데 "선가(禪家)는 남(南)·북(北) 2종(宗)이 있는데 당대에 비로소 나누어졌다. 그림에 남·북 2종이 있는 것도 역시 당대에 나누어진 것이지만 다만 그 사람은 남·북이 아닐 뿐이다. 북종은 이사훈(李師訓, 651~718)·이소도(李昭道) 부자의 착색(着色) 산수가 흘러서 북송의 조간(趙幹)·조백구(趙伯駒, 1119~1185)·조백숙(趙伯驌, 1124~1182)에서 마원(馬遠, 1164~?)·하규(夏珪)의 무리에 이른다. 남종은 왕마힐(王摩詰, 유(維))이 처음으로 선담(渲淡)을 사용하여 구작법(鉤斫法)을 일변시켰고, 그것이 전해져 장조(張璪, 782경)·형호(荊浩, 907~923, 후량(後梁))·관동(關仝)·곽충서(郭忠恕, ?~977)·동원(董源, ?~962)·거연(巨然)·미불(米芾, 1051~1107)·미우인(米友仁) 부자에서 원의 4대가[20]에 이르는데, 역시 6조(祖) 이후에 마구(馬駒)·운문(雲門)·임제(臨濟)의 자손이 융성이 있고 북종은 쇠미한 것과 마찬가지이다. 요컨대 마힐의 이른바 '구름 낀 봉우리와 바위의 자취가 아득히 천기(天機)에 빼어

---

19) 발젤(O. Walzel), 『각 예술의 상호 천명(Wechselseitige Erhellung der Künste)』, 95쪽.
20) 원의 4대가는 황공망(黃公望, 1269~1355)·왕몽(王蒙, 1301~1385)·예찬(倪瓚, 1301~1374)·오진(吳鎭, 1280~1354)을 가리킨다.

나고, 필의(筆意)가 종횡하여 조화(造化)에 참여한다(雲峯石迹, 迥出天機, 筆意縱橫, 參乎造化)'라는 것으로, 동파가 「찬오도자·왕유화벽(贊吳道子·王維畵壁)」에서 역시 '나는 왕유에 대하여 간격이 없네(吾於維也無間然)'라고 한 것은 말을 아는 것이다(禪家有南北二宗, 唐時始分. 畫之有南北二宗, 亦唐時分也; 但其人非南北耳. 北宗則李思訓父子着色山水, 流傳而爲北宋之趙幹·趙伯駒·趙驌以至馬夏輩. 南宗則王摩詰始用渲淡, 一變鉤斫法; 其傳爲張璪·荊·關·郭忠恕·董·巨·米家父子以至元之四大家; 亦如六祖之後有馬駒·雲門·臨濟兒孫之盛, 而北宗微矣. 要之摩詰所謂 "雲峯石迹, 迥出天機, 筆意縱橫, 參乎造化"者, 東坡贊吳道子·王維畵壁亦云: "吾於維也無間然" 知言哉!)"[21]라고 하였다. 동씨(董氏)의 동향 서화가 막시룡(莫是龍, 1596년 생존)의 『화설(畵說)』 15조에도 1조가 있는데 자구가 완전히 같다. 동씨의 동향의 좋은 친구 진계유(陳繼儒, 1558~1639)의 『언포담여(偃曝談餘)』 권하(卷下)에도 또한 논지가 서로 비슷한 1조가 있는데 솔직하게 이사훈과 왕유를 각각 "선가(禪家)" 북종의 신수(神秀, 606?~706?)와 남종의 혜능(惠能, 638~713)에 견주었다. 남북 화가의 구별은 역시 진씨가 추존한 왕세정(王世貞, 1526~1590)의 말을 가지고 개괄할 수 있다. 『엄주사부고(弇州四部稿)』 권154 「예원치언(藝苑巵言)·부록(附錄)」 권3에는 "오도자(吳道子, 685?~758)·이사훈(李思訓) 이전의 화가는 실(實)하여 속(俗)에 가깝다. 형호(荊浩)·관동(關仝) 이후의 화가는 전아하여 너무 허(虛)하다. 이제 아도(雅道)가 아직 남아 있지만 실덕(實德)은 병폐가 들었다(吳·李以前畫家, 實而近俗. 荊·關以後畫家, 雅而太虛. 今雅道尚存, 實德則病)"라고 하였다. 이것은 명인의 감상(鑑賞)의 흔한 말로 청인이 계승하고 답습하였다. 여악(厲鶚, 1692~1752)은 "일찍이 사를 그림에 비유하였는데 화가는 남종이 북종보다 낫다고 한다. 가헌(稼軒, 신기질(辛棄疾, 1140~1207))·후촌(後村, 유극장(劉克莊, 1187~1269))의 여러 사람들은 사의 북종이고 청진(淸眞,

---

21) 동기창, 『용대별집(容臺別集)』 권4, 「문인화는 왕유에서 비롯된 것이다(文人畵自王維始)」 1조 참조, 서술이 더욱 상세하다.

주방언(周邦彦, 1056~1121))·백석(白石, 강기(姜夔, 1155?~1221?))의 여러 사람들은 사의 남종이다(嘗以詞譬之畫, 畵家以南宗勝北宗. 稼軒·後村諸人, 詞之北宗; 清眞·白石諸人, 詞之南宗也)"22)라고 하였다. 청인은 서법(書法)을 논하여 남·북종의 개념을 가지고 유파를 구별하고 또 동기창 본인의 신상에 응용하였다. "귀유광(歸有光, 1506~1571)의 문장과 동기창의 글씨, 바로 골수를 얻어 스스로 남종인 것과 같네(太僕[歸有光]文章宗伯[董]字, 正如得髓自南宗)23) ; "일찍이 매계(梅溪) 전영(錢泳, 1759~1844)과 글씨를 논하였는데 화파는 남·북종으로 나누고 서가도 역시 남·북종으로 나누었다. 안진경(顔眞卿, 708~784)·유공권(柳公權, 778~865) 일파와 더불어 유추하여 우리 집안의 문민공(文敏公, 장조(張照), 1691~1745)에 이르렀으니 이것이 북종이고, 저수량(褚遂良, 646~720)·우세남(虞世南, 558~638) 일파는 유추하여 동기창에게 이르렀으니 이것이 남종이다(嘗與錢梅溪[泳]論書, 畵派分南·北宗, 書家亦分南·北. 與顔·柳一派, 類推至於吾家文敏[張照], 是爲北宗; 褚·虞一派, 類推至於香光, 是爲南宗)"24)라고 하였다. 근년 이래 어떤 사람은 동기창의 분류를 반대하였다. 하경관(夏敬觀, 1875~1953) 선생의 『인고루화설(忍古樓畫說)』에는 "내가 고찰하건대, 송·원 이전의 그림을 논한 책에서 '남·북종' 설이 있는 것을 보지 못하였다. 남·북 화파는 참으로 구별이 있지만, 그러나 반드시 선종의 이름을 그대로 써서 이름 붙인다면 '남·북'의 글자는 모두 뜻을 취한 바가 없으니 통달한 사람이 할 바가 아니다. 이사훈 부자는 당의 종실이고 왕유는 태원(太原) 기(祁) 사람으로 모두 북쪽 사람이다. 이것은 두 파가 모두 북쪽에서 시작된 것이다. 단지 장조(張璪)만이 당 사람일 뿐 나머지는 모두 송 사람이니 어떻게 당대에 이미 남북으로 나눈다는 것을 보았겠는가?(余

---

22) 『번사산방문집(樊榭山房文集)』 권4 「장금부 "홍라사" 서(張今涪 "紅螺詞" 序)」.

23) 청 요내(姚鼐, 1731~1815), 『석포헌시집(惜抱軒詩集)』 권8 「논서절구(論書絶句)」 3.

24) 청 장상하(張祥河), 『관롱여중우억편(關隴輿中偶憶編)』.

考宋元以來論畫者, 未見有南北宗之說. 夫南北畵派誠有別, 然必勦襲禪宗之名以名之, 而南北字均無所取義, 蓋非通人所爲. 李思訓父子爲唐宗室, 王維太原祁人, 均北人也. 是二派皆始於北. 祇張璪唐人, 餘皆宋人, 安見唐時已分南北乎?)"라고 하였다.

화파를 남북으로 나누는 것과 화가는 남인·북인이라는 의문은 회답하기가 어렵지 않다. 어떤 지역의 고유한 이름이 확대되어 어떤 하나의 속성의 통칭이 되는 것은 언어 중의 흔한 현상이다. 예컨대 한(漢)·위(魏)의 "제기(齊氣)"·육조(六朝)의 "초자(楚子)"·송(宋)의 "호언(胡言)"·명(明)의 "소의(蘇意)" 같은 것은 "제기(齊氣)"와 "초자(楚子)"는 "제(齊)" 사람과 "초(楚)" 사람에 국한되지 않고 소주(蘇州) 이외의 사람도 역시 흔히 "소의(蘇意)"가 있으며 한족(漢族)은 결코 "호설(胡說, 함부로 말하다)"·"호료(胡鬧, 터무니없이 법석을 떨다)"를 허락하지 않거나 혹은 할 리가 없는 것이 아니다. 양만리(楊万里, 1127~1206)는 "시가 강서(江西)이지 사람이 모두 강서는 아니다(詩江西也, 非人皆江西也)"[25]라고 하였고, 가현옹(稼鉉翁, 1213~1297?)은 "제(齊)·로(魯)·변(汴)·락(洛) 사이에서 떨친 자는 본래 중주(中州)의 인물이다. 역시 사방에서 낳아 하외(遐外)에서 떨쳐서 도학(道學)·문장(文章)이 세상의 종공(宗工)이 되고 덕업이 해내(海內)를 덮으면 비록 중주 인물이라고 말해도 될 것이다(奮乎齊魯汴洛之間者, 固中州人物也. 亦有生於四方, 奮於遐外, 而道學文章爲世所宗工, 德業被於海內, 雖謂之中州人物可也)"[26]라고 하였다. 더욱 문학 유파 명칭의 좋은 예이다. 지도(地圖)·군현지(郡縣志)에 얽매어 너무 고지식하다. 화파는 "당시(唐時)"에 비록 "남북을 나누지(分南北)" 않았지만 당인(唐人)의 시문평(詩文評)은 일찍이 "남북종(南北宗)"의 개념을 차용하였다. 일본의 승려 편조금강(遍照金剛, 공해(空海) : 774~835)의 『문경비부론(文鏡秘府論)』 남권(南卷) 「논

25) 『성재집(誠齋集)』 권79 「강서종파시서(江西宗派詩序)」.

26) 원(元) 소천작(蘇天爵) 편, 『원문류(元文類)』 권38 가현옹 「제"중주시집"후(題"中州詩集"後)」; 사고(四庫) 집본(輯本) 『칙당집(則堂集)』에는 빠져 있음.

문의(論文意)」에는 "순자(荀子)와 맹자(孟子)는 사마천(司馬遷)에 전하였고 사마천(?)은 가의(賈誼)에 전하였다. 사마천은 북종이 되고 가생은 남종이 되어 이로부터 나누어졌음을 알 수 있다(荀孟傳於司馬遷, 司馬遷(?)傳於賈誼. 乃知司馬遷爲北宗, 賈生爲南宗, 從此分焉)"라고 하였다. 이 일본의 승려는 뜻밖에도 사마천을 말하고 있지만 『사기(史記)』조차도 보지 않았고, 「굴원가생열전(屈原賈生列傳)」이 있는 것도 몰랐지만 그도 역시 분명히 도청도설(道聽塗說)하여 당인(唐人)의 약간의 이야기꺼리를 주웠던 것이다. 가도(賈島, 779~843)가 지었다고 위탁(僞託)한 『이남밀지(二南密旨)』는 『사고전서총목(四庫全書總目)』권197의 제요(提要)에 따르면 "『시경(詩經)·소남(召南)』의 '숲에는 작은 나무가 있고, 들에는 죽은 사슴이 있네(林有樸樕, 野有死鹿)'27) 구 및 포조(鮑照, 421~466)의 '신후(申后)가 쫓겨나니 포사(褒姒)가 나아가고, 반첩여(班婕妤)가 드러나니 조비연(趙飛燕)이 올라가네(申黜褒女進, 班去趙姬昇)'28) 구, 전기(錢起, 710?~782?)의 '대나무는 갓 내린 비 뒤에 아름답고, 산은 석양 때 사랑스럽네(竹憐新雨後, 山愛夕陽時)'29) 구를 남종이라고 하고, 「위풍(衛風)」의 '내 마음은 자리가 아니니, 굴릴 수 없네(我心匪石, 不可轉也)'30) 구, 좌사(左思, 252?~306?)의 '나는 단간목(段干木)이, 누워서 쉬며 위(魏)나라 임금의 울타리가 된 것을 사랑하네(吾愛段干木, 偃息藩魏君)'31) 구, 노륜(盧綸, ?~799?)의 시 '누가 알겠는가? 나무꾼의 오솔길이, 갈홍(葛洪)의 집에 이를 줄을(誰知樵子徑, 得到葛洪家)'32) 구를 북종이라고 하였다(以「召南」'林有樸樕, 野有死鹿'句, 及鮑照'申黜褒女進, 班去趙姬昇'句, 錢起'竹憐新雨後, 山愛夕陽時'句, 爲南宗. 以「衛風」'我心匪石, 不可轉也'句, 左思

---

27) 「야유사균(野有死麕)」.
28) 「백두음(白頭吟)」.
29) 「곡구서재, 기양보궐(谷口書齋, 寄楊補闕)」.
30) 「패풍(邶風)·백주(柏舟)」.
31) 「영회팔수(詠懷八首)」 제3수.
32) 「과루, 관이존사(過樓, 觀李尊師)」.

'吾愛段干木, 偃息藩魏君'句, 盧綸詩'誰知樵子徑, 得到葛洪家'句, 爲北宗)"라고 하였다. 그림을 논하는데 "선종의 이름을 빼앗아 답습한(剽襲禪宗之名)" 것은 아마 "뜻을 취한 바가 없는(無所取義)" 것이지만 역시 거울로 삼은 바가 있다고 할 수 있다. 그러나 참으로 "뜻을 취한 바가 없는" 것인가?

　　"남"·"북"의 두 지역과 두 가지의 사상 방법 혹은 학풍을 연계한 것은 일찍이 이미 육조(六朝)에 보이고, 당대(唐代)의 선종이 남·북을 구별한 것은 공교롭게도 육조의 옛 설에 부합하거나 혹은 답습하고 계승한 것이다.[33] 사실상 『예기(禮記)·중용(中庸)』에는 "남방의 굳셈(南方之强)"은 일을 덜고 사람을 편안하게 하며 "무도함에 보복하지 않고(不報無道)", "북방의 굳셈(北方之强)"이 용기를 좋아하고 사납게 싸우며 "죽어도 싫어하지 않는(死而不厭)" 것과는 다르니 또한 수렴(收斂)과 방종(放縱)을 각각 "남(南)"과 "북(北)"의 특징으로 한 것이다. 『세설신어(世說新語)·문학(文學)』(제25)에는 저부(褚裒 : 계야(季野))가 "북인의 학문은 연종광박(淵綜廣博)하다(北人學問, 淵綜廣博)"라고 하자 손성(孫盛 : 안국(安國))이 "남인의 학문은 청통간요(淸通簡要)하다(南人學問, 淸通簡要)"라고 대답하였고, 지도림(支道林)은 "성현은 본래 말을 잊어버린다. 중인(中人) 이하는 북인이 책을 보는 것은 드러난 곳에서 달을 보는 것 같고, 남인의 학문은 문으로 달을 엿보는 것 같다(聖賢固所忘言. 自中人以還, 北人看書如顯處視月, 南人學問如牖中窺月)"라고 한 것이 기록되어 있다. 역대로 인용하는 사람들은 단지 "문으로 달을 엿본다(牖中窺月)"는 것이 "대롱으로 표범을 엿보는(管中窺豹)" 것과 같다는 것만을 알고 있을 뿐 지도림은 북을 칭찬하고 남을 깎아내렸다고 오해하였으며, 유준(劉峻, 효표(孝標), 462~521)은 이 절의 주석 중에서 또 남을 칭찬하고 북을 깎아내

---

33) 청 문정식(文廷式, 1856~1904)의 『순상자지어(純常子枝語)』 권9·권27에 인용된 도사의 저작에 따르면, 송대 이후 도가도 역시 "남북종(南北宗)"으로 나뉘었다. 원칙이 선종(禪宗)의 분파(分派)와 서로 가까운지의 여부는 필자는 고찰·연구하지 못하였다.

려 무슨 북인은 "학문이 넓으면 주밀하기 어렵고 주밀하기 어려우면 식견이 어둡다(學廣則難周, 難周則識闇)"라고 하고 남인은 "학문이 적으면 쉽게 살펴보고, 쉽게 살펴보면 지혜가 밝다(學寡則易覈, 易覈則智明)"라고 하였다. 지도림은 중재자로서 공정한 말을 한 것이다. 손안국과 저계야는 남·북의 "학문"은 각각 장점이 있다고 들었고 지도림은 이러한 장점들을 보고 그것들이 역시 각각 유폐가 있고 장점은 여기에서 결점(lé defaut de la qualité)가 된다는 것을 지적하였다. 중국의 "성격 유형(personality types)"에 관련된 가장 이른 전문적인 저서인 삼국 시대 유소(劉劭)의 『인물지(人物志)·팔관(八觀)』 중의 제7관(觀)은 "그 단점을 살핌으로써 그 장점을 안다(觀其所短, 以知其所長)"라는 것이다. 지도림은 "그 장점을 살펴 그 단점을 알았다(觀其所長, 以知其所短)"고 할 수 있다. "중인 이하(中人以還)"의 "중(中)"은 『논어(論語)·옹야(雍也)』의 "중인 이하, 중인 이상(中人以下, 中人以上)"의 "중(中)"이 아니라 『중용(中庸)』의 "중용은 지극하다(中庸至矣乎)"의 "중(中)"으로, 평범하고 출중하지 않다는 것을 가리키는 것이 아니라 그 분수와 꼭 같고 편파가 없음을 가리키며 곧 『인물지(人物志)·체성(體性)』에서 말한 "중용의 덕은 …… 높은 자는 그것을 지나치고 얽매이는 자는 미치지 못하니 높은 것과 얽매이는 것은 중(中)에 어긋나는 것이다(中庸之德 …… 抗者過之而拘者不逮, 抗拘違中)"라는 것이다. "중인(中人)" 이하는 광박(廣博)함을 추구하면 천범(淺泛)함으로 흐르고 정간(精簡)함을 추구하면 과루(寡陋)함으로 흐른다. 피상적인 것과 한 구멍으로 일방적인 것은 모두 병폐로 설사 병의 상황은 같지 않지만 모두 『인물지(人物志)·재능(材能)』에서 일컬은 "재능이 치우친 사람(偏材之人)"이다. 『수서(隋書)·유림전(儒林傳)』에는 경학을 서술하여 "대체로 남인은 약간(約簡)하여 그 영화(英華)를 얻었고 북학은 심무(深蕪)하여 그 지엽을 다하였다(大抵南人約簡, 得其英華; 北學深蕪, 窮其枝葉)"라고 하였는데, 이것은 유준(劉峻)의 주해와 같이 역시 정말로 당대 이후의 남·북 선종에 대한 관습적인 평이 되었다. 남·북 "학문"의 분기(分岐)는 송(宋)·명(明) 유가(儒家)의 "박관(博觀)"과 "약취(約取)"·"다문(多聞)"과 "일관(一貫)"·"도문학(道問學)"과 "존덕성(尊德性)"에 관련된 논쟁과 동일한 전형(典型)에 속하는 것이다. 파스칼(Pascal Blaise, 1623~1662)은 두 종류의 재지(才智)가 있는 사람(deux sortes d'esprit)을 구분하였는데, 하나는 "굳세고 좁으며" 하나는 "광활하고 연약한(l'esprit pouvant etre fort et ètroit, et pouvant etre ample et faible)"34) 것이다. 칸트(Kant, 1724~1804)는 일찍이 "이성" 중에는 두 가지의 기본 경향이 있다고 분석하였다. 하나는 만수(萬殊)의 원칙을 따라 번다함을 좋아하는(das Interesse der Mannigfaltigkeit, nach dem Princip der Specification) 것이고, 다른 하나는 합병(合幷)의 원칙에 따라 단일함을 좋아하는(das Interesse der Einheit, nach dem Princip der Aggregation)35) 것이다. 선종이 남북을 판연히 구별하는 것은 두 종류의 재지 혹은 두 가지의 이성 경향의 불교 사상 중의 하나의 표현이라고 할 수 있다.

남종선은 "염경(念經)"·"공과(功課)"를 완전히 일도 없이 바쁜 것이라고 비루하게 여겨 포기하고 "학문"을 더 이상 간약(簡約)할 수 없는 데까지 간약하게 하고 무슨 "미묘한 법문(法門)은 문자를 세우지 않고 가르침 외에 별도로 전한다(微妙法門, 不立文字, 敎外別傳)", "경은 삼천 부를 외우지만, 조계(曹溪)는 한 구절도 없네(經誦三千部, 曹溪一句亡)", "널리 배워 지해(知解)하였지만 지해의 경풍(境風)에 의하여 떠다니고 빠져 버렸다(廣學知解, 被知解境風, 直所漂溺)"36)라고 하였다. 이창부(李昌符, 867년경)의 「증공봉승현관(贈供奉僧玄

---

15) 파스칼(Pascal), 『사변록(思辨錄)(Pensées)』, 제1편 2절, 지로(V. Giraud) 편집본, 50쪽.

35) 『순수이성비판(Kritik der reinen Vernunft)』, 에르트만(B. Erdmann) 교정본, 그루이터(W. de Gruyter) 판, 500쪽, 495쪽 참조.
당대 심리학의 "성격형"과 관련된 기본 분류는 곧 "외향(extrovert)"과 "내향(introvert)"·"발산(diverger)"과 "수렴(converger)"으로 역시 서로 밝혀 주는 것이다.

36) 송(宋) 석(釋) 보제(普濟), 『오등회원(五燈會元)』 권1 석가모니(釋迦牟尼) 장차(章次)·권2 법달(法達) 장차(章次)·권3 회해(懷海) 장차(章次).

觀」에는 "조계(曹溪)의 법을 얻고부터, 여러 경을 더욱 보지 않네(自得曹溪法, 諸經更不看)"라고 하였고, 장교(張喬, 880년경)의 「숙제산승사(宿齊山僧舍)」에는 "남종의 요령을 얻지 못하여, 길이 선상(禪牀)에 있으며 일이 더욱 많다고 말하는 것 같네(若言不得南宗要, 長在禪牀事更多)"라고 하였는데 모두 남종선이 "일(수고)(事)"을 덜고 경권(經卷)을 보지도 않고 선상(禪牀)에 앉지도 않는 것을 말한 것이다. 남종화의 원칙도 역시 "간약(簡約)"이며, 경제적인 필묵으로 풍부한 예술 효과를 획득하고 적상(跡象)을 삭감함으로써 의경(意境)을 증가시키는(less is more)37) 것이다. 장언원(張彦遠)은 "소체화(疏體畵)"의 용필(用筆)은 "밀체화(密體畵)"와 같지 않다고 하여 일찍이 다음과 같은 이상을 말하였는데 "붓은 단지 한둘이지만 상(像)은 이미 응한다. 점획(點劃)을 떨어뜨리고 펴서 때때로 결락(缺落)을 보이는데 이것은 비록 붓은 주밀하지는 않지만 뜻은 주밀한 것이다(筆才一二, 像已應焉. 離披點劃, 時見缺落, 此雖筆不周而意周也)"38)라고 하였다. "주(周)"는 "주밀(周密)"·"주도(周到)"·"주비(周備)"의 "주(周)"이다. 그는 본 절에서 "글씨와 그림은 용필이 같다(書畵用筆同)"라고 강조하였는데 우리는 다른 한 당인(唐人)이 서법을 논한 말을 빌려 주해로 삼아도 좋을 것이다. 곧 "'손(損)'은 남음이 있음을 말한다. …… 취(趣)는 길고 붓은 짧아 항상 의세(意勢)는 남음이 있고 점획은 부족한 듯하게 한다는 것을 말한다('損'謂有餘. …… 謂趣長筆短, 常使意勢有餘, 點劃若不足)",39) "손(損)"은 바로 "결락을 보이는(見缺落)" 것이고 "부족한 듯하다(若不足)"는 것은 "주밀하지 않은(不周)" 것이다. 당대의 탁월한 미술사가는 "인상파(Impressionism)"의 함축(含蓄, suggestion)의 수법을 논하여, 그림을 보는 자는 마음을 쓸 바가 없는 것이 아니라 "더욱 할 만한 일이 있으니(the artist

---

37) 로버트·브라우닝(Robert Browning, 1812~1889), 「안드레아 델 싸르또(Andrea del Sarto)」.
38) 『역대명화기(歷代名畵記)』 권2 「논고·륙·장·오용필(論顧·陸·張·吳用筆)」.
39) 『전당문(全唐文)』 권337, 안진경(顔眞卿) 「장장사십이의필법기(張長史十二意筆法記)」.

gives the beholder increasingly "more to do")" 그림을 그린 자의 창조(making, creation)에 참여하여 심중에서 그 적상(跡象)에 떨어지지 않은 경색(景色, the inarticulate and unexpected)[40]을 심중에서 (마력으로) 만들어 내는("conjured up" in our minds) 것이라고 하였다. 역시 이러한 원칙을 벗어나지 않는다. 비록 흄(David Hume, 1711~1776)은 인생 경험을 두루 논하고 결코 문예까지 연계시키지는 않았지만, 그는 아마 이러한 심리 활동을 맨 먼저 집어내어 보인 철학가일 것이다. 그는 정감은 "상상"의 지배를 받아 "대상의 일부분을 숨기고 가장 강렬하게 정감을 불러일으킬 수 있고(Nothing more powerfully excites any affection than to conceal some part of its object)", 대상은 가려져 분명하지 않고(by throwing it into a kind of shade) 빠지고 부족하여 여지를 남겨 두고 "상상으로 하여금 할 만한 일이 있게(leaves some work for the imagination)" 하지만, "상상은 이러한 관념이 만드는 노력을 완전하게 하기 위하여 또 정감의 강도를 더할 수 있는(the effort which the fancy makes to complete the idea gives an additional force to the passion)"[41] 것이다. 흄의 대이론을 우리의 소제목(小題目)과 맞추어 보면 대상이 "가려지고 이지러지는(蔽虧)" 것은 바로 "붓이 주밀하지 않은(筆不周)" 것이고 상상 속에서 "완전하

---

40) 곰브리치(E. H. Gombrich), 『예술과 착각(Art and Illusion)』, 5판(1977), 169쪽.

41) 흄, 『정감론(Dissertation on the Passions)』, 제6절 6조, 『도덕·정치·문학 논문집(Essays Moral, Political, and Literary)』, 그린(T. H. Green)과 그로우즈(T. H. Grose) 편집본, 제2책, 164쪽.
   흄의 말은 이후의 렛싱의 『라오콘』 제3장에서 회화는 마땅히 창조의 여지가 풍부한 경상(景象)을 선택하여 "상상력이 자유롭게 유희하도록(was der Einbildungskraft freies Spiel lässt)"(앞의 주 10)에서 인용한 같은 책, 28쪽) 해야 한다고 말한 것과 매우 닮았다.
   "일"과 "유희"는 통상 대립적 개념이지만, 흄은 "약간의 일(work)을 남겨 두어 상상이 하게 한다고 말하였는데 렛싱이 "상상력이 자유롭게 유희하게 한다"고 말한 것과 양자는 완전히 일치한다. 중국의 옛 사람의 이른바 "뜻을 얻으면 말을 잊는다(得意忘言)"·"모양은 다르지만 마음은 같다(貌異心同)"·"구 아래에서 죽지 말라(莫死在句下)" 등은 아마도 우리가 외국의 책을 읽을 때 역시 기억해도 좋을 것이다.

다"는 것은 바로 "뜻이 주밀한(意周)" 것이고 "complete"는 "주(周)"자의 적절한 영역(英譯)이라고 할 수 있다. 석계(石溪, 곤잔(髡殘), 1612~1692)와 "이계(二溪)"라고 나란히 일컬어진 정정규(程正揆, 청계(靑溪), 1644년 생존)는 되풀이하여 이 점을 밝혔다. 그의 『청계유고(靑溪遺稿)』는 300년 이래 묻는 사람이 없는 것 같으니 좀 더 많이 인용해도 좋을 것이다. 권15 「산장제화(山莊題畵)」 6수의 3에는 "철간은구(鐵幹銀鉤)의 노련한 붓을 뒤집으니, 힘은 간(簡)을 좇을 수 있고 뜻은 번(繁)할 수 있네. 바람에 임한 것은 스스로 예찬(倪瓚)과 같음을 허락하지만, 뼈에 들어간 것은 누가 동원(董源)에 이르렀다고 평할 것인가?(鐵幹銀鉤老筆翻, 力能從簡意能繁. 臨風自許同倪瓚, 入骨誰評到董源?)"라고 하였고, 권22 「제"와유도"후(題"臥遊圖"後)」에는 "문자를 논하는 자는 한 푼의 견(見)을 더하는 것은 한 푼의 식(識)을 더하는 것만 못하니 식이 높을수록 문은 더욱 담하다고 한다. 나는 그림도 역시 그렇다고 생각한다. 하나의 붓이 많은 것은 하나의 붓이 적은 것만 못하고 뜻이 높으면 붓은 줄어드는 것이다. 어쩐 일인가? 뜻은 붓의 앞에 있으니 가는 곳마다 모두 붓은 아닌 것이다.[42] 번다하게 주름잡고 짙게 물들이며 형사(形似)를 각획(刻劃)하면 생기가 흐려지게 된다(論文字者謂增一分見不如增一分識, 識愈高則文愈淡. 予謂畵亦然. 多一筆不如少一筆, 意高則筆減. 何也? 意在筆先, 不到處皆筆('不'字直貫全句, 等於'非到處皆筆). 繁皺濃染, 刻劃形似, 生氣漓矣)"라고 하였고, 권24 「공반천화책(龔半千畵冊)」에는 "그림에 번감(繁減)이 있다는 것은 필묵을 논하는 것이지 경계(境界)를 논하는 것이 아니다. 북송(北宋) 사람의 천만(千萬)의 언덕과 골짜기는 감하지 않은 붓이 하나도 없고, 원인(元人)의 마른 가지와 야윈 돌은 번하지 않은 붓이 하나도 없다. 나는 일찍이 시를 지어 …… 라고 말하였다(곧 "鐵幹銀鉤"의 시이다)(畵有繁減, 乃論筆墨, 非論境界也. 北宋人千丘萬壑, 無一筆不減; 元人枯枝瘦石, 無一筆不繁. 予曾有詩云云(卽'鐵幹銀鉤'那一首))"라고 하였다. 같은 권 「제

---

42) "不"자는 곧장 전체의 구에 꿰어 있으니 "非到處皆筆"이라고 하는 것과 같다.

석공화권(題石公畫卷)」에는 "나는 석계(石溪)에게 '그림은 번을 하기는 어렵지 않고 감을 사용하는 것이 어렵다. 감하는 힘은 번보다 더욱 크다. 경(境)으로 감하는 것이 아니라 붓으로써 감하는 것이다'라고 하였다. 이른바 '한 수레의 병기를 희롱하는 것이 한 마디의 쇠로 사람을 죽이는 것만 못하다(弄一車兵器, 不若寸鐵殺人)'는 것이다(予告石溪曰: '畫不難爲繁, 難於用減, 減之力更大於繁. 非以境減, 減以筆' 所謂'弄一車兵器, 不若寸鐵殺人'者也)"라고 하였고, 권26 「잡저(雜著)」에는 "그림은 감을 귀하게 여기고 번을 귀하게 여기지 않는 것은 필묵을 논한 것이지 경계를 논한 것이 아니다. 송인의 천만의 언덕과 골짜기는 감하지 않은 붓이 하나도 없고, 예원진(倪元鎭, 찬(瓚), 1301~1374)의 성긴 숲과 야윈 돌은 번하지 않은 붓이 하나도 없다(畫貴減不貴繁, 乃論筆墨, 非論境界也. 宋人千丘萬壑, 無一筆不減; 倪元鎭疏林瘦石, 無一筆不繁)"라고 하였다. 옹방강(翁方綱, 1733~1818)의 『복초재시집(復初齋詩集)』 권12 「정청계 "강산와유도"(程靑溪"江山臥遊圖")」에는 "마른 나무와 야윈 돌은 번잡하고 무겁고, 천만의 바위와 골짜기는 도리어 가볍고 영묘하다네(枯木瘦石乃繁重, 千巖萬壑翻輕靈)"라고 하였는데, 그 자리에서 재목을 취한 것으로 바로 정씨 자신의 말로 그의 그림에 제(題)한 것이다. 오문(吳雯, 1644~1704)의 『연양집(蓮洋集)』 권6 「제운림 "추산도"(題雲林"秋山圖")」에는 "어찌 다만 농화(穠華)함이 복숭아・오얏만 못하겠는가? 텅빈 숲 누런 잎이 역시 많지 않구나(豈但穠華謝桃李, 空林黃葉亦無多)"라고 하였는데 역시 예찬(倪瓚)의 "힘이 간을 좇을 수 있다(力能從簡)"는 것을 찬탄한 것이다. 주의할 만한 것은 정씨는 선종(禪宗)의 "화두(話頭)"를 빌려 화법을 비유한 것이다. "한 수레의 병기를 희롱하는 것은 사람을 죽이는 수단이 아니다. 나는 한 마디의 쇠가 있으면 사람을 죽일 수 있다(弄一車兵器, 不是殺人手段. 我有寸鐵, 便可殺人)"라는 것은 송대의 선사(禪師) 종고(宗杲)의 명언으로 유가(儒家)의 도학선생(道學先生)들은 모두 그것을 칭찬하였다. 예컨대 주희(朱熹, 1130~1200)의 『주자어류(朱子語類)』 권8

에 인용하였고, 권115에는 문도들을 훈계할 때는 또 "따라서 선어(禪語)를 들어 '한 마디 쇠로 사람을 죽일 수 있으니, 사람을 죽이는 수단이 없으면 한 수레 가득히 창과 칼을 싣고 하나하나 희롱하더라도 결국 무익한 것이다'라고 하였다(因學禪語云: '寸鐵可殺人; 無殺人手段, 則載一車槍刀, 逐件弄過, 畢竟無益')"라고 하였다. 남종선은 "단도직입(單刀直入)"43)을 제창하여 창을 잡고 몽둥이를 농하는 것을 대수롭게 여기지 않았는데 이른바 "오직 단도직입만을 요구하고 널리 참구(參究)할 필요가 없다(只要單刀直入, 不要廣參)"44)라는 것으로, "고금을 널리 본(博覽古今)", "온갖 것을 아는(百會)" 것을 "하나도 오히려 모른다(一尙不會)"45)고 비웃었다. "남인의 학문(南人學問)"이 "청통간요(淸通簡要)하고"・"약간(約簡)하여 영화를 얻었다(約簡得英華)"는 것과는 단지 정도상의 차이일 뿐이다. 조형 예술에 구현되어 이러한 추세는 회화의 필묵이 "간결함을 따르고(從簡)"・"간결함을 사용하고(用簡)"・"붓이 주밀하지 않은(筆不周)" 것이다. "남종화"의 정명(定名)은 화가의 적관(籍貫)을 뛰어넘어 화풍의 특색을 들어내어 설마 완전히 "뜻을 취한 바가 없다(無所取義)"고 할 수 있겠는가?

그렇다면 남종화의 작풍은 또한 중국 구시 중의 정통적인 작풍에 상당한다고 말할 수 있는가 없는가?

넷째

서양의 문학 비평가가 중국시를 말할 때는 왕왕 중국화를 감상하고 있는 것 같다. 예컨대 어떤 사람은 중국의 고시가 만질 수 없고(空靈,

---

43) 『오등회원(五燈會元)』 권9 영우(靈祐), 또 권11 수곽(守廓) 장차(章次) 등.
44) 석(釋) 연수(延壽) 집(集), 『종경록(宗鏡錄)』 권41.
45) 『오등회원』 권7 낙경(洛京) 남원화상(南院和尙) 장차(章次).

Intangible) 경담(輕淡, Light)하고 함축적(Suggestive)이며 서양시에서는 가장 베를레느(Paul Verlaine, 1844~1896)와 가깝다고 하였다.46) 다른 한 사람은 중국의 고시는 간약준영(簡約雋永)하며 베를레느의「시법(Art poetique)」은 중국문학 중의 전통 원칙의 정의라고 할 수 있다(taken as the definition of the principle of Chinese literary tradition)47)고 하였다. 또 어떤 사람은 중국의 고시의 서정은 종래 분명하게 말하지 않고 완전히 암시에 의지하고(lyrical emotion is nowhere expressed but only suggested) 격동하지 않고 열광하지 않고 사조(詞藻)·형용사와 비유가 거의 없으며(no exitement, no ecstasy, little or no rhetoric, few adjectives and very few metaphors or similes), 괴에테(Goethe, 1749~1832)·하이네(Heinrich Heine, 1797~1856)·하디(Thomas Hardy, 1840~1928) 등의 소시(小詩)에는 우연히 중국시의 맛이 있다고 하였다.48) 이러한 의견들은 20세기의 전기에 나온 것이지만 현재까지도 아직 일반인의 관점을 대표하는 것 같다. 번역을 통하여 그렇게 중국시를 인식할 수 있다는 것은 매우 어렵다. 한편으로는 아마도 중국시의 예술이 높고 활력이 강하여 그것은 인체에 "자동면역법(自動免疫法)"이 있는 것과 같이 또한 완강한 면역성(免譯性) 혹은 항역성(抗譯性)을 구비하여 좋고 나쁜 번역을 견딜 수 있다는 것을 증명하고, 한편으로는 이러한 비평가들이 예술 감각과 본토의 문학 소양이 있다는 것을 더욱 나타낸다. 한 회화사 연구자도 역시 괴에테의「여러 봉우리에 온갖 움직임이 쉬고 있네(Ueber allen Gipfeln ist Ruh)」와 하이네의「외로운 삼나무가 홀로 서 있네(Ein Fichtenbaum steht einsam)」의 두 수의 소시와 중국화의 정조(情調)는 융합되어 있다(entsprechen jener lyrischen Stimmung)49)고

---

46) 스트레이치(Lytton Strachey),「하나의 시선(詩選)(An Anthology)」,『인물과 평론(Characters and Commentaries)』, 153쪽에 보인다.

47) 매카시(Desmond MaCarthy),「중국의 이상(理想)(The Chinese Ideal)」,『경험(Experience)』, 73쪽에 보인다.

48) 트레빌리얀(R. Trevelyan),『의외의 수확(Windfalls)』, 115~119쪽.

지적하였다. 중국 구시를 베를레느와 연계한 것은 가장 음미할 만하다. 베를레느는 가장 좋은 것은 "잿빛처럼 어두운 시가"이고 채색을 하지 않고 단지 짙음만을 구분하는(Rien de plus cher que la chanson grise. Pas la couleur, rien que la nuance)[50] 것이라고 선언하였다. 그것은 정말로 남종화풍인 것이다. "그림은 어둡기를 바라고 밝기를 바라지 않으니, 밝은 것은 모서리 · 모퉁이가 그것이고 어두운 것은 구름이 가로놓이고 안개가 덮이는 것이 그것이다(畵欲暗, 不欲明. 明者如舩棱鉤角是也, 暗者如雲橫霧塞是也)"[51]라고 하였다.

한 마디로 그러한 서양 비평가의 눈에는 사기(詞氣)가 호방(豪放)한 이백(李白, 701~762) · 사력(思力)이 심각(深刻)한 두보(杜甫, 712~770) · 의론이 명쾌한 백거이(白居易, 772~846) · 비유가 끊이지 않는 소식(蘇軾)(잠깐 한유(韓愈) · 이상은(李商隱) 등은 말하지 않는다)은 모두 "신운(神韻)"이 담원(淡遠)한 왕유와 위응물(韋應物)에게 동화(同化)되어 버렸다. 서양에는 "새까만 밤에는 각가지 색깔의 고양이가 모두 회색이다(La nuit tous les chats sont gris)"라는 속담이 있다. 동물학자의 연구에 따르면, 고양이는 색맹으로 낮에는 일체의 것을 모두 회색으로 본다(the daylight world is gray to the cat)[52]고 한다. 바로 사람이 새까만 밤에 고양이를 보고 고양이가 낮에 세계를 보는 것과 같이, 서양의 비평가가 형형색색의 중국 구시를 보면 모두 베를레느가 동경한 "회색의 시가(la chanson grise)"가 되는 것이다. 이러한 현상은 결코 희한한 것이 아니다. 한 가지의 문예 전통이나 혹은 기풍에 익숙한 사람이 다른 하나의 전통 혹은 기풍 중의 작품을 보면 항상 두루뭉술하고 개괄적이어서 중국 고대의 준어(雋語)의 이른바 "대초(帶草)(곧 회소(懷素), 737?~?)로

49) 뮌스터베르크(Münsterberg), 『중국 예술사(Chinesische Kunstgeschichte)』, 제1책, 222쪽.
50) 베를레느(Verlaine), 『시법(詩法)(Art poétique)』, 『전집』, 메생(Albert Messein)판, 제8책, 295쪽.
51) 동기창(董其昌), 『화안(畵眼)』.
52) 게이츠(G. S. Gates), 『근대의 고양이(The Modern Cat)』, 116쪽.

법을 보면 한번 보면 다한다(用個帶草(懷素)看法, 一覽而盡)"53)는 것과 같은 점이
있다. 예컨대 프랑스의 문학 비평가의 눈에는 독일 문학 작품은 모두 낭만
주의적이고 그것의 "고전주의"도 역시 낭만적이고 비고전적(unclassical)이며,
독일 비평가의 눈에는 프랑스의 문학 작품은 모두 단지 고전주의라고 할
수밖에 없고 그 "낭만주의"는 기껏해야 "반쪽의 낭만(only half romantic)"54)인
것이다. 독일과 프랑스는 이웃이고 또 똑같이 서구 문화의 대가정에 속하
는데도 오히려 이와 같으니 중국과 서양은 더욱 말할 필요도 없다.

　서양의 시와 서로 비교하면 중국의 구시는 대체로 정감도 분방하지 않
고 말도 수다스럽지 않고 목소리도 그렇게 높지 않고 힘을 쓰는 것도 그
렇게 사납지 않고 색깔도 그렇게 진하지 않은 것으로 보인다. 중국시에서
는 "낭만적"이라고 하더라도 서양시와 비교하면 여전히 "고전적"이고, 중
국시에서는 통쾌하다고 하더라도 서양시에 비하면 여전히 함축적임에 틀
림없다. 우리는 사화(詞華)가 충분히 선명하고 아름답다고 생각하지만 어지
러운 빨강과 초록을 보는 데 익숙한 그들은 또한 그 소담(素淡)함을 흔상
(欣賞)하고, 우리는 "단지 이처럼 목구멍을 울린다(直怎響喉嚨)"라고 생각하
지만 큰 소리로 노래하는 것을 듣는 데 익숙한 그들은 단지 낮은 소리의
부드러운 말이라고 느낄 뿐이다. 마찬가지로 중국 구시의 전통에 속박되
어 있는 독자가 보면 서양시 중의 공령(空靈)한 것은 결국 흔적이 남고 힘
을 썼으며, 담원(淡遠)한 것은 결국 연화기(煙火氣)와 누린 냄새가 있다는 것
을 혐의하고, 간결한 것은 결국 먹을 황금처럼 아끼지 않았다고 혐의한다.
이것은 국제 화폐에 태환률(兌換律)이 있어서 한나라의 두 푼이 다른 나라

---

53) 청 동열(董說, 1620～1686), 『서유보(西遊補)』에 보임.

54) 메르켈(Gottfried F. Merkel) 엮음, 『낭만주의와 번역 예술 논문집(On Romanticism and
　　the Art of Translation)』, 68쪽 ; 페르(Henri Peyre), 『프랑스 고전주의(Le Classicisme
　　français)』, 183쪽에 생트·뵈브와 니이체를 인용한 것, 또 질먼(Margaret Gilman), 『프
　　랑스인의 논시(論詩)(The Idea of Poetry in France)』, 163쪽을 참조.

의 일원(一元) 대양(大洋)과 교환하는 것과 같다. 서양인의 평론이 그렇게 핵심을 찌르지 못하더라도 그것은 이해할 수 있다. 그들은 그 속의 사람이 아니고 단지 외면에서 대강만을 보고 숲을 보고 나무를 보지 못하며 대동(大同)을 보고 소이(小異)는 소홀히 하는 것이다. 우리 중국의 비평가는 그렇게 할 수 없다. 우리는 중국 구시는 단순히 "어두운 시가"가 아니고 "신운파(神韻派)"가 대표할 수 없다는 것을 안다. 그러나 우리도 역시 왕왕 하나의 사실을 주의하지 않는다. 곧 신운파는 구시의 전통 중에서 공인된 지위는 남종이 구화 전통 중에서 공인된 지위와 같지 않고 전통 문평은 신운파는 표준적인 시풍이라는 것을 부인하지만, 전통 화풍은 남종이 표준적인 화풍임을 인정한다는 것이다. "정종(正宗)"·"정통(正統)"이라는 점에서 중국의 구(舊) "시(詩)·화(畵)"는 "일률(一律)"이 아니다.

다섯째

공교롭게도 남종화의 창시자 왕유(王維)는 또한 신운시파(神韻詩派)의 종사(宗師)이고 게다가 남종선(南宗禪)의 가장 이른 하나의 신봉자였다. 『왕우승집(王右丞集)』 권25 「능선사비(能仙師碑)」는 남종선의 시조(始祖) 혜능(慧能)을 송양(誦揚)한 것으로, 그중에는 "제자는 신회(神會)라고 하는데 …… 내가 도를 안다고 하여 송(頌)으로 부탁하였다(弟子曰神會, …… 謂余知道, 以頌見託)"라고 하였다. 『신회화상유집(神會和尙遺集)·어록제일잔권(語錄第一殘卷)』에는 "시어사(侍御史) 왕유는 임단역(臨湍驛) 중에서 화상(和上) 약(若)에게 수도(修道)하는 것을 물었다(侍御史王維在臨湍驛中問和上若爲修道)"라는 대화가 실려 있다. 그의 신상(身上)에는 선(禪)·시(詩)·화(畵) 삼자는 일맥상관(一脈相貫)하고 있다고 할 수 있는데, "시와 그림은 쌍둥이 자매이다"라는 말은 사용이 안성맞춤이다. 소식(蘇軾)의 『동파제발(東坡題跋)』 권5 「서마힐"남전

연우도"(書摩詰"藍田煙雨圖")」에는 "왕유의 시를 음미하면 시 중에 그림이 있고 왕유의 그림을 보면 그림 중에 시가 있다(味摩詰之詩, 詩中有畫; 觀摩詰之畫, 畫中有詩)"라고 하였다. 「봉상팔관(鳳翔八觀)・왕유오도지화(王維吳道子畫)」에는 더욱 분명하게 "마힐은 본래 시로(詩老)로서, 백지(白芷, 구리때)를 차고 향기로운 손(蓀, 향풀의 일종)을 입었네. 이제 이 벽화를 보니, 역시 그의 시가 맑고도 또한 도타운 것과 같네(摩詰本詩老, 佩芷襲芳蓀. 今觀此壁畫, 亦若其詩淸且敦)"라고 하였는데, 기윤(紀昀)은 소식의 시를 평점(評點)하여 "'돈(敦)'자는 뜻은 통하지 않는 것은 아니지만 결국 끼워넣어 압운(押韻)한 흔적이 있다('敦'字義非不通, 而終有嵌押之痕)"라고 하였다. 지적한 것이 매우 옳다. "돈(敦)"자는 대략 깊고 두텁다[深厚]는 "뜻(義)"으로 장언원의 『역대명화기(歷代名畫記)』 권1 「논화산수수석(論畫山水樹石)」의 이른바 "또 왕우승의 무겁고 깊음과 같다(又若王右丞之重深)"라고 한 것을 참조할 만하지만, 다만 "청(淸)"과 연용(連用, collocation)한 것은 매우 견강부회(牽强附會)한 것으로 운(韻)을 맞춘 군색한 태도가 다 드러나 버렸다.

심괄(沈括, 1031~1095)의 『몽계필담(夢溪筆談)』 권17에는 "글씨와 그림의 묘는 마땅히 정신으로 깨달아야지 형기(形器)로 찾기는 어렵다. 장언원의 『화평(畫評)』의 말대로 왕유는 물(物)을 그릴 때 흔히 사시(四時)를 묻지 않았는데, 예컨대 꽃을 그릴 경우 왕왕 복사꽃・살구꽃・연꽃을 함께 그렸다. 내 집에 소장하고 있는 왕유의 「와설도(臥雪圖)」에는 눈 속의 파초가 있지만 이것은 속인과는 논하기 어렵다(書畫之妙, 當以神會, 難可以形器求也. 如彦遠畫評言, 王維畫物, 多不問四時; 如畫花往以桃杏芙蓉蓮花同畫一景. 予家所藏摩詰「臥雪圖」有雪中芭蕉, 此難與俗人論也)"라고 하였는데 현존하는 『역대명화기』 중에는 왕유에 관한 이 1절은 없다. 꽃을 그리는 데 "사시를 묻지 않는(不問四時)" 것은 도리어 그림 중의 하나의 전통이고, 「와설도(臥雪圖)」도 역시 유실되었지만 "눈 속의 파초(雪中芭蕉)"의 일은 널리 퍼지고 오래 전해져서 문평과 화평을

위하여 하나의 논증을 제공하였다.55) 도목(都穆 : 현경(玄敬), 1514경)의 『우
의편(寓意編)』에는 "왕유의 그림 「복생상(伏生像)」은 두 무릎을 땅에 붙이지
도 죽간을 쓰지도 않고, 다리를 벌리고 앉은 채 궤안(几案)에 기대어 두루
마리를 펴고 있는데, 대체로 형사(形似)에 얽매이지 않았으니 역시 눈 속의
파초 따위이다(王維畫「伏生像」不兩地著地用竹簡, 乃箕股而坐, 憑几伸卷, 蓋不拘形似, 亦
雪中芭蕉類也)"라고 하였다. 이 그림은 후에 손승택(孫承澤, 1592~1676)이 수
장하였다. 『경자소하기(庚子銷夏記)』 권1 「당왕유복생도(唐王維伏生圖)」에는
"한 늙은이가 궤안에 기대어 앉아 있고 손에는 한 두루마리를 잡고 있다.
…… 도원경(都元敬, 목(穆))이 일찍이 귀인의 집에서 이 그림을 보고 놀라고
기뻐하여 마지않았다(一老生伏几而坐, 手持一卷. …… 都元敬甞在貴人之家見此圖, 驚
歡不置)"라고 하였다. 이로부터 "눈 속의 파초"는 고립된 사건이 아니고
"형기(形器)로 구하기 어려운(難以形器求)" 화풍은 또 좌증(佐證)을 더하였으며,
평감가(評鑑家)는 더욱 쉽게 "만회(挽回)"(recuperation)의 수단을 전개하여 "형

---

55) 졸저, 『관추편(管錐編)』, 1304~1305쪽・『관추편증정(管錐編增訂)』, 99~100쪽 참조.
송대의 필기 예컨대 『냉재야화(冷齋夜話)』・『의각료잡기(猗覺寮雜記)』・『나진자(懶眞子)』
등은 모두 왕유(王維)가 "눈 속의 파초(雪中芭蕉)"를 그렸다고 말하고 있으며, 시편 예컨
대 혜홍(惠洪)의 「여객론동파(與客論東坡)」 7률・진여의(陳與義)의 「제청백당(題淸白堂)」
7절의 3・누약(樓鑰)의 「혜화한림칠현(慧華寒林七賢)」 5고・양만리(楊万里)의 「기제장상
필규(寄題張商弼葵堂)」 7절의 1 등은 모두 이 전고를 사용하였다.
남송 조충지(晁沖之)의 「삼월설(三月雪)」에는 "이로부터 의심하니 마힐의 그림에는, 눈
속에 스스로 마땅히 파초가 있어야 하리(從此斷疑摩詰畫, 雪中自合有芭蕉)"(『풍월당시화
(風月堂詩話)』 권하(卷下))라고 하였는데 이것은 그의 『구자집(具茨集)』의 일시(逸詩)이다.
명 탕현조(湯顯祖)의 『옥명당집・척독(玉茗堂集・尺牘)』 권4 「답릉초성(答凌初成)」에는
한 우스개를 말하였는데 "옛날에 마힐의 겨울 경치 파초를 혐의하여 파초를 잘라내고
매화를 더한 사람이 있었다. 겨울은 겨울이지만 왕마힐의 겨울 경치는 아니다(昔有人嫌
摩詰之冬景芭蕉, 割蕉加梅. 冬則冬矣, 然非王摩詰冬景也!)"라고 하였다.
청 섭덕휘(葉德輝)의 『관화백영(觀畫百詠)』 권2에는 이당(李唐)의 「심산피서도(深山避暑
圖)」 중에 "단풍(丹楓)"을 그렸기 때문에 "'절묘한 붓이 하늘을 보완하여(妙筆補天)' 망
천(輞川, 곧 왕유를 가리킴)의 사시(四時)를 묻지 않은 뜻을 얻었다(妙筆補天'得輞川不問
四時之意)"라고 칭찬하였는데, 바로 "설초(雪蕉)"를 평계로 이용한 것이다.

사에 얽매이는(拘形似)", "속인(俗人)"들의 놀람·의심과 비웃음을 상대하지 않았다. 신운시파(神韻詩派)의 대사(大師) 왕사진(王士禛, 1634~1711)은 이 점에서 왕유(王維)의 시와 그림을 관통시켰다. 『지북우담(池北偶談)』 권18에는 "세상에서는 왕유가 눈 속의 파초를 그렸다고 하는데 그의 시도 역시 그렇다. 예컨대, '구강(九江)의 단풍나무는 몇 번이나 푸르렀는가? 한 조각 양주(揚州)에 오호(五湖)는 하얗네(九江楓樹幾回靑, 一片揚州五湖白)'[56]라고 하였는데, 아래에서 '난릉진(蘭陵鎭)'·'부춘곽(富春郭)'·'석두성(石頭城)'의 여러 지명을 잇달아 사용하고 있지만 모두 멀리 떨어져서 서로 이어지지 않는다. 대체로 옛 사람들의 시와 그림은 단지 흥취에 맞고 정신이 이르는 것을 취할 따름이었다(世謂王右丞畫雪裏芭蕉, 其詩亦然. 如 "九江楓樹幾回靑, 一片揚州五湖白," 下連用"蘭陵鎭"·"富春郭"·"石頭城"諸地名, 皆遼遠不相屬. 大抵古人詩畫只取興會神到")라고 하였다. 명시인 겸 화가인 김농(金農, 1687~1764)은 더욱 이 점에서 왕유의 그림과 선(禪)을 관통시켰다. 『동심집습유(冬心集拾遺)·잡화제기(雜畫題記)』에는 "왕우승의 눈 속의 파초는 꽃동산의 기이한 꽃이다. 파초는 가을바람에 빨리 썩는 물건이니 어떻게 겨울을 이기고 시들지 않을 수가 있겠는가? 우승은 선리(禪理)에 깊었기 때문에 이 그림이 있게 된 것이며 사문(沙門)의 무너지지 않는 몸이 사시에 그 견고함을 지키는 것에 비유한 것이다. 내가 지은 것은 바로 이러한 뜻과 같으니 보는 이들은 진짜라고 보지 말 것이다(王右丞雪中芭蕉爲花苑奇葩. 芭蕉乃商飇速朽之物, 豈能凌冬不凋乎? 右丞深於禪理, 故有是畫, 比喩沙門不壞之身, 四時保其堅固也. 余之所作, 正同此意, 觀者切莫認作眞個耳)"라고 하였다. 김농은 "선리"에 대하여 익숙하지 않았던 것 같다. 선종(禪宗)에는 "불가사의(不可思議)"를 형용하는 "화두(話頭)"가 있는데, "'비가 내리니 섬돌 머리가 젖고, 개이고 마르니 물이 흐르지 않네. 새는 푸른 바다 밑에 둥우리를 틀고, 물고기는 돌 산 머리에서 뛰네(雨下階頭

---

56) 「동최부답현제(同崔傅答賢弟)」.

濕, 晴乾水不流. 鳥巢滄海底, 魚躍石山頭’라고 하였는데, 앞의 두 구는 평실(平實)한 말이고 뒤의 두 구는 격외담(格外談)이다('雨下階頭濕, 晴乾水不流. 鳥巢滄海底, 魚躍石山頭' 前頭兩句是平實語, 後頭兩句是格外談)"[57]라고 하였는데 "격외담"은 서양의 옛 수사학의 이른바 "불가능한 사물의 비유(adynata, impossibilia)"[58]와 상당히 유사하다. 예컨대 "산 위에 잉어가 있고, 바다 밑에는 쑥과 티끌이 있다(山上有鯉魚, 海底有蓬塵)" · "섣달의 연꽃(臘月蓮花)" · "낮에 기타(祇陀)의 동산에 들어가니 흰 달이 하늘에 있고, 밤에 영취(靈鷲)의 봉우리에 오르니 태양이 눈에 넘친다(晝入祇陀之苑, 皓月當天; 夜登靈鷲之峰, 太陽溢目)" · "까마귀가 눈과 같고, 외로운 기러기가 무리를 이룬다(烏鴉似雪, 孤雁成群)"[59]라고 하였다. 구마라십(鳩摩羅什, 344~413)이 번역한 『유마힐소설경(維摩詰所說經) · 불도품제팔(佛道品第八)』의 "불 속에서 연꽃이 생기니 이것은 드물다고 할 수 있다(火中生蓮花, 是可謂希有)"와 혹은 담무참(曇无讖, 385~433)이 번역한 『대반열반경(大般涅槃經) · 여래성품제사지이(如來性品第四之二)』의 "물속에 연꽃이 생기는 것은 드물다고 할 수 없고, 불 속에 생기는 것이 드문 것이다(水中生蓮花, 非謂希有, 火中生者, 是乃希有)"라고 한 것은 바로 이러한 종류의 비유이다. 이러한 비유는 일찍 도사들의 눈에 들어 『노자화호경(老子化胡經) · 현가장제십(玄歌章第一○)』의 "내가 옛날 오랑캐를 교화할 때(我昔化胡時)" 1수 중에 몰래 들어가 "불 속에 연꽃이 생기니, 너는 지극한 진인(眞人)이라네(火中生蓮花, 爾乃是至眞)"[60]라고 하였다. 만약 가령 눈 속의 파초가 무슨 "선리"를 함축하고 있다면 그것은 바다 밑의 티끌과 섣달의 달 혹은

---

57) 『오등회원(五燈會元)』 권18 조기(祖琦) 장차(章次).

58) 프레밍거(A. Preminger) 주편, 『시가(詩歌)와 시학(詩學) 백과전서(Encyclopedia of Poetry and Poetics)』(1965), 5쪽 참조.

59) 『오등회원』 권2 도흠(道欽) · 권3 도응(道膺) · 권14 도해(道楷) 장차(章次).
    『관추편(管錐編)』, 600~606쪽 참조.

60) 나진옥(羅振玉), 『명사석실유서속편(鳴沙石室遺書續編)』, 1917년.

불 속의 연꽃 등등과 같이 "희유(希有)" 혹은 "불가사의"를 암시하지 않는
것이 없을 것이다. 명말의 화가 이유방(李流芳, 1575~1629)은 이러한 뜻을
깨달은 것 같다. 『단원집(檀園集)』권1 「화주수능설초시(和朱修能雪蕉詩)」에는
"눈 속에 파초가 한창 푸르고, 불 속에 연꽃이 역시 자라네(雪中蕉正綠, 火裏
蓮亦長)"라고 하였는데 두 가지의 "불가능한 사물"을 가지고 짝을 맺어 그
들을 서로 더욱 빛나게 하였다.

전해지고 애송되는 왕유의 1수의 시를 들어 그의 수법을 설명한다. 「잡
시(雜詩)」에는 "그대는 고향에서 왔으니, 마땅히 고향의 일을 알리. 오는
날 비단 창 앞에, 차가운 매화에 꽃이 피었는가?(君自故鄉來, 應知故鄉事. 來日
綺窓前, 寒梅著花未?)"라고 하였다. 조전성(趙殿成)의 『왕우승집전주(王右丞集箋
注)』에는 "살펴보건대, 도연명 시에는 '그대 산중에서 왔으니 일찍 천목(天
目)을 떠났으리. 나는 남쪽 창 아래에 사는데, 이제 몇 떨기의 국화가 피어
났는가?(爾從山中來, 早晚發天目. 我居南窓下, 今生幾叢菊?)'라고 하였는데 우승의
이 시와 틀이 같다. 그러나 아래 글은 말을 엮은 것이 좀 많지만 취의(趣
意)는 멀지 않음을 느낀다. 우승은 단지 짤막한 구를 지었을 뿐이지만 유
양(悠揚)하여 다하지 않는 운치가 있다(按陶淵明詩云 "爾從山中來, 早晚發天目. 我
居南窓下, 今生幾叢菊?" 與右丞此章同一機杼, 然下文綴語稍多, 趣意便覺不遠. 右丞只爲短
句, 有悠揚不盡之致)"라고 하였다. 비평한 것이 틀림이 없지만 단지 고정(考訂)
이 약간 부족하다. 그 "도연명의 시"는 후인이 위탁한 것으로, 상반부는
바로 왕유의 이 편을 남본(藍本)으로 하였고, 하반부는 "장미는 잎이 이미
돋았고, 추란은 향기가 마땅히 높으리. 산중에 돌아가면, 산중엔 술이 마
땅히 익었으리(薔薇葉已抽, 秋蘭氣當馥. 歸去來山中, 山中酒應熟)"라고 하였는데 결
구(結句)는 또 이백의 「자극궁감추(紫極宮感秋)」의 "도령(陶令)이 돌아가면, 시
골집에는 술이 마땅히 익었으리(陶令歸去來, 田家酒應熟)"[61]라고 한 것에서 탈
태(脫胎)한 것이다. 왕유의 이 20자의 가장 좋은 대조가 되는 것은 초당 왕

적(王績)의 「재경사고국, 견향인, 수이위문(在京思故國, 見鄕人, 遂以爲問)」으로 "나그네 살이에 몇 해가 지났는데, 늙어도 돌아갈 줄 모르네. 문득 문전의 손님을 만나니, 고향을 떠나왔다고 하네. 눈썹을 거두고 함께 악수하고, 눈물을 흘리며 같이 술을 마시네. 은근히 친구를 묻고, 꼬치꼬치 어린애도 묻네. 쇠퇴한 집안에 아우와 조카가 많은데, 누가 못과 누대를 감상하는 가? 옛 동산은 지금 남아 있는지? 새 나무도 마땅히 심었으리. 버들 행렬 은 친 것이 촘촘한지 성긴지? 초가는 심은 것이 넓은지 좁은지? 어디에다 대는 옮겨 심었는지? 따로 몇 그루의 매화를 심었는지? 도랑엔 마땅히 끊 어진 물이 없을 것이고, 돌에는 헤아리건대 모두 이끼가 피었으리. 뜨락의 과일은 어느 것이 먼저 익는지? 숲의 꽃은 무엇이 나중에 피는지? 나그네 의 마음은 오직 묻고만 싶으니, 의심할 필요는 없다고 알려주네. 바야흐로 말을 몰아 못으로 내려가, 옛 동산의 풀을 베어야 하리(旅泊多年歲, 老去不知 回. 忽逢門前客, 道發故鄕來. 斂眉俱握手, 破涕共銜杯. 殷勤訪朋舊, 屈曲問童孩. 衰宗多弟 姪, 若個賞池臺? 舊園今在否? 新樹也應栽. 柳行疏密布? 茅齋寬窄栽? 經移何處竹? 別種幾株 梅? 渠當無絶水, 石計總生苔. 院果誰先熟? 林花那後開? 羈心祇欲問, 爲報不須猜. 行當驅下 澤, 去剪故園萊)"62)라고 하였다. 이 시는 매우 좋아서 왕유의 「잡시(雜詩)」와 한데 두면 동일한 제재(題材)의 서로 다른 처리를 선명하게 부각시킨다. 왕 적은 그림 중의 공필(工筆)에 상당하지만 왕유는 그림 중의 "대사(大寫)"에 상당한다. 왕적은 물은 것이 자상하고 순수하여 "매사를 물었다(每事問)"63)

---

61) 홍매(洪邁, 1123~1202)는 도연명(陶淵明)의 이 시가 의심스럽다는 것을 분명히 알고 있 었지만 도리어 왕유와 이백은 각각 그것을 운(運) "용(用)"한 적이 있다고 말하였다. 『용 재오필(容齋五筆)』 권1 「문고거(問故居)」에는 "이 시는 여러 집 중에는 모두 실려 있지 않고 다만 조문원(晁文元)의 집의 책에만 그것이 있다. 대개 '천목(天目)'은 의심하건대 도연명의 거처가 아니지만 이백은 …… 라고 하여 이것을 사용한 것이다. 왕마힐(王摩 詰)의 시에는 …… 라고 하였다(此詩諸集中皆不載, 惟晁文元家本有之. 蓋'天目'疑非陶居處, 然李白云云, 乃用此爾. 王摩詰詩云云)"라고 하였다. 하문(何汶)의 『죽장시화(竹莊詩話)』 권4 「문래사(問來使)」에 『서청시화(西淸詩話)』를 인용한 것을 참조.

62) 『왕무공문집(王無功文集)』 권3.

라고 할 수 있고, 왕유는 중요한 말은 번거롭지 않아서 크게 "'(공자(孔子)는) 사람을 다쳤느냐?'라고 하시고 말은 묻지 않으셨다('傷人乎?', 不問馬)"[64]라는 기세가 있다. 왕유는 왕적의 조사표(調査表)의 문제를 통렬하게 삭제하여 많은 것을 깎아 하나로 만든 것 같다. 이것은 정정규(程正揆)가 그림을 논할 때 말한 "감을 사용하고(用減)", "번을 하지(爲繁)" 않은 것과 같은 것이다. 장언원은 "붓은 겨우 한두 번이지만 상(像)은 이미 응한다. 점획을 떨어뜨리고 펴는데 때때로 결락을 보인다(筆才一二, 像已應焉. 離披點劃, 時見缺落)"라고 하였는데 정정규는 "뜻이 옛스러우면 붓이 감하고 주름을 번잡하게 하면 짙게 물들어 형사(形似)를 각획하여 더욱 흐려지게 된다(意古則筆減, 繁皴則濃染, 刻劃形似, 更其漓矣)"라고 하였다. 이러한 의론은 왕사진의 시평과 대조할 만하다. 『향조필기(香祖筆記)』권6에는 "나는 일찍이 형호(荊浩)가 산수를 논한 것을 보고 시가의 삼매(三昧)를 얻었다. 그 말에 '멀리 있는 사람은 눈이 없고, 멀리 떨어진 물은 물결이 없으며, 먼 산은 주름이 없다(遠人無目, 遠水無波, 遠山無皴)'라고 하였다(余嘗觀荊浩論山水而悟詩家三昧, 其言曰: '遠人無目, 遠水無波, 遠山無皴')"[65]라고 하였고, 같은 책 권10에는 "『신당서(新唐書)』는 오늘날 허도녕(許道甯)의 무리가 산수를 논한 것과 같이 진화(眞畵)이다. 『사기(史記)』는 곽충서(郭忠恕)가 하늘 너머의 몇 봉우리를 그리는데 대략 붓과 먹을 갖추었지만 사람이 보고 마음속으로 감복하게 하는 것과 같이 붓과 먹의 밖에 있다. 이것은 왕무(王楙, 1151~1213)의 『야객총서(野客叢書)』 중의 말로서 시와 문장의 삼매를 얻었으니 사공표성(司空表聖, 도(圖))의 이른바 '한 글자를 쓰지 않아도 풍류를 다 얻는다(不著一字, 盡得風流)'는 것이다(『新唐書』如今日許道甯輩論山水, 是眞畵也. 『史記』如郭忠恕畵天外數峯, 略具筆墨,

---

63) 『논어(論語)·팔일(八佾)』.
64) 『논어(論語)·향당(鄕黨)』.
65) 『관추편(管錐編)』, 720~723쪽 참조.

然而使人見而心服者, 在筆墨之外也. 右王槩『野客叢書』中語, 得詩文三昧, 司空表聖所謂'不著一字, 盡得風流'者也"라고 하였다. 『잠미집(蠶尾集)』 권7 「지전집서(芝廛集序)」에는 크게 "남종화(南宗畵)"의 "리(理)"를 말한 다음에 "비록 그렇지만 그림 뿐만이 아니라 고금의 풍소(風騷)의 유별(流別)의 길이 본래 이것을 벗어나지 않는다(雖然, 非獨畵也, 古今風騷流別之道, 固不外此)"라고 하였다. 남종화와 신운시는 동일한 예술의 원리의 두 부문이 서로 다른 예술 중에 구현된 것이다.

기왕에 "시가의 삼매(詩歌三昧)"가 "대략 필묵을 갖추고(略具筆墨)"·"한 글자도 쓰지 않은(不著一字)" 것이라면 사경(寫景)이 공밀(工密)한 시·서사(敍事)가 유창(流暢)한 시와 설리(說理)가 통쾌(痛快)한 시는 모두 "풍소(風騷)의 유별(流別)" 중의 상승(上乘)이라고 할 수 없다. 예컨대 사령운(謝靈運, 385~433)의 풍경시(風景詩)는 모두 각획(刻劃)이 세치(細緻)하기 때문에 원호문(元好問, 1190~1257)은 「논시삼십수(論詩三十首)」 절구(제20수)에서 "사객(謝客)의 풍채(風采)와 용모(容貌)는 고금에 빛나는데, 발원은 누가 유주(柳州)만큼 깊을까! (謝客風容映古今, 發源誰似柳州深!)"라고 하였고, 자주(自注)에는 "유자후(子厚, 종원(宗元))는 송의 사령운이다(柳子厚宋之謝靈運)"라고 하였다. 송장백(宋長白)은 마침 사령운의 시를 북종화에 견주어 "기행시(紀行詩)는 앞에는 사강락(謝康樂)이 있고 뒤에는 사선성(謝宣城, 조(朓))이 있다. 그림에 비유한다면 강락은 황금 가루를 쌓아놓아 북종파이고 선성은 평원한광(平遠閒曠)하여 남종의 흐름이다(紀行詩前有康樂, 後有宣城. 譬之於畵康樂則堆金積粉, 北宗一派也, 宣城則平遠閒曠, 南宗之流也)"66)라고 하였다. 만약 원호문의 말을 확대한다면 유종원도 역시 "북종 일파(北宗一派)"일 것이다. 왕사진의 「희방원유산논시절구삼십이수(戱倣元遺山論詩絶句三十二首)」 제7수에는 유종원에 대하여 깎아내린 말이

---

66) 『유정시화(柳亭詩話)』 권28. 이 책은 강희(康熙) 43년(1704)에 완성되었다.

있는데 "풍회(風懷)의 징담(澄澹)함은 위응물(韋應物)과 유종원을 추켜올리니, 좋은 곳은 대부분 다섯 글자에서 찾는다네. 소리 없는 거문고 줄과 손가락의 묘를 알 수 있었으니, 유종원이 어떻게 위응물과 나란할 수 있겠는가?(風懷澄澹推韋·柳, 佳處多從五字求. 解識無聲絃指妙, 柳州那得並蘇州?)"라고 하였다. "소리없는 거문고 줄과 손가락의 묘(無聲弦指妙)"는 "한 글자를 쓰지 않더라도 풍류를 다 얻는다(不著一字, 盡得風流)"는 것의 다른 하나의 설명이다. 위응물은 바로 신운파의 원조 사공도(司空圖)가 추존하여 왕유와 나란히 열거한 사람이다. "왕우승과 위소주는 징담정치(澄澹精致)하여 격(格)이 그 가운데 있으니 어찌 굳세고 빼어남에 방해가 되겠는가?(王右丞·韋蘇州, 澄澹精致, 格在其中, 豈妨於遒擧哉?)"[67]·"우승과 소주는 흥취와 맛이 맑고 아득하다(右丞·蘇州, 趣味澄夐)"[68]라고 하였다. 백거이의 시는 서사(敍事)도 정제(整齊)되고 또한 설리(說理)도 흥미진진하여 신운파와는 더욱 말이 기봉(機鋒)에 맞지 않는다. 사공도는 "원진·백거이는 힘은 굳세지만 기는 잔약하니 도시의 호방한 장사치일 뿐이다(元白力勍而氣孱, 乃都市豪估耳)"[69]라고 하였다. 옹방강(翁方綱)의 『석주시화(石州詩話)』 권1에는 보필(補筆)을 가하여 "사공도가 24품을 지어 은밀한 묘를 다 취하고부터 곧장 원진·백거이를 백정·장사꾼의 무리로 여길 뿐이었다. 어양(漁洋, 왕사진) 선생이 옳다고 생각하여 매번 후인들에게 경솔하게 『장경집(長慶集)』을 보아서는 안 된다고 경계하였다. 대체로 어양은 사람을 가르칠 때 묘오(妙悟)를 주로 하였기 때문에 그의 말이 이와 같았다(一自司空表聖造二十四品, 抉盡秘妙, 直以元白爲屠估之輩. 漁洋先生韙之, 每戒後賢勿輕看『長慶集』; 蓋漁洋敎人, 以妙悟爲主, 故其言如此)"라고 하였다. 신운파로 하여금 좌우로 난처하게 한 것은 물론 "시성(詩聖)"이라고 부르

---

67) 「여이생논시서(與李生論詩書)」.

68) 「여왕가평시서(與王駕評詩書)」.

69) 「여왕가평시서(與王駕評詩書)」.

는 두보였다.

　신운파는 구시의 역사상 정통이라고 할 수 없는데 남종이 구화의 역사상 스스로 통치 지위를 차지하는 것과는 다르다. 당대의 사공도와 송대의 엄우(嚴羽)는 모두 현저한 영향이 없는 것 같다. 명말 청초에는 육시옹(陸時雍)이 『시경(詩鏡)』을 평선하여 선전하고 왕사진이 이론으로 실천을 겸하여 제창하여 억지로 기풍을 조성하였다. 이 기풍은 또 극히 짧았다. 왕사진 당시에 일찍이 조집신(趙執信, 1662~1744)이 『담룡록(談龍錄)』을 지어 크게 반대 논조를 부르짖었고, 건륭(乾隆)·가경(嘉慶)에서 동치(同治)·광서(光緒)까지 대다수의 작자와 평론가들은 그것은 단지 방문(旁門)의 소명가(小名家)의 시풍이라고 보았다. 이것은 이미 문학사의 상식이 되었다. 왕유는 의심할 것도 없이 대시인으로 그의 시와 그림은 또 "자취는 다르지만 취는 같다(異跡而同趣)"고 할 수 있고 또한 그는 구화 전통 중에서 첫째 교의(交椅)에 앉아있는 것이다. 그러나 구시 전통 중에서 자리를 배치한다면 첫째 자리는 왕유에게 돌아가지 않는다. 중당(中唐) 이후 여러 사람들의 바람이 돌아간 곳은 두보(杜甫)였다. 크로체의 말을 차용하면 왕유는 두보와 서로 비교하면 단지 "작은 대시인(un piccolo-grande poeta)"이라고밖에 할 수 없지만, 그와 어깨를 나란히 하는 시인 위응물은 "큰 소시인(un grande-piccolo poeta)"[70]이라고 할 수 있다. 풍지(馮贄)가 지은 것으로 탁명(託名)한 『운선잡기(雲仙雜記)』는 위서(僞書)로서 권1에는 「문람(文覽)」을 날조하여 선동(仙童)이 두보로 하여금 "콩 밭(豆壟)" 아래서 "하나의 돌(一石)"을 파내게 하였는데 "황금색 글자로 '시왕(詩王)은 본디 진방국(陳芳國)에 있다'라고 하였다(金字曰'詩王本在陳芳國')"라고 하였는데, 더욱 귀화(鬼話)가 엮어낸 신화(神話)이다. 그러나 당·송의 여론 조사로 하늘이 "시왕(詩王)"의 봉호(封號)를 내린

---

70) 크로체(Croce), 『파스콜리(Giovanni Pascoli) 론』, 그가 지은 『이탈리아 문학평(La Letteratura Italiana)』, 산소네(Mario Sansone) 집본(輯本), 제4책, 231쪽.

것은 "두보의 시집이 시세계를 열었네(子美集開詩世界)"[71]라고 한 것과 동등
한 가치를 가질 수 있다. 원진(元稹, 779~831)의 「당고검교공부원외랑두군
묘계명(唐故檢校工部員外郎杜君墓係銘)」에는 일찍이 두보는 이백보다 뛰어나고
능히 "겸하여 고금의 장점을 종합하였다(兼綜古今之長)"라고 칭찬하였고, 송
기(宋祁, 998~1061)는 비록 시를 짓는데 "서곤체(西崑體)"의 영향을 깊이 받
았지만 그의 『신당서(新唐書)·두보전찬(杜甫傳贊)』은 원진의 「두군묘명(杜君
墓銘)」과 일치하며 결코 서곤체의 영수 양억(楊億, 자 대년(大年), 974~1020)처
럼 "두보의 시를 좋아하지 않았고 '촌부자(村夫子)'라고 하지는(不喜杜工部詩,
謂爲'村夫子')"[72][73] 않았다. 『황조문감(皇朝文鑑)』 권72 손하(孫何)의 「문잠(文
箴)」에는 "아(雅)로 돌아가고 송(頌)으로 돌아가 두보가 그 무리를 거느렸다
(還雅歸頌, 杜統其衆)"라고 하였는데 "통(統)"은 바로 "겸종(兼綜)"이다. 두보의
「우제(偶題)」에는 스스로 "문장은 천고의 일, 득실은 촌심(寸心)이 아네.
…… 법은 스스로 유가로부터 있으니, 마음은 어렸을 때부터 피곤하였네
(文章千古事, 得失寸心知. …… 法自儒家有, 心從弱歲疲)"[74]라고 하였다. 후세의 평
론가는 물결을 따라 배를 밀었는데, 진관(秦觀, 1049~1100)의 『회해집(淮海

---

71) 송 왕우칭(王禹偁, 954~1001), 『소축집(小畜集)』 권9 「일장, 간중함(日長, 簡仲咸)」.
72) 송 유반(劉攽), 『중산시화(中山詩話)』.
73) 『신당서(新唐書)』에 문예(文藝)를 말한 것은 『구당서(舊唐書)』보다 태도가 착실하고 말도
역시 전문적이다. 만약 『구당서』에 의거하여 믿을 만한 역사라고 한다면, 당대의 최대
의 시인은 원래 오균(吳筠)이다! 「은일전(隱逸傳)」에는 그가 "사리(詞理)가 홍통(弘通)하
고 문채(文彩)가 밝게 피어나 매번 한 편을 지을 때마다 사람들이 모두 전하여 암송하였
다. 비록 이백(李白)의 방탕(放蕩)함과 두보(杜甫)의 장려(壯麗)함이라도 능히 겸할 수 있
는 자는 아마 오직 오균뿐일 것이다(詞理弘通, 文彩煥發, 每制一篇, 人皆傳誦. 雖李白之放
蕩·杜甫之壯麗, 能兼之者, 其惟筠乎!)"라고 하였다. 전체의 책 200권 중에서 열전(列傳)을
세웠든 혹은 「문원전(文苑傳)」에 들어갔든, 설사 그 몇 마디 말이 완전히 권덕여(權德輿)
의 「오존사전(吳尊師傳)」(『전당문(全唐文)』 권508)에서 옮겨 온 것이라고 하더라도, 누구
도 찬탄이 지극한 그러한 평어를 얻지 못하였다.
74) 송 신기질(辛棄疾), 「염노교(念奴嬌)·답부선지제거(答傅先之制舉)」에 "군(君)의 시의 좋은
점은, 추로(鄒魯)의 유가(儒家)가, 또 기이한 절조를 가지고 있는 것과 같다네(君詩好處,
似鄒魯儒家, 還有奇節)"라고 한 것을 참조.

集)』권11 「한유론(韓愈論)」에는 아예 두보를 "집대성(集大成)"한 유종(儒宗) 공자(孔子)에 견주었다. 조열지(晁說之, 1059~1129)의 『숭산문집(嵩山文集)』 권14 「화도인변(和陶引辨)」에는 "조식(曹植)·유정(劉楨)·포조(鮑照)·사령운(謝靈運)·이백(李白)·두보(杜甫)의 시는 『오경(五經)』이고 천하의 대중정(大中正)이며, 팽택(彭澤, 도연명(陶淵明))의 시는 노자(老子)이다(曹·劉·鮑·謝·李·杜之詩,『五經』也, 天下之大中正也; 彭澤之詩, 老氏也)"라고 하였다. 오가(吳可)의 『장해시화(藏海詩話)』에는 "시를 보는 데는 또 여러 사람을 모범으로 삼으니, 두보를 정경(正經)이라고 여기지만 나는 경을 겸하였다고 여긴다(看詩且以數家爲率, 以杜爲正經, 余爲兼經也)"라고 하였다. 주희(朱熹)의 『주자어류(朱子語類)』 권139에는 이(李)·두(杜)를 일컬어 시를 배우는 자의 "본경(本經)"이라고 하였다. 진선(陳善)의 『문슬신어(捫蝨新語)』 권7에는 "두보의 시는 마땅히 시 중의 『육경(六經)』이고, 타인의 시는 제자(諸子)의 류이다(老杜詩當是詩中『六經』, 他人詩乃諸子之類也)"라고 하였다. 청 오교(吳喬)의 『위로시화(圍爐詩話)』 권2에는 "두『육경(杜『六經』)"이라는 명칭이 있다. 장사전(蔣士銓, 1725~1785)의 『충아당시집(忠雅堂詩集)』 권1 「두시상주집성서(杜詩詳注集成序)」에는 "두보의 시는 시 중의 『사자서(四子書)』이다(杜詩者, 詩中之『四子書』也)"라고 하였다. 반덕여(潘德輿, 1785~1839)의 『양일재시화(養一齋詩話)』 권18 「작시본경서(作詩本經序)」에는 "삼대(三代) 이하 시는 넉넉히 『삼백편(三百篇)』을 이을 자는 이백(李白)과 두보(杜甫) 만한 자가 없다. …… 주자는 '시를 짓는데 먼저 이백과 두보를 보는 것은 사인(士人)들이 본경(本經)을 공부하는 것과 같다'라고 하였다. 비록 이·두를 『경』이라고 하지 않았지만 이미 이·두의 시를 짓는 『경』으로 삼은 것이다. 나는 스스로 헤아리지 못하고 이(李)·두(杜)의 시 천여 편으로 『삼백편』의 풍지(風旨)와 다름이 없는 것을 수집하여 제목을 『작시본경(作詩本經)』이라고 하였다(三代而下, 詩足紹『三百篇』者, 莫李·杜若也. …… 朱子曰: '作詩先看李·杜, 如士人治本經' 雖未以李·杜之詩爲『經』, 而已以李杜之詩爲

作詩之『經』矣. 竊不自量, 輯李杜詩千餘篇與『三百篇』風旨無二者, 題曰『作詩本經』)"라고
하였다. 반씨(潘氏)의 다른 하나의 책 『이두시화(李杜詩話)』 권2에는 일찍이
두보의 "집대성(集大成)"을 찬송(贊頌)하였기 때문에 "이(李)·두(杜)"를 나란
히 일컬은 것도 역시 유가가 "공(孔)·맹(孟)"을 함께 추앙하여 하나는 "지
성(至聖)"이고 하나는 "아성(亞聖)"인 것에 견줄 수 있는데 그래도 두보가
윗자리를 차지하였다.

　이렇게 본다면 중국의 전통 문예 비평은 시와 그림에 대하여 서로 다른
표준이 있었던 것이다. 곧 그림을 논할 때는 왕세정(王世貞)의 이른바 "허
(虛)" 및 서로 관련된 풍격을 중시하였지만, 시를 논할 때는 도리어 이른바
"실(實)" 및 서로 관련된 풍격을 중시하였다. 이 때문에 구시의 "정종(正
宗)"·"정통(正統)"은 두보를 대표로 한다. 신운파(神韻派)는 물론 이의가 있
지만 감히 공개적으로 항의하지 못하였고 또한 그래도 입이 마음에 응하
지 않지만 덧붙여 의논하였다. 육시옹(陸時雍)은 상당히 솔직하다. 그는 『당
시경(唐詩鏡)·서론(緒論)』에서 이(李)·두(杜)·한(韓)·백(白) 등의 대가에 대
하여 낱낱이 꾸짖고 비난하였으며 단지 왕(王)·위(韋)의 두 사람만을 추존
하여 심지어는 거리낌 없이 직언하여 "왕유는 마땅히 이·두의 아래에 있
어서는 안 된다(摩詰不宜在李·杜下)"라고 하였다. 왕사진(王士禛)은 매우 처세
에 능하였다. 이중화(李重華, 1682~1754)의 『정일재시설(貞一齋詩說)』에는 "근
래 완정(阮亭, 왕사진)이 두보의 시집에 비어(批語)를 단 것을 보았다. 지금
사람은 옛날로부터 떨어져 능력이 크게 현격하여 난쟁이가 극장을 구경
하는 점이 좀 있으니 바로 한유의 이른바 '스스로 헤아리지 못한다(不自
量)'는 것임을 알게 되었다(近見阮亭批抹杜集. 乃知今人去古, 分量大是懸絶, 有多少矮
人觀場處, 乃正昌黎所謂'不自量'也)"75)라고 하였다. 왕사진은 개인적으로는 일찍

───────────
75) 당 한유(韓愈), 「조장적(調張籍)」에 "이·두의 문장이 있어, 만 길이나 길구나. 모르겠네.
　　여러 어린아이들이 어리석어, 어째서 비방하고 헐뜯는지를. 하루살이가 큰 나무를 흔드

이 두시에 "비어(比語)를 달아(批抹)" 크게 "비방과 중상(謗傷)"을 가했지만, 그와 문제자(門弟子)의 담화에는[76] 도리어 두보의 율시(律詩)는 "최후의 귀숙할 곳(究竟歸宿處)"이라고 칭찬하였다. 조집신(趙執信)의 『담룡록(談龍錄)』에는 내막을 폭로하였는데 왕사진은 자신이 얼굴을 내미는 것을 불편하게 여겨 단지 남의 입을 빌려 욕하였는데 "완옹(阮翁)은 소릉(少陵)의 시를 매우 좋아하지 않았는데 특히 감히 드러내어 공격하지 못했을 뿐 매번 양억(楊億, 자 대년(大年))의 '촌부자(村夫子)'라는 지목(指目)을 들어 손님에게 말하였다(阮翁酷不喜少陵詩, 特不敢顯攻之, 每擧楊大年'村夫子'之目以語客)"라고 하였다. 이 중화가 본 "비말(批抹)" 본(本)은 왕사진이 "몹시 소릉의 시를 좋아하지 않은(酷不喜少陵詩)" 물증이다. 원매(袁枚, 1716~1797)의 『수원시화(隨園詩話)』권3에도 역시 "이백·두보·한유·백거이는 모두 완정이 좋아하는 바가 아니었는데 그 이름이 너무 높기 때문에 헐뜯기가 편하지 않았다(李·杜·韓·白俱非阮亭所喜, 因其名太高, 未便詆毁)"라고 하였다. 옹방강의 『칠언시삼매거우(七言詩三昧擧隅)』에는 해석하여 "어양(漁洋) 선생은 당현(唐賢)에 대하여 유독 우승(右丞, 왕유)·소백(少伯, 위응물) 이하 여러 사람들이 '삼매(三昧)'의 뜻을 얻었다고 추앙하였는데, 대체로 오로지 충화(沖和)·담원(淡遠)을 주로 하였고, 웅지(雄鷙)·오박(奧博)을 종주로 삼으려고 하지 않았다. 선생은 또 각획(刻劃)하여 "물(物)을 그리는(體物)" 말을 많이 짓는 것을 좋아하지 않았고, 창려(昌黎, 한유(韓愈))의 「청룡사(靑龍寺)」 앞부분에 대하여 색상(色相)에 약간 가깝다고 하여 취하지 않았다(漁洋先生於唐賢, 獨推右丞·少伯以下諸家得'三昧'之旨, 蓋專以沖和淡遠爲主, 不欲以雄鷙奧博爲宗. 先生又不喜多作刻劃體物語, 其於昌黎「靑龍寺」前半, 因微近色相而不取)"라고 하였다. "각획하여 물(物)을 그린다(刻劃體物)"는 것

니, 스스로 헤아리지 못함이 가소롭다네(李杜文章在, 光焰萬丈長. 不知群兒愚, 那用故謗傷. 蚍蜉撼大樹, 可笑不自量!)"라고 한 것을 참조.
76) 『연등기문(然燈紀聞)』 중에 기록되어 있음.

과 "색상에 가깝다(近色相)"는 설은 결국 북종화에 옮겨서 평할 수 있다. 왕사진의 『지북우담(池北偶談)』에는 왕유·한유·왕안석 세 사람의 도화원(桃花源)을 읊은 시를 비교한 조항이 있는데 결론은 "마힐의 시를 읽으면 얼마나 자재(自在)한가! 두 사람은 애를 쓰며 얼굴이 붉어지고 귀가 뜨거워지는 것을 면치 못하는 것과 같다(讀摩詰多少自在! 二公便如努力挽强, 不免面赤耳熱)"라고 하였다. 이것은 옹방강의 말과 서로 밝혀 주는 것이다.

　　왕사진의 『잠미집(蠶尾集)』 권10 「발"논화절구"(跋"論畵絶句")」는 매우 음미할 만하다. 「논화절구(論畵絶句)」의 작자는 그가 이름을 나란히 하고 가락을 같이한다고 표방한 송락(宋犖, 1634~1713)으로 이른바 "당일의 붉은 얼굴 둘은 나이가 젊었는데, 왕(王) 양주(揚州)와 송(宋) 황주(黃州)였네(當日朱顔兩年少, 王揚州與宋黃州)"[77]이다. 「발(跋)」에는 "근세의 화가는 오로지 남종을 숭상하고 화원(華原, 범관(范寬))·영구(營丘, 이성(李成))·홍곡(洪谷, 형호(刑浩))·하양(河陽, 이당(李唐), 1083~1163)의 여러 대가들을 방치(放置)하였는데, 이것은 특히 그 수윤(秀潤)함을 즐기고 그 웅기(雄奇)함을 꺼리는 것이니 나는 감히 정론(定論)이라고 생각하지 않는다. 역사 중의 사마천(司馬遷)·반고(班固), 문장 중의 한유(韓愈)·유종원(柳宗元), 시 중의 두보(杜甫)·한유(韓愈, 자주(自注): 자미(子美)는 하남(河南) 공현(鞏縣) 사람이다)를 생각하지 않은 것이고, 근일의 공동(空同, 이몽양(李夢陽))과 대복(大復, 하경명(何景明))이 모두 북종(北宗)이 아닌가? 목중(牧仲, 송락(宋犖)의 자) 중승(中丞)이 그림을 논하는데 북송의 여러 대가를 가장 추앙한 것은 강에 제사하는데 황하(黃河)를 먼저 하는 뜻에 꼭 맞는 것이다(近世畵家專尙南宗, 而置華原·營丘·洪谷·河陽諸大家. 是特樂其秀潤, 憚其雄奇, 余未敢以爲定論也. 不思史中遷·固, 文中韓·柳, 詩中甫·愈(自注: 子美河南鞏縣人), 近日之空同·大復, 不皆北宗乎? 牧仲中丞論畵, 最推北宋數大家, 盡得祭川先河之義)"라고 하였다. 한 눈으로 잠깐 보더라도 그가 상태(常態)를 일

---

77)『사고전서총목(四庫全書總目)』 권173 『서피류고(西陂類稿)』 제요(提要) 참조.

반(一反)하거나 혹은 성견(成見)을 다 없애버리고 뜻밖에도 두보와 북종화를 추앙한 것 같지만, 다시 자세히 살펴보면 원래 그는 따로 마음 쓰는 바가 있어서 1백 자도 되지 않는 문장이 가지와 마디가 벗어나 앞의 말이 뒤의 말과 맞지 않는 데 이르렀다. 기왕에 "화가들은 오로지 남종을 숭상했다면(畫家專尙南宗)" 다른 사람은 말하지 않더라도 적어도 "홍곡자(洪谷子)" 형호(荊浩)는 "붓도 있고 먹도 있어(有筆有墨)" 실천이 남종화파의 성립에 대하여 크게 공헌이 있는데, 그의 「산수결(山水訣)」 혹은 「화설(畫說)」·「화법기(畫法記)」 등은 또 남종화 이론의 초석이며 그는 바로 "숭상(尙)"을 받은 것이니 어떻게 "방치(置)"되었다고 할 수 있겠는가? 기왕에 "문장 중의 한유와 유종원(文中韓·柳)"이 있다면 마땅히 "시 중의 두보와 이백(詩中甫·白)"이 있어야 비로소 이치에 맞을 터인데 어째서 한유에 대하여 그렇게 편애하고 금방(金榜)에 두 번이나 제명(題名)하면서 억지로 이백을 배제하였을까? 이미 "모두 북종이 아닌가(不皆北宗乎)"라고 반문하였다면 마땅히 "목중(牧仲)은 가장 북종을 추앙하였다(牧仲最推北宗)"라고 해야 비로소 논리에 맞는데 어째서 몰래 하나의 "송(宋)"자로 바꾸었을까? "북송(北宋)" 화(畫)와 "북종(北宗)" 화(畫)는 함의가 다른데 동기창(董其昌)이 든 "남종의 자손의 번성(南宗兒孫之盛)" 중에는 거연(巨然)·곽충서(郭忠恕)·미불(米芾, 1051~1107)의 세 "북송(北宋)"의 대가가 있다. 『잠미집(蠶尾集)』 같은 권 「발원인잡화(跋元人雜畫)」에도 역시 송대의 그림을 남종으로 개괄하여 "송(宋)·원(元) 사람은 기운(氣韻)을 취하였으니 이것은 송유(宋儒)가 의(義)를 전(傳)하는데 주소(注疏)를 폐하고 오로지 의리(義理)만을 말한 것과 같은 것이 이것이다(宋元人畫專取氣韻, 此如宋儒傳義, 廢注疏而專言義理是也)"라고 하였다. 왕사진이 사용한 것은 화평의 술어 "남종"·"북종"이지만 말하고 있는 것은 화가·문인들의 적관(籍貫)의 남방·북방이지 그들의 풍격이 아니다. 그러므로 그는 특히 두보는 하남 사람이라고 주를 달아 밝혔고, 그래서 촉(蜀) 사람 이백은

"북종" 중에 용납될 땅이 없었지만 다른 하나의 하남 사람 한유가 반드시 한 몸으로 두 가지 임무를 해야 하였던 것이다. 이몽양(李夢陽, 1472~1529, "공동(空同)")은 부구(扶溝)에 기적(寄籍)하였고 하경명(何景明, 1483~1521, "대복(大復)")은 본적이 신양(信陽)이니 또 두 사람의 하남인이다. 세 사람의 비하남인(非河南人, 사마천(司馬遷)·반고(班固)·유종원(柳宗元))은 끌어다가 수를 맞춘 것으로, 핍박을 당하여 하남의 임시응변의 "명예 공민"이 된 것과 같다. 이러한 술책을 폭로하면 하남(河南) 상구(商丘) 적(籍)의 송락(宋犖)은 물건도 진짜이고 값도 싼 "북[방대]종[사](北[方大]宗[師])"라고 할 수 있다. 그림을 논한 의견을 발(發)하여 역대의 시문 명가를 나타나게 한 것은 변죽을 울리고 모퉁이를 돌고 돌아 "목중(牧仲) 중승(中丞)"이 대시인이라고 치켜세운 것이며 이 때문에 또 두보와 그는 동향의 정의(情誼)가 있고 피차 그 덕을 보고 있다고 지적한 것이다. 고대(결국 "고금" 혹은 "역대"라고 말할 수 있는지 없는지)의 문평을 연구할 때 바로 사회 생활에서와 같이 우리는 맹자(孟子)의 이른바 "지언(知言)"을 배워 옛 사람의 한때의 흥에 겨워 한 말을 성숙되고 심사숙고(深思熟考)한 그의 이론과 구별하고 특히 그의 마음에서 우러나온 착실한 품평을 그의 벼슬살이의 상투어·응수(應酬)하는 팔고(八股)와 구별해야 할 것이다.

여섯째

시(詩)·화(畵)의 전통 중의 표준의 분기는 하나의 매우 좋은 예증이 있다. 윗글에서 소식(蘇軾)의 「왕유오도자화(王維吳道子畵)」를 인용한 적이 있고 그 시에는 또 일단의 말이 있는데 동기창(董其昌)이 남종화를 논할 때 권위 있는 결론이라고 인용한 것이다. 곧 "내가 살펴보건대 화품 가운데는, 두 사람만큼 높은 이가 없네. …… 오생(吳生)은 비록 절묘하지만, 오히려 화공(畵工)으로 논하네. 마힐은 상외(象外)에 터득하여, 신선의 날갯죽지가 둥우리를 떠난 듯한 점이 있네. 내가 살펴보니 두 사람은 모두 신준(神俊)하지만, 또 왕유(王維)에 대하여는 옷깃을 거두고 간격이 있는 말이 없네(吾觀畵品中, 莫如二子尊. …… 吳生雖妙絶, 猶以畵工論. 摩詰得之於象外, 有如仙翮謝籠樊, 吾觀二子皆神俊, 又於維也歛衽無間言)"라고 하였다. 이것은 "화품(畵品)"으로 논한다면 오도자는 왕유만큼 높지 않다고 말한 것이다. 그러나 화풍과 시풍을 비교한다면 평론가는 "화공(畵工)" 오도자를 "시왕(詩王)" 두보와 한 종류에 귀속시킬 것이다. 바꾸어 말한다면 화품이 다음 자리를 차지하는 오도자의 화풍은 최고의 시풍에 상당하지만, 시품이 첫째를 차지하는 두보의 시풍은 다음으로 높은 화풍에 상당하는 것이다. 소식 자신은 「서오도자화후(書吳道子畵後)」 중에서 두보의 시ㆍ한유의 문ㆍ안진경(顔眞卿)의 글씨ㆍ오도자의 그림을 나란히 일컬었다. 양신(楊愼, 1488~1559)의 『승암전집(升庵全集)』 권64와 또 「외집(外集)」 권94 「화품(畵品)」에는 "오도현(吳道玄)은 곧 두보이다(吳道玄郞杜甫)"라고 하였다. 방훈(方薰, 호 난사(蘭士, 1736~1799)의 『산정거화론(山靜居畵論)』에도 또한 "노두(老杜)의 입협(入峽)의 여러 시를 읽으면 창랑(蒼涼) 유회(幽廻)하여, 바로 오생(吳生)과 「왕재(王宰)의 「촉중산수도(蜀中山水圖)」이다. 그 후 제화시(題畵詩)는 역시 오직 이 노인만이 그림처럼 붓을 사용하였다. 옛 사람들은 마힐이 '그림 가운데 시가 있고 시 가운데 그림이 있다(畵中有詩, 詩中有畵)'고 하였는데, 그것을 두릉(杜陵)과 비교하면 하나의 언덕과 하나의 골짜기임을 면치 못한다(讀老杜入峽諸詩, 蒼涼幽廻, 便是吳生ㆍ王宰「蜀中山水圖」. 自來題畵詩, 亦惟此老使筆如畵. 昔人謂摩詰'畵中有詩, 詩中有畵', 方之杜陵, 未免一邱一壑)"라고 하였다. 소식의 「서오도자화후(書吳道子畵後)」ㆍ「왕정국시서(王定國詩叙)」ㆍ「서당씨육가서후(書唐氏六家書後)」에서는 반복하여 두보를 추존하여 "고금 시인의 으뜸(古今詩人之首)"이라고 하였는데 그것은 평상적인 정통적인 견해이다. 그의 「서황자사시집후(書黃子思詩集後)」에는 도리어

이단적인 정서를 유로(流露)하였으니 "내가 일찍이 글씨를 논하여 종요(鍾
繇)·왕희지(王羲之)의 자취는 소산(蕭散)·한원(閒遠)하여 묘가 붓과 먹의 바깥
에 있다고 생각하였다. 당 안진경(顏眞卿, 709~785)·유공권(柳公權, 778~865)
에 이르러서야 비로소 고금의 필법을 모아 다 발하고 글씨의 변화를 다하
여 종·왕의 법은 더욱 쇠미하였다. 시에 이르러서도 역시 그러하다. 이
태백(李太白)·두자미(杜子美)는 영위절세(英瑋絶世)의 자태로 백대를 뛰어넘었
지만, …… 그러나 위(魏)·진(晉) 이래의 고풍절진(高風絶塵)은 역시 조금 쇠
미하게 되었다. …… 시인들이 이어서 나타났고 비록 간혹 심원한 운치는
있지만 재주가 뜻에 미치지 못하였다. …… 사공도(司空圖)는 시문이 고아
(高雅)하여 …… 그 시 가운데 문자의 밖에서 터득함이 있는 것을 24운(韻)
으로 스스로 열거하였는데, 한스럽게도 당시는 그 묘함을 알지 못하였다
(予嘗論書, 以謂鍾·王之迹, 蕭散簡遠, 妙在筆墨之外. 至唐顏·柳始集古今筆法而盡發之, 極
書之變, …… 而鍾·王之法益微. 至於詩亦然. …… 李太白·杜子美以英瑋絶世之姿, 凌跨
百代, …… 然魏·晉以來, 高風絶塵, 亦少衰矣. …… 詩人繼作, 雖間有遠韻, 而才不逮意.
…… 司空圖 …… 詩文高雅, …… 自列其詩之有得於文字之表者二十四韻, 恨當時不識其
妙)"라고 하였다. 소식이 시를 논한 것은 결국 역시 신운파에 기울어진 것
같으니 그가 그림을 논하는데 일찍 남종에 기울어진 것과 표준이 점점 합
쳐지게 되었다. "소산·한원하여 묘가 필묵의 바깥에 있고(蕭散簡遠, 妙在筆
墨之外)", "먼 운치가 있고(有遠韻)", "문자의 밖에서 터득함이 있다(有得於文字
之表)"는 것은 "왕유는 상(象)의 바깥에서 그것을 얻었다(維也得之於象外)"는 것
과 사의(詞意)가 일치한다. 청 전조망(全祖望, 1705~1755)은 소식의 이백·두
보에 대한 불만을 간파하고 『길기정집(鮚埼亭集)』 외편(外編) 권26 「춘부집
서(春鳧集序)」에서 여러 사람들의 주의를 불러 일으키고 또 보충하여 "당
이래 창려(昌黎, 한유(韓愈))·동야(東野, 맹교(孟郊))·옥천(玉川, 노동(盧仝))·낭
선(浪仙, 가도(賈島))·창곡(昌谷, 이하(李賀))에서 송의 동파(東坡, 소식(蘇軾))·산

곡(山谷, 황정견(黃庭堅)) · 성재(誠齋, 양만리(楊万里)) · 동부(東夫, 소덕조(蕭德藻)) · 방
옹(放翁, 육유(陸游))에 이르도록 그 조예의 깊이와 일가를 이룬 크기는 같지
않지만, 요컨대 (그들은) 모두 이백 · 두보의 다른 아들들이다(自唐以還, 昌
黎 · 東野 · 玉川 · 浪仙 · 昌谷, 以暨宋之東坡 · 山谷 · 誠齋 · 東夫 · 放翁, 其造詣深淺, 成家
大小不一, 要皆李杜之別子也)"라고 하였다. 남종화의 "자손의 번성(兒孫之盛)"을
일컬은 동기창의 그 말은 여기에서 꼭 사용할 수 있지만, 신운파 시는 서로
비교하면 그가 북종화의 이른바 "미(微)"를 말한 것과 같을 수밖에 없다.

자신의 풍격과 전혀 상이하거나 혹은 상반하는 한 작가에 대하여 애호
하여 경시하지 않고 부러워하여 찬양하지 않는다. 예컨대 소식의 사공도
에 대한 사모는 문학사에서는 이러한 특수한 일이 없지 않다. 예컨대 백
거이는 이상은(李商隱)을 동경하였고,[78] 육유(陸游, 1125~1210)는 매요신(梅堯
臣, 1002~1060)을 동경하였고, 혹은 괴에테(Goethe, 1749~1832)는 스피노자
(Spinoza, 1632~1677)를 동경하였고, 보들레르(Baudelaire, 1821~1867)는 위고
(Hugo, 1802~1885)와 발자크(Balzac, 1799~1850)를 동경하였다. 필자에게 인상
을 가장 깊이 주는 것은 상징파의 조사(祖師) 말라르메(Mallarmé, 1842~1898)
가 자연주의 소설의 조사(祖師) 졸라(Zola, 1840~1902)의 "과거에는 없었던
생활감(son sens inouï de la vie)"과 군중의 동태 · 인체미 등을 표현하는 그의
재능에 경도(傾倒)한 것이다.[79] 옛 그리스 사람은 "여우는 다재다예하지만 고
슴도치는 단지 하나의 집을 보는 재능만이 있다"[80]라고 하였다. 당대의 한
사상가는 천재를 두 가지 유형으로 나누었다. 셰익스피어 · 괴에테 · 발자크

78) 『초계어은총화(苕溪漁隱叢話)』 전집(前集) 권16에 인용된 『채관부시화(蔡寬夫詩話)』.
79) 슈트리히(F. Strich), 『예술과 생활(Kunst und Leben)』, 90쪽, 93쪽. 238쪽에 뵐플린(H.
Wöllflin)을 논한 것을 참조.
피콩(G. Picon)의 『독서의 효용(L'Usage de la lecture)』, 188~189쪽.
말라르메(Mallarmé), 『답문(答問)(Réponses à des enquêtes sur l'évolution littéraire)』, 『전
집』, 『칠성(七星) 총서(La Pleiade)』본, 871쪽.
80) 『관추편(管錐編)』, 564~565쪽.

등은 여우형에 속하고, 단테(Dante, 1265~1321)·입센(Ibsen, 1828~1906)·도스토예프스키(Dostoyevsky, 1821~1881) 등은 고슴도치형에 속하는데, 톨스토이(Tolstoy, 1828~1910)는 천생의 여우이지만 도리어 한결같은 마음으로 고슴도치가 되려고 하였다(Tolstoi was by nature a fox, but believed in being a hedgehog).[81] 우리도 역시 소식의 사공도에 대한 관계는 여우가 고슴도치를 부러워하는 것과 같지만, 보들레르의 위고에 대한 관계는 고슴도치가 여우를 부러워하는 것과 상당히 유사하다고 말해도 좋을 것이다. 괴에테와 코울리지(Coleridge, 1772~1834)는 모두 일찍이 이러한 현상을 언급하였고, 예이츠(Yeats, 1865~1939)도 역시 친절하게 "상반하는 자아(the most unlike, being my anti-self)"에 대한 추구를 묘사하고 서술하였다.[82] 미학가는 또한 특히 한 가지 규율을 제정하여 무슨 "기호(嗜好) 모순률(矛盾律)(Law of the Antinomy of Taste)"[83]이라고 불렀다. 이 규율의 명칭은 장엄하고 우렁차지

---

81) 이사이아·베를린(I. Berlin), 『러시아의 사상가들(Russian Thinkers)』, 22~24쪽.

82) 시니어(G. F. Senior)와 보크(C. V. Bock)가 편주(編注)한 『비평가 괴에테(Goethe the Critic)』, 8쪽.
애쉬(T. Ashe) 엮음, 『코울리지 : 어록 및 기타(Table-Talk and Omniana)』, 236쪽.
예이츠(W. B. Yeats), 『달의 친밀한 정적(靜寂) 중에서 지나가다(Per Amica Silentia Lunae)』, 『산문집(Essays)』, 맥밀란(Macmilan) 판, 1924, 484쪽에 보임. 493쪽(the other self, the anti-self or antithetical self) 참조.

83) 카인츠(F. Kainz), 『미학이라는 과학(Aesthetics the Science)』, 쉴러(H. M. Schueller) 영역본, 203~204쪽.
"기호 모순"이란 본래 늘 있었지만, 아직 규(規)"율(律)"이 되어 반포되지는 않았다. 백이(白居易)와 이상은(李商隱)의 기호는 바로 안성맞춤의 사례이다. 백거이는 그 "율(律)"을 준수하여 "만년에 이의산(李義山)의 시문을 극히 좋아하여 일찍이 '내가 죽어 그대의 아들이 될 수 있다면 족하다'라고 말하였다(晩極喜李義山詩文, 嘗謂'我死得爲爾子足矣')"라고 하였다. 그러나 이상은은 그 "율(律)"을 무시한 것 같으니, 그는 백거이의 시문에 대하여 서로 어울리는 반응이 없다. 『번남문집(樊南文集)』 권8의 천 여 언의 「백공묘지명(白公墓誌銘)」에는 한마디도 백거이의 시를 언급하지 않았고 심지어 단지 "성명(姓名)은 바다를 지나 계림(鷄林, 곧 신라(新羅))·일남(日南, 지금의 월남(越南) 중부와 북부)의 문자가 있는 나라에 흘러 들어갔다(姓名過海流入鷄林·日南有文字國)"라고 하였지만 글자를 바꾸어 "시명(詩名)"이라고 말하려고 하지 않았다. 물론, 변명하려고 한다면 역시 매우 쉬울 것이다. 예컨대 묘비(墓碑)는 마땅히 공적·인품과 절개 등의 큰일을 말해야

만 해석을 대체할 수 없다. 몰리에르(Moliere, 1622~1673)의 유명한 소극(笑劇) 중에 어떤 사람이 어째서 아편은 사람을 졸리게 하느냐 하고 묻자 의사는 정중하게 "왜냐하면 그것은 일종의 잠을 재촉하는 힘(une vertu dormitive)이 있기 때문입니다"라고 대답하였다. 백거이가 이상은의 시문을 "극히 좋아한(極喜)" 것은 "기호 모순율" 때문이라고 말하는 것은 아편이 사람을 졸리게 하는 것은 "잠을 재촉하는 힘" 때문이라고 말하는 것과 같다. 실제로는 모두 게으름을 부리고 수고를 더는 것으로 진정한 해석을 한 것이 아니며, 단지 하나의 모자를 선물로 보내고 하나의 봉호(封號) 심지어 작호(綽號)를 준 것일 뿐이다.

결론적으로 말한다면 중국 문예 비평의 전통 중에는 남종 화풍에 상당하는 시풍은 시 중의 고품(高品) 혹은 정종(正宗)이 아니지만, 신운파의 시풍에 상당하는 그림은 도리어 그림 중의 고품 혹은 정종이다. 구시 혹은 구화의 표준의 분기는 비평사 중의 사실이다. 우리는 텅 빈 직함을 수여하는 의식을 거행하는 것이 아니라, 맨 먼저 이러한 사실을 인정한 다음에 해석·깊이 있는 해석을 찾아내야 할 것이다.

하고 사장(詞章) 말기(末技)를 돌아볼 수 없다고 말하거나 혹은 이상은이 20~30년을 더 살았다면 틀림없이 백거이의 시문을 "만년에는 극히 좋아했을(晚極喜)" 것이라고 말하는 것이다. 또 기타의 이유를 찾아낼 수 있는데, 이유는 재미있는 것이고 가장 사람에게 편리함을 주어 찾으려고만 하면 쉽게 찾을 수 있기 때문이다.

송시선주 연표

서력 (西曆)	간지 (干支)	제왕(帝王) 연호(年號)	시단(詩壇)	사사(史事)
960	경신 (庚申)	태조(太祖) 조광윤(趙匡胤) 건륭(建隆) 원년	위야(魏野, ~1019) 생.	"진교(陳橋) 병변(兵變)" ~후주(後周) 전전도점검(殿前都點檢) 조광윤(趙匡胤)이 후주를 전복시키고 송조(宋朝)를 건립하여 송태조가 됨. 후주, 소의절도사(昭義節度使) 이균(李筠)·회남절도사(淮南節度使) 이중진(李重進)이 선후하여 군대를 일으켜 송에 반란을 일으켜, 태조가 군대를 이끌고 그들을 격파함.
961	신유 (辛酉)	건륭 2년	구준(寇準, ~1023) 생.	송태조가 "한 잔 술로 병권(兵權)을 풀어 杯酒釋兵權", 석수신(石守信) 등이 금병(禁兵)을 맡는 것을 그만두게 함. 남당(南唐) 중주(中主) 이경(李璟) 졸, 아들 후주(後主) 이욱(李煜)이 즉위함.
962	임술 (壬戌)	건륭 3년		송, 거인(擧人)이 지거관(知擧官)을 "스승(師)"이라고 부르고 스스로 문생(門生)이라고 부르는 것을 금함. 다시 서판발췌과(書判拔萃科)를 둠. 진장(鎭將)이 현리(縣吏)의 정사(政事)에 간예(干預)하는 것을 금함.
963	계해 (癸亥)	건륭 4년 건덕(建德) 원년		송, 문관(文官)이 주(州)의 일을 처리하는 제도를 처음으로 시행하고 여러 주(州)에 통판(通判)을 둠. 『중정형통(重定刑統)』을 간행함. 형남(荊南)·호남(湖南)을 멸함.
964	갑자 (甲子)	건덕 2년		송, 다시 현량방정(賢良方正) 등의 과(科)를 둠. 조보(趙普)를 재상으로 삼고 참지정사(參知政事, 부상(副相))를 둠. 후촉(後蜀)을 공격함.

서력 (西曆)	간지 (干支)	제왕(帝王) 연호(年號)	시단(詩壇)	사사(史事)
965	을축 (乙丑)	건덕 3년		송, 후촉을 멸함. 여러 로(路)에 전운사(轉運使)를 두고 중앙에서 재권(財權)을 집중시킴.
966	병인 (丙寅)	건덕 4년		요(遼), 송의 역주(易州)를 공격함. 송, 북한(北漢)을 공격함.
967	정묘 (丁卯)	건덕 5년	『구오대사(舊五代史)』 완성. 임포(林逋, ~1028) 생.	요, 송의 익진관(益津關)을 공격함.
968	무진 (戊辰)	건덕 6년 개보(開寶) 원년		송, 북한을 공격함.
969	기사 (己巳)	개보 2년		송태조, 북한을 친히 정벌하여 태원(太原)을 포위함. 요가 북한을 구원하자 송군이 물러남.
970	경오 (庚午)	개보 3년		송, 주현(州縣) 관리를 줄이고 봉급을 올림. 남한(南漢)을 공격함.
971	신미 (辛未)	개보 4년	유균(劉筠, ~1031) 생.	송, 남한을 멸함. 영남(嶺南)의 남녀로 노비로 팔린 자들을 방면(放免)함. 광주(廣州) 시박사(市舶司)를 둠. 남당, 국호(國號)를 강남(江南)으로 고침.
972	임신 (壬申)	개보 5년		송, 처음으로 전시(殿試)를 행함.
973	계유 (癸酉)	개보 6년	유개(劉開), 진사(進士)에 급제(及第)함.	송태조가 강무전(講武殿)에서 거인(擧人)들을 친히 고시함. 이후 전시가 상식(常式)이 됨. 여러 주의 시거(試擧)를 정돈하고 사사로운 추천을 엄금함. 조보, 재상을 그만둠.
974	갑술 (甲戌)	개보 7년	양억(楊億, ~1020) 생.	송, 강남을 공격함. 설거정(薛居正) 등이 『오대사(五代史)』를 편수하여 완성함. 송과 요가 처음으로 수교(修交)와 통빙(通聘)을 의론함.
975	을해 (乙亥)	개보 8년		송군이 금릉(金陵)을 떨어뜨려 이욱(李煜)이 항복하고 강남이 망함.

서력 (西曆)	간지 (干支)	제왕(帝王) 연호(年號)	시단(詩壇)	사사(史事)
976	병자 (丙子)	개보 9년 태종(太宗) 광의(光義) 태평흥국(太 平興國) 원년		오월(吳越) 국왕 전숙(錢俶)이 송을 알현하고 곧 보내어 돌아가게 함. 10월, 송태조가 죽음. 그 아우 광의(光義)가 즉위하여 태종이 됨.
977	정축 (丁丑)	태평흥국 2년	전유연(錢惟演, ~1034) 생.	송태종이 진사(進士) 및 제과(諸科)의 선발 인수를 크게 증원하여 5백 명에 달함. 이방(李昉)·서현(徐鉉) 등에게 명해 『태평어람(太平御覽)』·『태평광기(太平廣記)』를 편찬함. 여러 주(州)에 명하여 중앙에 직속하게 함. 국자감(國子監)에 조서를 내려 여산(廬山) 백록동서원(白鹿洞書院)에 『구경(九經)』을 내림.
978	무인 (戊寅)	태평흥국 3년		송, 숭문원(崇文院)을 세워 장서가 8만 권에 달함. 오월(吳越) 전숙이 조정에 들어와 국토(國土)를 바침. 평해절도사(平海節度使) 진홍(陳洪)이 장(漳)·천(泉) 2주(州)를 바침. 남방이 평정됨.
979	기묘 (己卯)	태평흥국 4년	목수(穆修, ~1932) 생.	송, 북한을 멸함. 태종이 요를 공격해 유주(幽州)에 이르러 고량하(高梁河)에서 대패함.
980	경진 (庚辰)	태평흥국 5년	사마지(司馬池, ~1041, 일설은 989년) 생. 구준(寇準), 진사에 급제함. 장영(張詠), 진사에 급제함.	송이 역법(役法)을 정함. 송이 안문관(雁門關)에서 요의 군대를 깨뜨림. 요가 와교관(瓦橋關)에서 송의 군대를 깨뜨림.
981	신사 (辛巳)	태평흥국 6년		송, 조보가 다시 재상이 됨. 차견원(差遣院)을 두어 경조관(京朝官)을 살피고 견주어 성적(成績)을 조사함.
982	임오 (壬午)	태평흥국 7년	이방(李昉)·서현(徐鉉) 등이 칙명을 받들어 대형 시문선집 『문원영화(文苑英華)』를 편찬함.	요 경종(景宗) 졸. 성종(聖宗)이 즉위하고 소태후(蕭太后)가 조정에 임하여 칭제(稱制)함.

서력 (西曆)	간지 (干支)	제왕(帝王) 연호(年號)	시단(詩壇)	사사(史事)
983	계미 (癸未)	태평흥국 8년	왕우칭(王禹偁)·정문보(鄭文寶) 진사에 급제함. 『태평어람(太平御覽)』이 완성됨, 모두 1000권.	송이 삼사(三使)를 염철(鹽鐵)·호부(戶部)·탁지(度支)의 3부(部)로 나누고 각각 사(使)를 둠. 조보, 재상을 그만둠. 요, 국호를 대거란(大契丹)이라고 고침.
984	갑신 (甲申)	태평흥국 9년 옹희(雍熙) 원년		송, 여러 주(州)의 농사(農師)를 그만둠. 강남의 염금(鹽禁)을 개방함.
985	을유 (乙酉)	옹희 2년		송, 진사(進士)를 창명(唱名)하여 급제(及第)를 내림. 창명이 여기서 시작됨. 강남은 기근이 듦. 다시 소금을 금하고 술을 전매(專賣)함.
986	병술 (丙戌)	옹희 3년	『문원영화(文苑英華)』 완성, 모두 1000권.	송, 거란과 교전하고 송의 장군 양업(楊業)이 패하여 죽음.
987	정해 (丁亥)	옹희 4년		송, 삼반원(三班院)을 둠. 처음으로 백관(百官)에게 실봉(實俸)을 줌.
988	무자 (戊子)	단공(端拱) 원년		송 조보가 다시 재상이 되고 여몽정(呂蒙正)도 함께 재상이 됨. 숭문원(崇文院)에 비각(祕閣)을 두어 장서가 만 여 권에 달함. 거란, 처음으로 공거(貢擧) 제도를 건립함.
989	기축 (己丑)	단공 2년	범중엄(范仲淹, ~1052) 생.	송, 항주(杭州) 시박사(市舶司)를 둠. 거란(契丹), 송을 공격하였으나 대패함.
990	경인 (庚寅)	순화(淳化) 원년	장선(張先, ~1078) 생.	송, 조보가 재상을 그만둠. 순화원보(淳化元寶) 전(錢)을 주조함. 이로부터 연호를 바꿀 때 반드시 돈을 주조함. 거란, 이계천(李繼遷)을 하국왕(夏國王)으로 봉함.
991	신묘 (辛卯)	순화 2년	안수(晏殊, ~1055) 생. 서현(徐鉉, 916~) 졸.	송, 여러 로(路)의 제점형옥(提點刑獄)을 둠. 이계천이 송에 항복하여 조보길(趙保吉)이라는 성명을 내려 줌.

서력 (西曆)	간지 (干支)	제왕(帝王) 연호(年號)	시단(詩壇)	사사(史事)
992	임진 (壬辰)	순화 3년	양억, 진사급제(進士及第)를 내림.	송, 복시(覆試)하여 진사를 합격시키고 처음으로 호명(糊名) 고교(考校)의 법을 사용함. 처음으로 상평창(常平倉)을 둠. 마감원(磨勘院)을 둠.
993	계사 (癸巳)	순화 4년	『이리창화집(二李唱和集)·서(序)』(이방(李昉)·이지(李至)).	송, 마감원을 심관원(審官院) 및 고과원(考課院)으로 나누고 각각 경조관(京朝官) 및 주현관(州縣官)을 고교(考校)함. 촉(蜀)의 백성 왕소파(王小波)가 민중을 모아 봉기함. 염철(鹽鐵)·호부(戶部)·탁지사(度支使)를 그만두고 삼사사(三司使)를 둠.
994	갑오 (甲午)	순화 5년	석연년(石延年, ~1041) 생. 구준, 참지정사(參知政事)가 됨. 천도(蒨桃), 구준의 첩이 됨.	왕소파(王小波)가 전사하자(순화 4년 12월) 이순(李順)이 이어받아 성도(成都)를 깨뜨리고 대촉왕(大蜀王)이라 칭하였지만 곧 패하여 죽음.
995	을미 (乙未)	지도(至道) 원년		이순의 남은 군대가 패하여 흩어짐.
996	병신 (丙申)	지도 2년	송상(宋庠, ~1066) 생.	송, 지도 연간에 병사의 수는 66만 6천 명, 금군(禁軍)의 수는 35만 8천 명에 이름.
997	정유 (丁酉)	지도 3년	양박(楊朴), 태종 연간에 생존함. 반랑(潘閬), 태종(太宗)·진종(眞宗) 연간에 생존함. 지양주(知揚州) 왕우칭이 상소하여 용병(冗兵)·용관(冗官)의 폐단을 진술함.	송 태종 졸. 태자(太子) 항(恒)이 즉위하여 진종이 됨. 전국을 15로(路)로 나눔.
998	무술 (戊戌)	진종(眞宗) 항(恒) 함평(咸平) 원년	송기(宋祁, ~1061) 생. 유균(劉筠), 진사에 급제함.	
999	기해 (己亥)	함평 2년	증공량(曾公亮, ~1078) 생.	송, 처음으로 외관(外官)에게 직전(職田)을 줌. 명주(明州) 시박사(市舶司)를 둠. 거란, 대규모로 송을 공격함.

서력 (西曆)	간지 (干支)	제왕(帝王) 연호(年號)	시단(詩壇)	사사(史事)
1000	경자 (庚子)	함평 3년	여정(余靖, ~1064) 생. 양휘지(楊徽之, 921~) 졸. 유개(劉開, 947~) 졸.	송, 익주(益州)의 수졸(戌卒)이 봉기하여 왕균(王均)을 주(主)로 삼고 대촉(大蜀)이라 불렸으나 곧 패배함. 거란, 송의 군대를 영주(瀛州)에서 깨뜨림.
1001	신축 (辛丑)	함평 4년	왕우칭(王禹偁, 954~) 졸.	송, 천(川)·섬(陝)을 익(益)·이(利)·재(梓)·기(夔) 4로(路)로 나누어 후에 마침내 사천(四川)이라 부름. 용리(冗吏) 19만 5,800여 명을 감축함. 서하(西夏), 이계천(李繼遷)이 송을 배반하고 영주(靈州)를 공격함.
1002	임인 (壬寅)	함평 5년	매요신(梅堯臣, ~1060) 생.	송, 경성(京城)을 넓힘. 하북(河北)의 용관(冗官)을 줄임. 이계천, 영주를 함락함.
1003	계묘 (癸卯)	함평 6년		서하, 이계천 졸. 아들 덕명(德明)이 즉위함.
1004	갑진 (甲辰)	경덕(景德) 원년	안수, 신동(神童)으로 불려 응시하여 동진사출신(同進士出身)을 내림. 구준, 재상이 됨.	거란, 대규모로 송을 공격함. 송의 구준(寇準)이 남천(南遷)의 의(議)를 극력 물리침. 진종, 친정(親征)하여 전주(澶州)에 이르러 포위를 당함. 송, 거란과 "전연(澶淵)의 맹(盟)"을 정하고 매년 거란에게 은과 비단 30만을 주기로 함.
1005	을사 (乙巳)	경덕 2년	석개(石介, ~1045) 생. 양억·유균·전유연 등이 『책부원귀(冊府元龜)』편찬에 참여, 비각(秘閣)에서 서로 창화함. 후에(1008) 양억이 『서곤수창집(西崑酬唱集)』(17인, 250수)으로 엮어 세상이 "서곤체(西崑體)"라 칭하여 진종·인종 연간에 한때를 풍미함.	송, 요와 올해로부터 원단(元旦) 및 군주(君主)의 생신(生辰)을 서로 축하함. 송, 다시 조서를 내려 현량방정(賢良方正) 등 6과(科)를 거행함.
1006	병오 (丙午)	경덕 3년	문언박(文彦博, ~1097) 생. 구준, 재상을 그만둠.	송, 이해 함평(咸平) 6년에 비교하여 호(戶)는 55만 증가하고 남은 부세(賦稅)는 346만 여가 증가함.

서력 (西曆)	간지 (干支)	제왕(帝王) 연호(年號)	시단(詩壇)	사사(史事)
1007	정미 (丁未)	경덕 4년	구양수(歐陽脩, ~1072) 생.	송 진종, 왕흠약(王欽若)의 말을 듣고 믿어 "천서(天書)"를 날조하고 봉선(封禪)을 논의함. 상서(祥瑞)를 말하는 자가 크게 성함. 경덕 연간에 호(戶)는 722만 여(혹은 741만 여)에 이르고 관(官)은 1만여 명에 이름.
1008	무신 (戊申)	대중상부 (大中祥符) 원년	소순흠(蘇舜欽, ~1048) 생. 한기(韓琦, ~1075) 생. 조변(趙抃, ~1084) 생.	송, "천서(天書)"가 내려왔다고 사칭하고 경하하여 개원(改元)함. 태산(泰山)에 봉하고 공자(孔子)를 제사하여 800여만 관(貫)을 소모함. 이해에 크게 풍년이 들어 쌀이 1말에 7전(錢)함.
1009	기유 (己酉)	대중상부 2년	이구(李覯, ~1059) 생. 소순(蘇洵, ~1066) 생. 목수(穆修), 진사에 급제함.	송, 소응궁(昭應宮)을 수리하고 "천서"를 공봉(供奉)함. 천하에 명하여 천경관(天慶觀)을 건립하여 무수히 자재(資材)를 낭비함. 도교가 이로부터 크게 흥성함. 거란, 소태후(蕭太后) 졸.
1010	경술 (庚戌)	대중상부 3년		거란, 이덕명을 하국왕(夏國王)으로 봉함.
1011	신해 (辛亥)	대중상부 4년	소옹(邵雍, ~1077) 생. 『당문수(唐文粹)·서(序)』.	송, 여러 주에 명하여 공자묘(孔子廟)를 둠. 촉중(蜀中) "교자(交子)"(지폐(紙幣))를 처음으로 3년을 유통 기한으로 삼음. "교자"는 대략 진종 초년에 상인이 발행하였으며 지폐는 이로부터 시작되었음.
1012	임자 (壬子)	대중상부 5년	채양(蔡襄, ~1067) 생.	송 진종, "천존(天尊)이 하강(下降)하였다"고 일컫고 대대적으로 경하함.
1013	계축 (癸丑)	대중상부 6년	정문보(鄭文寶, 953~) 졸.	송, 환관이 공사(公事)에 간여하는 것을 금함. 『책부원귀(冊府元龜)』가 완성됨.
1014	갑인 (甲寅)	대중상부 7년	구준, 다시 재상이 됨.	

서력 (西曆)	간지 (干支)	제왕(帝王) 연호(年號)	시단(詩壇)	사사(史事)
1015	을묘 (乙卯)	대중상부 8년	도필(陶弼, ~1078) 생. 장영(張詠, 946~) 졸. 범중엄, 진사에 급제함. 구준, 재상을 그만둠.	
1016	병진 (丙辰)	대중상부 9년		송, 양조(兩朝)의 국사(國史)를 편 수하여 완성함.
1017	정사 (丁巳)	천희(天禧) 원년	주돈이(周敦頤, ~1073) 졸. 혜숭(惠崇, ?~) 졸(?). 혜숭, 희주(希晝)·보섬(保 暹)·문조(文兆)·행조(行 肇)·간장(簡長)·유봉(惟 鳳)·우소(宇昭)·회고(懷古) 와 함께 "구승(九僧)"이라 부름(사마광(司馬光), 『속시 화(續詩話)』에 보임).	송, 여러 로(路)에 흉년이 듦.
1018	무오 (戊午)	천희 2년	문동(文同) 생(~1079).	거란, 해를 이어 고려(高麗)를 공 격함.
1019	기미 (己未)	천희 3년	유창(劉敞, ~1068) 생. 증공(曾鞏, ~1083) 생. 왕규(王珪, ~1085) 생. 사마광(司馬光, ~1086) 생. 위야(魏野, 960~) 졸. 구준, 다시 재상이 됨.	
1020	경신 (庚申)	천희 4년	양억(楊億, 974~) 졸. 구준, 재상을 그만 둠.	
1021	신유 (辛酉)	천희 5년	왕안석(王安石, ~1086) 생.	송, 이 해에 납세하는 밭이 524만 7584경(頃) 여에 이름. 이는 북송 이래 가장 높은 숫자임.
1022	임술 (壬戌)	건흥(乾興) 원년	정해(鄭獬, ~1072) 생.	송 진종 졸. 아들 정(楨)이 즉위하 여 인종이 됨. 나이 열 셋으로 태 후(太后)가 청정(聽政)함.
1023	계해 (癸亥)	인종(仁宗) 정(禎) 천성(天聖) 원년	유반(劉攽, 1089~) 생. 구준(寇準, 961~) 졸. 여정(余靖), 진사에 급제함.	송, 용비(冗費)를 줄일 것을 의론함. 익주(益州) 교자무(交子務)를 둠.
1024	갑자 (甲子)	천성 2년	송상(宋庠)·송기(宋祁)·증 공량(曾公亮), 진사에 급제함.	송에서 교자를 발행하고 사조(私 造)를 금하고 천촉(川蜀)에서 유통 하는 것을 제한함. 이는 역사상 정부가 지폐를 발행한 시초임.

서력 (西曆)	간지 (干支)	제왕(帝王) 연호(年號)	시단(詩壇)	사사(史事)
1025	을축 (乙丑)	천성 3년	범중엄, 「주상시무서(奏上時務書)」를 바쳐 문풍(文風) 개혁 주장을 제기함.	
1026	병인 (丙寅)	천성 4년		
1027	정묘 (丁卯)	천성 5년	한기(韓琦)·문언박(文彥博), 진사에 급제함.	송, 의서(醫書)를 교정(校定)하고 모인(摹印)하여 반행(頒行)함. 의관원(醫官院)에서 주조한 침구동인(鍼灸銅人)을 올림.
1028	무진 (戊辰)	천성 6년	왕안국(王安國, ~1074) 생. 서적(徐積, ~1103) 생. 임포(林逋, 967~) 졸.	송, 여러 로(路)의 상공물과율법(上供物科率法)을 고침.
1029	기사 (己巳)	천성 7년		송, 다시 제거(制擧) 10과(科)를 둠.
1030	경오 (庚午)	천성 8년	구양수(歐陽脩)·장선(張先)·석개(石介), 진사에 급제함. 구양수, 서경유수(西京留守) 전유연(錢惟演)의 막부(幕府)로 들어가, 매요신(梅堯臣)과 교제를 맺음.	송, 새로 국사(國史)를 편수하여 완성함. 염법(鹽法)을 고침.
1031	신미 (辛未)	천성 9년	유균(劉筠, 971~) 졸.	요(遼) 성종(聖宗) 졸. 아들 종진(宗眞)이 즉위하여 흥종(興宗)이 되고, 태후(太后)가 섭정(攝政)함.
1032	임신 (壬申)	천성 10년 명도(明道) 원년	왕령(王令, ~1059) 생. 목수(穆修, 979~) 졸.	송, 간원(諫院)을 둠. 서하, 이덕명 졸. 아들 원호(元昊)가 즉위함.
1033	계유 (癸酉)	명도 2년	범중엄(范仲淹), 우사간(右司諫)이 됨.	송, 유태후(劉太后)가 죽고 인종이 친정(親政)함.
1034	갑술 (甲戌)	경우(景祐) 원년	장순민(張舜民, ~1100) 생. 전유연(錢惟演, 962~) 졸. 소순흠(蘇舜欽)·유영(柳永)·조변(趙抃), 진사에 급제함. 매요신, 낙제함.	거란, 흥종이 친정(親政)함. 서하, 송을 공격함. 이 해에 송은 호(戶)는 1,029만에 달하고 구(口)는 2,620만에 달함.
1035	을해 (乙亥)	경우 2년	매요신, 건덕(建德) 지현(知縣)이 됨.	서하, 원호가 사주(沙州)를 합병함.

서력 (西曆)	간지 (干支)	제왕(帝王) 연호(年號)	시단(詩壇)	사사(史事)
1036	병자 (丙子)	경우 3년	범중엄, 천장각대제(天章閣待制)·권지개봉부(權知開封府)가 되어, 일을 말한 것이 절실하고 강직하여 재상을 거슬러 요주(饒州) 지주(知州)로 폄적됨. 구양수, 범중엄의 "붕당(朋黨)"에 연좌(連坐)되어 이릉(夷陵) 현령(縣令)으로 폄적됨. 소식(蘇軾, ~1011) 생(양력은 1037).	서하, 문자를 창건함.
1037	정축 (丁丑)	경우 4년	채확(蔡確, ~1093) 생.	거란, 흑룡강(黑龍江) 유역에 절도사(節度使)를 두고 여진(女眞) "오국부(五國部)"를 통합(統轄)함.
1038	무인 (戊寅)	경우 5년 보원(寶元) 원년	공문중(孔文仲, ~1088) 생. 안기도(晏幾道, ~1110) 생. 사마광(司馬光), 진사에 급제함. 구양수, 건덕(乾德) 지현이 됨.	송, 조서를 내려 붕당(朋黨)을 경계함. 서하, 원호가 황제를 칭함.
1039	기묘 (己卯)	보원 2년	소철(蘇轍, ~1112) 생. 매요신(梅堯臣), 양성(襄城) 지현이 됨.	송, 낭비를 줄임. 공거법(貢擧法)을 정돈함.
1040	경진 (庚辰)	보원 3년 강정(康定) 원년	범중엄·한기, 함께 섬서경략안무부사(陝西經略安撫副使)가 됨. 범중엄, 연주(延州) 지주(知州)를 겸함.	서하, 송을 공격함.
1041	신사 (辛巳)	강정 2년 경력(慶曆) 원년	사마지(司馬池, 980 혹은 989~) 졸. 석연년(石延年, 994~) 졸.	송, 서하를 공격하였으나 호수천(好水川)에서 대패함. 『숭문총목(崇文總目)』을 편수하여 완성함.
1042	임오 (壬午)	경력 2년	왕안석(王安石)·왕규(王珪)·황서(黃庶)·석상지(石象之), 진사에 급제함. 매요신, 감호주염세(監湖州鹽稅)가 됨. 공무중(孔武仲, ~1098) 생.	거란, 송을 위협하여 관남(關南)의 땅을 할양하게 하고 송은 세폐(歲幣) 은과 비단 각각 10만을 증가함. 서하, 송의 군대를 격패(擊敗)시킴.

서력 (西曆)	간지 (干支)	제왕(帝王) 연호(年號)	시단(詩壇)	사사(史事)
1043	계미 (癸未)	경력 3년	도잠(道潛, ~1102)(삼료자 (參寥子) 생. 안수(晏殊), 재상이 됨. 범중엄·한기, 함께 추밀부 사(樞密副使)가 됨. 범중엄 은 곧 참지정사(參知政事)가 되어 개혁에 힘을 다하였 는데, 역사에서는 이를 "경 력(慶曆) 신정(新政)"이라 부 름. 구양수, 지간원(知諫院)이 됨.	서하, 송과 화의(和議)함. 송, 마감법(磨勘法)·음자법(蔭子法) 을 다시 정함. 기주(沂州)의 병사 왕륜(王倫) 등이 봉기했으나 곧 패함.
1044	갑신 (甲申)	경력 4년	왕방(王雱, ~1076) 생. 안수, 재상을 그만둠. 소순흠, 집현교리(集賢校理)· 감진주원(監進奏院)을 맡아 전례에 따라 폐지전(廢紙錢) 을 팔아 연회를 베풀었다 가 탄핵을 당하여 제명(除 名)되어 백성이 됨. 이후 소 주(蘇州) 창랑정(滄浪亭)에 거 주함.	송, 주현(州縣)에 명하여 모두 학 교를 세우게 함. 공거법을 고침. 송·하의 화의가 성립하여 매년 하에게 은·비단·차 등 25만 5 천을 주기로 함.
1045	을유 (乙酉)	경력 5년	황정견(黃庭堅, ~1105) 생. 석개(石介, 1005~) 졸. 범중엄, "붕당" 때문에 참 정(參政)을 그만두고 빈주 (邠州) 지주로 나감. 한기, 양주(揚州) 지주로 나감. 구양수, 저주(滁州) 지주로 나감.	송, 마감·음자·공거의 옛 법으 로 돌아감.
1046	병술 (丙戌)	경력 6년	유창(劉敞)·유반(劉攽)·양 반(楊蟠)·원척(袁陟), 진사 에 급제함.	
1047	정해 (丁亥)	경력 7년	왕안석, 은현(鄞縣) 지현이 됨.	송, 패주(貝州) 병사 왕칙(王則)이 봉 기함. 경력 연간에 군사의 수는 125만 9천, 금군은 82만 6천 명에 달함. 용병(冗兵)·용관(冗官)·세폐(歲幣) 의 증가로 재정이 날로 더욱 궁핍 해짐.

서력 (西曆)	간지 (干支)	제왕(帝王) 연호(年號)	시단(詩壇)	사사(史事)
1048	무자 (戊子)	경력 8년	소순흠(蘇舜欽, 1008~) 졸. 소순흠은 매요신과 이름을 나란히 하여 함께 "소매(蘇 梅)"라 부름. 문언박, 재상이 됨. 구양수, 양주(揚州) 지주가 됨. 장유(張兪)가 생존함.	송, 왕칙의 봉기가 실패함. 황하가 상호(商胡)에서 제방이 터 짐. 서하, 원호 졸. 아들 양조(諒祚)가 즉위하여(태어난 지 겨우 3개월이 됨), 의종(毅宗)이 됨. 송, 필승(畢昇)이 경력 연간에 활 자(活字) 인쇄술을 발명함.
1049	기축 (己丑)	황우(皇祐) 원년	진관(秦觀, ~1100) 생. 이당(李唐, ~1130) 생. 문동(文同), 진사에 급제함. 구양수(歐陽脩), 영주(潁州) 지주가 됨.	송, 섬서 병사 3만 5천 여 명을 줄이고 해마다 민전(緡錢) 245만 을 줄임. 광원주(廣源州) 농지고(儂智高)가 군 대를 일으킴. 올해 납세한 밭은 215만 경(頃)으 로 천희(天禧) 초와 비교하여 10분 의 6이 줄었고, 탈세한 토지는 대 략 10분의 7에 달함.
1050	경인 (庚寅)	황우 2년	안수(晏殊), 지영흥군(知永興 軍)이 되어, 장선(張先)을 불러 통판(通判)으로 삼음.	거란, 서하와 해를 이어 전쟁하다 올해 화의함.
1051	신묘 (辛卯)	황우 3년	미불(米芾, ~1107) 생. 매요신, 동진사출신(同進士 出身)을 내림. 왕안석, 서주(舒州) 통판(通 判)이 됨.	송, 옛 제도는 태학생(太學生)이 200명이었는데 고쳐서 100명으로 제한함.
1052	임진 (壬辰)	황우 4년	하주(賀鑄, ~1125) 생. 범중엄(范仲淹, 989~) 졸.	농지고가 "남천국(南天國)"을 건립 하고 황제를 칭함.
1053	계사 (癸巳)	황우 5년	진사도(陳師道, ~1102) 생. 조보지(晁補之, ~1110) 생. 조단우(晁端友)·정해(鄭獬), 진사에 급제함.	송, 공거법을 고침. 농지고가 패하여 멸망함.
1054	갑오 (甲午)	황우 6년 지화(至和) 원년	장뢰(張耒, ~1114) 생. 구양수, 한림학사(翰林學士) 겸 사관수찬(史官修撰)이 되 어 『신당서(新唐書)』를 주 관하여 편수(編修)함.	
1055	을미 (乙未)	지화 2년	안수(晏殊, 991~) 졸. 구양수, 거란(契丹)에 봉사 (奉使)함.	송, 공자(孔子) 47세손 공종원(孔宗 愿)을 연성공(衍聖公)에 봉함. 연성 공이 이로부터 시작됨.

서력 (西曆)	간지 (干支)	제왕(帝王) 연호(年號)	시단(詩壇)	사사(史事)
1055	을미 (乙未)	지화 2년	왕안석, 서울로 가는 도중에 고우(高郵)를 지나는데 왕령(王令)이 시를 가지고 알현(謁見)함.	예부(禮部)에서 공거(貢擧) 조례(條例)를 올림. 한기(韓琦), 이정(里正)·아전(衙前)의 해(害)를 말함.
1056	병신 (丙申)	지화 3년 가우(嘉祐) 원년	주방언(周邦彦, ~1121) 생. 매요신, 국자감(國子監) 직강(直講)이 됨. 왕안석, 군목판관(群牧判官)이 되어, 처음으로 구양수를 알게 됨.	송, 용도각학사(龍圖閣學士) 포증(包拯)을 권지개봉부(權知開封府)로 삼자 귀척(貴戚)과 환관(宦官)들이 이 때문에 행동을 조심함.
1057	정유 (丁酉)	가우 2년	구양수, 진사 시험을 주관하고, 매요신이 시험관이 됨. 평실(平實)한 풍격을 제창하여, 북송의 시풍과 문풍이 전환되는 큰 계기가 됨. 소식(蘇軾)·소철(蘇轍)·증공(曾鞏)·풍산(馮山), 진사에 급제함. 왕안석, 상주(常州) 지주가 됨.	
1058	무술 (戊戌)	가우 3년	구양수, 용도각(龍圖閣) 학사(學士)를 가(加)하고 권지개봉부(權知開封府)가 됨. 왕안석, 탁지(度支) 판관(判官)이 되어 만언서(萬言書)를 올려 변법(變法)을 주장함.	송, 용비(冗費)를 줄임. 제과(制科)의 등제(等第) 수관법(授官法)을 정함.
1059	기해 (己亥)	가우 4년	이구(李覯, 1009~) 졸. 왕령(王令, 1032~) 졸. 채확(蔡確), 진사에 급제함. 왕안석, 제점강동형옥(提點江東刑獄)이 됨.	
1060	경자 (庚子)	가우 5년	추호(鄒浩, ~1111) 생. 종택(宗澤, ~1128) 생. 매요신(梅堯臣, 1002~) 졸. 증공량(曾公亮), 추밀사(樞密使)가 됨. 구양수, 추밀부사(樞密副使)가 되어 송기(宋祁)와 함께 『신당서(新唐書)』를 편수하	

서력 (西曆)	간지 (干支)	제왕(帝王) 연호(年號)	시단(詩壇)	사사(史事)
1060	경자 (庚子)	가우 5년	여 완성함. 왕안석, 삼사탁지판관(三司度支判官)이 됨. 왕안석, 『당백가시선(唐百家詩選)』.	
1061	신축 (辛丑)	가우 6년	송기(宋祁, 998~) 졸. 공문중(孔文仲), 진사에 급제함. 구양수, 참지정사(參知政事)가 됨. 소식, 「진책(進策)」·「진론(進論)」을 올리고 처음으로 대리평사첨서봉상부판관(大理評事簽書鳳翔府判官)에 제수(除授)됨.	송, 삼관(三館)·비각(秘閣)에서 편찬하고 교정한 책 9,450권을 올림.
1062	임인 (壬寅)	가우 7년	소옹(邵雍), 이때 낙양(洛陽) 천진교(天津橋)에 거주함.	
1063	계묘 (癸卯)	가우 8년	구양수, 『집고록(集古錄)』. 공무중(孔武仲), 진사에 급제함.	송 인종 졸. 아들 서(曙)가 즉위하여 영종이 됨. 얼마 후 병 때문에 태후(太后)가 청정(聽政)함.
1064	갑진 (甲辰)	영종(英宗) 서(曙) 치평(治平) 원년	여정(余靖, 1000~) 졸.	송 영종이 친정(親政)함. 서하, 송의 진봉(秦鳳)·경원(涇原) 일대를 공격함.
1065	을사 (乙巳)	치평 2년	소상(蘇庠, ~1147) 생. 장순민(張舜民)·공평중(孔平仲), 진사에 급제함. 공평중, 그의 형 문중(文仲)·무중(武仲)과 함께 당시 "삼공(三孔)"이라 부름.	송, 조신(朝臣)들이 영종의 생부(生父) 복안의왕(濮安懿王)을 황(皇)으로 높일 것을 의론하여 논쟁을 불러 있으킴. 역사에서는 이를 "복의(濮議)"라 칭함.
1066	병오 (丙午)	치평 3년	송상(宋庠, 996~) 졸. 소순(蘇洵, 1009~) 졸. 소옹, 『격양집(擊壤集)』서(序). 사마광, 명을 받아 『자치통감(資治通鑑)』을 주관하여 편수함.	거란, 국호를 대료(大遼)라고 고침. 송, 복안의왕을 황으로 높이고 반대하는 자는 모두 축출됨. 이 해 송은 호(戶)는 1,291만, 구(口)는 2,909만에 달함.
1067	정미 (丁未)	치평 4년	채양(蔡襄, 1012~) 졸. 황정견(黃庭堅)·왕방(王雱)·서적(徐積), 진사에 급제함.	송 영종 졸. 아들 욱(頊)이 즉위하여 신종이 됨. 서하, 의종(毅宗) 양조(諒祚) 졸. 아

서력 (西曆)	간지 (干支)	제왕(帝王) 연호(年號)	시단(詩壇)	사사(史事)
1067	정미 (丁未)	치평 4년	구양수, 참정(參政)을 그만두고 박주(亳州) 지주로 나감. 왕안석, 지강녕부(知江寧府)가 됨.	들 병상(秉常)이 즉위하여 혜종(惠宗)이 됨. 송, 치평 연간에 밭 430만 경을 개간하고, 관은 24,000명에 달하고 병사의 수는 116만 2천으로 줄였는데 그중 금군은 66만 3천 명에 달함.
1068	무신 (戊申)	신종(神宗) 욱(頊) 희녕(熙寧) 원년	유창(劉敞, 1019~) 졸. 왕안석, 순서를 뛰어넘어 들어가 대(對)하고 한림학사(翰林學士) 겸 시강(侍講)이 되어, 상서하여 변법(變法)을 주장함. 왕안국(王安國), 진사급제(進士及第)를 내림.	
1069	기유 (己酉)	희녕 2년	왕안석, 참지정사(參知政事)가 되어 처음으로 신법(新法)을 시행함. 증공량(曾公亮), 벼슬을 그만둠.	송, 제치삼사조례사(制置三司條例司)를 두고 사자(使者)를 보내어 여러 로(路)의 농전(農田)·수리(水利)·부역(賦役)을 관찰하게 하여 변법(變法)이 시작됨. 청묘법(靑苗法)·균수법(均輸法)을 행하고 농전수리칙(農田水利敕)을 반포함.
1070	경술 (庚戌)	희녕 3년	당경(唐庚, ~1120) 생. 사마광, 왕안석에게 편지를 보내어 신법을 반대하여, 판서경어사대(判西京御史臺)가 되어 이후 15년 동안 낙양(洛陽)에 거주함. 왕안석, 재상이 됨.	송, 제치삼사조례사를 그만두고 중서성(中書省)으로 돌아감. 보갑법(保甲法)을 세움. 개봉부(開封府)에서 면역법(免役法)을 시험적으로 행함.
1071	신해 (辛亥)	희녕 4년	혜홍(惠洪, ~1128?) 생. 소식, 신법을 반대하였기 때문에 폄적되어 항주(杭州) 통판(通判)이 됨. 구양수, 벼슬을 그만두고 영주(潁州)에 거주하며 『육일시화(六一詩話)』를 지음. 이는 "시화(詩話)"로 이름붙여진 최초의 시를 논한 저	송, 공거법을 고쳐 시부(詩賦) 및 명경(明經)의 여러 과(科)를 없애고 경의(經義)·논책(論策)으로 선비를 뽑는 것으로 고침. 태학생(太學生) 삼사법(三舍法)을 세움 : 외사(外舍) 700명, 내사(內舍) 200명, 상사(上舍) 100명.

서력 (西曆)	간지 (干支)	제왕(帝王) 연호(年號)	시단(詩壇)	사사(史事)
1071	신해 (辛亥)	희녕 4년	작임. 그 후 사마광이 『온공속시화(溫公續詩話)』를 짓고, 유반(劉攽)이 『중산시화(中山詩話)』를 지음.	
1072	임자 (壬子)	희녕 5년	정해(鄭獬, 1022~) 졸. 구양수(歐陽脩, 1007~) 졸. 구양수, 북송 시문 혁신운동의 영수가 되어 송초의 "서곤체(西崑體)"의 남은 풍조를 일소(一掃)함.	송, 시역법(市易法)·보마법(保馬法)·방전균세법(方田均稅法)을 행함. 희하로(熙河路)를 둠. 왕소(王韶)가 강목정(羌木征)을 격패시킴.
1073	계축 (癸丑)	희녕 6년	주돈이(周敦頤, 1017~) 졸. 장뢰(張耒)·관해(關澥), 진사에 급제함. 유차장(劉次莊), 동진사출신(同進士出身)을 내림. 조보지(晁補之), 소식(蘇軾)을 알현함.	송, 경의국(經義局)을 두고 왕안석(王安石)을 제거(提擧)에 명하고 『시(詩)』·『서(書)』·『주례(周禮)』 삼경의(三經義)를 편수하게 함. 율학(律學)을 두고 관리·거인(擧人)들에게 명하여 모두 학교에 들어가 율령을 배우게 함. 왕소(王韶), 하서(河西) 주랑(走廊) 일대를 수복함. 역사에서는 "희하(熙河) 대첩(大捷)"이라고 부름.
1074	갑인 (甲寅)	희녕 7년	왕안국(王安國, 1028~) 졸. 왕안석, 재상을 그만두고 지강녕부(知江寧府)가 됨. 소식, 밀주(密州) 지주가 됨.	송, 큰 가뭄이 들어 유민(流民)들이 서울로 들어와 감안상문(監安上文) 정협(鄭俠)이 그린 유민도(流民圖)를 바쳐 신법(新法)을 반대함. 한강(韓絳)·여혜경(呂惠卿)이 계속 신법을 추진하여 시행함. 수실법(手實法)·치장법(置將法)을 행함.
1075	을묘 (乙卯)	희녕 8년	한기(韓琦, 1008~) 졸. 왕안석, 다시 재상이 됨.	정협, 영주(英州)로 보내어 편관(編管)함. 송, 요와 경계를 다투다 땅 7백 리를 잃음. 수실법을 그만둠.
1076	병진 (丙辰)	희녕 9년	왕방(王雱, 1044~) 졸. 왕안석, 다시 재상을 그만두고 판강령부(判江寧府)로 나감. 왕규(王珪), 재상이 됨.	

서력 (西曆)	간지 (干支)	제왕(帝王) 연호(年號)	시단(詩壇)	사사(史事)
1077	정사 (正史)	희녕 10년	섭몽득(葉夢得, ~1148) 생. 소옹(邵雍, 1011~) 졸. 소식, 서주(徐州) 지주가 됨. 진관(秦觀), 소식을 알현함. 곽상정(郭祥正)·여남공(呂 南公)·요절(饒節)이 생존함.	황하가 크게 터져 45주현(州縣)과 밭 30여만 경(頃)이 잠김.
1078	무오 (戊午)	원풍(元豊) 원년	정구(程俱, ~1144) 생. 유일지(劉一止, ~1161) 생. 장선(張先, 990~) 졸. 증공량(曾公亮, 999~) 졸. 도필(陶弼, 1015~) 졸. 황정견, 시를 소식에게 보 내어 칭송을 받음.	송, 원풍 연간에 신종이 계속해서 신법을 추진함.
1079	기미 (己未)	원풍 2년	왕조(汪藻, ~1154) 생. 왕정규(王庭珪, ~1171) 생. 문동(文同, 1018~) 졸. 조보지(晁補之), 진사에 급 제함. 소식, 호주(湖州) 지주로 있 다가 시 때문에 무고를 당 하여 감옥에 갇힘. 이를 역 사에서는 "오대시안(烏臺詩 案)"이라 부름.	송, 태학생을 증원하여 외사(外舍) 2,000명, 내사(內舍) 300명, 상사 (上舍) 100명에 달하였으며 아울 러 고시승사법(考試升舍法)을 건립 함.
1080	경신 (庚申)	원풍 3년	소식, 황주(黃州)로 폄적됨. 반대림(潘大臨), 소식을 따 라 노님. 황정견, 길주(吉州) 태화(泰 和) 지현(知縣)이 됨.	
1081	신유 (辛酉)	원풍 4년	손적(孫覿, ~1169) 생. 증공(曾鞏), 사관수찬(史館修 撰)으로 관구편수원(管句編 修院)이 됨.	서하, 양태후(梁太后)가 조정(朝政) 을 전횡함. 송·하가 교전(交戰)하여 서로 이 기고 짐.
1082	임술 (壬戌)	원풍 5년	주자지(周紫芝, ~?) 생. 추호(鄒浩), 진사에 급제함. 소식, 황주(黃州)에서 서쪽 으로 적벽(赤壁)을 유람하 고, 「적벽부(赤壁賦)」를 지음. 증공, 중서사인(中書舍人)이 됨.	송, 관제(官制)를 고쳐 중서(中書)· 문하(門下)·상서(尙書) 3성(省)을 두고 모두 장관을 두지 않음. 재 상의 관명을 상서좌복야(尙書左僕 射) 겸 문하시랑(門下侍郎), 상서우 복야(尙書右僕射) 겸 중서시랑(中書 侍郎)으로 고침.

서력 (西曆)	간지 (干支)	제왕(帝王) 연호(年號)	시단(詩壇)	사사(史事)
1082	임술 (壬戌)	원풍 5년	사마광·문언박 등이 낙양에서 모여 시를 지음, 이를 "기영회(耆英會)"라고 부름. 이지의(李之儀)·두상(杜常)·방택(方澤)이 생존함.	서희(徐禧), 영락성(永樂城)을 쌓았으나 서하 군에게 공격을 당하여 빼앗김.
1083	계해 (癸亥)	원풍 6년	이강(李綱, ~1140) 생. 증공(曾鞏, 1019~) 졸.	서하, 화의를 청하고 송에게 조공을 바쳐 세사(歲賜)를 회복할 것을 허락함.
1084	갑자 (甲子)	원풍 7년	여본중(呂本中, ~1145) 생. 이청조(李淸照, ~약 1155) 생. 증기(曾幾, ~1166) 생. 조변(趙抃, 1008~) 졸. 조단우(晁端友, ?~) 졸(?). 소식, 여주(汝州)로 옮기는 도중에 금릉(金陵) 장산(蔣山)에서 왕안석(王安石)을 만남. 황정견, 감덕주덕평진(監德州德平鎭)이 됨. 사마광 등, 『자치통감(資治通鑑)』을 완성함.	송, 희녕·원풍 연간에 부고(府庫)가 충실하고 소읍(小邑)에 저장된 돈과 쌀이 또한 20만 이상에 달함.
1085	을축 (乙丑)	원풍 8년	주변(朱弁, ~1144) 생. 이미손(李彌遜, ~1153) 생. 왕규(王珪, 1019~) 졸. 진관(秦觀), 진사에 급제함. 사마광, 다시 나와 문하시랑(門下侍郞)이 되어 국정을 주관함. 소식, 상주(常州)로 옮겨 등주(登州) 지주가 되었다가, 곧 받들어 전임하여 서울로 들어감.	송 신종 졸. 아들 후(煦)가 즉위하여 철종이 됨. 나이 10세로 태황태후(太皇太后)가 조정에 임하여 청정(聽政)함. 보갑(保甲)·보마(保馬)·방전균세(方田均稅) 등의 법을 그만둠.
1086	병인 (丙寅)	철종(哲宗) 후(煦) 원우(元祐) 원년	심여구(沈與求, ~1137) 생. 왕안석(王安石, 1021~) 졸. 사마광(司馬光, 1019~) 졸. 유자지(兪紫芝, ?~) 졸. 소식, 중서사인(中書舍人)·한림학사(翰林學士)·지제고(知制誥)가 됨.	송 사마광이 신법을 다 폐지하고 신당(新黨)의 인물을 파출(罷黜)함. 역사에서는 이를 "원우(元祐) 경화(更化)"라고 함. 십과취사법(十科取士法)을 세움. 숭정전(崇政殿) 설서(說書) 정이(程頤)를 우두머리로 하는 낙당(洛黨)과

서력 (西曆)	간지 (干支)	제왕(帝王) 연호(年號)	시단(詩壇)	사사(史事)
1086	병인 (丙寅)	철종(哲宗) 후(煦) 원우(元祐) 원년	소철, 거란(契丹)에 봉사(奉使)하고 돌아와 어사중승(御史中丞)이 됨.	소식(蘇軾)을 우두머리로 하는 촉당(蜀黨)이 서로 공격함. 역사에서는 이를 "낙촉(洛蜀) 당쟁(黨爭)"이라 부름. 서하 혜종(惠宗) 졸하고, 아들 건순(乾順)이 즉위하여 숭제(崇帝)가 됨.
1087	정묘 (丁卯)	원우 2년	진사도(陳師道), 소식의 추천으로 서주(徐州) 주학(州學) 교수(教授)가 됨.	송, 다시 현량방정(賢良方正) 등 과(科)를 둠. 천주(泉州) 시박사(市舶司)를 둠. 조정의 신하들이 낙(洛)·촉(蜀)·삭(朔) 삼당(三黨)을 형성함.
1088	무진 (戊辰)	원우 3년	공문중(孔文仲, 1038~) 졸. 황정견(黃庭堅)·진관(秦觀)·조보지(晁補之)·장뢰(張耒)가 함께 비각(秘閣)에서 직을 맡아 소식의 문하에 모임. 이를 "소문사학사(蘇門四學士)"라고 부름.	소송(蘇頌)이 주관하여 수운의상대(水運儀象臺, 천문종(天文鐘)를 만듦.
1089	기사 (己巳)	원우 4년	유반(劉攽, 1023~) 졸. 소식, 항주(杭州) 지주로 나가 재임 중에 서호(西湖)를 준설하고 "소제(蘇堤)"를 쌓음. 혜홍(惠洪), 수계(受戒)하여 승려가 됨.	송, 경의(經義)·시부(詩賦) 두 과를 세움. 이로부터 시부를 익히는 자는 많고 경의를 전문으로 하는 자는 열에 한둘도 되지 않음.
1090	경오 (庚午)	원우 5년	진여의(陳與義, ~1139) 생. 문언박, 벼슬을 그만둠.	송, 조정의 신하들의 알력이 더욱 심해짐.
1091	신미 (辛未)	원우 6년	등숙(鄧肅, ~1132) 생. 장원간(張元幹, ~1170후) 생. 종택(宗澤), 진사에 급제함. 소식, 부름을 받고 한림학사승지(翰林學士承旨)가 되었다가 곧 영주(潁州) 지주로 나감.	서하, 여러 번 송의 국경을 어지럽힘.
1092	임신 (壬申)	원우 7년	소식, 양주(揚州) 지주로 옮겼다가 부름을 받고 병부상서(兵部尚書) 겸 시독(侍讀)이 되고, 곧 예부상서(禮部尚書)로 옮김.	송, 고찰현령과적법(考察縣令課績法)을 세움. 조정에 "붕당(朋黨)"의 설이 날로 성행함.

서력 (西曆)	간지 (干支)	제왕(帝王) 연호(年號)	시단(詩壇)	사사(史事)
1092	임신 (壬申)	원우 7년	소철, 문하시랑(門下侍郎)이 됨. 하주(賀鑄), 소식 등의 천거로 승사랑(承事郎)이 되어 감북악묘(監北嶽廟)가 됨.	
1093	계유 (癸酉)	원우 8년	채확(蔡確, 1037~) 졸. 고하(高荷), 원우(元祐) 연간에 태학생(太學生)이 됨. 홍염(洪炎), 원우 말에 진사에 급제함. 소식, 정주(定州) 지주로 나감. 황정견·진관이 함께 국사원(國史院) 편수(編修)가 됨.	송, 철종이 친정(親政)함.
1094	갑술 (甲戌)	원우 9년 소성(紹聖) 원년	장얼(張嵲, ~1146?) 생(?). 소식, 혜주(惠州)로 폄적됨 소철·황정견·진관·조보지·장뢰·진사도 등이 모두 폄출(貶黜)을 당함. 조충지(晁沖之), 양적(陽翟) 구자산(具茨山)에 은거함.	송, 조정에 "소술(紹述)"의 설이 일어나 "신당(新黨)"이 정권을 잡아 구당 인물들을 파출함. 시부(詩賦)를 고시하는 것을 없애고 오로지 경의로 선비를 뽑음. 다시 면역법(免役法)을 시행함.
1095	을해 (乙亥)	소성 2년	하주(賀鑄), 악주(鄂州) 보천감(寶泉監)이 됨.	송, 굉사과(宏詞科)를 둠. 다시 청묘법(靑苗法)을 시행함.
1096	병자 (丙子)	소성 3년		송, 채경(蔡京)을 한림학사승지(翰林學士承旨)로 삼음.
1097	정축 (丁丑)	소성 4년	주송(朱松, ~1143) 생. 문언박(文彥博, 1006~) 졸. 섭몽득(葉夢得)·호직유(胡直孺)·구국보(寇國寶), 진사에 급제함. 당경(唐庚), 소성 연간에 진사에 급제함. 소식, 담주(儋州, 지금의 해남성(海南省) 담주시(儋州市))로 옮김.	송, 다시 원우(元祐) 구당을 폄적함. 서하 군대가 여러 번 송의 국경을 공격함.
1098	무인 (戊寅)	소성 5년 원부(元符) 원년	조훈(曹勛, ~1174) 생. 하주, 스스로 『경호유로시집(慶湖遺老詩集)』을 엮음.	서하, 송의 평하성(平夏城)을 공격하였으나 대패하고 후에 국세가 점차 쇠퇴함.

서력 (西曆)	간지 (干支)	제왕(帝王) 연호(年號)	시단(詩壇)	사사(史事)
1099	기묘 (己卯)	원부 2년		송·하가 강화(講和)함.
1100	경진 (庚辰)	원부 3년	장순민(張舜民, 약 1034~) 졸. 진관(秦觀, 1049~) 졸. 석무(石懋), 진사에 급제함. 소식 등이 사면(赦免)을 받 아 내륙으로 옮김. 진사도(陳師道), 비서성(秘書 省) 정자(正字)가 됨.	송 철종 졸. 아우 단왕(端王) 조길 (趙佶)이 즉위하여 휘종이 됨.
1101	신사 (辛巳)	휘종(徽宗) 길(佶) 건중정국 (建中靖國) 원년	유자휘(劉子翬, ~1147) 생. 소식(1036~), 상주(常州)에 서 죽음. 소식, 구양수를 계승하여 북 송 문단·시단을 주관하고 시문 혁신 운동을 완성함. 이팽(李彭), 이전에 소식· 장뢰와 창화한 적이 있음. 왕종(王琮), 휘종(徽宗) 초에 진사에 급제함. 하주(賀鑄), 사주(泗州) 통판 (通判)이 됨 이청조(李淸照), 조명성(趙明 誠)과 결혼함. 진사도(陳師道, 1053~), 11 월에 졸(양력은 1102). 황 정견과 "황진(黃陳)"이라 병 칭됨.	요(遼) 도종(道宗) 졸. 손자 연희(延 禧)가 즉위하여 천조제(天祚帝)가 됨. 도종이 만년에 불교를 맹신하 여 국세가 점차 쇠퇴함.
1102	임오 (壬午)	숭녕(崇寧) 원년		송, 채경을 우상(右相)으로 삼고 문언박(文彦博)·사마광(司馬光)· 소식(蘇軾)·진관(秦觀) 등 100여 명을 "원우(元祐) 간당(奸黨)"으로 정하여 돌에 새기고 "원우 학술" 을 금함.
1103	계미 (癸未)	숭녕 2년	악비(岳飛, ~1142) 생. 서적(徐積, 1028~) 졸. 왕조(汪藻), 진사에 급제함.	송, 채경을 좌상(左相)으로 삼고 삼소(三蘇)·황정견(黃庭堅)·진관 (秦觀) 등의 저작을 소각하도록 명 령하고 다시 "원우 학술"을 금함. 의학(醫學)을 둠.

서력 (西曆)	간지 (干支)	제왕(帝王) 연호(年號)	시단(詩壇)	사사(史事)
1104	갑신 (甲申)	숭녕 3년		송, 다시 당적(黨籍)을 정하고 사마광을 우두머리로 삼아 모두 309명에 달하여 "원우당인비(元祐黨人碑)"를 세움. 서(書)·화(畵)·산(算) 삼학(三學)을 둠.
1105	을유 (乙酉)	숭녕 4년	황정견(黃庭堅(1045~)) 졸. 황정견, 시는 스스로 일가를 이루어 "산곡체(山谷體)"로 불리고 "강서파(江西派)" 시풍을 열었으며, 소식과 "소황(蘇黃)"이라 병칭됨.	송, 방전법(方田法)을 반포함. 환관 동관(童貫)을 섬서(陝西) 제치사(制置使)로 삼음. "구정(九鼎)"을 주조하고 "대성악(大晟樂)"을 만들고 보성궁(寶成宮)을 짓고 황제(黃帝)를 제사함. 소항(蘇杭) 응봉국(應奉局)을 두어 주면(朱勔)이 그 일을 통솔하여 기화이석(奇花異石)을 수집하고 "화석강(花石綱)"이라고 이름을 붙임.
1106	병술 (丙戌)	숭녕 5년	방유심(方惟深), 특주명(特奏名)으로 흥화군(興化軍) 조교(助教)에 제수됨.	송, "성변(星變)"으로 "원우당인비"를 허물고 "원우 당인"을 사면하고 서(書)·화(畵)·산(算)·의(醫) 사학(四學)을 없앰. 채경, 재상을 그만둠. 송·하가 통호(通好)함.
1107	정해 (丁亥)	대관(大觀) 원년	미불(米芾, 1051~) 졸. 이청조, 조명성을 따라 청주(青州) 고향으로 돌아감.	송, 채경이 다시 재상이 됨.
1108	무자 (戊子)	대관 2년		송, 채경이 태사(太師)로 승진하고 동관에게 절도사를 가(加)함. 여러 조로 나누어 140여 명의 당적을 없애고 각각 당인의 관작을 회복시킴.
1109	기축 (己丑)	대관 3년	황공도(黃公度, ~1156) 생. 손적(孫覿)·이미손(李彌遜), 진사에 급제함. 하주, 관직을 그만두고 소주(蘇州)에 거주함.	송, 채경이 벼슬을 그만둠.
1110	경인 (庚寅)	대관 4년	안기도(晏幾道, 1038~) 졸. 조보지(晁補之, 1053~) 졸. 혜홍(惠洪), 『냉재야화(冷齋夜話)』를 숭녕(崇寧)·대관(大	송, 굉사과(宏詞科)를 없애고 고쳐서 사학겸무과(詞學兼茂科)를 세움.

서력 (西曆)	간지 (干支)	제왕(帝王) 연호(年號)	시단(詩壇)	사사(史事)
1110	경인 (庚寅)	대관 4년	觀) 연간에 지음. 위태(魏泰), 숭녕·대관 연간에 벼슬하지 않고 만년에 『임한은거시화(臨漢隱居詩話)』를 지음. 조충지(晁沖之), 대관·정화(政和) 연간에 서울에 거주하면서 여본중(呂本中)과 서로 왕래함.	
1111	신묘 (辛卯)	정화(政和) 원년	추호(鄒浩, 1060~) 졸. 한구(韓駒), 정화(政和) 초 동진사출신(同進士出身)을 내림. 여본중, 『강서시사종파도(江西詩社宗派圖)』를 이 해 전후에 완성함. "강서시파"가 이로부터 이름을 얻었고 후에 송대 최대의 시가(詩歌) 유파(流派)로 발전함.	송, 동관이 요(遼)로 사신을 가자 연(燕) 사람 마식(馬植)이 동관을 보고 연을 취할 계책을 바치고 동관을 따라 송에 귀의함.
1112	임진 (壬辰)	정화 2년	왕십붕(王十朋, ~1171) 생. 소철(蘇轍, 1039~) 졸. 이강(李綱), 진사에 급제함.	송, 관명을 개정(改定)하여 상서좌복야(尚書左僕射)를 태재(太宰) 겸 문하시랑(門下侍郎), 우복야(右僕射)를 소재(少宰) 겸 중서시랑(中書侍郎), 태위(太尉)를 무계(武階)의 우두머리로 삼음.
1113	계사 (癸巳)	정화 3년	사일(謝逸) 졸(?~, 사과(謝薖)는 사일의 종제(從弟)임). 진여의, 상사(上舍) 갑과(甲科)에 올라 개덕부(開德府) 교수(敎授)에 임용됨. 주신(周莘)이 진여의와 친하게 지냄.	송, 정화오례신의(政和五禮新儀)를 편수하여 완성함. 여진족(女眞族) 수령(首領) 완안아골타(完顏阿骨打)가 계승하여 도발극렬(都勃極烈)이 됨.
1114	갑오 (甲午)	정화 4년	장뢰(張耒, 1054~) 졸. 손적(孫覿), 제거(制擧)에 등과(登科)함.	완안아골타, 요에 반란을 일으켜 여러 번 요의 군대를 깨뜨림. 송, 서하와 다시 전쟁함.
1115	을미 (乙未)	정화 5년	심여구(沈與求), 진사에 급제함.	완안아골타가 황제를 칭하고 이름을 민(旻)이라고 바꿈. 국호를 대금(大金)이라 하고 회녕(會寧)에 서

서력 (西曆)	간지 (干支)	제왕(帝王) 연호(年號)	시단(詩壇)	사사(史事)
1115	을미 (乙未)	정화 5년		울을 세워 금태조(金太祖)가 됨. 금의 군대가 요의 황룡부(黃龍府)를 깨뜨림.
1116	병신 (丙申)	정화 6년		송 휘종이 상청보록궁(上淸寶錄宮)에 도사들을 크게 모아 도교가 더욱 성함. 금의 군대가 요의 동경(東京, 지금의 요양(遼陽))을 함락함.
1117	정유 (丁酉)	정화 7년	좌위(左緯), 정화(政和) 연간에 생존함.	송, 전전도지휘사(殿前都指揮使) 고구(高俅)를 태위(太尉)로 삼음. 휘종, 스스로 교주도군황제(敎主道君皇帝)라 칭함. 제거인선소(提擧人船所)를 두어 오로지 화석강(花石綱) 및 여러 로(路)의 진봉(進奉)하는 일을 조치(措置)하게 함.
1118	무술 (戊戌)	정화 8년 중화(重和) 원년	한원길(韓元吉, ~1187) 생. 왕정규(王庭珪), 진사에 급제함. 주송(朱松), 동상사출신(同上舍出身)이 됨(주고(朱槹)는 주송의 아우임). 하주(賀鑄), 태조(太祖) 하후(賀后)의 족손(族孫)으로 황은(皇恩)으로 조봉랑(朝奉郞)으로 옮김.	송·금이 화의함. 송·금이 사신을 보내어 통호(通好)함. 송, 도학승공법(道學升貢法)을 세움. 도관(道觀)에 밭을 줌. 불경 중의 도(道)·유(儒) 두 종교를 헐뜯는 말을 불태워 없앰.
1119	기해 (己亥)	정화 2년 선화(宣和) 원년	하주(賀鑄), 재차 벼슬을 그만둠.	송, 금과 요가 화의하기 때문에 금과의 통호를 정지함. 송강(宋江)의 봉기는 대략 이 해 또는 이 해 이전에 있음. 금, 완안희윤(完顔希尹)이 여진(女眞) 문자를 창제함.
1120	경자 (庚子)	선화 2년	당경(唐庚, 1070~) 졸.	송, 도학(道學)을 없앰. 금의 군대가 요의 상경(上京)을 깨뜨림. 송·금이 요를 협공할 것을 약속함. 방랍(方臘)이 봉기하여 목주(睦州)·흡주(歙州)·항주(杭州)를 이기자 동관(童貫)이 군대를 이끌고 진압함.

서력 (西曆)	간지 (干支)	제왕(帝王) 연호(年號)	시단(詩壇)	사사(史事)
1121	신축 (辛丑)	선화 3년	주방언(周邦彦, 1056~) 졸. 유일지(劉一止), 진사에 급 제함. 장얼(張嶭), 상사(上舍)로 등 과(登科)함. 정구(程俱), 상사출신(上舍出 身)을 내림.	송강의 봉기가 실패함. 방랍의 봉기가 실패함.
1122	임인 (壬寅)	선화 4년	왕채(王寀, ?~) 졸(?). 진여의, 태학박사(太學博士) 가 됨	금의 군대가 요의 중경(中京)·서 경(西京)을 함락함. 송, 연경(燕京)을 공격하였으나 실 패함. 금의 군대가 연경을 빼앗음. 송, 만세산(萬歲山)을 쌓아 완성하 여 주위가 10여 리에 달하였으며 사방의 기화이석(奇花異石)을 옮겨 그중에 둠. 이해 송은 호(戶)는 2,088만 2,358, 구(口)는 4,673만 4,784에 달함.
1123	계묘 (癸卯)	선화 5년	홍매(洪邁, ~1202) 생. 조훈(曹勳), 동진사출신(同進 士出身)을 내림. 완열(阮閱), 시화 모음집『시 총(詩總)』(『시화총귀(詩話總 龜)』)을 완성함. 『선화서보(宣和書譜)』·『선 화화보(宣和畫譜)』완성됨.	송, 금에게 세폐(歲幣) 외에 따로 대세전(代稅錢) 100만 민(緡)으로 연경(燕京) 및 계(薊)·경(景)·단 (檀)·순(順)·역(易)·탁(涿) 6주의 땅으로 바꾸어 옴. 금 태조(太祖) 졸, 그 아우 오걸매 (吳乞買)가 즉위하여 이름을 성(晟) 으로 바꾸고 태종(太宗)이 됨.
1124	갑진 (甲辰)	선화 6년	한구(韓駒), 중서사인(中書舍 人)이 됨 여본중(呂本中), 추밀원(樞密 院) 편수(編修)가 됨.	송, 채경이 영삼성사(領三省事)가 됨. 소식·황정견의 문장을 소장하는 것을 금함. 경동(京東)·하북(河北) 등 지방에 농민 봉기가 폭발함.
1125	을사 (乙巳)	선화 7년	오경(吳儆, ~1183) 생. 육유(陸游, ~1210) 생. 하주(賀鑄, 1052~) 졸. 이강(李綱), 병부시랑(兵部侍 郎)이 됨. 오도(吳濤), 생존함.	금의 군대가 요의 황제를 사로잡 아 요가 멸망함. 송, 채경이 다시 벼슬을 그만둠. 금의 군대가 두 갈래 길로 남하하 여 송을 공격함. 송 휘종이 태자 환(桓)에게 선위 (禪位)하여 흠종(欽宗)이 됨. 태학생(太學生) 진동(陳東) 등이 상 서하여 채경 등 육적(六賊)을 죽일 것을 청함.

서력 (西曆)	간지 (干支)	제왕(帝王) 연호(年號)	시단(詩壇)	사사(史事)
1126	병오 (丙午)	흠종(欽宗) 환(桓) 정강(靖康) 원년	범성대(范成大, ~1193) 생. 주필대(周必大, ~1204) 생. 강단우(江端友), 동진사출신 (同進士出身)을 내림. 이강(李綱), 상서우승(尚書右 丞)이 됨.	금의 군대가 황하를 건너 동경을 공격하자 송이 땅을 할양하고 돈 을 주고 화의를 청함. 송, 원우(元祐) 당금(黨禁)을 없앰. 채경을 폄적하고 동관(童貫)·주면 (朱勔) 등을 죽임. 고구(高俅) 졸. 송의 조정은 주전(主戰)·주화(主 和) 두 파의 투쟁이 격렬함. 금의 군대가 다시 송을 공격하자 송이 강왕(康王) 조구(趙構)를 천하 병마대원수(天下兵馬大元帥)로 명함. 금의 군대가 동경을 공격하여 깨 뜨림. 금이 처음으로 한(漢)의 제도를 가 지고 관부(官府)를 세움.
1127	정미 (丁未)	정강 2년 고종(高宗) 구(構) 건염(建炎) 원년	왕질(王質, ~1189) 생. 우무(尤袤, ~1194) 생. 양만리(楊萬里, ~1206) 생. 이강(李綱), 재상이 되었으 나 곧 그만둠. 종택(宗澤), 지개봉부(知開封 府)·동경유수(東京留守)가 됨.	금, 장방창(張邦昌)을 초제(楚帝)로 세우고 휘(徽)·흠(欽) 두 황제 및 대규모의 관원·공장(工匠)·금은 기물을 빼앗아 북쪽으로 감. 북송 멸망함. 송, 강왕 조구가 남경(南京, 지금 의 하남(河南) 상구(商丘)에서 즉 위하여 고종(高宗)이 됨. 남송이 이로부터 시작됨. 고종, 곧 진동(陳東) 등을 죽임. 태항산(太行山) "팔자군(八字軍)" 및 북방 민중들이 어지럽게 일어나 금에 대항함. 금, 공거(貢擧)를 시작하여 남(南)· 북방(北榜)으로 나누어 각각 송· 요의 선비들을 뽑음. 고종, 남쪽 양주(揚州)로 옮겨감.
1128	무신 (戊申)	건염 2년	종택(宗澤, 1059~) 졸. 혜홍(惠洪, 1071~) 졸. 주변(朱弁), 금(金)에 사신으 로 갔다가 구금됨. 이강(李綱), 만안군(萬安軍, 지 금의 광동(廣東) 만녕(萬寧)) 으로 폄적됨.	송, 시부(詩賦)·경의(經義) 두 과 (科)로 선비를 뽑음. 소성(紹聖) 이래 거인(擧人)들이 시 부를 익히지 않은 지 40년에 가까 움. 금의 군대가 대거(大擧) 남하함.

서력 (西曆)	간지 (干支)	제왕(帝王) 연호(年號)	시단(詩壇)	사사(史事)
1128	무신 (戊申)	건염 2년	섭몽득(葉夢得), 호부상서(戶部尙書)가 됨. 그의 『석림시화(石林詩話)』는 대략 남도(南渡) 전후에 지어짐.	
1129	기유 (己酉)	건염 3년	도찬(道璨), 남도(南渡) 전후에 생존함. 이청조(李淸照), 이해 조명성(趙明誠)이 죽은 후 동생 이항(李迒)에게 의지해 남쪽으로 달아남.	송 고종이 장강을 건너 남쪽으로 달아나 한 번 강박에 의해 퇴위하였으나 곧 다시 제위에 오름. 건강(建康)에 이르고 절서(浙西)로 달아나고 또 해로(海路)로 달아나 온주(溫州)에 이름. 금의 군대가 양주(揚州)·건강(建康)·임안(臨安)을 깨뜨림. 송, 원우(元祐) 당적(黨籍)을 폐지함.
1130	경술 (庚戌)	건염 4년	주희(朱熹, ~1200) 생. 이당(李唐, 1049~) 졸.	금이 동경을 취함. 한세충(韓世忠)이 북으로 돌아가는 금의 군대를 막고 공격하여 황천당(黃天蕩)에서 격전을 폄. 악비(岳飛)가 건강을 수복함. 동정호(洞庭湖)의 종상(鍾相)·양요(楊么)가 봉기함. 금, 대명(大名)에 유예(劉豫)를 제제(齊帝)로 세움. 진회(秦檜), 건염(建炎) 초에 붙잡혀 북으로 갔다가 이 해에 송으로 돌아옴. 스스로 금의 군영에서 가족을 이끌고 도망하여 나왔다고 일컫고 화의(和議)를 주장함.
1131	신해 (辛亥)	소흥(紹興) 원년	섭몽득(葉夢得), 강동안무대사(江東安撫大使)가 되어 지건강부(知建康府)를 겸함. 왕질(王銍), 소흥 초에 생존함.	송, 진회가 재상이 됨. 오개(吳玠)·오린(吳璘)이 화상원(和尙原)에서 두 차례 금의 군대를 격패시킴. 지폐 "관자(關子)"를 발행함.
1132	임자 (壬子)	소흥 2년	등숙(鄧肅, 1091~) 졸. 서부(徐俯), 진사출신(進士出身)을 내림. 동영(董穎), 소흥 초에 서부(徐俯)·왕조(汪藻)를 따라 노님.	송, 다시 현량방정과(賢良方正科)를 둠. 고종, 임안(臨安)으로 돌아옴. 위제(僞齊) 유예(劉豫)가 동경으로 도읍을 옮김. 금, 진사를 고시하는데 중원(中原)

서력 (西曆)	간지 (干支)	제왕(帝王) 연호(年號)	시단(詩壇)	사사(史事)
1132	임자 (壬子)	소흥 2년	진여의(陳與義), 중서사인(中書舍人)이 되어 시강(侍講)을 겸함.	사람을 뽑지 말도록 명령함. 진회, 재상을 그만둠. 동정호 양요(楊幺)가 대성천왕(大聖天王)이라 칭하며 세력이 점차 흥성함.
1133	계축 (癸丑)	소흥 3년	전조(陳造, ~1203) 생.	금의 군대가 한중(漢中)으로 들어옴. 송과 금이 화의하여 사신을 보내어 통문(通問)함. 사학겸무과(詞學兼茂科)를 없애고 박학굉사과(博學宏詞科)를 둠. 후에 다시 원우(元祐)의 십과거사(十科擧士)의 제(制)를 시행함.
1134	갑인 (甲寅)	소흥 4년	설계선(薛季宣, ~1173) 생. 이청조, 금화(金華)에 거처를 정함. 서부(徐俯), 권참지정사(權參知政事)가 되어 일을 논한 것이 맞지 않아 벼슬을 그만둠.	금과 위제의 군대가 대거 송을 공격하였으나 한세충·악비의 부(部)에 패배를 당하고 양식이 모자라 퇴각함.
1135	을묘 (乙卯)	소흥 5년	한구(韓駒) 졸(?~) 이청조, 임안(臨安)으로 돌아와 거처를 정함. 이강, 다시 강서로안무제치대사(江西路安撫制置大使)가 됨. 진여의, 급사중(給事中)이 되었으나 곧 병을 고하고 돌아감.	금 태종 졸, 아골타(阿骨打)의 적장손(嫡長孫) 단(亶)이 즉위하여 희종(熙宗)이 됨. 송 휘종, 오국성(五國城, 지금의 흑룡강(黑龍江) 의란(依蘭))에서 졸함. 악비, 동정호(洞庭湖)의 수채(水寨)를 깨뜨려 양요가 패하여 죽음.
1136	병진 (丙辰)	소흥 6년	여본중(呂本中), 동진사출신(同進士出身)을 내림. 진여의, 한림학사(翰林學士)·지제고(知制誥)가 됨.	송, 한세충이 회양(淮陽)을 포위하였으나 곧 물러남. 악비, 위제(僞齊)를 공격하여 여러 현(縣)에서 이김. 위제의 군대가 송을 공격하였으나 곧 패하여 물러남.
1137	정사 (丁巳)	소흥 7년	진부량(陳傅良, ~1203) 생. 누약(樓鑰, ~1213) 생. 심여구(沈與求, 1086~) 졸.	송, 진회가 추밀사(樞密使)가 됨. 금, 유예를 폐하여 위제(僞齊) 정권을 취소함.

서력 (西曆)	간지 (干支)	제왕(帝王) 연호(年號)	시단(詩壇)	사사(史事)
1137	정사 (丁巳)	소흥 7년	진여의, 좌중대부(左中大夫)· 참지정사(參知政事)가 됨. 이강, 해직(解職)하고 다시 는 벼슬하지 않음.	
1138	무오 (戊午)	소흥 8년	왕염(王炎, ~1218) 생. 황공도(黃公度), 진사에 급 제함. 호전(胡銓), 상소하여 극력 화의(和議)를 막으려다 축 출됨. 왕정규(王庭珪), 시로 송별하였지만 산방(訕謗)에 연좌되어 야랑(夜郞)으로 유 배됨. 이미손(李彌遜), 호부시랑(戶 部侍郞)이 되어 화의를 반 대하다 쫓겨나서 돌아감. 이후 연강(連江, 지금은 복 건(福建)에 속함) 서산(西山) 에 은거함. 강행부(强行父), 『당자서문록 (唐子西文錄)』(곧 『당경시화 (唐庚詩話)』)를 추기(追記)함.	송, 진회가 다시 재상이 되어 추 밀사를 겸하고, 주전파를 폄출(貶 黜)하여 이로부터 오로지 화의를 주장함. 금, 경의(經義)·사부(詞賦) 두 과 로 선비를 뽑고 관제를 반포 시행 하고 봉국제(封國制)를 정함.
1139	기미 (己未)	소흥 9년	진여의(陳與義, 1090~) 졸.	송과 금의 "소흥(紹興) 화의(和議)" 가 성립함. 송은 금에 대하여 신하라 칭하고 매년 은·견(絹) 각각 25만 량(兩)· 필(匹)을 바치고, 금은 하남(河南)· 섬서(陝西)의 땅 및 휘종(徽宗)의 "재궁(梓宮)"과 고종의 모친 위태 후(韋太后)를 돌려줄 것을 허락함. 금에 내분이 일어남. 태항산(太行山)의 금에 대항하는 군대가 크게 일어남. 서하 숭종(崇宗) 졸, 그 아들 인효 (仁孝)가 즉위하여 인종(仁宗)이 됨.
1140	경신 (庚申)	소흥 10년	신기질(辛棄疾, ~1207) 생. 이강(李綱, 1083~) 졸. 서부(徐俯) 졸(?~). 주변(朱弁), 금에서 『풍월당 시화(風月堂詩話)』를 지음.	금, 화의를 깨고 다시 하남·섬서 를 빼앗고 또 군대를 나누어 송을 공격하였으나 좌절을 당함. 악비, 회녕(淮寧)·영창(潁昌)·정주 (鄭州)·낙양(洛陽) 등의 땅을 수복

서력 (西曆)	간지 (干支)	제왕(帝王) 연호(年號)	시단(詩壇)	사사(史事)
1140	경신 (庚申)	소흥 10년		하고 곧장 주선진(朱仙鎭)에 이름. 송 고종, 진회의 의론을 따라 조 서를 내려 악비 및 여러 로(路)의 군대를 회군(回軍)시켜 회복된 땅 을 다 잃어버림.
1141	신유 (辛酉)	소흥 11년	악비(岳飛), 무고(誣告)를 당 하여 대리옥(大理獄)에 갇힘. 『시총(詩總)』 중정본(重訂本) 을 『시화총귀(詩話總龜)』라 고 이름을 바꾸어 간행함. 악비(1103~), 12월 살해당 함(양력은 1142년).	송, 장준(張浚)·한세충(韓世忠)·악 비(岳飛)의 병권을 해제시킴. 당(唐)·등(鄧) 두 주를 할양하여 금에게 주고 회(淮)를 그어 경계로 삼고 세폐는 은·견(絹) 각각 25 만으로 화의가 다시 성립됨.
1142	임술 (壬戌)	소흥 12년	주자지(周紫芝), 소흥 연간 에 진사에 급제하여 이해에 비로소 벼슬을 얻음.『죽파 시화(竹坡詩話)』는 대략 이 이전(?)에 지음.	송, 금에게 다시 서표(誓表)를 바 쳐 신하라 일컫고 땅을 할양하여 대산관(大散關)을 경계로 삼음. 금, 고종을 송제(宋帝)로 책봉(冊 封)하고 휘종(徽宗)의 "재궁(梓宮)" 및 위태후(韋太后)를 돌려보냄. 송, 진회를 태사(太師)·위국공(魏 國公)으로 삼음.
1143	계해 (癸亥)	소흥 13년	진량(陳亮, ~1194) 생. 조번(趙蕃, ~1229) 생. 주송(朱松, 1097~) 졸. 주변, 금에 16년 동안 구류 되었다가 비로소 풀려나 돌 아옴.	몽고, 금에 반란을 일으킴. 금, 그들을 제압하지 못함. 송과 금이 서로 정월 초하루를 축 하하였으며 이로부터 상례(常例)로 삼음. 금, 송률(宋律)을 모방하여 황통신 률(皇統新律)을 제정(制定)함.
1144	갑자 (甲子)	소흥 14년	정구(程俱, 1078~) 졸. 주변(朱弁, 1085~) 졸. 육유, 당완(唐琬)과 결혼하 였으나 후에 핍박을 받아 헤어짐.	송, 다시 교방(教坊)을 둠. 송과 금이 서로 생신(生辰)을 축하 하였으며 이로부터 상례로 삼음. 진회, 야사(野史)를 금할 것을 청하 고 아들 희(熺)를 영국사(領國史)로 삼아 진회와 관련된 조서(詔書)· 장소(章疏)를 폐기함.
1145	을축 (乙丑)	소흥 15년	여본중(呂本中, 1084~) 졸.	송, 관리를 파견하여 양절(兩浙)의 경계(經界)를 조치하고 밭을 조사 하여 세를 균등하게 함. 태학생 정원을 700인으로 증원함. 금, 여진(女眞) 소자(小字)를 반포함.

서력 (西曆)	간지 (干支)	제왕(帝王) 연호(年號)	시단(詩壇)	사사(史事)
1146	병인 (丙寅)	소흥 16년	장얼(張嶷, 1094?~) 졸(?). 섭몽득, 벼슬을 그만두고 호주(湖州)에 거주함.	송, 태학 외사생(外舍生)은 1,000명 을 정원으로 함. 금, 몽고 수령을 국왕(國王)으로 책봉하였으나 거절당함. 서하, 공자(孔子)를 문선제(文宣帝) 로 높임.
1147	정묘 (丁卯)	소흥 17년	유자휘(劉子翬, 1101~) 졸. 소상(蘇庠, 1065~) 졸. 진환(陳煥), 소흥 연간에 특 과(特科)에 합격함. 장계(張戒), 대략 소흥 연간 (?)에 『세한당시화(歲寒堂詩 話)』를 지음.	금이 해마다 소·양·쌀·비단을 주어 몽고와 화의를 이룸. 맹원로(孟元老), 『동경몽화록(東京 夢華錄)』을 완성함.
1148	무진 (戊辰)	소흥 18년	섭몽득(葉夢得, 1077~) 졸. 주희(朱熹)·우무(尤袤), 진 사에 급제함. 호자(胡仔), 『초계어은총화 전집(苕溪漁隱叢話前集)·서 (序)』.	금, 『요사(遼史)』를 편수하여 완성 함. 서하, 내학(內學)을 닦고 명유(名 儒)를 뽑아 교(敎)를 주관함.
1149	기사 (己巳)	소흥 19년		금, 재상 완안량(完顔亮, 아골타(阿 骨打)의 서손(庶孫)이 희종(熙宗)을 죽이고 스스로 즉위하였는데 이것 이 해릉양왕(海陵煬王)임. 복건(福建)에서 농민이 봉기함.
1150	경오 (庚午)	소흥 20년	섭적(葉適, ~1223) 생. 주숙진(朱淑眞) 생존(?).	금, 종실 및 대신들을 대대적으로 죽임. 송, 건주(建州)의 기민(饑民)들이 일 을 일으킴.
1151	신미 (辛未)	소흥 21년	주필대(周必大) 소덕조(蕭德 藻), 진사에 급제함.	금, 국자감(國子監)을 둠.
1152	임신 (壬申)	소흥 22년		송, 건주(虔州)에서 병변(兵變)이 일어났으나 곧 패함.
1153	계유 (癸酉)	소흥 23년	장자(張鎡, ~1212?) 생. 이미손(李彌遜, 1085~) 졸.	금, 연경(燕京)으로 천도하고 중도 (中都) 대흥부(大興府)라고 개칭함. 중경(中京) 대정부(大定府)는 북경 (北京), 변경(汴京) 개봉부(開封府)는 남경(南京), 요양부(遼陽府)는 동경 (東京), 대동부(大同府)는 서경(西京) 이라 하여 변하지 않음.

서력 (西曆)	간지 (干支)	제왕(帝王) 연호(年號)	시단(詩壇)	사사(史事)
1154	갑술 (甲戌)	소흥 24년	유과(劉過, ~1206) 생. 오도손(敖陶孫, ~1227) 생. 왕조(汪藻, 1079~) 졸. 범성대·양만리, 진사에 급제함. 육유, 작년 가을 시험에서 원래 1등(等)을 차지하여 진회(秦檜)의 손자 진훈(秦塤)의 위에 있었기 때문에 올해 응시에서 쫓겨남.	송, 여러 주에 명하여 모두 중추일(中秋日)에 거인(舉人)을 고시하게 함. 금, 지폐 "교초(交鈔)"를 발행함.
1155	을해 (乙亥)	소흥 25년	강기(姜夔, ~1209) 생(?). 이청조(李淸照, 1084~) 졸(?). 육유, 산음(山陰) 심원(沈園)에서 전처 당완을 만나「차두봉(釵頭鳳)」사를 지음.	송, 진회 졸. 이전에 늑정(勒停)하고 편관(編管)한 여러 사람들을 명하여 편한 대로 거주하게 함.
1156	병자 (丙子)	소흥 26년	황공도(黃公度, 1109~) 졸.	송, 진회가 죽은 후 말하는 자들이 어지럽게 되자 조서를 내려 이를 금함. 흠종, 금에서 졸함. 금, 여진(女眞)·해(奚)·거란(契丹) 인호(人戶)를 강제로 옮겨 중원(中原)으로 가서 거주하게 하고 민전(民田)을 수괄(搜括)하여 이민(移民)에게 발급함.
1157	정축 (丁丑)	소흥 27년	왕십붕(王十朋)·오경(吳儆), 진사에 급제함.	송, 국자감생(國子監生) 및 진사(進士)로 시부(詩賦)를 익히는 자에게 명하여 모두 경의(經義)를 겸하여 익히게 함.
1158	무인 (戊寅)	소흥 28년	육유, 녕덕현(寧德縣) 주부(主簿)가 됨. 황철(黃徹), 대략 올해(?)에『공계시화(䂬溪詩話)』를 완성함.	금, 남하를 도모함.
1159	기묘 (己卯)	소흥 29년		금, 여러 번 농민 봉기가 폭발함.
1160	경진 (庚辰)	소흥 30년	한표(韓淲, ~1224) 생. 왕질(王質), 진사에 급제함. 육유, 주필대와 교유를 맺음.	금, 각 민족 인민들의 반항이 심해짐. 송, 호부(戶部)가 "회자(會子)"(지폐)를 발행함.

서력 (西曆)	간지 (干支)	제왕(帝王) 연호(年號)	시단(詩壇)	사사(史事)
1161	신사 (辛巳)	소흥 31년	유일지(劉一止, 1078~) 졸. 신기질, 무리를 모아 경경 (耿京)을 따라 봉기(蜂起)하 여 금에 대항함.	송, 여전히 경의·시부의 두 과로 선비를 뽑음. 금, 변경(汴京)으로 천도하고 금의 황제 완안량(完顔亮)이 대거 송을 공격함. 금, 동경(東京) 유수(留守) 완안옹 (完顔雍)이 스스로 즉위하여 세종 (世宗)이 됨. 남하하던 금의 군대가 병변(兵變) 을 일으켜 완안량이 살해당함. 금, 사신을 보내 송과 화의함. 이 해 금은 호(戶) 300여 만에 달 함.
1162	임오 (壬午)	소흥 32년	서기(徐璣, ~1214) 생. 신기질, 경경(耿京)의 파견 을 받아 부하를 이끌고 남 도(南渡)하여 송에 명(命)을 청함. 육유, 추밀원(樞密院) 편수 (編修)가 되어 성정소(聖政 所) 검토(檢討)를 겸하고 동 진사출신(同進士出身)을 내 림. 양만리, 영주(永州) 영릉승 (零陵丞)이 되어 젊을 때의 작품 1천 여 수를 스스로 불태웠고, 시풍이 처음으로 바뀜. 『강호집(江湖集)』.	송, 금과의 화의를 허락함. 고종이 선위(禪位)하고, 아들 신 (昚)이 즉위하여 효종(孝宗)이 됨. 악비(岳飛), 누명을 벗음.
1163	계미 (癸未)	효종(孝宗) 신(昚) 융흥(隆興) 원년	누약(樓鑰), 진사에 급제함. 갈립방(葛立方), 『운어양추 (韻語陽秋)·서(序)』.	송, 진회에 아부한 자들을 축출함. 장준(張浚)의 의론으로 출병하여 금을 공격함. 처음에는 이겼으나 나중에 패하여 다시 화의함.
1164	갑신 (甲申)	융흥 2년	증기(曾幾), 벼슬을 그만둠. 육유, 진강부(鎭江府) 통판 (通判)이 됨.	금, 송을 공격하여 잇달아 몇 주 를 함락함. 송, 사신을 보내어 화의하여 상 (商)·진(秦)의 땅을 할양하고 숙 질(叔姪)의 나라라고 칭하고 세공 (歲貢)을 세폐(歲幣)라고 고치고 각 각 5만을 감축하고 경계를 이전과 같이 함. 역사에서는 이를 "융흥 (隆興) 화의(和議)"라 부름.

서력 (西曆)	간지 (干支)	제왕(帝王) 연호(年號)	시단(詩壇)	사사(史事)
1165	을유 (乙酉)	건도(乾道) 원년	신기질, 「미근십론(美芹十論)」을 올려 화의를 반대함. 육유, 룽흥부(隆興府) 통판으로 바뀜.	"융흥 화의"가 성립함. 이후 송과 금의 전쟁이 약간 멈춤.
1166	병술 (丙戌)	건도 2년	유재(劉宰, ~1239) 생. 증기(曾幾, 1084~) 졸. 범성대, 이부원외랑(吏部員外郎)으로 뛰어넘어 승진하였으나 탄핵을 당하고 "사록(祠祿)"을 받기를 청하여 고향으로 돌아감.	송, 양절(兩浙) 시박사(市舶司)를 없애고 이로부터 해외 무역은 천주(泉州)·광주(廣州)를 주로 함.
1167	정해 (丁亥)	건도 3년	대복고(戴復古, ~?) 생. 호자(胡仔), 『초계어은총화(苕溪漁隱叢話)』 후집을 완성함.	송, 염법(鹽法)을 고침.
1168	무자 (戊子)	건도 4년	『공계시화(碧溪詩話)·서(序)』 범성대, 일어나 처주(處州) 지주(知州)가 됨.	송, 판탁지(判度支) 조부적(趙不敵)이 "매년 내외의 수입·지출은 대략 5500만 민(緡)에 달하는데 만약 부세(賦稅)에 결손이 없다면 수지(收支)가 서로 맞을 수 있다"라고 함.
1169	기축 (己丑)	건도 5년	손적(孫覿, 1081~) 졸. 왕염(王炎), 진사에 급제함. 범성대, 예부원외랑(禮部員外郎)이 되어 숭정전(崇政殿) 설서(說書)·국사원(國史院) 편수(編修)를 겸함. 기거사인(起居舍人)으로 발탁되어 실록원(實錄院) 검토(檢討)를 겸함.	송, 우윤문(虞允文)을 재상으로 삼음. 양회(兩淮)에 둔전(屯田)을 둠.
1170	경인 (庚寅)	건도 6년	장원간(張元幹, 1091~), 올해 이후에 졸. 범성대, 사명을 받들어 금에 가서 절개를 온전히 하여 돌아와 중서사인(中書舍人)으로 승진함. 양만리, 「천려책(千慮策)」 30도(道)를 올려 부름을 받아 국자박사(國子博士)가 됨.	송, 역(役)·한전(限田)을 균등하게 함. 『사조회요(四朝會要)』를 편수하여 완성함. 악비를 위하여 악주(鄂州)에 묘(廟)를 세우고 액(額)을 "충렬묘(忠烈廟)"라고 칭함.

서력 (西曆)	간지 (干支)	제왕(帝王) 연호(年號)	시단(詩壇)	사사(史事)
1170	경인 (庚寅)	건도 6년	신기질, 「구의(九議)」를 올려 회복(恢復)의 계책을 진술함. 육유, 촉(蜀)으로 들어가 기주(夔州) 통판(通判)에 임용됨. 『입촉기(入蜀記)』. 주희, 모친 상(喪)으로 호전(胡銓)의 천거(薦擧)를 사양함.	
1171	신묘 (辛卯)	건도 7년	조여수(趙汝鐩, ~1245) 생. 왕정규(王庭珪, 1079~) 졸. 왕십붕(王十朋, 1112~) 졸. 범성대, 권귀(權貴)를 거스르고 다시 봉사(奉祠)하여 귀향함.	황하가 터져 금의 남경(南京) 및 맹(孟)·위(衛) 등의 주가 잠김.
1172	임진 (壬辰)	건도 8년	진부량(陳傅良), 진사에 급제함. 범성대, 일어나 지정강부(知靜江府)가 되어 광남서도안무사(廣南西道安撫使)를 겸함. 신기질, 저주(滁州) 지주가 됨. 육유, 홍원(興元)으로 가 사천선무사(四川宣撫使) 막부(幕府)에서 임용됨.	송, 상서좌우복야(尙書左右僕射)·동중서문하평장사(同中書門下平章事)를 좌우승상(左右丞相)으로 고침.
1173	계사 (癸巳)	건도 9년	설계선(薛季瑄, 1134~) 졸. 육유, 섭지가주(攝知嘉州)가 됨. 고저(高翥)·여정(呂定)·무연(武衍)·유선륜(劉仙倫), 효종 연간에 생존함.	금, 세종이 조령을 내려 태자(太子)·제왕(諸王)이 여진(女眞)의 언어 문자 및 풍속을 잊지 않게 하고, 여진 사람들이 한성(漢姓)으로 번역할 수 없게 명령함. 금, 낙양(洛陽) 현민(縣民)이 일을 일으켜 지현(知縣)을 죽이고 도망하여 송의 경계로 들어옴.
1174	갑오 (甲午)	순희(淳熙) 원년	진균(陳均, ~1244) 생. 조훈(曹勛, 1098~) 졸. 범성대, 부문각(敷文閣) 대제(待制)가 되어 사천제치사(四川制置使)·지성도부(知成	송, 호북(湖北) 차상(茶商) 뇌문정(賴文政)이 민중을 모아 봉기함. 금, 위사(衛士)가 한어(漢語)를 말하는 것을 금함.

서력 (西曆)	간지 (干支)	제왕(帝王) 연호(年號)	시단(詩壇)	사사(史事)
1174	갑오 (甲午)	순희(淳熙) 원년	都府)로 육유을 불러 참의 (參議)로 삼음. 양만리, 장주(漳州) 지주가 됨.	
1175	을미 (乙未)	순희 2년	진조(陳造), 진사에 급제함. 신기질, 제점강서형옥(提點 江西刑獄)이 됨. 주희(朱熹)·육구연(陸九淵) "아호지회(鵝湖之會)", 이학 (理學) 양파가 이후로 장기 적으로 논쟁함.	뇌문정이 호남(湖南)·강서(江西)· 광동(廣東)으로 전전(轉戰)하다가 패 하고 항복하였으나 피살됨.
1176	병신 (丙申)	순희 3년	홍자기(洪咨夔, ~1235) 생. 범성대, 권이부상서(權吏部 尙書)가 됨.	금, 경부(京府)에 학교를 둠. 여진문으로 『사기(史記)』·『정관정 요(貞觀政要)』 등의 책을 번역하여 완성함.
1177	정유 (丁酉)	순희 4년	범성대, 『오선록(吳船錄)』 양만리, 『형계집(荊溪集)』	송, 양세(兩稅)의 부수(浮收) 및 하 세(夏稅)를 미리 징수하는 것을 금 함.
1178	무술 (戊戌)	순희 5년	위료옹(魏了翁, ~1237) 생. 섭적(葉適), 진사에 급제함. 범성대, 중대부(中大夫) 참 지정사(參知政事)로 권감수 국사(權監修國史)였으나 곧 낙직(落職)되어 귀향함. 양만리, 「형계집서(荊溪集序)」 를 지어 시풍이 또 변함. 이후 시는 스스로 일가를 이루어 "성재체(誠齋體)"라 고 부름. 육유, 촉을 떠나 동쪽으로 돌아와 제거복건상평다염(提 擧福建常平茶鹽)이 됨. 진량(陳亮), 상서하여 회복 (恢復)의 계책을 진술함.	악비에게 무목(武穆)이라는 시호를 내림.
1179	기해 (己亥)	순희 6년	육유, 제거강서상평다염(提 擧江西常平茶鹽)이 됨. 범성대, 일어나 명주(明州) 지주가 되어 연해제치사(沿 海制置使)를 겸하고 단명전 (端明殿) 학사(學士)가 됨.	송, 여조겸(呂祖謙)이 『송문감(宋文 鑑)』을 편찬하여 완성함.

서력 (西曆)	간지 (干支)	제왕(帝王) 연호(年號)	시단(詩壇)	사사(史事)
1179	기해 (己亥)	순희 6년	양만리, 제거광동상평다염(提擧廣東常平茶鹽)이 되고 광동제명점형옥(廣東提點刑獄)으로 승진함. 『서귀집(西歸集)』. 신기질, 담주(潭州) 지주가 되어 호남안무사(湖南安撫使)를 겸함. 주희, 지남강군(知南康軍)이 되어 백록동(白鹿洞) 유지(遺址)를 찾아 상주하여 복구시키고 강학(講學)에 종사함.	
1180	갑자 (甲子)	순희 7년	양만리, 『남해집(南海集)』. 신기질, 지륭흥부(知隆興府)로 바뀌어 강서안무사(江西安撫使)를 겸함.	송, 서방(書坊)에서 서적을 함부로 새기는 것을 금함. 사조(四朝)의 국사(國史)를 편수하여 완성함.
1181	신축 (辛丑)	순희 8년	육유, 산음(山陰)에 한거함. 신기질, 탄핵을 당하고 낙직되어 상요(上饒) 대호(帶湖)에 한거함. 주희, 제거절동상평다염(提擧浙東常平茶鹽)이 됨.	송, 조서를 내려 백록동서원(白鹿洞書院)을 복구함.
1182	임인 (壬寅)	순희 9년	위중공(魏仲恭), 주숙진(朱淑眞)의 시를 모아『단장시집(斷腸詩集)』을 만들고 아울러 서를 지음. 범성대, 병으로 귀향하여 석호(石湖)에 은거함.	
1183	계묘 (癸卯)	순희 10년	악가(岳珂, ~1234) 생. 오경(吳儆, 1125~) 졸. 옹권(翁卷), 향천(鄕薦)에 오름. 주희, 봉사(奉祠)함.	송, 염법(鹽法)을 고침. 도학(道學)을 금함. 이도(李燾), 『속자치통감장편(續資治通鑑長編)』을 편찬하여 완성함. 금, 『역(易)』·『서(書)』·『논어(論語)』·『맹자(孟子)』를 번역하여 완성함.
1184	갑진 (甲辰)	순희 11년	왕매(王邁, ~1248) 생. 양만리, 『조천집(朝天集)』·「강서시파서(江西詩派序)」. 주필대, 추밀사(樞密使)가 됨.	

서력 (西曆)	간지 (干支)	제왕(帝王) 연호(年號)	시단(詩壇)	사사(史事)
1185	을사 (乙巳)	순희 12년	양만리, 이부랑중(吏部郎中) 이 됨.	송, 왕칭(王偁)이『동도사략(東都史略)』을 완성함.
1186	병오 (丙午)	순희 13년	육유, 엄주(嚴州) 지주가 됨. 범성대,『사시전원잡흥(四時田園雜興)』. 강기,『백석도인시설(白石道人詩說)』을 올해에 완성함.	황하가 위주(衛州)에서 터짐.
1187	정미 (丁未)	순희 14년	유극장(劉克莊, ~1269) 생. 한원길(韓元吉, 1118~) 졸. 구만경(裘萬頃)·위진(危稹), 진사에 급제함. 주필대, 재상이 됨 양만리, 비서소감(秘書少監) 이 됨. 주희, 제점강서형옥(提點江西刑獄)이 됨. 육유, 2500여 수의 시를 뽑아『검남시고(劍南詩稿)』 를 엮어 간행함.	송, 태상황(太上皇) 고종 졸. 금, 다시 여진 사람이 한성(漢姓)으로 고치는 것을 금하고, 아울러 남인(南人)의 의복을 흉내내는 것을 금함.
1188	무신 (戊申)	순희 15년	양만리, 뜻을 거슬러서 균 주(筠州) 지주로 나감,『강 서도원집(江西道院集)』. 육유, 군기소감(軍器少監)에 제수됨. 신기질·진량의 "아호지회 (鵝湖之會)"	금, 여진 태학(太學)을 건립함.
1189	기유 (己酉)	순희 16년	왕질(王質, 1127~) 졸. 주필대, 좌승상(左丞相)이 되 었으나 곧 그만둠. 우무(尤袤), 권예부시랑(權 禮部侍郎)이 되었으나 주필 대의 당(黨)으로 그만두고 떠남. 양만리, 비서감(秘書監)이 되 어 환장각(煥章閣) 학사(學 士)를 빌려 접반금국하정단 사(接伴金國賀正旦使)가 됨. 『조천속집(朝天續集)』. 육유, 예부랑중(禮部郎中)이	금, 세종이 죽고, 황태손(皇太孫) 경(璟)이 자리를 계승하여 장종(章 宗)이 됨. 송, 효종이 태자 돈(惇)에게 선위 (禪位)하여 광종(光宗)이 됨. 송, 남도 초의 세입(歲入)은 1,000 만 관(貫)을 채우지 못하였지만 순 희 말에 이르러서는 6,530만 관 이상으로 증가함. 금, 관리들에게 명하여 다시『요 사(遼史)』를 편수하게 함.

서력 (西曆)	간지 (干支)	제왕(帝王) 연호(年號)	시단(詩壇)	사사(史事)
1189	기유 (己酉)	순희 16년	되어 실록원(實錄院) 검토(檢討)를 겸함. 장보(章甫)·임승(林升)이 순희 연간에 생존함.	
1190	경술 (庚戌)	광종(光宗) 돈(惇) 소희(紹熙) 원년	조사수(趙師秀)·유재(劉宰), 진사에 급제함. 양만리, 강동전운부사(江東轉運副使)로 나가 권총령회서·강동군마전량(權總領淮西·江東軍馬錢糧)이 됨. 재상을 거슬러 봉사(奉祠)하여 귀향함. 이로부터 다시 나가지 않음. 『강동집(江東集)』. 육유, 산음(山陰)에 한거함.	금, 응제(應制) 및 굉사과(宏詞科)를 둠. 이 해 금은 호(戶) 693만 9천에 달함.
1191	신해 (辛亥)	소희 2년	엄우(嚴羽, ~1248) 생.	금, 백성들이 여진 둔전호(屯田戶)와 화목하지 못하자 쌍방의 통혼(通婚)을 허락함. 여진자를 한자로 직역하고 국사원(國史院)에서 거란자를 쓰는 것을 그만둘 것을 명령하였지만, 여전히 여진 사람이 성씨를 한자로 번역하는 것은 금함.
1192	임자 (壬子)	소희 3년	범성대, 일어나 태평주(太平州) 지주가 되었다가 한 달이 넘어 돌아감. 양만리, 『퇴휴집(退休集)』 신기질, 제점복건형옥(提點福建刑獄)이 됨. 주희, 건양(建陽) 고정(考亭)에 집을 짓고 정착함.	금, 곡부(曲阜)의 공묘(孔廟)를 수리함. 노구교(盧溝橋)를 세워 완성함.
1193	계축 (癸丑)	소희 4년	홍매(洪邁), 『당현만수절구(唐賢萬首絶句)』. 범성대(范成大, 1126~) 졸. 진량(陳亮), 진사에 급제함. 신기질, 복주(福州) 지주가 되어 복건안무사(福建安撫使)를 겸함.	서하 인종(仁宗) 졸. 아들 순우(純祐)가 즉위하여 환종(桓宗)이 됨.

서력 (西曆)	간지 (干支)	제왕(帝王) 연호(年號)	시단(詩壇)	사사(史事)
1194	갑인 (甲寅)	소희 5년	우무(尤袤, 1127~) 졸. 진량(陳亮, 1143~) 졸. 유한(劉翰), 소희 연간에 생 존함. 주희, 담주(潭州) 지주가 되 어 형호남로안무사(荊湖南路 安撫使)를 겸함. 천거를 받 아 환장각(煥章閣) 대제(待制) 겸 시강(侍講)을 겸함. 신기질, 벼슬을 그만두고 귀향함. 양만리, 『성재시화(誠齋詩話)』 를 대략 광종(光宗)·녕종(寧 宗) 연간에 지음.	송 효종 졸. 광종이 상사(喪事)를 묻지 않음. 태황태후(太皇太后)가 다시 태자(太子) 확(擴)을 세워 녕 종(寧宗)이 됨. 광종을 태상황(太上 皇)으로 높임. 한탁주(韓侂冑)를 추밀도승지(樞密 都承旨)로 삼음. 금, 황하가 양무(陽武)에서 터져 봉구(封丘)로 흘러들어가 동쪽으로 감.
1195	을묘 (乙卯)	녕종(寧宗) 확(擴) 경원(慶元) 원년	신기질, 강서(江西) 연산(鉛 山) 표천(瓢泉)에 집을 짓고 한거함.	송, 한탁주가 정권을 잡아 조정 신하들을 여러 번 폄축(貶逐)하고, 도학(道學)을 배척하여 "위학(僞 學)"이라 함. 이때부터 도학을 공 격하는 사람이 점점 일어남.
1196	병진 (丙辰)	경원 2년	주희, 낙직되어 그만두고 귀향함. 누약(樓鑰), 주희는 마땅히 내연(內筵)에 두어야 한다 고 극력 다투다가 그만두 고 귀향함.	송, "위학"의 당을 등용하는 것을 금함.
1197	정사 (正史)	경원 3년	주필대, 『이로당시화(二老堂 詩話)』가 대략 올해에 완성 됨.	송, "위학"의 조여우(趙汝愚)·주 희(朱熹) 등 59명을 문서에 등록 함.
1198	무오 (戊午)	경원 4년	방악(方岳, ~1262) 생.	금, 장성(長城)을 쌓아 몽고(蒙古) 를 막음.
1199	기미 (己未)	경원 5년	오도손(敖陶孫)·위료옹(魏 了翁), 진사에 급제함. 육유, 나이 75에 다시 심원 (沈園)을 유람함.	송, 한탁주에게 소사(少師)를 가하 고 평원군왕(平原郡王)에 봉함. "위학"의 금(禁)을 조금 늦춤. 『통천력(統天曆)』을 반포함.
1200	경신 (庚申)	경원 6년	섭인(葉茵, ~?) 생(?). 주희(朱熹, 1130~) 졸. 육유, 벼슬을 그만둠.	송 태상황 광종 졸. 한탁주에게 태부(太傅)를 가함. 금, 진사(進士)의 정원을 600명으로 제 한함.

서력 (西曆)	간지 (干支)	제왕(帝王) 연호(年號)	시단(詩壇)	사사(史事)
1201	신유 (辛酉)	가태(嘉泰) 원년		금, 섬학양사법(贍學養士法)을 개정함. 『태화율(泰和律)』을 새로 편수하여 완성함.
1202	임술 (壬戌)	가태 2년	홍매(洪邁, 1123~) 졸. 조여수(趙汝鐩), 진사에 급제함. 육유, 권동수국사(權同修國史) 겸 비서감(秘書監)이 됨.	2월, 송, "위학"의 금을 늦춤. 한탁주에게 태사(太師)를 가함. 8월, 『경원조법사류(慶元條法事類)』를 편수하여 완성함. 몽고족 수령 기악온철목진(奇渥溫鐵木眞)이 내만(乃蠻)을 격패시키고 금에게 "찰올도로(察兀圖魯)"(초토사(招討使))로 봉해짐.
1203	계해 (癸亥)	가태 3년	진조(陳造, 1133~) 졸. 진부량(陳傅良, 1137~) 졸. 소립지(蕭立之, ~?) 생. 신기질, 소흥부(紹興府) 지부(知府)가 되어 절동안무사(浙東安撫使)를 겸함	
1204	갑자 (甲子)	가태 4년	주필대(周必大, 1126~) 졸. 하응룡(何應龍), 가태 연간에 진사에 급제함. 신기질, 진강부(鎭江府) 지부가 됨. 육유가 다시 벼슬을 그만둠. 채몽필(蔡夢弼), 『초당시화(草堂詩話)』를 완성함.	송, 악비(岳飛)를 악왕(鄂王)으로 추봉(追封)함. 과거(科擧)의 청탁(請託)의 금(禁)을 엄격하게 함. 몽고 철목진(鐵木眞)이 내만부(乃蠻部) 태양한(太陽汗)을 공격해 죽임. 태양한의 아들 굴출률(屈出律)이 서쪽으로 달아남.
1205	을축 (乙丑)	개희(開禧) 원년	화악(華岳), 무학생(武學生)이 되어 상서하여 한탁주(韓侂冑)를 주살(誅殺)할 것을 청하였으나 건녕(建寧)으로 편관(編管)됨.	송, 제군(諸軍)은 몰래 행군하라는 계책의 조서를 내려 북벌을 준비함. 한탁주를 평장군국사(平章軍國事)로 삼았는데 지위가 승상의 위에 있음.
1206	병인 (丙寅)	개희 2년	양만리(楊万里, 1127~) 졸. 유과(劉過, 1154~) 졸. 하문(何汶), 『죽장시화(竹莊詩話)』를 완성함.	서하, 이안전(李安全)이 그 군주(君主) 순우(純祐)를 폐하고 스스로 즉위하여 양종(襄宗)이 됨. 송, 진회(秦檜)의 왕작(王爵)을 삭탈(削奪)하고 시호를 유추(繆醜)라고 고침.

서력 (西曆)	간지 (干支)	제왕(帝王) 연호(年號)	시단(詩壇)	사사(史事)
1206	병인 (丙寅)	개희 2년		송, 조서를 내려 금을 정벌하였지 만 제로(諸路)에서 많이 패배함. 금, 대거 송을 공격함. 철목진(鐵木眞)이 몽고를 통일하고 성길사한(成吉思汗)이라 칭함. 후 에 원(元) 태조(太祖)로 높힘.
1207	정묘 (丁卯)	개희 3년	신기질(辛棄疾, 1140~) 졸.	송, 사미원(史彌遠) 등이 한탁주를 죽이고 금에게 화의를 청함. 금, 『요사(遼史)』를 편수하여 완성함. 몽고, 서하를 공격함.
1208	무진 (戊辰)	가정(嘉定) 원년	홍자기(洪咨夔), 진사에 급 제함. 화악(華岳), 석방되어 돌아 와 가정 중에 무과(武科) 장 원(壯元)으로 합격함.	송, 진회의 왕작을 복구함. 송·금의 가정(嘉定) 화의가 성립 되어 백질(伯姪)의 나라라고 개칭 하고 세폐(歲幣)를 30만으로 증액 하고 따로 "고군전(犒軍錢)" 은(銀) 300만 량을 주고, 한탁주의 머리 를 금에게 보냄. 사미원을 우승상으로 삼음. 금 장종 졸, 숙부 위왕(衛王) 영제 (永濟)가 즉위하여 위소왕(衛紹王) 이 됨.
1209	기사 (己巳)	가정 2년	유극장(劉克莊), 교은(郊恩) 으로 상주(上奏)하여 장사 랑(將仕郎)에 보(補)함.	송, 침주(郴州) 흑풍동(黑風峒) 이원 려(李元礪)가 민중을 모아 봉기함. 금, 굉사과(宏詞科) 시험을 봄. 몽고, 서하를 공격하고 압박하여 화의를 청하고 가버림.
1210	경오 (庚午)	가정 3년	육유(陸游, 1125~) 졸. 그의 시는 "방옹체(放翁體)" 라 부르며 우무(尤袤)·양만 리(楊万里)·범성대(范成大) 와 "우양범륙(尤楊范陸)"이라 병칭되고 후에 남송 중흥(中 興) 사대가(四大家)라고 불림.	당시 여러 해 동안 가뭄과 누리의 폐해와 기근이 들자 빈민들이 민 중을 모아 봉기하는 것이 많음. 이원려의 봉기가 실패함.
1211	신미 (辛未)	가정 4년	서조(徐照, ?~) 졸. 서조·서기(徐璣)·옹권(翁 卷)·조사수(趙師秀)를 "영 가사령(永嘉四靈)"이라고 부 르고 그들의 시가는 "사령 체(四靈體)"라고 부름.	몽고, 금을 공격하여 거용관(居庸 關)으로 들어옴. 산동(山東) 홍오군(洪襖軍)이 봉기함. 서하, 양종이 죽고 아들 준욱(遵 頊)이 즉위하여 신종(神宗)이 됨. 굴출률(屈出律)이 서료(西遼)를 멸 망시킴.

서력 (西曆)	간지 (干支)	제왕(帝王) 연호(年號)	시단(詩壇)	사사(史事)
1212	임신 (壬申)	가정 5년	장자(張鎡, 1153~) 졸(?).	송, 주희의 『논어집주(論語集注)』· 『맹자집주(孟子集注)』로 학관(學官) 을 세움. 몽고, 금의 서경(西京, 지금의 대 동(大同))을 공격했으나 이기지 못 하고 북쪽으로 철수함.
1213	계유 (癸酉)	가정 6년	누약(樓鑰, 1137~) 졸.	몽고, 금의 동경(東京, 지금의 요 양(遼陽))을 빼앗고 대거 남쪽으로 공격하여 90여 주(州)를 함락시킴. 금, 위소왕(衛紹王)이 부하에게 살 해당하자 장종(章宗)의 형 승왕(昇王) 순(珣)이 즉위하여 선종(宣宗)이 됨.
1214	갑술 (甲戌)	가정 7년	서기(徐璣, 1162~) 졸. 섭인(葉茵), 일찍이 서기와 창화함.	몽고, 금의 중도(中都, 연경(燕京))를 포위하자 금 선종이 화의를 청함. 금, 남경(南京, 변경(汴京))으로 천 도함. 산동 홍오군(紅襖軍)이 크게 번성 하여 양안아(楊安兒)가 황제를 칭 하였지만 후에 패하여 죽음.
1215	을해 (乙亥)	가정 8년		몽고, 금의 북경(北京)·중도를 잇 달아 함락하고, 금의 남경을 습격 하여 성읍(城邑) 862개를 거두어 들임. 금, 몽고에 화의를 청하였으나 땅 을 할양하고 신하를 칭하려고 하지 않았기 때문에 이루어지지 않음.
1216	병자 (丙子)	가정 9년	허월경(許月卿, ~1285) 생.	몽고, 네 번 출정하여 금을 어지 럽힘. 금, 수십 개의 성을 수복함.
1217	정축 (丁丑)	가정 10년	유불(劉黻, ~1276) 생. 왕매(王邁)·요용(姚鏞), 진 사에 급제함.	금, 송을 공격함. 산동 홍오군이 다시 흥성함. 송, 조서를 내려 금을 공격하였으 며 이로부터 송·금이 여러 해 동 안 전쟁을 함. 몽고, 서하를 공격함.
1218	무인 (戊寅)	가정 11년	왕염(王炎, 1138~) 졸.	몽고, 금 태원부(太原府) 및 분주 (汾州)·평양(平陽) 등의 땅을 함락 함. 몽고, 굴출률를 사로잡아 죽이고 서료(西遼)의 땅을 차지함.

서력 (西曆)	간지 (干支)	제왕(帝王) 연호(年號)	시단(詩壇)	사사(史事)
1219	기묘 (己卯)	가정 12년	조사수(趙師秀, ?~) 졸. 대병(戴昺), 진사에 급제함.	송, 홍건군(紅巾軍)이 봉기하여 이주(利州)로 들어감. 금의 군대가 송의 회남(淮南)으로 들어왔으나 육합(六合)에 이르러 격퇴를 당함. 몽고, 성길사한이 제1차로 서정(西征)함.
1220	경진 (庚辰)	가정 13년		송·금이 서로 공격함. 금, 몽고에 화의를 청하였으나 거절당함.
1221	신사 (辛巳)	가정 14년	강기(姜夔, 약 1155~) 졸(?). 갈천민(葛天民), 강기와 교유를 맺은 적이 있음	송과 몽고가 사신을 보내 통호(通好)함. 몽고, 금의 산동을 함락함.
1222	임오 (壬午)	가정 15년	공개(龔開, ~1034?) 생. 구만경(裘萬頃, ?~) 졸.	금의 군대가 회수(淮水)를 건너 송을 공격하여 여주(廬州)를 깨뜨렸지만 곧 퇴각함. 몽고, 금의 하중부(河中府)를 함락하고 섬서(陝西)를 공격함.
1223	계미 (癸未)	가정 16년	섭적(葉適, 1150~) 졸.	금, 하중부를 수복함. 금 선종이 죽고 태자 수서(守緖)가 즉위하여 애종(哀宗)이 됨. 몽고, 서하를 공격함. 서하, 신종이 아들 덕왕(德旺)에게 선위(禪位)하여 헌종(獻宗)이 됨.
1224	갑신 (甲申)	가정 17년	한표(韓淲, 1160~) 졸. 주필(周弼), 가정 연간에 진사에 급제함. 계유공(計有功), 『당시기사(唐詩紀事)』를 올해에 초각(初刻)함. 왕신(汪莘)·무연(武衍)·유선륜(劉仙倫), 가정 연간에 생존함.	금, 송에 화의를 청하여 다시 남하하지 않는다고 "방유(榜諭)"함(방을 붙여 알리는 것). 홍오군이 몽고군에게 패함. 송 녕종이 죽고 황제의 조카 기왕(沂王) 윤(昀)이 즉위하여 리종(理宗)이 됨. 몽고, 제1차 서정이 끝남.
1225	을유 (乙酉)	리종(理宗) 윤(昀) 보경(寶慶) 원년	임안(臨安) 서상(書商) 진기(陳起), 『강호집(江湖集)』을 간행하여, 사미원(史彌遠)을 거슬러 유배를 당하였으며, 조서를 내려 사대부가 시를 짓는 것을 금지함. 섭소옹(葉紹翁), 생존함(?).	송, 초주(楚州)의 군대가 반란을 일으킴. 금, 경동(京東)·하북(河北) 54성이 몽고에 붙음.

서력 (西曆)	간지 (干支)	제왕(帝王) 연호(年號)	시단(詩壇)	사사(史事)
1226	병술 (丙戌)	보경 2년	사방득(謝枋得, ~1289) 생.	몽고, 서하를 공격함. 서하 헌종(獻宗)이 놀라고 두려워하여 죽음. 아우 현(睍)이 즉위하여 말주(末主)가 됨.
1227	정해 (丁亥)	보경 3년	오도손(敖陶孫, 1154~) 졸. 이등(利登)·조희로(趙希櫓), 보경 연간에 생존함.	송, 조서를 내려 주희(朱熹) 및 그가 지은 『사서집주(四書集注)』를 장려하고 휘국공(徽國公)에 추봉(追封)함. 서하, 몽고에게 항복하여 나라가 망함. 몽고, 성길사한이 죽고 막내 아들 타뢰(拖雷)가 감국(監國)함. 몽고군이 장안(長安)으로 들어오고 금은 동관(潼關)을 지킴.
1228	무자 (戊子)	소정(紹定) 원년	대복고(戴復古)와 엄우(嚴羽)가 교유를 맺음 엄우, 『창랑시화(滄浪詩話)』를 이 이전에 엮기 시작함.	송, 강서(江西)·호남(湖南)·복건(福建)의 백성들이 자주 민중을 모아 봉기함.
1229	기축 (己丑)	소정 2년	조번(趙蕃, 1143~) 졸.	몽고, 성길사한의 유언을 따라 셋째 아들 와활대(窩闊臺)를 대한(大汗)으로 옹립하였으며 후에 원(元) 태종(太宗)으로 높여짐. 부세(賦稅) 제도를 제정하기 시작함.
1230	경인 (庚寅)	소정 3년	『도성기승서(都城紀勝)·서(序)』	몽고, 사신을 보내 금에게 명령하여 예물을 바치고 화의하게 하였지만 거절당함. 한(漢)의 땅을 목장으로 삼으려고 하자 야율초재(耶律楚材)가 다투고 아울러 징세(徵稅)의 잇점을 말하여 세제(稅制)를 정하고 한·여진 사인(士人)들을 뽑아 등용하여 십로징수과세사(十路徵收課稅使)로 삼음.
1231	신묘 (辛卯)	소정 4년	유계(兪桂), 진사에 급제함.	몽고, 금의 봉상(鳳翔)·하중(河中)을 깨뜨리고 나아가 변경(汴京)을 핍박함. 몽고, 송을 공격하였으나 곧 물러남. 몽고, 처음으로 중서성(中書省) 및 지방(地方) 관제(官制)를 세움.

서력 (西曆)	간지 (干支)	제왕(帝王) 연호(年號)	시단(詩壇)	사사(史事)
1232	임진 (壬辰)	소정 5년	주밀(周密, ~약1298) 생. 방악(方岳)·육학(陸墊), 진 사에 급제함.	몽고, 금의 동관(潼關)을 깨뜨리고 변경(汴京)을 포위하고 송과 협공 하기로 약속함. 금, 애종이 귀덕(歸德)으로 달아 남.
1233	계사 (癸巳)	소정 6년	시금(詩禁)이 해제되고 진 기(陳起)가 석방되어 돌아 와『강호속집(江湖續集)』등 을 간행함.『강호집』및 속집 등에 수록된 시인들 이 "강호파(江湖派)"로 불 림.	금, 변경이 몽고에게 항복함. 몽고, 낙양(洛陽)을 함락함. 금 애종, 채주(蔡州)로 달아남. 몽고, 송과 채주를 연합하여 공격 하기로 약속함. 몽고, 공자묘(孔子廟)를 수리함.
1234	갑오 (甲午)	단평(端平) 원년	악가(岳珂, 1186~) 졸. 안여산(安如山), 단평 전후 에 생존함.	금, 애종이 말제(末帝, 승린(承麟)) 에게 자리를 전하고 스스로 목매 죽음. 성(城)은 송·몽고군에 격파 되고 말제는 난군 중에 죽음. 금 이 망함. 송의 군대가 변경(汴京)·낙양(洛 陽)으로 들어갔으나 몽고에 패하 여 곧 물러남.
1235	을미 (乙未)	단평 2년	홍자기(洪咨夔, 1176~) 졸. 임희일(林希逸)·장도흡(張 道洽), 진사에 급제함. 유극장(劉克莊), 추밀원(樞密 院) 편수(編修)가 되어 권시 우랑관(權侍右郞官)을 겸하 였으나 탄핵을 당하고 외 직으로 쫓겨남.	몽고, 송을 공격하고 또 고려(高 麗)를 공격하고 아울러 제2차 서 정을 시작함. 이 해, 몽고가 연경(燕京) 등 36로 (路)를 등록하였는데 호(戶)는 87 만 3,781, 구(口)는 475만 4,975명 에 달함.
1236	병신 (丙申)	단평 3년	문천상(文天祥, ~1283) 생. 나여지(羅與之)·모후(毛珝), 단평 연간에 생존함.	몽고, 송을 대거 공격하여 회서(淮 西)로 들어왔는데 전봉(前鋒)은 합 비(合肥)에 이름. 몽고, 처음으로 교초(交鈔, 지폐)를 사용함. 호구(戶口)를 묶어 주현(州縣)에 소 속시키고 아울러 민호(民戶)의 공 사(公私) 부세(賦稅) 사미(絲米)의 액(額)을 정함. 또 편수소(編修所)·경적소(經籍所) 를 세워 경사(經史)를 편집함.

서력 (西曆)	간지 (干支)	제왕(帝王) 연호(年號)	시단(詩壇)	사사(史事)
1237	정유 (丁酉)	가희(嘉熙) 원년	위료옹(魏了翁, 1178~) 졸.	몽고, 계속 송을 공격하여 안풍(安豊)에 이름. 몽고, 처음으로 경의(經義)·사부(詞賦)·논(論) 삼과(三科)로 선비를 뽑음.
1238	무술 (戊戌)	가희 2년		몽고, 사신을 파견하여 송에 이르러 세폐(歲幣)를 논의함. 송은 화(和)·전(戰)의 논의를 지속하여 결정되지 않음. 몽고, 태극서원(太極書院)을 연경(燕京)에 세우고 정주(程朱)의 리학(理學)을 전파함.
1239	기해 (己亥)	가희 3년	유재(劉宰, 1166~) 졸.	송, 양양(襄陽) 등의 땅을 수복함. 몽고, 송의 중경(重慶)을 공격함.
1240	경자 (庚子)	가희 4년	허비(許棐), 가희 연간에 진계(秦溪)에 은거함.	송, 양절(兩浙)에 큰 기근이 들었고 임안(臨安)은 더욱 심함.
1241	신축 (辛丑)	순우(淳祐) 원년	한희맹(韓希孟, ~1259) 생. 방봉(方鳳, ~1322) 생. 정사초(鄭思肖, ~1318) 생 (부친은 정진(鄭震)). 왕원량(汪元量, ~1317?) 생. 풍거비(馮去非), 진사에 급제함. 풍취흡(馮取洽)·갈기경(葛起耕) 생존함(?).	송, 조서를 내려 주돈이(周敦頤)·장재(張載)·정호(程顥)·정이(程頤)·주희(朱熹)를 공묘(孔廟)에 종사(從祀)하고 왕안석을 내쫓음. 몽고, 와활대한(窩闊臺汗)이 죽고 내마진후(乃馬眞后)가 칭제(稱制)함. 몽고의 군대가 성도(成都)로 들어옴.
1242	임인 (壬寅)	순우 2년	양동(梁棟, ~1305) 생. 임경희(林景熙, ~1310) 생.	몽고의 군대가 촉중(蜀中)의 여러 주를 깨뜨리고 통주(通州)를 깨뜨림. 몽고의 제2차 서정(西征)이 끝남.
1243	계묘 (癸卯)	순우 3년	유극장, 시우랑관(侍右郎官)이 되었다가 다시 그만둠.	송, 몽고와 촉(蜀)에서 전쟁함.
1244	갑진 (甲辰)	순우 4년	진균(陳均, 1174~) 졸. 위경지(魏慶之), 『시인옥설(詩人玉屑)·서(序)』.	몽고, 수춘(壽春)을 어지럽힘. 토번(吐蕃), 대략 이 해에 몽고 대한(大汗)의 관할을 받음.
1245	을사 (乙巳)	순우 5년	조여수(趙汝鐩, 1141~) 졸.	송, 오하(五河, 지금의 안휘(安徽) 오하의 남쪽)를 수복함. 몽고, 송의 회서(淮西)를 침략하여 양주(揚州)에 이르렀다가 가버림.

서력 (西曆)	간지 (干支)	제왕(帝王) 연호(年號)	시단(詩壇)	사사(史事)
1246	병오 (丙午)	순우 6년	시망(柴望), 상서하여 재상을 거슬러 감옥에 간힘. 유극장, 동진사출신(同進士出身)을 내림.	몽고, 와활대의 장자(長子) 귀유(貴由)를 대한으로 세워 후에 원(元) 정종(定宗)으로 높여짐. 망한 금나라의 장병(將兵)들이 태항산(太行山)을 근거하여 몽고에 반항한 지 10여 년에 이에 이르러 비로소 항복함. 송, 리종(理宗)의 귀비(貴妃)의 아우 가사도(賈似道)를 경호제치사(京湖制置使) 겸 지강릉부(知江陵府)로 삼음.
1247	정미 (丁未)	순우 7년	이팽로(李彭老), 순우 중에 연강제치사(沿江制置使) 속관(屬官)이 됨.	몽고, 송의 사주(泗州)를 어지럽힘.
1248	무신 (戊申)	순우 8년	왕매(王邁,1184~) 졸. 엄우(嚴羽, 1191~) 졸.	몽고, 귀유한(貴由汗)이 죽고 그의 후(后) 해미실(解迷失)이 칭제(稱制)함.
1249	기유 (己酉)	순우 9년	사고(謝翶, ~1295) 생.	몽고, 송의 회서(淮西)를 어지럽힘.
1250	경술 (庚戌)	순우 10년	소립지(蕭立之), 진사에 급제함.	송, 가사도를 지양주(知揚州) 겸 양회제치대사(兩淮制置大使)로 삼음.
1251	신해 (辛亥)	순우 11년		몽고, 타뢰(拖雷)의 아들 몽가(蒙哥)를 대한(大汗)으로 세웠는데 후에 원(元) 헌종(憲宗)으로 존칭됨. 몽가가 황제(皇弟) 홀필렬(忽必烈)로 하여금 막남(漠南)의 군사(軍事)를 총괄하여 다스리게 함. 유사(儒士)의 요역(徭役)을 면제함.
1252	임자 (壬子)	순우 12년		몽고, 와활대한(窩闊臺汗)의 자손 및 여러 왕들을 각 변방 지역으로 옮기고 해미실후(海迷失后)에게 죽음을 내림. 홀필렬, 임조(臨洮)에 이르러 촉(蜀)을 공격할 계책을 세움.
1253	계축 (癸丑)	보우(寶祐) 원년	악뢰발(樂雷發), 특과(特科)에서 장원(壯元)을 함.	몽고, 동성(同姓)을 크게 봉하여 홀필렬은 관중(關中)의 봉지(封地)를 받음. 홀필렬, 군대를 삼로(三路)로 나누

서력 (西曆)	간지 (干支)	제왕(帝王) 연호(年號)	시단(詩壇)	사사(史事)
1253	계축 (癸丑)	보우(寶祐) 원년		어 운남(雲南)을 공격하여 대리(大理)를 깨뜨림. 욱렬올(旭烈兀)이 군대를 이끌고 제3차 서정(西征)을 시작함.
1254	갑인 (甲寅)	보우 2년		몽고 군대가 대리왕(大理王)을 사로잡아 대리가 망함. 몽고, 광화(光化)에 성을 쌓아 형양(荊襄)을 경영함.
1255	을묘 (乙卯)	보우 3년		몽고, 경조(京兆)에 학교를 일으킴. 몽고, 토번(吐蕃)으로부터 서남쪽의 각 부족을 쳐서 항복하게 함.
1256	병진 (丙辰)	보우 4년	문천상(文天祥), 이해 장원을 함. 사방득(謝枋得), 진사에 급제함. 악뢰발, 병으로 귀향하고 한거하며 시로써 스스로 마음을 달램.	몽고, 운남(雲南)과 서천(西川)의 길을 개통하여 군대를 모아 송을 공격함. 난수(灤水)의 북쪽에 성을 쌓아 3년을 지나 완성하였는데 이것이 상도(上都) 개평부(開平府)임.
1257	정사 (丁巳)	보우 5년	사방득, 고관(考官)이 되었으나 가사도(賈似道)를 거슬러 흥국군(興國軍)으로 폄적됨. 유극장, 『후촌시화(後村詩話)』전·후집이 대략 이 이전 10년 동안에 지어짐.	몽고, 안남(安南)을 쳐서 항복시킴.
1258	무오 (戊午)	보우 6년		몽고, 대거 송을 공격하여 서천(西川) 등의 땅을 깨뜨림.
1259	기미 (己未)	개경(開慶) 원년	한희맹(韓希孟, 1241~) 졸. 정개(丁開) 생존함.	몽고, 몽가한(蒙哥汗) 졸. 홀필렬, 강을 건너 악주(鄂州)를 포위함. 송, 가사도를 재상 겸 추밀사(樞密使)로 삼음. 가사도가 양자강(揚子江)을 경계로 삼아 예물을 받들어 화의를 청하자 홀필렬이 이를 허락하고 급히 북쪽으로 돌아가 왕위를 다툼.
1260	경신 (庚申)	경정(景定) 원년		송, 가사도에게 소사(少師)를 가하고 위국공(衛國公)에 봉하고 또 태자태사(太子太師)에 진급시킴.

서력 (西曆)	간지 (干支)	제왕(帝王) 연호(年號)	시단(詩壇)	사사(史事)
1260	경신 (庚申)	경정(景定) 원년		몽고, 홀필렬이 개평(開平)에서 대 한(大汗)이라 칭하였는데 후에 원 (元) 세조(世祖)라고 부름. 홀필렬 의 아우 아리불가(阿里不哥)가 화 림(和林)에서 대한(大汗)이라 칭함. 몽고, 내외의 관제(官制)를 정함.
1261	신유 (辛酉)	경정 2년		송, 가사도가 각지의 군비를 조사 하여 대장(大將)들이 죄를 지은 자 가 많음. 몽고, 한림국사원(翰林國史院)을 두고 요(遼)·금(金)의 역사를 편 수함. 홀필렬, 아리불가를 크게 깨뜨림.
1262	임술 (壬戌)	경정 3년	방악(方岳, 1198~) 졸. 유극장, 권공부상서(權工部 尙書)가 되어 시독(侍讀)을 겸함. 범희문(范晞文), 『대상야어 (對床夜語)·서(序)』.	몽고, 처음으로 중외(中外)의 관봉 (官俸)을 정함. 곽수경(郭守敬)을 제거제로하거(提 擧諸路河渠)로 삼아 이로부터 수리 (水利)를 크게 일으킴. 아합마(阿合馬)를 등용하여 재부 (財賦)를 다스림.
1263	계해 (癸亥)	경정 4년		송, 관전소(官田所)를 두어 공전(公 田)을 찾아내어 채움. 몽고, 처음으로 추밀원(樞密院)을 세우고 개평부(開平府)를 상도(上 都)로 승격시킴.
1264	갑자 (甲子)	경정 5년	문급옹(文及翁), 경정 연간 에 생존함. 유극장, 눈병으로 벼슬을 그만둠.	몽고, 아리불가가 세력이 궁하여 상도(上都)로 와서 항복함. 세조, 연경(燕京)을 서울로 정하고 중도(中都)라 개칭함. 송 리종이 죽고, 태자 기(禥)가 즉 위하여 탁종(度宗)이 됨. 몽고, 여러 로(路)의 행중서성(行中 書省)을 세웠는데, 이후 결국 행성 (行省)을 지방 행정 구역 명칭으로 삼음.
1265	을축 (乙丑)	탁종(度宗) 기(禥) 함순(咸淳) 원년	하몽계(何夢桂), 진사에 급 제함.	송, 가사도에게 태사(太師)를 가하 고 위국공(魏國公)에 봉함. 몽고, 제도를 정함 : 각 로(路)는 몽고인들을 달로화적(達魯花赤)으

서력 (西曆)	간지 (干支)	제왕(帝王) 연호(年號)	시단(詩壇)	사사(史事)
1265	을축 (乙丑)	탁종(度宗) 함순(咸淳) 원년		로 삼고 한인(漢人)을 총관(總管)에 충당하고 회회인(回回人)을 동지(同知)에 충당함. 몽고, 주현(州縣) 200여 개를 감축하여 병합함.
1266	병인 (丙寅)	함순 2년	유극장, 『후촌시화』 속집(續集)이 이 해에 완성됨.	몽고, 조서를 내려 성(省)·원(院)·대(臺)·부(部)·선위사(宣慰司)·염방사(廉訪司) 및 부부막관(部府幕官)의 장(長)은 모두 몽고·색목인(色目人)을 씀.
1267	정묘 (丁卯)	함순 3년	첨본(詹本), 생존함.	송, 가사도를 평장군국중사(平章軍國重事)로 삼음. 몽고, 공묘(孔廟)를 수리하고 대도(大都)의 궁성(宮城)을 쌓음.
1268	무진 (戊辰)	함순 4년	진문룡(陳文龍)·양동(梁棟), 진사에 급제함. 유극장, 『후촌시화』 신집(新集)이 이 해에 완성됨.	몽고, 여러 로(路)의 여진(女眞)·거란(契丹)·한인(漢人)으로 달로화적이 된 자들을 없앰. 몽고, 어사대(御史臺)를 둠. 몽고 군대가 양양(襄陽)을 포위하여 공격함. 송, 의역법(義役法)을 행함.
1269	기사 (己巳)	함순 5년	유극장(劉克莊, 1187~) 졸.	몽고, 조의(朝儀)를 정함. 파스파(八思巴, Phags-pa, 1235~1279)가 몽고 신자(新字)를 창제함.
1270	경오 (庚午)	함순 6년		몽고, 상서성(尚書省)·사농사(司農司, 곧 대사농(大司農)으로 고침)를 세우고 촌사(村社) 제도를 건립함.
1271	신미 (辛未)	함순 7년	조현(趙㬎, ~1323) 생. 임경희(林景熙), 태학생(太學生)에서 천주(泉州) 교관(敎官)으로 제수됨(임경이(林景怡)는 경희의 형).	송, "사적(士籍)"을 두고 향리(鄕里)·성명(姓名)·연갑(年甲)·삼대(三代)·처실(妻室)을 작성하여 갖추고 시골 이웃에게 명령하여 조사하게 하고 과거(科擧)의 조례(條例)에 장애가 없어야 비로소 납권(納卷)을 허락함. 몽고, 국호를 대원(大元)으로 고침.
1272	임신 (壬申)	함순 8년		원, 상서성을 병합하여 중서성(中書省)에 넣고 중도(中都)를 대도(大都)로 고침.

서력 (西曆)	간지 (干支)	제왕(帝王) 연호(年號)	시단(詩壇)	사사(史事)
1273	계유 (癸酉)	함순 9년	유덕린(兪德隣), 진사에 급제함.	원의 군대가 번성(樊城)·양양(襄陽)을 빼앗음.
1274	갑술 (甲戌)	함순 10년	『몽량록(夢梁錄)·서(序)』. 오석주(吳錫疇), 함순 연간에 생존함. 왕원량(汪元亮), 함순 연간에 진사에 급제함. 송말에 거문고를 잘하여 내정(內廷)에서 공봉(供奉)함. 진산민(眞山民), 송말에 진사에 급제함.	원 세조가 조서를 내려 송을 공격함. 백안(伯顔)을 원수로 삼아 악주(鄂州)를 빼앗음. 송, 탁종(度宗)이 죽고 아들 현(㬎)이 즉위하여 공제(恭帝)가 됨. 나이가 4세로 태황태후(太皇太后)가 청정(聽政)함. 가사도를 도독제로군마(都督諸路軍馬)로 삼음.
1275	을해 (乙亥)	공제(恭帝) 현(㬎) 덕우(德祐) 원년	사방득, 강동제형(江東提刑)·강서초유사(江西招諭使)로 신주(信州) 지주가 됨. 진윤평(陳允平), 연해제치사(沿海制置使) 참의(參議)가 됨. 문천상, 의군(義軍)을 조직하여 들어와 임안(臨安)을 지킴.	송, 가사도가 전쟁에 패하여 직을 파하고, 후에 순주(循州)에 안치(安置)하여 압송(押送)하던 자에게 도중에 죽임을 당함. 원의 군대가 건강(建康)·태평(太平)·화주(和州)·평강(平江) 등의 땅을 빼앗고 양주(揚州)·담주(潭州)를 공격하고 상주(常州)를 깨뜨림. 송, 화의를 청하였으나 거절당함.
1276	병자 (丙子)	덕우(德祐) 2년 단종(端宗) 하(昰) 경염(景炎) 원년	유불(劉黻, 1217~) 졸. 장염(張炎, ?~) 졸(?). 황보명자(皇甫明子, ?~) 졸. 문천상, 우승상(右丞相)이 되어 원(元)의 군영(軍營)에 사신으로 가서 구류되었다가 도망쳐 돌아와 온주(溫州)에 이름. 왕원량, 육궁(六宮)을 따라 볼모가 되어 대도(大都, 연경(燕京))로 감. 사방득, 건녕(建寧) 당석산(唐石山) 중에 은둔(隱遁)함.	원의 군대가 양주(揚州)·담주(潭州)를 깨뜨리고 임안(臨安)을 핍박하여 송 공제가 항복을 청하고 태후(太后) 등과 사로잡혀 북쪽으로 감. 육수부(陸秀夫)·장세걸(張世傑) 등이 온주(溫州)에서 익왕(益王) 하(昰, 9세)를 천하병마도원수(天下兵馬都元帥)로 받들고 얼마 후 복주(福州)에서 즉위하여 단종(端宗)이 됨. 원의 군대가 민(閩)으로 들어와 장세걸이 단종을 받들고 해선(海船)을 타고 남쪽으로 달아나 혜주(惠州)에서 사신을 보내어 항복을 청함.
1277	정축 (丁丑)	경염 2년	문천상, 강서(江西)를 돌아다니며 전투함.	광동(廣東)의 여러 군(郡)이 원에 항복함. 장세걸이 단종을 받들고 정오(井澳, 지금의 광동 중산현(中山縣) 남해(南海) 중의 대횡금고(大橫琴島) 아래)로 달아남.

서력 (西曆)	간지 (干支)	제왕(帝王) 연호(年號)	시단(詩壇)	사사(史事)
1278	무인 (戊寅)	경염 3년 제병(帝昺) 상흥(祥興) 원년	문천상, 오파령(五坡嶺, 지 금의 광동(廣東) 해풍(海豊) 의 북쪽)에서 포로로 잡힘.	송 단종이 죽음. 육수부 등이 위왕(衛王) 병(昺, 8세) 을 세움.
1279	기묘 (己卯)	상흥 2년	진문룡(陳文龍, ?~) 졸. 왕혁(王奕)·왕자(王鎡)·추 정(鄒定)·나공승(羅公升)· 연문봉(連文鳳)·가무겸(柯 茂謙)·가현옹(家鉉翁)·정 협(鄭協)·팽추우(彭秋宇)가 송말에 생존함. 문천상, 압송되어 대도(大 都, 연경(燕京))로 감.	송·원의 해군이 애산(厓山)에서 결전을 벌여 송군이 대패함. 육수부가 어린 황제를 업고 바다 에 몸을 던져 죽음. 장세걸이 퇴군하는 도중에 익사 함. 송이 망함.

홍콩판 『송시선주』 전언(前言)

『송시선주』는 북경 인민문학출판사에서 출판한 것이다. 1985년 제5차 인쇄 이후 필자는 조금 수정을 하였는데 주해를 주로 하였다. 1987년 출판사에서는 제6차로 인쇄하려고 하였지만 구판이 마손되어 전부 새로 조판해야 하였기 때문에 필자는 기회를 얻어 수정된 곳을 책 속에 보충하여 넣었다. 동시에 홍콩 진송령(陳松齡) 선생이 천지도서공사(天地圖書公司)에서도 또한 『송시선주』를 출판할 것을 건의하였다. 인민문학출판사를 책임지고 있는 강병상(江秉祥) 선생이 개연(慨然)히 허락하여 이 책은 북경과 홍콩 두 곳에서 각각 간행될 수 있었다. 필자는 매우 다행으로 생각하고 아울러 강·진 두 선생에게 감사를 표시한다.

진송령 선생은 또 필자가 홍콩과 대만판을 위하여 한 편의 서문을 쓰기를 바랐다. 이 책은 1958년에 출판되어 약간의 공개적인 비판을 받았는데 아직도 계속하여 인쇄될 수 있으니 이미 "30년이 1세이다(三十年爲一世)"라는 것을 겪은 것이다. 그것은 당초에는 때에 맞추지도 못하였지만, 결국 때에 맞추는 대가, 다른 말로 하면 때를 지나버린 대가를 지불하는 것도 면치 못하였으니 다만 그 시기의 학술 기풍의 일종의 문헌으로 삼을 수밖에 없다. 가령 문헌을 시대 풍모와 작자 사상의 거울이라고 한다면 이 책은 현재의 맑고 밝은 유리 거울을 뛰어넘을 수 없고 단지 고대의 모호하고 어두운 청동 거울과 비슷하다. 성 바오로(Saint Paul)의 명언에서 "거울 속에서 보는 영상(影象)은 어둡다"[1]라고 한 것과 같다. 그것은 당시 학술계의 "정확한" 지도 사상을 선명하게 반영하지도 못하

였고, 또한 필자 개인의 시가에 대한 진정한 기호를 명쾌하게 드러내지
도 못하였다. 아마 이러한 어둡고 몽롱한 상태 자체가 바로 어떤 종류의
처지의 분명한 표현일 것이다. 마침 7년 전에 언화(彦火) 선생이 나를 방
문했을 때 이 책을 말하였고 일단의 말을 기록해 두었는데 필자는 힘도
덜고 게으름도 피워 그가 쓴 문자를 베껴 두려고 한다. 왜냐하면 그의 것
은 역시 나의 것이라고 충당할 수 있고 나의 것은 원래 그의 것이라고
해도 무방하기 때문이다.

　　"이 선주는 문학 연구소의 첫 번째 소장인 이미 돌아가신 정진탁
(鄭振鐸, 1899~1958) 선생이 필자에게 요구하여 쓴 것이다. 왜냐하면
필자는 일찍이 그의 동향 전배 진연(陳衍, 석유(石遺, 1856~1937)) 선생
의 지나친 칭찬을 입은 적이 있는데 (그는) 하나의 인상을 가지고 있
었으니 필자가 송시를 좋아한다고 생각한 것이다. 이 선본은 그렇게
좋은 것은 아니다. 여러 가지 원인으로 말미암아 필자가 뽑을 만하다
고 생각하는 시는 왕왕 뽑아 넣지 못하였고 뽑을 필요가 없다고 생각
하는 시는 도리어 뽑아 넣었기 때문이다. 단지 평론과 주해는 가치가
있다고 할 수 있다.[2] 그러나 일체의 이러한 선본은 모두 약간의 영합
과 타협을 띠고 있다. 시를 뽑는 것은 어떤 학회 따위에서 회장이나
이사 등을 뽑는 것과 매우 비슷하니 '종신제(終身制)'·'분신제(分身制)'
가 있는 것이다. 어떤 시는 역대의 선본에 모두 들어가는데 당신이
만약 뽑지 않는다면 시비를 불러일으킬 것이고, 어떤 시는 근년 이래
기타의 선본에 모두 뽑은 것인데 만약 당신이 뽑지 않는다면 사람들
은 또한 잘못을 찾아낼 것이다. 바로 지난번의 회장과 이사들은 이번

---

1) 스탠포드(W. B. Stanford), 『시의 적들(Enemies of Poetry)』(런던 : 1980), 63쪽에서, 재료
　를 만드는 한계 때문에 고대의 거울은 그리스·로마의 저작 중에서는 왕왕 잘못되고 모
　호한 관찰과 느낌의 비유가 되었다고 고찰하고 논하였다.
2) 최근 호송평(胡頌平)의 『호적지선생만년담화록(胡適之先生晚年談話錄)』(대만 : 1984)을 보
　았는데, 20~21쪽에서 『송시선주』를 평하여 선목(選目)에 대해서는 매우 불만스럽게 여
　기고 아울러 기풍에 영합하다고 보았지만 도리어 "주는 확실히 잘 썼다(註確實寫得不錯)"
　라고 하였다.

에도 이름과 자리를 남겨두어야 하고 형제 조직의 회장과 이사는 본
회에서 또한 몇 사람을 끌어 들여 장식이나 혹은 '통전(統戰)'(통일전
선)으로 삼아야 하는 것이다. 그러므로 항상 몇 수의 시는 역대와 동
시의 각종의 선본 속에 나타나는 것이다. 평선하는 사람의 게으름과
비겁함 혹은 위신은 작자의 문명(文名)과 시명(詩名)을 공고하게 하고
확대시키는 것이다.
　　이것은 문학사를 구성하는 하나의 작은 요소이고, 또한 문예 사회학
중의 하나의 재미있는 문제이기도 하다."3)

　　물론, 한 시대 혹은 한 개인을 막론하고 과거의 형상은 항상 현재의 상
황에 적응하여 가공되고 개조되며, 역사와 회상록 등은 때에 따라 변화에
응하고 모습을 바꾸는 좋은 범례가 매우 많다. 필자는 몸을 흔들어 한번
변하는 마술이나 혹은 스스로 미용 수술을 배우고 싶지 않기 때문에 이
책의 「서(序)」와 선목(選目)은 그대로 두어 당시 정세의 원래의 물증으로 삼
았는데 — 더욱 확실하게 말한다면 당시의 필자 자신이 가능한 한 정세에
적응했던 원래의 물증으로 삼았다.
　　필자는 단지 몇 마디의 말을 보충하려고 한다. 문학 연구소가 성립될
때 나는 원래 외국문학조(外國文學組)의 성원이었다. 정 선생이 소장으로 중
국고대문학조의 조장을 겸임하여 필자를 "빌려서 전임시켰는데(借調)" 이
로부터 일단 "빌려(借)" 다시는 돌아가지 못하였고 일단 "전임되어(調)" 다
시 움직이지 못하였다. 필자가 송시를 선주한 것은 혼자 하였으며 2년의
힘을 들였다. 당시 학술계의 큰 기압 아래서 나는 시무(時務)를 알고 법규
를 지키려고 노력하였지만 또 스스로 똑똑하다고 여기고 약간 기발한 생
각을 해내는 것을 참지 못하였다. 결과는 두 개의 걸상 틈에 앉다가 헛디
디거나 혹은 송대 속담의 "이러지도 저러지도 못한다(半間不架)"라는 격이

---

3) 언화(彦和), 『당대 중국 작가 풍모 속편(當代中國作家風貌續編)』(홍콩 : 1982), 64~65쪽.

다. 필자 개인의 학식상의 결함과 편협함도 또한 수많은 잘못을 저질렀는
데, 모두 그 시대의 이데올로기의 준엄한 계율로 허물을 돌릴 수는 없기
때문에 관례적인 편리한 핑계를 이용하지 않았다.

1988년 1월, 북경에서

역자 후기

이 책은 현대 중국의 대표적인 고전학자이며 작가인 전종서의 『송시선주(宋詩選註)』를 본문의 시만 제외하고 완역한 것이다. 원서는 1958년 9월에 초판이 나왔고, 1989년 9월에 제2판이 나왔다. 대본으로 사용한 것은 2000년 11월 제5차 인쇄본으로 이 책에는 1992년 제7차 중인 때 덧붙인 저자 자신의 【보주(補註)】(모두 17조항)가 있다. 독자들의 편의를 위하여 역서에서는 【보주】를 해당 작품의 주 속에 끼워 넣었다.

중국의 고전 운문(韻文) 문학은 당시(唐詩)·송사(宋詞)·원곡(元曲)이라고 하는 데서도 알 수 있듯이 시라면 이백(李白, 701~762)과 두보(杜甫, 712~770)로 대표되는 당시를 연상하는 것이 보통이다.

그러나 당대의 5·7언(言) 근체시(近體詩)가 하나의 시체(詩體)로서 성립된 이후 청대 말기까지 수많은 작가에 의하여 엄청난 양에 달하는 시 작품이 지어 온 것도 문학사에서는 분명한 사실이다. 사나 곡과는 달리 여러 왕조를 통하여 끊임없이 지어져 왔다. 중국과 밀접한 관계를 맺어 온 우리의 선조들도 사정은 마찬가지였다.

당시의 선본으로 널리 읽혀져 온 것은 다음과 같은 것이 있다.

- 『당시품휘(唐詩品彙)』, 명 고병(高棅, 1350~1423)
- 『당시별재집(唐詩別材集)』, 청 심덕잠(沈德潛, 1673~1769)
- 『당시삼백수(唐詩三百首)』, 청 손수(孫洙, 1711~1778)

이중에서도 『당시삼백수』는 당시를 처음 배우는 사람들에게 가장 간편하고 인기 있는 당시의 선본으로 현재도 대륙이나 대만에서 수많은 현대적인 주석들이 쏟아져 나오고 있다.

한편 송시의 선본은 왕조 시대에서는 청대 초기 여유량(呂留良, 1629~1683)·오지진(吳之振, 1640~1717)·오자목(吳自牧)의 『송시초(宋詩鈔)』(106권, 강희(康熙) 10년(1671) 간행 : 대북 세계서국, 1962년, 영인 3책 ; 북경 중화서국, 1986년, 전4책)가 비교적 규모가 큰 것으로 널리 유행되었을 뿐이다. 『당시삼백수』처럼 크게 유행한 선본은 없었던 셈이다.

현대의 송시에 관한 선본은 다음과 같은 것이 입문서로서 읽히고 있다.

- 『송시정화록(宋詩精華錄)』(129인, 691수), 진연(陳衍, 1856~1937), 대북 : 광문서국(廣文書局), 1971년 ; 『송시정화록역주(宋詩精華錄譯注)』, 채의강(蔡義江)·이몽생(李夢生), 상해고적출판사, 1999년. 1937년 초판 서(序)
- 『송시선(宋詩選)』(40인, 500수), 대군인(戴君仁, 1901~1978), 대북 : 중화문화사업위원회, 1954년 재판

전종서의 『송시선주』(초판은 81인, 385수, 역자도 구해 보지 못함)에는 80인 376수가 수록되어 있는 만큼 "송시 삼백수"로 보아도 좋을 것이다. 선주자의 해박한 학식과 비평적인 안목이 뛰어난 명저라고 판단하여 소개한다.

끝으로 어려운 경기 속에서도 출판을 맡아 주신 도서출판 역락의 이대현 사장에게 깊은 감사를 드린다. 아울러 이와 같이 아담한 책으로 꾸며지기까지 이모저모로 수고를 아끼지 않은 추다영 선생에게 고마움을 전한다.

2010년 3월 3일
역자

저자 소개

전종서(錢鍾書, 1910~1998)

1910년 11월 21일(음력 10월 20일)에 강소(江蘇) 무석(無錫)에서 태어났다. 그의 부친 전기박(錢基博, 1887~1957)은 중국 근·현대의 저명한 국학자이다. 그의 저서로는 『현대중국문학사』·『경학통지(經學通志)』·『고적거요(古籍擧要)』·『중국문학사』·『명대문학(明代文學)』 등이 널리 읽히고 있다.

1920년 가을, 동림(東林) 소학에 입학하였다.

1923년 미국 성공회에서 하는 사립 소주(蘇州) 도오중학(桃塢中學) 초급부에 입학하였다. 그의 부친은 당시 북경 청화대학(清華大學)에서 가르쳤다.

1926년 여름에 소주 도오중학이 정지되어, 가을에 미국 성공회의 동인들이 창립한 사립 무석 보인(輔仁) 중학 고급부로 전학하였다.

1929년 북경 청화대학 외국어문학계에 입학하였다. 그는 입학 시험에서 수학 성적이 낙제였지만 중·영문의 성적이 모두 뛰어나 청화대학에 의하여 파격으로 뽑혔다.

1930년 2월 처녀작 구체시 「무사료단술(無事聊短述)」 시가 『청화주간(清華周刊)』 33권 1기에 실려 처음으로 필명 중서군(中書君)이라고 서명하였다. 5월 논문 「소설쇄증(일)(小說瑣證(一))」을 써서 11월 22일 『청화주간』 33권 4기에 발표하였다. 11월에는 서평 「중국 신문학의 원류(中國新文學的源流)」(주작인(周作人) 지)가 『신월월간』 4권에 실렸다. 이후 몇 년 동안 그는 구체시·논문·서평 등을 왕성하게 발표하였다.

1932년 양강(楊絳, 1911~)이 청화 연구원 서방어언문학계에 입학하였다. 양강은 원명이 양계강(楊季康), 역시 무석 사람으로 동오대학(東吳大學) 정치계를 졸업하였다.

1933년 여름, 청화대학 외문계를 졸업하고 문학사 학위를 받았다. 청화대학 교수들은 그를 만류하여 서양문학 연구생이 되라고 하였지만 그는 사절하였다. 양강과 약혼하였다. 가을, 상해 사립 광화대학(光華大學) 외문계 강사가 되었으며 아울러 영문 간물 『중국평론주보』의 편집을 겸하였다. 전후 2년 가까이

계속되었다. 그의 부친 전기박은 원래 같은 학교의 중문계 주임이었고 반
년 후에는 문학원 원장을 겸하였다. 「상가대인논변문류변서(上家大人論骈文
流變書)」가 『광화대학반월간』 제7기에 실렸다.

10월에 논문 「중국문학소사서론(中國文學小史序論)」(『국풍반월간(國風半月刊)』
3권 8기), 12월에 『중국문학소사서론보유(中國文學小史序論補遺)』(『국풍반월
간』 3권 11기)를 발표하였다.

1935년 여름, 교육부 제3계 영국 경자배관(庚子賠款) 공비 유학생에 합격하였다.

7월 13일 소주에서 양강과 결혼하였다. 결혼한 이후에 부인 양강과 함께 영
국으로 유학하였다. 전종서는 옥스퍼드(Oxford) 대학 영문계에 입학하여 공
부하였고, 양강은 자비 유학이었다.

1937년 7월 19일, 외동딸 전원(錢瑗, 1937~1997)이 출생하였다.

여름, 학위 논문 「China in the English Literature of the Seventeenth and
Eighteenth Century」(「17~18세기 영국 문학 중의 중국」)으로 옥스퍼드 대학
문학사(B. Litt) 학위를 획득하였다.

가을, 옥스퍼드 대학의 강사로 초빙하는 만류를 사절하고 양강과 함께 영국
에서 프랑스로 가서 파리대학 연구원에 들어가서 프랑스 문학을 연구하고
아울러 소르본느에서 청강한 적이 있다.

1938년 파리에 있었다. 청화대학 문학원 원장 풍우란(馮友蘭, 1895~1990)이 전종서
에게 편지를 보내어 그에게 귀국을 요청하고 그를 청화대학 외문계 교수로
초빙하였다.

9~10월 사이에 전종서와 양강은 딸을 데리고 프랑스에서 배를 타고 귀국하
였다. 양강은 딸을 데리고 상해로 돌아갔고, 전종서는 홍콩에서 상륙한 후에
곤명(崑明)으로 가서 청화대학 외문계에서 강의하여 1년 동안 교수가 되었
다. 당시 청화는 이미 전시에 곤명으로 옮겨가 있었던 서남연합대학(西南聯
合大學)에 병합되어 들어가 있었다.

1939년 여름에 상해로 돌아와 한동안 머물렀다. 서남연합대학의 교직을 그만두었다.

11월, 서연모(徐燕謀, 1905~1986) 등과 상해에서 수로와 육로를 경유하여
상서(湘西) 보경(寶慶)으로 가서 남전(藍田)에 설립된 국립사범학원 외문계 주
임을 맡아 외문계 설립을 준비하였다. 당시 그의 부친 전기박은 같은 학교
의 국문계 주임을 맡았다.

『담예록(談藝錄)』을 쓰기 시작하였다.

1940년 2월, 논문 「중국시와 중국화」(中國詩與中國畵)가 처음으로 남전 『국립사범학

원계간(國立師範學院季刊)』제6기에 실렸다(이 글은 그후 1947년 2월『개명서점이십주년기념문집(開明書店二十周年紀念文集)』에 수록되었고, 후에 또 수정 증보하여『구문사편(舊文四篇)』・『칠철집(七綴集)』에도 수록되었다). 상해에서 상서에 이르는 도중에 쓴 구체시를 수집하여『중서군근시(中書君近詩)』를 엮어 남전에서 자비로 인쇄하였다.

12월, 태평양 전쟁이 폭발하여 상해가 함락되었다. 그는 상해에 남아 진단(震旦) 여자문리학원(女子文理學院)에서『시경』을 강의하였다. 집에서 계속『담예록』을 쓰고 또 단편 소설도 썼다.

같은 달, 산문집『인생의 가에 쓰다』(寫在人生邊上)가 상해 개명서점(開明書店)에서 초판되어 "개명문학신간(開明文學新刊)"의 하나로 들어갔다.

1943년 봄, 양강의 4막 희극『칭심여의(稱心如意)』가 상해에서 공연되어 황좌림(黃佐臨, 1906~1994)이 감독하고 이건오(李健吾, 1906~1982)가 주연을 맡았는데, 연출이 크게 성공을 거두었다.

1944년 상해에 있었다. 연초에 양강의 희극을 본 후에 장편 소설『위성(圍城)』을 지을 생각이 싹텄다. 이로부터 문을 닫고 쓰기 시작하였다. 매일 500자 정도를 썼고 쓴 후에는 양강에게 보게 하였지만 다시 고치지는 않았다. 모두 2년 동안 썼다. 이 기간은 생활이 매우 어려웠다.

1945년 10월,『신어(新語)』반월간이 상해에서 창간되어 주후량(周煦良, 1905~1984)・부뢰(傳雷, 1908~1966)가 주편하였으며 12월 1일에 정간되었다. 전종서는『신어』에 일찍이『소설식소(일・이)(小說識小(一・二))』를 연재하여『신어』4・5기에 실었다. 또 단편 소설「영감(靈感)」이『신어』1・2기에 실렸다.

1946년 연초에 요청에 응하여 남경 국립 중앙도서관 편찬(編纂)이 되었다.

1월, 단편 소설「고양이」(猫)가 상해 정진탁(鄭振鐸, 1899~1958)・이건오가 주편하는 월간『문예부흥(文藝復興)』창간호에 실렸다.

2월, 장편 소설『위성』이『문예부흥』에 연재되었다. 1권 2기부터 1947년 1월의 2권 6기에서 끝났다.

6월, 단편 소설집『인(人)・수(獸)・귀(鬼)』가 상해 개명서점에서 초판되어 "개명문학신간"의 하나에 들어갔다. 같은 달, 유대걸(劉大杰, 1904~1977)의 요청에 응하여 상해 국립 기남대학(暨南大學) 외문계 교수를 맡아 외국 문학 및 문학 비평의 두 과를 주강(主講)하였으며 1949년 5월까지 계속되었다.

1947년 12월,『위성・서』를 발표하여『문예부흥』2권 6기에 실렸다.

5월, 장편 소설『위성』이 상해 신광출판공사(晨光出版公司)에서 초판되어

"신광문학총서" 제8종으로 들어갔다. (1948년 9월 재판; 1949년 3월 제3판)

1948년 6월, 문학 이론 비평집 『담예록』이 상해 개명서점에서 초판되어 "개명문사 총간(開明文史叢刊)"의 하나로 들어갔으며 이듬해 7월 재판되었다.

이 해, 홍콩대학에서 그를 홍콩대학 문학원 원장으로 요청하였다. 옥스퍼드 대학에서도 역시 그를 Reader(강사)로 요청하였지만 기남대학의 수업과 런던의 기후와 딸의 건강 등의 갖가지 원인으로 말미암아 그는 초빙에 응하지 않았다.

1949년 5월, 상해가 해방되었다.

여름, 온 가족이 상해에서 북경으로 이사하였다. 장편 소설 『백합심(百合心)』을 이미 3만 4천 자를 썼지만 상해에서 북경으로 이사할 때 잃어버렸다. 이로부터 전종서는 붓을 놓고 다시는 문학 창작을 하지 않았다.

10월 1일, 중화인민공화국이 성립되어 전종서는 모교 청화대학 외문계 교수가 되었고 아울러 외문계 연구소의 일을 책임졌으며 이것은 1952년까지 계속되었다.

1950년 『모택동선집』 영역위원회 주임위원이 되었으며 한 외국 번역가와 공동으로 책임을 졌다.

1952년 연초에 전국고등학교 원계(院系)가 조정되었다. 새로 성립된 북경대학 문학 연구소로 전임되었다. 문학연구소는 처음에는 북경대학에 속하였으며 후에는 중국과학원 철학사회과학부(哲學社會科學部)에 예속되었다. 그는 문학연구소 외국문학 연구조(研究組)에 있었다.

1953년 문학연구소 소장 겸 고대문학 연구조 조장 정진탁이 전종서를 고전문학 연구조로 옮겼다. 이 때, 그의 주요한 일은 "모선(毛選)" 영역의 정고(定稿) 공작이었고 기타의 교학 연구 임무를 포기하였다.

1950년에서 1956년까지는 세상에 나온 문장과 저작이 거의 없다. 중국 작가협회에 가입하였다

1956년 정진탁이 『송시선주』를 편찬하는 임무를 그에게 주어 선주하기 시작하였다.

10월, 부친 전기박이 세상을 떠났다.

1958년 「『송시선주』서」가 발표되어 『문학연구』 1957년 제3기에 실렸다.

9월, 그가 지은 『송시선주』가 인민문학출판사에서 출판되어 "중국고전문학 독본총서" 중의 "중국고전문학작품" 제5종으로 들어갔으며, 송대의 81명의 시인의 작품 297수를 선주하였다. 출판된지 얼마 되지 않아 비판을 받았다.

이 책은 1979년에 중인되어 1987년까지 이미 5차례 중인되었으며 수십 만

책에 달하였다.

이 해, 모친이 세상을 떠났다.

1960년 『모택동시사』 영역 정고 소조(小組)에 참가하였다. 원수박(袁水拍, 1919~1983)이 조장을 맡았고 교관화(喬冠華, 1913~1983) · 전종서 · 섭군건(葉君健, 1914~1999) 등이 조원으로 1966년 초까지 계속되었다.

1961년 3월, 하지청(夏志淸, 1921~)의 『중국현대소설사』가 예일대학에서 출판되었 으며 전종서의 『위성』에 대하여 극히 높은 평가를 하였다.

1962년 『중국문학사』 당 · 송 부분의 편사(編寫) 과제를 주관하였다.

1966년 퇴질(腿疾)을 앓아 걷는 것이 불편하였다.

8월 12일, 문화대혁명 동안 조반파(造反派)가 대자보(大字報)를 붙이고 아울 러 "잡혀"(揪) 나와 비투(批鬪)를 당하고 벌로 마당을 쓸었다.

인민문학출판사의 『당시선』이 출판되었는데 전종서는 그중의 왕적(王績) · 두 심언(杜審言) 등 30가의 시를 선주하였다.

1969년 11월 11일, 하남(河南) 나산현(羅山縣)의 중국과학원 철학사회과학부 "오칠 (五七)" 간교(幹校)로 하방(下放)되었다. 오래지 않아 또 간교를 따라 하남 식 현(息縣)으로 옮겨 갔다.

1971년 봄, 간교를 따라 식현 동악(東嶽)에서 신양(信陽) 명항(明港)으로 옮겨 갔다.

1972년 3월, 부인 양강과 함께 북경으로 돌아왔다. 임시로 문학연구소의 한 사무실 안에서 거주하였다. 자투리 시간을 이용하여 『관추편(管錐編)』을 쓰기 시작 하였다.

1975년 『관추편』 4책의 초고가 기본적으로 완성되어 중화서국에 넘겨 주진보(周振 甫, 1911~2000)가 심열(審閱)하였다.

1976년 10월, "사인방(四人幇)"(강청(江靑) · 장춘교(張春橋) · 요문원(姚文元) · 왕홍문 (王洪文))이 분쇄되었다. 전종서 부부는 문학연구소 사무실의 작은 집을 떠나 집으로 돌아왔다.

1978년 9월, 이탈리아에서 개최된 제26계 유럽 한학회(漢學會)에 출석하여 회의에서 「현대 중국의 고전 문학 연구(古典文學硏究在現代中國)」를 발표하였다. 이 글 은 유럽 한학회 제26계 연회 회간 『현대 중국을 이해하자(了解現代中國)』에 수록되었다. 이때 『위성』의 프랑스 · 체코 · 러시아어 번역자들을 만날 수 있 었다.

1979년 4월, 중국사회과학원 대표단 성원으로 양강과 같은 비행기로 파리로 가서 방문하였다. 4월 23일, 미국으로 가서 방문하고 주로 예일대학 · 컬럼비아

대학 및 캘리포니아 대학을 방문하였다. 5월 11일, 호지덕(胡志德)(Theodore Huters)의 내방을 받았다. 하지청·수정(水晶)·어리화(於梨華, 1931~) 등과 만났다.

8월에서 10월까지 『관추편』이 중화서국에서 출판되었다. 제1집은 모두 4책으로 1558쪽, 백여 만언에 달한다. 이것은 각각 경사자집(經史子集)에 속하는 10종의 고적에 대한 연구 찰기이다.

(1) 『주역정의(周易正義)』　　　　(2) 『모시정의(毛詩正義)』

(3) 『좌전정의(左傳正義)』　　　　(4) 『사기회주고증(史記會注考證)』

(5) 『노자왕필주(老子王弼注)』　　(6) 『열자장담주(列子張湛注)』

(7) 『초씨역림(焦氏易林)』　　　　(8) 『초사홍흥조보주(楚辭洪興祖補注)』

(9) 『태평광기(太平廣記)』

(10) 『전상고삼대진한삼국육조문(全上古三代秦漢三國六朝文)』

9월, 논문집 『구문사편(舊文四篇)』이 상해고적출판사에서 출판되었다. "권두어"를 제외하고 (1) 「중국시와 중국화」(中國詩與中國畵), (2) 「『라오콘』을 읽고」(讀『拉奧孔』), (3) 「통감(通感)」, (4) 「임서의 번역」(林紓的飜譯) 등 4편이 수록되어 있다.

30여 조의 주석을 새로 더한 『송시선주』가 재판되었다.

1980년　11월, 일본으로 가서 교토대학(京都大學) 등을 방문하고 와세다대학(早稻田大學)에서 「시가이원(詩可以怨)」의 강연을 하여 강렬한 반향을 불러일으켰다.

11월, 『위성』이 인민문학출판사에서 다시 가로 조판되어 출판되었다.

양강의 『간교육기(幹校六記)』를 위하여 「『간교육기』소인(『幹校六記』小引)」을 지어 『독서(讀書)』 1981년 9기에 실렸다.

1982년　중국사회과학원 부원장이 되었다.

9월, 『관추편증정(管錐編增訂)』이 중화서국에서 출판되었는데 모두 121쪽에 달한다.

1984년　3월, 평론집 『야시집(也是集)』이 홍콩 광각경출판사(廣角鏡出版社)에서 출판되었다.

(1) 「시가이원(詩可以怨)」

(2) 「한역 제1수 영어시 "인생송" 및 관련된 두세 가지 일」(漢譯第一首英語詩 "人生頌"及有關二三事)

(3) 「한 절의 역사 장고, 하나의 종교 우언, 한 편의 소설」(一節歷史掌故, 一個宗教寓言, 一篇小說)

(4) 「『담예록보정』선록(『談藝錄補訂』選錄)」(14칙(則))

9월, 『담예록(보정본)(談藝錄(補訂本))』이 중화서국에서 가로 조판되어 출판되었다. 원서는 상편, 보정은 하편이다. 대폭 보정하여 상·하편의 길이가 서로 비슷하다.

1985년 12월, 평론집 『칠철집(七綴集)』이 상해고적출판사가 초판되었다. 이 책은 『구문사편』과 『야시집』 두 책을 합병하고 「『담예록보정』선록」을 삭제하여 이룬 것으로 모두 7편이다.

1987년 『위성』과 평론집 『시학오편(詩學五篇)』(Cinq Essais de Poétique, 샤쀠이(Chapuis, Nicolas) 역)이 파리 크리스티앙 부르구와 에디퇴르(Christian Bourgois Éditeur) 출판사에서 출판되었다.

1989년 10월, 「『관추편증정』지이(『管錐編增訂』之二)」를 지었다.

11월, 『전종서연구』(제1집)이 왕몽(王蒙, 1934~)·이희범(李希凡, 1927~)·황극(黃克) 등의 조직 아래 문화예술출판사에서 출판하였다. 편집위원은 정조종(鄭朝宗, 1912~1998)·주진보(周振甫)·황상(黃裳)·부선종(傅璇琮, 1933~)·육문호(陸文虎, 1950~)·종숙하(鍾叔河, 1931~) 등이 있다.

1990년 12월, 텔레비전 연속극 『위성』(감독 : 황촉근(黃蜀芹, 1939~), 문학 고문 : 가령(柯靈, 1909~2000))이 중앙텔레비전 방송국에서 방영되어 상당한 호평을 받았다.

12월, 『전종서연구』(제2집)가 문화예술출판사에서 출판되었다.

1992년 5월, 『전종서연구』(제3집)가 문화예술출판사에서 출판되었다.

1998년 12월 19일 서거하였다.

2001년 『전종서집』(10종)이 북경 삼련서점(三聯書店)에서 출판되었다.

(1) 『담예록』   (2) 『관추편』

(3) 『송시선주』   (4) 『칠철집』

(5) 『위성』   (6) 『인·수·귀』

(7) 『인생의 가에 쓰다(寫在人生邊上)』

(8) 『인생의 가의 가에(人生邊上的邊上)』

(9) 『석어(石語)』   (10) 『괴취시존(槐聚詩存)』

역자 소개

....

이홍진(李鴻鎭)
1947년 생
1970년 서울대학교 중국어중국문학과 졸업
1972년 서울대학교 대학원 졸업, 중국 고전문학 전공(문학석사)
현대 경북대 중어중문학과 교수

1. 논문
   「동파 시고(東坡詩考)」(서울대학교 석사학위 논문, 1972) 외 다수.

2. 역서
   (1) 『중국 언어학사』(공역), 왕력(王力), 계명대 출판부, 1983. 10.
   (2) 『중국 경학사(中國經學史)』, 피석서(皮錫瑞), 동화출판공사, 1984. 9 ; 형설출판사,
      1995. 7.
   (3) 『중국 고대 문화 상식』, 왕력, 형설출판사, 1989. 9.
   (4) 『당송사 통론(唐宋詞通論)』, 오웅화(吳熊和), 계명대 출판부, 1991. 4.
   (5) 『80년대 중국 어법 연구』, 육덕명(陸儉明), 중문출판사, 1994. 10.
   (6) 『중국 고전 문학 창작론』, 장소강(張少康), 법인문화사, 1999. 10.
   (7) 『중국 문자학』, 구석규(裘錫圭), 신아사, 2001. 1 ; 『중국 문자학의 이해』, 2010. 2.
   (8) 『중국 중고 문학사론』, 왕요(王瑤), 역락, 2010, 근간.
   (9) 『중국 언어학 – 현상과 전망』(공역), 허가로(許嘉璐) · 왕복상(王福祥) · 유윤청(劉潤
      淸) 주편, 역락, 2010, 근간.
   (10) 『중국 고전 문학 연구 – 회고와 전망』(공역), 역락, 2010, 근간.